PETER FREUND

BATTLE ISLAND

PETER FREUND

BATTLE ISLAND

cbj

Kloster
Friedhof
Leuchtturm
Lagoa
Azul
Bruchwald
Sumpf

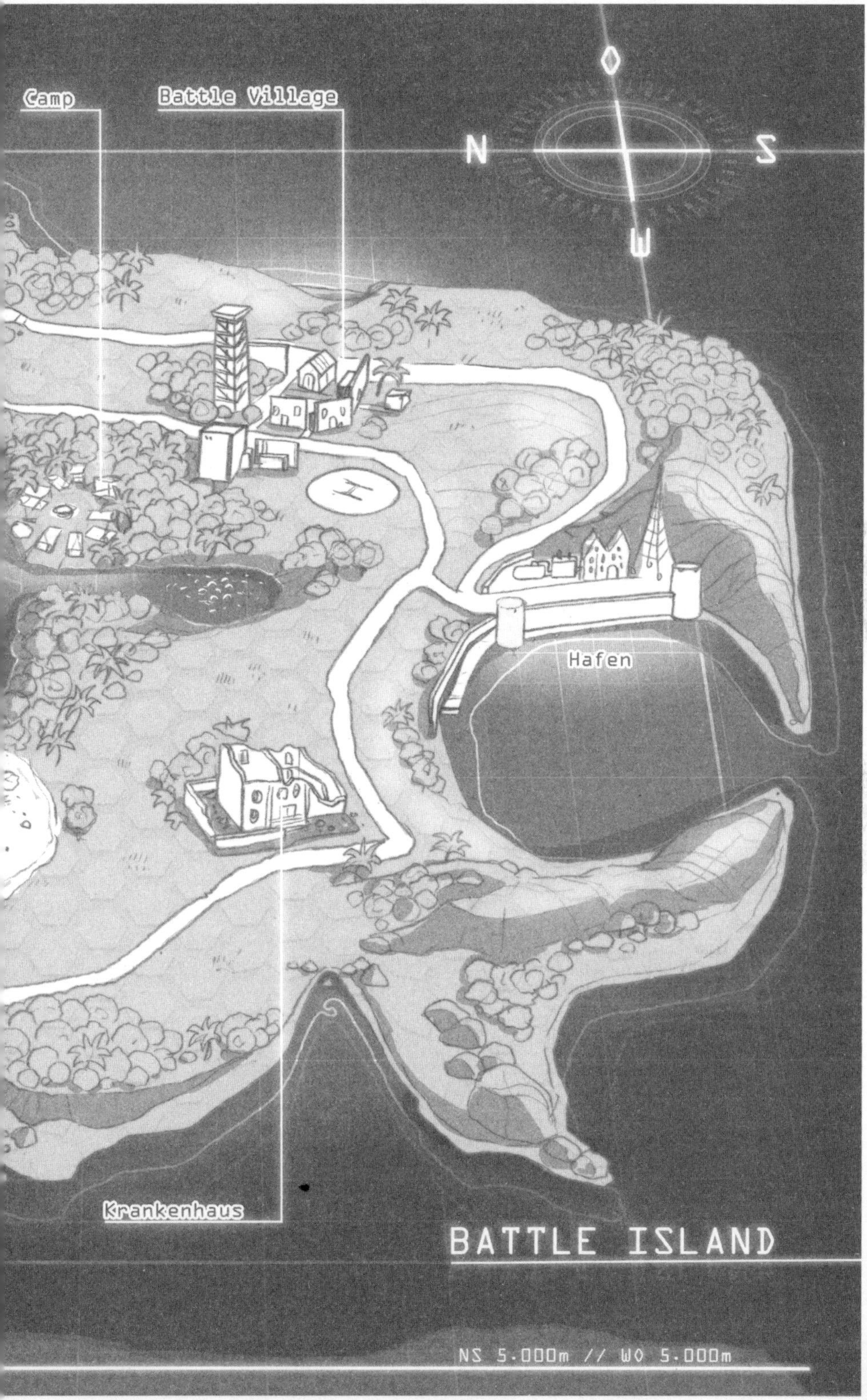

O
N
S
W
Camp
Battle Village
Hafen
Krankenhaus
BATTLE ISLAND
NS 5.000m // WO 5.000m

Dieses Buch ist auch als E-Book erhältlich.

Für meine Familie
und Freunde

MIX
Papier aus verantwortungsvollen Quellen
FSC® C083411
FSC www.fsc.org

Verlagsgruppe Random House FSC® N001967

1. Auflage 2016

Peter Freund ist ein Autor der
AVA international GmbH Autoren- und Verlagsagentur,
www.ava-international.de
Kartenillustration: Timo Grubing
Lektorat: Andreas Rode
Umschlaggestaltung und -illustration: © Isabelle Hirtz, Inkcraft
jk · Herstellung: UK
Satz: Uhl + Massopust, Aalen
Druck: CPI books GmbH, Leck
ISBN 978-3-570-15380-2
Printed in Germany

www.cbj-verlag.de

Battle Island, Azoren. Nordküste. Finger des Todes.
Tag acht: Freitag, 12. August 2022, 18:13 Uhr.

Louisa Harder rannte um ihr Leben. Der Bogen auf ihrem Rücken wippte wie wild, und die Pfeile im Köcher schlugen leise klappernd aneinander, aber das bekam sie gar nicht mit. Schwer keuchend hastete sie die fast endlose Treppe empor, die zur Spitze der steil vor ihr aufragenden Anhöhe führte. Die Stufen wollten gar kein Ende nehmen: Es waren exakt zweihundertfünfundachtzig, wie Lou sich plötzlich erinnerte. Wie absurd, schoss es ihr durch den Kopf. Als ob es im Moment nichts Wichtigeres gäbe!

Sie war nicht zum ersten Mal zu dem alten Leuchtturm unterwegs. Schmutzig grau und gekrönt von einem Lampenhaus aus stumpfem Glas reckte er sich auf dem höchsten Punkt der Insel wie eine weithin sichtbare Drohung zum Himmel. *Dedo de morte* hatten die Einheimischen ihn getauft: Finger des Todes. Und ausgerechnet dort versuchte Lou dem Tod zu entrinnen.

Eine unüberschaubare Armada dickbauchiger Wolken segelte hoch über den Klippen dahin. Sie konnten jeden Moment platzen und ihre Regenlast auf den kleinen Flecken Erde inmitten des riesigen Ozeans niederprasseln lassen. Doch Lou hatte dafür keinen Blick. Ihr Atem flog, und das Blut pochte so heftig in ihren Adern, dass ihr Herzschlag in ihren Ohren widerhallte. *Weiter, weiter!*, schien er sie anzutreiben. *Wenn sie dich entdecken, bevor du den Turm erreichst, bist du so gut wie tot!*

Ohne den Schritt zu verlangsamen, drehte Lou sich um und

hielt nach ihren Verfolgern Ausschau. Zu ihrer Erleichterung war noch immer keine Spur von ihnen zu sehen.

Ein Glück!

Jean-Luc und Daniel mussten völlig verrückt geworden sein! Die Gier nach dem verdammten Gold hatte ihnen wohl den Verstand geraubt. Und die durchgeknallte Dänin Sophie, die sich ihnen vermutlich angeschlossen hatte, war sogar noch unberechenbarer als der Franzose und der Deutsche zusammen. Sie würde mit Sicherheit alles tun, um den Schatz in die Finger zu bekommen. Elena hatte das schon viel früher erkannt als sie selbst. Deshalb hatte sie Lou ja auch gewarnt: »Glaub mir, Sophie schreckt vor nichts zurück. Sie geht sogar über Leichen, wenn es sein muss!« Aber Lou hatte der samtäugigen Spanierin nicht geglaubt. Oder besser: Sie hatte ihr einfach nicht glauben wollen. Selbst dann nicht, als sie Elena gefunden hatte. Tot und mit einem Abschiedsbrief neben sich.

Dabei war doch alles nur ein Spiel! Ein harmloser Sommerspaß, der den Fernsehzuschauern nichts weiter als spannende Unterhaltung liefern sollte. Und zehn jungen Leuten aus ganz Europa neben einem aufregenden Abenteuerurlaub auch noch die einmalige Chance bot, mit einem riesigen Schatz nach Hause zu gehen.

Mit einer Million Euro in Gold!

Weiter, Lou, immer weiter!, scheuchte eine innere Stimme den Gedanken beiseite. *Sonst kommst du nicht mit einem Schatz nach Hause, sondern in einem Sarg!*

Während Lou weiterhetzte, merkte sie, dass ihre Kräfte mehr und mehr schwanden. Der Weg vom Vulkansee im Inneren der kleinen Insel quer durch den Urwald bis zur Nordküste war äußerst anstrengend gewesen. Auch wenn nicht alle Schatzjäger genauso skrupellos waren wie ihre drei Verfolger, musste sie jeden Moment mit einer Falle oder einem Hinterhalt rechnen und sich deshalb höllisch vorsehen. Das zerrte nicht nur gewaltig an den Nerven, sondern auch an den Kräften.

Lous Lungen brannten heißer als das Höllenfeuer und ihre Oberschenkel fühlten sich an wie eine wabbelige Knetmasse. Als die Treppe eine jähe Wendung nach links machte, blieb Lou ausgepumpt auf dem Absatz stehen. Laut keuchend und nach Luft schnappend, stützte sie sich auf das rostige Geländer, das schon seit einigen Hundert Jahren vor dem Sturz in die Tiefe schützen sollte. Wind und Wetter hatten deutliche Spuren daran hinterlassen. An manchen Stellen war nicht viel mehr als ein löchriges, rostzerfressenes Eisenskelett übrig geblieben, das von der abblätternden weißen Farbe mehr schlecht als recht zusammengehalten wurde. Zum Glück hielt es Lous Gewicht stand. Kein Wunder, in den letzten Tagen hatte sie bestimmt einige Kilo verloren.

Immer noch nach Luft ringend ließ Lou ihren gehetzten Blick über den dichten Dschungel gleiten, der das sanft zum Fuß der Anhöhe hin ansteigende Gelände bedeckte. Die übermannshohen Lorbeerbäume, Palmen, Wacholderbüsche, Sicheltannen, Girlandenblumen und Hortensien wucherten wie wild aus dem fruchtbaren Vulkanboden. Sie verdeckten jede Sicht auf die unwegsamen Pfade, die sich durch die Blattschattendüsternis hindurchschlängelten. Lou konnte ihre Verfolger deshalb noch immer nicht entdecken. Die ruckartigen Bewegungen der Baumwipfel und Strauchspitzen, die unmöglich vom gleichmäßig wehenden Westwind herrühren konnten, verrieten ihr jedoch, dass diese die wuchernde Wildnis in wenigen Minuten hinter sich lassen und am Fuß der Treppe ankommen würden. Wenn sie sie dann erblickten, war ihr ganzer Plan dahin. Und die Chance, ihnen noch zu entkommen, war gleich null.

Also weiter, Lou, immer weiter!

Lou mobilisierte die letzten Kräfte und setzte die rasende Flucht fort. Doch die Stufen wollten einfach kein Ende nehmen. Das Gesicht vor Anstrengung und Angst verzerrt flog sie schwer atmend die Treppe hinauf. Das Broken Heart an der Silberkette um ihren Hals tanzte wie entfesselt und schlug im Stakkato gegen ihre schweißnasse Haut. Das Pfeifen des Windes mischte sich mit dem Klopfen ihres Herzens und wurde noch übertönt von den schrillen Schreien der Cagarras. Die Gelbschnabel-Sturmtaucher hatten die Klippen an der Nordseite der kleinen Insel nämlich zu ihrem Brutrevier auserkoren und gaukelten unablässig um den alten Leuchtturm. Noch vor Kurzem hätte ihr Anblick Lou mit Freude erfüllt. Jetzt aber kamen sie ihr vor wie ein Schwarm unheimlicher Dämonenvögel, die ihr voller Hohn das Lied vom nahen Tod sangen.

Kwää! Kwää! Kwää!

Die Schreie waren so durchdringend und schrill, dass Lou sich die Ohren zuhielt, während sie immer weiter nach oben stürmte. Schon längst zählte sie die Stufen nicht mehr. Und schon längst hatte sie den Turm nicht mehr im Blick. Ihre Augen waren starr auf die verwitterten Tritte gerichtet. Jeder Fehltritt und jedes Stolpern konnte fatale Folgen haben. Selbst wenn sie nicht in die Tiefe stürzte und sich dabei das Genick brach, würde es sie auf alle Fälle wertvolle Zeit kosten. Und damit vielleicht sogar ihr Leben!

Also weiter, Lou, immer weiter!

Wie in Trance hetzte sie die Stufen empor und war beinahe überrascht, als sie plötzlich das Ende der Treppe erreichte. Hastig drehte sie sich um und hielt erneut nach den Verfolgern Ausschau. Sie waren noch immer nicht zu sehen. Hatte sie sie abgehängt? Hatten sie ihre Spur verloren? Oder hatten sie sogar aufgegeben?

Unmöglich! Jean-Luc und Daniel doch nicht.

Und Sophie erst recht nicht!

Dafür waren die drei doch viel zu scharf auf das Gold. Aber um an den Schatz zu kommen, brauchten sie die unscheinbaren Kärtchen, die Lou unter der Einlegesohle ihres linken Schuhs verborgen hatte. Die Kärtchen mit den Hinweisen auf das Versteck der Piratenkiste. Jean-Luc und Daniel würden vor nichts zurückschrecken, um sie in ihren Besitz zu bringen. Und Sophie schon gar nicht! Nicht umsonst hatte Elena gewarnt: »Die geht sogar über Leichen, wenn es sein muss!«

Aber noch war es nicht so weit. Noch konnte Lous Plan aufgehen. Und sie konnte sich noch immer retten!

Außerdem besaß sie ja noch ihren Bogen und ausreichend Pfeile. Sie hatte zwar noch niemals auf Menschen geschossen, aber wenn es nötig sein sollte, konnte sie sich ihre Gegner damit möglicherweise vom Leibe halten. Für einige Zeit zumindest. Dieser Gedanke erfüllte Lou mit neuer Hoffnung. Sie ballte die Faust und stieß einen kleinen Freudenschrei aus: »Yes!!!«

Durchflutet von Adrenalin, sprang sie die fünf steinernen Stufen zur Eingangstür des Turms empor, wo ihre Euphorie von jäher Bestürzung abgelöst wurde: Die Tür, die bei ihrem letzten Besuch weit offen gestanden hatte, war geschlossen und der Schüssel aus dem Schloss verschwunden. Schlimmer noch: Die schief in den Angeln hängende und von hässlichen Rostbeulen gesprenkelte Eisenpforte war verschlossen! Sosehr Lou auch daran rüttelte und zerrte, sie rührte sich nicht einen Millimeter.

Das war das Ende.

Aus und vorbei.

Alles war verloren.

Wie zum Hohn stürmten in diesem Moment drei Gestalten am Fuß des steilen Hügels aus dem wild wuchernden Dschungel und hetzten auf die zum Turm emporführende Treppe zu. Auch wenn Lou ihre Gesichter aus der Entfernung nicht genau erkennen konnte, war sie sicher, dass es sich um Jean-Luc, Daniel und Sophie handelte.

Wer sollte es auch sonst sein? Zumal zwei von ihnen lange Stöcke in den Händen trugen – wahrscheinlich die provisorischen Speere mit den nadelspitzen Enden, die Jean-Luc und Daniel aus den kräftigen Ästen einer Sicheltanne geschnitzt hatten.

Wie sollte sie ihnen bloß entkommen? Die Flucht fortzusetzen, war völlig ausgeschlossen: Der Rückweg über die Treppe war ihr versperrt. Gleich hinter dem Finger des Todes aber fielen steile Klippen über mehr als hundert Meter zum wild tosenden Atlantik hin ab, dessen Gischt sprühende Wogen unablässig gegen die felsige Küste brandeten. In dieser fast senkrechten Wand wäre sie für jedermann weithin sichtbar. Außerdem wäre der Versuch, die Klippen kletternd zu überwinden, der reinste Selbstmord.

Lou saß in der Falle. In einer Falle, aus der es kein Entrinnen mehr gab. Sollte sie die Kärtchen freiwillig herausrücken? Aber dann wären all ihre Anstrengungen und all ihre Mühen völlig vergebens gewesen.

Und der Tod ihrer Mutter wäre so gut wie besiegelt!

Verweigerte sie den drei Wahnsinnigen aber die Hinweise auf den Schatz, dann würden diese sie sich mit Gewalt holen. Und wenn es nötig sein sollte, würden sie sie sogar töten!

Der Gedanke, der wie aus dem Nichts in ihr aufstieg, fuhr Lou wie ein heißes Messer ins Herz: Womöglich würde sie die wichtigsten und liebsten Menschen in ihrem Leben nie mehr wiedersehen. Weder ihre Mutter Eva noch Jonas, ihren kleinen Bruder. Aber was sollte aus ihm werden, wenn sie nicht mehr zu ihm zurückkehrte und seine Mutter nur noch kurze Zeit zu leben hatte?

Und wie würde Tim ihren Tod verkraften? Ihr heiß geliebter Tim, der sie so eindringlich vor BATTLE ISLAND gewarnt hatte! Weil er schon im Voraus fest davon überzeugt gewesen war, dass die verdammte Show gründlich schiefgehen und völlig aus dem Ruder laufen würde. »Die Gier nach Gold lässt alle Menschlichkeit vergessen und weckt den Wolf, der in den meisten von uns schlummert, auch wenn wir davon nichts ahnen!«, hatte er ihr ein ums andere Mal prophezeit. »Außerdem hat es bestimmt seinen Grund, warum die Einheimischen die Insel *›Ilha do Diablo‹*, die Teufelsinsel‹ genannt haben!«

Natürlich wusste Lou, dass Tim ein gutes Gespür für solche Dinge besaß und nicht zur Panikmache neigte. Dennoch hatte sie nicht auf ihn gehört. Weil sie gar keine andere Wahl gehabt hatte! Die Show war doch die einzige Chance, ihrer Mutter vielleicht doch noch das Leben zu retten! Aber nun sah es ganz danach aus, als sollte Tim recht behalten und sie ihn niemals wiedersehen.

Die Erinnerung an ihr letztes Zusammentreffen wurde mit einem Mal so überwältigend stark, als würde sie ihren Abschied auf dem Berliner Airport noch einmal erleben:

Ihre Mutter und Jonas hatten sich bereits von ihr verabschiedet, und sie steuerte schon auf die Ticketkontrolle zu, als sie ihren Namen hörte, laut und deutlich: »Lou! So warte doch, Lou, bitte!«

Als sie sich umdrehte, erblickte sie einen hoch aufgeschossenen und trotz seines schlanken Körpers ungemein muskulösen Jungen. Während er durch die Halle auf sie zueilte, machte ihr Herz einen wilden Sprung, und eine heißkalte Welle prickelte durch ihren Körper. Mit einem Freudenschrei stürmte Lou ihm entgegen und fiel ihm in die Arme.

»O Tim, mein lieber Tim«, stammelte sie und konnte die Tränen nicht zurückhalten – vor Freude, weil er doch noch gekommen war. »Ich dachte, du hättest einen wichtigen Termin an der Uni?«

»Morgen ist auch noch ein Tag«, erwiderte er mit einem breiten Grinsen auf seinem von dunklen Locken umrahmten Gesicht. »Es gibt schließlich Wichtigeres im Leben.« Dann wischte er ihr die Tränen von den Wangen und sah sie mit seinen samtig blauen Augen eindringlich an. »Du weißt, was ich von dieser Show halte«, sagte er ernst. »Nämlich gar nichts! Trotzdem drücke ich dir ganz fest die Daumen.«

»Danke.« Lou tupfte ihm einen Kuss auf die vollen Lippen. »Das ist lieb von dir, Timmi. Aber du weißt ja, warum i…«

»Pst!«, sagte er und legte seinen Zeigefinger auf ihren Mund. »Kein Wort mehr darüber.«

Er holte eine kleine Papiertüte aus der Tasche seiner Jeans und zog etwas daraus hervor: zwei silberne Schlangenketten, an denen jeweils ein halbes Herz hing, ebenfalls aus Silber. Lou erkannte mit einem Blick, dass die Hälften des Schmuckstücks an den Bruchkanten exakt zusammenpassten.

Tim streifte ihre schulterlangen Haare sanft zur Seite und legte ihr eine der Ketten um den Hals. »Das Broken Heart soll dir Glück bringen«, sagte er. »Und dich immer an mich erinnern.«

So ein Dummie! Als ob sie ihn jemals vergessen könnte!

Dann legte er sich selbst die andere Kette um. »Auch wenn wir uns für einige Zeit nicht sehen können, gehören wir fest zusammen«, erklärte er.

Als Lou jetzt an diesen Moment zurückdachte, war ihr plötzlich, als würde sie den Geschmack ihres langen Abschiedskusses, unendlich süß und gleichzeitig salzig-bitter, wieder auf ihren Lippen spüren.

Vielleicht zum letzten Mal in ihrem Leben?

Ein Seufzer wie von einem todgeweihten Tier rang sich aus ihrer Kehle. Sie merkte, wie alle Energie aus ihrem Körper wich. Sie lehnte sich mit dem Rücken gegen die verschlossene Tür und ließ sich kraftlos zu Boden gleiten.

Wie hatte es nur so weit kommen können?

Was war nur geschehen, dass ein fröhlicher Sommerspaß für zehn Jugendliche sich innerhalb weniger Tage in einen schrecklichen Albtraum aus Heimtücke, Hinterlist und Tod verwandelt hatte?

Während aus der Tiefe die hastigen Tritte ihrer Verfolger an Lous Ohren drangen, erinnerte sie sich plötzlich wieder daran, wie alles begonnen hatte: ebenfalls mit einem Albtraum!

Es erschien Lou so absurd, dass sie laut lachen musste. Aber vielleicht hatte sie damals alles nur falsch verstanden? Vielleicht hätte der Traum ihr eine Warnung sein sollen und sie hatte das nur nicht erkannt?

Doch dazu war es jetzt zu spät. So schrecklich der Gedanke auch war: Sie würde schon bald dem Tod ins Auge blicken.

Genauso wie damals.

Berlin. Nahe der Museumsinsel. Schlafzimmer Louisa.
Wochen zuvor: Mittwoch, 23. März 2022, 04:13 Uhr.

Lou war ganz sicher, dass sie sterben würde. Ihr Kopf explodierte und zersprang in tausend grell leuchtende Galaxien. Ihr Körper erschlaffte und tauchte in die wogende See. Gischt und Wasser stiegen ihr in Mund und Nase. Ihre schulterlangen Haare fingerten wie die Nesselarme einer todbringenden Meduse um ihren Kopf, als die Ostsee sie gefangen nahm, um ihr grausames Spiel mit ihr zu treiben: Die Wellen schleuderten sie umher wie eine wehrlose Spielzeugpuppe, füllten ihren Mund und ihre Nase mit brodelnder Gischt und zogen sie mit unbändiger Kraft in die Tiefe. Obwohl Lou wusste, dass das ihren sicheren Tod bedeutete, konnte sie nichts dagegen tun. Zu keiner Bewegung mehr fähig und eingehüllt in eine Wolke aus aufgewirbeltem Tang und Seegras, sank sie tiefer und tiefer, geradewegs auf ein hell leuchtendes Tor zu. Es wurde immer größer und ließ das dunkle Tiefenwasser in gleißendem Licht erstrahlen. Ganz am Rande ihres Bewusstseins nahm Lou wahr, dass ihre Lungen kurz vor dem Platzen waren und das Blut in ihren Adern zu kochen drohte. Sie versank schon in einem tiefen Schwarz, als mit einem Mal mächtige Tentakel auf sie zuschossen, sich um ihre Schultern schlangen und sie wild umherwirbelten. Aus der sich mehr und mehr lichtenden Finsternis lösten sich die Konturen eines krakenartigen Ungeheuers, das rasch näher kam. Seine blutroten Augen starrten sie voller Bosheit an, bevor es seinen scharfen Chitinschnabel öffnete und ihr heisere Laute ins Gesicht schrie.

Zunächst konnte Lou die Worte nicht verstehen, doch dann wurden sie immer lauter und deutlicher: »Es ist alles deine Schuld! Deine Schuld! Deine Schuld! Deine Schuld!«

Die Töne dröhnten so laut und schrill durch das Wasser, dass Lous Trommelfelle zu platzen drohten. Sie wollte die Hände schützend über die Ohren legen, doch die Saugnäpfe des Kraken hielten sie so unerbittlich fest, dass sie sich nicht einen Millimeter bewegen konnte. Das Monster riss erneut den scharfen Schnabel auf und schickte sich an, damit nach ihr zu hacken. Doch dann nahm der Krake urplötzlich die Form eines fratzenhaften Männerkopfes an: eine grotesk verformte Polizeimütze auf dem struppigen Haar, die Oberlippe von einem buschigen Schnauzer verdeckt und die Wangen von grauen Bartstoppeln überzogen. »Es ist alles deine Schuld! Deine Schuld! Deine Schuld!«, schrie auch der Fratzenmann ihr entgegen und riss den Mund so weit auf, als wollte er sie verschlingen.

Lou wand sich wie ein Aal und versuchte, dem eisernen Klammergriff zu entkommen. Doch so verzweifelt sie auch kämpfte – es war alles vergebens. Das ist das Ende, wurde ihr mit überraschender Gelassenheit klar, ich werde sterben.

In diesem Augenblick drang aus weiter Ferne eine Stimme an ihr Ohr, ganz leise nur und wie durch einen Nebel – und dennoch konnte Lou sie verstehen: »Nicht doch, Louisa, beruhige dich bitte! Du bist in Sicherheit, alles ist gut!« Da endlich löste sich Lou aus den Fängen ihres Albtraums und fuhr mit einem erstickten Schrei im Bett hoch.

Schwer atmend und das schweißüberströmte Gesicht von Todesangst gezeichnet, blickte Lou um sich – und da endlich erkannte sie, wo sie sich befand: in ihrem Zimmer in der kleinen

Wohnung ganz dicht bei der Museumsinsel, die sie mit ihrem kleinen Bruder und ihrer Mutter Eva teilte. Eva war es auch, die jetzt auf ihrer Bettkante saß und ihre Tochter mit zerfurchter Sorgenmiene anblickte, die feingliedrigen Hände noch immer um ihre Schultern gekrampft.

Der blaukalte Schein der Straßenlampe direkt vor dem Fenster drang durch die Gardinen und übergoss Evas Gesicht mit fahlem Licht. Es schimmerte grau vor Sorgen und vor Müdigkeit, und die tiefen Falten, die sich darin eingegraben hatten, ließen sie weit älter erscheinen als fünfundvierzig. »Du hast wieder geträumt – nicht wahr, Louisa?«, fragte sie mit brüchiger Stimme. »Den gleichen Traum wie immer, oder?«

Lou nickte und ein Anflug von Scham stieg in ihr auf – wie in jeder der unzähligen Nächte zuvor, in denen sie, von ihrem immer wiederkehrenden Albtraum geplagt, so panisch geschrien hatte, dass ihre Mutter einmal mehr aus dem Schlaf hochgefahren und an ihr Bett geeilt war.

Als wäre ich noch ein Baby und nicht sechzehn, fast schon siebzehn Jahre alt!, dachte Lou.

»Und?« Eva löste die Hände von Lous Schultern, strich ihr sanft über die schweißnassen Haare, die wie ein feuchtes Tuch an ihrem Kopf klebten. »Gab es … etwas Neues? Etwas, das anders war als sonst?«

Lou zuckte unwillkürlich zusammen, zog die Knie an den Oberkörper und schlang ihre Arme darum.

Wie sehr sie diese Frage hasste! Dabei konnte sie gut verstehen, dass ihre Mutter sie immer und immer wieder stellte, ja geradezu stellen musste! Nicht nur weil die Therapeutin, bei der Lou damals für einige Zeit in Behandlung gewesen war, das empfohlen hatte. Nein, auch jedem Laien leuchtete mit Sicherheit ein, dass dieser quälende Albtraum sie wohl so lange heimsuchen würde, bis sie sich endlich daran erinnerte, was damals geschehen war – damals vor drei Jahren, als ihr Vater Paul ums Leben gekommen war. In jenem Sommer, als Familie Harder erstmals seit langer Zeit wieder gemeinsam Urlaub an der Ostsee gemacht hatte.

Es war ein strahlend blauer Julinachmittag gewesen, nur eine Woche vor Pauls vierzigstem Geburtstag. Vater und Tochter – Lou war zu dem Zeitpunkt gerade mal dreizehn – waren zu einem Segeltörn aufgebrochen, während Eva und Lous kleiner Bruder Jonas in dem gemütlichen Ferienhaus in den Dünen, das sie für drei Wochen gemietet hatten, zurückgeblieben waren. Sie wollten einfach nur spielen, lesen, sich sonnen oder schlichtweg faulenzen. Im Gegensatz zu ihrem Mann, einem leidenschaftlichen Segler, machte Eva sich nämlich absolut nichts aus Segeln: zu langweilig und viel zu anstrengend, wie sie immer wieder erklärte. Dabei hatte Paul seine heiß geliebte Jolle sogar auf ihren Namen getauft. Doch selbst das konnte nichts an ihren Vorlieben ändern. Nach wie vor zog sie einen genüsslichen Abstecher ins Reich der Bücher jedem noch so aufregenden Ausflug in die Welt der Wellen um Längen vor. Was bei ihrem Beruf durchaus verständlich war: Eva hatte Buchhändlerin gelernt und führte seit ein paar Jahren einen kleinen Kiez-Buchladen, während Paul als freiberuflicher Sportreporter für verschiedene Zeitungen und Magazine arbeitete. Obwohl Paul sich insgeheim über ihr Desinteresse ärgerte, ließ er sich das niemals anmerken. Er verlor deshalb auch kein Wort darüber, dass Eva auch an diesem Julinachmittag an Land zurückblieb, während er und Lou, deren Sportbegeisterung der ihres Vaters in nichts nachstand, über die Wogen der Ostsee rauschten.

Obwohl: Ganz so toll war das auch wieder nicht mit dem Rauschen, zumindest nicht zu Beginn ihres Törns. Es herrschte nämlich nahezu Flaute und die See lag flach und unbewegt wie ein Tuch aus blauem Samt unter einem wolkenlosen Himmel. Die Segel der *Eva* hingen schlaff vom Mast. Sie hatten ohnehin nur Groß- und Focksegel aufgezogen, denn den Spinnaker zu setzen war bei diesem Wetter völlig sinnlos.

Während die rund fünf Meter lange Jolle träge dahindümpelte, hatte Lou sich im Bikini auf dem kleinen Deck vorne am Bug ausgestreckt, ließ sich die Sonne auf die nackte Haut scheinen und döste träge vor sich hin. Ihr Vater saß im Heck und las, die Ruderpinne lässig in der Hand, eine Zeitung. Lou erinnerte sich noch daran, dass sie alsbald von wohliger Schläfrigkeit befallen wurde und schließlich ganz sanft wegdämmerte. Aber all das, was danach geschah, war fast vollständig aus ihrem Gedächtnis gelöscht. Bis auf die Bilder natürlich, die ihr immer wieder in ihren Albträumen begegneten: die krachende Explosion in ihrem Kopf und die Sterne vor ihren Augen. Der Sturz ins Wasser. Die unbändige Macht der Wogen. Das leuchtende Tor in der Tiefe. Die Tentakel, die sie packten. Und die grotesken Fratzen des Kraken und des Mannes, die sie laut anschrien: »Es ist alles deine Schuld! Deine Schuld! Deine Schuld!« Doch so klar und deutlich diese Szenen auch vor ihrem inneren Auge abliefen – sie ergaben nicht den geringsten Sinn.

Wie oft schon hatte Lou sich den Kopf zermartert, um die tiefere Bedeutung dieses Traums zu ergründen. Und wie häufig hatte sie in ihrem Gedächtnis gekramt, um die verschütteten Ereignisse wieder ans Licht zu bringen. Doch jedes Mal ohne brauchbares Ergebnis. Lous Erinnerung setzte erst mit dem Augenblick wieder ein, als das Boot des SAR-Teams wie aus dem Nichts neben ihr auf der wild wogenden Ostsee aufgetaucht war. Danach war alles ganz schnell gegangen: Ein Seenotretter im Neoprenanzug, mit einer Taucherbrille auf der Nase und Schwimmflossen an den Füßen, sprang ins aufgewühlte Wasser und hievte sie, unterstützt von seinen Kameraden, an Bord des heftig schaukelnden Rettungsschiffes. Dort betteten sie Lou ganz behutsam rücklings aufs Deck, wo sich sofort ein Notarzt über sie beugte, um sich einen ersten Überblick über ihren Gesundheitszustand zu verschaffen.

Im ersten Moment durchflutete Lou ein Gefühl grenzenloser Erleichterung: Sie war dem nassen Tod, der mit seinen feuchten Krakenarmen bereits nach ihr gegriffen und sie erbarmungslos in sein Reich zu ziehen versucht hatte, gerade noch im letzten Augenblick entkommen! Am liebsten hätte sie laut aufgeschrien vor Freude. Doch dann nahm sie aus den Augenwinkeln etwas wahr, das ihren Atem jäh stocken ließ: Gut dreißig Meter vom SAR-Kreuzer entfernt tanzte ein Boot kieloben auf den stark bewegten Wellen. Die beiden Seitenschwerter ragten fast anklagend in den mit dicken grauen Unwetterwolken überzogenen Himmel – und obwohl sich der Rumpfteil mit dem Bootsnamen unter Wasser befand, erkannte Lou mit erschreckender Klarheit, dass es sich bei dem gekenterten Segler um die *Eva* handelte, die Jolle ihres Vaters! Ihr Herzschlag drohte auszusetzen, und sie richtete sich so ruckartig auf, dass sie dem Notarzt um ein Haar einen Kopfstoß verpasst hätte. Zum Glück konnte der Mann gerade noch ausweichen. »Papa!«, schrie sie voller Panik. »Wo ist Papa, verdammt noch mal?«

Die Erinnerung an diesen schrecklichen Tag ließ Lou in ihrem Bett zusammenzucken, sodass Eva ihr erneut ganz sanft über die nassen Haare strich. »Ruhig, Louisa, ganz ruhig. Ich bin ja bei dir.«

Zum Glück!, ging es Lou unwillkürlich durch den Kopf. Schlimm genug, dass ich Papa verloren habe!

Sein Tod hatte ihr anfangs so schrecklich zugesetzt, dass sie ihre Trauer sogar körperlich gespürt hatte. Ein ums andere Mal hatte der entsetzliche Verlust sie schier zu erdrücken und ihr die Luft zum Atmen zu nehmen gedroht. Doch selbst aus den Phasen tiefster Verzweiflung hatte sie sich immer wieder herausgekämpft. Weil die Liebe und Zuneigung ihrer Mutter ihr Halt gegeben hatten. Und weil sie spürte, dass ihr kleiner Bruder ihre Hilfe brauchte. Jonas war damals erst fünf und konnte das schreckliche Geschehen noch gar nicht richtig begreifen. Für Wochen war er nicht ansprechbar gewesen und hatte sich immer weiter in sich selbst zurückgezogen. Lou hatte instinktiv gefühlt, dass sie Jonas nur durch ihr eigenes Beispiel die nötige Zuversicht und den Lebensmut vermitteln konnte, damit er über den schrecklichen Verlust hinwegkam. Und das hatte er tatsächlich geschafft! Ganz im Gegensatz zu Lou selbst, die sich noch immer die Schuld am Tod ihres Vaters gab.

Das nämlich hatte der Typ von der Seenotrettung behauptet, der ebenso brummige wie bärbeißige Kapitän Petersen. Natürlich hatte er das nicht ausdrücklich so gesagt – und ihr dennoch deutlich zu verstehen gegeben, dass er genau das meinte. Dabei gab es dafür keinerlei Beweise, sondern höchstens vage Indizien: Als der Notarzt Lou die Schwimmweste ausgezogen hatte, um sie zu untersuchen, stellte sich nämlich heraus, dass sie die Weste ihres Vaters trug. Auf dem daran befestigten Schild stand jedenfalls dick und fett sein Name: Paul Harder.

Worüber sich der wettergegerbte und mit einem struppigen Vollbart geschmückte Seebär Petersen ungemein wunderte. »Merkwürdig«, brummte er, die buschigen Brauen hocherhoben. »Wieso hast du die Rettungsweste deines Vaters angezogen? War für dich denn keine an Bord?«

»Doch«, antwortete Lou hastig. »Natürlich gab es für jeden von uns eine Weste. Und für weitere Mitfahrer natürlich auch.«

»Und warum trägst du dann die deines Vaters?«

Aber dafür hatte Lou auch keine Erklärung. Sie konnte nur hilflos mit den Schultern zucken. »Das weiß ich nicht.«

Die Stirnfalten des Kapitäns wurden fast so tief wie der Marianengraben. »Wie, das weißt du nicht?«, blaffte er sie ungehalten an. »Du musst doch wissen, weshalb du …?«

»Eben nicht!«, unterbrach Lou und hob in einem Anflug von Verzweiflung die Arme. »Vielleicht …«

Petersen legte den Kopf schief und musterte sie streng aus seinen wässrig blauen Augen. »Ja?«

»Vielleicht habe ich seine Schwimmweste einfach aus Versehen angezogen? Und er dafür meine?«, rätselte Lou. »Aber wie auch immer: Das macht ja wohl keinen Unterschied, oder?«

»Nur den, dass dein Vater mit Sicherheit ein ganzes Stück schwerer ist als du«, gab der Kapitän ohne erkennbare Regung zurück. »Und dass er deshalb auch eine Weste mit größerem Auftrieb benötigt!«

»Äh …« Das war neu für Lou. Sie hatte natürlich mitbekommen, dass es unterschiedliche Rettungswesten an Bord gab, sich aber nie tiefere Gedanken darüber gemacht. Und schon gar nicht hatte sie ihren Vater nach dem Grund dafür gefragt. »Und wenn Papa meine Weste …?«

»… dann ist nicht gewährleistet«, nahm Petersen ihr das Wort aus dem Mund, »dass sie ihn in eine ohnmachtssichere Lage drehen konnte, als er über Bord gegangen ist.« Er blickte Lou so vorwurfsvoll an, als hätte sie die Jolle höchstpersönlich zum Kentern gebracht. »Und das ist er ja wohl, oder? Über Bord gegangen, meine ich?«

Lou schluckte und wusste nichts zu erwidern. Nach ihrer Bergung hatten die Seenotretter natürlich auch nach ihrem Vater gesucht und keine Spur von ihm entdeckt. Nicht im Wasser und auch nicht auf oder unter dem gekenterten Boot, wie ein Taucher festgestellt hatte. Sie räusperte sich, um den dicken Frosch in ihrem Hals loszuwerden. »Und wenn Papa tatsächlich meine Weste …«

»Dann wollen wir hoffen«, fiel der Alte ihr erneut ins Wort, »dass er nicht das Bewusstsein verloren hat. Sonst ist er nämlich mit größter Wahrscheinlichkeit ertrunken. Deshalb ist es ja so ungemein wichtig, dass jeder immer die passende Rettungsweste trägt!«

Lou erwiderte nichts und senkte beschämt den Blick. Aus diesem Grunde also hatte ihr Vater die Westen gekennzeichnet und sie immer gemahnt, ihre an Bord auch stets zu tragen. Was Lou zu seinem großen Ärger jedoch nur höchst widerwillig und höchst selten getan hatte. Weil ihr die Rettungsweste zu unbequem war. Und weil sie beim Sonnenbaden schlichtweg störte.

»Erinnerst du dich denn an überhaupt nichts mehr?«, holte der Kapitän sie aus ihren Gedanken. Dem zweifelnden Unterton in seiner Stimme war zu entnehmen, dass er sich das schlichtweg nicht vorstellen konnte.

»Nein«, antwortete Lou hastig. »Ich weiß nur noch, dass ich mich auf dem Vorderdeck gesonnt …«

»Natürlich ohne Rettungsweste!« Petersens Blick war scharf wie ein Messer. »Habe ich recht?«

»Äh ... ja«, musste Lou zugeben. »Sonnen mit Weste macht ja irgendwie keinen Sinn, oder?«

»Wenn du es sagst«, knurrte der Seemann. Seinem Gesichtsausdruck nach zu urteilen, war er allerdings genau gegenteiliger Meinung. »Und weiter? Was ist dann passiert?«

»Dann ... dann muss ich irgendwann eingeschlafen sein. Und dann ...« Lou brach ab und sah hinaus auf die wild wogende Ostsee, als könnte sie dort ihre Erinnerung wiederfinden. »Dann ...«

»Ja?«

»Dann habe ich plötzlich einen heftigen Schmerz gespürt.«

»Vermutlich hat dich der Mastbaum am Kopf getroffen«, mischte der Notarzt sich ein. »Das würde zumindest die Wunde an deiner Schläfe erklären!«

»Ah ja?« Als Lou die heftig schmerzende Stelle abtastete, fühlte sie eine dicke Beule. Ihre Fingerspitzen waren blutig verfärbt, als sie die Hand wieder zurückzog. »Jedenfalls stürzte ich ins Wasser und muss kurz darauf das Bewusstsein verloren haben. Ich weiß nicht, wie viel Zeit vergangen ist, aber als ich wieder zu mir kam, trieb ich im Meer, und Ihr Boot ist neben mir aufgetaucht.«

»Hm«, brummte der Graubart. »Und was mit deinem Vater passiert ist, weißt du wahrscheinlich auch nicht?«

»Nein, leider.« Eine jähe Welle aus Angst und Verzweiflung spülte über Lou hinweg und drohte den Schiffsboden unter ihrem Rücken fortzuschwemmen. Sie fror plötzlich so entsetzlich, dass sie am ganzen Körper zitterte. »Mein Kopf ist so leer wie eine frisch gelöschte Festplatte.«

Noch bevor Kapitän Petersen einen Kommentar über die rissigen Lippen brachte, mischte sich der Notarzt wieder ein. »Vermutlich der Schock«, erklärte er. »Kommt häufiger vor. Aber wenn der erste Schrecken überwunden und das Gröbste verdaut ist, kommt die Erinnerung meistens wieder.«

»Wie schön.« Die Stimme des Alten triefte vor beißender Ironie. »Aber wahrscheinlich ist es dann zu spät. Es würde unsere Arbeit nämlich ungemein erleichtern, wenn wir wüssten, wo wir nach dem Verunglückten suchen sollen.« Der Blick, den Petersen ihr dabei zuwarf, war so kalt und abweisend, dass Lou erschauderte. Trotzdem setzten der Kapitän und seine Crew die Suche nach Paul Harder fort. Aber leider ohne jeden Erfolg.

Drei Tage später wurde die Leiche ihres Vaters an den Strand gespült. Ohne ihre Schwimmweste, die erst einen Tag später anlandete. Und das machte für Lou alles nur noch schlimmer. Obwohl keiner der Männer, die den Toten geborgen hatten, es laut aussprach, konnte sie in ihren Gesichtern und Augen deutlich lesen, was jeder von ihnen dachte – nämlich dass sie die Schuld am Tod ihres Vaters trug.

Doch was das Schlimmste war: Lou war ebenfalls dieser Meinung! Wenn sie nicht so leichtsinnig gewesen wäre und die ständigen Ermahnungen ihres Vaters nicht schnöde ignoriert hätte, könnte er noch leben. Alle Versuche ihrer Mutter, ihr das auszureden, waren vergeblich gewesen, und so quälte Lou sich seitdem mit den immer gleichen Vorwürfen, die das Monster und der Fratzenmann ihr im Traum ins Gesicht schrien: »Es ist alles deine Schuld! Deine Schuld! Deine Schuld!« Und entgegen der landläufigen Vorstellung, dass die fortschreitende Zeit alle Wunden heilen würde, hatten die vergangenen drei Jahre nicht das Geringste geändert. Im Gegenteil: Lous Schuldgefühle waren eher noch größer geworden.

»Wenn du nicht endlich aufhörst, dich grundlos zu quälen«, mahnte ihre Mutter, als hätte sie Lous Gedanken erraten, »machst du dir das Leben nur selbst zur Hölle! Es war einfach ein Unglück, an dem niemand Schuld trägt. Und du schon gar nicht!«

»Das sagt sich so leicht!« Lou sah ihre Mutter bekümmert an. »Dabei weißt du genau, dass ich nicht einfach aufhören kann, mir Vorwürfe zu machen. Solange ich mich nicht daran erinnere, was damals an Bord wirklich passiert ist, kann ich auch nicht ausschließen, dass ich für Papas Tod verantwortlich bin. Und dieser Gedanke ist so schrecklich, dass er mich manchmal fast umbringt.«

»Aber, Lou...«, setzte Eva zu einer Antwort an, zuckte aber im gleichen Moment mit schmerzverzerrtem Gesicht zusammen, fasste mit beiden Händen an den Kopf und stöhnte laut auf.

»Mama?«, fragte Lou besorgt. »Was hast du denn? Wieder diese... Migräne?«

»Ich... äh... ich glaube schon.« Eva quälte sich ein Lächeln ab und nickte. »Fühlt sich jedenfalls genauso an: als würde mir jemand mit einem spitzen Messer im Kopf rumbohren.«

»Dann geh doch endlich zum Arzt!« Lou legte die Hand auf den Unterarm ihrer Mutter und sah sie fast flehend an. »Das geht nun schon seit Wochen so und muss einen Grund haben.«

»Ach.« Eva versuchte die Worte mit einer fahrigen Geste wegzuwischen. »Jetzt übertreib mal nicht. Es ist bestimmt nur Migräne, weiter nichts. Und gegen die gibt es noch immer keine wirksame Medizin.«

Lou runzelte die Stirn. »Und wenn es doch was anderes ist?«

»Quatsch!« Eva tätschelte ihr beruhigend die Wange. »Aber wenn es dich beruhigt: Ich hab schon einen Termin gemacht. Gleis nässte Wowwe gehis...«

»Aber, Mama!« Lou zuckte zusammen und starrte ihre Mutter erschrocken an. »Warum ... sprichst du so komisch?«

»Komisch? Wieso denn komisch?« Die Bemerkung schien Eva zu ärgern. »Wahrscheinlich hast du nur nicht richtig zugehört!« Erneut strich sie ihrer Tochter übers Haar und erhob sich dann. »Hör endlich auf, dir Sorgen um mich zu machen, und leg dich wieder schlafen. In knapp drei Stunden klingelt der Wecker.« In der Tür drehte sie sich noch einmal um und lächelte ihr zu. »Schlaf gut, Louisa.«

»Danke, du auch.« Lou blickte ihrer Mutter nach, bis die Dunkelheit des kleinen Flurs sie verschluckt hatte.

Von wegen Migräne, dachte sie beunruhigt. Davon spricht man doch nicht so verwaschen und bekommt auch keine Gehstörungen, wie das bei Mama seit einiger Zeit der Fall ist. Und von Tag zu Tag wird es eher noch schlimmer! Unwillkürlich schüttelte Lou den Kopf. Das ist bestimmt keine Migräne! Aber was ist es ...?

Bei diesem Gedanken zuckte Lou zusammen und wagte ihn gar nicht zu Ende zu denken. Ein kalter Schauer lief über ihren Rücken, und so verkroch sie sich ganz tief unter ihre Bettdecke, als könnte die sie vor allem Leid und Unglück beschützen.

Battle Island, Azoren. Nordküste. Finger des Todes.
Tag acht: Freitag, 12. August 2022, 18:21 Uhr.

»Habt ihr sie noch alle, ihr Lahmärsche?« Mit wutverzerrter Miene schrie Sophie Hansen die ein ganzes Stück hinter ihr zurückhängenden Jungs an, als diese langsamer wurden und sich beim Gehen auf ihre Speere stützten wie auf harmlose Wanderstäbe. »Beeilt euch gefälligst! Wir müssen dieses Herzchen erwischen, bevor die Techniker den Defekt im Kamerasystem repariert haben. Ihr habt doch gehört, was Mannings gesagt hat: ›Das wird bestimmt nicht lange dauern!‹ Aber sobald die Kameras wieder funktionieren und alles im Blick haben, können wir uns die Berliner Bitch nicht mehr unbeobachtet vorknöpfen!«

»Geht's noch, Pussycat?«, krächzte Daniel Michaelis so heiser wie ein erkälteter Papagei, während er laut schnaufend die Treppe hochstolperte. »Was ist das denn für eine Ausdrucksweise? Ich dachte, du bist in Kopenhagen aufgewachsen und nicht in einem Slum.«

»Was wieder einmal beweist, was für ein Honk du bist!«, gab Sophie ungerührt zurück. »Denken ist wohl nicht gerade deine Stärke, was? Wir sind hier doch ganz unter uns und werden von niemandem beobachtet – nicht von einem einzigen verdammten Zuschauer! Wir können also tun und lassen, was wir wollen. Wie zum Beispiel dieser verfluchten Lou die Hinweise auf den versteckten Schatz abzujagen. Und wenn es sein muss, mit Gewalt! Weil das nämlich niemand mitbekommt.« Hastig deutete sie mit dem Kopf in Richtung des alten Turms. »Also kommt endlich in die Gänge! Wäre doch verdammt schade, wenn wir diese einmalige Chance einfach so in den Wind schießen würden.«

»Ja, klar! Aber das ist noch lange kein Grund, dass du so einen Alarm machst.« Obwohl erst siebzehn, hatten Alkohol und Drogen nicht nur deutliche Spuren in Daniels Stimme, sondern auch in seinem Gesicht hinterlassen. Er schwitzte so stark, dass das T-Shirt an seinem Oberkörper klebte und seine blonden Haare in feuchten Strähnen von seinem Kopf hingen. Immer noch heftig um Atem ringend, deutete er auf den Turm. »Der Finger des Todes – eine passendere Bezeichnung könnte es für das abgewrackte Gemäuer doch gar nicht geben! Dort oben sitzt Lou nämlich in der Falle. Über die Steilküste kann sie uns unmöglich entkommen. Und wenn sie sich im Turm versteckt, werden wir sie über kurz oder lang finden. Also cool down, Pussycat, und chill ein wenig.« Er drehte sich zu dem zwei Meter hinter ihm herschlurfenden Jean-Luc Reno um. »Oder was meinst du, Scarface?«

Wie immer, wenn der junge Franzose mit den algerischen Wurzeln das Gesicht zu einem wilden Grinsen verzog – was er ebenso gern wie häufig tat –, entwickelte die gezackte Narbe auf seiner linken Wange ein bizarres Eigenleben: Sie pulsierte auf eigenartige Weise und schien sich hin und her zu bewegen. »Wo du rescht 'ast, 'ast du rescht, Mischel Sauerkraut«, erwiderte er spöttisch. Sein fettes Grinsen war eine einzige Provokation.

Doch Daniel zuckte mit keiner Wimper. Dabei hasste er den abfälligen Namen, den Jean-Luc ihm schon bei ihrer ersten Begegnung verpasst hatte, wie die Pest und war deshalb auch schon mehrfach ausgerastet. Doch diesmal blieb er ganz ruhig. Vielleicht weil er zu erschöpft war. Oder weil ihn im Augenblick etwas ganz anderes beschäftigte: Lou zum Beispiel. Oder die Hinweise auf den Schatz, die sie bei den *Battles of the Day* gewonnen hatte.

»Auch wenn das nischt allzu 'äufisch der Fall ist«, schob Jean-Luc noch rasch nach – wohl aus Enttäuschung darüber, dass Daniel auf seine Häme nicht eingestiegen war.

»Wenn du glaubst, ich lass mich von dir hochnehmen, dann hast du dich geschnitten!« Daniels Mundwinkel zuckten verächtlich. »Ich bin zwar blond, aber nicht blöd!«

»Da wäre ich mir an deiner Stelle nicht so sicher, Mischel Sauerkraut«, ahmte Sophie den Franzosen nach. »Aber dafür bin ich mir absolut sicher, dass Lou alles andere als blöd ist. Ich kann mir nicht vorstellen, dass sie uns freiwillig in die Falle gegangen sein sollte. Sie weiß doch, dass die Treppe hier der einzige sichere Zugang zum Finger des Todes ist. Wer es abseits davon über den Steilhang versucht, riskiert doch seinen Hals.«

»Eben!«, bekräftigte Daniel mit triumphierender Miene. »Sag ich doch!«

»Und genau deshalb ergibt das keinen Sinn«, fuhr Sophie unbeeindruckt fort. »Dazu ist dieses Berliner Herzchen viel zu clever und ausgekocht. Das hat sie in den vergangenen Tagen doch mehrfach bewiesen.«

»Hm«, brummte Jean-Luc nachdenklich und kratzte sich das kantige, von dichten schwarzen Bartstoppeln übersäte Kinn. »Damit könntest du rescht 'aben, Sophie-Chérie.«

»Und ob ich das habe!« Sophie nickte so heftig, dass die Totenkopfanhänger an ihren Ohren einen wilden Tanz aufführten. »Es sei denn …« Sie brach ab und starrte mit eng zusammengekniffenen Augen zum Horizont, als wäre dort ein Hinweis auf Lous Pläne zu lesen. Mit ihrer hoch aufragenden und sich scharf gegen den dunklen Himmel abzeichnenden Gestalt, dem schwarzen Stirnband um die zu schmalen Cornrows geflochtenen blonden Haare, den kajalumrandeten Augen und den aufgemalten Kampfrunen auf den leicht hervorstehenden Wangenknochen erinnerte Sophie an eine furchtlose Kriegerprinzessin aus einem Endzeitthriller. Die enge Hose aus schwarzem Leder und das Muskelshirt aus dem gleichen Material unterstrichen diesen Eindruck genauso wie die Machete an ihrem Gürtel.

»Ja, Sophie-Chérie?«, drängte Jean-Luc ungeduldig. »Es sei denn …?

»Es sei denn, Lou hätte jetzt ebenfalls die Nerven verloren und weiß deshalb nicht mehr so recht, was sie tut«, gab Sophie zurück. »Genau wie schon Poppy und Elena vor ihr. Und dieser neapolitanische Schönling, Nicolo de Rossi, ist mit Sicherheit auch bald so weit«, fügte sie breit grinsend hinzu. »Ich weiß auch schon ganz genau, wie ich ihn endgültig kirre mache!«

»Kann isch mir gut vorstellen!« Jean-Luc wischte sich mit der Hand den Schweiß von seinem mit Ausnahme einiger weniger Haarstoppeln ratzekahlen Schädel. »Wer disch zur Freundin 'at, braucht keine Feinde mehr!«

»Du hast es genau erkannt«, erwiderte Sophie und grinste hämisch. Sie wurde aber sofort wieder ernst und sagte: »Diese verdammte Show ist eben alles andere als easy und schon gar kein Eiapopeia-Kinderspiel, wie manche sich das vielleicht vorgestellt haben. Hier geht es so richtig zur Sache, finde ich.«

»Und ob!«, stimmte Daniel mit großem Ernst zu. »Und ob! Ich hätte nicht im Traum gedacht …«

»Natürlisch!«, fiel Jean-Luc ihm ebenso rüde wie verächtlich ins Wort. »Weil du eine verdammte Pussy bist und deine alten 'errschaften disch wahrscheinlisch nach Strisch und Faden verwöhnt 'aben, anstatt einen ganzen Kerl aus dir zu machen!« Er verdrehte theatralisch die Augen. »Dabei ist das 'ier doch gar nischts! Im Vergleisch mit dem, was sisch tagtäglisch bei mir zu 'ause in Paris abspielt, meine isch!«

»Paris, Paris!«, höhnte Sophie. »Ich höre immer nur Paris. Den dreckigen Vorort, aus dem du stammst und in dem es von Arabern und Afrikanern wie dir nur so wimmelt, willst du doch nicht ernsthaft als Paris bezeichnen, oder?«

»Erstens bin isch kein Afrikaner, sondern schon seit meiner Geburt Franzose«, gab Jean-Luc ungerührt zurück. »Und zweitens ge'ören die Banlieues nun mal zu Paris – ob dir das passt oder nischt, Sophie-Chérie. Aber vielleischt sollten wir uns jetzt wieder wischtigeren Dingen zuwenden, nämlisch deiner so 'eiß und innig geliebten Berliner Schlampe.« Wieder kam Leben in die Narbe auf seiner Wange. »Schauen wir doch einfach mal nach, was sie dort oben so treibt. Dann müssen wir nischt länger 'erumrätseln, *n'est-ce pas?*«

»Sag ich doch die ganze Zeit«, erwiderte Sophie mit grimmiger Kriegermiene. »Aber ihr trödelt ja rum wie bei einem Sonntagsspaziergang im Tivoli.« Ohne die beiden noch eines weiteren Blickes zu würdigen, drehte sie sich um und stürmte die Treppe hoch. Daniel und Jean-Luc blieb nichts anderes übrig, als ihrer Vorkämpferin schnellstens zu folgen.

Berlin. Friedrichshain. Hauptstadtbüro YOUR TV.
Wochen zuvor: Freitag, 25. März 2022, Nachmittag.

»Das darf doch nicht wahr sein! Pass gefälligst auf, wo du hinläufst, du blinde Tussi!«

Im ersten Moment verstand Lou überhaupt nicht, warum Helen Haller sie so wütend anblaffte. Erst nach einer Schrecksekunde begriff sie, was sie angerichtet hatte: Auf dem Weg zum Büro von Mr Mannings musste sie Helen angerempelt haben, aus Versehen natürlich und ohne jede Absicht. Jedenfalls stand

Helen inmitten eines wild auf dem Boden des Flurs verstreuten Blättermeers und starrte sie mit einem Ausdruck grenzenlosen Entsetzens an. Wieder einmal machte sie ihrem Spitznamen alle Ehre: HH – Hysteric Helen, wie ihre Kollegen ihre Namensinitialen umgedeutet hatten. Offensichtlich war sie unterwegs zum Kopierer gewesen, als ihr beim Zusammenstoß mit Lou der Dokumentenstapel aus den Händen gefallen war.

»Sorry, Helen, tut mir wirklich leid«, entschuldigte sich Lou rasch. »Ich hab dich gar nicht gesehen.«

»Wie kann man nur so blind sein!« Helen schnaubte wie ein gereizter Wookie. »Ich bin ja auch so leicht zu übersehen, nicht wahr?«

Diese Bemerkung überraschte Lou. Dass Helen zur Selbstironie fähig war, war ihr völlig neu. Dabei kannte sie das recht kompakte Mädchen seit ihrer gemeinsamen Schulzeit am Einstein-Gymnasium. Die zwei Jahre ältere Helen hatte dort vor einem Jahr das Abitur abgelegt, während Lou die Reifeprüfung noch bevorstand. Seitdem arbeitete Helen als Praktikantin im Berliner Büro von YOUR TV und verrichtete die gleichen Hilfsdienste wie die meisten ihrer ebenso mies bezahlten Schicksalsgenossinnen auch: Kaffee kochen, Telefon- und Maildienst schieben, Ablage machen und ähnlich anspruchsvolle Arbeiten mehr. Und natürlich die klassische Praktikantentätigkeit schlechthin: kopieren, kopieren, kopieren! Aber genau das hatte Lou durch ihren unbeabsichtigten Rempler verhindert, zumindest vorerst. Dabei war Helen wirklich nicht zu übersehen! Nicht nur wegen ihrer auffälligen Frisur – sie hatte den Kopf zur Hälfte kahl rasiert –, sondern auch wegen ihrer Figur. Sie überragte Lou nämlich um Längen und war auch bestimmt zwanzig Kilo schwerer. Und von ihrer Körbchengröße wagte Lou nicht einmal zu träumen! Dabei fand sie ihren Busen eigentlich ganz okay. Und Tim offensichtlich auch. Zumindest hatte er sich noch nie darüber beklagt.

»Ich helfe dir aufsammeln«, sagte Lou rasch und bückte sich. »Dann geht es schneller.«

»Lass gefälligst deine Griffel da weg!«, herrschte Helen sie wütend an und stieß sie rüde zur Seite. »Du bringst alles nur noch mehr durcheinander. Außerdem sind die Schreiben streng vertraulich und nicht für jeden x-beliebigen Hiwi bestimmt!«

Das war mal wieder typisch für Helen! Obwohl sie in der Bürohierarchie ganz weit unten rangierte – noch unter dem Hausmeister und nur knapp über dem Reinigungspersonal –, hielt sie sich natürlich für etwas Besseres als Lou, die mit einem kleinen Nebenjob bei YOUR TV ihr Taschengeld ein wenig aufstockte. In den jeweils drei Stunden an drei Nachmittagen in der Woche, die sie hier arbeitete, verdiente Lou zwar nicht allzu viel, aber das war ihr auch nicht so wichtig. Hauptsache, sie konnte bereits während der Schulzeit etwas Medienluft schnuppern. Lous Berufsziel stand nämlich seit Langem fest: Genau wie ihr verstorbener Vater wollte sie in der Medienbranche arbeiten. Am liebsten als Moderatorin oder etwas Ähnliches. Es konnte deshalb bestimmt nicht schaden, so früh wie möglich einschlägige Erfahrungen zu sammeln. Zumal die meisten Journalistenschulen – und Lou war fest entschlossen, nach dem Abitur eine solche zu besuchen – entsprechende Praktika zur Aufnahmebedingung machten.

Ob HH aus dem gleichen Grund bei YOUR TV jobbte, wusste Lou allerdings nicht. Helen behandelte sie nämlich meistens wie Luft. Ließ sie sich ausnahmsweise mal dazu herab, sie anzusprechen, dann nur, um ihr einen Auftrag zu erteilen. Zu einer Unterhaltung, geschweige denn zu einem längeren Gespräch, war es zwischen ihnen jedenfalls noch nie gekommen. Lou hielt denn auch größtmöglichen Abstand zu Helen und kam mit ihr höchst selten in Berührung – es sei denn, ihre Wege kreuzten sich völlig unbeabsichtigt wie an diesem Freitagnachmittag.

»Schon gut! Schon gut!« Lou richtete sich rasch wieder auf und hob abwehrend die Hände. »Wer nicht will, der hat schon.«

»Hä?« Helen glotzte sie an wie ein zugedröhnter Maikäfer. »Was soll das denn wieder heißen?«

Was ebenfalls typisch Helen war: nicht nur hochnäsig, sondern auch noch schwer von Begriff. Dabei war sie gar nicht blond, sondern hatte die Haare auf dem halben Schädel blau gefärbt.

»Genau das!« Lou schenkte ihr ein zuckersüßes Lächeln. »Ciao – und viel Spaß beim Sortieren!« Während Helen sich ächzend nach den Papieren bückte und ihre Hüftspeckrollen dabei über den Bund ihrer viel zu engen Jeans quollen, ging Lou rasch weiter.

Ausgerechnet vor der Bürotür von Mr Mannings verließ sie der Mut. Unschlüssig blieb sie stehen und überlegte fieberhaft. Sollte sie den Leiter des Berliner Büros von YOUR TV wirklich mit ihrem Anliegen belästigen? Mr Mannings war schließlich ein viel beschäftigter Mann und hatte bestimmt Wichtigeres zu tun, als sich um ihre Probleme zu kümmern! Sie war schließlich nur eine Aushilfe und jobbte erst seit ein paar Monaten bei YOUR TV. Andererseits hatte Lou keine Ahnung, an wen sonst sie sich mit ihrem Anliegen hätte wenden sollen. Mr Mannings beschäftigte nur so viel Angestellte wie unbedingt nötig. So etwas wie ein Personalbüro gab es deshalb nicht, sodass er eigentlich für alles zuständig war. Lou atmete also tief durch und klopfte an seine Bürotür.

Ihre Bedenken waren völlig überflüssig gewesen, wie sie schnell feststellte. Mr Mannings begrüßte sie mit einem freundlichen Lächeln, und sie hatte ihr Anliegen kaum vorgetragen, da nickte er auch schon zustimmend.

»Ja klar, kein Problem!«, sagte er, immer noch lächelnd. »Natürlich kannst du am Montagnachmittag freihaben, um deine Mutter zum Arzt zu begleiten.« Er sprach englisch, wie es bei YOUR TV allgemein üblich war. Schließlich wurde das gesamte Programm des Senders in dieser Sprache ausgestrahlt. Englisch war immerhin die Fremdsprache Nummer eins in fast allen europäischen Ländern, und es gab so gut wie keinen Jugendlichen mehr, der die Sprache nicht beherrschte. Nur deshalb war der riesige Erfolg von YOUR TV überhaupt möglich gewesen!

Lou bedankte sich rasch und wollte schon wieder gehen, als die Bürotür aufgerissen wurde und ein Kaugummi kauender, sommersprossiger Junge mit roten Haaren, vielleicht ein oder zwei Jahre älter als sie, in den Raum stürmte: Rowan, Mr Mannings' Sohn, der gerade zu Besuch bei seinem Vater in Berlin weilte.

»Du wirst es nicht glauben, Pa«, legte er los, wurde von seinem Vater aber ziemlich unwirsch unterbrochen:

»Vielleicht sagst du erst mal Guten Tag. Und zwar nicht nur zu mir, sondern auch zu Lou.«

»Ja klar, n-n-natürlich.« Rowan wurde knallrot und nickte erst Lou und dann seinem Vater zu. »Hi, Lou. Hi, Pa.«

»Na also, geht doch.« Ein schmales Lächeln spielte um Mannings' Lippen. »Was gibt's denn so Wichtiges? Und mach's bitte kurz. Ich hab nicht viel Zeit, wie du weißt.«

»Ja klar, natürlich«, antwortete Rowan hastig, ließ sich auf einen der beiden Besucherstühle nieder und legte sein Tablet auf den Schreibtisch seines Vaters. »Sieh dir doch mal an, was dieser Schwachkopf auf YOUR JOURNAL gepostet hat! Das sollte doch erst nächste Woche veröffentlicht werden, oder?«

Lou fühlte sich plötzlich völlig überflüssig. »Ich geh dann mal«, sagte sie und drehte sich bereits um, als Mannings sie zurückhielt:

»Könntest du bitte noch bleiben? Nur einen Augenblick? Ich würde brennend gerne deine Meinung wissen.«

»Meine Meinung? Äh … wozu denn?«

Während Rowan den Chewing Gum dezent in ein Papier wickelte und im Mülleimer entsorgte, deutete Mannings auf den leeren Stuhl und schob ihr das Tablet hin. »Dazu!«

Rowan hatte die Website von YOUR JOURNAL aufgerufen. Das Social Network war erst seit 2017 online – im gleichen Jahr hatte auch YOUR TV sein erstes Programm ausgestrahlt. Seitdem hatte YOUR JOURNAL bereits eine riesige Menge von Mitgliedern gewonnen und bei den Kids und Jugendlichen Facebook schon längst überflügelt!

Auf dem Display von Rowans Tablet war das Profil eines Typs zu sehen, der Lou völlig unbekannt war: Er hieß Master Bob – ist das wirklich sein richtiger Name?, fragte Lou sich spontan – und sein Foto zeigte einen leicht debil grinsenden Hipster in den späten Zwanzigern mit einer Strickmütze auf den schütteren Haaren und deutlichen Aknenarben im ausdruckslosen Gesicht. Graugrüne Schweinsäuglein lugten durch seine modische Hornbrille, und sein ausgefranster Vollbart, der an einen zerfledderten Wischmopp erinnerte, konnte seinen schmallippigen Mund nicht verdecken. Master Bob lächelte schief in die Kamera und entblößte dabei eine Reihe unregelmäßiger Mäusezähne.

»Freu dich auf eine neue Supershow, wie es noch keine gegeben hat: Master Bob und YOUR TV machen dich reich!« war der Post überschrieben. »Mach mit und erlebe das Spiel deines Lebens! Mehr demnächst hier und bei YOUR TV!«

»Was sagst du dazu?« Mr Mannings' erwartungsvoller Ton ließ Lou aufblicken. »Klingt das interessant?«

»Schon. Nur …« Sie brach ab und verzog das Gesicht.

»Ja?«

»Wie soll ich sagen, Mr Man…«

»Mike!«, fiel er ihr ins Wort. »Langsam solltest du doch wissen, dass wir uns bei YOUR TV alle beim Vornamen nennen.«

»Äh … ja, ja natürlich … äh … Mike.« Lou lächelte gequält. »Der … äh … der Eintrag sagt leider so gut wie gar nichts aus«, versuchte sie sich aus der Affäre zu ziehen. »Nur dass es um eine neue Fernsehshow geht, bei der es offensichtlich eine Menge Geld zu gewinnen gibt. Außerdem …« Sie deutete auf das Profilbild. »Wer ist der Kerl eigentlich?«

»Sein vollständiger Name ist Robert Masterson. Er ist der Erfinder und Showrunner der brandneuen Show, die wir zur Feier unseres fünfjährigen Bestehens in diesem Sommer ins Programm nehmen.«

Lou sah ihn verwundert an. »Showrunner?«

»So nennt man eine Person, die das Konzept für eine Serie oder eine Show entwickelt hat und während der Produktion für alle Bereiche ihrer Umsetzung verantwortlich ist«, kam Rowan seinem Vater zuvor.

Mike Mannings warf ihm einen strafenden Blick zu und ergriff sofort wieder das Wort: »In unserem Fall ist das eben Master Bob. Angeblich kam ihm die Idee, als ihm rein zufällig die zwei Lieblingsjugendbücher seines Vaters in die Hände gefallen sind: nämlich *Robinson Crusoe* und *Die Schatzinsel.*«

»Echt, Pa?« Rowan sah seinen Vater verwundert an. »Die Bücher kenne ich auch. Sehr gut sogar!«

»Willkommen im Klub!«, sagte Lou grinsend. »Die Sprache ist zwar etwas altmodisch, aber die Storys sind trotzdem ziemlich spannend. Dann hat meine Ma also doch recht: ›Lesen hat noch niemandem geschadet‹, behauptet sie nämlich immer.« Dann wurde sie wieder ernst. »Und bei dieser Show kann man richtig reich werden?«

»Ganz genau!« Mike Mannings nickte eifrig. »Würde dich so was interessieren? Und deine Freunde und Bekannten vielleicht auch?«

»Kommt drauf an.« Lou wiegte den Kopf. »Wenn die Show genauso langweilig wird wie die meisten anderen öden Castingformate, dann definitiv nicht.«

»Da kann ich dich beruhigen.« Mikes Augen versprühten pure Begeisterung. »Eine Show wie unsere hat es noch nie gegeben. Und wenn ich dir erzähle, worum es dabei geht, wirst du mir mit Sicherheit zustimmen. Dabei wollten wir mit den Einzelheiten in der Tat erst in der nächsten Woche an die Öffentlichkeit gehen, wie Rowan …« Er blickte seinen Sohn so vorwurfsvoll an, als hätte der das Geheimnis frühzeitig geleakt. »… ganz richtig erwähnt hat.«

Nur wenige Minuten später zählte Lou zu der Handvoll Menschen, die über die topgeheime Megashow von YOUR TV näher Bescheid wussten. Sie war eigens zur Feier des fünfjährigen Senderjubiläums entwickelt worden und sollte bei entsprechendem Erfolg in Zukunft regelmäßig stattfinden: BATTLE ISLAND versetzte zehn jugendliche Kandidaten in die Lage von Schiffbrüchigen, die auf einer einsamen Insel gestrandet waren. Dort mussten sie nicht nur zehn Tage lang ohne fremde Hilfe und weitgehend auf sich selbst gestellt überleben, sondern auch noch einen angeblichen Piratenschatz aufspüren. Und dieser Schatz hatte es wirklich in sich: Es handelte sich nämlich um pures Gold im Wert von rund einer Million Euro!

»Wow! Eine Million?« Lou staunte nicht schlecht. »Und wer bekommt die?«

»Natürlich der, der den Schatz findet«, erklärte Mannings, als handelte es sich um die selbstverständlichste Sache der Welt. »Ist doch klar!«

»Und was ist mit den anderen Teilnehmern?«

»Tja, wie das Leben so spielt.« Mannings grinste übers ganze Gesicht. »Der Sieger bekommt alles und die Loser gar nichts. Abgesehen von einer kleinen Aufwandsentschädigung von zehntausend Euro natürlich.«

»Ach.« Lou verzog überrascht das Gesicht. »Mir würde das schon reichen.«

»Mag sein. Aber verglichen mit einer Million ist das doch nur ein bescheidenes Taschengeld. Andererseits …« Mannings legte den Kopf schief und blickte sie eindringlich an. »Selbst für die Verlierer ist die Show eine einmalige Chance, wie sie sie wahrscheinlich in ihrem ganzen Leben nie wieder bekommen werden.«

»Wie meinen Sie das?«

»Ganz einfach: BATTLE ISLAND, oder kurz BI, wird zur

besten Sendezeit in den wichtigsten europäischen Ländern ausgestrahlt. In Deutschland, England, Frankreich, ganz Skandinavien, Spanien, Italien und so weiter. Alle Teilnehmer werden somit zehn Tage lang von einem Millionenpublikum gesehen und damit praktisch über Nacht europaweit bekannt, wenn nicht sogar berühmt. Und wenn sie sich dabei nicht allzu dämlich anstellen, ist das der ideale Türöffner für eine spätere Karriere, in welcher Branche auch immer.« Wie ein Geier reckte Mannings den Kopf nach vorne und nickte ihr auffordernd zu. »Na? Wäre das nichts für dich?«

Lou war so verwirrt, dass sie im ersten Moment gar nicht begriff, was er meinte. »Sie meinen … äh … als Kandidatin?«

»Ja klar!« Mannings machte eine vielsagende Geste. »Bewerben kostet schließlich nichts.«

»Ach – ich weiß nicht.« Lou zog eine Grimasse. »Ich bin doch erst sechzehn.«

»Fast siebzehn!«, korrigierte Rowan. »Hast du mir nicht erzählt, dass du im Sommer siebzehn wirst?«

»Stimmt.« Lou nickte. »Am vierzehnten August.«

»Ich glaube es nicht!« Mannings staunte sie mit großen Augen an. »Wenn das kein Wink des Schicksals ist!«

»Ich … äh … ich verstehe nicht.«

»Ganz einfach«, erklärte er rasch. »Der vierzehnte August ist nämlich der *Judgement Day.* So haben wir den letzten Tag unserer Show genannt. Weil es da ums Ganze geht und die Entscheidung darüber fällt, wer BATTLE ISLAND und damit den Goldschatz gewinnt. Damit könntest du dir selbst das schönste Geburtstagsgeschenk machen!«

»Also«, antwortete Lou gedehnt. »Ich weiß nicht …«

»Außerdem hast du genau das richtige Alter für BATTLE ISLAND. Wie an allen Shows von YOUR TV dürfen daran doch nur Teens teilnehmen, Mädchen sowie Jungen. Mit siebzehn zählst du dann fast schon zu den Oldies.«

»Tolles Kompliment, Pa«, mischte sich Rowan ein und warf seinem Vater einen vorwurfsvollen Blick zu, bevor er sich zu Lou drehte. »Trotzdem hat er recht. Nach allem, was ich über die Show weiß, ist sie für dich wie gemacht. Du bist doch ziemlich sportlich und besitzt jede Menge Outdoor- und Wettkampferfahrung.«

Das hatte Lou ihm nämlich erst vor ein paar Tagen erzählt. In der Kaffeepause in der Cafeteria. Rowan hatte wie immer alleine am Tisch gesessen, und da die anderen Tische weitgehend besetzt waren – nur HH hatte einen ganz für sich –, hatte Lou sich zu ihm gesetzt und war mit ihm ins Gespräch gekommen. Rowan war darüber offensichtlich so froh, dass er eine ganze Menge über sich erzählte. Unter anderem, dass er vor Kurzem seine A-Levels am College abgelegt hatte, ebenfalls in der Medienbranche arbeiten wollte und im September mit dem Studium der Journalistik beginnen würde.

Natürlich verriet auch Lou ihm einiges über sich selbst. Zum Beispiel, dass sie erst vor Kurzem ihre Leidenschaft fürs Bouldern entdeckt hatte, eine begeisterte Orientierungsläuferin war und zusammen mit ihrem Freund Tim auch an Somathlon-Wettkämpfen teilnahm. Sie hatte ihn nämlich bei einer solchen Gelegenheit kennengelernt und war seitdem mehr als begeistert von dem neuen Trendsport.

»Außerdem bist du einigermaßen intelligent und ziemlich clever«, fuhr Rowan fort. »Und dass du leicht die Nerven verlierst, kann ich mir auch nicht vorstellen.«

»Dazu kennst du mich doch viel zu wenig«, wandte Lou ein.

»Stimmt«, musste Rowan zugeben. »Aber zumindest habe ich es noch nicht gesehen.« Er grinste vielsagend. »Trotz meiner kurzen Zeit in Berlin habe ich hier nämlich schon einige hysterische Auftritte erlebt. Ich sage nur HH!«

»HH?«, wunderte sich sein Vater. »Wer soll das denn sein?«

»Hysteric Helen«, erklärte Rowan grinsend. »Auch bekannt als Helen Haller. Sie ist die Pest, sage ich dir!«

»Umso netter, dass du mich mit ihr vergleichst!«, beschwerte sich Lou. Doch ihr Lächeln verriet, dass sie es nicht ernst meinte.

»Auf die Idee würde ich noch nicht mal im Traum kommen!«, wiegelte Rowan dennoch sofort ab. »Schon gar nicht bei einem so hübschen Mädchen wie dir!«

Lou merkte, wie ihr das Blut in die Wangen stieg, und wollte verlegen widersprechen.

Doch Mike Mannings kam ihr zuvor: »Da hat Rowan ausnahmsweise mal recht. Und gutes Aussehen kann bei einer Fernsehshow niemals schaden, schon gar nicht bei BATTLE ISLAND! Wer gut aussieht, hat in der Regel die Sympathien der Zuschauer auf seiner Seite. Und wer bei BATTLE ISLAND die Zuschauer für sich gewinnt, steigert seine Siegchancen immens!« Mannings blickte Lou auffordernd an. »An deiner Stelle würde ich nicht lange nachdenken, sondern mich sofort bewerben. Und die Million, die kannst du doch bestimmt auch brauchen, oder?«

»Wer könnte das nicht?« Lou verzog vielsagend das Gesicht. »Aber bei den Tausenden von Bewerbern, die sich mit Sicherheit melden werden, sind meine Chancen doch verschwindend gering. Wenn nicht sogar gleich null!«

»Die Chancen sind für jeden gleich groß«, widersprach Mannings unter heftigem Kopfschütteln. »Man muss sich nur bewerben und alles dafür geben, sein Ziel auch zu erreichen.«

Das war natürlich als Provokation gedacht, wie Lou sofort erkannte. Trotzdem gaben Mr Mannings' Worte ihr zu denken.

Was der natürlich auch bemerkte und deshalb sofort nachsetzte: »Du musst dich ja nicht gleich entscheiden. Die Bewerbungsfrist läuft noch bis Ende April. Du hast also einen ganzen Monat Zeit, um dir alles in Ruhe durch den Kopf gehen zu lassen, versprochen?«

»Versprochen, Mr Man… äh… Mike.« Lou nickte. »Ich denke darüber nach.«

»Super.« Mannings grinste zufrieden. »Und auf die Gefahr hin, mich zu wiederholen: An deiner Stelle würde ich mir diese einmalige Chance nicht entgehen lassen. Du kennst doch sicher das alte deutsche Sprichwort ›Jeder ist seines Glückes Schmied‹? Und außerdem heißt es immer: ›Man soll das Eisen schmieden, solange es heiß ist‹, nicht wahr? Glaub mir, Lou: Dieses Eisen ist verdammt heiß! Oder um den Slogan zu zitieren, den Rupert Gleason, der Chef unseres Senders, erfunden hat: ›It's hot like hell!‹«

»Schon möglich.« Lou lächelte verlegen. »Aber an heißen Eisen kann man sich leicht die Finger verbrennen. Und in der Hölle kann man sogar umkommen!«

Battle Island, Azoren. Nordküste. Finger des Todes.
Tag acht: Freitag, 12. August 2022, 18:29 Uhr.

Sophie erreichte das Ende der Treppe als Erste. Während sie stehen blieb, um auf Jean-Luc und Daniel zu warten, blickte sie sich um: Von Lou war weit und breit keine Spur zu sehen. Aber dass sie sich hinter dem Turm verbarg, war mehr als unwahrscheinlich. Sie wusste doch, dass sie dort nicht lange unentdeckt bleiben würde! Auf beiden Seiten des alten Gemäuers – in seiner Außenwand klafften breite Risse und die in unschuldigem Weiß gestrichene Fassade blätterte schon großflächig ab – gab es zwar eine Handvoll Büsche und Bäume, aber auch dahinter konnte Lou sich nicht lange verbergen. Und die unmittelbar dahinter liegenden Klippen fielen fast senkrecht zum Ozean hin ab. Einfach undenkbar, dass sie darüber entkommen konnte. Das hätte vermutlich noch nicht einmal ein Weltklasse-Freeclimber geschafft! Blieb nur noch eine Möglichkeit: Lou musste Zuflucht im Finger des Todes gesucht haben, auch wenn das eine ausgesprochen dumme Idee war. Unbemerkt daraus zu entkommen, war schließlich so gut wie unmöglich. Es sei denn, Lou hatte einen Trumpf in der Hinterhand. Etwas, was weder Jean-Luc noch Daniel oder sie selbst ahnten.

Aber was sollte das sein? Hatte Lou vielleicht etwas entdeckt, das den übrigen neun Schatzjägern auf Battle Island bislang verborgen geblieben war? Durchaus möglich. Schließlich hatte sie, genau wie alle anderen auch, die Insel auf der Suche nach der verborgenen Piratenkiste schon mehrmals alleine und auf eigene Faust durchstreift und war dabei nur von den Kameras – und damit natürlich auch vom TV-Team im Kontrollbunker – beobachtet worden.

Ach, Unsinn!, kam es Sophie plötzlich in den Sinn. Es kann unmöglich überall Kameras geben. Auch wenn die Insel nicht übermäßig groß ist, wäre das doch viel zu aufwendig. Deshalb setzen sie ja auch Kameradrohnen ein! Weil sie mit den mobilen Aufnahmegeräten weite Teile von Battle Island abdecken können.

Sophie kniff die Augen zusammen und ließ ihren Blick aufmerksam über die Fassade des alten Leuchtturms schweifen. War daran vielleicht eine Kamera angebracht? Oder sogar mehrere? Höchstwahrscheinlich! Von der Aussichtsplattform rund um das Lampenhaus hatte man einen prächtigen Überblick über weite Teile der Insel. Eine dort installierte Kamera würde also grandiose Panoramabilder liefern. Nicht nur von Battle Island, sondern auch vom umgebenden Atlantik, dessen starke Strömungen sich durch bizarres Wellengekräusel und wilde Schaumkämme an der Meeresoberfläche abzeichneten. Doch sosehr Sophie sich auch anstrengte, sie konnte nirgendwo ein Objektiv entdecken.

Möglicherweise waren die Kameras ja auch irgendwo am Fuß der Klippen versteckt? Schließlich hätten sie dort den von schaurigen Legenden umwobenen Finger des Todes und sein gesamtes Umfeld im Blick. Was ebenfalls super Fernsehbilder und zudem noch spannenden Erzählstoff abgeben würde: von Piraten, absichtlich in die Irre geleiteten Schiffen und blutigen Kämpfen auf Leben und Tod. Die neueste Generation der digitalen Aufnahmegeräte war schließlich so winzig klein, dass sie selbst im schmalsten Mauerspalt Platz fanden. Trotzdem waren sie so leistungsstark, dass sie auch aus weitester Entfernung extrem scharfe Bilder liefern konnten, auf denen die kleinste Gesichtspore und jeder noch so unscheinbare Pickel deutlich zu erkennen waren.

Je länger Sophie darüber nachdachte, desto überzeugter war sie: Natürlich gab es hier oben an der felsigen Nordküste von Battle Island jede Menge Kameras! Sollte Lou also tatsächlich etwas entdeckt haben, wovon die übrigen Schatzjäger noch immer nichts ahnten, wussten dennoch unzählige Menschen darüber Bescheid, nämlich die Millionen von BI-Zuschauern in ganz Europa, die die täglichen Ausgaben der Show aufmerksam und mit größter Spannung verfolgten. Die entsprechenden Aufnahmen waren doch mit Sicherheit im Zusammenschnitt des jeweiligen Tages gezeigt worden!

Das Triumphgefühl, das in Sophie aufstieg, ebbte allerdings genauso schnell wieder ab, wie es gekommen war. Diese Erkenntnis nützte ihr nämlich überhaupt nichts. Schließlich konnte weder sie noch einer ihrer neun Mitspieler die Show am Bildschirm verfolgen. Und dummerweise hatte sie bei ihrem *Home-Call* ganz vergessen, Frederik danach zu fragen. Weil sie in den zehn kurzen Minuten, die ihr zur Verfügung standen, ein weit wichtigeres Anliegen mit ihm zu besprechen gehabt hatte. Und das hatte sich auf jeden Fall ausgezahlt, auch wenn sie Frederik jetzt nicht mehr kontaktieren konnte. Bedauerlicherweise stand jedem Teilnehmer nur ein einziger *Home-Call* zu, wie die Kontaktaufnahme mit jemandem außerhalb der Insel genannt wurde – egal, ob es sich um die Eltern, Geschwister, Freunde oder sonst wen handelte. Diese Unterhaltungen wurden natürlich ebenfalls mitgeschnitten und in den täglichen Ausgaben von *BI* auch gezeigt, sodass sie von Millionen Zuschauern in ganz Europa gesehen werden konnten. Deshalb musste man auch höllisch aufpassen und jedes Wort genau abwägen. Damit man es sich mit dem TV-Publikum nicht verscherzte und bei ihm unten durch war. Schließlich konnten die fleißigen Zuschauer die ihnen sympathischen Kandidaten tagtäglich per SMS, Internet und Televoting zum *Darling of the Day* wählen, wofür die oder der Glückliche wiederum einen Wunsch frei hatte. Zum Beispiel besondere Lebensmittel. Oder ein Werkzeug, das ihm oder ihr das Leben auf der Insel erleichterte und damit die Chancen bei den täglichen *Battles* erhöhte.

Vielleicht sollte ich jemanden, der seinen *Home-Call* noch offen hat, um eine entsprechende Nachfrage bitten, überlegte Sophie, verwarf den Gedanken aber sofort wieder. Weil ihre Konkurrenten ihr Wissen mit Sicherheit für sich selbst behalten oder – noch schlimmer – sie durch falsche Angaben nur in die Irre führen würden.

Doofe Idee, schoss es ihr durch den Kopf. Ich kann doch keinem von ihnen trauen!

»Habe ich mir's doch gedacht«, holte Daniels krächzende Stimme sie aus den Gedanken. »Lou ist wohl tatsächlich schon etwas wirr im Kopf und hat sich im Finger des Todes verkrochen.« Das Gesicht zu einem wilden Grinsen verzerrt, blickte der Junge mit den verfilzten Blondhaaren Sophie und Jean-Luc, der eben das Ende der Treppe erreichte, auffordernd an. »Kommt schon, schnappen wir uns das Herzchen!« Ohne ihre Reaktion abzuwarten, keuchte er die Stufen zur Eingangstür empor und griff entschlossen zur Klinke, um augenblicklich einen wüsten Fluch hören zu lassen: »Fuck!« Wütend rammte er seinen Speer in den Boden. »Die Tussi hat sich eingeschlossen!«

»Keep cool, Mischel Sauerkraut.« Ein herablassendes Grinsen erweckte Jean-Lucs Narbe einmal mehr zum Leben. »Wo ist das Problem?« Er griff in die Tasche und holte einen kleinen Schlüsselbund daraus hervor. Zumindest sah es auf den ersten Blick so aus. In Wahrheit jedoch handelte es sich um ein fünfteiliges Lockpicking-Set: unscheinbare, aber dennoch äußerst raffinierte Einbruchswerkzeuge.

Daniel stieß einen überraschten Pfiff aus. »Super, Alter! Wo hast du das Teil denn her?«

»Wo'er wohl?«, erwiderte Jean-Luc mit genervtem Augenaufschlag. »Vom Weihnachtsmann ganz bestimmt nischt! Und jetzt 'alte bitte die Schnauze. Damit isch misch konzentrieren kann.« Er griff zu einem kleinen Metallstift mit einem Haken an der Spitze, steckte ihn ins Schlüsselloch und stocherte mit angespannter Miene ein- oder zweimal darin herum. Schließlich drehte er den Haken und schon sprang die Tür mit einem sanften Klack auf!

»Voilà!« Breit grinsend deutete Jean-Luc eine Verneigung an, zog die Tür weit auf und trat einen Schritt zur Seite. »Nach Ihnen, werte 'errschaften!«

»Super Job, das muss man dir lassen.« Sophie klopfte ihm anerkennend auf die Schulter. »Dürfte ich nach Ende der Show vielleicht auch mal darauf zurückgreifen, wenn es nötig sein sollte?«

»Wäre mir ein Vergnügen!« Noch immer stand dem jungen Kahlkopf ein Grinsen ins Gesicht geschrieben. »Für disch mache isch das sogar völlisch umsonst! Mit einer Million in der Tasche bin isch auf deine paar Kröten dann nämlisch nischt mehr angewiesen!«

»Was du nicht sagst.« Sophies Mundwinkel zuckten spöttisch. »Erstens kommt es anders – und zweitens bin ich auch noch da. Deshalb wirst du nach der Show auch noch immer in genau dem gleichen Dreckloch hausen, das du jetzt mit deiner Freundin und eurem Kind teilst, und heilfroh sein über jeden Cent, den du einnimmst.«

Schlagartig verhärteten sich Jean-Lucs Gesichtszüge. Seine Rechte zuckte nach vorne und packte Sophie am Kragen. »Pass auf, was du sagst, du Bitch! Wo'er willst du wissen, wie isch wohne? Von Master Bob, nehme isch an? Zum Dank dafür, dass du mit ihm in London in die Kiste gesprungen bist, was? Sonst 'ättest du es doch gar nischt in die Show geschafft!«

»Und wenn es so wäre?« Sophie hielt seinem wütenden Blick stand. Ein überlegenes Lächeln spielte um ihre schmalen Lippen. »Du kannst dein Glück ja auch mal bei ihm versuchen, wenn du dir so viel davon versprichst!« Dann legte sie die Hand auf seinen Unterarm. »Und jetzt lass mich gefälligst wieder los, und denk lieber daran, weshalb wir hier sind: weil wir uns Lou schnappen wollen! Oder vielmehr die beiden Kärtchen mit dem Hinweis auf den Piratenschatz, die sie in den *Battles of the Day* gewonnen hat.«

»Aber nur durch Beschiss!«, ereiferte sich Jean-Luc, während er seine Hand von Sophies Kragen löste. »Weil fatty 'elen ihr einen Tipp gegeben 'at!«

»So ein Blödsinn! Helen kann Lou doch überhaupt nicht ausstehen!«, mischte sich Daniel ein, als hinter ihm ein Geräusch erklang – ein verstohlenes Rascheln oder etwas Ähnliches.

Wie auf ein Kommando fuhren alle drei herum.

»What the fuck ist das denn?«, fluchte Jean-Luc und scannte mit finsterer Miene die Umgebung.

Auch Daniel und Sophie hielten noch angestrengt nach der Geräuschquelle Ausschau, als sich ihre Mienen auch schon entspannten: Es war nur ein Kaninchen, das gerade aus einem entfernten Busch hoppelte, um gleich darauf in einem der zahlreichen Löcher zu verschwinden, die seine Artgenossen gegraben hatten.

»Diese verdammten Karnickel!« Daniel blickte dem Tierchen wütend hinterher. »Wenn man nicht aufpasst, stolpert man noch über sie!« Dann wandte er sich wieder an Jean-Luc. »Sophie hat völlig recht, Scarface. Lass uns diese Lou endlich schnappen. Oder willst du warten, bis die Kameras wieder funktionieren?«

Er drehte sich um und trat, gefolgt von Sophie und Jean-Luc, ins Innere des Gebäudes.

Der Geruch von Moder und abgestandener Luft schlug ihnen entgegen. In der vergangenen Woche hatte der alte Turm zwar häufig Besuch bekommen, wie die zahlreichen Schuhabdrücke in der dicken Staubschicht auf dem Boden und den Treppenstufen bewiesen. In den davorliegenden Jahrzehnten jedoch war er einsam und gottverlassen vor sich hin gerottet. Der muffige Schimmelhauch hatte sich ebenso hartnäckig in den feuchten Wänden eingenistet wie die Kakerlaken und Kellerasseln, die sich in dem alten Gemäuer sichtlich wohlfühlten und nun erschrocken die Flucht vor den unerwarteten Eindringlingen ergriffen.

Von außen wirkte der Turm weit geräumiger, als er tatsächlich war. Der von düsterem Zwielicht erfüllte Schacht, in dem sich die eiserne Wendeltreppe zum Lampenhaus emporwand, hatte am Boden nur einen Durchmesser von knapp vier Metern und verjüngte sich nach oben immer mehr. Sophie blieb am Fuß der Treppe stehen, legte den Kopf schief und lauschte.

Nichts.

Die Stille, die ihr entgegenschlug, war so gespenstisch, dass ihr schauderte. Als hätte eine böse Fee den Turm mit einem Fluch belegt, drang nicht das kleinste Geräusch von seiner Spitze herunter. Allerdings glaubte Sophie nicht an Feen. Genauso wenig wie an den Weihnachtsmann oder daran, dass es im Leben gerecht zuginge.

Mit Sicherheit nicht!

»Und wenn sie zaubern könnte«, flüsterte sie vor sich hin, um das Unbehagen, das sie befallen hatte, abzuschütteln. »Falls sich Lou tatsächlich hierhergeflüchtet hat, dann sitzt sie genauso in der Falle wie die armen Seeleute früher, die auf die falschen Leuchtsignale der Piraten hereingefallen und jämmerlich ersoffen sind. Hier drin gibt es doch nichts, worin sie sich für längere Zeit verstecken könnte.«

»Meine Rede!« Daniel warf ihr einen genervten Blick zu. »Worauf warten wir also noch?« Er drängte Sophie rüde zur Seite und stürmte, gefolgt von seinen Begleitern, mit dumpf hallenden Tritten die Treppe empor. Als er das ehemalige Lampenhaus an der Spitze des Turms erreichte, blieb er wie angewurzelt stehen. »Fuck!«, fluchte er erneut. »Wo ist dieses Miststück?«

Der Raum mit den Wänden aus verdrecktem Glas war nämlich genauso leer wie Daniels Portemonnaie nach einer durchfeierten Nacht. Die alte Lichtanlage, mit der die Piraten in früheren Jahrhunderten Seefahrer absichtlich in die Irre geleitet hatten, vornehmlich in Neumondnächten oder wenn dichter Nebel über der See lag, war längst abgebaut und ins Schifffahrtsmuseum von São Miguel gebracht worden. Dort diente sie den Guides als höchst willkommener Anlass, die Besucher mit allerlei wahren und erfundenen Schauergeschichten zu unterhalten: Fast alle Schiffe, die sich von den falschen Signalen hatten leiten lassen, waren nämlich an den gefährlichen Riffen nördlich der Insel zerschellt. Die Seeleute der havarierten Segler waren ausnahmslos in der unberechenbaren Strömung ums Leben gekommen, während die hinterhältigen Piraten in aller Ruhe abwarteten, bis die Flut die Schiffsladung an die Küste spülte, wo sie sie aufsammelten und in Sicherheit brachten. Aber seitdem kehrten die Geister der Toten angeblich immer wieder an Land zurück, um blutige Rache für das ihnen zugefügte Unrecht zu nehmen. Das erklärte auch die ziemlich gruseligen Bezeichnungen, die die Insel und der Verderben bringende Leuchtturm daraufhin bekommen hatten: *Insel des Teufels* und *Finger des Todes.*

Nicht das kleinste Möbelstück stand mehr in dem kreisrunden Raum, von dem so viel Unheil ausgegangen war. Und schon gar keins, in dem sich Lou hätte verstecken können! Dennoch war von ihr hier drinnen ebenso wenig eine Spur zu entdecken wie draußen auf der Aussichtsplattform, die die drei unverzüglich absuchten. Aber auf die Turmspitze mit der im immer stärker auffrischenden Wind heftig hin und her schwankenden metallenen Wetterfahne konnte Lou sich auch nicht geflüchtet haben.

»Merde!«, fluchte Jean-Luc mit finsterer Miene, und seine Narbe verfärbte sich dunkelrot. »Sie kann sisch doch nischt in Luft aufgelöst 'aben!«

»Ich hab ja gewusst, dass sie nicht hier drin sein kann«, machte auch Sophie ihrer Enttäuschung Luft. »Und trotzdem bin ich blöde Kuh so bescheuert, dass ich auch noch hier hochklettere!«

»Dein Problem«, gab Daniel trotzig zurück. »Ich habe dich jedenfalls nicht darum gebeten.« An Jean-Luc gewandt, der ihn noch immer mit finsterer Haifischmiene anstarrte, fügte er noch hinzu: »Und dich auch nicht! Ihr seid mir doch nur gefolgt, weil ihr Angst hattet. Angst, dass ich etwas entdecken könnte, was mir einen Vorteil gegenüber euch verschafft. In euren Köpfen steckt doch nur ein einziger Gedanke, nämlich wie ihr diesen verfluchten Goldschatz finden könnt. Natürlich ganz alleine, damit ihr nicht mit anderen teilen müsst.« Sein leicht irrer Blick wanderte von Sophie zu Jean-Luc und wieder zurück. »Habe ich nicht recht?«

»Und wenn schon?«, erwiderte Sophie kühl. »Das Gleiche denkst du auch, oder nicht?«

»Ganz bestimmt sogar«, mischte sich Jean-Luc ein. »Aber das interessiert misch im Moment nischt die Bohne! Was isch viel lieber wissen möschte: Wo'in, zum Teufel, 'at diese Lou sisch bloß verdrückt?«

Berlin. Lichtenberg. Boulderhalle Ostbloc.
Wochen zuvor: Samstag, 26. März 2022, Nachmittag.

»Weiter, Lou, immer weiter! Gleich hast du es geschafft!« Tims Worte waren als Aufmunterung gedacht, aber Lou war viel zu sehr mit sich selbst beschäftigt, um sie richtig wahrzunehmen. Laut ächzend hing sie an der steilen Wand. Der Schweiß lief in Strömen über ihr vor Anstrengung verzerrtes Gesicht und brannte wie Säure in ihren Augen. Die Finger ihrer rechten Hand, die sich um den gelben Griff krampften, zitterten und schienen immer länger zu werden, während sie den linken Arm ausstreckte und den Topgriff des Boulders zu erreichen versuchte.

»Zieh dich etwas weiter hoch und verlagere das Gewicht auf die Zehenspitzen des linken Fußes«, riet der unter ihr stehende Tim. »Dann kommst du viel leichter ran.«

»Genau das versuch ich ja«, keuchte Lou mit zusammengebissenen Zähnen. »Aber es geht einfach nicht.«

»Doch, das geht! Du musst es nur versuchen, dann schaffst du es auch. Ganz bestimmt sogar!«

Du hast leicht reden!, protestierte Lou im Stillen und spürte, wie sich Ärger in ihr breitmachte, mehr über sich selbst als über Tim. Sie versuchte sich nämlich nicht zum ersten Mal an dem Boulder für blutige Anfänger. Trotzdem drohte sie wieder zu scheitern, genau wie die letzten Male auch. Klar, es dauerte seine Zeit, bis man das Bouldern einigermaßen beherrschte. Und das galt selbst für ein so sportliches Mädchen, wie sie es war. Trotzdem wurmte Lou der erneut drohende Misserfolg über die Maßen. Zumal kaum fünf Meter von ihr entfernt ein schmächtiger Knirps, der bestimmt nicht älter war als ihr kleiner Bruder Jonas, gerade mühelos wie ein Gecko einen Boulder erkletterte, dessen blaue Griffe und Tritte ihn als Herausforderung für Fortgeschrittene kennzeichneten.

Verdammt noch mal, ich bin doch kein Baby mehr!, dachte Lou. Das muss ich doch schaffen!

Laut stöhnend mobilisierte sie die letzten Kräfte und zog sich mit dem rechten Arm weiter hoch: einen Zentimeter und dann noch einen. Ihr Bizeps vibrierte vor Anspannung, und ihr Ellbogen schrammte schmerzhaft an der rauen Wandplatte entlang, während sich die Fingerspitzen ihrer linken Hand mehr und mehr dem ersehnten Topgriff näherten. Nur noch wenige Millimeter, und sie würde sich daran festhalten können!

»Das ist super, Lou, richtig klasse«, nahm sie Tims Worte wie durch einen Schleier wahr. »Nur noch zwei Zentimeter, und du hast es geschafft!«

Ihre Oberschenkel brannten wie Feuer, und die Waden zitterten, während Schweißbäche über ihren Rücken strömten und in den Bund ihrer Kletterhose liefen, die wie eine zweite triefend nasse Haut an ihr klebte. Laut keuchend reckte sie sich auf die Zehenspitzen und streckte die Linke noch weiter aus, Millimeter um Millimeter, bis sie mit den mittleren drei Fingern an den Griff stieß und sich weiter daran emportastete. Schließlich bekam sie ihn ganz zu fassen, und dann …

»Mist!«, schrie sie frustriert auf, als sie den Halt verlor und in die Tiefe stürzte, wo Tim, der als Stopper über ihre Sicherheit wachte, ihren Sturz auffing und dafür sorgte, dass sie sanft und wohlbehalten auf dem dicken Polster der Auffangmatte landete.

»Mist! Mist! Mist!«, machte Lou ihrer Enttäuschung lautstark Luft. »Ich bin einfach zu blöd, um das zu schaffen!«

»Wenn du es sagst, wird es wohl stimmen.« Ein hoch aufgeschossener und athletisch schlanker Junge beugte sich mit breitem Grinsen über sie: Tim, ihr knapp zwei Jahre älterer Freund.

Der Blick in sein von dunklen Locken umrahmtes Gesicht und in seine samtblauen Augen ließ Lous Ärger im Nu verfliegen. Sie erwiderte sein Grinsen und verpasste ihm einen spielerischen Klaps. »Das gibt dir noch lange nicht das Recht, so frech zu mir zu sein! Zur Strafe spendierst du mir auf der Stelle einen Drink.«

»Von mir aus auch zwei.« Tim strich ihr sanft über die feuchten Haare, die sie, wie immer beim Sport, zu einem französischen Zopf geflochten hatte, und tupfte ihr einen Kuss auf die schweißnassen Lippen. »Aber erst wird geduscht! Sonst verwechselt man uns noch mit zwei stinkenden Gibraltar-Affen!«

Tim hatte völlig recht: Bouldern mochte zwar spielend leicht aussehen, war in Wahrheit aber ungemein anstrengend. Kein Wunder also, dass nicht nur ihre Körper in Schweiß badeten, sondern auch ihre Klamotten vor Nässe trieften und alles andere als wonnige Wohlgerüche verströmten. »Wenn du meinst«, gab Lou sich deshalb geschlagen. »Obwohl: Als Gibraltar-Affe hätte ich bestimmt weniger Probleme mit dem Bouldern und würde vielleicht sogar einen blauen Parcours schaffen.«

»Das wirst du auch so.« Tim reichte ihr die Hand und half ihr auf die Füße. »Ganz bestimmt sogar! Das müsste sonst mit dem Teufel zugehen.«

Eine knappe halbe Stunde später saßen sie an einem Tisch im Bistro der Ostbloc-Kletterhalle, sahen hinaus auf das blinkende Wasser der Rummelsburger Bucht und ließen sich einen Smoothie schmecken.

Auch die übrigen Tische waren gut besetzt, vorwiegend mit jungen Leuten ihres Alters, die genau wie sie ihre Liebe zum Bouldern entdeckt und dem Sport in den letzten Jahren zu einem unglaublichen Boom verholfen hatten.

»Schmeckt richtig lecker.« Tim leerte sein Glas mit einem einzigen Schluck. »Möchtest du auch noch einen?«

»Gerne.« Lou stützte das Kinn auf die Hand und grinste ihn vergnügt an. »Hab ich mir schließlich redlich verdient.«

»Klar. Wer so gut klettert wie eine Bergziege«, gab Tim auf die gleiche Weise zurück. »Eine lahme Bergziege, meinte ich natürlich.« Damit drehte er sich nach dem Tresen um und gab dem Barkeeper im Muskelshirt einen Wink: noch zwei Smoothies bitte. Während der Barmann ihm zunickte, verfinsterte sich Tims Gesicht. »Oh no!«, stöhnte er. »Davor ist man wohl nirgendwo sicher!«

Lou verstand sofort, was er meinte: Über den großen Flachbildschirm, der an der Wand hinter dem Bistrotresen hing, flimmerte lautlos das Programm von YOUR TV. Tim verabscheute den Sender so sehr, dass ihn schon der bloße Anblick in schlechte Laune versetzte. Obwohl er Lou die Gründe dafür schon mehrfach erläutert hatte, entlockte seine vehemente Abneigung ihr auch diesmal wieder nur ein nachsichtiges Lächeln. Klar akzeptierte sie seine Meinung, und obwohl Tim damit in ihrem Bekannten- und Freundeskreis ziemlich alleine stand, tat das ihrer Liebe zu ihm absolut keinen Abbruch. Ganz im Gegenteil: Lou hatte schon seit jeher eine besondere Vorliebe für Typen, die nicht mit der Masse schwammen, sondern lieber ihr eigenes Ding durchzogen. Und wenn sie dann noch so unverschämt gut aussahen und so unglaublich blaue Augen hatten wie Tim – umso besser! Dass er YOUR TV nicht ausstehen konnte, fiel da absolut nicht ins Gewicht. Zumal das Programm auch nicht unbedingt zu Lous eigenen Favoriten zählte, woran auch ihr Job nicht das Geringste änderte.

Bei den übrigen Besuchern des Bistros dagegen schien es sich fast ausnahmslos um ausgesprochene YOUR-TV-Fans zu handeln. Nahezu alle verfolgten das Programm nämlich zumindest mit einem Auge, sei es via Bildschirm, Tablet, Smartphone oder Data-Watch. Eine junge Frau im knappen Tanktop, die mit einem blondierten Nachwuchsbodybuilder ganz in ihrer Nähe saß, forderte den Typen hinter dem Tresen nun sogar auf, den Ton dazuzuschalten.

Als der ihren Wunsch erfüllte, bekam auch Lou mit, was die allgemeine Aufmerksamkeit erregt hatte: Auf der Mattscheibe erschien jetzt das ebenso bildhübsche wie kaffeebraune Gesicht der YOUR-TV-Starmoderatorin Kimberly Cohen, die mit strahlender Miene in die Kamera lächelte. »Okay, girls and boys around good old Europe. Es ist so weit: Wie heute schon mehrfach angekündigt, verraten wir euch nun endlich die wichtigsten Details über die große Show zur Feier unseres fünften Geburtstages! Eine Show, so heiß wie unser Sender selbst – nämlich hot like hell!«

Der Bildschirm wurde schwarz und ein leiser, sich langsam steigernder Trommelwirbel war zu hören. Dann flammte ein Spotlight auf, das das Zentrum des Bildes erhellte – und in dem gleißenden Licht war jetzt eine mit eisernen Beschlägen bewehrte Truhe zu sehen, ähnlich einer alten Piratenschatzkiste. Während die Kamera langsam darauf zufuhr und der Trommelwirbel weiter anschwoll, schwang der Truhendeckel wie von Geisterhand auf und gab den Blick auf den Inhalt frei: stapelweise Goldbarren, die im Licht des Scheinwerfers verführerisch glänzten und funkelten. Dann flimmerten bunte Buchstaben über den Bildschirm und formierten sich zu einem Schriftzug, während eine donnernde Bassstimme verkündete: »YOUR TV presents a show hot like hell: BATTLE ISLAND!« Schon nach wenigen Minuten wussten alle Interessierten – und im ganzen Ostbloc-Bistro gab es wahrscheinlich niemanden, der nicht interessiert gewesen wäre –, was Lou schon am Tag zuvor erfahren hatte, nämlich dass bei der für den Sommer programmierten Show eine Million Euro in Gold zu gewinnen waren!

Die Neuigkeit schien die Bistrobesucher förmlich zu elektrisieren. »Wie krass ist das denn!«, stieß die junge Frau im Tanktop mit leuchtenden Augen aus. »Da bin ich natürlich sofort dabei.«

»Bist du nicht schon einundzwanzig?«, erinnerte ihr Begleiter an das Höchstalter, das der Sender für die Teilnahme festgesetzt hatte. Doch seine Bemerkung wurde von den Kommentaren der anderen nahezu übertönt: »Cool!«, »Super!«, »Voll der Hammer!«, »Genau mein Ding!«, schwirrte es durch die Luft.

»Ist das nicht geil? Zehn Tage kostenloser Abenteuerurlaub mitten im Atlantik – und wenn es ganz schlecht läuft, bekommt man noch zehntausend Mäuse!«, rief ein Typ mit einem Proteindrink in der Hand. Und sein Kumpel fügte begeistert hinzu: »Ich liebe YOUR TV! Da kannst du alle anderen Sender doch glatt in die Tonne treten!«

»Ja klar!« Tim blickte mit finsterer Miene in die Runde. »Aber dass die euch voll verarschen, bekommt ihr in eurer Geldgier natürlich nicht mit.«

»Verarschen?« Lou hob die Brauen. »Natürlich ist YOUR TV ein rein kommerzieller Sender. Aber findest du ›verarschen‹ nicht ein bisschen übertrieben?«

»Ganz im Gegenteil!«, erwiderte Tim heftig. »Das ist sogar noch milde ausgedrückt. Oder hast du nicht mitbekommen, was neulich ein früherer Mitarbeiter geleakt hat?«

Natürlich hatte Lou das mitbekommen. Die Neuigkeit war schließlich nicht nur durch die gesamte Presse, sondern auch durch die sozialen Netzwerke gegangen – mit Ausnahme von YOUR JOURNAL, das entsprechende Posts rigoros geblockt oder sogar gelöscht hatte. Aus gutem Grund natürlich – der anonyme Whistleblower hatte nämlich zwei gut gehütete Interna ausgeplaudert: dass sowohl das Social Network als auch YOUR TV zum weltweiten Imperium des ebenso gefürchteten wie geheimnisumwitterten Investors Samuel Ricks gehörte. Der stinkreiche Finanzhai hatte sich fast vollständig von der Öffentlichkeit abgeschottet. Es existierte nicht ein einziges Foto von ihm, und man munkelte, dass er Geschäfte mit allem trieb, womit sich viel Geld verdienen ließ: mit Waffen, Medikamenten, Immobilien, Aktien, Medien und vielem mehr. Seine angebliche Beteiligung am internationalen Drogenhandel konnte ihm allerdings nie nachgewiesen werden. Zudem verriet der Insider, dass YOUR JOURNAL die gesammelten Daten seiner gesamten User – und das war eine Riesenmenge – dem Sender zur Verfügung stellte. Umgekehrt griff der Jugendsender durch eine möglichst hohe Interaktivität seines Programms ebenfalls die persönlichen Daten seiner Zuschauer ab und nutzte diese nicht nur für die eigenen Zwecke, sondern verhökerte sie im Verbund mit YOUR JOURNAL auch für möglichst viel Geld an die werbetreibende Industrie – sehr zur Freude von Samuel Ricks natürlich.

»Dass YOUR TV sich ausschließlich an ein junges Publikum wendet, kommt doch nicht von ungefähr«, fügte Tim noch hinzu. »Diese Altersgruppe verfügt nicht nur über eine enorme Kaufkraft, sondern ist auch am leichtesten zu beeinflussen und damit das ideale Opfer für YOUR TV. Der Sender verfolgt nur ein einziges Ziel, nämlich möglichst viel Werbung zu verkaufen und damit jede Menge Kohle zu machen.«

»Na und? Deine Eltern und meine Mutter müssen doch auch Geld verdienen. Sonst könnten sie ihre Familie nämlich nicht versorgen!«

»Stimmt.« Tim nickte mit ernster Miene. »Aber trotzdem besteht da ein himmelweiter Unterschied. Deine Mutter betreibt eine Buchhandlung, weil sie Bücher liebt. Dabei könnte sie in einem anderen Job wahrscheinlich weit mehr Geld verdienen!«

»Da hast du allerdings recht«, erklärte Lou mit bitterem Lachen. »Genau das sagt sie auch gelegentlich.«

»Siehst du? Und mein Vater würde zum Beispiel als Schönheitschirurg auch weit mehr Kohle einstreichen. Aber er hat sich ganz bewusst als Hausarzt niedergelassen, weil er anderen Menschen helfen will.«

Lou verzog fragend das Gesicht. »Und was hat das alles mit YOUR TV zu tun?«

»Ganz einfach: Im Gegensatz zu unseren Eltern, die ihre Jobs aus Leidenschaft und Überzeugung betreiben, sind den Besitzern von YOUR TV die Inhalte, sprich das Programm, doch völlig schnurz. Ihr einziges Interesse besteht darin, ein möglichst kostengünstiges und passendes Rahmenprogramm für die Werbung zu produzieren und so viel Kohle wie nur irgend möglich einzustreichen.«

»Na ja.« Lou wiegte den Kopf. »Ich weiß nicht so recht.«

Doch Tim redete schon weiter. »Aber was noch viel schlimmer ist: Damit YOUR TV möglichst viele Spots verkaufen kann, ist sein Programm nicht auf die Bedürfnisse der Zuschauer, sondern einzig und allein auf die der werbetreibenden Industrie zugeschnitten. Und woran hat die das größte Interesse? An möglichst kritiklosen Konsumenten und willigen Käufern – und genau dazu erzieht YOUR TV seine Zuschauer!«

»Jetzt mach aber mal halblang!« Lou verzog nun doch das Gesicht. »Wie kommst du denn zu dieser absurden Behauptung?«

»Ganz einfach: indem ich ein Blick auf das Programm werfe.« Tim hatte sich in Rage geredet. Seine Wangen waren vor Eifer gerötet. »Bei YOUR TV gibt es nicht eine einzige Nachrichtensendung, die diesen Namen verdient. Von kritischen oder politischen Sendungen gleich ganz zu schweigen. Das gesamte Programm besteht fast ausschließlich aus Pop- und Showbizsendungen sowie einer Unmenge von Ratgeber-, Styling-, Coaching-, Celebrity-, Dating- und Castingshows der unterschiedlichsten Art. Alle sind supergünstig produziert und blasen den Zuschauern eine einzige Botschaft in die Ohren: Wer sich stets mit den neuesten Produkten der Konsum- und Unterhaltungsindustrie versorgt, sein Aussehen und seine Persönlichkeit mit deren Hilfe optimiert, wird nicht nur den größtmöglichen Fun erleben, sondern auch ein rundum glücklicher Mensch werden.« Als wollte er seine Aussage unterstreichen, hob Tim den Zeigefinger. »Was nicht nur absoluter Bullshit ist, sondern außerdem auch noch hochgefährlich. Es wird deshalb allerhöchste Zeit, dass diesen skrupellosen Manipulatoren und Geschäftemachern endlich die Sendelizenz entzogen wird.«

»Hey, Mister Weltverbesserer!« Lou lächelte belustigt. »Wir leben in einem freien Land, schon vergessen? Bei uns herrscht nicht nur Meinungsfreiheit, sondern auch Pressefreiheit. Und das gilt selbstverständlich auch für YOUR TV, ob dir das gefällt oder nicht.«

»Ich bin ein glühender Verfechter der Pressefreiheit«, hielt Tim dagegen. »Aber dass die auch die Freiheit beinhaltet, die Leser oder Zuschauer gewissenlos zu manipulieren, wäre mir neu.«

Lou ging auf den Einwand gar nicht ein. »Außerdem: Niemand wird gezwungen, das Programm von YOUR TV anzusehen. Das geschieht immer noch freiwillig und die Entscheidung dazu trifft jeder Einzelne ganz für sich alleine.«

»Bist du dir da auch ganz sicher? Dann schau dich hier doch nur mal um.« Tim reckte den Kopf nach vorne und nickte in die Runde. »In den Gesichtern der meisten hier kannst du genau erkennen, was in ihren Köpfen vorgeht: *Eine Million Euro – wie geil wäre das denn?* Und der Gedanke, Tag für Tag von Millionen von Menschen in ganz Europa gesehen zu werden, ist für viele so verlockend, dass sie alles tun würden, um bei der Show dabei zu sein. Was diese Art von Sendungen aber letzten Endes bewirken, geht ihnen völlig am Hintern vorbei: Sie lenken äußerst geschickt von den wirklich wichtigen Problemen ab und treiben den Zuschauern damit langsam, aber sicher noch den letzten Funken von kritischem Bewusstsein aus. ›Brot und Spiele‹ – damit haben die Mächtigen die Massen doch schon immer eingelullt! Genau diesen Zweck verfolgt auch BATTLE ISLAND – und deshalb sollte man diese Sendung und diesen Sender einfach nur boykottieren.«

Lou verzog gequält das Gesicht. »Vielleicht hast du ja recht, zumindest ein bisschen. Und trotzdem: Durch einen Boykott wirst du den Erfolg von YOUR TV auch nicht schmälern.«

»Ja klar, natürlich.« Tim lachte ironisch. »Die altbekannte Ausrede: Als Einzelner kannst du sowieso nichts ändern. Aber das stimmt nicht!«

»Ach ja?«

»Genau.« Ein hintergründiges Lächeln spielte um Tims sanft geschwungene Lippen. »Man sagt doch nicht umsonst: ›Steter Tropfen höhlt den Stein.‹ Und ein Tropfen ist auch nichts anderes als ein Einzelner.«

»Aha.« Lou warf ihm einen nachdenklichen Blick zu. »Dann bist du also auch so ein Tropfen?«

»Könnte man so sagen«, antwortete er mit einem unergründlichen Lächeln. »Und ich bin bestimmt nicht alleine mit meiner Meinung. Wenn sich viele einzelne Tropfen zu einer großen Welle vereinen, verleiht ihnen das eine enorme Kraft.«

»Hä?« Lou schüttelte irritiert den Kopf. »Und was heißt das konkret?«

»Warte es einfach ab.« Tim erhob sich, um die Smoothies zu holen, die der Muskelshirt-Typ inzwischen auf den Tresen gestellt hatte. Doch da fiel ihm noch etwas ein: »Bevor ich's vergesse – kommst du am Montag nach dem Job mit zum Crosstraining?«

»Sorry, geht leider nicht.« Lou verzog entschuldigend das Gesicht. »Ich habe mir für Montag freigenommen, weil ich Mama zum Arzt begleiten will.«

Battle Island, Azoren. Klippen an der Nordküste.
Tag acht: Freitag, 12. August 2022, 19:05 Uhr.

Wenn ich nur wüsste, ob die drei sich schon verzogen haben oder nicht. Obwohl Lou angestrengt lauschte, konnte sie die Laute, die von der Spitze der Klippe an ihre Ohren drangen, nicht richtig deuten. Das Heulen des immer stärker werdenden Windes und das Brausen der Wellen, die sich weit unter ihr an den Felsen brachen, übertönten alle anderen Geräusche. Waren Jean-Luc, Daniel und Sophie noch immer in dem alten Turm? Oder hatten sie ihn bereits verlassen? Sie mussten doch längst gemerkt haben, dass sie nicht dorthin geflüchtet war! So groß war der Finger des Todes doch auch nicht, dass sie eine halbe Ewigkeit dazu brauchten. Zumal es dort so gut wie keine Möglichkeit gab, sich vor Verfolgern zu verstecken. Dabei war genau das Lous ursprünglicher Plan gewesen!

Als sie das langsam vor sich hin gammelnde Gemäuer am Tag zuvor nämlich nach Elenas Hinweiskärtchen durchsucht hatte, war sie völlig überraschend auf ein gutes Versteck gestoßen. Auf ein nahezu perfektes sogar! Allerdings hatte sie das weniger ihrem Geschick oder ihrer Cleverness zu verdanken als vielmehr einem glücklichen Zufall: Lou war gerade die Wendeltreppe hochgeeilt, als sich die silberne Schlangenkette mit dem Broken Heart von ihrem Hals löste. Obwohl Lou reaktionsschnell danach griff, bekam sie sie nicht richtig zu fassen. Sie entglitt ihrer Hand und fiel in die schummerige Tiefe, wo sie ohne jeden Laut auf dem mit Steinplatten bedeckten Boden landete. Lou machte natürlich sofort kehrt, um nach dem mit kostbaren Erinnerungen behafteten Schmuckstück zu suchen.

Zum Glück trug sie die kleine Taschenlampe aus dem Survival-Kit bei sich, das jeder Schatzjäger zu Beginn der Show erhalten hatte. Sonst hätte sie die Herzkette wahrscheinlich nie entdeckt. In den dicken Mauern des Turms befanden sich nämlich nur drei schmale Fensterchen, deren Scheiben zudem so verdreckt waren, dass das Tageslicht sich mit allergrößter Mühe hindurchquälen musste. Obwohl Lou die Eingangstür bis zum Anschlag öffnete, ballte sich hinter der Wendeltreppe eine fast undurchdringliche Düsternis, in der so gut wie nichts zu erkennen war. Im hellen Strahlenkegel der Lampe sah sie das verräterische silberne Glitzern der Kette jedoch schon nach kürzester Zeit. Und sie sah noch etwas: eine unscheinbare Luke, die kaum sichtbar in den Boden eingelassen war und auf der sich im Laufe der Jahrzehnte, wenn nicht sogar Jahrhunderte, eine dicke Schicht aus Staub und Dreck aufgehäuft hatte. Der Schmutz verdeckte nicht nur die Fugen fast vollständig, sondern auch den eisernen Ring, mit dem der steinerne Deckel geöffnet werden konnte – und zufälligerweise war die Kette genau in dessen Mitte gefallen! Einer von Tims Wünschen war damit schon mal in Erfüllung gegangen: Das Broken Heart hatte ihr tatsächlich Glück gebracht.

Lous Herz klopfte bis zum Hals. Weil sie Tims Geschenk wiedergefunden hatte und sich in diesem Augenblick ihrem Freund trotz der zwischen ihnen liegenden riesigen Entfernung mit einem Mal so unglaublich nahe fühlte, dass sie seine Gegenwart fast körperlich zu spüren glaubte. Und weil ihr plötzlich bewusst wurde, was für eine wichtige Entdeckung sie gerade gemacht hatte. Möglicherweise verbarg sich unter der Luke ja die Kiste mit dem Goldschatz! Vielleicht war die Staubschicht ja gar nicht auf natürliche Weise entstanden, sondern war vom Ausstatterteam auf den Boden aufgetragen worden, um das Schatzversteck auf raffinierte Weise zu tarnen!

Bei diesem Gedanken fiel Lous Herz in einen rasenden Galopp. Stand sie womöglich vor der aufregendsten und folgenreichsten Entdeckung ihres Lebens? Denn eine Million Euro würde natürlich alles verändern. Und ihrer Mutter vielleicht – hoffentlich – sogar das Leben retten!

Mit vor Aufregung schweißnassen Händen fasste Lou den Ring und zog die Luke auf. Doch die Aufregung währte nicht lange: Als Lou nämlich über die in die Wand des darunterliegenden Schachtes eingelassenen Metallsprossen in die Tiefe kletterte, landete sie in einem niedrigen, staubigen Stollen, der in früheren Zeiten wohl als Geheimzugang oder Fluchttunnel oder was sonst auch immer gedient hatte. Ihr Kompass – ebenfalls aus dem Survival-Kit – zeigte an, dass der Gang nach Norden führte. Schon nach wenigen Metern stand Lou allerdings vor einem Riesenberg aus herabgestürztem Gestein und Erdreich, der den Tunnel vollständig blockierte und jedes weitere Vordringen unmöglich machte. Was aber noch viel enttäuschender war: Obwohl sie jeden Quadratzentimeter und selbst die verstecktesten Ecken und Winkel sorgfältig absuchte, konnte sie nirgendwo etwas von Wert entdecken. Geschweige denn eine Kiste voller Gold!

Und nun hatte sie gehofft, dass ausgerechnet das, was ihr am Vortag noch eine riesige Enttäuschung bereitet hatte, sie vor den Verfolgern retten könnte: Sie hatte sich unter der Luke verbergen und, sobald Jean-Luc, Daniel und Sophie nach oben zum ehemaligen Lampenhaus gestürmt wären, rasch wieder hervorklettern wollen. Dann hätte sie den Finger des Todes verlassen und die Tür hinter sich verschließen können. Damit wäre sie zumindest so lange vor diesen durchgeknallten Typen sicher gewesen, bis die Kameras wieder funktionierten und das Team im Kontrollbunker das Geschehen auf der Insel wieder im Blick hatte. Weder Jean-Luc noch Daniel und nicht einmal die verrückte Dänin würden es dann noch wagen, sie anzugreifen. Denn jede körperliche Attacke auf andere Teilnehmer war strengstens verboten und hätte den sofortigen Ausschluss aus der Show zur Folge. Und das würde keiner von ihnen riskieren.

Dazu waren doch alle viel zu scharf auf das Gold!

Die verschlossene Turmtür aber machte diesen ganzen schönen Plan mit einem Schlag zunichte.

Lous Enttäuschung währte zum Glück nur kurz. Tims Wahlspruch kam ihr nämlich sogleich wieder in den Sinn: »Du darfst alles tun – nur nicht aufgeben!« Und so raffte sie sich wieder auf und dachte fieberhaft über einen Ausweg nach: Es musste doch noch eine andere Möglichkeit geben, ihren Verfolgern zu entkommen!

Die erste Idee, die ihr in den Sinn kam, verwarf Lou allerdings rasch wieder: Es würde ihr vermutlich nicht weiterhelfen, wenn sie versuchte, ihre Gegner mit Pfeil und Bogen auf Distanz zu halten. Das hätte nur dann Sinn, wenn sie nicht nur schoss, sondern auch traf. Alles andere würde diese verrückten Typen doch nicht aufhalten! Aber erstens hatte sie noch nie auf einen Menschen geschossen. Und zweitens lief sie damit Gefahr, einen oder sogar mehrere von ihnen zu verletzen, wenn nicht sogar zu töten.

Schon der bloße Gedanke daran bereitete ihr Übelkeit. Schlimm genug, dass sie möglicherweise die Mitschuld am Tod ihres Vaters trug. Aber einen Menschen absichtlich zu töten, und sei es aus Notwehr, war völlig undenkbar! Sie würde das niemals verwinden und ganz bestimmt daran zerbrechen. Davon abgesehen hätte das ihren sofortigen Rauswurf aus der Show zur Folge. Sie würde innerhalb kürzester Zeit von einem Hubschrauber abgeholt und zum Flughafen auf São Miguel gebracht werden. Damit wären sämtliche Chancen auf den Millionengewinn dahin und sie könnte ihren Verfolgern die Kärtchen mit dem Hinweis auf das Goldversteck genauso gut freiwillig überlassen. Und das kam überhaupt nicht infrage. Unter keinen Umständen!

Aber was sollte sie sonst tun?

Während Lou noch fieberhaft darüber nachdachte, drangen die Tritte der die Treppe hochstürmenden Verfolger wie eine Drohung an ihre Ohren. Sie wurden zwar immer langsamer, aber es konnte dennoch nicht mehr lange dauern, bis sie das Ende der Treppe erreichten. Und dann …

Die Eingebung kam wie ein Blitz aus heiterem Himmel: Der Geheimgang unter dem Leuchtturm, er hatte doch nach Norden geführt, oder? Und damit genau in Richtung … Meer! Aber hatte Master Bob bei der Besichtigungsrundfahrt vor einer Woche, gleich nach ihrer Ankunft auf Battle Island, nicht erzählt, dass die Steilküste an der Nordspitze im Laufe der Jahrhunderte infolge von heftigen Sturmfluten mehrere Male abgebrochen war und die ursprüngliche Küstenlinie sich deshalb immer weiter zurückverlagert hatte? Plötzlich glaubte Lou zu wissen, wohin der geheime Tunnel geführt hatte: wahrscheinlich hinunter zur Küste! Damit die Piraten die an Land geschwemmte Ladung schnellstens in den gesicherten Turm bringen oder völlig unbemerkt zum Meer hinunterflüchten konnten, wenn ihr Stützpunkt hoch oben auf den Klippen von Angreifern belagert wurde. Wenn Lous Vermutung richtig war, dann musste es unterhalb der Abbruchkante eine Öffnung im Fels geben, in der sie sich vor ihren Verfolgern verbergen konnte!

Lou hatte den Gedanken noch nicht zu Ende gedacht, als sie auch schon aufsprang und zum Rand der Klippe eilte. Der Blick in den Abgrund war so schwindelerregend, dass ihr Magen plötzlich rebellierte und sie entsetzt zurückzuckte.

O nein! Wie schrecklich tief!

Und woran sollte sie in der steilen Wand nur Halt finden? Hier gab es schließlich keine Griffe und Tritte wie an den Bouldern in der Ostbloc-Kletterhalle. Und schon gar keine weiche Auffangmatte auf dem Boden. Obwohl die ihr bei einem Sturz aus einer solchen Höhe auch nichts nützen würde!

Ich schaff das nicht, niemals!, dachte sie verzweifelt. Doch als sie schon resignieren wollte, kamen ihr die Worte wieder in den Sinn, mit denen Tim sie ein ums andere Mal angespornt hatte: »Du musst es nur versuchen, Lou, dann schaffst du es auch!«

»Wenn du es sagst«, presste sie hervor. Dann streckte sie sich auf dem Boden aus und schob sich Zentimeter um Zentimeter nach vorne, bis ihr Kopf fast vollständig über den Klippenrand ragte. Beim ersten Blick auf die weit unter ihr tosenden Atlantikwogen fuhr ihr Magen erneut Achterbahn, sodass sie die Augen schnell wieder schloss.

Nicht nach unten sehen, Lou, trichterte sie sich ein, sondern nur auf die Wand!

Und tatsächlich: Als sie die Augen wieder öffnete und starr auf den Felsen blickte, beruhigte sich der Aufruhr in ihrem Bauch überraschend schnell wieder. Das machte ihr so viel Mut, dass sie es wagte, sich noch ein weiteres Stück nach vorne zu schieben.

Zu ihrer Erleichterung sah sie, dass sie richtig vermutet hatte: Schräg unter ihr, etwa drei Meter entfernt, klaffte tatsächlich eine Öffnung in der Felswand, knapp mannshoch und reichlich tief. Zumindest konnte Lou von ihrer Position aus die Rückwand der Höhle nicht ausmachen. Mit Sicherheit ein gutes Versteck – vorausgesetzt natürlich, sie würde die Vertiefung mit heiler Haut erreichen. Doch das schien ihr dank einiger aus der Wand ragender Felsvorsprünge als durchaus machbar. Allerdings musste sie auch wieder heil zurück auf die Klippe gelangen. Und das war mit Sicherheit um einiges schwieriger! Nicht zuletzt, da sie die Strecke völlig ohne Sicherung klettern würde. Aber was blieb ihr anderes übrig? Sie musste es einfach wagen, wenn sie ihrer Mutter helfen wollte. Nur deshalb hatte sie sich auf diesen ganzen Wahnsinn doch überhaupt erst eingelassen!

- -

Berlin. Charlottenburg. Neurologenpraxis.
Wochen zuvor: Montag, 28. März 2022, 16:47 Uhr.

- -

Lou sah dem Doktor schon auf den ersten Blick an, dass es etwas Ernstes war. Etwas sehr Ernstes sogar! Er schien allerdings noch nicht zu wissen, wie er es ihrer Mutter beibringen sollte, und druckste deshalb verlegen herum.

»Nun, Frau Harder, obwohl wir Mediziner uns die allergrößte Mühe geben, kommt es immer wieder vor, dass wir mit unseren Diagnosen danebenliegen. Oder dass sich manche Krankheitsbilder ganz anders entwickeln, als es der allgemeinen Lehrmeinung entspricht.« Er beugte sich etwas nach vorne und sah Eva mit gequältem Lächeln an. »Verstehen Sie, was ich meine?«

»Nein, Herr Doktor.« Eva Harder legte den Kopf schief und kniff die Lippen zusammen. »Nicht im Geringsten.«

»Dann will ich es mal so ausdrücken: Auch ich habe schon erlebt, dass selbst Patienten wieder völlig gesund geworden sind, die wir eigentlich schon aufgegeben hatten.« Und mit ernster Miene schob er noch rasch nach: »Das kommt häufiger vor, als Sie denken, Frau Harder!«

Die Mutter rutschte unruhig auf ihrem Stuhl herum, und Lou konnte ihr deutlich ansehen, was in ihr vorging: Warum rückt er nicht endlich damit heraus? Warum sagt er nicht, was mit mir los ist?

»Wollen Sie damit etwa andeuten«, mischte Lou sich deshalb ein, »dass Sie Mama auch schon aufgegeben haben?«

»Nein, nein, Gott bewahre!«, antwortete der Neurologe wie aus der Pistole geschossen und wandte sich wieder an ihre Mutter. »So habe ich das nicht gemeint. Allerdings …«

Eva erwiderte seinen beklommenen Blick mit gerunzelter Stirn. »Ja?«

»Ähm.« Der Arzt räusperte sich, griff zu den MRT-Aufnahmen, die vor ihm auf dem Schreibtisch lagen, und hielt sie gegen das Licht. Er studierte sie so eingehend, als würde er sie erstmals zu Gesicht bekommen. Dabei hatte er sie erst vor zwei Minuten ausführlich betrachtet und Eva und Lou dabei genauso ignoriert wie jetzt auch. Als ginge sie das überhaupt nichts an! Erst nach einer halben Ewigkeit – jedenfalls kam es Lou so vor – wandte er sich ihnen wieder zu. »Also, ich … ich werde natürlich noch eine Biopsie veranlassen, eine Gewebeprobe, um ganz auf Nummer sicher zu gehen. Aber die Aufnahmen hier …« Er hielt die Bilder Eva direkt unter die Nase.

»… belegen eindeutig, dass wir es mit einem Gliom zu tun haben.«

Eva zuckte zusammen. »Wir?«, fragte sie tonlos.

»Sie, meinte ich natürlich«, erwiderte der Arzt leicht pikiert.

»Und das bedeutet?«

»Das bedeutet, dass sich in Ihrem Kopf, genauer gesagt, in Ihrem Gehirn ein Tumor gebildet hat, der auf die umliegenden Geweberegionen drückt und damit all die Probleme verursacht, die Sie mir geschildert haben: die rasenden Kopfschmerzen, die Sehstörungen, die Sprachschwierigkeiten und die motorischen Ausfälle, die sich nach Ihrer eigenen Aussage in letzter Zeit gehäuft haben.«

Eva schluckte und warf Lou einen Hilfe suchenden Blick zu. In ihren Augen war überdeutlich die Angst zu erkennen, die langsam in ihr hochkroch und sich wie eine fette Spinne in ihr breitmachte. »Und … was kann man dagegen tun?«

Der Arzt verzog das Gesicht, als würde auch er plötzlich unter heftigen Kopfschmerzen leiden. »Nun … genau das ist das Problem, Frau Harder. Es handelt sich nämlich nicht um einen gewöhnlichen Tumor …«

»Sondern?«

»Sondern um ein bösartiges Gewächs, das bereits ziemlich groß ist. Und leider sitzt der Tumor auch noch an einer äußerst ungünstigen Stelle, sodass wir ihn unmöglich operativ entfernen kön…«

Exakt in diesem Moment fiel Lou es wieder ein. »Meine Ma litt an einem Hirntumor«, hatte Rowan ihr mit feuchten Augen am Freitag erzählt, »und ist am Ende auch daran gestorben.« Nach dem Besuch im Büro seines Vaters hatte er sich nämlich noch auf dem Flur völlig überraschend danach erkundigt, was ihrer Mutter denn fehle. »Ich hab durch die Tür gehört, was du zu Pa gesagt hast«, fügte er noch hinzu. »Es ist hoffentlich nichts Schlimmes?«

Im ersten Moment wunderte sich Lou über seine Frage. Doch dann verstand sie. »Du meinst, wenn eine Schülerin ihre Mutter zum Arzt begleitet«, erwiderte sie deshalb, »dann muss es schon was Ernstes sein, nicht wahr?«

»Stimmt genau.« Rowan nickte, zog eine Packung *Fruity Vitamines Gums* aus der Tasche und bot ihr einen Streifen an. Trotz Lous Kopfschütteln blieb er hartnäckig. »Die sind echt gesund!«, versuchte er sie zu überzeugen. »Ohne Zucker und mit jeder Menge Vitamine. Außerdem fördert das Kauen die Konzentration!«

»Danke, ich möchte trotzdem keinen.«

»Wie du meinst.« Während er einen Kaugummi aus der Folie wickelte, fuhr er fort: »Doch zurück zu deiner Mutter: Bei meiner war das jedenfalls so …«

Vor gut zwei Jahren, so erzählte er, wurde bei seiner Ma Cathy ein Hirntumor diagnostiziert, der ihre Bewegungsfähigkeit mehr und mehr einschränkte. Deshalb musste er sie zum Arzt begleiten und schließlich auch in die Klinik. »Soweit die Schule mir das erlaubte, natürlich.«

»Das muss eine schwere Zeit für dich gewesen sein.« Lou verspürte tiefes Mitgefühl. »Ich hoffe, es geht ihr jetzt wieder besser?«

»Äh … leider nicht«, antwortete Rowan mit kratziger Stimme und feuchtem Glanz in den Augen. »Der Tumor war schon ziemlich weit fortgeschritten und die Ärzte konnten nichts mehr für sie tun. Sie ist einige Wochen später gestorben.«

»O nein«, stöhnte Lou entsetzt auf und legte ihm mitfühlend die Hand auf die Schulter. »Das muss schrecklich für dich gewesen sein. Ich weiß, wovon ich spreche. Vor drei Jahren habe ich nämlich meinen Vater verloren.« Da Rowan darauf bestand, erzählte sie ihm alles in knappen Worten.

»Tut mir leid für dich«, sagte er daraufhin mit ehrlichem Bedauern. »Und für deine Mutter natürlich auch.«

»Danke, ich werde es ihr ausrichten. Wie ist denn dein Vater damit zurechtgekommen?«

Schlagartig verhärteten sich Rowans Gesichtszüge. Er schluckte, und ein seltsamer Ausdruck trat in seine Augen, den Lou nicht so recht zu deuten wusste. War es Trauer? Enttäuschung? Oder gar Wut? Oder vielleicht sogar alles zusammen? »Reden wir lieber von was anderem«, sagte er schließlich und quälte sich zu einem Lächeln. »Sorry, wenn ich dich verängstigt haben sollte. Ich drücke dir jedenfalls ganz fest die Daumen, dass deiner Mama nichts Ernstes fehlt.«

Aber das hatte nichts genutzt. Eher im Gegenteil: Wie durch einen absurden Zufall litt ihre Mutter nun an dem gleichen Tumor, an dem Rowans Ma vor zwei Jahren gestorben war.

Lou war vor Entsetzen wie gelähmt. Unfähig, den Gedanken zu Ende zu denken, starrte sie ihre Mutter ungläubig an, die die schreckliche Diagnose äußerlich nahezu unbewegt aufnahm. Oder hatte sie die Aussage des Arztes nur noch nicht richtig begriffen?

Doch, das hatte sie. »Das heißt, der Tumor in meinem Kopf ist nicht heilbar?«, fragte sie nämlich.

»Wenn kein Wunder geschieht.« Der Arzt nickte und wirkte fast erleichtert darüber, dass die Patientin so ruhig blieb. Wahrscheinlich hatte er schon ganz andere und weit dramatischere Reaktionen auf eine solche Diagnose erlebt. »Es gibt zwar vereinzelte Fälle, in denen eine Heilung geglückt ist. Aber die sind äußerst selten. Beim heutigen Stand der Medizin ist eine Heilung so gut wie unmöglich. Wir können lediglich versuchen, das Wachstum des Tumors durch eine Bestrahlung und eine Chemotherapie zu verlangsamen und dadurch Ihre Überlebenszeit zu verlängern.«

Diese Worte nötigten Eva nun doch eine Reaktion ab: Sie schloss die Augen und seufzte gequält. »Und?«, fragte sie schließlich. »Wie lange bleibt mir noch?«

»Schwer zu sagen.« Auch der Arzt atmete tief durch und wiegte unschlüssig den Kopf. »Das ist von Fall zu Fall höchst unterschiedlich. Nach den vorliegenden Statistiken jedenfalls beträgt die mittlere Überlebenszeit bei einem nicht operablen Tumor Ihrer Klasse so um die siebeneinhalb ...«

»Jahre?«, fiel Lou ihm voller Hoffnung ins Wort.

»Leider nicht.« Der Arzt schüttelte den Kopf. »Siebeneinhalb Monate. Nach drei Jahren lebt in der Regel nur noch einer von hundert Patienten – rein statistisch gesehen, natürlich, und unter der Voraussetzung, dass wir das Wachstum des Tumors einigermaßen in den Griff bekommen.«

»Aber ...« Lou fühlte sich wie betäubt und gleichzeitig fuhren ihre Gedanken Achterbahn. »Haben Sie nicht gesagt, dass Mama Bestrahlungen und eine Chemotherapie bekommen soll?«

»Natürlich! Über deren Wirksamkeit kann ich im Moment allerdings absolut keine verlässliche Aussage treffen. Das muss sich erst noch herausstellen.«

»Und eine andere Möglichkeit ...« Die fürchterliche Diagnose zeigte offensichtlich nun doch Wirkung bei Eva, denn ihre Stimme war dünn und rau wie brüchiges Pergament. »… gibt es nicht?«

»Leider nein.« Wie zur Entschuldigung hob der Arzt die Hände. Doch plötzlich huschte ein kleiner Hoffnungsschimmer über sein Gesicht. »Höchstens …« Da brach er auch schon wieder ab und winkte resigniert ab. »Aber das geht ja doch nicht.«

Eva wechselte einen verwunderten Blick mit Lou, bevor sie sich wieder an den Arzt wandte: »Was denn, Herr Doktor? Was geht nicht?«

»Ach, vergessen Sie es einfach.« Wieder winkte er ab. »Ich hätte gar nicht erst damit anfangen sollen.«

»Haben Sie aber«, beharrte Eva. »Und deshalb bitte ich Sie inständig: Was wollten Sie sagen, Herr Doktor?«

Der Arzt holte tief Luft. »Nun, wenn Sie unbedingt darauf bestehen …«

Eva lächelte ihn an. »Bitte!«

»Rein zufällig habe ich am Wochenende mit einem alten Studienkollegen telefoniert. Er arbeitet seit vielen Jahren in den USA und hat sich auf die Behandlung von Gliomen spezialisiert.«

»Und weiter?«

»Er hat mir von einer neuartigen Therapie berichtet, mit der sie an seiner Klinik sehr gute Erfahrungen gemacht haben. Sie verlangsamt das Tumorwachstum nicht nur ganz enorm, sondern hat es in einigen Fällen sogar völlig zum Stillstand gebracht, wodurch sich die Überlebenszeit natürlich immens verlängert.«

»Klingt gut. Sehr gut sogar!« Ein kleiner Hoffnungsschimmer machte sich auf Evas Gesicht breit. »Dann können Sie mich doch auch …«

»Eben nicht!«, schnitt ihr der Arzt mit heftigem Kopfschütteln das Wort ab. »Das Verfahren befindet sich noch in der Erprobungsphase und ist bei uns in Deutschland noch gar nicht zugelassen.«

»Und wenn ich mich in den USA behandeln lasse?«

»Theoretisch wäre das möglich. Vorausgesetzt natürlich, Sie bekommen einen Platz in der entsprechenden Klinik. Die Wahrscheinlichkeit dafür ist allerdings verschwindend gering!«

»Und wenn schon! Ich werde es zumindest versuchen und mir diese Chance nicht kampflos entgehen lassen.«

»Ihren Optimismus in allen Ehren, Frau Harder«, erwiderte der Arzt mit gequältem Lächeln. »Aber selbst der wird Ihnen kaum helfen. Es sei denn, Sie können mehrere Hunderttausend Euro aufbringen?«

»Mehrere Hunderttausend Euro?« Eva schüttelte verwirrt den Kopf. »Wieso das denn?«

»Weil die gesetzlichen Krankenkassen die Kosten für eine Behandlung in den USA nicht übernehmen. Und für eine noch nicht zugelassene Therapie schon gar nicht! Sie müssten sie deshalb aus der eigenen Tasche bezahlen. Aber da die Kosten dafür leicht in die Hunderttausende gehen können, bezweifle ich sehr, dass Sie in der Lage sind, die erforderliche Summe aufzubringen.«

Battle Island, Azoren. Klippen an der Nordküste.
Tag acht: Freitag, 12. August 2022, 19:15 Uhr.

Der Abstieg zur Höhle in der Steilwand war leichter, als Lou befürchtet hatte. Der Fels war überraschend fest und griffig, und es gab genügend Spalten und Vorsprünge, in und an denen ihre

Hände und Füße Halt fanden. Zudem vermied sie jeden Blick in die Tiefe und gab ihrem Magen damit nicht den geringsten Grund zur Rebellion. Selbst die Cagarras, die ansonsten unablässig dicht vor den Klippen kreisten und laut schreiend durch den rauen Seewind gaukelten, zogen sich bei ihrem Einstieg in die Wand vor Schreck und Überraschung ein gutes Stück hinaus aufs Meer zurück, sodass ihre schrillen Laute Lous Konzentration nicht stören konnten. Und konzentrieren musste sie sich natürlich, ganz höllisch sogar, um nicht abzurutschen und in den tödlichen Abgrund zu stürzen.

Die Einbuchtung im Fels war knapp mannshoch und ebenso breit – und somit groß genug, um sie vollständig vor den Blicken ihrer Verfolger zu verbergen. Jean-Luc, Daniel und Sophie würden sie also unmöglich entdecken können. Dummerweise jedoch war das umgekehrt genauso der Fall: Lou konnte keinen von ihnen sehen und damit auch nicht verfolgen, was sie gerade trieben. Hatten sie sich bereits verzogen? Oder waren sie noch immer oben auf der Klippe und warteten nur darauf, dass sie wieder auftauchte?

Lous Hoffnung, das Vorgehen ihrer Verfolger anhand ihrer Laute und Geräusche nachvollziehen zu können, erwies sich als höchst trügerisch. Mal glaubte sie, Gesprächsfetzen zu hören, mal sich rasch entfernende Schritte, nur um gleich darauf festzustellen, dass sich offensichtlich doch noch jemand über ihr aufhielt. Sie musste schnell einsehen, dass auf ihr Gehör nur höchst beschränkt Verlass war. Klar, für gewöhnlich orientierte sie sich so gut wie nie damit, sondern verließ sich – wie die meisten anderen Menschen auch – fast ausschließlich auf ihre Augen. Was ihr in der jetzigen Situation allerdings absolut nichts nützte. Ganz im

Gegenteil: Sobald sie den Blick in die Tiefe richtete, fing ihr Magen sofort wieder an zu revoltieren, sodass sie das schnell wieder sein ließ.

Wie also sollte sie herausfinden, ob die Luft rein war? Ob sie es wagen konnte, wieder zurückzuklettern? Oder ob sie sich noch länger vor ihren Verfolgern verbergen musste? Und falls Letzteres der Fall war: Wie lange sollte sie sich verborgen halten? Bis die hereinbrechende Dunkelheit ihren Gegnern jede Sicht verwehrte? Doch das würde sie auch nicht retten: Wie sollte sie im Finstern denn die Spalten und Vorsprünge erkennen, an denen sie sich wieder zurück auf die Klippe hangeln konnte? Und was, wenn diese Verrückten sogar während der gesamten Nacht dort oben ausharrten? Hatte sie sich durch ihren wagemutigen Versuch, ihnen aus scheinbar aussichtsloser Lage doch noch zu entkommen, am Ende nur in eine noch weit hoffnungslosere Lage gebracht?

Die Gedanken wirbelten wie wild durch Lous Kopf. Sie wollten gar kein Ende nehmen und drohten sich zu überschlagen, bis sie ihnen mit Gewalt Einhalt gebot.

Ruhig, Lou!, mahnte sie sich. Und nur keine Panik, sonst kannst du gleich aufgeben.

Und Aufgeben war genau das, was sie nicht tun würde. Niemals! Nicht nur weil Tim stets nach diesem Motto handelte: »Du darfst alles tun – nur nicht aufgeben!« Sondern weil sie sich das selbst schuldig war.

Sich selbst und ihrer Mutter!

Lou atmete tief durch und legte sich auf den Rücken. Dann krallte sie sich mit der linken Hand in einer Felsspalte fest und schob den Kopf langsam aus der Höhle, Zentimeter um Zentimeter. Als er fast vollständig frei in der Luft schwebte und ihr

Zopf senkrecht nach unten hing – den Gedanken, dass es darunter mehr als hundert Meter in die Tiefe ging, versuchte sie so gut wie möglich zu verdrängen –, konnte Lou endlich nach oben zum Klippenrand blicken, wo exakt in diesem Moment ein mit blonden Cornrows und Totenkopfohrhängern geschmückter Mädchenkopf aus ihrem Sichtfeld verschwand.

Sophie! Sie hatte wohl bis vor einer Sekunde noch nach ihr Ausschau gehalten!

Jetzt konnte sie endlich hören, was oben gesprochen wurde. Ihre Gegner mussten offenbar gegen den Wind anschreien, um sich zu verständigen.

»Nichts zu sehen«, berichtete Sophie ihren Begleitern. »In der gesamten Steilwand ist nicht eine Spur von Lou auszumachen.«

»Aber das gibt's doch nicht!«, ereiferte sich Daniel. »So ein Mist, so ein verdammter!«

»Wohl wahr, Mischel Sauerkraut«, war nun auch Jean-Luc zu vernehmen. »Dann 'at sisch dieses 'erzchen wohl tatsäschlisch in Luft aufgelöst. Oder gibt es eine andere Erklärung?«

»Natürlich gibt es die«, erwiderte Sophie. »Weil es sie einfach geben muss! Wir sind hier schließlich nicht bei Harry Potter oder in einer anderen Fantasystory.«

»Vielen Dank für die Aufklärung. Von alleine wäre isch da bestimmt nischt draufgekommen!« Lou konnte die triefende Ironie in Jean-Lucs Stimme deutlich heraushören. »Dann bin isch aber mal gespannt.«

»Gespannt? Worauf denn?«

»Auf deine Erklärung. Worauf denn sonst?«

»Und ich erst!«, gab auch Daniel seinen Senf dazu. »Mach endlich und lass schon hören!«

»Warum strengt ihr eure Hohlköpfe nicht mal selber an?«, erwiderte Sophie trotzig. »Oder habt ihr die nur, damit es euch nicht in den Hals regnet? Also: Entweder hat Lou tatsächlich versucht, über die Klippen zu entkommen, ist dabei abgestürzt und der Atlantik hat sie für immer verschluckt!«

»Was für eine verlockende Aussicht«, freute sich Daniel. »Schließlich wären wir damit eine weitere Konkurrentin los!«

»Isch wusste schon immer, dass du ein 'erzloses Schwein bist«, kommentierte Jean-Luc, und Lou hatte den Eindruck, als würde er das tatsächlich ernst meinen. »Und was weiter, Sophie?«

»Aber möglicherweise ist Lou auch nur deshalb entkommen, weil wir drei uns völlig bescheuert angestellt haben!«

»Völlig bescheuert?« Lou glaubte Daniels dämliches Gesicht förmlich vor sich zu sehen. »Wie meinst du das?«

»Ganz einfach: Haben wir denn nachgesehen, ob sie sich vielleicht hinter dem Turm versteckt hat? Oder hinter den Büschen hier oben?« Sophie wartete ihre Antwort gar nicht erst ab. »Nein, haben wir nicht! Weil Daniel blindlings zur Eingangstür gestürmt ist und wir beiden Idioten ihm wie zwei völlig bekloppte Lemminge hinterhergerannt sind. Lou muss sich halb totgelacht haben über so viel Dummheit auf einem Haufen. Und dann hat sie sich in aller Ruhe verdrückt!«

Für einige Momente war es oben auf der Klippe mucksmäuschenstill. Nur das Heulen des Windes und das Rauschen der Wellen, die in der Tiefe gegen die Felsen brandeten, waren zu hören. Schließlich ergriff Jean-Luc wieder das Wort. »Und jetzt?«, fragte er ziemlich kleinlaut. »Was machen wir jetzt?«

»Was wohl?« Sophie hatte sich offensichtlich noch immer nicht beruhigt. »In einer guten halben Stunde geht die Sonne unter. Wir sollten uns schnellstens auf den Rückweg machen, damit wir noch rechtzeitig vor Einbruch der Dunkelheit im Camp ankommen. Es sind immerhin rund drei Kilometer bis dahin.«

O Mist!, durchfuhr es Lou. Daran habe ich ja überhaupt nicht mehr gedacht!

Sie hörte, wie Daniel oben auf der Klippe Sophie zustimmte: »Genau! Lasst uns Lou für heute einfach vergessen. Morgen ist schließlich auch noch ein Tag! Es wäre deshalb ziemlich bescheuert, Strafpunkte wegen einer Verspätung zu riskieren. Die werfen uns beim morgigen *Battle of the Day* nur unnötig zurück.«

Lou glaubte, hastige Schritte zu hören, dann wurde es still über ihr. Sie war wieder ganz allein mit dem Heulen des Windes, dem Rauschen der Wellen und den Schreien der Seevögel, die sich den Klippen inzwischen wieder genähert hatten und dicht davor kreisten. Offensichtlich hatten sie sich an ihre Anwesenheit gewöhnt und jede Furcht vor ihr verloren.

Während Lou sich Zentimeter für Zentimeter in die Höhle zurückzog, drang ein neues Geräusch an ihre Ohren: ein leises Sirren, das stetig näher kam. Sie richtete sich auf und blickte sich suchend um. Es dauerte einige Augenblicke, bis sie das Objekt inmitten der kreisenden Vogelschar entdeckte: ein Quadrocopter mit vier Propellern, der kaum mehr als einen halben Meter im Durchmesser maß und langsam auf sie zuschwebte. Der starke Wind machte der Drohne sichtlich zu schaffen. Sie schwankte so unruhig hin und her, dass die an ihr befestigte Kamera wahrscheinlich ziemlich wackelige Bilder lieferte. Lou zuckte überrascht zusammen – war der Defekt in der Kameraanlage denn schon wieder behoben? Oder waren die beiden fliegenden Aufnahmegeräte, die auf Battle Island im Einsatz waren, davon nicht betroffen? Wie auch immer – sie musste dringend ins Camp zurück. Sophie hatte nämlich recht: Der Himmel über dem Meer verdunkelte sich bereits zusehends. Zudem war ein Sturm im Anmarsch: Weit draußen am westlichen Horizont ballten sich turmhohe und bedrohlich schwarze Wolken, die nicht nur von Blitzen durchzuckt wurden, sondern auch rasch näher kamen. Allerhöchste Zeit also, sich auf den Rückweg zu machen! Wenn sie erst nach Einbruch der Dunkelheit ins Camp zurückkehrte, drohten ihr Strafpunkte, die ihre Chancen beim nächsten *Battle of the Day* und damit natürlich auch ihre Aussichten auf den Millionengewinn erheblich verringern würden. Aber was noch viel schlimmer war: Mit zunehmender Dunkelheit und im aufkommenden Sturm würde es immer schwieriger werden, heil auf die Spitze der Klippe zurückzugelangen. Und die Vorstellung, die Nacht in der Steilwand verbringen zu müssen, war so gruselig, dass Lou jeden Gedanken daran tunlichst vermied.

Sie musste unbedingt zurück, koste es, was es wolle! Das musste doch zu schaffen sein. Sie war schließlich nur gut drei Meter von der rettenden Abbruchkante entfernt!

Es dauerte eine halbe Ewigkeit, bis Lou den ersten Meter hinter sich gebracht hatte. Immer wieder rutschten ihre Hände oder Füße von den schmalen Felsvorsprüngen ab. Zum Glück konnte sie sich jedes Mal gerade noch rechtzeitig irgendwo festkrallen und den Sturz in die Tiefe vermeiden, der ihren sicheren Tod bedeutet hätte. Aber dieser eine Meter hatte sie so viel Kraft gekostet, dass sie das restliche Stück unmöglich schaffen konnte. Die rettende Klippenspitze war für sie genauso unerreichbar weit entfernt wie der Mond!

Lou schloss die Augen und schmiegte sich schwer keuchend an die feuchte Wand.

Verzweiflung machte sich in ihr breit – und ohnmächtige Wut über sich selbst. Warum war ich auch nur so bescheuert? Warum habe ich bloß nicht auf Tim gehört? Dann würde ich jetzt einen entspannten Urlaub in Portugal mit ihm verbringen und nicht um mein Leben kämpfen.

Das leise Poltern, das plötzlich ganz in der Nähe zu hören war, konnte sie zunächst überhaupt nicht einordnen. Als sie hinsah, wollte sie ihren Augen nicht trauen: Nur ein kleines Stück von ihr entfernt baumelte ein dickes Tau, das vom Klippenrand herunterhing. Es führte über den Rand der Klippe und war wohl irgendwo dort oben befestigt. An einem Baum vielleicht oder an einem der zahlreichen Felsbrocken. Zumindest gab das Seil nicht einen Millimeter nach, als Lou daran zog.

War ihr vielleicht einer der anderen Teilnehmer zu Hilfe gekommen? Weil sie oder er nicht zulassen wollte, dass Jean-Luc, Daniel und Sophie über sie herfielen und sich damit einen Vorteil verschafften?

Aber wer sollte das sein?

Josh Marley vielleicht, der jamaikanische Rastaman aus London, der sich bislang als ziemlich fairer Konkurrent erwiesen und sie immer umgänglich und freundlich behandelt hatte? Oder Ruud van Dyke, der stets etwas bedrückt wirkende Kaufmannslehrling aus Holland, der den rüden Scherzen von Jean-Luc und Sophie ebenso hilflos ausgeliefert war wie Nicolo de Rossi, der so gar nicht dem süditalienischen Machoklischee entsprechende Neapolitaner? Poppy O'Casey dagegen war es mit Sicherheit nicht. Die ständige Frotzelei durch Jean-Luc, Daniel und Sophie wegen ihrer roten Haare und ihrer stämmigen Figur hatte ihr nämlich so zugesetzt, dass sie mit den Nerven ziemlich am Ende war. Und der Zwischenfall mit den toten Mäusen hatte ihr den Rest gegeben. Klar, der Anblick war nicht gerade erfreulich gewesen. Dennoch konnte Lou noch immer nicht begreifen, warum Poppy derart hysterisch reagiert hatte und regelrecht ausgeflippt war. Da musste etwas anderes dahinterstecken.

Und was war mit Leonie Wimmer, dem Nesthäkchen aus der Schweiz? Die jüngste aller zehn Kandidaten, die von Jean-Luc nur Heidi genannt wurde. Dabei ähnelte sie mit ihren großen Augen und den zwei Rattenschwänzchen, zu denen sie die brünetten Haare gebunden hatte, eher einer frechen Mangafigur als einem braven Waisenmädchen. Dennoch hatten die meisten anderen den Spitznamen sofort aufgegriffen und sich nicht im Geringsten daran gestört, dass Leonie das überhaupt nicht ausstehen konnte. War Leonie ihr vielleicht zu Hilfe geeilt? Eher unwahrscheinlich! Sie hatte doch viel zu sehr mit sich selbst zu tun und ihre liebe Mühe und Not, sich gegen die älteren Teilnehmer zu behaupten. Wie sollte sie da noch die Energie und den Mut aufbringen, anderen zu helfen?

Aber wo auch immer es herkommen mochte: Das Seil war Lous Rettung. Mit seiner Hilfe konnte sie sich ohne Probleme und in kürzester Zeit in Sicherheit bringen. Als sie oben auf der Klippe ankam, war zu ihrer grenzenlosen Verwunderung jedoch weit und breit niemand zu sehen. Das Tau war zwar tatsächlich an einem Baum befestigt. Doch wer immer es auch daran festgemacht hatte, war spurlos verschwunden.

Eigenartig. So viel Hilfsbereitschaft war nun wirklich kein Grund, sich zu verstecken. Ganz im Gegenteil: Der unbekannte Retter – oder vielleicht auch die Retterin – konnte doch fest davon ausgehen, dass Lou sie oder ihn mit Dank förmlich überschütten würde! Warum gab er oder sie sich also nicht zu erkennen?

Ein Donnergrollen, noch ein gutes Stück entfernt, aber dennoch deutlich wahrnehmbar, riss Lou aus ihren Gedanken. Die Dämmerung hatte bereits eingesetzt, sodass sie das Camp unmöglich vor Einbruch der Dunkelheit erreichen konnte. Die Strafpunkte waren ihr damit so gut wie sicher. Jean-Luc, Daniel und Sophie würden schließlich niemals zugeben, dass sie Jagd auf sie gemacht hatten. Damit hätte sie nämlich einen plausiblen Grund für die Verspätung und würde straffrei ausgehen. Aber das würden die drei Durchgeknallten unter allen Umständen verhindern. Schließlich profitierten sie davon, wenn Lou Strafpunkte bekam!

Ein plötzliches Rascheln hinter ihrem Rücken ließ Lou herumfahren. Als sie das Kaninchen erblickte, das eben aus einem nahen Busch hoppelte und im Schutz der einbrechenden Dämmerung zu äsen begann, kam ihr eine Idee.

Berlin. Tegeler Stadtforst.
Wochen zuvor: Samstag, 7. Mai 2022, 16:34 Uhr.

Das Kaninchen hockte im Schatten eines Haselnussstrauchs am Rande einer kleinen Lichtung. Lou stoppte aus vollem Lauf, schnaufte tief durch und versuchte, ihren rasselnden Atem unter Kontrolle zu bringen. Ruhig, nur ruhig, befahl sie sich im Stillen, sonst schießt du daneben!

Mit einer geschmeidigen Bewegung nahm sie den hölzernen Langbogen vom Rücken, zog einen Pfeil aus dem Köcher und legte ihn an die Sehne. Dann stellte sie den linken Fuß nach vorne, hob den Bogen und spannte ihn. Ihr Pulsschlag verlangsamte sich, während sie das noch immer regungslos an seinem Platz verharrende Kaninchen ins Visier nahm. Obwohl die einsetzende Dämmerung die Lichtung in diffuses Zwielicht tauchte, konnte Lou ihr Ziel deutlich erkennen. Die Pfeilspitze zeigte schon exakt auf das Herz des Kaninchens, als ihre Arme mit einem Mal unkontrolliert zu zittern begannen. Ein unterdrückter Fluch flog von ihren Lippen: »So ein verdammter Mist!«

»Nur keine Hektik, Lou. Bloß nichts überstürzen«, forderte Tim sie mit sanfter Stimme auf. Er stand nur zwei Meter von ihr entfernt im Schatten einer Eiche und beobachtete sie gespannt. »Wenn du danebenschießt, kostet uns das am Ende noch viel mehr Zeit. Also konzentriere dich bitte und setze neu an.«

Lou schloss die Augen und atmete tief durch. »Okay«, versuchte sie sich selbst Mut zu machen. »Dann also noch mal.« Sie ließ den Bogen sinken und wiederholte die Prozedur, die sie eigentlich im Schlaf beherrschte: heben. Spannen. Zielen. Schießen. Und diesmal klappte es wie erhofft: Schon in dem Augenblick, in dem der Pfeil von der Sehne schnellte, wusste Lou, dass er die Zielscheibe auf der Brust der hölzernen Kaninchenattrappe treffen würde.

»Super, Lou, große Klasse!«, lobte Tim, während er sich seinerseits zum Schießen bereit machte. »Das ist der vorletzte Posten. Wenn wir uns beim letzten nicht allzu bescheuert anstellen, haben wir gute Chancen, unter die ersten drei zu kommen.«

Lou stöhnte unterdrückt auf und hielt unwillkürlich den Atem an. Nicht weil sie sich Sorgen um Tims Treffsicherheit machte. Eher im Gegenteil: weil sie wusste, dass ihr Freund im Bogenschießen genauso gut war wie im Umgang mit Landkarte und Kompass. Und genau darauf kam es an beim Somathlon, einer vom Biathlon inspirierten neuartigen Kombination aus Orientierungslauf und Bogenschießen, die Tim und sie seit ungefähr einem Jahr mit großer Leidenschaft betrieben. Nach einem kurzen Einführungskurs hatten sie rasend schnell Fortschritte in der neuen Sportart gemacht. Inzwischen waren sie so gut, dass sie große Chancen hatten, sich für die in drei Wochen stattfindenden Meisterschaften im Mixed zu qualifizieren. Was Tim riesig freuen und sie selbst möglicherweise in allergrößte Gewissensnöte stürzen würde. Weil die Gefahr bestand, dass sie ihm eine riesige Enttäuschung bereiten musste! Die Wahrscheinlichkeit dazu war zwar nicht allzu groß – und trotzdem durfte sie die Augen davor nicht verschließen. Zumal es ganz danach aussah, als würden sie beim heutigen Wettbewerb tatsächlich unter die ersten drei gelangen. Womit sie die Qualifikation für die Meisterschaft so gut wie in der Tasche hatten. An Tim würde das bestimmt nicht scheitern. Er würde weder das hölzerne Kaninchen noch das Ziel beim nächsten Posten verfehlen. Und verlaufen würde er sich auf dem letzten Streckenabschnitt mit Sicherheit auch nicht. Die Entscheidung lag also ganz alleine in ihrer Hand. Wenn sie den großen Zwiespalt vermeiden wollte, der wie ein dunkles Schreckgespenst am Horizont auf sie lauerte und ihr zunehmend Magendrücken bereitete, dann musste sie beim nächsten Mal einfach nur danebenschießen. Jeder Fehlschuss wurde nämlich mit einer Strafminute geahndet, womit sie in der Wertung zurückfallen und nicht aufs Siegertreppchen gelangen würden. Damit wäre nicht nur die Meisterschaft verpasst, sondern gleichzeitig auch ihr großes Problem gelöst. Und Tim könnte ihr deswegen nicht einmal Vorwürfe machen! Im Gegensatz zu ihm hatte sie nämlich erst vor einem Jahr mit dem Bogenschießen begonnen. Es kam deshalb immer wieder mal vor, dass sie das Ziel verfehlte. Und dass sie das mit voller Absicht getan hatte, würde ihm bestimmt nicht auffallen.

Das Zischen von Tims Pfeil und das satte *Blob,* mit dem er exakt im Zentrum der Scheibe einschlug, rissen Lou jäh aus den Gedanken.

»Los, schnell!« Während Tim den Bogen umhängte, deutete er auf den schmalen Waldweg, der sich den mit dichtem Gestrüpp bewachsenen Hügel hinaufschlängelte. »Wir müssen hier lang! Oben auf dem Kammweg geht es dann in östlicher Richtung weiter – und von dort ist es dann nicht mehr weit bis zum letzten Posten. Jetzt beeil dich doch, Lou, damit wir nicht unnötig Zeit verlieren!«

Sie fanden den letzten Posten, wie die Kontrollpunkte beim Somathlon genannt wurden, ohne Probleme. Die Zielscheibe war an der hölzernen Attrappe eines Rehs befestigt, das scheinbar ruhig am Waldrand äste. Als sie sich ihm näherten, nickte der dafür zuständige Kontrolleur ihnen aufmunternd zu – wie wahrscheinlich allen anderen Teilnehmern auch. Er stand zwar per Funk mit der Rennleitung in Verbindung, damit er die jeweiligen Schießergebnisse der Teilnehmer durchgeben konnte. Dass er jedoch auch über den aktuellen Zwischenstand informiert war, hielt Lou für eher unwahrscheinlich.

Während sie ihren Bogen spannte, geisterten die gleichen Überlegungen wie beim letzten Posten durch ihren Kopf. »Schieß daneben«, flüsterte eine innere Stimme ihr zu, »und alles ist gut!«

Doch dann brachte sie es doch nicht übers Herz. Weil das

nicht nur unsportlich gewesen wäre, sondern schlichtweg Betrug. An Tim und auch an sich selbst. Und feige noch dazu! Das Ergebnis zu manipulieren, nur um eventuellen Unannehmlichkeiten aus dem Weg zu gehen, wäre eine erbärmliche Feigheit. Sie hatte ihre Entscheidung schließlich aus freien Stücken getroffen und musste jetzt auch dazu stehen. Selbst wenn sie Tim damit eine riesengroße Enttäuschung bereitete!

Lous letzter Schuss war der beste ihres gesamten Wettbewerbs. Auch Tim traf wie erwartet exakt ins Ziel, und so kamen sie nicht nur unter die besten drei, sondern belegten mit deutlichem Abstand sogar Platz eins, womit ihre Meisterschaftsteilnahme gesichert war.

»Super, Lou! Du warst einfach super!« Tim strahlte sie an und drückte ihr einen schweißnassen Kuss auf den Mund. »Dass du eine klasse Läuferin bist, wusste ich ja. Aber dass du sogar besser schießt als Robin Hood, ist mir wirklich neu!«

»Ach, Unsinn!« Lou winkte verlegen ab. »Das war einfach nur Glück. Beim nächsten Mal schieße ich wieder meilenweit daneben, du wirst schon sehen.«

»Nicht, wenn du dich richtig konzentrierst!« Tim schüttelte so vehement den Kopf, dass ein Regen aus Schweißtropfen aus seinem dunklen Wuschelhaar flog. »Wenn wir unsere jetzige Form auch nur annähernd halten können, haben wir bei der Meisterschaft bestimmt gute Chancen.« Er schlang seine Arme um sie und drückte sie fest an sich. »Wenn du wüsstest, wie sehr ich mich schon darauf freue! Mindestens genauso sehr wie auf unseren Sommerurlaub in Portugal.«

O nein!, stöhnte Lou innerlich auf. Daran hatte sie ja gar nicht mehr gedacht! Dabei war es noch gar nicht lange her, dass sie das beschlossen hatten. Tims Mutter war nämlich gebürtige Portugiesin und hatte eine Unmenge von Verwandten, die über das ganze Land verteilt lebten. Und die würden sie mit größter Freude als Gäste bei sich aufnehmen, wie einer seiner zahlreichen Onkel Tim bei ihrem letzten Telefonat erklärt hatte. Das Angebot war so verlockend, dass sie es ohne langes Nachdenken annahmen. Vier herrliche Sommerwochen in Portugal – wie cool war das denn? Sie würden Tims weitläufige Familie besuchen und das Land kennenlernen. Am Strand in der Sonne braten und faulenzen. Und vor allem jede Menge Spaß haben!

Aber das war vor der schrecklichen Diagnose gewesen. Und natürlich auch vor dem Entschluss, den Lou deswegen gefasst und den sie Tim bislang verschwiegen hatte. Noch während sie die Wärme seines schweißnassen Körpers und das Schlagen seines Herzens spürte, wurde ihr klar, dass sie es ihm endlich sagen musste.

Sonst würde sie platzen.

Oder ersticken.

Oder vielleicht auch beides.

Sie löste sich aus seinen Armen, trat einen Schritt zurück und sah ihn mit gequälter Miene an. »Ich ... äh ... ich ...« Es fiel ihr unendlich schwer, die richtigen Worte zu finden. »Ich ... ich muss dir was sagen.«

Tim setzte sein berühmtes Lausbubenlächeln auf, das ihr Herz jedes Mal schmelzen und ihre Körpertemperatur jäh ansteigen ließ. Seine Augen blitzten sie so strahlend blau an, als wären es funkelnde Saphire. »Und warum tust du es dann nicht?«

»Weil ... äh ...« Lou brach erneut ab und biss sich auf die Lippen. »Weil du mir erst versprechen musst, nicht sauer auf mich zu sein.« Sie legte den Kopf schief und sah ihn flehend an. »Okay?«

»Natürlich, du Dummkopf.« Sein Lächeln wurde noch strahlender. »Warum sollte ich sauer auf dich sein?«

»Weil … weil ich mich … äh …« Lou musste schwer schlucken, bevor sie es endlich über die Lippen brachte: »Weil ich mich … für die Show von YOUR TV …«

Schlagartig erstarb das Lächeln auf Tims Gesicht. »O nein!«, stöhnte er laut auf. »Sag, dass das nicht wahr ist!«

»Doch, Tim.« Sie nickte ernst. »Es ist wahr.«

»Aber wieso denn? Das ist so was von bescheuert, bescheuerter geht's gar nicht!«

Der Vorwurf traf Lou mitten ins Herz. Ihre Züge verhärteten sich. »Vielen Dank für das Kompliment.« Ihre Stimme klang rau und kratzig. »Auch wenn ich es nicht erwidern kann.«

Tim ging darauf gar nicht ein. »Ich glaube es einfach nicht, Lou. Weißt du überhaupt, worauf du dich da einlässt?«

»Natürlich. Ich bin schließlich kein Kind mehr!«

Tim überging auch diesen Einwand, packte sie an den Schultern und blickte sie eindringlich an. »Davon abgesehen, dass du dich mit der Teilnahme an BATTLE ISLAND zu einer Komplizin einer ganz abgefeimten Strategie machst, die nur darauf abzielt, die Zuschauer zu ebenso willen- wie gedankenlosen Konsumenten zu erziehen, die sich dem Profitstreben der Konsumindustrie widerstandslos ergeben – ist dir eigentlich klar, was das für uns bedeuten kann?«

»Natürlich ist mir das klar«, antwortete Lou kleinlaut. »Wenn ich für das Deutschlandcasting ausgewählt werde, können wir die Somathlonmeisterschaften vergessen.«

»Und wenn du es in die Show schaffst, fällt auch unser Portugalurlaub ins Wasser – das weißt du doch, oder?«

»Natürlich weiß ich das«, musste Lou zugeben. »Aber bei Hunderttausenden von Bewerbern ist das zum einen höchst unwahrscheinlich. Und zum anderen …« Sie brach ab, kniff die Lippen zusammen und blinzelte heftig, um zu verhindern, dass ihr Tränen in die Augen stiegen.

»Ja?«, drängte Tim. »Und zum anderen?«

»Zum anderen ist das meine einzige Chance!«

»Deine einzige Chance?« Tim runzelte die Stirn. »Was soll das heißen?«

»Ganz einfach: Es ist die einzige Möglichkeit, wie ich Mama vielleicht noch das Leben retten kann.« Sie trat ganz dicht vor ihn hin und sah ihm in die Augen. »Oder kannst du mir vielleicht verraten, woher ich die paar Hunderttausend Euro sonst herbekommen soll, um Mama die einzige Erfolg versprechende Therapie in Amerika zu finanzieren?«

Tim öffnete schon den Mund, schluckte die Antwort dann aber doch hinunter. Er schlang seine Arme um sie und zog Lou an seine Brust. Und da konnte sie sich nicht mehr länger zurückhalten: Während heiße Tränen über ihre Wangen rannen und sich mit dem Schweiß auf Tims Trikot vermischten, wurde ihr gesamter Körper von heftigem Schluchzen durchgeschüttelt. Tim zog sie nur noch enger an sich und strich ihr mit der Hand sanft übers Haar. »Hab keine Angst, Lou«, flüsterte er ihr tröstend ins Ohr. »Du wirst sehen: Es wird alles gut. Ganz bestimmt sogar!«

Battle Island, Azoren. Camp am Lagoa Azul.
Tag acht: Freitag, 12. August 2022, 20:30 Uhr.

Lou konnte den riesigen Leuchtballon über dem Camp schon von Weitem sehen. Wie ein künstlicher Mond schwebte er in rund zehn Metern Höhe und tauchte das gesamte Lager in ein dezentes Nachtlicht, gerade mal so hell, dass die überall versteckten Kameras gestochen scharfe Aufnahmen machen konnten. Allerdings waren sie so empfindlich, dass sie selbst nach dem Abschalten des Ballons um dreiundzwanzig Uhr noch einigermaßen brauchbare TV-Bilder lieferten.

Als Lou sich näherte, schimmerte ihr der Schein des Lagerfeuers durch die bizarren Drachen- und Gagelbäume entgegen, die die Wiese am Südufer des Vulkansees säumten. Hier wuchsen dichtes Schwingelgras und weiche Moose. Zahllose Sträucher, Picconien, Hortensien oder buschartige Girlandenblumen, reckten sich daraus empor. Jeder der zehn Teilnehmer hatte einen der Büsche ausgewählt und sein persönliches Ruhelager in seinem Schatten errichtet, ausgestattet mit weichen Schlafmatten und Decken und einer dichten Plane zum Schutz vor Regen.

Zum Glück hatte es seit ihrer Ankunft auf Battle Island nur zwei kurze Schauer gegeben. Dabei hatte Lou schon das Schlimmste befürchtet. Sie hatte sich nämlich im Vorfeld mit den klimatischen Bedingungen auf den Azoren vertraut gemacht und gelesen, dass es auf der abgeschiedenen Inselgruppe mitten im Atlantik praktisch täglich regnete. Sogar im Hochsommer! Und Battle Island bildete da mit Sicherheit keine Ausnahme. Doch ihre Bedenken hatten sich als grundlos erwiesen. Es hatte kaum

Regen gegeben, und selbst in den Nächten war es so angenehm mild, dass schon eine leichte Decke ausreichend Wärme spendete.

Tagsüber dagegen, besonders um die Mittagszeit, wenn die Sonne fast senkrecht am Himmel stand, war es meistens so heiß, dass Lou und die anderen tüchtig ins Schwitzen gerieten. Wie gut, dass es auf Battle Island mehrere Wasserläufe gab, in denen man Abkühlung finden konnte! Nur der Lagoa Azul, an dessen Ufer die Kandidaten campierten, war dazu nicht so recht geeignet, zumindest nicht die direkt vor dem Camp gelegene Bucht. Aus dem Seeboden dort sprudelten nämlich mehrere Thermalquellen, die für eine weit höhere Temperatur als im Rest des ausgedehnten Gewässers sorgten. Ein bisschen zu warm, um sich bei Tage darin zu erfrischen, aber genau richtig, um sich in den Abendstunden locker zu entspannen. Wovon die Schatzsucher auch reichlich Gebrauch machten. Allen voran Sophie, die keine Gelegenheit ausließ, um ausgiebig in dem tiefblauen Vulkansee zu planschen. Und natürlich war das auch an diesem Abend wieder der Fall.

Als Lou ins Lager trat, waren die Mitspieler allesamt beschäftigt: Josh, Poppy und Leonie putzten Gemüse und schälten Kartoffeln für den abendlichen Eintopf, Daniel und Jean-Luc schleppten einen großen Kessel voll Wasser zum Feuer, das Nicolo gerade mit neuen Zweigen und Scheiten fütterte, während Ruud van Dyke mit einem frisch gesammelten Bündel Feuerholz aus dem hinter dem Camp gelegenen Wald kam und ihren Holzvorrat aufstockte. Nur Sophie hatte keine Zeit für derlei niedere Dienste. Als Lou hinaus auf den See blickte, dessen von der abendlichen Brise leicht gekräuselte Oberfläche die Flammen des Feuers widerspiegelte, entstieg die Dänin gerade den Fluten und stolzierte wie eine aus Wasser geborene Sexgöttin auf ihren endlos langen Beinen ans Ufer. Sie war wie immer halb nackt. Anders als die übrigen Mädchen begnügte sie sich beim Baden – und natürlich auch beim Sonnen – mit einem winzigen Tanga und präsentierte ihren mit zahllosen Tattoos geschmückten Oberkörper und ihren üppigen Busen in voller Blöße. Dabei wusste sie genau, dass das gesamte Camp mit Kameras bestückt war, klein und gut versteckt, denen absolut nichts verborgen blieb und die alles, was sich dort abspielte, für ein Millionenpublikum aufzeichneten.

Lou hatte die Absicht dahinter sofort durchschaut: Sophie rechnete ganz offensichtlich damit, dass der Anblick ihrer unverhüllten Oberweite jede Menge zusätzlicher Zuschauer vor die Fernseher locken würde. Überwiegend männliche natürlich, die sich weniger für die Show selbst, aber umso mehr für ihre nackten Tatsachen interessierten. Und ihr Kalkül war voll und ganz aufgegangen: Die Boulevardzeitungen überall in Europa wurden nicht müde, Tag für Tag neue Screenshots von Sophies nackten Brüsten zu veröffentlichen. Auch in den Social Networks gab es längst entsprechende Fansites, die gigantische Klickraten erzielten. Kein Wunder, dass die Kopenhagenerin innerhalb kürzester Zeit zu der mit weitem Abstand bekanntesten Kandidatin von BATTLE ISLAND geworden und von ihren Fans bereits zweimal zum *DD*, zum *Darling of the Day*, gewählt worden war.

Für Lou wäre das unter keinen Umständen infrage gekommen. Nacktheit bereitete ihr zwar nicht das geringste Problem, aber sie auf derart berechnende Weise einzusetzen, fand sie einfach nur ordinär und billig und schlichtweg abstoßend. Selbst wenn sie zehnmal zum *DD* gekürt worden wäre – sie hätte sich niemals vor den Kameras ausgezogen! Und schon gar nicht für eine Horde anonymer und geifernder Lüstlinge.

Sophie hatte die gewonnenen Bonuspunkte zuerst gegen eine große Packung Lakritzschnecken und dann gegen eine Machete eingetauscht. Letzteres hatte Lou ja noch verstanden: Das scharfe Schlagmesser ermöglichte ein weit schnelleres Vorankommen auf der zu weiten Teilen mit dichtem Gestrüpp und Unterholz überwucherten Insel. Da der Goldschatz überall versteckt sein konnte, war das eine nicht zu unterschätzende Hilfe. Gleichzeitig war eine Machete eine gefährliche Waffe. Und obwohl jeder Angriff auf Mitspieler laut Spielregeln strengstens verboten war, zweifelte Lou nicht im Geringsten daran, dass Sophie ihre Machete ohne jeden Skrupel einsetzen würde, wann immer es nötig sein sollte oder sie sich dadurch einen Vorteil verschaffen konnte.

Sophies erste Wahl dagegen hatte Lou genauso erstaunt wie die Tatsache, dass Master Bob die Süßigkeiten tatsächlich vorrätig hatte. Allerdings nur so lange, bis sie herausfand, dass Sophie geradezu süchtig nach Lakritz war und ohne ihre geliebten Schnecken an regelrechten Entzugserscheinungen litt.

Wie zum Beweis stakste sie zunächst auch zu ihrem Lagerplatz, holte ein Lakritz aus ihrem Bag und steckte es in den Mund. Dann ging sie langsam auf Lou zu. In den Wassertropfen, die über ihr Gesicht und ihren nackten Oberkörper perlten, spiegelten sich die züngelnden Flammen des Feuers.

»Wie sagt man so schön: Je später der Abend, umso überflüssiger die Gäste«, sprach sie Lou mit spöttischem Lächeln an. »Oder auch: Wer zu spät kommt, den bestrafen die Spielregeln.« Sophie drehte ihren Kopf ein kleines Stück zur Seite und sah an Lou vorbei. »Habe ich nicht recht, Kimberly?«

Als Lou ihrem Blick folgte, bemerkte sie, dass die Moderatorin wie aus dem Nichts neben ihr aufgetaucht war. Lou fand die braunhäutige Schönheit mit den karibischen Wurzeln überaus sympathisch. Mehr noch: Sie bewunderte sie regelrecht! Trotz ihrer erst neunzehn Jahre hatte Kimberly Cohen es nämlich bereits zur unumstrittenen Starmoderatorin von YOUR TV gebracht. Schönheit alleine reichte dazu mit Sicherheit nicht aus und deshalb war Kimberly vermutlich ebenso klug wie hübsch. Und smart und tough noch dazu! Dass die üblen Gerüchte zutrafen, von denen Rowan ihr erzählt hatte, nämlich dass Kimberly ihre Karriere mehr ihrem wohlproportionierten Körper denn ihrem scharfen Intellekt verdanken würde, konnte sich Lou beim besten Willen nicht vorstellen. Wahrscheinlich war das alles nichts weiter als bösartiger Tratsch und basierte auf purem Neid. Aber vielleicht war das Gerede auch Kimberlys spitzer Zunge zuzuschreiben, die ebenso berüchtigt wie gefürchtet war und niemanden verschonte, schon gar nicht die Teilnehmer der von ihr moderierten Shows.

»Was kümmerst du dich um Dinge, die dich absolut nichts angehen?«, wies die Moderatorin Sophie auch prompt zurecht. Sehr zur Freude der übrigen Kandidaten, die bei Kimberlys Erscheinen sofort alles hatten stehen und liegen lassen und herbeigeeilt waren. »Sorge lieber dafür, dass du dir den Charakter nicht erkältest.« Und mit Blick auf Sophies nackte Brüste fügte sie noch hinzu: »Oder vielmehr das, was du offensichtlich dafür hältst.«

Während rundum schadenfrohes Gelächter erklang, schnappte Sophie empört nach Luft. »A-a-aber!«, stammelte sie. »D-d-du hast mich doch ausdrücklich …«

»Was habe ich?«, fiel Kimberly ihr rüde ins Wort. »Überlege gut, was du sagst, Pussycat! Anderenfalls …« Sie machte eine bedeutungsschwere Pause und ihr Blick war scharf wie ein Messer. »Haben wir uns verstanden?«

Sophie schluckte betreten und schlug die Augen nieder. »Ja klar«, murmelte sie, drehte sich dann um und ging zu ihrem Schlafplatz, um sich ein Sweatshirt überzuziehen.

Während Lou noch überlegte, warum die sonst so toughe Sophie so schnell klein beigegeben hatte, wandte sich die Moderatorin ihr zu.

»Auch wenn es Sophie nicht die Bohne angeht, was du treibst«, sagte sie mit freundlichem Lächeln, »hat sie natürlich völlig recht. Du kennst doch die Regeln unserer Show: Befindet sich ein Teilnehmer bei Einbruch der Dunkelheit nicht im Camp, wird er beim nächsten *Battle of the Day* mit Strafpunkten belegt. Das weißt du doch, oder?«

»Äh … natürlich weiß ich das.«

»Und warum hältst du dich dann nicht daran?« Kimberly lächelte noch immer. »Glaubst du, du bist so gut, dass du das morgige *Battle* trotz des Handicaps gewinnen kannst? Oder willst du vielleicht behaupten, es sei noch gar nicht dunkel, sondern vielmehr helllichter Tag, und wir anderen leiden nur an einem gewaltigen Sehfehler?«

»Weder das eine noch das andere.«

»Interessant, höchst interessant!« Der Sarkasmus in Kimberlys Stimme war nicht zu überhören. »Und warum kommst du dann zu spät?«

»Weil ich die restlichen Regeln auch kenne«, erwiderte Lou mit schmalem Lächeln. »Und eine davon besagt, dass ein Zuspätkommen dann nicht bestraft wird, wenn es gewichtige Gründe dafür gibt.«

»Was du nicht sagst, Smartie.« Kimberlys große schwarze Augen funkelten spöttisch. »Dann bin ich aber mal gespannt!«

»Und isch erst«, mischte Jean-Luc sich ungefragt ein und warf Lou einen drohenden Blick zu. »Wage bloß nicht, uns zu verpfeifen!«, sollte der wohl bedeuten.

Auch Daniel konnte sich einen Kommentar nicht verkneifen. »Vielleicht kommt sie ja deshalb zu spät, weil sie sich vor den Geistern der abgesoffenen Seeleute verstecken musste«, sagte er hämisch. »Genau wie der verrückte Alte vom Flughafen es uns prophezeit hat!« Er verdrehte die Augen und reckte die Arme auf groteske Weise in die Höhe. »Wehe euch«, krächzte er mit brüchiger Stimme. »Haltet ein, sonst lauft ihr in euer sicheres Verderben. Unheil wird über euch kommen und das Gold wird euch genauso zum Verhängnis werden wie all den anderen Sündern vor euch. Kehrt um, wenn ihr dem Teufel nicht in die Hände fallen wollt!« Als hätte er den größten Witz aller Zeiten gerissen, brach er in ein hysterisches Lachen aus.

Seinen Mitspielern entlockte er allerdings nur peinlich betretenes Schweigen – und Poppy O'Casey auch noch ein hastiges Kreuzzeichen.

Kimberly Cohen dagegen strafte ihn mit verächtlichen Blicken. »Jetzt krieg dich schon wieder ein, du Komiker«, wies sie ihn scharf zurecht. »Es sei denn, du willst zum *ID* gewählt werden – zum *Idiot of the Day!*« Während Daniel reichlich belämmert vor sich hin starrte, wandte sich die Moderatorin wieder an Lou. »Also: Was hast du zu deiner Entschuldigung vorzubringen?«

»Ach, nichts Besonderes eigentlich.« Lou konnte sich ein Lächeln nicht länger verkneifen. »Nur eine Kleinigkeit – nämlich das hier!«

Damit zog sie den rechten Arm, den sie die ganze Zeit hinter dem Rücken verborgen gehalten hatte, mit einem Ruck hervor und präsentierte ihren Mitspielern die Beute, die sie am Finger des Todes mit Pfeil und Bogen gemacht hatte – ein Kaninchen. Allerdings hatte sie das die allergrößte Überwindung gekostet. Mehrere Male hatte sie abgesetzt und den Bogen sinken lassen, weil sie es einfach nicht übers Herz brachte, auf das wehrlose Tier zu schießen. Erst als sie sich klargemacht hatte, was auf dem Spiel stand – nicht mehr und nicht weniger als das Leben ihrer Mutter –, war sie in der Lage gewesen, den Pfeil von der Sehne schnellen zu lassen.

»Unsere Vorräte gehen langsam zu Ende«, sagte Lou, während das schlechte Gewissen noch immer an ihr nagte. »Außerdem dachte ich, ihr hättet den ewigen Eintopf langsam satt und würdet euch deshalb über einen Braten freuen.«

Während das Gros der Gruppe noch höchst verwundert auf das tote Tier starrte, dessen Fell rund um die Einschusswunde mit Blut verkrustet war, begann Daniel mit einem Mal zu zittern, wurde im nächsten Augenblick kreidebleich und sackte dann lautlos in sich zusammen.

Lou war für einen Moment so fassungslos, dass sie sich nicht regen konnte. Litt Daniel an Entzugserscheinungen? Oder was war der Grund für seine Ohnmacht?

Während Nicolo sich besorgt über den Besinnungslosen beugte, der allerdings gleich wieder zu sich kam und sich mit mürrischer Miene wieder aufrappelte, schenkte Sophie ihm nicht die geringste Beachtung. Sie musterte Lou vielmehr eindringlich aus ihren zu schmalen Schlitzen zusammengekniffenen Augen – als würde sie fieberhaft darüber nachdenken, wie sie diesen Beweis für Lous Schießkünste einschätzen sollte.

Jean-Luc dagegen zog erstaunt die Brauen hoch und ließ einen anerkennenden Pfiff hören. Offenbar hatte er Lou so etwas nicht zugetraut!

Kimberly Cohen hingegen reagierte mit der gewohnten professionellen Coolness. »Du hast recht, Lou: Das entschuldigt natürlich dein Zuspätkommen. Wer sich so selbstlos für das Wohl der Gruppe engagiert, bekommt selbstverständlich keine Strafpunkte. Als Vegetarierin profitierst du ja noch nicht einmal von deinem Einsatz! Allerdings ...« Sie brach ab und bedachte Lou mit einem spöttischen Blick. »Ich hatte schon befürchtet, du würdest den Bogen niemals benutzen und ihn bis zum Ende der Show nur als unnötigen Ballast mit dir rumschleppen. Wieso bist du nicht früher auf die Idee gekommen?« Damit wünschte sie den Teilnehmern eine gute Nacht und verschwand genauso schnell wieder, wie sie gekommen war.

Lou legte das Kaninchen auf den großen Baumstumpf, der als provisorischer Arbeitstisch diente. Als sie sich umdrehte, trat Josh Marley zu ihr und klopfte ihr anerkennend auf die Schulter. »Das war cool«, sagte der braunhäutige Junge mit den verwegenen Rastalocken. »Echt cool sogar! Ich wusste gar nicht, dass du im Bogenschießen so gut bist.«

»Ach, Quatsch!«, ätzte Sophie, die lautlos zu ihnen getreten war. »Das war vermutlich nichts als Zufall. Ein blindes Huhn findet ja bekanntlich auch mal ein Korn. Genau wie ein Pfeil mit etwas Glück auch mal ins Ziel trifft.« Sie trat ganz dicht vor Lou hin und blickte sie herausfordernd an. »Du willst doch nicht etwa behaupten, dass das Können war?«

»Ich behaupte gar nichts«, antwortete Lou kühl. »Ob Zufall oder nicht – du wirst bestimmt noch die Gelegenheit haben, das herauszufinden.«

»Gar keine dumme Idee.« Ein erfreutes Lächeln huschte über Sophies Gesicht. Sie drehte sich rasch um und ging zum Vorratskorb, holte einen Apfel daraus hervor und hob ihn für jeden sichtbar in die Höhe. Alle Blicke richteten sich auf die rotschalige Frucht, die im Schein des Feuers so verführerisch glänzte wie der Apfel der Versuchung im Paradies. »Was meinst du, Lou: Ob du ihn wohl aus zehn Metern triffst? Oder eher nicht?«

Eigentlich hatte Lou nicht die geringste Lust auf alberne Spielchen. Andererseits hatte sie Sophies ständige Provokationen inzwischen so satt, dass es höchste Zeit war, ihr den Finger zu zeigen – rein symbolisch natürlich. Sonst glaubte sie am Ende wirklich, sie wäre die Größte und hätte die Million schon so gut wie in der Tasche! Und dass sie mit Jean-Luc und Daniel Jagd auf sie gemacht und dabei eiskalt ihren Tod in Kauf genommen hatte, durfte sie der hinterhältigen Schlange auch nicht ungestraft durchgehen lassen! »Aus zehn Metern?«, wiederholte sie deshalb. »Kein Problem.«

»Gut, sehr gut!« Sophies grüne Augen leuchteten auf und ihr Lächeln wurde breiter. »Dann sollten wir vielleicht eine kleine Wette abschließen, nicht wahr? Natürlich um einen angemessenen Einsatz. Wenn du triffst, gehört er dir, schießt du daneben, dann bekomme ich ihn.« Sie neigte den Kopf und lächelte sie herausfordernd an. »Einverstanden?«

»Einverstanden«, antwortete Lou. »Worum soll es denn gehen?«

»Alsoooo«, erwiderte Sophie gedehnt und tat, als würde sie nachdenken müssen. Dabei hatte sie ihren Entschluss mit Sicherheit schon längst gefasst. Dennoch ließ sie sich alle Zeit der Welt und genoss es sichtlich, dass alle Mitspieler einen großen Kreis um Lou und sie gebildet hatten und ihr Kräftemessen gespannt verfolgten. »Wie … äh … wie wäre es denn damit«, sagte sie schließlich. »Jede von uns besitzt zwei Kärtchen mit einem Hinweis auf den Schatz. Wenn du triffst, gebe ich dir eins davon ab. Schießt du daneben, bekomme ich eins von dir. Was hältst du davon?«

O Mann! Was für ein irrwitziger Vorschlag!, dachte Lou. Und wenn ich gewinne, bringt es mir nicht einmal einen Vorteil!

Lou besaß nämlich bereits alle vier Hinweiskärtchen – was Sophie allerdings genauso wenig wusste wie die anderen. Daher kannte sie die Buchstabenkombination der Areale, die als Schatzversteck infrage kamen. Ein weiteres Kärtchen würde ihr also absolut nichts nutzen. Ganz im Gegensatz zu Sophie, für die mit einem zusätzlichen Hinweis die Million in greifbare Nähe rücken würde!

Ich kann nicht nur nichts gewinnen, überlegte Lou fieberhaft, sondern riskiere auch noch, dass ich mich durch einen Fehlschuss vor der versammelten Meute bis auf die Knochen blamiere und Sophie so noch zusätzlich Oberwasser verschaffe!

Während sie noch nachdachte, wurden rundum aufgeregte Kommentare laut.

»Ey, cool!«, stieß Daniel hervor, der schon wieder zur alten Stinkstiefelform aufgelaufen war. »Echt super! Endlich geht hier mal so richtig die Post ab.«

»Bravo, Pussycat!« Jean-Luc klatschte sogar vor Begeisterung in die Hände. »Das nenne isch einen mutigen Einsatz!«

»Das ist Wahnsinn, Lou!«, raunte Josh ihr ins Ohr, und es sah fast so aus, als wäre er trotz seiner braunen Haut vor Schreck erblasst. »Lass dich bloß nicht darauf ein. Das ist viel zu riskant.«

Josh konnte ja nicht wissen, wie weit er mit seiner Einschätzung danebenlag. Aber Lou war dankbar, dass er sich trotzdem Sorgen um sie machte. Schon deshalb war es allerhöchste Zeit, Sophie eine Lektion zu erteilen und ihr zu beweisen, dass sie keine Angst vor ihr hatte. Die Chancen standen schließlich eins zu eins. Außerdem waren zehn Meter ja wirklich nicht die Welt. Nur halb so weit wie beim Somathlon! Dafür war der Apfel fast doppelt so groß wie das Zentrum der Zielscheibe! Und deshalb …

»Einverstanden«, hörte sich Lou wie durch einen Schleier sagen. »Ich bin dabei.«

»Schön, sehr schön!« Sophie strahlte übers ganze Kriegerinnengesicht. »Dann wollen wir mal.« Während Lou den Bogen vom Rücken nahm und einen Pfeil aus dem Köcher zog, drehte Sophie sich um und ging zielstrebig auf die ebenfalls im Kreis der Neugierigen stehende Leonie zu. Bei ihr angekommen, legte sie den Apfel auf den Kopf der kleinen Schweizerin und wandte sich wieder an Lou. »Ich messe jetzt noch rasch zehn Meter ab und dann schießt du unserer Heidi den Apfel vom Kopf – genau wie Wilhelm Tell bei seinem Sohn«, fügte sie breit grinsend hinzu.

Leonie erstarrte. Tränen schossen in ihre Augen, die sich vor Panik weiteten, während sie Lou flehende Blicke zuwarf – wie ein zu Tode erschrockenes Kätzchen, das von einem reißenden Köter in die Enge getrieben worden war.

Auch Lou war im ersten Moment wie gelähmt. »D-d-das … äh … das ist doch nicht dein Ernst«, stammelte sie fassungslos. »Oder, Sophie?«

»Natürlich! Mein voller Ernst sogar!«, erwiderte die lächelnd und begann mit langen Schritten zu zählen: »Eins … zwei … drei …«

- -

Berlin. Friedrichshain. Hauptstadtbüro YOUR TV.
Wochen zuvor: Montag, 9. Mai 2022, 15:00 Uhr.

- -

Als Lou in der Büroetage von YOUR TV aufkreuzte, wurde sie von Hysteric Helen bereits erwartet. Offensichtlich lungerte diese schon seit geraumer Zeit in der Eingangshalle herum, um Lou ja nicht zu verpassen. Sie stellte sich ihr in den Weg, stemmte die Hände in die fülligen Hüften und feuerte giftige Blicke auf sie ab. »Eins würde mich brennend interessieren«, sagte sie anstelle einer Begrüßung. »Hattest du einfach nur Glück? Oder hat da jemand dran gedreht?«

»Sorry, Helen«, entgegnete Lou irritiert. »Aber ich habe nicht die geringste Ahnung, wovon du sprichst.«

»Haha, jetzt tu doch nicht so naiv!« Helens von einem engen T-Shirt nur mühsam im Zaum gehaltener Busen wackelte vor Empörung. »Ich spreche davon, dass du für das deutsche Vorcasting für BATTLE ISLAND ausgewählt worden bist. Und ich frage mich, ob das einfach nur Zufall sein kann oder ob da vielleicht jemand nachgeholfen hat.«

»Du spinnst!«, erwiderte Lou kopfschüttelnd. »Wer soll da denn nachgeholfen haben?«

»Wer wohl?« Helens Stimme triefte vor Hohn. »Mike Mannings zum Beispiel? Oder vielmehr Rowan? Vielleicht hat er seinen Alten ja darum gebeten?«

»Und wieso sollte er das tun?«

»Ganz einfach.« Helen musterte sie mit ebenso gehässigen wie anzüglichen Blicken. »Weil er hofft, damit bei dir landen zu können! Oder glaubst du vielleicht, ich hätte nicht gecheckt, dass er in letzter Zeit ständig in deiner Nähe rumhängt? Und neulich wart ihr sogar zusammen im Kino, wie der Flurfunk berichtet!«

»Na und? Wir verstehen uns eben gut, das ist alles. Außerdem kennt Rowan hier in Berlin doch niemanden. Und da sein Vater so gut wie keine Zeit für ihn hat ...«

»Spielst du einfach seine Nanny, nicht wahr?«, fiel Helen ihr höhnisch grinsend ins Wort. »Und weil du voll die Mitleidsqueen bist, hast du für den armen Jungen nicht nur dein Herz, sondern auch die Schenkel geöffnet – und das ist jetzt sein Dank dafür!« Ihre Miene verfinsterte sich. »Wenn du verstehst, was ich meine?«

Und ob Lou das verstand! Sie merkte, wie ihr die Galle hochkam. »Du hast sie ja nicht mehr alle! Deine schmutzige Fantasie geht mit dir durch. Du bist einfach nur ätzend!« Abrupt drehte sie sich um und ging rasch davon.

»Von wegen!«, rief Helen ihr nach. »Ich spreche nur laut aus, was andere auch denken und bloß nicht zu sagen wagen!«

Das Ende des Satzes bekam Lou schon gar nicht mehr mit, weil sie wütend davonstapfte und schnurstracks zum Büro von Mike Mannings eilte. Der hatte sie nämlich um ihren Besuch gebeten.

Obwohl seine Tür weit offen stand, wollte sich Lou gleich wieder zurückziehen: Mannings konferierte gerade via Bildschirm mit Rupert Gleason, dem Boss von YOUR TV, der knapp tausend Kilometer entfernt in seinem Büro in der Londoner Zentrale saß. Lou war dem gut Fünfzigjährigen mit den schulterlangen rotblonden Haaren, dem Goatee im blassen und von zahlreichen Sommerspossen gesprenkelten Gesicht und der randlosen Brille auf der spitzen Nase noch nie persönlich begegnet. Trotzdem erkannte sie ihn sofort: Sein Porträtfoto hing nämlich nicht nur in Mike Mannings' Büro, sondern in sämtlichen Räumen von YOUR TV. Sie wollte ihrem Chef gerade signalisieren, dass sie in fünf Minuten wiederkommen würde, als der auf einen der Besucherstühle zeigte und ihr ein verstohlenes »Bin gleich fertig!« zuraunte. Dann wandte er sich wieder an seinen Boss: »Okay, Rupert, natürlich habe ich Gründe für meinen Vorschlag. Also: Dass die Werbezeiten bei BATTLE ISLAND so stark nachgefragt werden, finde ich natürlich superklasse!«

»Kann ich mir denken, Mikey.« Gleason grinste und ließ ein meckerndes Lachen hören, das Lou an einen Ziegenbock erinnerte. »Das hat schließlich nicht ganz unerhebliche Auswirkungen auf deinen Jahresbonus, von deinem in Aussicht gestellten Aktienpaket ganz zu schweigen!«

Mannings ging auf die Bemerkung gar nicht ein. »Schließlich ist das ein sicheres Indiz dafür«, fuhr er stattdessen fort, »dass nicht nur wir vom großen Erfolg von BATTLE ISLAND überzeugt sind, sondern auch die Ad-Buyer und andere maßgebliche Leute.«

Lou jobbte nun schon lange genug bei YOUR TV und wusste deshalb, wovon Mannings sprach: Ad-Buyer waren die Typen, die im Auftrag von Agenturen über den Einkauf von Werbezeiten entschieden. Und damit waren sie natürlich irre wichtig!

»Stimmt.« Gleason nickte zufrieden. »Womit du mal wieder dein gutes Näschen bewiesen hast! Die Sache mit der großen

Jubiläumsshow war schließlich deine Idee. Und diesen Master Bob hast du auch aufgetrieben, weiß der Teufel, woher.«

»Ach.« Mannings tat das Lob zwar mit einem bescheidenen Wink ab, doch sein freudiges Grinsen bewies, dass er sich mächtig darin sonnte. »Geschäftsgeheimnis! Wenn man so lange im Business ist wie wir beide, dann hat man eben seine Verbindungen, nicht wahr?«

»Stimmt!« Gleason nickte nachdenklich. »Aber dann weiß man auch, dass es schlichtweg unmöglich ist, den Erfolg einer Sendung vorherzusagen.«

»Eben!«, warf Mannings ein, wurde aber sofort unterbrochen.

»Und deshalb verstehe ich nicht, wie du unserer Sales-Abteilung allen Ernstes vorschlagen kannst, vorerst nur die Hälfte der Werbeslots zu verkaufen. Das ist doch reinster ökonomischer Irrsinn!«

Mannings verdrehte die Augen und atmete tief durch. Dann sah er den Senderboss – oder vielmehr die Kamera, die sein Bild nach London übertrug – eindringlich an. »Gemach, Rupert, nur gemach. Der Grund ist ganz einfach: weil ich fest davon überzeugt bin, dass wir mit meinem Modell noch weit mehr Geld verdienen werden als mit dem bislang üblichen.«

»Da bin ich aber mal gespannt. Wie soll das denn gehen?«

»Das wollte ich dir ja gerade erklären«, erwiderte Mannings ungeduldig. »Nehmen wir mal an, BATTLE ISLAND erzielt bei der Ausstrahlung im August Einschaltquoten, die um Längen über unserem Senderschnitt liegen ...«

»Hätte ich absolut nichts dagegen«, brummte Gleason dazwischen.

»Dann rennen uns die Kunden nicht nur die Bude ein, sondern wir können auch weitaus höhere Preise pro Spot verlangen als heute!«

»Gut möglich.« Gleason nickte nachdenklich und strich mit einer sommersprossigen Hand über sein dünnes Bärtchen. »Sehr wahrscheinlich sogar.«

»Aber das setzt natürlich voraus, dass unsere Slots noch nicht ausgebucht sind und wir noch über ausreichend freie Zeiten verfügen! Und genau das ist der Grund für meinen Vorschlag.« Mit einem überheblichen Lächeln verzog Mannings die Mundwinkel. Plötzlich bemerkte Lou den fiebrigen Glanz in seinen Augen – so als würde er die zusätzlichen Millionen bereits auf seinem Konto sehen.

»Hm«, brummte Gleason. »Klingt irgendwie einleuchtend. Allerdings nur, wenn BATTLE ISLAND tatsächlich der große Erfolg wird, den wir alle erwarten. Wenn die Sache jedoch schiefgeht, bekomme ich von Sam Ricks gehörig eins aufs Dach!«

Mannings winkte ab. »Als ob der sich für unseren Sender interessieren würde!«

»Das tut er, Mikey, und sogar ganz gewaltig!«, erwiderte Gleason mit ernster Miene. »Sam hat mich neulich nämlich höchstpersönlich angerufen – was er bei den Chefs seiner anderen Firmen angeblich so gut wie nie tut! Jedenfalls hat er mir versichert, dass YOUR TV eines seiner Lieblingsprojekte ist.«

»Donnerwetter!« Mannings verzog überrascht das Gesicht. »Aber wie auch immer: Das wird sicher nicht schiefgehen, das garantiere ich dir. Du weißt, wie viel für mich selbst davon abhängt!«

»In der Tat, mein Lieber, in der Tat.« Wieder ließ Gleason sein Ziegenbocklachen hören und die kleinen Augen hinter seiner

Brille blinzelten belustigt. »Dann will ich mir deinen Vorschlag halt noch mal durch den Kopf gehen lassen.«

»Das solltest du, Rupert. Das solltest du wirklich.«

»Sag ich doch.« Gleason wurde wieder ernst. »Was mich zum Schluss noch interessieren würde: Hältst du es wirklich für eine gute Idee, auf der Spielinsel eine Kiste mit purem Gold im Wert von einer Million Euro zu verstecken?«

»Ja klar, natürlich.« Mannings musterte ihn verwundert. »Wieso fragst du?«

»Weil das möglicherweise noch andere Herrschaften als unsere zehn Showkandidaten auf die Idee bringt, dort nach dem Schatz zu suchen. Und welche Folgen das haben könnte, daran will ich gar nicht erst denken!«

»Keine Sorge, Rupert, das ist so gut wie ausgeschlossen, wie unsere Sicherheitschefin ...«

»Amanda Clark?«, fragte Gleason dazwischen. »Du hast mit ihr gesprochen?«

»Natürlich! Das tue ich andauernd, zuletzt vor einer Stunde. Jedenfalls hat Amanda mir hoch und heilig versichert, dass nichts dergleichen passieren kann.«

»Ihr Wort in Gottes Ohr.« Gleason klang nicht übermäßig überzeugt. »Amanda ist sicherlich ein Vollprofi. Und trotzdem habe ich da kalte Füße.«

Mannings überging seinen Kommentar. »Zum einen liegt Battle Island weit abgeschieden und ohne jede reguläre Verkehrsanbindung mitten im Atlantik, ungefähr eine Hubschrauberflugstunde von São Miguel entfernt. Für normale Besucher ist die Insel deshalb so gut wie unerreichbar.«

»Aber per Schiff?«, warf Rupert ein.

»Zum anderen«, fuhr Mannings fort, ohne auf die Bemerkung einzugehen, »hat Battle Island bis vor einigen Jahren der US-Armee als Übungsgelände für geheime Kommandounternehmungen gedient und verfügt deshalb über die entsprechenden Sicherheitseinrichtungen: Stacheldrahtzäune, Überwachungskameras und so weiter. Der größte Teil der Küste besteht zudem aus steil abfallenden Klippen und das umgebende Meer ist für seine gefährlichen und völlig unberechenbaren Strömungen berüchtigt. Hinzu kommt, dass unsere Kameras ja einen großen Teil des Areals abdecken. Nach menschlichem Ermessen ist es so gut wie unmöglich, auf die Insel zu gelangen – erst recht nicht unbemerkt! Und falls doch, wird unser kleines, aber bestens trainiertes Securityteam, das Amanda gerade zusammenstellt, schon dafür sorgen, dass dieser Aufenthalt von äußerst kurzer Dauer ist.«

Gleasons Miene zeigte Skepsis. »Sicher?«

»Absolut sicher!«, bekräftigte Mannings. »Aber was noch viel wichtiger ist, Rupert: Fernsehen ist nun mal ein visuelles Medium. Und eine Truhe voller Goldbarren ist der ideale Eyecatcher! Deshalb haben wir die Schatzkiste ja auch als Logo für die Show ausgewählt. Wir verwenden es überall: in Anzeigen, Trailern, im Vorspann der Sendung und, nicht zu vergessen, natürlich auch beim Merchandising. Diese Kiste ist im wahrsten Sinne des Wortes Gold wert! Unsere Zuschauer wären mit Sicherheit zutiefst enttäuscht, wenn der Sieger von BI am *Judgement Day* in der Truhe keine Goldbarren, sondern nur einen schnöden Verrechnungsscheck oder eine läppische Urkunde finden würde.« Er beugte sich nach vorne und lächelte dem Senderboss zu. »Oder bist du vielleicht anderer Meinung?«

»Gott bewahre!«, versicherte Gleason rasch. »Du hast mich voll und ganz überzeugt.«

»Das freut mich.«

Lou wusste nicht, warum, aber Mannings' breites Lächeln ließ sie plötzlich an einen gefräßigen Haifisch denken.

»Wenn wir jetzt noch die richtigen Kandidaten finden – und auch in der Hinsicht habe ich nicht die geringsten Sorgen –, kann so gut wie nichts mehr schiefgehen.« Mike Mannings hob die Hand zum Gruß. »Bye, Rupert.«

»Bye, Mikey«, erwiderte Gleason, bevor sein Abbild auf dem Bildschirm erlosch.

Mannings starrte noch für einige Momente vor sich hin, in Gedanken versunken, mit leuchtenden Augen und einem selbstsicheren Grinsen auf den Lippen – wie ein machthungriger Feldherr nach einer gewonnenen Entscheidungsschlacht. Jedenfalls hatte Lou diesen Eindruck. Schließlich wandte er sich ihr zu. »Weshalb ich dich hergebeten habe: Ich möchte mich bedanken, dass du dich so rührend um Rowan kümmerst. Leider habe ich viel zu wenig Zeit, und deshalb ...« Er lächelte sie an. »Vielen, vielen Dank, Lou.«

»Aber nicht doch«, wehrte sie ab. »Das mache ich doch gerne.«

»Umso besser.« Dann sah er sie mit hochgezogenen Brauen an. »Ich nehme an, die gute Nachricht ist dir bereits zu Ohren gekommen?«

»Ja«, antwortete Lou, der plötzlich Helens Auftritt in der Eingangshalle wieder einfiel. »Und deswegen wollte ich Sie fragen ...«

»Was?«, unterbrach Mannings stirnrunzelnd.

»Ob irgendwas dran ist an den Andeutungen, die Helen Haller macht«, erklärte Lou.

»Ich verstehe nicht.« Mannings blickte sie verwundert an. »Welche Andeutungen denn?«

»Dass ich nur deshalb fürs Vorcasting ausgewählt wurde, weil ich und Rowan …«

»So ein Blödsinn!« Mannings verzog unwirsch das Gesicht und winkte ab. »Helen ist nur sauer, weil sie sich nicht bewerben durfte, genau wie alle anderen fest angestellten Beschäftigten von YOUR TV auch. Deshalb versucht sie, dir die Sache zu vermiesen und dich zu ärgern. Aber den Gefallen wirst du ihr doch nicht tun, oder?«

»Äh … natürlich nicht.«

»Na also!« Mannings lächelte ihr aufmunternd zu. »Dann freu dich einfach, dass du zu den dreißig Glücklichen gehörst, die für das Deutschlandcasting ausgewählt wurden.«

»Das tue ich ja«, bekräftigte Lou. »Sehr sogar!«

»Schön!« Mannings nickte zufrieden. »Und glaube mir: Wir haben unsere Auswahl mit der allergrößten Sorgfalt getroffen. Ich kann dir deshalb nur raten, die kommenden drei Wochen für die Vorbereitung auf das Casting zu nutzen. Dann wirst du es mit ein bisschen Glück bestimmt in die Endausscheidung in London schaffen.«

»Jetzt übertreiben Sie aber, Mike«, wehrte Lou ab.

»Nein, nein, das ist mein voller Ernst!«, beharrte Mannings. »Rowan hat absolut recht: Du bist nicht nur eine gute Sportlerin, sondern auch ziemlich smart und intelligent – und damit stehen deine Chancen ausgesprochen gut! Ohne zu viel zu verraten: Bei BATTLE ISLAND kommt es nicht alleine auf die körperlichen Fähigkeiten der Kandidaten an, wie zum Beispiel Geschicklichkeit, Kraft, Mut oder Ausdauer, sondern mindestens genauso sehr auf ihre Cleverness und Nervenstärke. Wer selbst in größten Stresssituationen nicht in Panik gerät und für ungewohnte und ungewöhnliche Probleme und Aufgaben ebenso ungewöhnliche Lösungen findet, dürfte selbst weit stärkeren und kräftigeren Konkurrenten um Längen voraus sein. Und ich müsste mich schon sehr täuschen, wenn das bei dir nicht der Fall wäre. Ich gehe deshalb jede Wette ein, dass du es nicht nur nach London, sondern sogar auf Battle Island schaffst!«

Battle Island, Azoren. Camp am Lagoa Azul.
Tag acht: Freitag, 12. August 2022, 20:54 Uhr.

»Das ist wohl ein Witz, aber ein ziemlich schlechter.« Lou bedachte Sophie mit einem grimmigen Blick und steckte den Pfeil zurück in den Köcher. »Diesen Schwachsinn mache ich jedenfalls nicht mit!« Dann eilte sie zu Leonie, nahm den Apfel von ihrem Kopf und strich ihr tröstend übers Haar. »Keine Angst, ich lass nicht zu, dass dir was passiert.«

»Ich weiß gar nicht, was du hast.« Sophie mimte die reine Unschuld. »Wette ist Wette! Du willst doch nicht etwa kneifen?«

»Nein, will ich nicht«, erwiderte Lou ganz ruhig und warf ihr den Apfel zu. Sophie fing ihn geschickt auf und biss seelenruhig hinein. »Ich schieße nur nicht auf Menschen, das ist alles. Außerdem verstößt das gegen die Regeln. Und ich habe keine Lust, aus der Show gefeuert zu werden.« Sie streckte den Arm aus, um ihre Worte zu betonen: »Und deinetwegen schon gar nicht! Wenn du mich loswerden willst, dann musst du dir schon etwas anderes einfallen lassen. Merk dir das, Pussycat!« Das war das erste Mal, dass Lou Sophie bei ihrem Spitznamen nannte, doch umso eindringlicher kam ihr das Wort über die Lippen. Dann drehte sie sich um und zeigte auf das Kaninchen, auf dessen Fell das Lagerfeuer zuckende Flammenmuster zeichnete. »Falls ihr es immer noch nicht gemerkt haben solltet: Ich bin Vegetarierin. Den Braten, den ich für euch geschossen habe, müsst ihr deshalb schon selber zubereiten!«

Doch das erwies sich als ziemliches Problem. Es wollte sich nämlich niemand finden, der das Tier häuten und ausnehmen konnte. Wie auch? Schließlich hatte das noch keiner von ihnen jemals zuvor getan – auch nicht Jean-Luc, auf den sich plötzlich und wie auf ein geheimes Kommando hin sämtliche Blicke richteten. »Was denkt ihr denn von mir?« Er schnaufte empört und hob abwehrend die Hände. »Isch bin in einer Großstadt aufgewachsen, genau wie die meisten von eusch auch, und erlege mein Fleisch nischt selber, sondern kaufe es im Supermarkt oder beim Schlachter. Isch wäre niemals in der Lage, an einem Tier 'erumzumetzeln!«

»Aber mit Messern hast du schon Erfahrung, was?«, wandte Josh Marley kühl ein und deutete auf die hässliche Narbe, die sich über die linke Wange des Franzosen zog.

Jean-Luc schoss auf den Jamaikaner zu und baute sich mit drohender Miene vor ihm auf. »Pass bloß auf, was du sagst!«, zischte er ihn mit funkelnden Augen an. »Das war nischt meine Schuld, sondern …« Aber da brach er plötzlich ab und schlug sich die Hand vor den Mund, als hätte er schon zu viel gesagt.

»Sondern?«, hakte Josh nach. »Jetzt spuck es schon aus!«

»Isch wüsste nischt, was disch das angeht«, gab Jean-Luc finster zurück. »Außerdem: Wo'er weißt du das eigentlisch?« Mit einem vielsagenden Seitenblick auf Sophie fügte er noch hinzu: »Von Master Bob vielleischt?«

Josh verzog die sanft geschwungenen Lippen zu einem Grinsen. »Man muss nicht gleich seinen Arsch verkaufen, um an gewisse Informationen zu kommen«, sagte er lächelnd. »Schau doch einfach mal ins Web, dann begreifst du das auch. Nur löst das im Moment leider nicht unser Problem.« Er deutete auf das Kaninchen und blickte fragend in die Runde. »Gibt es denn niemanden, der sich damit auskennt? Oder wenigstens ein bisschen? Keiner erwartet, dass das perfekt und professionell erledigt wird. Aber gemacht werden muss es nun mal, wie auch immer. Sonst können wir unseren Braten nämlich vergessen.« Sein Appell verhallte allerdings ohne jede Reaktion, sodass nun auch Sophie ihr Glück versuchte.

»Jetzt überlegt doch mal, Leute«, gab sie zu bedenken und ließ Lou dabei nicht aus den Augen. »Sollen wir einfach zulassen, dass diese Tussi um ihre verdiente Strafe herumkommt, ohne dass wir auch nur das Geringste davon haben? Das wäre doch völlig bescheuert!«

»Dann mach es doch selber«, forderte Ruud sie auf. »Du bist doch sonst nicht so zimperlich!«

»Genau!«, pflichtete Nicolo ihm bei. »Ihr wollt alle Fleisch essen, aber das Blut nicht sehen. Weil ihr dann nämlich erkennen müsstet, dass eure Schnitzel und Steaks nicht aus der Fabrik kommen, sondern kaltblütig ermordeten Lebewesen aus dem Leib geschnitten werden. Spätestens dann würde euch der Appetit vergehen!«

Sophie verzog wütend das Gesicht und wollte schon zu einer Erwiderung ansetzen, als das Schweizer Nesthäkchen ihr zuvorkam.

»Deine Predigten kannst du dir sparen«, blaffte Leonie den Neapolitaner an. »Ich werde trotzdem kein Veganer wie du.« Mit wild entschlossener Miene marschierte sie zum Baumstumpf und griff nach dem Kaninchen. »Gibt es hier irgendwo ein scharfes Messer? Denn ohne brauche ich es erst gar nicht zu versuchen!«

»Isch fasse es nischt, 'eidi!« Jean-Luc starrte sie entgeistert an. »Du willst doch nischt tatsäschlisch …?«

»Natürlich, was denn sonst?« Leonie nickte so heftig, dass ihre Rattenschwänzchen wippten. »Wenn keiner von euch Weicheiern sich traut, muss ich das eben in die Hand nehmen.«

»Bist du auch ganz sicher?« Große Skepsis zeichnete Joshs tiefbraunes Gesicht unter der pechschwarzen Rastafrisur. »Hast du … äh … hast du das denn schon mal gemacht?«

»Natürlich nicht«, gab Leonie zurück. »Aber mein Großvater hat einen Bauernhof, wie es sie früher einmal gab. Mit Kühen, Schweinen, Hühnern, Kaninchen und so weiter. Er schlachtet das Kleinvieh immer noch selbst. Ich habe ihm oft dabei zugesehen. Deswegen werde ich das schon irgendwie hinkriegen, denke ich zumindest.«

Leonies Selbstvertrauen erwies sich als völlig berechtigt: Kaum zwanzig Minuten später hatte sie das Kaninchen nicht nur gehäutet und ausgeweidet, sondern auch auf einem durchnässten, dünnen Stamm befestigt, der als Grillspieß herhalten musste.

Während Leonie sich mit dem Kaninchen beschäftigte, ging Lou zu ihrem Schlafplatz, wo sie von Fiepsi mit erwartungsvollem Tschilpen begrüßt wurde. Sie hatte den flügellahmen Vogel, einen jungen Priolo, einige Tage zuvor vor einem Bussard gerettet und mit ins Lager genommen, um ihn so lange am Leben zu halten, bis er wieder fliegen und sich selbst versorgen konnte.

»Schon gut, schon gut«, beruhigte sie ihn lächelnd. »Du kriegst ja gleich dein Futter, du Vielfraß.« Sie streute eine Handvoll von den in den letzten Tagen gesammelten Wildsamen unter die Girlandenblume, in der Fiepsi sich eingenistet hatte. Sofort machte er sich mit einem solchen Heißhunger darüber her, als hätte er seit Tagen nichts mehr zu fressen bekommen.

»Sag ich doch – Vielfraß«, tadelte sie ihn mit amüsiertem Lächeln. Dann löste sie ihren Zopf – im Gegensatz zu Sophie, die ihre Cornrows schon seit Tagen trug, flocht sie ihn jeden Morgen neu – und winkte Josh zu sich heran, der unter seinem Hortensienstrauch saß und sehnsuchtsvoll das sich über dem Feuer drehende Kaninchen beobachtete. »Was ich dich fragen wollte.« Sie blickte ihn eindringlich an. »Du warst heute Abend nicht rein zufällig oben beim alten Turm, oder?«

»Nein.« Josh schüttelte den Kopf. »Weder zufällig noch geplant.«

»Wirklich nicht? Wo warst du dann?«

»Sorry.« Josh schüttelte sanft lächelnd den Kopf. »Ich kann dich gut leiden, Lou, aber wir sind nun mal Konkurrenten. Deshalb geht dich das überhaupt nichts an. Ich würde den Schatz nämlich genauso gerne finden wie du. Und zwar alleine, weil ich mit niemandem teilen möchte. Nicht einmal mit dir!«

»Vielleicht solltest du darüber noch mal nachdenken? Wir bekämen dann zwar keine Million, aber immerhin zweihundertfünfzigtausend Euro – und zwar jeder von uns! Das ist eine ganze Menge Geld.«

»Ich weiß. Aber dann kommt vielleicht noch ein Dritter und ein Vierter dazu – und schon werden aus der Viertelmillion nur noch einhundertundelftausend Euro oder kaum mehr als sechzigtausend!«, rechnete Josh ihr vor. »Deshalb hat Master Bob sich diese verdammte Teilungsregelung doch ausgedacht! Damit wir uns nicht zusammenschließen und gemeinsam nach dem Schatz suchen.«

»Ziemlich perfide, ich weiß.« Lou blickte ihn mit gequälter Miene an. »Andererseits: Einhundertundelftausend Euro sind ja auch nicht gerade übel. Und allemal besser als nichts!«

»Klar. Sie reichen vielleicht sogar für einige Zeit … aber niemals für ein ganzes Leben! Schon gar nicht, wenn man das Geld ganz dringend braucht, um seine Familie vor der Abschiebung zurück nach Jamaika zu bewahren«, erklärte Josh. »Das ist doch unsere letzte Hoffnung und deshalb will ich unbedingt gewinnen!«

Und ich will meiner Mutter die lebensnotwendige Therapie finanzieren, kam es Lou sofort in den Sinn. Aber die anderen haben mit Sicherheit auch ihre Gründe, warum sie den Schatz mit niemandem teilen wollen.

»Hast du vielleicht mitbekommen, ob jemand von den anderen oben am Finger des Todes war?«, lenkte sie deshalb ab. »Außer Jean-Luc, Daniel und Sophie, meine ich?«

»Außer Jean-Luc, Daniel und Sophie?« Josh hob alarmiert die Brauen. »Dann war meine Vermutung also doch richtig?«

»Welche Vermutung denn?«

»Dass die drei hinter dir her waren, als die Kameras nicht funktioniert haben«, erklärte Josh. »Als sie ins Lager zurückgekommen sind, habe ich nämlich ein paar Wortfetzen aufgeschnappt, die darauf hindeuteten.«

»Stimmt.« Lou nickte. »Ich konnte ihnen gerade noch mal entwischen. Aber nur, weil mir jemand geholfen hat! Deshalb wollte ich ja wissen, ob du …«

»Sorry, aber da muss ich dich enttäuschen.« Josh schüttelte den Kopf und machte dabei fast den Eindruck, als würde es ihm leidtun. »Ich war das garantiert nicht. Und die anderen, Poppy, Leonie, Nicolo oder Ruud, die musst du schon selber fragen. Ich war jedenfalls den ganzen Tag über alleine unterwegs.«

»Und?«, fragte Lou wie beiläufig. »Hat es sich gelohnt?«

»Guter Versuch, Lou.« Breit lächelnd gab Josh ihr einen Klaps. »Aber wie schon gesagt: Das bleibt mein Geheimnis. Nur so viel: Ich bin auf ein paar höchst merkwürdige Dinge gestoßen und die geben mir mächtig zu denken. Ich werde einfach das Gefühl nicht los, dass sich auf Battle Island noch jemand herumtreibt, von dem wir absolut nichts wissen.«

»Echt?« Lou musterte ihn erstaunt. »Und du glaubst, dass die Typen von YOUR TV uns das absichtlich verschweigen und nicht mit offenen Karten spielen?«

»Aber natürlich, Lou!« Josh verzog das Gesicht. »Das war doch von Anfang an klar, oder? Die haben doch nur ein Ziel, nämlich ihren Zuschauern eine möglichst aufregende Show zu liefern. Und dazu ist ihnen jedes Mittel recht. Egal, ob sie uns belügen, uns nur die halbe Wahrheit sagen oder uns schlichtweg auf die Rolle schieben und gegeneinander ausspielen.« Er schüttelte den Kopf. »Ich habe allerdings keine Ahnung, ob sie tatsächlich etwas mit diesem Unbekannten zu tun haben, den ich hier auf der Insel vermute.«

»Aber du bist sicher, dass es den gibt?«

Josh verzog das Gesicht. »Natürlich nicht! Im Augenblick ist es nichts weiter als ein Verdacht. Und trotzdem: Irgendetwas stimmt hier nicht, was immer das auch sein mag.«

Berlin. Friedrichshain. Hauptstadtbüro YOUR TV.
Wochen zuvor: Montag, 23. Mai 2022, 17:07 Uhr.

»Irgendwelche Probleme?« Mike Mannings steckte den Kopf durch die Tür des fensterlosen Raums, in dem Lou schon seit zwei Stunden konzentriert vor dem Computer saß. »Oder kommst du klar?«

»Alles okay«, antwortete sie rasch. »Es geht viel besser, als ich gedacht habe.«

»Das freut mich«, sagte Mannings lächelnd. »Darf ich dir trotzdem mal kurz über die Schulter sehen?« Ohne ihre Antwort abzuwarten, betrat er das kleine Kabuff direkt neben seinem Büro, legte den Stapel Unterlagen, den er in der Hand hielt, auf die Konsole neben dem Computer und warf einen prüfenden Blick auf den Monitor. »Hm, hm, hm«, brummte er einige Male zufrieden und klopfte ihr schließlich auf die Schulter. »Du hast recht. Du machst das so gut, als hättest du in deinem ganzen Leben nie etwas anderes getan!« Dann nahm er seine Sachen wieder an sich und ging.

Mike hatte Lou nämlich mit einer Aufgabe betraut, die ihr völlig fremd war: mit der Kontrolle und Pflege des Forums und des Gästebuchs auf der deutschen Website von YOUR TV. Der dafür zuständige Mitarbeiter war seit Tagen krank, sodass die Seite dringend aktualisiert werden musste. »Damit wir uns nicht missverstehen«, hatte Mike sie noch gemahnt. »Es geht nicht darum, kritische oder gar negative Einträge zu löschen. Ich weiß, dass YOUR TV jede Menge Gegner hat, die es lieber heute als morgen sehen würden, dass uns die Sendelizenz entzogen wird.«

Eine seltsame Mischung aus Verwunderung und Befremden zeichnete sein Gesicht. »Das hast du doch sicherlich auch schon mitbekommen, oder?«

Und ob sie das hatte!

»Äh … ja natürlich.« Lou merkte, wie ihr das Blut in die Wangen stieg, und hoffte inständig, dass sie nicht rot wurde wie ein kleines Schulmädchen. »Mit YOUR TV verhält es sich wohl ähnlich wie mit Bayern München: Beide haben mindestens genauso viele leidenschaftliche Gegner wie Fans!«

»Stimmt, so kann man das auch sehen.« Mike lächelte amüsiert. »Auch wenn wir die Ansichten unserer Gegner natürlich nicht teilen, die zudem die gesetzlichen Bestimmungen völlig außer Acht lassen, wollen wir sie keineswegs unterdrücken. Wir leben zum Glück in einem Land, in dem jeder seine Meinung frei äußern darf. Sogar auf unserer firmeneigenen Website, für deren Pflege und Unterhalt wir richtig viel Geld ausgeben. Ich will lediglich verhindern, dass sie zur Spielwiese bösartiger Trolls verkommt, die nicht nur uns, sondern sich auch gegenseitig auf die übelste Weise beschimpfen und beleidigen und selbst vor rassistischen und sexistischen Einträgen nicht zurückschrecken. Also checke bitte die Posts und lösche die schlimmsten Entgleisungen. Oder, wenn es unbedingt sein muss, gleich den ganzen Eintrag. Und wenn du dir mal nicht sicher bist, dann frage mich einfach, okay?«

Und so hatte sich Lou also ans Werk gemacht. Innerhalb kürzester Zeit konnte sie feststellen, dass Tim mit seiner Abneigung gegen YOUR TV beileibe nicht alleine war. Ganz im Gegenteil: Die meisten Schreiber formulierten ihre Ablehnung weit drastischer als er, machten sich in der Regel aber nicht einmal die Mühe, sie zu begründen. Dafür bedienten sie sich eines fast schon unterirdischen Vokabulars und schreckten selbst vor Gewalt- oder Mordandrohungen nicht zurück. Die Einträge richteten sich gegen nahezu sämtliche Programme des Senders. Aber das mit Abstand größte Hassobjekt war eindeutig BATTLE ISLAND.

Soll ich meine Bewerbung vielleicht doch lieber zurückziehen?, war Lous erster spontaner Impuls. Blödsinn!, wurde augenblicklich eine weitere Stimme in ihr laut: Kommt ja gar nicht infrage!

Was Mike Mannings gesagt hatte, war ganz richtig: Sie lebten in einem freien Land, in dem jeder nicht nur das Recht hatte, zu sagen, was er für richtig hielt, sondern das auch zu tun. Selbst wenn Hundertausende dagegen sein mochten! Und wenn sie es richtig fand, bei BATTLE ISLAND mitzumachen, dann war das ganz alleine ihr Ding.

Lou war so sehr in ihre Arbeit vertieft, dass sie den braunen DIN-A4-Umschlag neben dem Computer lange Zeit gar nicht bemerkte. Erst als sie sich zurücklehnte und einen Schluck Wasser trank, fiel er ihr auf. Offensichtlich hatte Mike Mannings ihn dort vergessen, als er kurz bei ihr vorbeigeschaut hatte. Auf der Vorderseite des Umschlags war die bekannte Schatztruhe zu sehen: das Logo von BATTLE ISLAND. Als sie sich darüberbeugte, konnte sie auch die Schrift darunter lesen: *German Casting*.

Lou zuckte zusammen. Der Brief enthielt doch nicht etwa … die Aufgaben für die Vorentscheidung am Wochenende?

Während sie fieberhaft überlegte, wurde ihr heiß und kalt. Was sollte sie nur tun? Die Kenntnis der Aufgaben würde ihr einen Riesenvorteil gegenüber den übrigen neunundzwanzig Castingteilnehmern verschaffen, die mit ihr um die drei Plätze in London kämpften. Weil sie sich gezielt darauf vorbereiten und die schwierigsten Prüfungen sogar mehrfach üben könnte. Schließlich blieb ihr dazu noch eine knappe Woche Zeit. Aber das wäre natürlich unfair.

Höchst unfair sogar!

Andererseits: Sie hatte sich doch nicht beworben, um möglichst reich zu werden, sondern um ihrer Mutter zu helfen. Weil sie keine andere Möglichkeit hatte, das dazu nötige Geld aufzutreiben. Und rechtfertigte das Leben ihrer Mutter nicht eine kleine Unkorrektheit? Zumal es nicht ihre Schuld war, dass Mike den Umschlag hier vergessen hatte.

Lou reckte den Kopf und lauschte nach nebenan: Mike war wie üblich am Telefon. Offensichtlich sprach er mit einem Geschäftspartner in den USA, falls sie die Wortfetzen richtig deutete: »Hollywood«, »L.A.«, »first class flight to London« oder so ähnlich. Solche Gespräche hatte er in der letzten Zeit häufiger geführt und für gewöhnlich dauerten sie etwas länger. Sie musste also nicht befürchten, dass er in den nächsten Minuten wieder bei ihr auftauchen würde. Er würde deshalb bestimmt nicht mitbekommen, wenn sie den Umschlag …

Lou zögerte noch einen Moment, bevor sie den Brief öffnete und den Inhalt herausholte. Dabei klopfte ihr Herz so laut, dass es bestimmt noch in Mannings' Büro zu hören war! Sie hatte richtig vermutet: Es waren tatsächlich die Aufgaben des Berliner Castings.

Lou wurde vor Aufregung ganz schlecht. Die Schrift verschwamm vor ihren Augen und ihre Hände zitterten. Erst nachdem sie einen weiteren Schluck Wasser getrunken und tief durchgeatmet hatte, wurde ihr wieder besser. Sollte sie die drei Blätter einfach kopieren?

Lieber nicht!

Wenn das jemand mitbekam, war sie mit Sicherheit aus dem Rennen! Und wenn sie dabei erwischt wurde, wie sie die Seiten mit ihrem Smartphone fotografierte, auch. So etwas war doch höchst verdächtig! Besser, sie überflog den Text und prägte sich alles ganz genau ein.

Und genau das tat sie dann auch. Nicht nur ein- oder zweimal, sondern sogar dreimal. Sie war so konzentriert bei der Sache, dass sie gar nicht mehr mitbekam, was rund um sie herum vorging.

Sie hatte die Blätter kaum in den Umschlag zurückgesteckt, als ein Geräusch sie zusammenschrecken ließ.

Mike Mannings stand in der Tür!

»Hey, hey«, sagte er lächelnd. »Ich bin's doch nur. Oder sehe ich vielleicht aus wie ein Monster?«

»Nein, nein, natürlich nicht«, antwortete Lou rasch und hoffte, dass ihr Vergehen ihr nicht ins Gesicht geschrieben stand.

Ich bin doch bestimmt tiefrot vor Schreck und vor Scham!, dachte sie.

»Da ist ja der Umschlag«, hörte sie Mike wie durch einen Nebel sagen. »Ich habe ihn schon vermisst.« Er nahm ihn an sich und sah Lou eindringlich an. »Du hast doch nicht etwa hineingeschaut?«

Was sollte sie nur antworten? Sie konnte ihn doch nicht einfach eiskalt anlügen!

»Äh … hi-hi-hineingeschaut?«, stotterte sie. »W-w-wieso sollte ich?«

»Na, so ein Glück.« Mike Mannings klang ziemlich erleichtert. »Sonst hätten wir uns doch glatt andere Aufgaben für das Casting ausdenken müssen.« Er wandte sich schon zum Gehen, hielt dann aber doch inne und musterte sie eindringlich. »Alles in Ordnung, Lou? Du kommst mir irgendwie … äh … merkwürdig vor. Ist irgendetwas?«

O nein, er hat es bemerkt!, schoss es ihr durch den Kopf.

»W-w-wieso denn? Es ist nur … äh …« Lou brach ab und biss sich auf die Unterlippe.

Mike zog die Brauen hoch. »Ja?«

»Ich … äh … ich bin schon ganz aufgeregt. Wegen dem Casting, meine ich. Es sind ja nur noch ein paar Tage bis dahin.«

»Stimmt.« Mike Mannings nickte ihr zu. »Aber dazu hast du nicht den geringsten Grund! Glaub mir, Lou: Wenn du die Nerven behältst und dich auf deine Stärken besinnst, kann dir absolut nichts passieren. Du weißt doch: ›Winning is a state of mind‹, nicht wahr?«

Genau das sagte Tim doch auch immer!

»Ja klar«, antwortete sie rasch, während ein Gefühl der Erleichterung sie durchströmte, weil ihr Chef offenbar keinen Verdacht geschöpft hatte. Dabei hatte sie das schon befürchtet! »Ich versuche, daran zu denken.«

»Schön. Dann bin ich ja beruhigt.« Mike Mannings nickte ihr aufmunternd zu und ließ sie allein. Mit dem Computer und den in ihrem Kopf gespeicherten Aufgaben des Castings.

Battle Island, Azoren. Camp am Lagoa Azul.
Tag acht: Freitag, 12. August 2022, 22:14 Uhr.

Joshs Worte wollten Lou während des gesamten Abends nicht mehr aus dem Sinn. Selbst als sie schon längst auf ihrem Schlaflager unter der strauchförmigen Girlandenblume lag, kam das Gedankenkarussell in ihrem Kopf nicht zum Erliegen. Auch der betörend süßliche Duft der unmittelbar über ihrem Kopf hängenden großen Blüte, der sie an den bisherigen Abenden meist schnell ins Reich der Träume geleitet hatte, verfehlte diesmal seine Schlaf fördernde Wirkung.

»Hier stimmt was nicht!«, hatte Josh behauptet, und je länger sie darüber nachdachte, umso größer wurde ihre Überzeugung, dass er recht hatte. Schließlich hatten Poppy, Leonie und Nicolo und Ruud vehement bestritten, auch nur in der Nähe der Nordklippen gewesen zu sein. Es sei denn, sie hatten sie angelogen.

Aber warum hätten sie das tun sollen?

Womit sie auf die Fragen, die sie schon seit Stunden beschäftigten, noch immer keine zufriedenstellende Antwort gefunden hatte: Wer um alles in der Welt war ihr zu Hilfe gekommen? Wer hatte das Tau an dem Baum befestigt und es dann zu ihr heruntergelassen? Und warum hatte er – oder sie – sich nicht zu erkennen gegeben?

Fragen über Fragen, die sie so lange quälten, bis der Schlaf sie schließlich doch übermannte und sie von der elenden Grübelei erlöste.

Mitten in der Nacht wurde Lou wach, was sie ziemlich verwunderte. Die bisherigen Nächte hatte sie nämlich allesamt durchgeschlafen. Sie war stets erst früh am Morgen durch das hungrige Piepsen von Fiepsi oder das nervige Tröten des Wecksignals wach geworden. Als sie nun, schlaftrunken und noch nicht ganz bei sich, den Kopf hob, konnte sie im ersten Moment kaum etwas erkennen. Der große Lichtballon über dem Camp war längst abgeschaltet. Am Himmel hingen dichte Wolken, sodass selbst der hellste Vollmond keine Chancen gehabt hätte, ihr etwas Helligkeit zu spenden. Nur die Glut des Lagerfeuers glomm noch schwach vor sich hin. Es erinnerte sie an das Auge eines bösen Drachen, der in seiner dunklen Höhle erwacht. Gänsehaut schauerte über ihren Körper.

Was hast du nur für bescheuerte Gedanken!, schimpfte sie mit sich selbst. Du weißt doch, dass es keine Drachen gibt. Und auf Battle Island schon gar nicht!

Dafür aber Geister!, widersprach umgehend eine andere Stimme in ihrem Innern. Die Geister der ertrunkenen Seeleute, vor denen der Alte am Flughafen euch gewarnt hat.

So ein Blödsinn!

Verärgert über sich selbst, schüttelte Lou den Kopf und ließ sich wieder auf die Matte sinken. Sie wollte gerade tiefer unter die Decke kriechen, als sie das Geräusch hörte.

Das Knacken eines Zweiges vielleicht?

Oder das Rascheln dürrer Blätter?

Ruckartig richtete sie sich wieder auf und blickte sich um. Als sich ihre Augen etwas an die Dunkelheit gewöhnt hatten, schälten sich die Konturen der anderen Schlafplätze aus der Finsternis. Josh lag ganz in ihrer Nähe unter einer Hortensie. Dicht daneben war Leonies Platz – ebenfalls unter einer Hortensie, nur dass diese blaue Blüten hatte und keine roten wie die von Josh.

Auch die Lager der anderen konnte Lou ausmachen, wenn auch nur schemenhaft und undeutlich. Dennoch vermittelten sie ihr ein beruhigendes Gefühl von Sicherheit: Sie war nicht allein und konnte jederzeit auf Hilfe hoffen. Andererseits …

Würden ihre Mitspieler ihr wirklich helfen, wenn es darauf ankam? Oder würden sie sie einfach im Stich lassen und sich freuen, eine Konkurrentin weniger zu haben? Klar würden das einige von ihnen tun!

Und sie wusste auch schon, wer!

Lou hing dem Gedanken noch nach, als sie plötzlich den Schatten entdeckte: Kein Zweifel, zwischen den Bäumen des nahen Waldes, der eine natürliche Barriere zwischen dem Camp der Kandidaten und dem früheren *Battle Village* mit dem Kontrollbunker des TV-Teams bildete, kauerte eine schemenhafte Gestalt!

Der erste Gedanke beruhigte Lou ein wenig: Vielleicht nur einer ihrer Mitspieler, den ein dringendes Bedürfnis aus dem Schlaf gerissen hatte? Der deshalb zu dem im Wald versteckten Toilettenhäuschen geeilt war, um dort sein Geschäft zu verrichten? Dieses Klo wurde den Zuschauern allerdings eisern verschwiegen. Wahrscheinlich befürchtete YOUR TV, dass dadurch die Illusion der auf einer einsamen Insel gestrandeten Schiffbrüchigen, die die Show vorgaukelte, zerstört werden würde.

Aber wenn es tatsächlich einer der anderen Schatzsucher war: Warum verharrte er dort zwischen den Bäumen und kehrte nicht zu seinem Schlafplatz zurück? Das konnte doch nur eines bedeuten: Es war gar kein Mitspieler, sondern jemand aus dem Team!

Allerdings verwarf Lou diesen Gedanken schon im nächsten Moment wieder. Das ergab einfach keinen Sinn! Wozu hätte sich ein Teammitglied heimlich an sie heranschleichen sollen, wenn er sie doch viel einfacher und bequemer und noch dazu völlig unbemerkt durch die Kameras hätte beobachten können? Die liefen doch auch während der Nacht und hatten jeden von ihnen im Blick, sodass dem Team absolut nichts verborgen blieb. Wozu also dieser unnötige Aufwand?

Blieb nur eine Erklärung: Bei der schemenhaften Gestalt dort drüben handelte es sich um einen Fremden!

In diesem Moment richtete sich der Schatten auf – seinen Konturen nach zu urteilen, handelte es sich um einen Jungen oder einen Mann – und bewegte langsam den Kopf, als würde er seinen Blick über das gesamte Lager schweifen lassen. Und da erkannte Lou zu ihrem Entsetzen, dass etwas aus seinem Gesicht ragte. Es sah aus wie ein kleiner …

O Gott, nein! Es sah aus wie ein kleiner Rüssel!

Lou schlug die Hände vors Gesicht und ein erstickter Schrei kam über ihre Lippen.

Der Schatten zuckte überrascht zusammen. Einen Augenblick lang schien er in ihre Richtung zu blicken. Dann tauchte er blitzschnell ab und huschte flink wie ein Wiesel davon. Allerdings nicht in Richtung *Battle Village,* sondern nach Süden hin, wo der kleine Hafen gelegen war. Und die Unterkunft der vier Securitymänner, die darüber wachen sollten, dass kein Schiff unbefugt an der Insel festmachte. Was außerhalb des Hafens so gut wie nirgendwo möglich war.

Natürlich, wurde Lou schlagartig klar. Es muss einer von ihnen gewesen sein! Die Security hatte doch mit Sicherheit keinen Zugang zu den Kameras. Ein neugieriger Spanner musste sich also auf andere Weise ein Bild vom Treiben im Kandidatencamp verschaffen. Heimlich und mithilfe eines Nachtsichtgerätes!

Genau so musste es gewesen sein!

Der vermeintliche Rüssel, der aus dem Gesicht des Schattens geragt hatte, war gar kein Rüssel, sondern ein solches Spezialfernglas gewesen. Und das Securityteam verfügte höchstwahrscheinlich über so etwas!

Oder vielleicht doch nicht?

Aber darauf hatte Lou natürlich keine Antwort. Es blieb nur eine Lösung: Sie musste bei jemandem nachfragen, der darüber besser informiert war als sie oder die anderen Teilnehmer. Nur bei wem? Ob Kimberly Cohen darüber Bescheid wusste, war mehr als fraglich. Sie konzentrierte sich fast ausschließlich aufs Moderieren – und das machte sie ganz ausgezeichnet! Alles andere aber schien sie nicht die Bohne zu kümmern.

Master Bob würde ihre Frage wahrscheinlich schlichtweg ignorieren. Er behandelte sie und die Mehrzahl der anderen Kandidaten nämlich meistens wie Luft und hatte lediglich Augen für Sophie Hansen. Er gab sich zwar Mühe, das nicht mehr ganz so deutlich werden zu lassen wie am ersten Tag. Trotzdem war sein Interesse so offensichtlich, dass selbst ein Blinder das mitbekommen hätte. Und was immer man auch gegen ihre Mitspieler einwenden mochte: Blind war keiner von ihnen. Und blöd erst recht nicht! Jeder konnte eins und eins zusammenzählen und wusste deshalb längst Bescheid, was zwischen Master Bob und Sophie lief. Schließlich hatten alle in London mitbekommen, wie die raffinierte Pussycat ihn nach allen Regeln der Kunst angemacht hatte. Mit Erfolg offensichtlich! Jedenfalls wollte Jean-Luc gesehen haben, wie die beiden gemeinsam in Sophies Hotelzimmer verschwanden. Aber Master Bob war nun einmal der Showrunner, und aus Angst, es sich mit ihm zu verderben, verlor keiner auch nur ein Wort über das, was doch so offensichtlich war, nämlich dass er alles in seiner Macht Stehende unternahm, um Sophie den Goldschatz zuzuschanzen.

Und trotzdem: Sophie soll sich bloß nicht zu früh freuen!, hatte Lou sich geschworen. Ich habe da schließlich auch noch ein Wörtchen mitzureden! So einfach würde sie sich nicht geschlagen geben.

Niemals!

Helen Haller würde ihr bestimmt auch keine große Hilfe sein. Lou war es immer noch ein Rätsel, wie sie Mike Mannings dazu hatte bewegen können, sie auf Battle Island mitzunehmen. Als Mädchen für alles war sie zwar nur eine bessere Hilfskraft. Trotzdem hätte Mannings leicht tausend andere finden können, die dafür weit besser geeignet waren als Hysteric Helen. HH musste irgendetwas gegen ihn in der Hand haben – und genau das hatte sie ihr gegenüber ja auch angedeutet!

Das Technikteam und die übrigen Mitarbeiter kamen ebenfalls nicht infrage. Der Regisseur, die Cutter und die für die Aufnahme- und Sendeanlage zuständigen Ingenieure verließen den Kontrollbunker so gut wie nie. Und die Ausstatter und Requisiteure agierten fast ausnahmslos im Verborgenen. Jedenfalls hatte Lou noch keinen von ihnen zu Gesicht bekommen. Damit blieb nur noch einer, an den sie sich wenden konnte: Mike Mannings, der Produzent und Gesamtleiter der Show. Er hatte sie bislang immer unterstützt – vielleicht um bei ihr gutzumachen, was er bei seinem Sohn versäumt hatte? Wie auch immer – Lou hoffte, dass er das auch weiterhin tun würde, und beschloss, sich an Mike zu wenden.

Nur blöd, dass sie nicht einfach zum Kontrollbunker gehen

und ihn ansprechen konnte. Es war ihr und den anderen Mitspielern nämlich strengstens verboten, sich zum Bunker und ins *Battle Village* zu begeben. Aber genau dort hielt sich das Team und natürlich auch Mike für gewöhnlich auf! Sie musste also abwarten, bis er wieder im Camp auftauchte und ihr Gelegenheit gab, ihre Frage loszuwerden. Und das konnte dauern! Wenn es ganz schlecht lief, sogar bis zum *Judgement Day*.

Der nächstliegende Gedanke kam Lou erst ganz zum Schluss: Warum fragte sie nicht einfach bei den Securitymännern nach? So ganz nebenbei und ohne ihr nächtliches Erlebnis zu erwähnen?

Natürlich – das war die Lösung!

Die Männer würden bestimmt keinen Verdacht schöpfen. Sie würden sich vielleicht sogar freuen, wenn endlich mal einer der Kandidaten bei ihnen auftauchte und sich für ihre Aufgaben interessierte. Und was das Beste daran war: Es war nicht verboten, mit ihnen zu sprechen! Zumindest hatte das niemand auch nur am Rande erwähnt. Außerdem: Vielleicht hatten sie ja etwas beobachtet, was ihr einen wichtigen Hinweis auf das Versteck des Goldes liefern konnte?

Bei diesem Gedanken beschleunigte sich Lous Herzschlag ganz gewaltig. Schließlich war ihr schon einmal ein glücklicher Zufall zu Hilfe gekommen. Und warum sollte sich das nicht wiederholen?

Berlin. Neukölln. Maybachufer. Sportsbar »Cave«.
Wochen zuvor: Montag, 6. Juni 2022, 18:30 Uhr.

Das »Cave« war knüppeldicke voll, weit voller als sonst. Zum Glück hatte Rowan sofort vorbestellt, nachdem Lou seine kurzfristige Einladung zum Dart angenommen hatte. Sonst wäre es damit mit Sicherheit nichts geworden. Ohne Reservierung hätten sie keine Chance gehabt.

Es war Pfingstmontag und Lou hatte genauso frei wie Rowan. Zumal der bei YOUR TV gar nicht fest angestellt war, sondern während seines Berlinbesuchs nur freiwillig dort aushalf. Weil es ihm Spaß machte, wie er Lou anvertraut hatte. Und weil das seine einzige Chance war, seinen Vater etwas länger als nur für ein paar Minuten zu Gesicht zu bekommen. »Seit ich mich erinnern kann, arbeitet Pa fast rund um die Uhr. Er scheint überhaupt nicht zu wissen, dass es außer dem Job auch noch was anderes gibt im Leben«, hatte er bei der Gelegenheit auch geklagt.

»Und warum ist er so?«, hakte Lou verwundert nach.

»Frag mich was Leichteres.« Rowan zuckte mit den Schultern. »Vermutlich denkt er, dass es ohne ihn nicht geht. Er hatte doch die Idee zu YOUR TV. Sein alter Kumpel Rupert hat nur das dazu nötige Kapital aufgetrieben und ist deshalb auch der Boss.«

»Verstehe.«

»Außerdem hängt Pas Gehalt ganz entscheidend vom jeweiligen Geschäftsverlauf ab. Und seit Rupert ihm auch noch ein großes Aktienpaket versprochen hat, falls YOUR TV in diesem Jahr endlich die Gewinnzone erreicht, ist alles nur noch schlimmer geworden. Dabei fehlt es uns auch so schon an absolut nichts – ganz im Gegenteil!«

Lou hatte nicht darauf geantwortet, sondern sich nur ihren Teil gedacht: Manche bekommen den Hals eben nie voll genug. Und Mike Mannings gehört wohl auch dazu.

»Hast du eigentlich damit gerechnet?« Rowan, der wieder einmal einen seiner geliebten *Fruity Vitamines Gums* kaute, zog seine Darts aus der Scheibe und stellte das Zählwerk auf Anfang. »Dass es so einfach sein würde, dich für die Endausscheidung in London zu qualifizieren, meine ich?«

»Ähm.« Im ersten Moment wusste Lou nicht so recht, was sie antworten sollte. Klar hatte sie sich das weit schwieriger vorgestellt. Immerhin waren am vergangenen Wochenende dreißig Jugendliche, Mädchen wie Jungen, aus ganz Deutschland nach Berlin gekommen, um die drei freien Plätze für London unter sich auszumachen. Die Chancen standen somit für jeden eins zu zehn. Und wahrscheinlich hatte jede und jeder genauso fleißig für die Prüfung trainiert wie sie selbst. Allerdings war Lou die Einzige – mit Ausnahme von Tim natürlich, den sie umgehend in ihr Geheimnis eingeweiht hatte –, die die Aufgaben bereits vorher gekannt hatte. Deshalb hatte sie sich auch gezielt darauf vorbereiten können. Kein Wunder also, dass sie bei allen fünf Tests auf den vorderen Plätzen gelandet war! Zumal diese wie gemacht für sie waren und überwiegend Fertigkeiten abriefen, die sie ziemlich gut beherrschte.

Wie Klettern zum Beispiel.

Der erste Wettbewerb hatte nämlich im BergWerk Berlin stattgefunden, einem Indoorklettergarten, dessen besonderer Clou ein Klettersteig im Atrium eines Einkaufscenters war. Da sie die

Castingstrecke mehrfach mit Tim zur Probe geklettert war, wurde sie mit großem Vorsprung Erste.

Auch das Überqueren der Spree mit einem selbst gebastelten Floß bereitete ihr ebenso wenig Probleme wie das Aufspüren eines Plüschbären – offensichtlich eine kleine Hommage an den Austragungsort – auf dem Gelände des früheren Spreeparks im Plänterwald. Wobei: Dass der Teddy ausgerechnet in einer Gondel des maroden Riesenrads versteckt war, hatte sie erst nach intensivem Nachdenken herausgefunden. Und der Aufstieg zu der oben am Scheitelpunkt des Rades hängenden Kabine war auch nicht ganz ohne gewesen!

Beim Tretrollerslalom auf dem ehemaligen Rollfeld des Tempelhofer Flughafens schnitt sie dagegen weniger gut ab, wurde aber immerhin noch Sechste. Das lag allerdings hauptsächlich daran, dass sie den Wettbewerb reichlich albern fand. Am »Antriebsbein« wurden nämlich mehrere Luftballons befestigt, was das Vorankommen immens erschwerte und unwillkürlich Erinnerungen an frühere Kindergeburtstage bei ihr hervorrief. Kein Wunder, dass sie nicht mit voller Konzentration bei der Sache war.

Der letzte Test dagegen kam ihr wieder sehr entgegen: Dabei ging es nämlich ausgerechnet um Bogenschießen! Auch wenn sie darin keineswegs perfekt war – hin und wieder verfehlte sie das Ziel immer noch um Längen –, besaß sie doch weit mehr Erfahrung als die meisten anderen Teilnehmer und belegte erneut den ersten Platz. Zumal die meisten schon an der damit verbundenen Rechenaufgabe scheiterten: Die dreißig Kontrahenten sollten nämlich die Zahlen von eins bis fünfzig addieren – natürlich im Kopf! –, die Quersumme aus dem Ergebnis bilden und anschließend das Segment mit der entsprechenden Zahl – die Zielscheibe war in acht gleich große Abschnitte mit verschiedenen Zahlen unterteilt – möglichst oft mit drei Pfeilen treffen.

Weit mehr als die Hälfte war schon mit dem Rechnen heillos überfordert und kapitulierte deshalb recht schnell. Die restlichen Teilnehmer benötigten nicht nur endlos lange, sondern kamen in der Mehrzahl auch nicht auf das richtige Ergebnis. Oder sie waren so schlechte Bogenschützen, dass sie das entsprechende Segment einfach nicht trafen.

Lou dagegen bescherte die Aufgabe ein seltenes Aha-Erlebnis. Ihr wurde nämlich schlagartig klar, dass das vermeintlich völlig überflüssige Wissen, das in der Schule gepaukt wurde, doch nicht so unnütz war, wie viele Schüler dachten. Ihr Mathelehrer, ein glühender Bewunderer des Mathematikgenies Carl Friedrich Gauß, hatte sie mit der Formel für das Addieren aufeinanderfolgender natürlicher Zahlen nämlich so sehr gequält, dass sie diese wahrscheinlich bis an ihr Lebensende nie wieder vergessen würde. Jedenfalls hatte sie das Ergebnis im Nu raus, und da sie das entsprechende Segment der Zielscheibe auch noch zweimal traf – der letzte Schuss ging leider knapp daneben –, war ihr der Sieg nicht zu nehmen.

Aber sollte sie Rowan wirklich erzählen, welchem schicksalhaften Zufall sie das alles verdankte?

Lieber nicht!

»Ach, weißt du«, redete sie deshalb um den heißen Brei herum. »Das war einfach nur Glück.« Was zumindest nicht ganz falsch war.

»Von wegen!«, widersprach Rowan. »Das war pures Können und deshalb hast du auch völlig verdient gewonnen. Selbst Pa hat das gesagt – und das will schon was heißen!« Wie fast immer, wenn Rowan auf seinen Vater zu sprechen kam, hatte er auch diesmal wieder diesen merkwürdigen Ausdruck im Gesicht – eine Mischung aus Trauer, Wut und Enttäuschung, wie Lou fand.

Aber vielleicht lag sie damit ja auch falsch?

»Das hat er zu mir auch gesagt«, antwortete sie mit nachdenklichem Nicken. »Und dass er das von vorneherein gewusst hätte.« Sie nippte an ihrem Saft und wollte gerade zum nächsten Wurf ansetzen, als ihr plötzlich etwas einfiel: »Wolltet ihr an diesem Wochenende nicht segeln gehen, dein Vater und du?«

Rowan verzog gequält das Gesicht und ließ sich auf seinen Stuhl fallen. »Stimmt, das wollten wir. Aber wie so oft ist wieder mal was dazwischengekommen.«

»Das tut mir echt leid für dich«, sagte Lou mit ehrlichem Mitgefühl. »Ich hoffe, Mike macht das wenigstens wieder gut?«

»Das macht er in der Tat.« Rowan nickte, noch immer das gleiche gequälte Lächeln im Gesicht. »Zumindest hat er das versprochen. In den letzten beiden Juliwochen unternehmen wir einen gemeinsamen Segeltörn durch die Karibik!«

»Karibik, wow!« Lou staunte nicht schlecht. »Dafür würde ich doch glatt ein Dutzend Wannsee-Wochenenden sausen lassen!« Sie legte den Kopf schief und schaute ihn fragend an. »Was ist ihm denn dazwischengekommen?«

»Ach!« Rowan winkte genervt ab. »Er musste dringend nach Los Angeles fliegen.«

»Nach L.A.? Wird ja immer besser! Warum das denn?«

»Weil er ganz kurzfristig einen Termin beim Agenten von Jennifer Lawrence bekommen hat, deshalb!«

»Jennifer Lawrence? Du meinst doch nicht etwa *die* Jennifer Lawrence?«

Doch – genau die meinte Rowan: den durch die »Hunger Games«-Filme zu Weltruhm gelangten Hollywoodstar. Ihr neuester Streifen – der erste Teil eines als Trilogie geplanten Spin-offs, das die »Panem«-Story unabhängig von der Buchvorlage weitererzählte – lief gerade weltweit in den Kinos und würde den kommerziellen Erfolg seiner Vorläufer trotz weitgehend miserabler Kritiken wohl noch übertreffen. »Papa möchte unbedingt, dass sie in der nächsten Woche zur Begrüßungsparty nach London kommt, und hat ihr deshalb eine Riesengage geboten.«

»Eine Riesengage? Was muss ich mir darunter vorstellen?«

»Eine siebenstellige Summe«, erklärte Rowan lächelnd, »aber mehr darf ich nicht verraten. Trotzdem hat sie immer noch nicht zugesagt.«

»Verrückt, völlig verrückt!« Lou war fassungslos. »Andere würden sogar noch Geld bezahlen, um an der Party teilnehmen zu dürfen!« Sie legte die Stirn in Falten und blickte Rowan fragend an. »Was hat Mike denn davon, wenn Jennifer Lawrence nach London kommt?«

»Kannst du dir das nicht denken?« Rowan zog ein Gesicht, als würde er an ihrem Verstand zweifeln. »Schlagzeilen und Berichte in den wichtigsten Medien in ganz Europa, wenn nicht sogar rund um den Globus! Damit wäre BATTLE ISLAND mit einem Schlag in aller Munde und nicht nur das Stadtgespräch von ganz London, sondern von ganz Europa. Und genau das braucht die Show, um zu dem von Dad so sehnlich erhofften Erfolg zu werden! Die Menschen müssen darüber sprechen und sich am besten die Köpfe heißreden, aus welchem Grund auch immer. Und weil das in der Regel nicht von alleine passiert, muss man eben etwas nachhelfen – zum Beispiel, indem man Jennifer Lawrence für eine horrende Gage bei der Party zum Start von BATTLE ISLAND in London präsentiert!« Mit vorwurfsvollem Blick fügte er noch hinzu: »Als jemand, der später einmal in den Medien arbeiten will, solltest du das eigentlich wissen.«

»Äh.« Lou merkte, wie ihr das Blut in die Wangen schoss: Rowan hatte absolut recht.

Wie dumm, dass ich nicht von allein darauf gekommen bin!, schimpfte sie sich deshalb im Stillen und sagte laut: »Äh … glaubst du, dass sie tatsächlich kommt?«

»Keine Ahnung.« Rowan zuckte mit den Schultern. »Dad wird jedenfalls alles Menschenmögliche versuchen! Aber falls es doch nicht klappen sollte, wird ihm schon was anderes einfallen, da bin ich ganz sicher. Wenn es um seinen Job geht, schäumt er vor Ideen und Engagement nämlich nur so über. Aber was seine Familie betrifft …« Obwohl er den Rest des Satzes unausgesprochen ließ, verstand Lou sehr gut, was er hatte sagen wollen. Zumal sein Gesichtsausdruck und sein resigniertes Abwinken das eindrucksvoll unterstrichen.

Ganz spontan legte Lou ihm die Hand auf die Schulter und nickte ihm aufmunternd zu. »Ich verstehe, dass du sauer auf ihn bist. Aber sei froh: Du hast wenigstens noch einen Vater. Ich dagegen …«

»Ich weiß.« Rowan nickte ebenfalls und quälte sich zu einem Lächeln. »Vergiss einfach, was ich gesagt habe. Und immerhin hat Pa mir wenigstens eines beigebracht, nämlich Dart! Wer den nächsten Durchgang verliert, zahlt die nächste Runde, einverstanden? Du fängst an!«

Lou stellte sich gerade in Position, als sie in den Augenwinkeln einen blauen Schimmer wahrnahm: die gefärbten Haare von

Helen Haller, mit der sie seit ihren unverschämten Anschuldigungen kein Wort mehr gewechselt hatte. Unter all den Hunderten von Lokalen in Berlin hatte sie sich ausgerechnet dasselbe wie sie ausgesucht!

Helen war gerade im Begriff, das »Cave« in Begleitung eines jungen Pärchens zu verlassen. Das Mädchen und der junge Mann waren schon zur Tür hinaus, und Helen wollte ihnen gerade folgen, als sie plötzlich den Kopf zur Seite drehte. Lou versuchte noch in Deckung zu gehen, aber es war schon zu spät: Helen hatte sie bereits erkannt und stiefelte auf sie zu. Wie immer trug sie ein viel zu enges Shirt, das ihre Brüste jeden Moment zu sprengen drohten.

»Wenn das kein Zufall ist«, grüßte sie mit hämischem Grinsen und fügte dann mit Blick auf Rowan hinzu: »Und noch dazu in so netter Gesellschaft! Da kann ich ja nur für dich hoffen, dass dein Timmi nichts davon erfährt.«

»Das hat er längst«, gab Lou mit genervtem Augenaufschlag zurück. »Er muss jeden Moment hier aufkreuzen.«

»Na dann«, erwiderte Helen sichtlich enttäuscht und blickte sie lauernd an. »Weißt du, was mir am meisten stinkt?«

»Nein. Aber du wirst es mir bestimmt gleich verraten.«

»Dass ich nicht darauf gewettet habe, dass du das deutsche Casting gewinnst. Dabei habe ich das von Anfang an gewusst!«

»Träum schön weiter, Helen«, erwiderte Lou kühl. »Deine Fantasie geht mit dir durch oder du tickst nicht mehr richtig. Oder vielleicht auch beides.«

»Wie du meinst«, antwortete Helen erstaunlich gelassen. »Aber wenn es dich beruhigt: Es ist mir völlig egal, dass sein Alter…« Sie deutete mit dem Kopf auf Rowan. »… offensichtlich alles unternimmt, damit du es auch ja in die Show schaffst. Im Gegenteil: Es hätte mir gar nichts Besseres passieren können!«

»Hä?« Lou hatte nicht die geringste Ahnung, was Helen damit andeuten wollte. »Geht es vielleicht ein wenig genauer?«

»Nö. Das wirst du schon noch früh genug checken«, erwiderte Helen mit hintergründigem Lächeln. »Und ob du es glaubst oder nicht: Ich würde dir für die Endausscheidung in London ja gerne die Daumen drücken. Allerdings ist das gar nicht nötig. Du schaffst es nämlich mit Sicherheit auch nach Battle Island.«

»Haha.« Lou zog eine Grimasse. »Selten so gelacht! Bist du jetzt auch noch unter die Hellseher gegangen?«

»Nein, bin ich nicht, sondern …« Helen brach ab, legte die Stirn in Falten und dachte für einen Augenblick nach, bevor sie lächelnd fortfuhr: »Ich will es mal so ausdrücken: Mir ist nur ein Licht aufgegangen, und zwar ein sehr großes und hell leuchtendes noch dazu!« Dann wurde sie wieder ernst, trat ganz dicht an Lou heran und blickte sie aus schmalen Augen an. »Aber wenn du glaubst, dass du am Ende von BATTLE ISLAND mit dem Goldschatz nach Hause gehst, dann hast du dich geschni…«

»Mann, Helen!«, wurde sie da von einer Jungenstimme unterbrochen. »Wo bleibst du denn?«

Das Pärchen war in das Lokal zurückgekommen. Während das Mädchen mit dem langen hennaroten Chinesenzopf an der Tür stehen blieb, kam der Kerl auf sie zu: ein Durchschnittstyp, knapp über zwanzig, trotz einiger Pickel im Gesicht nicht mal hässlich, aber auch nicht gerade hübsch, mit adrett frisierten und säuberlich gekämmten Haaren.

Muttis Liebling, ging es Lou spontan durch den Kopf. Nur die kalten Augen des Typen wollten nicht so recht in dieses Bild passen. Ebenso wenig wie das Tattoo, das beide Handrücken schmückte: ein Spinnennetz. »Jetzt komm doch endlich«, sagte er und deutete mit dem Kopf in Richtung des Hennamädchens. »Sie hat was Wichtiges mit uns zu besprechen, Mausi.«

Mausi? Ich würde die Krise kriegen, wenn Tim mich so nennen würde! Lou hatte Mühe, ein Grinsen zu unterdrücken. Und seit wann gibt es denn blaue Mäuse?

»Ist ja gut, Spider«, gab Helen mit sanfter Stimme zurück. »Ich komm ja schon.« Sie nickte Lou und Rowan zu. »Man sieht sich.« Damit drehte sie sich um und ging zum Ausgang zurück, und in diesem Moment erinnerte sich Lou, wo sie das hennarote Mädchen – es sah Spider so ähnlich, als wäre es seine Schwester – schon einmal gesehen hatte: in der Menge der aufgebrachten NO-TV-Aktivisten – eine Abkürzung für »Not Our TV« –, die während des kindischen Tretrollerslaloms auf dem Tempelhofer Feld lautstark gegen den Sender und BATTLE ISLAND demonstriert und die Durchführung des Wettbewerbs beinahe verhindert hatten.

Das Zopfmädchen hatte damals direkt hinter Tim gestanden!

Der machte bei dem Protest natürlich ebenfalls mit und hielt eines der zahlreichen Transparente und Banner hoch, die mit unterschiedlichsten Parolen beschriftet waren: *Nein zum Konsumterror! Nein zu YOUR TV! – Seid schlau, stoppt YOUR TV! – YOUR TV macht dumm wie Sau!* Dazu skandierten die Demonstranten einen Spruch, der immer lauter über das ehemalige Flugfeld hallte: »BI mit uns nie! BI mit uns nie! BI mit uns nie! BI …«

Die vielköpfige Menge drängte immer weiter zu dem lediglich durch rot-weißes Flatterband abgesperrten Slalomparcours vor. Die von YOUR TV angeheuerten Securitymänner hatten ihre liebe Mühe, sie zurückzuhalten. Aus Furcht, sie könnten das

Casting sprengen, rief Mike Mannings schließlich die Polizei zu Hilfe. Wodurch die Lage in Windeseile eskalierte und schließlich in handgreifliche Auseinandersetzungen zwischen den Protestlern und den Beamten mündete. Am Ende waren nicht nur zahlreiche Verletzte zu beklagen – allerdings fast ausschließlich aufseiten der NO-TVler –, sondern auch Dutzende von Festgenommenen, denen nun strafrechtliche Konsequenzen drohten.

Tim war zum Glück mit heiler Haut davongekommen, hatte sich aber mächtig über die unnötige Härte der Polizisten aufgeregt. »Die sind auf uns losgegangen, als wären wir Terroristen. Dabei haben wir nur unsere Meinung zum Ausdruck gebracht.«

Lou zielte gerade mit dem dritten Dart auf die Scheibe, als sie plötzlich zwei Hände auf ihren Schultern spürte. Mit einem unterdrückten Schreckenslaut fuhr sie herum, entspannte sich aber im gleichen Moment schon wieder. »Tim!«, begrüßte sie ihren Freund und drückte ihm einen Kuss auf die Lippen. »So früh habe ich gar nicht mit dir gerechnet.«

»Habe ich gemerkt«, gab er trocken zurück. »Du bist zusammengefahren, als würde ein Zombie nach dir greifen.«

»Stimmt doch auch, oder?«, antwortete sie augenzwinkernd, wurde aber gleich wieder ernst. »Weißt du, wie sie heißt?«

»Ich verstehe nicht.« Tim verzog überrascht das Gesicht. »Wen meinst du?«

»Das Mädchen mit den hennafarbenen Haaren, das eben aus dem Lokal gegangen ist. Und auf dem Tempelhofer Feld direkt hinter dir stand!«

Tim zuckte mit den Schultern. »Keine Ahnung, von wem du sprichst. Ich kann mich an kein ›Hennamädchen‹ erinnern. Weder vor dem ›Cave‹ noch auf dem Tempelhofer Feld.«

»Merkwürdig«, sagte Lou, und ihre Miene drückte Zweifel aus.

»Was ist daran denn merkwürdig?«, erwiderte Tim leicht verstimmt. »Ich kann doch nicht jeden kennen, der bei uns mitmacht. Zum Glück werden wir immer mehr! Und auf dem Weg zum ›Cave‹ habe ich auch kein Mädchen mit roten Haaren gesehen.«

»Dann wirst du sie wohl knapp verpasst haben«, mischte sich Rowan ein. Er hasste Missstimmungen jeder Art und lenkte deshalb rasch vom Thema ab, indem er beiden einen Kaugummi anbot: »Möchtet ihr nicht vielleicht doch …?« Als er ihre ablehnenden Mienen sah, gab er sich allerdings rasch geschlagen. »Dann eben nicht«, sagte er resigniert und blickte Tim an. »Was ich dich die ganze Zeit schon fragen wollte: Kommst du eigentlich auch mit nach London zur Endausscheidung? Du kannst gerne bei uns wohnen. Pa ist dann zwar auch in der Stadt, aber wie ich ihn kenne, so gut wie nie zu Hause. Ich habe unsere Riesenwohnung dann praktisch ganz für mich alleine. Du müsstest also nur dein Flugticket zahlen. Lous Anreise und ihr Hotelzimmer übernimmt ja der Sender.«

»Also, ich weiß nicht.« Das Angebot kam für Tim wohl ziemlich überraschend. »Aber vielleicht ist das gar keine so gute Idee. Ich würde Lou wahrscheinlich nur ablenken. Und das kann sie am allerwenigsten brauchen, wenn sie sich für BATTLE ISLAND qualifizieren will. Auch wenn ich die Show total daneben finde, drücke ich ihr natürlich ganz fest die Daumen, dass sie das auch schafft.«

»Das wollte ich dir auch geraten haben!«, sagte Lou und drohte ihm spielerisch mit dem Finger. »Sonst besorge ich dir zur Strafe nämlich eine Wildcard für BATTLE ISLAND – ganz egal, ob dir das passt oder nicht!«

Battle Island, Azoren. Camp am Lagoa Azul.
Tag neun: Samstag, 13. August 2022, 05:48 Uhr.

Lou wurde viel früher wach als sonst. Fiepsi piepste nämlich so herzzerreißend, als stünde er unmittelbar vor dem Hungertod.

»Wirst du wohl leise sein«, schimpfte sie den kleinen Vogel. »Wenn du die anderen weckst, garantiere ich für nichts!« Angesichts der üblen Streiche, die Poppy und Leonie gespielt worden waren, meinte Lou das durchaus ernst. Daniel würde dem jungen Priolo, ohne mit der Wimper zu zucken, den Hals umdrehen, da war sie sich absolut sicher. Und Jean-Luc und Sophie ganz bestimmt auch!

Lou richtete sich auf und beugte sich nach vorne, um die Tüte mit den Wildsamen aus ihrem Seesack zu holen. Dabei schwang ihre Halskette nach vorne und verhakte sich in einem Zweig. Als sie sie behutsam wieder löste, blitzte das Broken Heart im ersten Morgenlicht hell auf.

Was Tim wohl gerade macht?, schoss es ihr sofort durch den Kopf. Ob er mich genauso vermisst wie ich ihn? Die Sehnsucht nach ihm wurde urplötzlich so riesengroß, dass sich ihr Magen zusammenzog und sie ein heißkalter Schauer überrieselte.

Während sie eine Handvoll Samen auf den Boden streute, flüsterte sie Fiepsi leise zu: »Es wird höchste Zeit, dass du wieder richtig fliegen kannst. Sonst bin ich nur noch damit beschäftigt, Futter für dich zu sammeln, und komme gar nicht mehr dazu, nach dem Schatz zu suchen. Dafür bleiben mir doch nur noch zwei Tage!«

Dabei kannte sie das Versteck schon ziemlich genau. Oder vielmehr die Buchstabenkombination des zweihundertfünfzig mal zweihundertfünfzig Meter großen Flurstücks, in dem die Schatzkiste versteckt war. Master Bob hatte Battle Island nämlich in rund vierhundert Abschnitte von exakt dieser Größe aufgeteilt – natürlich nur auf der Karte und nicht in der Realität! – und durch jeweils unterschiedliche Kombinationen der Buchstaben a, b, c und d gekennzeichnet. Da diese in vierundzwanzig unterschiedlichen Reihenfolgen angeordnet werden konnten, gab es auf der Insel somit sechzehn Quadrate, die als Schatzversteck infrage kamen. Und obwohl Lou – dank Elenas Hilfe! – die richtige Kombination bereits kannte, hatte sie es nicht geschafft, alle entsprechenden Areale gründlich abzusuchen. Sie umfassten nämlich nicht nur rund eine Million Quadratmeter, sondern waren auch über die gesamte Insel verstreut. Es war also schlichtweg unmöglich, sie allesamt zu überprüfen.

Genau das hatte Master Bob mit seinem raffiniert ausgeklügelten System nämlich beabsichtigt: dass mit jedem Hinweis, den der Sieger eines *Battles of the Day* gewann, das mögliche Versteck zwar mehr und mehr eingegrenzt wurde, das richtige Quadrat allerdings erst am allerletzten Tag, am *Judgement Day,* herausgefunden werden konnte! In erster Linie von denen, die ausreichend Hinweiskärtchen gesammelt hatten. Doch selbst die, die nur eine Karte besaßen oder gar keine, hatten immer noch eine Chance auf einen *Lucky Punch*. So bezeichnete Bob nämlich den durchaus möglichen, wenn auch eher unwahrscheinlichen Fall, dass jemand den Schatz rein zufällig entdecken würde. Oder weil er einen Konkurrenten mit mehreren Hinweisen einfach still und heimlich im Auge behalten hatte, die richtigen Rückschlüsse aus dessen Verhalten zog und ihm bei der Entdeckung des Goldes deshalb zuvorkam. Ähnlich einem aussichtslos zurückliegenden Boxer, der seinen weit überlegenen Gegner rein zufällig doch noch ausknockt – mit einem Lucky Punch eben!

Lou blickte auf die Uhr: Es war kurz nach halb sieben und alle anderen lagen noch im tiefen Schlaf. Sie war nicht zum Lagerdienst eingeteilt, weder zum Wasserholen noch zum Feueranzünden oder Frühstückmachen, und so blieb ihr bis zum Frühstück noch jede Menge freie Zeit. Die sie nicht vertrödeln, sondern nutzen sollte! Zum Beispiel, indem sie ein Kartenquadrat in der Nähe des Hafens genauer in Augenschein nahm, das als Schatzversteck infrage kam. Außerdem konnte sie bei der Gelegenheit auch bei dem kleinen Gebäude nahe der Anlegestelle vorbeischauen, in dem die vier Securitytypen untergebracht waren. Der gerade Wachhabende würde bestimmt nicht ahnen, was sie mit ihren harmlos klingenden Fragen bezweckte, und ihr mit seinen Antworten vielleicht weiterhelfen.

Lou überlegte kurz, ob sie ihren Bogen mitnehmen sollte, entschied sich dann aber doch dagegen. Von den Securitymännern hatte sie genauso wenig zu befürchten wie von ihren noch immer tief schlafenden Mitspielern. Und zum Jagen hatte sie weder Lust noch Zeit.

Das Flurstück, das sie genauer unter die Lupe nehmen wollte, lag, verdeckt durch wild wucherndes Gebüsch und mannshohe Sträucher, auf einem sanft ansteigenden Geländestück rund fünfhundert Meter oberhalb des Hafens. Zu ihrer Verwunderung war es von einem niedrigen Maschendrahtzaun begrenzt, der offenbar seit Langem verrostet und an vielen Stellen durchlöchert war. Sie war kaum darübergestiegen, als sich die Erklärung für die Einzäunung auch schon offenbarte: Die Armee hatte das Gelände offensichtlich als Müllhalde benutzt! Berge von Flaschen, Konservendosen, Plastikverpackungen und jede Menge anderer Abfall waren kreuz und quer und ohne jedes erkennbare System darauf verteilt und trotzten standhaft dem Verfall. Es war doch schon eine Weile her, seit die Streitkräfte Battle Island geräumt hatten – und dennoch zeugten ihre wenig appetitlichen und zum Himmel stinkenden Hinterlassenschaften noch immer von der Ignoranz und der Gedankenlosigkeit, mit der die Menschen mit der ihnen anvertrauten Erde umgingen.

Als ob sie eine zweite im Kofferraum hätten!, wie ein kluger Kopf schon vor Jahren resigniert geklagt hatte.

Der übelkeiterregende Gestank und die Schwärme fetter schwarzer Fliegen, die den Müll als reich gedeckte Futterkrippe nutzten, ließen Lou zurückschrecken. Als sie dann auch noch die Ratten entdeckte, die zwischen den Abfallbergen umherhuschten, hätte sie am liebsten auf der Stelle die Flucht ergriffen. Ein Gedanke, der wie aus dem Nichts in ihr aufstieg, hielt sie allerdings davon ab: Eignete sich eine Müllhalde nicht perfekt als Versteck für einen Schatz? Weil schon der bloße Anblick die meisten so sehr ekelte, dass sie auf der Stelle kehrtmachen würden? Und weil es jede Menge Möglichkeiten gab, die Kiste unter dem achtlos verstreuten Unrat zu verbergen, ohne auch nur die geringsten verräterischen Spuren zu hinterlassen? Sollte das Gold tatsächlich hier versteckt sein, dann war das ziemlich gemein von Master Bob.

Geradezu widerlich!

Lou verfluchte den Showrunner innerlich und konnte das hämische Grinsen förmlich vor sich sehen, das sich bei diesem Einfall bestimmt auf sein Gesicht gelegt hatte. Bob liebte es, andere zu quälen, das hatte er in den letzten Tagen eindeutig bewiesen. Hatte er die Kiste vielleicht sogar selber unter dem Abfall verbuddelt? Oder hatte er irgendwelche Hilfskräfte mit der schmutzigen Arbeit betraut? Andererseits hatte Mike behauptet, der Showrunner sei der Einzige im gesamten Team, der das Versteck des Schatzes kannte. Und aus welchem Grund hätte Mike sie belügen sollen? Wie auch immer – auch wenn schon der bloße Gedanke Lou über die Maßen ekelte, blieb ihr wohl nichts anderes übrig, als die Müllhalde eingehend zu durchsuchen.

Wenn sie wenigstens Handschuhe dabeigehabt hätte! Aber vielleicht tat ein langer Stock es ja auch? Damit könnte sie den Abfall durchwühlen, ohne sich die bloßen Hände schmutzig zu machen.

Lou blickte sich um und hielt nach einem geeigneten Ast oder Zweig Ausschau, als sie durch das lichte Geäst eines Busches plötzlich ein Boot bemerkte. Es passierte gerade die schmale Einfahrt zur Bucht und hielt auf die kleine Anlegestelle zu, an der eine einsame, vom Wind zerzauste Fahne mit dem Logo von YOUR TV gehisst war. Das Motorboot war nicht besonders schnell und auch nicht besonders groß und noch viel zu weit entfernt, um die Besatzung des Ruderstands oder das Zeichen an der Bordwand genau zu erkennen. Obwohl… Lou bog die Äste ein wenig zur Seite und kniff die Augen zusammen, um besser sehen zu können… sah es nicht ganz so aus, als würde es sich um einen… Wal handeln? Und plötzlich war Lou sich ganz sicher: Ja klar, natürlich war es ein Wal! Die Azoren waren doch für ihre zahlreichen Whale-Watching-Reviere bekannt. Viele Touristen besuchten die Inseln nur deshalb, um die mehr als zwanzig verschiedenen Arten der majestätischen Meeressäuger in ihrer natürlichen Umgebung zu beobachten. Möglicherweise hatte das Boot ein Problem, welcher Art auch immer, und suchte nun Zuflucht im Hafen, um es zu beheben? Was nur vernünftig war: Der Wind hatte nämlich mächtig aufgefrischt, und auf dem offenen Meer herrschte so starker Seegang, dass die Wellen schon ein gutes Stück vor der Küste wild schäumend brachen.

Lou hatte sich schon wieder abgewandt, als sie doch noch Verdacht schöpfte: Wie kam ein Whale-Watching-Boot eigentlich zu so früher Stunde nach Battle Island? Die nächste Insel mit einer entsprechenden Station war São Miguel. Aber São Miguel war eine gute Hubschrauberstunde von Battle Island entfernt. Mit einem Boot dauerte die Fahrt noch um ein Vielfaches länger, sodass es bereits mitten in der Nacht hätte aufbrechen müssen. Aber welcher Tourist würde das auf sich nehmen? Und dafür auch noch bezahlen?

Andererseits: Auf der Bordwand war zweifelsohne ein Wal abgebildet, ein Pottwal ganz offensichtlich. Mittlerweile war das Boot nämlich mit leise tuckerndem Motor so nahe herangekommen, dass Lou auch den danebenstehenden Schriftzug problemlos lesen konnte: AVENTURA WHALE WATCHING ACORES.

Seltsam, äußerst seltsam!

Neugierig geworden, stieg sie über den Zaun, schlich zu einem gut fünfzig Meter entfernten Baum und suchte hinter dem dicken Borkenstamm Deckung, um das Geschehen unten im Hafen besser beobachten zu können.

Der Wachhabende war inzwischen wohl ebenfalls auf das näher kommende Boot aufmerksam geworden. Oder es hatte ihn vorher angefunkt und sein Kommen angekündigt. Das Gewehr auf dem Rücken, stand er seelenruhig neben dem vor dem kleinen Hafengebäude parkenden E-Kart am Kai und wartete darauf, dass es anlegte und festmachte.

An Deck des Schiffes hatte sich inzwischen eine knappe Handvoll Gestalten eingefunden. Eine davon warf dem Securitymann ein Tau zu, das der geschickt auffing und an einem Eisenpoller festmachte. Da erst erkannte Lou, dass die Gestalten an Bord allesamt schwarze Kampfanzüge und ebensolche Sturmhauben trugen, die ihre Gesichter komplett verdeckten.

Lou zuckte erschrocken zusammen. Was zum Teufel hatte das zu bedeuten? Täuschte sie ihre Erinnerung, oder waren diese Typen nicht genauso gekleidet wie die Gruppe, die bei der Party in London für diesen spektakulären Zwischenfall gesorgt hatte? Waren sie tatsächlich gekommen, um die damals ausgesprochene Drohung wahr zu machen?

London. Westminster. »Royal Palace«. Ballsaal.
Wochen zuvor: Freitag, 17. Juni 2022, 20:22 Uhr.

Das »Royal Palace«-Hotel lag dicht am Themseufer in unmittelbarer Nähe des Big Ben und der Houses of Parliament. Als Lou den Bankettsaal betrat, in dem die große Party anlässlich der Endausscheidung abgehalten wurde, wimmelte es darin von Menschen. YOUR TV hatte dazu natürlich nicht nur die dreißig Jugendlichen eingeladen, die sich in den Vorcastings ihrer Heimatländer qualifiziert hatten, sondern auch jede Menge weiterer Gäste: Freunde des Senders, hochrangige Persönlichkeiten aus Politik, Wirtschaft und Kultur, Vertreter der Werbekunden und ihrer Agenturen und natürlich auch Prominente aller Art. Im Gegensatz zu Lou waren sie offensichtlich alle pünktlich gewesen. Dummerweise war der Flieger aus Berlin mit erheblicher Verspätung in London gelandet. Der Fahrer, der sie vom Flughafen abholen und zum Hotel bringen sollte, hatte deshalb schon aufgeben und ohne sie in die City zurückfahren wollen. Zum Glück konnte Lou ihn gerade noch in letzter Sekunde auf sich aufmerksam machen. Der Feierabendverkehr in der britischen Metropole war noch um einiges chaotischer als der in Berlin und so kamen sie inmitten der sich durch die Straßen wälzenden Autokolonnen nur im Schneckentempo voran.

Als Lou im Hotel ankam, war es bereits nach zwanzig Uhr. Die Party hatte also vermutlich schon begonnen. In fliegender Eile hastete sie auf ihr Zimmer, dessen Chic und Komfort einem Fünfsternehaus absolut angemessen waren. Durch das Fenster konnte sie das London Eye sehen. Doch Lou kam weder dazu, das mächtige Riesenrad am anderen Themseufer noch ihre luxuriöse Bleibe gebührend zu bestaunen. In größter Hast machte sie sich ein wenig frisch und schlüpfte dann in das Cocktailkleid, das sie eigens für die Party gekauft hatte. Dabei hatte ihre Mutter sie eigentlich zu einem Abendkleid überreden wollen. Aber das war Lou dann doch ziemlich übertrieben erschienen. Sie hatte sich deshalb für das knapp knielange marineblaue Chiffonkleid mit dem Collierkragen und der gerafften Taillenpasse entschieden, das ihr beim Betreten der Boutique sofort ins Auge gestochen war. Es harmonierte farblich geradezu perfekt mit dem seidigen Schwarz ihrer Haare und passte auch noch wie angegossen.

Erst jetzt im Hotel fiel ihr allerdings auf, was sie beim Einkauf übersehen hatte: Es war alles andere als einfach, den Reißverschluss auf dem Rücken alleine zu schließen!

Wie blöd, dass Tim nicht mitgekommen ist, dachte sie unwillkürlich. Seine Hilfe könnte ich jetzt gut gebrauchen! Und später beim Ausziehen natürlich auch!, fiel ihr plötzlich ein, und sie musste grinsen.

Zum Glück war sie überaus gelenkig. Es bedurfte nämlich einiger ziemlich akrobatischer Verrenkungen, bis sie es schließlich geschafft hatte. Mehr notdürftig als perfekt steckte sie ihre schulterlangen Haare hoch und legte dezentes Make-up auf. Dann eilte sie hinunter ins Erdgeschoss, wo im Bankettsaal die große Party stieg. Obwohl sie eine halbe Stunde zu spät dran war, hatte der offizielle Teil der Veranstaltung zu ihrer Verwunderung allerdings noch immer nicht begonnen.

Aus unsichtbaren Lautsprechern tönte leise Musik – Softrock und aktuelle Hits. Die Partygäste – mehr als zweihundert, wie Lou auf den ersten Blick schätzte – standen alleine, zu zweit oder in größeren Grüppchen zusammen, die einen unsicher und gelangweilt dreinblickend, die anderen angeregt plaudernd. Wieder andere schienen sich vornehmlich für die Drinks zu interessieren, die von den emsigen und mit voll beladenen Tabletts umherwuselnden Servicekräften angeboten wurden. Und natürlich waren auch jede Menge Presseleute, Fotografen und Kamerateams anwesend, um das fröhliche Treiben in Wort, Ton und Bild festzuhalten.

Nachdem Lou sich ein Glas Wasser gegriffen und ihre trockene Kehle befeuchtet hatte, spähte sie aufmerksam in die Runde. Zu ihrer Erleichterung hatte sie mit der Wahl ihrer Garderobe absolut richtiggelegen: So etwas wie einen einheitlichen Dresscode schien es nämlich nicht zu geben. Klar, die meisten älteren Gäste – und solche waren weit zahlreicher vertreten als Leute in Lous Alter – trugen die allgemein übliche Abendgarderobe: Abend- oder Ballkleid die Damen; Dinnerjacket, dunkle Hose, weißes Hemd und Fliege die Herren. Das Outfit ihrer Konkurrenten dagegen war genauso unterschiedlich wie die zehn europäischen Länder, aus denen sie stammten: Die einen hatten sich extrem aufgedonnert und stachen auf Anhieb ins Auge. Andere waren eher zurückhaltend und unauffällig, aber durchaus festlich gestylt, während einige wenige in ihren Alltagsklamotten, also in Jeans, T-Shirts, Pullis, Lederjacken und Sneakers, durch den Bankettsaal streiften.

Tim hätte das wahrscheinlich genauso gemacht, überlegte Lou. Er hasst doch Vorschriften und Zwänge aller Art und legt keinen Wert auf förmliche Kleidung!

Leicht wehmütig über die Abwesenheit ihres Freundes blickte Lou sich um und hielt nach bekannten Gesichtern Ausschau. Mike Mannings war doch mit Sicherheit unter den Gästen! Und Rowan, der vor einer Woche in seine Heimatstadt zurückgekehrt war, hatte ihr beim letzten Telefonat ausdrücklich versichert, dass er ebenfalls da sein würde. Genau wie die beiden anderen deutschen Teilnehmer der Endausscheidung, die Lou in Berlin kennengelernt hatte: Daniel Michaelis aus München und Ayshe Tayfun aus Köln. Daniel war ein arroganter Kotzbrocken und der Sohn eines weithin bekannten Schönheitschirurgen, der bereits die Hälfte der europäischen Prominenz unter seinem Skalpell gehabt hatte und mittlerweile selbst in Hollywood begehrt war. Ayshe dagegen war ihr auf Anhieb sympathisch gewesen. Doch obwohl Lou angestrengt in alle Richtungen spähte, konnte sie im bunten Gewimmel der Menge keinen von beiden entdecken.

Die Deko vor der Stirnseite des Saales war dagegen gar nicht zu übersehen: Unmittelbar vor einem erhöhten und von zwei übermannshohen Hanfpalmen flankierten Rednerpult badete die aus den seit Wochen unablässig über die Bildschirme flimmernden Ankündigungstrailern bekannte Piratenschatztruhe im Licht gleißend heller Scheinwerfer. Die darin aufgestapelten Goldbarren strahlten und funkelten wie ein verlockender Schatz aus Tausendundeiner Nacht. Darum herum hatten sich vier ebenso hünenhafte wie finster dreinblickende Securitymänner aufgebaut. Allein ihr durch Bodybuilding gestähltes Äußeres ließ sie schon so abschreckend wirken, dass sie auf Waffen ganz offensichtlich verzichten konnten. Aber vielleicht steckten ihre Pistolen ja auch in eng an den muskulösen Körpern getragenen Halftern, die ihre dunklen Anzugsjacken verbargen?

Während Lou noch darüber nachdachte, hörte sie eine Stimme neben sich: »Hola, du nimmst wohl auch an der Endausscheidung teil?« Als sie sich umdrehte, erblickte sie eine junge Frau, vielleicht ein oder zwei Jahre älter als sie, mit pechschwarzen Haaren, strahlend schwarzen Samtaugen im sanft gebräunten Gesicht. Sie trug ein schlichtes schwarzes Kleid und lächelte Lou freundlich an.

»Stimmt«, antwortete Lou. »War aber auch nicht allzu schwer zu erraten. Außer uns dreißig Bewerbern gibt es hier im Saal ja kaum jemanden unter zwanzig.«

Die Schwarzhaarige verzog anerkennend das Gesicht. »Du bist klug – und hübsch noch dazu!« Sie deutete auf Lous Kleid. »Das steht dir gut. Sehr gut sogar!«

»Vielen Dank. Das Gleiche kann ich auch von dir sagen.«

»Schmeichlerin!«, wehrte die andere lächelnd ab und streckte ihr die Hand entgegen. »Ich bin Elena und komme aus Barcelona. Und du?«

»Ich heiße Louisa, Lou für meine Freunde, und lebe in Be…«

In diesem Moment kam im Saal Hektik auf: Ein Pulk aus Fotografen und Kamerateams stürmte zum Eingang und baute sich erwartungsvoll davor auf. Lou wunderte sich noch darüber, als das zweiflügelige Portal auch schon aufschwang und den Blick auf zwei Männer in eleganten Anzügen freigab: auf Rupert Gleason, den Boss von YOUR TV, und Mike Mannings. Sie blieben beide mit einem charmanten Lächeln stehen, um den Fotografen und TV-Leuten die Gelegenheit zu geben, sie in aller Ruhe abzulichten und zu filmen.

»Alle Achtung: Pa weiß seine Enttäuschung gut zu verbergen!«, drang da eine bekannte Stimme an Lous Ohren – Rowan Mannings hatte sich Elena und ihr unbemerkt genähert.

»Enttäuschung?«, wunderte sie sich, nachdem sie Rowan – natürlich mit dem üblichen *Fruity Vitamines Gum* im Mund! – zur Begrüßung freudestrahlend umarmt und ihn mit Elena bekannt gemacht hatte. »Wieso denn Enttäuschung?«

»Weil Jennifer Lawrence ihm nach wochenlangem Verhandeln doch noch abgesagt hat, deshalb.«

»Oh«, sagte Lou ehrlich enttäuscht. Schließlich hätte sie den viel umjubelten Hollywoodstar gerne einmal persönlich zu Gesicht bekommen. »Tut mir wirklich leid für ihn.«

»Das muss es nicht.« Rowan winkte ab. »Er hat sich bestimmt etwas anderes einfallen lassen, um die erhoffte Publicity zu bekommen.«

Die schrillen Töne einer aus den Lautsprechern dringenden Rückkopplung verschluckten ihre Antwort. Lou richtete den Blick nach vorne und sah, dass Gleason und Mannings inzwischen den Platz hinter dem oberhalb der Schatzkiste postierten Pult eingenommen hatten. Ganz offensichtlich wollten sie die Partygäste begrüßen.

Während das Saallicht gedimmt wurde und das Gold in der Schatzkiste umso heller strahlte, ebbte das allgemeine Gemurmel ab. Alle Blicke richteten sich auf die beiden durch ein Spotlight in helles Licht getauchten Männer, die mit selbstbewusstem Lächeln warteten, bis fast absolute Stille eingekehrt war. Dann beugte Gleason sich nach vorne und klopfte ganz sacht aufs Mikrofon – *klopf-klopf-klopf!*, hallte es durch den Raum.

»Guten Abend, werte Gäste, liebe Freunde, meine Damen und Herren«, tönte seine einschmeichelnde Stimme aus den Lautsprechern. »Es ist mir eine große Freude und Ehre zugleich, Sie alle im Namen von YOUR TV begrüßen zu dürfen. Wir wollen gemeinsam ein einzigartiges Ereignis feiern, das schon in wenigen Wochen die Menschen in ganz Europa entzücken und begeistern wird, nämlich unsere große Jubiläumsshow BATTLE ISLAND!«

Von allen Seiten brandeten stürmischer Beifall, Bravorufe und zustimmende Pfiffe auf, als wollte es die jubelnde Menge ins *Guinness-Buch der Rekorde* schaffen.

Obwohl sichtlich geschmeichelt, hob Gleason die Hände, um den allgemeinen Begeisterungssturm zu dämpfen. Mit Erfolg, denn augenblicklich kehrte wieder Ruhe ein. »Danke, vielen Dank. Ich übergebe nun das Wort an den Mann, der die Idee für diese ebenso aufregende wie sensationelle Show hatte – an meinen alten Freund und Partner Michael Mannings!« Unter dem erneut aufbrandenden Beifall deutete er auf Mannings, der sich lächelnd verbeugte, ans Mikrofon trat und die Menge mit Gesten aufforderte, den Jubel etwas zurückzufahren.

»Danke, vielen Dank«, sagte er schließlich. »Es mag Sie vielleicht überraschen, aber ich werde heute nicht ein einziges Wort über unsere Show verlieren. Auch wenn Sie ausnahmsweise schon etwas älter als zwanzig sein sollten...« Begleitet von selbstironischem Gelächter blickte er schmunzelnd in die Runde. »... können Sie BATTLE ISLAND nämlich schon bald mit eigenen Augen auf Ihren Bildschirmen verfolgen und mit unseren zehn Kandidaten mitfiebern. Und dennoch: Bevor wir nun gemeinsam mit den dreißig jungen Leuten, die in den nächsten zwei Tagen um die Teilnahme an der Show wetteifern werden, feiern und einen fröhlichen und unterhaltsamen Abend mit ihnen verbringen wollen«, sagte er gerade, als plötzlicher Lärm von draußen in den Saal drang. Michael Mannings brach überrascht ab und schaute verwundert zum Eingang.

Auch die Gäste drehten sich erstaunt um und folgten seinem Blick, als das Portal auch schon aufgerissen wurde und eine etwa dreißig Mann starke Meute auftauchte. Die Störer waren ganz in Schwarz gekleidet, hatten schwere Springerstiefel an den Füßen und drängten im Licht der jäh aufflammenden Deckenbeleuchtung in den Saal, wo sie sich rücksichtslos einen Weg durch die erschrocken aufkreischende und zur Seite weichende Menge bahnten.

Lou ahnte sofort, um wen es sich handelte: bestimmt die Aktivistengruppe NO-TV, der sich auch Tim angeschlossen und die erstmals beim Berliner Casting auf sich aufmerksam gemacht hatte!

Aber wie kamen die Protestler nach London? Und war Tim vielleicht auch dabei?

Während es unter den Gästen zu großer Unruhe kam – die ersten flohen schon durch das weit offen stehende Portal –, umkreisten die Presseleute die Eindringlinge wie ein Rudel hungriger Hyänen, machten eifrig Fotos und hielten mit den Kameras auf sie.

Die Schwarzgekleideten ließen sich dadurch nicht im Geringsten stören, sondern setzten ihre Aktion unbeeindruckt fort.

»Was soll das werden, wenn es fertig ist?«, wunderte sich Elena, während Lou mit wild klopfendem Herzen nach Tim Ausschau hielt.

Dummerweise konnte sie keinen der Aktivisten erkennen. Die in Berlin gemachten Erfahrungen – einige von ihnen waren durch Fernsehbilder identifiziert und inzwischen zu saftigen Geldstrafen verdonnert worden – hatten sie wohl klüger gemacht: Ihre Köpfe waren nämlich unter ebenfalls schwarzen Sturmhauben verborgen, die nur schmale Schlitze für die Augen frei ließen. Einige von ihnen hielten Baseballschläger in den Händen, andere an Holzstangen befestigte Transparente, die mit den bekannten Parolen beschriftet waren: *»Nein zum Konsumterror! Nein zu YOUR TV!«* Oder: *»Seid schlau, stoppt YOUR TV!«* Oder auch: *»YOUR TV macht dumm wie Sau!«* Dazu skandierten sie den gleichen Spruch, der schon in Berlin den Unmut der Boulevardpresse erregt hatte: »BI mit uns nie! BI mit uns nie! BI mit uns nie! BI …«

»Rüpelrandale gegen neue TV-Show«, hatte denn auch eine der harmloseren Schlagzeilen der Blätter mit den großen Buchstaben gelautet.

Die Eindringlinge näherten sich immer weiter der Schatzkiste und dem Rednerpult. Schon das bloße Anheben ihrer Baseballschläger genügte, um die wenigen Mutigen, die sich ihnen in den Weg stellen wollten, zu vertreiben. Die meisten Gäste aber wussten offensichtlich noch immer nicht so recht, wie sie reagieren sollten. Einige Frauen kreischten entsetzt auf und auch gestandene Männer weiteten erschrocken die Augen. Andere wiederum ließen zwar unmutige Laute hören, reckten aber dennoch die Köpfe, um das Geschehen mit unverhohlener Neugier zu verfolgen.

Auch Lou drängte näher an die Gruppe heran, um Tim vielleicht doch noch irgendwo ausfindig zu machen, als das aufgeregte Gebrabbel mit einem Mal von schrillen Pfiffen übertönt wurde.

Ob das Alarmsignale waren?

Mit einem raschen Blick zum Rednerpult erkannte Lou, dass sie richtig vermutet hatte: Die Securitymänner – sie waren tatsächlich unbewaffnet – hatten sich schützend vor der Schatztruhe aufgebaut. Dicht daneben stand eine Frau im schlichten Hosenanzug. Sie war um die dreißig, von drahtiger Gestalt und mit herben Gesichtszügen unter dem raspelkurzen Blondhaar.

»Das ist Amanda Clark, die Sicherheitschefin des Senders«, wisperte Rowan Lou ins Ohr.

Amanda Clark hatte eine Trillerpfeife im Mund, mit der sie Alarm gegeben hatte: Kaum dass die schrillen Töne verhallt waren, stürmte ein ganzer Trupp von Wachleuten mit erhobenen Gummiknüppeln durch die Eingangstür und eilte auf die Protestler zu.

Die schlossen sich sofort enger zusammen wie taktisch geschulte Krieger in einer Schlacht und warteten mit erhobenen Baseballschlägern und den Holzstangen ihrer Protestschilder auf den Angriff der Securitytruppe.

Doch dazu kam es gar nicht. Bevor die Wachleute nämlich auf die Störer einknüppeln konnten, ergriff Mike Mannings wieder das Wort: »Ruhe! Immer mit der Ruhe!«, mahnte er mit eindringlicher Stimme. »Wir sind hier zum Feiern zusammengekommen und nicht zum Prügeln! Außerdem soll niemand behaupten können, YOUR TV würde seine Gegner nicht zu Wort kommen lassen.«

Während die Securityleute jäh innehielten und im Saal überraschtes Gemurmel laut wurde – mit dieser Reaktion hatte wohl kaum einer der Gäste gerechnet –, wandte Mannings sich an die schwarz Vermummten. »Auch wenn ihr unser Hausrecht grob verletzt und gewaltsam mitten in eine ebenso friedliche wie fröhliche Party eindringt, gebe ich euch fünf Minuten, um eure Forderungen vorzutragen.« Mit erhobenem Zeigefinger beugte er sich nach vorne und musterte die Aktivisten eindringlich. »Allerdings nur unter der Bedingung, dass ihr euch danach unverzüglich zurückzieht und keinem unserer Gäste auch nur ein Haar gekrümmt wird, ist das klar?«

Die Eindringlinge gaben keine Antwort. Sie sahen einander nur an und richteten ihre Blicke schließlich auf einen ihrer Mitstreiter, der auf ihr aufforderndes Nicken hin einen Schritt aus dem Pulk heraustrat und sich an Gleason wandte.

Lou hielt den Atem an: Er hatte nicht nur die Größe, sondern auch die Statur von Tim. Als sie seine Stimme hörte, legte sich ihre Anspannung allerdings sofort wieder: Es war doch nicht ihr Freund.

»Einverstanden!«, kam es dumpf unter der Sturmhaube hervor. »Aber wir haben auch eine Bedingung, nämlich dass Sie uns danach ungehindert abziehen lassen und auf eine Anzeige verzichten. Sonst kommen wir wieder und schlagen alles zu Brei!«

Ein schmales Lächeln legte sich auf Mannings' Lippen: Offensichtlich nahm er die Drohung nicht ganz ernst. »Das ist ein bisschen viel verlangt, findest du nicht auch?«, sagte er schließlich. »Aber sei's drum, ich gebe euch mein Wort.« An die Partygäste gewandt, fügte er noch hinzu: »Das gilt auch für euch, liebe Freunde: Niemand erhebt die Hand gegen unsere ...« Wieder huschte ein Lächeln über sein Gesicht. »Äh ... ganz besonderen ›Gäste‹. Und niemand stellt sich ihnen in den Weg, verstanden?« Dann nickte er dem Anführer zu und deutete auf das Pultmikro: »Bitte – für die nächsten fünf Minuten gehört es dir. Damit auch jeder im Saal hier mitbekommt, welche absonderlichen Vorstellungen von der Fernsehwelt in euren Köpfen herumspuken.« Damit trat er zur Seite und machte Platz für den Sprecher der Demonstranten.

Der war offensichtlich gut vorbereitet auf den Auftritt und hatte seinen Text offensichtlich sogar geprobt, sodass jeder im Saal ihn klar und deutlich verstehen konnte. Das freute insbesondere die Journalisten, die sich eifrig Notizen machten, die Ansprache mit Aufnahmegräten mitschnitten oder mit der Kamera festhielten.

Da Lou die Forderungen von NO-TV längst kannte, konzentrierte sie sich lieber auf die übrigen Protestler, die mit verschränkten Armen im Pulk zusammenstanden.

Vielleicht war Tim ja doch unter ihnen? Aber hätte er dann nicht versucht, Kontakt mit ihr aufzunehmen? Oder sich ihr wenigstens durch ein Zeichen zu erkennen gegeben? Vielleicht wollte er das ja auch gar nicht? Vielleicht war es ihm peinlich, dass ausgerechnet seine Freundin an einer Veranstaltung teilnahm, die seine Gesinnungsgenossen und er aufs Schärfste bekämpften?

Andererseits sah das Tim gar nicht ähnlich. Er hielt mit seiner Meinung nämlich nicht hinter dem Berg, ganz egal, was andere von ihm halten mochten. Er stand selbst dann noch zu seiner Überzeugung, wenn er sich dadurch Probleme oder sogar Nachteile einhandelte. Weshalb sollte er da ausgerechnet seine Freundin verleugnen, die er trotz ihrer Teilnahme an BATTLE ISLAND über alles liebte? Das hatte er Lou nämlich noch einmal zärtlich ins Ohr geflüstert, als sie sich am Vorabend ihres Fluges nach London voneinander verabschiedet hatten. Außerdem hätte Tim ihr mit Sicherheit erzählt, wenn er nun doch nach London hätte reisen wollen! Auch wenn sie in Sachen YOUR TV gegensätzlicher Meinung waren, hatten sie keinerlei Geheimnisse voreinander. Und deshalb hätte Tim sie ganz bestimmt informiert. Was nur einen Schluss zuließ: Er befand sich nicht unter den Aktivisten, sondern war daheim in Berlin.

Ganz bestimmt sogar!

Als wollte sie sich das selbst bestätigen, nickte Lou mehrmals mit dem Kopf – und zuckte mit einem Mal überrascht zusammen: In der Mitte des Pulks drehte sich nämlich einer der Vermummten plötzlich zu ihr um und sah sie durch den schmalen Sehschlitz seiner Haube eindringlich an. Nur einen Wimpernschlag später hatte er sich bereits wieder abgewandt und war hinter seinem Nebenmann abgetaucht. Dennoch war Lou sich absolut sicher: Das war Tim! Seine Augen, so samtig blau und unergründlich tief wie ein traumverlorener Ozean, würde Lou unter hunderttausend anderen doch sofort erkennen!

Während sie noch wie benommen auf den schwarz vermummten Trupp starrte, bemerkte sie plötzlich, dass unter einer der Sturmhauben ein hennaroter Zopf hervorlugte: Vielleicht war das das Mädchen, das sie im Berliner »Cave« in der Begleitung von Helen und deren Freund Spider gesehen hatte?

Die nächste Aussage des Sprechers war allerdings völlig neu für Lou: »Wir fordern, dass die alleine der Massenverdummung und der Konsumverherrlichung dienende Jubiläumsshow, die zudem auf ekelhafte Weise das Konkurrenzdenken und die Geldgier befördert, unverzüglich abgesagt und aus dem Programm gestrichen wird. Darüber hinaus fordern wir, dass die ausgelobten eine Million Euro in Gold für Projekte zur Verfügung gestellt werden, die sich der Förderung benachteiligter Jugendlicher in ganz Europa verschrieben haben. Sollten diese Forderungen nicht erfüllt werden, werden wir Mittel und Wege finden, um diese widerliche Show zu torpedieren und den Bedürftigen den Preis auf andere Weise zukommen zu lassen!« Er ballte die rechte Hand zur Faust, reckte sie in die Höhe und schrie ins Mikrofon: »Seid so schlau, weg mit YOUR TV! Seid so schlau, weg mit YOUR TV!«

Und seine Mitstreiter antworteten auf die gleiche Weise: »Seid so schlau, weg mit YOUR TV! Seid so schlau, weg mit YOUR TV!« Nachdem der Wortführer das Podium verlassen und sich wieder zu ihnen gesellt hatte, traten sie gemeinsam den Rückzug an. Als sie Lou passierten, wandte sich einer von ihnen erneut ihr zu – und wieder hätte sie schwören können, dass es sich um Tim handelte. Nicht nur weil er genau die gleichen traumhaft blauen

Augen hatte, sondern weil sie seine Anwesenheit fast körperlich spürte. Auch wenn sie dafür keine Erklärung hatte.

Es war einfach so!

Zögernd hob Lou die Hand, um ihm ein verstohlenes Zeichen zu geben. Aber da wandte er sich auch schon wieder ab und näherte sich gemeinsam mit dem Pulk den wie versteinert dastehenden Securityleuten. Die musterten sie mit finsteren Mienen und machten keinerlei Anstalten, den Weg frei zu machen.

Wieder hielt Lou den Atem an. Würde die Aktion doch nicht so friedlich enden, wie Mike Mannings versprochen hatte? Würde es doch noch zu einer Knüppelorgie zwischen den Aktivisten und den Wachmännern kommen? Und vielleicht auch mit der inzwischen bereits heimlich alarmierten Polizei? Aber da gab Mannings den Uniformierten ein Zeichen, worauf die zur Seite traten und die Aktivisten ungehindert ziehen ließen. Doch erst als sich die Flügeltüren des Eingangsportals hinter ihnen schlossen, atmete Lou erleichtert auf.

Ein Glück – alles war noch mal gut gegangen!

Auch anderen Gästen war die Erleichterung über das glückliche Ende anzusehen: Ihre angespannten Mienen hellten sich wieder auf. Einige wenige allerdings machten ihrem Unmut Luft: »Diese Spinner!«, »Die sind doch nicht ganz richtig im Kopf!« oder »Ich hätte die auf der Stelle verhaften lassen«, lauteten noch einige der harmloseren Kommentare.

Der Typ, der direkt neben Lou und Elena stand, wurde sogar regelrecht ausfallend. Er war von deutlich mediterranem Aussehen und mochte vielleicht neunzehn oder zwanzig Jahre alt sein. Sein Schädel war rasiert, und er hatte eine gezackte Narbe auf der linken Wange, die ständig unruhig zuckte. »Isch 'ätte den

Typen am liebsten eine in die Fresse ge'auen!« Dem Akzent nach war er Franzose. »Wenn die versuchen sollten, die Show kaputt zu machen, dann lernen sie misch kennen, das garantiere isch!«

»Und mich ebenfalls!«, ergänzte die hoch aufgeschossene Blondine mit den stechenden grünen Augen neben ihm. Sie hatte ein schwarzes Lederband um ihr zu schmalen Cornrows geflochtenes blondes Haar geschlungen. Ein knallenges, ärmelloses Minikleid, ebenfalls aus Leder, offenbarte nicht nur ihre ansehnlichen Kurven, sondern auch die zahllosen Tattoos, die ihren athletischen Körper schmückten. Die Römersandalen, deren schwarze Lederriemen bis zur Hälfte ihrer muskulösen Waden reichten, vervollständigten das martialische Outfit, das wohl selbst Katniss Everdeen neidisch gemacht hätte. »Ich lasse mir von diesen durchgeknallten Freaks doch die Chance meines Lebens nicht kaputt machen!«

»Und was willst du gegen sie unternehmen?«, fragte Elena mit spöttischem Grinsen. »Sie in ein Straflager stecken? Oder lieber gleich hinrichten?«

Die Blonde musterte sie mit finsterem Blick. Sie setzte schon zu einer Antwort an, als sie sich doch noch anders besann: Sie zeigte Elena den Mittelfinger und formte mit den knallrot geschminkten Lippen ein lautloses, aber deutlich erkennbares »Fuck you!«, drehte sich dann um und stiefelte mit hocherhobenem Haupt davon.

»Wenn das keine überzeugenden Argumente sind!«, kommentierte Elena mit triefender Ironie und wandte sich an den Typ mit der Narbe. »Und was hast du für Vorschläge?«

»Genau!«, fügte Lou rasch hinzu, der Elenas unerschrockenes Auftreten überaus imponierte. »Das würde ich auch gerne wissen.«

»Nischt so neugierisch, meine Süßen«, antwortete der Kahlkopf mit anzüglichem Grinsen. »Isch 'ab da schon so meine Ideen. Darauf könnt ihr eure 'übschen 'intern wetten!« Er tippte mit dem Zeigefinger an eine imaginäre Hutkrempe und nickte ihnen zu. »Man sieht sisch, vermute isch mal«, sagte er noch und trollte sich.

So ein A…, dachte Lou, als Mike Mannings wieder das Wort ergriff: »Auch wenn wir diesen … äh … Showact nicht bestellt haben, hoffe ich, dass er Sie ebenso gut unterhalten und amüsiert hat wie mich!« Mit dieser Bemerkung sorgte er für allgemeine Heiterkeit. Nachdem er allen noch einen vergnügten Abend gewünscht hatte, löste sich die Anspannung. Die Gespräche kamen wieder in Gang, mehr und mehr ertönte auch fröhliches Gelächter, und das unbeschwerte Treiben nahm wieder seinen Lauf, als hätte es nicht den geringsten Zwischenfall gegeben.

Battle Island, Azoren. Hafen an der Südküste.
Tag neun: Samstag, 13. August 2022, 06:38 Uhr.

Lou wollte ihren Augen nicht trauen: Warum schöpfte der Securitytyp angesichts der vermummten Gestalten denn keinen Verdacht? Es war doch mehr als offensichtlich, dass da etwas nicht stimmte! Und dennoch verhielt er sich völlig ruhig. Mehr noch: Die ersten zwei Vermummten waren kaum von Bord gegangen, da nickte er ihnen so freundlich zu, als hätte er sie erwartet. Dann drehte er sich um und marschierte zu dem kleinen Hafengebäude, in dem seine Kollegen wahrscheinlich noch im tiefen Schlaf lagen. Wollte er den Typen in den Kampfmonturen vielleicht noch ein Willkommensfrühstück servieren? Unfassbar!

Plötzlich ging alles ganz schnell: Der Securitymann hatte sich kaum abgewendet, als die beiden Vermummten blitzgeschwind Pistolen aus den Taschen zogen und auf den Wachmann zuhuschten. Als sie die Läufe ihrer Waffen gegen seinen Rücken drückten, zuckte er wie vom Schlag getroffen zusammen, und seine Gesichtszüge erstarrten. Allerdings vermutete Lou das nur, denn so genau konnte sie seine Miene aus der Entfernung nicht erkennen. Nach einer Schrecksekunde reckte der Überrumpelte die Arme in die Höhe und ergab sich den Angreifern. Während der eine ihn entwaffnete und ihm mit einer unmissverständlichen Geste bedeutete, bloß keinen Laut von sich zu geben, drehte der andere sich zu seinen an Bord verbliebenen Kumpanen um und hob den Daumen.

Die beiden sprangen nun ebenfalls an Land. Sie trugen Sturmgewehre auf dem Rücken und hielten Maschinenpistolen in beiden Händen, von denen sie jeweils eine an ihre Komplizen weiterreichten. Dabei gaben sie keinen Laut von sich und verständigten sich nur durch Handzeichen.

Das Kommandounternehmen war offensichtlich gut geplant. Nur Sekunden später huschten drei der Angreifer durch den Eingang des schmalen Häuschens, aus dem gleich darauf ebenso dumpfe wie harsche Kommandos zu hören waren – und dann war auch schon alles vorbei: Einer der Männer kam nämlich wieder nach draußen – er hatte drei Pistolen in den Händen, soweit Lou das erkennen konnte – und forderte den dort verbliebenen vierten auf, ihm die Waffe des Wachmanns zu übergeben. Nachdem er alle vier Pistolen ins Hafenbecken geworfen hatte, nickte er seinem Kumpan zu. Der stieß seinem Gefangenen den Lauf seiner MP in den Rücken und forderte ihn auf, sich ebenfalls ins Innere des Hauses zu begeben – zu seinen drei unglücklichen Gefährten vermutlich, denen inzwischen wohl das Gleiche widerfahren war wie ihm selbst. Kurz darauf war keine Menschenseele mehr am Hafen zu sehen. Nur das Whale-Watching-Boot schaukelte einsam und verlassen am Kai auf und ab, als wartete es sehnsüchtig auf Kunden.

Lou war fassungslos. Mit weit geöffnetem Mund lehnte sie am Baum und starrte ungläubig vor sich hin. Der gesamte Überfall hatte kaum länger als dreißig Sekunden gedauert und war ihr geradezu unwirklich vorgekommen. Sie brauchte einige Zeit, um das Geschehen zu realisieren und ihre Gedanken zu ordnen.

Waren die Eindringlinge tatsächlich NO-TV-Aktivisten, wie sie im ersten Moment vermutet hatte? Durchaus möglich, auch wenn die noch nie zuvor Schusswaffen benutzt hatten. Andererseits hatten sie bestimmt herausgefunden, dass die Security den strikten Auftrag hatte, keine Unbefugten an Land zu lassen – und schon gar keine YOUR-TV-Gegner!

Wenn sie also überhaupt eine Chance haben wollten, auf Battle Island zu landen und ihre Proteste dort durchzuziehen, mussten sie sich fast zwangsläufig bewaffnen. Aber dann hätten sie ihr Kommen doch bestimmt nicht angekündigt. Und sie hätten vermutlich auch versucht, an einer anderen Stelle an Land zu gehen und nicht ausgerechnet am Hafen, wo die Security stationiert war. Auf so eine ausgesprochen dumme Idee würde doch niemand kommen, der auch nur halbwegs klar im Kopf war. Aber dass das vierköpfige Kommando weder einfältig noch unvorbereitet war, hatte ihre blitzschnelle und professionell koordinierte Aktion eindrucksvoll bewiesen.

Also doch keine NO-TVler? Aber was waren sie dann?

Und wieso hatte der Securitymann bei ihrem Anblick keinen Verdacht geschöpft, sondern so getan, als hätte er sie erwartet?

Das konnte eigentlich nur eines bedeuten: Die Eindringlinge handelten im Auftrag von YOUR TV!

Dieser Gedanke war so abwegig und unfassbar zugleich, dass Lou ein lautes »Hä?« entfuhr.

Das war doch nicht möglich, oder?

Nein, das war es tatsächlich nicht, wie Lou schon im nächsten Augenblick klar wurde: In diesem Fall hätten die Eindringlinge doch gar keinen Grund gehabt, die Securityleute zu entwaffnen und gefangen zu nehmen.

Aber das hatten sie getan, wie Lou mit eigenen Augen gesehen hatte!

Das leise Sirren eines Elektromotors stoppte das verwirrende Gedankenkarussell in Lous Kopf. Überrascht blickte sie auf und sah, dass sich ein E-Kart auf dem knapp hundert Meter von ihr entfernten Fahrweg näherte, der vom Hafen zum *Battle Village* führte. Am Steuer saß eine Frau mit raspelkurzen blonden Haaren – unverkennbar Amanda Clark, die Sicherheitschefin von YOUR TV. Sie war zusammen mit den anderen Senderleuten oben im ehemaligen Kommandeurshaus untergebracht und befand sich ganz offensichtlich auf dem Weg zu der routinemäßigen Lagebesprechung mit ihrem Securityteam.

O Mist, durchzuckte es Lou. Amanda hat doch gar keine Ahnung, was passiert ist! Ich muss sie dringend warnen, sonst tappt sie ahnungslos in die Falle und wird ebenfalls gefangen genommen.

Sie hob die Arme und machte Amanda hektische Zeichen: *Anhalten, verdammt noch mal. Sofort anhalten!*

Doch Amanda schien sie überhaupt nicht zu bemerken und setzte ihre Fahrt ins sichere Verderben unbeirrt fort.

Und da konnte Lou nicht anders: Sie stürmte aus der Deckung, lief quer über den Hang auf den Weg zu und schrie Amanda schon von Weitem entgegen: »Dreh um, Amanda, schnell! Dort unten lauert ein Kommandotrupp. Sie sind bewaffnet und haben die Security überwältigt! Fahr zurück, bevor sie dich schnappen!«

Diesmal hatte sie zum Glück mehr Erfolg. Amanda trat so heftig auf die Bremse, dass das kleine Gefährt einen erschrockenen Hopser machte und um ein Haar vornübergekippt wäre. Dabei starrte sie Lou so konsterniert an, als würde sie noch immer nicht begreifen, was die von ihr wollte.

»Worauf wartest du denn noch?«, schrie diese ihr durch den auffrischenden Wind zu. »Du musst die anderen warnen, damit sie sich in Sicherheit bringen. Wir treffen uns später am Bunker!«

Da endlich schien Amanda zu begreifen, in welch großer Gefahr sie schwebte. Vermutlich auch deshalb, weil genau in diesem Augenblick unten am Hafen zwei Bewaffnete aus dem Häuschen stürmten – wahrscheinlich hatten Lous laute Rufe sie alarmiert. Ohne jede Vorwarnung eröffneten sie sogleich das Feuer. Das dumpfe *Tock-Tock-Tock-Tock-Tock* der schallgedämpften Waffen ließ Lous Trommelfelle vibrieren.

Während Lou sich blitzschnell duckte, wendete Amanda hektisch den Kart und fuhr in Richtung *Battle Village* davon. Nach einem erneuten Feuerstoß – *tock-tock-tock-tock-tock* – richtete Lou sich auf und sprintete in die entgegengesetzte Richtung, damit ihre Verfolger sich aufteilen mussten. Womit sich die Chance verdoppelte, dass wenigstens eine von ihnen entkommen konnte.

Fast blind vor Angst hastete Lou an der Müllhalde vorbei und stürmte auf das dahintergelegene Bruchwäldchen zu. Die Projektile peitschten mit bösartigem Sirren hinter ihr her, fetzten Laub und Zweige von Büschen und Sträuchern und sprengten große Rindenstücke von den Baumstämmen. Obwohl mehrere Geschosse so dicht an ihrem Kopf vorbeizischten, dass sie den heißen Luftzug spürte, verfehlten die Schüsse ihres Verfolgers sie zum Glück ausnahmslos.

Du musst das Wäldchen erreichen, durchfuhr es sie. Damit er keine freie Schussbahn mehr hat! Außerdem war ihre Chance, dem bewaffneten Angreifer in der dschungelartigen Busch- und Strauchwildnis zu entwischen, weit größer als auf fast freiem Feld.

Von neuer Hoffnung erfüllt, hetzte Lou weiter, als mit einem Mal aus einer anderen Richtung das Feuer auf sie eröffnet wurde. Auch diese Schüsse verfehlten sie nur um Haaresbreite. Offensichtlich hatte der zweite Vermummte die Verfolgung von Amanda inzwischen abgebrochen – die E-Karts waren zwar nicht besonders schnell, aber immer noch schneller als der schnellste Mensch zu Fuß – und machte nun ebenfalls Jagd auf sie. Oder – der Gedanke schockte Lou so sehr, dass ihr Herzschlag auszusetzen drohte – er hatte Amanda Clark bereits erwischt und unschädlich gemacht.

Jeden Baum und Strauch als Deckung nutzend, rannte Lou tief geduckt weiter und erreichte wie durch ein Wunder den Saum des Waldes völlig unverletzt. Während sie in ungebremster Hast tiefer in das wild wuchernde Gehölz eindrang, wurde der Boden unter ihren Füßen immer feuchter und schwerer – wohl die ersten Vorboten des Sumpfes, der direkt hinter dem Bruchwald begann und vor dem Mike Mannings sie schon am ersten Tag so eindringlich gewarnt hatte. »Wer da hineingerät, befindet sich in größter Lebensgefahr«, hatte er gemahnt. »Selbst einige Marines sollen damals darin umgekommen sein!« Mit einem mulmigen Gefühl im Bauch hastete Lou weiter. Das Rennen auf dem matschigen Untergrund fiel ihr allerdings zunehmend schwerer. Schon bald keuchte und schnaubte sie wie ein Rennpferd auf der Zielgeraden und schnappte immer hektischer nach Luft. Wenn sie nicht schnellstens ein Versteck fand, würden die Verfolger sie mit Sicherheit erwischen!

Zum Glück waren diese noch immer nicht in Sichtweite, wie ihr ein gehetzter Blick über die Schulter verriet. Das laute Krachen und Brechen von Ästen und Zweigen, das an ihre Ohren drang, deutete jedoch darauf hin, dass sie ihr dicht auf den Fersen waren. Panik begann in ihr aufzusteigen.

Ein Versteck!, zuckte es durch ihr Gehirn. Ich brauche ein Versteck, verdammt noch mal!

Lous Augen irrlichterten so sprunghaft umher, dass sie die plötzlich aus dem Boden ragende Wurzel zu spät bemerkte. Sie stolperte im vollen Lauf und schlug der Länge nach hin. Beim Aufprall durchzuckte sie ein stechender Schmerz, als habe man ein heißes Messer in ihr rechtes Knie gerammt. So was Blödes: Sie war ausgerechnet auf den einzigen Stein gestürzt, der weit und breit herumlag. Im ersten Moment war sie unfähig, sich zu bewegen. Als der Schmerz dann etwas nachließ und sie vorsichtig die Glieder reckte, bemerkte sie, dass sie zumindest kriechen konnte.

Nur – wohin?

Die Verfolger konnten nicht mehr allzu weit entfernt sein. Ihre schmatzenden Schritte wurden nämlich immer lauter. Selbst ihre Stimmen – beide erstaunlich jung und eine kam ihr dazu noch merkwürdig bekannt vor – konnte sie schon hören: »Verdammt,

Alter! Wir müssen diese Tussi unbedingt schnappen. Damit sie die anderen nicht warnen kann!«, keuchte der eine.

Worauf der andere antwortete: »Keine Angst, Mann. In dem Sumpfwald hier kommt sie bestimmt nicht weit.«

In diesem Augenblick erspähte Lou den bis zum Rand mit schmutzig braunem Schlammwasser gefüllten Tümpel. Vielleicht fünf, sechs Meter im Durchmesser, lag sein ihr zugewandtes Ufer im Schatten einer riesigen Hortensie, die die Moderbrühe zu einem guten Teil verdeckte.

War das nicht ein tolles …

Lou hatte den Gedanken noch gar nicht zu Ende gedacht, als sie auch schon wie eine Schlange auf die Moorlache zuglitt und in voller Länge ins schlammige Wasser tauchte. Als sie den Kopf wieder daraus hervorreckte, vorsichtig und lauernd wie ein Alligator auf Beutejagd, waren Haare, Gesicht, Ohren und Schultern über und über mit einer dünnen Schlammschicht bedeckt, die die gleiche Farbe wie das Wasser aufwies. Eine geradezu perfekte Tarnung!

Lou drängte sich so dicht wie möglich an die mit üppigen roten Blüten besetzte Hortensie heran und spähte mit bang klopfendem Herzen auf das satte Grün der Sträucher und Büsche, hinter denen die Verfolger in jedem Moment auftauchen mussten.

Die ließen auch nicht lange auf sich warten. Die Waffen schussbereit in den Händen, kamen sie Seite an Seite langsam näher und scannten die Umgebung sorgfältig ab: Lou konnte die Bewegungen ihrer Augen durch die schmalen Sehschlitze in ihren Sturmhauben nämlich deutlich erkennen. Als die beiden die Hortensie schon fast erreicht hatten, wollte sie erneut untertauchen. Doch stattdessen erstarrte sie mitten in der Bewegung und blickte ungläubig auf das Tattoo auf dem Handrücken des einen Verfolgers: Es war ein Spinnennetz.

Das gleiche Spinnennetz, das sie bei Spider, dem Freund von Helen Haller, damals im »Cave« gesehen hatte!

Aber wie sollte Spider denn auf Battle Island ...?

Die beiden Vermummten hatten ihr Versteck schon längst passiert, als der mit dem Spinnennetz-Tattoo ruckartig stehen blieb und sich an seinen Kumpan wandte: »Einen Augenblick«, sagte er nachdenklich, drehte sich dann um und zeigte mit dem Gewehrlauf auf den Boden. »Was sind denn das für merkwürdige Spuren? Sieht ganz danach aus, als wäre da jemand hinter die Hortensie dort gekrochen. Hab ich nicht recht, Mann?«

O nein!

Erst jetzt fiel Lou ein, woran sie nicht gedacht hatte, nämlich dass sie beim Robben deutlich sichtbare Abdrücke im feuchten Boden hinterlassen würde!

»Klar hast du recht«, hörte sie die Antwort des anderen wie durch einen wattigen Nebel. »Los, schauen wir einfach mal nach.«

Während das ratschende Geräusch, mit dem die Verfolger ihre Waffen durchluden, wie die Ankündigung des sicheren Verderbens an Lous Ohren drang, schloss sie die Augen und ließ den Kopf sinken.

Das war's dann wohl!, dachte sie in stiller Resignation und wunderte sich selbst darüber, dass die schreckliche Erkenntnis ihr kaum Angst einjagte. Die Show ist für mich wohl zu Ende.

Dabei hatte sie doch erst vor wenigen Tagen so hoffnungsvoll begonnen!

São Miguel, Azoren. Ponta Delgada. Flughafen.
Tag null: Donnerstag, 04. August 2022, 14:07 Uhr.

Die Anreise war ziemlich beschwerlich. Von Deutschland aus gab es nämlich keine Direktflüge nach São Miguel, der Hauptinsel der Azoren. Lou musste deshalb zuerst nach Frankfurt fliegen und im Flughafenhotel übernachten. Am nächsten Morgen früh um sechs stieg sie dann in die Maschine nach Lissabon, von wo aus es nach Ponta Delgada weiterging.

Daniel Michaelis, der zweite deutsche Teilnehmer an BATTLE ISLAND, hätte den Flug um ein Haar verpasst. Als die Angestellte das Check-in beenden wollte, war er nämlich immer noch nicht am Schalter aufgetaucht. Auf Lous Bitte hin wartete sie noch ein paar Minuten und so gelangte Daniel doch noch an Bord. Die rot unterlaufenen Augen machten den Grund seines Zuspätkommens mehr als deutlich. Ohne Gruß, geschweige denn ein Wort des Dankes, ließ er sich in den Sitz neben Lou fallen – dummerweise hatte der Sender die Flüge gebucht, denn freiwillig hätte sie sich niemals neben den arroganten Arztsohn gesetzt! – und schnarchte fast während des gesamten Fluges laut vor sich hin. Zudem stank er so entsetzlich nach Alkohol, dass Lou beinahe übel wurde.

Als sie kurz vor vierzehn Uhr auf dem Flughafen von Ponta Delgada landeten, war sie nicht nur reichlich genervt, sondern auch hundemüde und völlig geschafft. Und genauso sah sie wohl auch aus.

Helen Haller, die sich mit dem restlichen YOUR-TV-Team schon seit zwei Tagen auf den Azoren aufhielt und sie am Gate in

Empfang nahm, musterte sie nämlich mit einem Blick, der genau das ausdrückte.

»Du wirst doch nicht schon vor Beginn der Show schlappmachen wollen?«, fragte sie mit hämischer Miene. »Ein, zwei Tage solltest du schon durchhalten. Sonst bekommen die Zuschauer doch gar nicht mit, was für eine Pussy du bist.«

Die rüde Anmache schien Daniel über die Maßen zu erheitern. Er grinste jedenfalls übers ganze Gesicht. Zu Lous Verwunderung war er schon wieder putzmunter. Was wohl weniger an den paar Stunden Schlaf lag als möglicherweise daran, dass er kurz vor der Landung die Flugzeugtoilette aufgesucht und dort etwas eingeworfen hatte. Das war zwar nur eine Vermutung, aber alles andere als abwegig.

Lou verspürte nicht die geringste Lust, auf Helens plumpe Provokation einzusteigen. »Danke, HH«, erwiderte sie deshalb mit einem freundlichen Lächeln. »Ich freue mich auch, dich zu sehen.«

Was Daniel sichtlich enttäuschte. »Ey!«, krächzte er im gewohnt heiseren Tonfall. »Du wirst dir das doch nicht einfach so gefallen lassen? Wenn sie mich so angemacht hätte, würde ich ihr auf der Stelle eine ballern!«

»Bitte. Tu dir bloß keinen Zwang an«, gab Lou gelassen zurück und wandte sich wieder an Helen. »Wo müssen wir hin?«

Die kleine Airportlounge, die YOUR TV gemietet hatte, war schon gut besucht. Poppy O'Casey aus Dublin und Sophie Hansen aus Kopenhagen waren genau wie Jean-Luc aus Paris und der aus seiner Heimat Jamaika nach London geflüchtete Josh Marley schon vor ihnen eingetroffen. Einen kühlen Softdrink vor sich auf dem Tisch, hockten sie in ihren Loungesesseln und beschäftigten sich jeder auf seine Weise: Josh und Jean-Luc hatten sich in ihre Smartphones vertieft, während Sophie ungeniert schmatzend auf einem Lakritz herumkaute und der lauten Musik lauschte, die aus ihren überdimensionalen Headphones wummerte. Sie erwiderte Lous Gruß genauso wenig wie Jean-Luc, der nur kurz die Brauen hochzog und sich dann wieder seinem Onlinegame widmete.

Josh dagegen, der sich schon in London als äußerst umgänglicher und fairer Typ erwiesen hatte, lächelte sie freundlich an. Dann fuhr er aus dem Sessel hoch und umarmte sie herzlich. »Cool, dich zu sehen, Lou. Hattest du einen angenehmen Flug?«

»Na ja«, sagte sie ausweichend und deutete mit dem Kopf auf Daniel, der erneut auf der Toilette verschwand. Wirkten seine Pillen schon nicht mehr? Oder musste er etwas Härteres einwerfen und hatte sich das im Flieger nur nicht getraut?

»Verstehe.« Mit einem gequälten Lachen schüttelte Josh den Kopf. »Dass YOUR TV das noch nicht aufgefallen ist! Dabei sieht doch ein Blinder, was mit Daniel los ist. Aber auf Battle Island sind Alkohol und jede Form von Drogen strengstens verboten. Ich frage mich, wie er das durchstehen will.«

»Keine Ahnung.« Lou zuckte mit den Schultern. »Vielleicht ist das ja der Grund, warum er jetzt noch einmal so richtig zuschlägt. Auf Vorrat sozusagen.«

»Als ob das was helfen würde!« Josh verzog das kaffeebraune Gesicht unter den dunklen Dreadlocks. »Das macht die Sache doch eher noch schlimmer!«

»Wahrscheinlich. Aber Daniel ist kein Kind mehr und sollte deshalb wissen, was er tut«, antwortete Lou. Im gleichen Moment sah sie aus den Augenwinkeln, dass Poppy sich in ihrem Sessel zusammenkrümmte und sich mit beiden Händen auf den Bauch fasste. War ihr übel? Musste sie sich vielleicht sogar übergeben? Augenblicklich eilte sie zu dem stämmigen Mädchen mit den feuerroten Locken und beugte sich besorgt über sie. »Was ist los, Poppy? Brauchst du Hilfe?«

»Nein, nein, geht schon«, wehrte die junge Irin rasch ab. Dabei war sie kreidebleich im Gesicht und dicke Schweißperlen standen auf ihrer Stirn. »Das … äh … das ist lieb von dir. Aber es ist nur …«

»Ja?«, fragte Lou, noch immer nicht beruhigt.

Auch Sophie blickte nun auf und musterte die Rothaarige eindringlich.

»Es ist nur mein Magen«, erklärte Poppy mit schmerzverzerrter Miene. »Der spielt immer verrückt, wenn ich fliegen muss. Aber das geht bestimmt bald wieder vorbei.«

Sophie kniff die kajalumrandeten Augen zu schmalen Schlitzen zusammen. »Das will ich doch schwer hoffen«, zischte sie. »Nicht dass du uns nachher im Hubschrauber noch alle vollkotzt, Feuermuschi!«

Der hässliche Ausdruck verschlug Lou regelrecht die Sprache. »Hast du sie noch alle?«, wies sie Sophie nach einer Schrecksekunde zurecht. »Was hat Poppy dir denn getan, dass du so widerlich zu ihr bist?«

»Reg disch ab, Chérie«, mischte sich Jean-Luc Reno mit anzüglichem Grinsen ein. »Sophie sagt nur die Wahr'eit, und das muss doch erlaubt sein, nischt wahr? Unsere Miss Paddy 'at nun mal feuerrote 'aare.« Er musterte Lou von oben bis unten, als wollte er sie mit den Augen ausziehen. »Und wie das bei dir aussieht, finde isch auch noch 'eraus!« Er streckte den Zeige- und Ringfinger der rechten Hand aus, zeigte damit zuerst auf seine Augen und anschließend auf Lou.

Sie begriff natürlich sofort, was er damit sagen wollte: *Isch be'alte disch im Auge, Chérie, merk dir das!*

Lou wollte gerade zu einer Erwiderung ansetzen, als Josh sich vor Jean-Luc aufbaute und ihn finster anstarrte. »Jetzt hör mal gut zu, Scarface ...«

Wie von einer Nadel gestochen, sprang der Franzose auf und packte Josh am T-Shirt. »Wie 'ast du misch genannt?« Seine dunklen Augen sprühten vor Zorn.

»Scarface«, wiederholte Josh ganz ruhig und hielt seinem wütenden Blick stand. »Das entspricht doch der Wahrheit – und muss deshalb erlaubt sein, nicht wahr?«

Jean-Luc antwortete nicht sofort. Während die hässliche Narbe auf seiner linken Wange unruhig zuckte, mahlte er laut knirschend mit den Zähnen.

»Was ich dir sagen wollte«, setzte Josh erneut an. »Wenn du auf Ärger aus bist, kannst du ihn haben. Aber ich fürchte, das wird deine Chancen auf den Goldschatz nicht unbedingt steigern.«

Jean-Luc musterte Josh noch für einen Moment mit finsterer Miene, dann ließ er ihn los und grinste ihn provozierend an. »Wie du meinst, Rastaman. Warten wir einfach mal ab, wer am Ende die Nase vorne 'at.«

»Ganz genau.« Josh war die Ruhe selbst. »Du nimmst mir die Worte aus dem Mund, Scarface!«

Noch ehe Jean-Luc antworten konnte, mischte sich Helen ein, die gerade zwei weitere Neuankömmlinge in die Lounge begleitete: Ruud van Dyke, den sechzehnjährigen Kaufmannslehrling aus Amsterdam, und Leonie Wimmer aus Bern, mit gerade mal fünfzehn Jahren die jüngste Teilnehmerin. Sie hatte die abgegriffene »Heidi«-Puppe in der Hand, ohne die sie nicht einschlafen konnte, wie sie Lou in London anvertraut hatte.

»Jetzt hört mir mal gut zu, ihr Testosteronbolzen«, fuhr Helen die beiden Hitzköpfe an. »Wenn ihr euch diese Machonummer nicht schnellstens abschminkt, habt ihr bei BATTLE ISLAND nicht den Hauch einer Gewinnchance.«

Jean-Luc zog überrascht die Brauen hoch. »Das wollen wir doch mal se'en, Chérie!«

»Erstens bin ich nicht dein Chérie«, erklärte HH mit finsterem Blick. »Und zweitens steht das in den Spielregeln: Wer einen Mitspieler angreift oder gar verletzt, fliegt augenblicklich raus, kapiert?«

»Schon gut, schon gut!« Jean-Luc wich einen Schritt zurück und hob beschwichtigend beide Hände. »Wird nischt wieder vorkommen.« Sein unverhohlenes Grinsen jedoch bewies, dass er das wohl selbst nicht glaubte.

»Kluges Kerlchen«, kommentierte HH dennoch mit süffisantem Lächeln. »Andererseits: Es steht nirgendwo geschrieben, dass es verboten ist, seine Mitspieler zu provozieren. Und das dürfte durchaus hilfreich sein. Weil es die Konkurrenten aus der Ruhe bringt und damit die eigenen Siegchancen erhöht. Wenn ich bei der Show mitmachen würde, wüsste ich jedenfalls ganz genau, was ich zu tun hätte.«

»Machst du aber nicht«, konnte sich Lou nicht verkneifen, »und das ist auch gut so. Also spar dir deine bescheuerten Ratschläge!«

»Du hast mir gar nichts zu sagen«, giftete HH sie an. »Du wirst schon noch erleben, dass du für einen kleinen Rat von mir mehr als dankbar wärst. Aber das kannst du vergessen, selbst wenn du mich auf den Knien darum anflehst!«

Der seltsame Unterton in ihrer Stimme alarmierte Lou. Trotz der schwammigen Formulierung hörte sich Helen nämlich ganz so an, als wüsste sie genau, wovon sie sprach. »Was meinst du damit?«, hakte sie deshalb nach.

Statt zu antworten, stellte Helen sich ruckartig auf die Zehenspitzen, reckte den Hals und schielte durch die offene Loungetür hinüber zum Ankunftsgate, aus dem jetzt die Passagiere einer vor wenigen Minuten gelandeten Maschine strömten. »Super! Dort hinten kommen auch Elena und Nicolo. Damit sind wir komplett und können endlich nach Battle Island fliegen.« Sie streckte den Arm aus. »Wir müssen zu dem Ausgang dort am Ende der Halle. Unser Hubschrauber steht gleich dahinter auf dem Rollfeld.«

Während Helen den Neuankömmlingen mit einem raschen Wink bedeutete, sich ihnen anzuschließen, stiefelten Sophie, Jean-Luc und Daniel achtlos an ihnen vorbei. Die anderen aber nickten oder winkten ihnen freundlich zu und Josh begrüßte Nicolo mit einem kräftigen Handschlag.

Lou und Elena dagegen fielen sich mit strahlendem Lächeln in die Arme und drückten sich ganz fest. »Ich freue mich ja so, dich wiederzusehen«, sagte die junge Spanierin und betrachtete sie dann eindringlich von oben bis unten. »Du siehst ja noch besser aus als neulich in London.«

»Ach, komm.« Lou winkte verlegen ab. »Jetzt übertreib mal nicht!«

»Doch, doch!«, beharrte Elena und begutachtete sie erneut mit ihren samtschwarzen Glutaugen. »Du hast wohl eifrig trainiert? Deine Muckis sind jedenfalls deutlich größer geworden. Nicht nur an den Armen, sondern auch hier!« Damit klopfte sie auf Lous Bauch, den ihr helles Top frei gelassen hatte. »Das ist ja fast schon ein Sixpack. Großzügig betrachtet, meine ich natürlich«, fügte sie breit grinsend hinzu.

»Sehr, sehr großzügig betrachtet, meinst du wohl«, gab Lou ebenfalls grinsend zurück. »Aber du hast recht: Ich habe in der Tat eifrig trainiert, sowohl auf Kraft als auch auf Kondition. Und Tim hat mich dabei fleißig unterstützt. Obwohl er seine Meinung zu BATTLE ISLAND um keinen Deut geändert hat, hat er mir zum Abschied sogar einen kleinen …« Sie deutete auf die Kette mit dem Broken Heart an ihrem Hals. »… Glücksbringer geschenkt.«

»Du bist wirklich zu beneiden!« Elena seufzte sehnsüchtig. »Von einem so tollen Freund wie deinem Timmi kann ich nur träumen!«

»Dann such dir doch endlich einen.« Lou klopfte ihr aufmunternd auf die Schulter. »Mit achtzehn wird das doch langsam Zeit! Und bei deinem tollen Aussehen dürfte das absolut kein Problem sein.«

»Das glaubst du!« Elena verzog wehmütig das hübsche Gesicht unter den pechschwarzen Haaren, die sie zu einem Pferdeschwanz gebunden hatte. »Aber du kennst meine Eltern nicht. Und insbesondere meinen Vater.«

»Wie?« Lou schüttelte ungläubig den Kopf. »Dein Vater erlaubt dir keinen Freund?«

»Das schon«, antwortete Elena mit verkniffener Miene. »Allerdings tut er dann immer so, als würden wir auf der Stelle heiraten. Und das schreckt natürlich jeden ab und hat mir bislang noch jede Beziehung vermiest.«

»Echt?« Lou schnappte vor Überraschung nach Luft. »Aber das gibt es doch ...«

»Doch, das gibt's!«, fiel Elena ihr ins Wort. »Meine Mutter war auch mit keinem anderen Mann vor meinem Vater zusammen. Und in dem kleinen Dorf, aus dem sie kommen, ist das wahrscheinlich auch heute noch so.« Wieder seufzte sie. »Und das erwartet Papa wohl auch von mir – egal ob bewusst oder unbewusst!«

»Ich fasse es nicht. Das ist ja ... vorletztes Jahrhundert!« Da erst bemerkte Lou, dass die anderen ihnen schon ein beträchtliches Stück voraus waren. »Wir müssen uns beeilen, Elena. Damit wir den Hubschrauber nicht verpassen.«

Der Heli stand kaum fünfzig Meter vom Ausgang entfernt. Die Gruppe hatte den in grellem Kanariengelb gestrichenen Blechvogel fast schon erreicht, als mit einem Mal ein alter Mann hinter einem Gepäckwagen hervortrat. Das faltig-verhärmte Gesicht von grauen Bartstoppeln überzogen und die Kleidung abgerissen und schmutzig, stellte er sich ihnen mit weit ausgebreiteten Armen in den Weg.

»Wehe euch, ihr Unglücklichen«, krächzte er mit heiserer Stimme in gebrochenem Englisch. Seine fiebrigen Augen flackerten unruhig hin und her. »Haltet ein, sonst lauft ihr in euer sicheres Verderben. Unheil wird über euch kommen und das Gold wird euch genauso zum Verhängnis werden wie all den anderen Sündern vor euch. Kehrt um, wenn ihr dem Teufel nicht in die Hände fallen wollt!«

Während Poppy O'Casey erschrocken zusammenzuckte und

sich mit leichenblasser Miene bekreuzigte, ließ Daniel Michaelis ein verächtliches Lachen hören.

»Was für ein Spinner!« Mit abfälligen Blicken schüttelte er den Kopf. »Erst früher Nachmittag – und schon sturzbesoffen!«

»Du musst es ja wissen, Mischel Sauerkraut!« Jean-Luc gab sich nicht die geringste Mühe, seinen beißenden Spott zu verbergen. »Dann pass mal gut auf, dass du nischt auch so endest.«

»Glaube ich nicht«, mischte sich auch Sophie ein. »Unser Mischel Sauerkraut richtet sich bestimmt schon vorher zugrunde!«

»Idioten«, krächzte Daniel sie an, ging auf den alten Mann zu und stieß ihn rüde zur Seite. »Verschwinde, du versoffener Penner!« Sein Stoß war so heftig, dass der alte Mann auf den harten Betonboden des Rollfelds stürzte und sich eine heftig blutende Platzwunde am Kopf zuzog.

»Spinnst du?«, schrie Lou Daniel an, während Elena sofort auf den Verletzten zueilte und ihm aufhalf. Behutsam drückte sie ein Taschentuch auf seine Wunde, um die Blutung notdürftig zu stillen. »Kommen Sie«, forderte sie ihn mit sanfter Stimme auf. »Ich begleite Sie zur Ersten Hilfe.«

»Soll ich mitkommen?«, bot Lou sich sofort an, doch Elena wehrte ab: »Nicht nötig, das schaffe ich schon alleine. Wenn du solange auf mein Gepäck aufpassen könntest?« Dann nickte sie Helen zu. »Keine Angst, ich bin gleich wieder zurück.«

HH verzog zwar das Gesicht, machte aber keinerlei Anstalten, sie aufzuhalten. »Okay, Leute«, sagte sie nur. »Wir warten am besten im Hubschrauber. Da sind wir wenigstens vor der prallen Sonne geschützt.«

Während die ersten in den Helikopter kletterten, sah Sophie

Elena und dem Verletzten mit spöttischem Grinsen hinterher. »Sieh an, sieh an, unsere Mutter Teresa. Die treibt bestimmt das schlechte Gewissen!«

»Das schlechte Gewissen?« Lou sah sie verwundert an. »Warum sollte sie ein schlechtes Gewissen haben?«

»Nur Geduld, du Herzchen«, antwortete Sophie mit Blick auf Lous Kette. »Das wirst du schon noch früh genug erfahren.«

Und da plötzlich erinnerte sich Lou wieder an die merkwürdigen Fragen, die Sophie Elena damals in London gestellt hatte. Beim Frühstück am Morgen nach der Party.

London. Westminster. »Royal Palace«. Frühstücksraum.
Wochen zuvor: Samstag, 18. Juni 2022, 08:25 Uhr.

Die Schlagzeilen der Londoner Boulevardpresse hatten es an diesem Morgen wirklich in sich: »Kriminelle Partycrasher auf Terrortour!«, schrie es von einem der Titel, während ein anderer ihn noch zu übertreffen versuchte: »Alles über die Horrorparty! Terrortrupp schockt fröhliche Feier!« Kein Wunder also, dass sich die Gespräche im Frühstücksraum des »Royal Palace« fast ausschließlich um den Zwischenfall am Vorabend drehten.

Lous Tisch bildete da keine Ausnahme. Sie saß zusammen mit Elena an einer langen Tafel, an der noch weitere Teilnehmer der Endausscheidung Platz genommen hatten. Mike Mannings, Kimberly Cohen oder Master Bob hatten sie ihr im Verlaufe des Vorabends vorgestellt. Zum Beispiel die kleine Leonie Wimmer aus Bern, die aus dem Gähnen gar nicht mehr herauskam – es war gestern wohl doch zu spät geworden für eine erst Fünfzehnjährige! Leonie war ziemlich blass um die Nase, und selbst ihre lustigen Rattenschwänzchen konnten nicht darüber hinwegtäuschen, dass es ihr an diesem Morgen nicht übermäßig gut ging. Ihre Chancen, sich für BATTLE ISLAND zu qualifizieren, schätzte Lou deshalb als nicht allzu groß ein.

Auch Daniel Michaelis kämpfte offensichtlich mit einem mächtigen Kater. Mit rot geäderten Augen und tief eingefallenen Wangen hing er wie abwesend auf seinem Stuhl und starrte ausdruckslos vor sich hin. Er aß nicht einen Bissen, sondern begnügte sich mit zwei Tassen schwarzem Kaffee, in den er literweise Zitronensaft kippte – wofür immer das auch gut sein mochte!

Schon während des Berliner Castings war Lou aufgefallen, dass mit Daniel irgendetwas nicht stimmte. Seine Stimmung und seine Laune wechselten ständig: Mal war er fahrig, unkonzentriert und missgelaunt – und nur eine Viertelstunde später wieder bester Dinge, voll bei der Sache und geradezu euphorisch. Nur eins blieb immer gleich: Daniel rastete schon bei der kleinsten Kleinigkeit aus und reagierte meist völlig überzogen. »Typisch Junkie«, lautete Tims Kommentar, als Lou ihm das erzählt hatte. Umso erstaunlicher, dass Daniel am Ende doch unter den besten drei gelandet war und deshalb jetzt auch im Frühstücksraum des »Royal Palace« hockte.

Die blonde Möchtegernkriegerin mit den Cornrows saß nicht nur am selben Tisch wie Lou, sondern ihr sogar direkt gegenüber. Sie hieß Sophie Hansen, war achtzehn und kam aus Kopenhagen, wo sie sich als Sängerin einer reinen Mädchenrockband mehr schlecht als recht durchschlug: »The Pussy Catz«. Deshalb hatte sie sich auch für BATTLE ISLAND beworben: Sie erhoffte sich von ihrer Teilnahme eine so große Popularität, dass die Musiklabels gar nicht mehr umhin kämen, ihr endlich den so heiß ersehnten Plattenvertrag anzubieten. Das nämlich hatte Rowan erzählt, der Lou eindringlich vor Sophie gewarnt hatte: »Sie weiß ganz genau, was sie will, und tut alles, um das auch zu erreichen«, hatte er ihr verraten. »Zudem gilt sie als äußerst raffiniert und durchtrieben und hat keinerlei Hemmungen, auch Gewalt anzuwenden. Vor einigen Jahren war Sophie nämlich noch als Anführerin einer berüchtigten Mädchengang unterwegs und ist dabei mehrfach mit dem Gesetz in Konflikt geraten. Nur ihrem jugendlichen Alter hatte sie es zu verdanken, dass sie nicht im Knast gelandet ist.«

»Echt?«, wunderte sich Lou. »Woher weißt du das alles?«

»Aber, Lou!« Fast schon mitleidig sah Rowan sie an. »Bist du wirklich so naiv oder tust du nur so? Du glaubst doch nicht im Ernst, dass es irgendetwas gibt, was YOUR TV nicht über euch Bewerber weiß? Zumal die meisten das völlig freiwillig preisgegeben haben. Bei YOUR JOURNAL zum Beispiel oder sonst wo im Internet. Durch die Teilnahme an irgendwelchen Befragungen, Preisausschreiben, Gewinnspielen und Ähnlichem. Oder durch den Einsatz der YOUR CARD.«

Rowan meinte die Kredit- und Bonuskarte, die YOUR TV eigens für seine Stammzuschauer aufgelegt hatte.

»Hm«, brummte Lou. »Gilt das auch für mich?«

»Darauf erwartest du hoffentlich keine Antwort?«, hatte Rowan nur vielsagend erwidert. »Aber was Sophie betrifft: Sie wird von vielen als heiße Favoritin auf den Sieg gehandelt.«

»Tatsächlich? Von wem denn?«

»Von Kimberly Cohen zum Beispiel. Oder von Rupert Gleason, dem Senderboss.«

»Und was ist mit deinem Pa?«

»Der ist der gleichen Meinung.« Rowan verzog das Gesicht zu einem bitteren Lachen. »Auch wenn er mal wieder keine Zeit hatte, mir das ausführlich zu begründen.«

Lou schaute ihn mitleidig an. »Dann hat sich also nichts geändert?«

»Nicht im Geringsten. Eher im Gegenteil!«

Sein bitterer Ton verriet Lou, dass irgendetwas nicht stimmte. »Was … äh … was meinst du damit?«

»Pa hat mir gestern eröffnet, dass unser gemeinsamer Karibiktrip nun leider doch ins Wasser fällt …«

»O nein!«, rief Lou erschrocken.

»Weil er in dringenden geschäftlichen Angelegenheiten nach Tokio muss«, fuhr Rowan fort. »Aber zum Ausgleich darf ich beim Probedurchlauf von BATTLE ISLAND dabei sein. Der findet nämlich zum gleichen Zeitpunkt direkt vor Ort statt. Danach verziehe ich mich für drei Wochen zum Inselhopping alleine in die Karibik: Tobago, Trinidad und so weiter. Damit Pa wenigstens ordentlich blechen muss, wenn er schon keine Zeit für mich hat!«

»Das ist immerhin etwas«, versuchte Lou ihn aufzuheitern.

»Stimmt.« Zu ihrer Überraschung schien sich Rowan darüber tatsächlich zu freuen. »Deshalb habe ich mich ja auch näher mit den Einzelheiten der Show beschäftigt. Und natürlich auch mit den potenziellen Teilnehmern, wie zum Beispiel Sophie Hansen.«

Lou nickte. »Verstehe.«

»Ich kann dich deshalb nur warnen«, bekräftigte Rowan mit ernster Miene. »Sei vorsichtig und nimm dich vor ihr in Acht!«

Klar würde Lou sich vor Sophie in Acht nehmen. Und vor allen anderen ebenfalls! Insbesondere vor Jean-Luc Reno, wie der Name des glatzköpfigen Franzosen mit der hässlichen Narbe lautete, mit dem Elena und sie am Vorabend zusammengerasselt waren. Der kam nämlich mit einiger Verspätung in den Frühstücksraum, steuerte ausgerechnet auf ihren Tisch zu und deutete auf den freien Stuhl direkt neben ihr. »Ist 'ier noch frei, Chérie?«, fragte er mit dem freundlichsten Lächeln der Welt und als ob er kein Wässerchen trüben könnte. Was Lou so sehr überraschte, dass sie im ersten Moment gar nicht wusste, was sie antworten sollte.

»Vergiss es, Scarface. Hier ist besetzt«, antwortete eine krächzende Stimme an ihrer Stelle: Daniel Michaelis, der Jean-Luc mit schrägen Blicken bedachte und auf den Nachbartisch deutete. »Dort drüben ist noch jede Menge Platz!«

»So ein Unsinn!«, widersprach Lou hastig und nickte Jean-Luc auffordernd zu. »Natürlich kannst du dich zu uns setzen, ist doch klar!«

»Vielen Dank, Chérie«, sagte er mit strahlender Miene. »Dann 'ole isch mir mal rasch was zum Essen.«

Während Jean-Luc auf das überaus üppige Buffet zustiefelte, beugte sich Sophie über den Tisch und sah Lou herausfordernd an. »Was ist, Chérie? Willst du dich bei ihm einschleimen? Oder hast du dich nur nicht getraut, ihn abzuweisen?«

Lou war schon versucht, mit dem gleichen stummen »Fuck you« zu antworten wie Sophie am Vorabend, ließ das dann aber doch lieber sein. »Weder noch«, sagte sie stattdessen. »Ich habe nur dafür gesorgt, dass du den passenden Tischpartner bekommst.«

Während Sophie finstere Blicke auf sie abfeuerte und sich dann wieder ihrem Frühstücksbrötchen widmete, wollte sich Elena vor Kichern gar nicht mehr einkriegen.

»Das war gut«, raunte sie Lou zu. »Sehr gut sogar! Aber sie hat es ja auch geradezu herausgefordert.«

»Stimmt. Sie soll bloß nicht glauben, dass ich Angst vor ihr habe.« Sie blickte Elena fragend an. »Du doch auch nicht, oder?«

»Nein, wieso sollte ich? Das Einzige, wovor ich Angst ha…« Elena brach ab und starrte nachdenklich vor sich hin.

»Doch nicht vor deinem Vater?«, fragte Lou überrascht.

»Nein, nein«, widersprach Elena hastig. »Ich habe nicht vor ihm Angst, sondern davor, ihn zu enttäuschen. Aber wenn sich nicht bald etwas ändert…« Den Rest des Satzes schluckte sie hinunter und starrte erneut bedrückt vor sich hin.

»Was hast du denn?« Lou fühlte plötzlich einen seltsamen Druck im Magen, als würden Elenas unausgesprochene Probleme auch sie belasten. »Jetzt sag schon.«

»Papas Firma wurde im letzten Jahr geschlossen und seitdem hat in unserer Familie keiner mehr einen Job. Mein älterer Bruder ist schon seit Jahren arbeitslos, und obwohl ich meine Ausbildung zur Erzieherin mit einem glänzenden Zeugnis abgeschlossen habe, finde auch ich keine Anstellung. Und das macht mich langsam krank.«

»Kann ich verstehen. Machst du deshalb hier mit?«

»Nicht nur deshalb«, antwortete Elena, »sondern auch weil ich merke, dass Papa zusehends enttäuscht von mir ist. Er hat doch meine Ausbildung bezahlt, und obwohl er es nicht laut sagt, erwartet er insgeheim, dass ich das wiedergutmache.«

»Das verstehe ich nicht«, wunderte sich Lou. »Wie sollst du das denn wiedergutmachen?«

»Ganz einfach: Früher, in seinem Dorf, so erzählt er immer, haben die Kinder für ihre Eltern gesorgt, wenn die nicht mehr für sich selbst aufkommen konnten. Und das erwartet er jetzt wohl auch von mir.«

»Aber das ist ungerecht!«, machte Lou ihrem Unverständnis lautstark Luft.

»Ist es nicht.« Elena schüttelte den Kopf. »Jedenfalls nicht aus seiner Sicht. Dabei habe ich schon so einiges versucht, um wenigstens an ein bisschen Geld zu kommen.« Erneut machte sie eine Pause und starrte mit zusammengekniffenen Lippen vor sich hin, bevor sie mit feucht schimmernden Augen fortfuhr: »Ich hätte es niemals getan, wenn ich einen anderen Ausweg gewusst hätte. Dabei war es nicht mehr als ein Tropfen auf einen heißen Stein und hat nicht allzu lange gereicht. Und deshalb ...«

»Schon gut!«, unterbrach Lou und legte ihre Hand auf Elenas Unterarm. »Du musst dich nicht rechtfertigen. Wir haben wahrscheinlich alle unsere Gründe, warum wir hier mitmachen.«

»Natürlich«, sagte Elena. »Ganz bestimmt sogar.« Sie wischte sich hastig über die Augen und zwang sich zu einem Lächeln. »Darf ich dich was fragen?«

Lou nickte. »Ja klar. Nur zu.«

»Deine Haare sind ja noch länger als meine. Lässt du sie eigentlich so beim Casting?«

»Natürlich nicht! Die würden mich doch nur behindern. Deshalb flechte ich mir beim Sport immer einen französischen Zopf. Und du?«

»Ich mache es so ähnlich«, erwiderte Elena. »Nur dass ich mir den Zopf dann noch um den Kopf schlinge – so, siehst du?« Sie fasste mit der rechten Hand in den Nacken, drehte mit einer geschickten Bewegung die Haare zusammen und zeigte Lou ihre Sportfrisur.

»Sieht hübsch aus. Sehr hübsch sogar!«

»Danke!« Elena ließ die Haare wieder fallen.

»Könntest du das bitte noch mal zeigen?«, meldete sich da überraschend Sophie zu Wort und betrachtete Elena mit lauernden Blicken.

»Wieso denn?«

»Einfach so«, antwortete Sophie mit undurchdringlicher Miene.

»Na schön. Wenn ich dir damit einen Gefallen tun kann«, erwiderte Elena lächelnd und zeigte die Frisur noch mal. »Zufrieden?«

»Ja, doch.« Sophie kniff die Augen zu schmalen Schlitzen. »Kann es sein, dass ich dich schon mal gesehen habe?«

»Natürlich. Gestern Abend bei der Party!«

»Das meine ich nicht, sondern vorher natürlich.« Sophie legte den Kopf schief und musterte Elena so eindringlich wie ein Kopfgeldjäger den Steckbrief eines Gesuchten. »Warst du vielleicht schon mal in Kopenhagen?«

Elena zuckte zusammen. »In Kopenhagen? Ja klar, im letzten Jahr. Ich habe eine Freundin besucht. Die ist vor zwei Jahren dort hingezogen, weil sie zu Hause einfach keinen Job gefunden hat. Vielleicht sind wir uns ja damals rein zufällig begegnet?«

»Eher unwahrscheinlich.« Noch immer ließ Sophie sie nicht aus den Augen. »Trotzdem bin ich mir ganz sicher, dass ich dich schon mal gesehen habe. Und es fällt mir bestimmt auch noch ein, wo.«

Der merkwürdige Unterton in ihrer Stimme ließ Lou vermuten, dass sie schon einen ganz konkreten Verdacht hatte. »Wo glaubst du denn, Elena schon mal …«, setzte sie deshalb an.

Doch ausgerechnet jetzt meldete sich ihr Smartphone. Ihre Mutter, wie das Display verriet. »Sorry.« Lou nickte entschuldigend in die Runde. »Aber es ist wichtig.« Sie erhob sich und ging rasch nach draußen in die Hotelhalle.

Eva kam gleich zur Sache. »Bist du okay, Lou?«, fragte sie besorgt. »Diese Brutalos haben dir doch hoffentlich nichts getan?«

Lou verdrehte die Augen. »Wie kommst du denn auf ›Brutalos‹?«

»Weil es so in der Zeitung steht! ›Gewalttätiger Mob versetzt Partygäste in Angst und Schrecken‹, steht da, und danach geht es weiter: ›Partyterror: Brutale Attacke auf BATTLE-ISLAND-Fete!‹ Du Ärmste! Du musst Höllenängste ausgestanden haben!«

»Habe ich nicht«, erwiderte Lou bestimmt. »Genauso wenig wie die anderen Gäste. Diese Pressefuzzis übertreiben mal wieder maßlos. Hier in Großbritannien genauso wie in Deutschland und wahrscheinlich auch im übrigen Europa. Das war eine völlig normale Protestaktion. Absolut gewaltlos und niemandem ist auch nur ein Härchen gekrümmt worden.«

Nachdem sie den Zwischenfall in kurzen Worten geschildert hatte, seufzte ihre Mutter erleichtert auf. »Na, Gott sei Dank. Da habe ich mir ja umsonst Sorgen gemacht!«

»Das hast du«, bekräftigte Lou und fügte im Stillen noch hinzu: Ich wünschte, das wäre umgekehrt genauso. Aber meine Sorgen um Mama sind leider mehr als berechtigt!

»War Tim denn auch mit von der Partie?«, lenkte ihre Mutter sie glücklicherweise ab.

»Keine Ahnung! Sie waren doch alle vermummt, und deshalb kann ich auch nicht sagen, ob Tim dabei war oder nicht. Falls ja, dann hat er sich mir jedenfalls nicht zu erkennen gegeben. Zumindest nicht so, dass ich es bemerkt habe.«

»Dann wird er auch nicht dabei gewesen sein«, erklärte Eva mit Nachdruck. »Aber jetzt will ich dich nicht länger aufhalten. Du hast heute doch Wichtigeres zu tun, als dich von deiner Mutter vollquasseln zu lassen. Viel Glück fürs Casting!«, fügte sie noch hinzu. »Ich drücke dir jedenfalls ganz fest die Daumen. Und Jonas natürlich auch!«

»Ich danke dir, Mama. Und meinem kleinen Bruder ebenfalls. Bestell ihm bitte schöne Grüße von mir. Und haltet die Ohren steif, bis ich wieder zurück bin, versprochen?«

»Natürlich, das machen wir!«

Nachdem Lou das Gespräch beendet hatte, steckte sie das Handy weg und starrte nachdenklich vor sich hin. Täuschte sie sich oder hatte ihre Mutter tatsächlich anders geklungen als noch am Tag zuvor? Irgendwie schwächer und stockender, als hätte sie allergrößte Mühe, die richtigen Worte zu finden. Und ihre Stimme, war sie nicht dünner und brüchiger gewesen? Möglicherweise lag das ja an der Telefonverbindung. Andererseits hatte sie während der letzten Woche häufiger mit Rowan in London telefoniert und nie entsprechende Probleme bemerkt. Was bedeuten würde, dass sich der Gesundheitszustand ihrer Mutter innerhalb kürzester Zeit verschlechtert hatte.

Vielleicht täusche ich mich ja, dachte Lou.

Aber wenn sie sich nicht täuschte? Was war dann? Mit Jonas darüber zu sprechen, hatte keinen Sinn. Er war doch erst acht Jahre alt und unmöglich in der Lage, das richtig einzuschätzen. Außerdem durfte sie ihn nicht unnötig verängstigen! Blieb eigentlich nur noch …

Kurz entschlossen zog Lou das Handy wieder aus der Tasche und wählte Tims Nummer. Nach fünfmaligem Klingeln meldete sich jedoch nur seine Mailbox mit der vertrauten Ansage. Bei seinem Festnetzanschluss verhielt es sich genauso.

Merkwürdig!

Tim hatte mit keinem Wort erwähnt, dass er nicht erreichbar sein würde. Warum ging er nicht ans Telefon?

Sollte sie vielleicht seinen Vater anrufen? Vielleicht wusste der ja, warum sein Sohn ihre Anrufe nicht beantwortete. Aber das würde Tim bestimmt als Misstrauen, wenn nicht sogar als Hinterherspioniererei auffassen und dementsprechend sauer reagieren. Also ließ sie es lieber bleiben.

Als Lou in den Frühstücksraum zurückkehrte, waren die anderen längst fertig und offensichtlich schon auf ihre Zimmer gegangen, um sich für das Casting umzuziehen. Beim Blick auf die Uhr schrak sie zusammen: Es war bereits acht Uhr fünfundfünfzig! In fünf Minuten würde der YOUR-TV-Bus vor dem Hotel abfahren und die Teilnehmer ins Studio bringen, in dem die Endausscheidung für BATTLE ISLAND stattfand. Sie musste sich beeilen, wenn sie ihn nicht verpassen wollte! »Wer zu spät kommt, ist draußen!«, hatte Master Bob sie gewarnt. »Das gilt für jeden von euch. Ohne Ausnahme!«

Lou kam gerade noch rechtzeitig. Nur ein paar Sekunden später, und der Bus wäre ohne sie losgefahren!

Zu ihrer großen Überraschung war das allerdings das einzige Mal, dass sie in London zittern musste. Das Casting verlief nämlich genauso reibungslos wie der Vorentscheid in Berlin. Die Aufgaben unterschieden sich zwar völlig von den damaligen. Dennoch bereiteten sie ihr, von einer einzigen Ausnahme abgesehen, keine allzu großen Probleme. Am Ende erreichte sie locker Platz sieben und konnte es selbst auf dem Heimflug noch immer nicht fassen, dass sie es tatsächlich in die Show geschafft hatte.

Genau wie von Mike Mannings vorausgesagt.

Und von Helen Haller merkwürdigerweise ebenfalls.

Aber auch Rowan hatte recht behalten: Sophie Hansen beendete die Endausscheidung als große Gewinnerin. Und dem Blick nach zu urteilen, mit dem sie den Siegerpokal entgegennahm, war sie fest entschlossen, diesem Sieg noch einen zweiten folgen zu lassen.

Auf Battle Island, wenn es ums Ganze ging.

Nämlich um eine Million Euro in Gold!

Battle Island, Azoren. Helikopteranflug.
Tag null: Donnerstag, 04. August 2022, 16:03 Uhr.

Battle Island lag wie eine sattgrüne Oase mitten im tiefblauen Meer. Die schier endlosen Wassermassen des Atlantiks erstreckten sich nach allen Seiten bis hin zum weit entfernten Horizont und ließen nirgendwo auch nur das kleinste Fitzelchen Land erkennen. Die Insel war annähernd quadratisch, woran auch die große Bucht an der Südküste und einige kleinere Einschnitte und fjordartige Küstenabschnitte nichts änderten. Fast exakt in der Inselmitte schimmerte ein mächtiger tiefblauer Fleck, der sich beim Näherkommen als weit ausladender See entpuppte. Dicht an seinem Nordufer lag eine kleine Halbinsel, die aus der Ferne kaum wahrnehmbar war.

Grob geschätzt hatte Battle Island einen Durchmesser von

rund fünf Kilometern. Das bedeutete, dass die Küste, rein mathematisch gesehen natürlich, etwas mehr als einunddreißig Kilometer lang war. Allerdings würde aufgrund der zahlreichen Buchten und Fjorde noch der eine oder andere Meter dazukommen.

Als der Helikopter langsam tiefer ging, konnte Lou den mit einem Kreuz markierten Hubschrauberlandeplatz erkennen. Außerdem noch einige der Gebäude, die sich an verschiedenen Stellen der Insel erhoben: ein Leuchtturm auf den Klippen an der Nordseite und etwas weiter südlich, in der Nähe des Seeufers, die Ruine einer Kirche oder eines Klosters.

Im Gegensatz zum eher felsigen Norden bestand der südliche Teil der Insel weitgehend aus sanftem Hügelland, flachen und mit üppigem Grün bewachsenen Wiesen und feucht schimmernden Marschen. Eine lagunenartige Bucht hatte sich darin eingefressen. Zwei schmale Landzungen, die lediglich Platz für eine enge Einfahrt ließen, trennten sie vom offenen Meer. In ihrem Schutz lag ein kleiner Hafen. Er bestand aus einer kurzen Kaimauer mit höchstens drei Anlegestellen, einem bescheidenen Kontor und ein paar Lagerschuppen, die ziemlich heruntergekommen aussahen. Der hoch aufragende Sendemast und der große Treibstofftank gleich neben dem Hafengebäude dagegen schienen noch einigermaßen in Schuss zu sein.

Was es mit dem einstmals wohl recht stattlichen und inzwischen ebenfalls zu einer Ruine verkommenen Bauwerk im Südwesten der Insel auf sich hatte, konnte Lou allerdings nicht erkennen. Der Hubschrauber kippte nämlich jäh zur Seite, sodass es ihrem Blickfeld entschwand, und flog eine enge Rechtskurve. Im gleichen Moment war lautes Würgen zu hören: Daniel, wie Lou mit einem raschen Blick erkannte. Kreidebleich beugte er sich vornüber, presste krampfhaft die Hände auf den Mund und war offensichtlich kurz davor, sich zu übergeben.

Sophie, die ihm direkt gegenübersaß, spritzte augenblicklich zur Seite und schrie ihn mit zornsprühenden Augen an: »Untersteh dich, du verdammte Koksnase! Lass gefälligst die Finger von dem Zeug, wenn du es nicht verträgst!«

Ihre Worte schienen wahre Wunder zu wirken. Daniel behielt seinen Mageninhalt jedenfalls bei sich und duckte sich wie ein verängstigtes Kaninchen. »T-t-tut mir leid«, stotterte er. »Ich … äh … ich muss irgendwie was Falsches gegessen haben, deshalb!«

»Gegessen, tatsächlich?« Die Ironie in Sophies Stimme war so ätzend, dass sie selbst dicksten Stahl mühelos durchdrungen hätte. »Ich würde eher sagen ›geschnupft‹ oder ›eingeworfen‹. Oder vielleicht auch ›gespritzt‹. Habe ich recht?« Sie beugte sich so weit nach vorne, dass sich ihr Gesicht direkt vor Daniels befand, und starrte ihn an, als wollte sie ihn mit ihren eisgrünen Blicken durchbohren. »Mir kann's ja egal sein. Aber wenn du so weitermachst, kannst du die Million vergessen.«

»Die braucht er doch ohne'in nischt«, mischte sich Jean-Luc ein und musterte Daniel feindselig. »Dein Alter besitzt doch eine Schön'eitsklinik und scheffelt Millionen, nischt wahr? Er 'at disch mit Sischer'eit schon längst zu seinem Nachfolger bestimmt, womit du deine Schäfschen im Trockenen 'ast! Du 'ast es doch gar nischt mehr nötisch, bei BATTLE ISLAND mitzumachen!«

»Was weißt du denn?«, giftete Daniel ihn an und verzog angewidert das Gesicht. »Du spuckst nur große Töne und hast dabei überhaupt keine Ahnung.« Dann wandte er sich ab und brütete mit finsterer Miene vor sich hin, bis der Heli auf dem Landeplatz aufsetzte. Dort wurden sie offensichtlich schon erwartet – am Rand standen nämlich eine Frau und zwei Männer zu ihrer Begrüßung bereit. Allerdings durften sie den Hubschrauber erst verlassen, als die Rotoren fast vollständig zum Stillstand gekommen waren.

Helen sprang als Erste heraus und ging allen anderen beim Aussteigen zur Hand. Da jeder ein mehr oder weniger großes Gepäckstück bei sich hatte, war das eine große Hilfe.

Sieh mal an, dachte Lou überrascht. HH ist wohl doch nicht so verkehrt, wie ich angenommen habe!

Kaum eine Minute später musste sie ihr Urteil bereits wieder korrigieren. Als sie sich nämlich bei Helen bedankte, verzog die das Gesicht und blaffte sie schmallippig an: »Bilde dir bloß nichts darauf ein! Ich mache nur meinen Job. Sonst bekomme ich nämlich Stress mit Mike, und das will ich wirklich nicht riskieren.«

»Wäre auch zu schön gewesen«, seufzte Lou enttäuscht. »Aber manche lernen es eben nie. Und du gehörst wohl auch dazu.«

»Abwarten.« HH lächelte sie grimmig an. »Am Ende wird die Ente fett. Oder hast du das immer noch nicht begriffen?«

Lou hatte nicht die geringste Ahnung, was sie damit andeuten wollte. Trotzdem ließ sie Helen kommentarlos stehen und ging rasch zu den anderen. Die hatten sich im Halbkreis um das bestens bekannte Empfangskomitee aufgebaut: Mike Mannings, der höchstpersönlich die Produktion von BATTLE ISLAND übernommen hatte, sowie Robert »Master Bob« Masterson und Kimberly Cohen.

»Willkommen auf Battle Island«, begrüßte der wie immer in einen formellen Businessanzug gekleidete Mannings sie freundlich. »Ich hoffe, ihr freut euch schon genauso sehr auf die Show, wie wir das tun.« Er nickte der Moderatorin und dem Showrunner – im Gegensatz zu ihm waren sie ziemlich leger gekleidet – auffordernd zu. »Nicht wahr, ihr beiden?«

»Aber klar doch«, antworteten die wie aus einem Munde. »Selbstverständlich!«

»Super! Genau das wollte ich hören.« Mannings strahlte wie ein kleiner Junge vor dem Weihnachtsbaum. »Obwohl es für euch erst morgen früh so richtig ernst wird, wollen wir den heutigen Tag nicht ungenutzt lassen. Deshalb mir nach, wenn ich bitten darf.« Er drehte sich um und marschierte auf eine Ansammlung ziemlich trostloser Gebäude zu. Gut hundert Meter vom Landeplatz entfernt erhoben sie sich aus dem üppig wuchernden Grün der Insel und wurden von einem hohen Turm aus Holz überragt – ein Aussichtsturm vielleicht oder was auch immer.

Erst beim Nähergehen erkannte Lou, dass es sich gar nicht um richtige Häuser handelte. Es waren vielmehr aus Holz, Pappe und Planen gefertigte Gebäudeattrappen mit leeren Fenstern und Türen, denen gelegentlich die Rückwand oder eine Seitenwand fehlte und die so an die Geisterstädte des Wilden Westens erinnerten. Eines der Häuser war allerdings doch aus festem Stein gebaut. Es stand am westlichen Ende der Ghosttown und war, obwohl sichtlich schon vor längerer Zeit errichtet, noch völlig intakt. Dicht daneben befand sich ein weiteres stabiles Bauwerk – seine Wände bestanden ganz offensichtlich aus Beton –, das nahezu vollständig in die Erde eingelassen war: ein Bunker wahrscheinlich oder etwas Ähnliches.

Während Lou noch darüber nachdachte, blieb Mannings stehen und versammelte die Gruppe um sich. »Damit ihr wisst, wo ihr euch befindet: Battle Island diente bis vor fünf Jahren der US-

Armee und gelegentlich auch der NATO als Übungsgelände für geheime Kommandounternehmen und Spezialoperationen. Die Soldaten haben auf der gesamten Insel trainiert, hauptsächlich aber hier …« Er drehte sich um und deutete auf die Gebäudeattrappen. »… in dem sogenannten *Battle Village,* wo der Häuserkampf und der Einsatz in Wohngebieten geübt wurden. Das Gebäude, vor dem wir hier stehen …« Ohne sich umzudrehen, zeigte er mit dem Daumen auf das hinter ihm stehende Haus. »… war der frühere Wohnsitz des Kommandeurs und dient für die Dauer der Show als Unterkunft für unser kleines, aber umso feineres …« Bei diesen Worten konnte er sich ein Grinsen nicht verkneifen. »… Team. Das Gemäuer stammt zwar noch aus der Zeit, in der es keine Zentralheizung gab, verfügt aber immerhin über eine Küche, ein Wohn- und ein Esszimmer, drei Bäder und mehrere Schlafräume. Wir werden hier also nicht nur unsere Mahlzeiten einnehmen, sondern auch die Nächte verbringen. Tagsüber dagegen halten wir uns fast ausschließlich im ehemaligen Kommandobunker auf.« Er deutete auf den in den Boden eingelassenen Bau. »Darin befinden sich die Räume für Schnitt und Regie und ein kleines Studio für die Moderation. Und natürlich auch die zentralen Computer- und Schaltanlagen, die die gesamte Aufnahme- und Übertragungstechnik steuern. Der Kontrollbunker ist rund um die Uhr besetzt: während der Nacht nur mit ein oder zwei Mann, aber tagsüber nahezu vom kompletten Team. Mit einer Ausnahme allerdings!« Er zeigte auf HH, die sich mit breitem Grinsen verbeugte. »Helen hält nicht nur unsere Unterkunft in Schuss, sondern ist auch für unser leibliches Wohl verantwortlich. Sie wird deshalb überwiegend im Kommandeurshaus gebraucht und hält sich nur in Ausnahmefällen im Bunker auf.« Er blickte fragend in die Runde. »Habt ihr das alles verstanden?«

Zustimmendes Gemurmel und Kopfnicken waren die Antwort.

»Schön«, erklärte Mannings daraufhin mit hintergründigem Grinsen. »Dann schaut euch das heute alles noch einmal gründlich an. Ab morgen werdet ihr es nämlich nicht mehr zu Gesicht bekommen. Weder *Battle Village*, das Kommandeurshaus noch den Kontrollbunker!«

Überraschtes Raunen war aus den Reihen der Teilnehmer zu hören, die Mike mit ungläubigen Blicken betrachteten.

»Was … was soll das heißen?«, fragte Josh schließlich.

»Ganz einfach: Für die Dauer der Show ist das ganze Areal hier für euch eine verbotene Zone, die ihr unter keinen Umständen betreten dürft. Es sei denn, wir fordern euch ausdrücklich dazu auf, zum Beispiel zu den *Home-Calls*. Oder im Falle eines ernsthaften Notfalls. Ansonsten aber habt ihr hier absolut nichts zu suchen. Wer gegen dieses Verbot verstößt, fliegt sofort raus!«

Stöhnen und Murren war aus den Reihen der Jugendlichen zu hören, was Mike nur ein belustigtes Lächeln entlockte. »Und bevor ihr auf dumme Ideen kommt: Das gewaltsame Eindringen in den Bunker ist völlig unmöglich. Und aushungern kann man uns auch nicht, denn natürlich gibt es darin auch einen kleinen Vorrat an Proviant.«

»Aber sonst hat er keine Sorgen, was?«, raunte Elena Lou zu und verzog das Gesicht. »Wer sollte die denn aushungern wollen?«

»Keine Ahnung.« Lou zuckte mit den Schultern und grinste. »Vielleicht plant er ja bereits eine weitere Show: *Attack on Zombie Island.*«

Während Elena verstohlen vor sich hin kicherte, meldete sich Sophie Hansen zu Wort.

»Und wo schlafen wir?«, fragte sie und deutete auf ein Gebäude, das Lou noch gar nicht aufgefallen war. Es stand am entgegengesetzten Ende des *Battle Village* und schien ebenfalls noch gut in Schuss zu sein: ein Lagerschuppen oder so etwas Ähnliches. »Doch nicht etwa dort drüben?«

»Warum denn nicht?« Ein breites Grinsen stand auf Master Bobs Gesicht. »Ist echt gemütlich dadrin. Es sei denn, ihr habt was gegen Kakerlaken und Mäuse. Oder gegen Skorpione und ein paar Schlangen.«

»Skorpione und Schlangen?« Ruud van Dykes Unterkiefer klappte herunter, während er den Showrunner fassungslos anstarrte. »Das ist doch nur ein Scherz, oder?«

»Aber wieso denn?« Kimberly Cohen blickte ihn mit undurchdringlicher Miene an. »Wir sind hier schließlich nicht beim Dschungelcamp. Bei BATTLE ISLAND geht es schon ein bisschen härter zur Sache.«

»Echt jetzt?« Das Babyface des jungen Holländers verzerrte sich vor Ekel.

Auch den übrigen Teilnehmern war anzusehen, dass sie mehr als irritiert waren.

Nur Jean-Luc Reno grinste zufrieden. »Isch weiß gar nischt, wes'alb ihr so komisch aus der Wäsche glotzt? Oder 'abt ihr vielleischt gedacht, wir sind 'ier zu einem Kindergeburtstag eingeladen?«

»Natürlich nicht!« Auch Nicolo de Rossi war alle Farbe aus dem von dichten schwarzen Haaren umrahmten Gesicht gewichen. »Aber wenn ich gewusst hätte, dass wir uns mit Mäusen und anderem Ungeziefer rumschlagen müssen, hätte ich mich bestimmt nicht für die Show beworben!«

»Ich auch nicht«, fügte Elena hinzu, und das heftige Nicken von Ruud, Poppy und Leonie bewies, dass sie das genauso sahen.

»Das ist so was von unfair«, beschwerte sich die rothaarige Irin, die trotz ihrer stämmigen Figur einen recht zerbrechlichen Eindruck auf Lou machte. »Vor Mäusen habe ich nämlich fast so viel Angst wie vor dem Teufel!«

»Na, dann herzlichen Glückwunsch, Feuermuschi!« Sophie feixte sie breit an. »Dann bist du hier ja gerade richtig. Oder wusstest du etwa nicht, dass die Insel hier *Insel des Teufels* genannt wird?«

»Nein!«, stöhnte Poppy auf und wurde kreidebleich. »Stimmt das wirklich?« Als Sophie mit einem kurzen Nicken bejahte, schlug sie hastig ein Kreuz.

»Das darfst du nicht zu ernst nehmen«, versuchte Mannings sie zu beruhigen. »Das beruht nämlich auf purem Aberglauben – und Kimberly und Master Bob haben in der Tat nur Scherze gemacht! Allerdings …« Er zog eine Grimasse und blickte in die Runde. »Wenn euch schon solche Kleinigkeiten so sehr aus dem Gleichgewicht bringen, dann sehe ich schwarz für euch. Die kommenden zehn Tage sind für jeden zu überstehen, werden aber mit Sicherheit kein Honigschlecken.«

»Es geht schließlich um eine Million Euro!« Die graugrünen Schweinsäuglein von Master Bob blitzten belustigt. »Wer die einstreichen will, der muss sich schon ein bisschen anstrengen!«

»Natürlisch!«, antwortete Jean-Luc prompt. »Und isch weiß auch schon, wer die Kohle einsacken wird!«

»Freu dich nicht zu früh, Scarface!«, zischte Daniel ihn an. »Da haben andere auch noch ein Wörtchen mitzureden.«

»Was du nicht sagst, Mischel Sauerkraut!« Jean-Lucs Worte trieften vor Spott. »Jetzt 'ast du noch eine große Fresse. Aber wenn es darauf ankommt, machst du dir mit Sischer'eit in die 'ose, du Pussy! Oder du reiherst Sophie wirklisch voll, was noch viel schlimmer wäre.«

»Du verdammter Mistkerl!«, brauste Daniel auf und machte Anstalten, sich auf ihn zu stürzen, besann sich aber dann doch eines Besseren.

»Sehr vernünftig«, lobte Mike Mannings. »Glaubt mir, es bringt gar nichts, wenn ihr euch gegenseitig fertigmacht. Natürlich will jeder von euch gewinnen. Aber zehn Tage sind verdammt lang! Ihr werdet mit Sicherheit in Situationen geraten, in denen ihr auf die Hilfe der anderen angewiesen seid. Eure Lebensmittelvorräte reichen nämlich nur für fünf Tage. Für den Rest müsst ihr schon selber sorgen. Und das wird euch nur gelingen, wenn ihr zusammenarbeitet und jeder seinen Beitrag für die Gemeinschaft leistet. Wenn ihr euch aber gegenseitig fertigmacht, werdet ihr die zehn Tage bestimmt nicht überstehen. Und natürlich auch den Schatz nicht finden.« Nach einem Blick auf seine Armbanduhr fügte er hinzu: »Okay, ich gebe euch eine halbe Stunde. Damit ihr euch ein wenig frisch machen und euch was anderes anziehen könnt. Am besten etwas Robustes und Strapazierfähiges, was die komplette Show überstehen kann. Danach zeigen wir euch die Insel, und wenn wir wieder zurück sind, gibt es hier einen kleinen Imbiss. Anschließend führen wir euch in das Camp, das für die nächsten zehn Tage euer Zuhause sein wird. Also genießt diesen Tag, denn ab morgen wird es nicht nur ernst, sondern richtig hart!«

Während die anderen ihre Taschen packten und aufs Haus zugingen, wandte sich Lou an Mannings: »Darf ich Sie noch was fragen?«

»Ja klar, natürlich.«

»Haben Sie von Rowan gehört? Ist er gut in der Karibik angekommen?«

»Tut mir leid, aber das weiß ich nicht«, antwortete Mannings mit wie zur Entschuldigung erhobenen Händen. »Er war ja beim Probedurchlauf hier dabei und hat Battle Island erst am Montag verlassen.«

»Das hat er mir erzählt!«

»Bevor er in Ponta Delgada in den Flieger nach Tobago gestiegen ist, hat Rowan mir noch eine SMS nach London geschickt. Kimberly und ich sind ja erst vorgestern hier angekommen. Dass es ihm gut geht, hat er geschrieben, und dass er sich nach Ende der Show wieder bei mir melden wird«, fuhr Mannings fort. »Er weiß doch, dass es hier auf Battle Island keinen Handyempfang gibt und ich seine Nachrichten erst bekomme, wenn wir zurück…« Ein breites Grinsen legte sich auf sein Gesicht. »… in der Zivilisation sind.« Dann wurde er wieder ernst. »Soll ich ihm was von dir bestellen, sobald er sich aus der Karibik meldet?«

»Nicht nötig«, erwiderte Lou hastig. »Ich habe ja seine Handynummer und kann selbst mit ihm Kontakt aufnehmen, wenn ich wieder in der Zivilisation…« – auch sie musste jetzt grinsen – »… zurück bin.«

Battle Island, Azoren. Inselrundfahrt.
Tag null: Donnerstag, 04. August 2022, 17:11 Uhr.

Es gab nur zwei befestigte Wege auf Battle Island. Der eine führte in unmittelbarer Küstennähe rund um die Insel und der andere in einem sanften Linksbogen vom Hafen im Süden zunächst zum *Battle Village,* das auf halber Inselhöhe einen guten Kilometer von der Ostküste entfernt gelegen war. Von dort aus schlängelte er sich weiter nach Norden und traf unweit des alten Turms und des Eingangs zu einer längst geschlossenen Mine auf den nördlichen Abschnitt des Rundweges.

Die zehn Jugendlichen verteilten sich auf drei Elektrokarts – etwas größer als gewöhnliche Golfkarren –, die von Mike Mannings, Master Bob und Kimberly Cohen gesteuert wurden. Lou, Elena, Josh und Poppy stiegen in den ersten Wagen, dessen Lenkrad Mannings übernommen hatte. Während sie in gemächlichem Tempo auf ihre erste Station zuzuckelten, machte Mannings sie mit den wichtigsten Einzelheiten der Show vertraut: »Jeden Morgen um Punkt neun Uhr startet ein sogenanntes *Battle of the Day,* ein Wettkampf, wie der Name schon sagt, dessen Sieger einen Hinweis auf das Schatzversteck erhält.«

»Wie sehen diese *Battles* denn aus?«, wollte Lou wissen.

»So ähnlich wie die Wettbewerbe bei den Vorcastings auch. Nur ein bisschen schwieriger und anspruchsvoller natürlich.«

»Und der Hinweis auf das Versteck?«, hakte Elena eifrig nach. »Was muss ich mir darunter vorstellen?«

»Habt ein bisschen Geduld, bitte«, erwiderte Mannings lächelnd. »Das wird Master Bob euch nachher im Camp erklären.«

»Okay.« Josh nickte. »Was gibt es sonst noch für Regeln?«

»Jedem von euch steht ein *Home-Call* bei uns im Kontrollbunker zu«, fuhr Mannings fort. »Ein maximal zehnminütiger Videokontakt mit einem Gesprächspartner eurer Wahl. Sobald wir wieder zurück sind, nennt uns jeder von euch eine Person, mit der er sich gerne unterhalten möchte.«

Poppy blickte den Produzenten mit einer Mischung aus Angst und Neugierde an. »Wird dieser *Home-Call* denn auch aufgezeichnet?«

»Natürlich! Wie alles, was ihr während der nächsten zehn Tage auf Battle Island tut. Oder besser gesagt: fast alles. Wir haben schließlich nicht überall auf der Insel Kameras postiert, sondern nur an den wichtigsten Stellen.«

»*My Gosh!* Dann bekommt ja jeder mit, was wir besprechen!«, empörte sich das Mädchen mit den feuerroten Haaren. »Das können Sie doch nicht machen!«

»Doch, Poppy, das können wir«, widersprach Mannings bestimmt. »Weil du uns das mit deiner Unterschrift unter dem Mitwirkungsvertrag ausdrücklich erlaubt hast.«

»Echt?« Poppy verzog verwundert das Gesicht. »Und das gilt für alle von uns?«

»Natürlich«, bekräftigte der Produzent. »Was hast du denn gedacht? Aber glaub mir: Schon nach kürzester Zeit werdet ihr die Kameras überhaupt nicht mehr bemerken und gar nicht mehr daran denken, dass ihr bei einer großen TV-Show mitmacht!«

Während Poppy nachdenklich vor sich hin starrte, wandte Lou sich an die anderen. »Ich vermute, ihr habt das Kleingedruckte auf der Rückseite des Vertrages genauso wenig gelesen wie ich, oder?«

Elena nickte zustimmend und Josh verdrehte die Augen. »Bei diesem Juristenkauderwelsch blickt doch eh kein Schwein durch. Außerdem waren das Hunderte von Paragrafen. Ich hatte doch gar nicht die Zeit, das alles durchzulesen!«

»Ging mir genauso!« Lou seufzte nachdenklich. »Dann können wir nur hoffen, dass da keine Schweinereien drinstehen.«

»Keine Angst«, wiegelte Mannings ab. »Es handelt sich lediglich um die allgemein üblichen Vertragsbedingungen für solche Shows. Und was die *Home-Calls* betrifft...« Er blickte seine Mitfahrer beschwichtigend an. »Die täglichen Sendungen dauern eineinhalb Stunden, die Werbung nicht mitgerechnet natürlich. Das bedeutet, dass immer nur die interessantesten und aufregendsten Ereignisse des Tages gezeigt werden können. Wenn ihr in euren *Home-Calls* nur langweiliges Zeugs erzählt, dann landet das bestimmt nicht im Zusammenschnitt.«

Der Termin für den *Home-Call* war nicht frei wählbar, wie er weiter ausführte, sondern wurde durch das Los bestimmt: immer nach Ende des jeweiligen *Battles of the Day*.

Josh wollte gerade zur nächsten Frage kommen, als der Produzent am Fuß einer steilen Anhöhe anhielt und zu dem Turm empordeutete, der sich auf der Spitze des Hügels erhob: »In früheren Jahrhunderten haben sich Piraten auf der Insel eingenistet. Das Bauwerk da oben spielte dabei eine ebenso wichtige wie unrühmliche Rolle, wie ihr noch erfahren werdet. Für heute nur so viel: Von der Aussichtsplattform bietet sich ein herrlicher Blick über fast die gesamte Insel. Allerdings...« Er deutete auf die steile Treppe, die hoch zum Leuchtturm führte. »...müsst ihr dazu nicht nur diese zweihundertfünfundachtzig Stufen hochklettern, sondern auch noch die Wendeltreppe innerhalb des alten Gemäuers.«

»Das ist bestimmt superanstrengend!« Poppys Begeisterung hielt sich sichtlich in Grenzen. »Ich denke, das schenke ich mir lieber.«

»Wie du meinst«, antwortete Mannings schulterzuckend. »Die Frage ist nur, ob das auch klug ist.«

Die Rothaarige blickte ihn verwundert an. »Warum sollte das nicht klug sein?«

»Weil der Schatz dort oben versteckt sein könnte, deshalb! Aber um herauszufinden, ob er tatsächlich dort ist, musst du schon nachsehen, nicht wahr?«

»Äh …« Poppy verzog überrascht das sommersprossige Gesicht. »Stimmt ja. Daran hab ich gar nicht gedacht.«

»Deshalb sage ich es dir ja«, erklärte der Produzent mit freundlichem Lächeln, bevor er wieder ernst wurde. »Eines müsst ihr euch so fest einhämmern, dass ihr es niemals vergesst: Die Kiste mit dem Gold kann überall versteckt sein, an jeder x-beliebigen Stelle der Insel! Wenn ihr sie finden wollt, dürft ihr keinen Platz ausschließen, auch wenn er euch noch so unwahrscheinlich vorkommen mag. Habt ihr das verstanden?«

»Klar doch«, gab Josh mit breitem Grinsen zurück. »Trotzdem halte ich jede Wette, dass der Schatz nicht in dem Turm dort oben versteckt ist!«

»Und wieso nicht?«

»Weil Sie uns dann bestimmt nicht darauf hingewiesen hätten, dass wir dort nachsehen sollen, deshalb!«

»Irrtum, mein Lieber!« Mannings schüttelte den Kopf. »Auch ich kenne das Versteck nicht. Der Einzige, der darüber Bescheid weiß, ist Master Bob. Und der wird euch mit Sicherheit keinen Hinweis darauf geben, nicht einmal unbeabsichtigt. Und mit Absicht schon gar nicht!«

»Ähm.« Lou räusperte sich laut vernehmbar und wechselte einen raschen Blick mit Elena: *Soll ich es ansprechen?*

Die nickte ihr verstohlen zu: *Natürlich!*

Lous Reaktion war Mannings natürlich nicht entgangen. »Wolltest du etwas sagen?«, fragte er deshalb.

»Äh ... ja«, erwiderte Lou nach kurzem Zögern. »Es gibt da ... einige Gerüchte. Über Master Bob und Sophie, meine ich. Dass sie in London angeblich die Nacht im Ho...«

»Gerüchte, soso«, schnitt Mannings ihr scharf das Wort ab. »Wenn ich mich recht entsinne, dann gab es in Berlin ebenfalls Gerüchte. Dass du nur deshalb ...«

»Ja, ja, schon gut!«, unterbrach Lou ihn hastig und merkte, wie ihr das Blut in die Wangen schoss. »Ich sag ja schon nichts mehr.«

»Schön. Dann wäre das ja auch geklärt und wir können weiterfahren, okay?«

Nur gut fünfhundert Meter weiter hielt Mannings schon wieder an und deutete hinunter in das weit ausladende Tal in der Inselmitte, in dem der See wie ein riesiger Saphir im Licht der Abendsonne leuchtete. »Zum See kommen wir später«, erklärte er. »Seht ihr die Gebäude dort in der Nähe des Ufers?«

»Meinen Sie die Kirchenruine und das alte Gemäuer daneben?«, fragte Lou.

»Genau die! Es handelt sich um die Überreste eines Klosters, das schon vor mehr als hundert Jahren von den letzten Mönchen verlassen wurde. Angeblich wurde der Bau der Kirche von den Piraten finanziert, die auch den Leuchtturm auf der Klippe errichtet haben. Getrieben vom schlechten Gewissen über ihren unrechtmäßig erworbenen Reichtum, haben sie dem Orden einen ganzen Sack voll Gold geschenkt. Allerdings unter der Bedingung, dass sie nach ihrem Tod auf dem Friedhof des Klosters …« Er deutete auf die kleine Halbinsel in unmittelbarer Nähe der Ruinen. »… bestattet und die Mönche für ihr Seelenheil beten würden. Wegen ihres sündhaften Treibens hat ihnen das die Geistlichkeit nämlich in der Regel verweigert.«

»Und?« Elenas Interesse schien geweckt. »Haben die Mönche sich daran gehalten?«

»Natürlich!«, antwortete Mannings mit schmalem Lächeln. »Aber genau das ist ihnen offensichtlich zum Verhängnis geworden. Im Kloster kam es nämlich immer wieder zu rätselhaften Todesfällen. Kerngesunde Männer lagen morgens in ihren Zellen, und alles deutete darauf hin, dass sie ertrunken waren.«

»Dann wurden sie wahrscheinlich im nahen See ertränkt«, suchte Josh nach einer logischen Erklärung. »Und anschließend in ihre Zellen zurückgebracht.«

Mannings nickte. »Das haben die Mönche anfangs auch vermutet. Allerdings hatte die Sache einen Haken: Erstens hat damals niemand sonst auf der Insel gelebt …«

»Und zweitens?«, konnte nun auch Lou ihre Neugier nicht länger bezähmen.

»… zweitens waren die Lungen und die Kleidung der Toten voller Salzwasser, während der See reinstes Süßwasser enthält.«

»Merkwürdig«, staunte Elena.

»Nicht wahr? Und was noch viel merkwürdiger ist: Nach dem ersten Toten bekamen es die anderen Mönche mit der Angst zu tun. Deshalb verriegelten sie am Abend nicht nur die Klosterpforte, sondern auch ihre Zellentüren. Trotzdem kam es immer wieder zu den gleichen mysteriösen Todesfällen.«

»Aber das gibt's doch nicht.« Poppy stand die Angst ins Gesicht geschrieben. »Dafür muss es doch eine Erklärung geben!«

»Sicher. Die Mönche haben auch eine gefunden. Allerdings will die so gar nicht in unser modernes Weltbild passen.«

Lou sah ihn voller Spannung an. »Nämlich?«

»Die Mönche kamen zu der Überzeugung, dass die Geister der ertrunkenen Seeleute dahintersteckten, die die Piraten auf dem Gewissen hatten. Sie seien zurückgekehrt, um sich für das ihnen zugefügte Unrecht zu rächen. Nicht nur an den Piraten, sondern auch an denjenigen, die von dem geraubten Gold profitiert hatten. Und dazu zählten natürlich auch die Mönche.«

»Ich verstehe«, ging Lou da plötzlich ein Licht auf. »Der alte Mann, der uns auf dem Flughafen gewarnt hat, kennt diese Geschichte wohl auch.«

»Ganz bestimmt sogar«, stimmte Elena ihr zu. »Auf dem Weg zur Ersten Hilfe hat er mir nämlich noch etwas zugeflüstert: ›Wer von den Früchten des Teufels kostet und die Gebote unseres Herrn missachtet, kann seinen Klauen nicht mehr entrinnen‹, hat er gesagt. ›Er raubt dem Sünder nicht nur das Leben, sondern auch die Seele und überantwortet ihn damit der ewigen Verdammnis.‹«

»O mein Gott!« Alle Farbe war aus Poppys Gesicht gewichen und blankes Entsetzen stand in ihren Augen. Sie bekreuzigte sich hastig und stieß keuchend hervor: »Verschone mich, o Herr, ich bitte dich!«

Lou und Elena wechselten verwunderte Blicke, während Josh besänftigend die Hand auf Poppys Unterarm legte. »Jetzt beruhige dich doch. Das ist nichts weiter als eine alte Schauergeschichte. So etwas wie den Teufel gibt es doch gar nicht!«

»Natürlich gibt es den Teufel!«, kreischte Poppy mit schriller Stimme. »Father O'Connor hat das ausdrücklich gesagt! Und meine Granny ist ihm sogar höchstpersönlich begegnet. Er hätte sie um ein Haar erwischt und ins Höllenfeuer verschleppt!«

Josh verdrehte die Augen. »Wer's glaubt!«

»Wie auch immer«, mischte sich Mannings wieder ein, der den Wortwechsel mit amüsiertem Lächeln verfolgt hatte. »Die Mönche damals waren jedenfalls fest von der Existenz des Teufels überzeugt. Deshalb haben sie der Insel auch diesen Namen gegeben: *Ilha do Diablo*, die Teufelsinsel. Als die Reihe der Todesfälle kein Ende nahm und auf dem kleinen Friedhof kaum noch Platz war, sahen sie nur noch einen Ausweg: Sie gaben das Kloster hier auf und suchten Zuflucht bei ihren Ordensbrüdern auf São Miguel. Und dort ist es merkwürdigerweise nie mehr zu einem derartigen Todesfall gekommen, während spätere Besucher von Battle Island immer wieder Geister auf der Insel gesehen haben wollen.«

»Das ist in der Tat merkwürdig«, sagte Lou. Plötzlich glaubte sie aus den Augenwinkeln eine Bewegung in einer der offenen Fensterhöhlen der Klosterruine wahrzunehmen – als sei eine schattenhafte Gestalt daran vorbeigehuscht. Wie ein Geist!, durchfuhr es sie. Doch schon im nächsten Moment ärgerte sie sich über sich selber. So ein Blödsinn! Nur weil diese abergläubischen Mönche an Geister geglaubt haben, musst du das jetzt nicht auch tun!

Und trotzdem: Irgendjemand war in der Ruine gewesen, da war sie sich ganz sicher. Möglicherweise jemand aus dem TV-Team, der dort eine Kamera oder so was installierte.

Die Klippen an der Westküste von Battle Island waren bei

Weitem nicht so schroff und zerklüftet wie die im Norden der Insel – und schon gar nicht so hoch. Dennoch erschien es Lou so gut wie unmöglich, hier an Land zu gehen. Zumal sich ein hoher, von Stacheldraht gekrönter Zaun über fast die gesamte Küstenlänge zog.

Während die kleine Wagenkolonne weiter Richtung Süden fuhr, deutete Mannings auf den verwilderten Bruchwald, der bis dicht an den Fahrweg heranreichte. »Dahinter liegt ein tückischer Sumpf, der sich fast bis zum Westufer des Sees erstreckt. Ich kann euch nur eindringlich davor warnen. Manche Moorlöcher erscheinen auf den ersten Blick nämlich völlig harmlos. Aber wer dort hineingerät, merkt meistens viel zu spät, dass er feststeckt. Er kann sich nicht mehr ohne fremde Hilfe befreien und ist rettungslos verloren. Selbst Marines sind in dem Sumpf schon ums Leben gekommen – und die zählen bekanntlich zu den härtesten Soldaten der Welt.«

»Hm«, brummte Lou nachdenklich. »Und wenn der Schatz im Sumpf versteckt ist?«

»Das ist er mit Sicherheit nicht!«, erklärte der Produzent mit Nachdruck. »Auch wenn ich das Versteck nicht kenne, weiß ich mit absoluter Sicherheit, dass niemand sein Leben riskieren muss, um das Gold zu entdecken. Die Zuschauer würden es uns niemals verzeihen, wenn es bei BATTLE ISLAND Tote geben würde. Die meisten würden die Show bestimmt nie mehr einschalten. Damit würden wir eine Menge Geld verlieren, sodass es schon in unserem eigenen Interesse ist, dass so was nicht passiert.«

Klingt einleuchtend, dachte Lou. Und das zustimmende Nicken der anderen zeigte, dass sie der gleichen Meinung waren.

Bei dem heruntergekommenen Gebäude, das Lou beim Anflug nur flüchtig in Augenschein hatte nehmen können, handelte es sich um ein ehemaliges Seuchenkrankenhaus. In früheren Jahrhunderten wurden Menschen mit hochansteckenden und – zumindest damals – nicht heilbaren Krankheiten zwangsweise dorthin verfrachtet, wo sie weitab von der Zivilisation bis zu ihrem Tod dahinsiechten. Später diente es den Soldaten, die sich zu Übungszwecken auf der Insel aufhielten, als Unterkunft.

»Seit dem Abzug der Soldaten steht das Gebäude leer«, schloss Mannings seine Erklärungen ab. »Und es wird wahrscheinlich nicht mehr allzu lange dauern, bis die Natur das Terrain wieder zurückerobert hat.« Darauf nämlich deuteten die Büsche und Bäume hin, die bereits innerhalb der verfallenen Mauern wucherten und sich sogar auf dem eingefallenen Dach breitgemacht hatten.

Als sich die Kolonne dem kleinen Hafen näherte, konnte Lou das monotone Brummen des Dieselgenerators hören. Er war in einem der Schuppen untergebracht und versorgte Battle Island mit Strom.

»Er reicht völlig aus, um unseren gesamten Energiebedarf zu decken«, erklärte der Produzent. »Der ist ohnehin nicht allzu groß. Strom wird nämlich nur im Kontrollbunker, im Kommandeurshaus und im Hafenkontor benötigt. Auch der Sendemast hier …« Er deutete auf die rot und weiß gestrichene Stahlkonstruktion, die sich neben den beiden großen Treibstofftanks schlank und elegant zum Himmel reckte. »… der uns mit der Zentrale in London und der übrigen Welt verbindet, braucht einiges an Energie.«

»Und was passiert, wenn der Generator eine Panne hat?«, fragte Josh. »Oder aus irgendeinem anderen Grund ausfällt?«

»Ich wüsste nicht, warum so was passieren sollte«, gab Mannings zurück. »Aber selbst für diesen eher unwahrscheinlichen Fall gibt es oben im Bunker ein Notstromaggregat. Es hilft uns so lange über die Runden, bis die Panne hier unten wieder behoben ist. Und wie ihr seht ...« Er deutete auf die beiden Securitymänner, die in ihren schwarzen Uniformen ziemlich gelangweilt vor dem beschaulichen Kontorgebäude in der Sonne standen und sich mit Amanda Clark unterhielten. »... wird das Areal hier auch noch bewacht, damit sich kein Unbefugter Zutritt zu Battle Island verschafft. Und damit keiner von euch auf die dämliche Idee kommt ...« Er grinste seine Passagiere breit an. »... die Show zu sabotieren.«

»Hä?« Lou schüttelte den Kopf. »Warum sollte jemand das tun?«

»Keine Ahnung«, erwiderte Mannings achselzuckend. »Aber man soll nie etwas ausschließen. Wenn jemanden der Inselkoller packt und er durchdreht, ist alles möglich. Selbst die verrücktesten Dinge, auf die man vorher nicht einmal im Traum gekommen wäre.«

Mit einer Kopfbewegung deutete Elena auf die Securitymänner. »Wohnt Amanda Clark denn auch hier unten am Hafen?«

»Nein«, erwiderte der Produzent mit hintergründigem Lächeln. »Amanda hat darum gebeten, ebenfalls oben im Kommandeurshaus untergebracht zu werden. Alleine mit vier Männern unter einem Dach war ihr wohl doch etwas zu heikel.« Er blickte zum Himmel, an dem sich die Sonne langsam nach Westen hin senkte. »Höchste Zeit, dass wir zurückfahren. Ich denke, ihr habt jetzt einen ersten groben Eindruck von Battle Island gewonnen. Den Rest werdet ihr in den kommenden zehn Tagen schon noch genauer kennenlernen. Los jetzt, damit ihr euch noch vor Einbruch der Dunkelheit im Camp einrichten könnt.«

- -

Battle Island, Azoren. Camp am Lagoa Azul.
Tag null: Donnerstag, 04. August 2022, 19:23 Uhr.

- -

Vom Kommandeurshaus bis zum Camp am Ostufer des Lagoa Azul, wie der See in der Inselmitte aufgrund seines tiefblauen Wassers genannt wurde, war es nur ein kurzer Fußmarsch. Er führte über einen schmalen Pfad durch ein dichtes Wäldchen, das überwiegend aus Klebsamen, Picconien und Gagelbäumen bestand und den Blick auf *Battle Village* vollständig verdeckte. Als die von Master Bob angeführte Gruppe die mit zahllosen Büschen und Sträuchern bewachsene Uferwiese erreichte, die den Kandidaten für die Dauer der Show als Lager dienen sollte, stand die Sonne schon tief über dem Sumpfwald im Westen. Ihre Strahlen ließen die weite Wasserfläche des Sees glänzen und funkeln, als wäre er mit Tausenden von blauen Diamanten besetzt.

Master Bob hatte dafür genauso wenig einen Blick wie Mike Mannings, der sich allerdings vornehm im Hintergrund hielt. Der Showrunner dagegen hieß die Spieler anhalten und deutete auf die zehn Seesäcke aus grauem Tuch, die dicht nebeneinander auf dem üppigen Grün der Uferwiese standen. »Hier seht ihr den Grund, warum ihr euer Gepäck im Kommandeurshaus zurücklassen musstet.«

»Verste'e.« Jean-Luc hatte wie so häufig ein breites Grinsen im genarbten Gesicht. »Wir sollen jetzt wohl in diese Säcke schlüpfen?«

»Sehr witzig!«, erwiderte Master Bob nur mäßig amüsiert und schob die Wollmütze weiter in den Nacken. Die tief stehende Sonne spiegelte sich in den Gläsern seiner Brille und verlieh ihm das Aussehen eines fremdartigen Wesens. »Wie Mike ja schon angedeutet hat, müsst ihr mit den Klamotten, die ihr am Leibe tragt, während der nächsten zehn Tage auskommen. Robinson Crusoe hatte ja bekanntlich keine Kleider zum Wechseln und das Gleiche gilt jetzt auch für euch.«

»Na super«, machte Sophie ihrem Unmut Luft. »Ich freue mich jetzt schon auf das ätzende Schweißgemüffel, das schon bald das Camp verpesten wird.«

»Wieso denn?« Master Bob blickte sie eindringlich an. »Waschen ist nicht verboten. Und Wasser gibt es hier ja mehr als genug.«

»Waschen wird überbewertet«, kommentierte Daniel mit debilem Grinsen. »Das ist sowieso nur was für Pussys.«

»Ein Glück, dass Dummheit nicht riecht.« Elena schüttelte genervt den Kopf. »Sonst wäre es hier vor lauter Gestank schon jetzt nicht mehr auszuhalten!«

Während Daniel wütende Blicke auf sie abfeuerte, dämpfte Master Bob das aufkommende Gelächter mit einer verärgerten Geste. »Das Lachen wird euch schon noch vergehen. Ihr solltet mir deshalb jetzt gut zuhören, denn ich sage es kein zweites Mal. Wenn ihr etwas nicht versteht, dann ist das ganz alleine euer Problem!«

Augenblicklich kehrte Ruhe ein und alle starrten den Showrunner aufmerksam an.

»Na also, geht doch«, murmelte er zufrieden und deutete erneut auf die Seesäcke. »Dadrin findet ihr alles, was ihr in den nächsten zehn Tagen benötigt: eine Schlafmatte und eine Decke, eine Regenplane, einen Teller nebst Besteck, einen Trinkbecher und ein bescheidenes Survival-Kit: zehn Outdoorstreichhölzer, eine Taschenlampe, ein Kompass, ein Taschenmesser, eine Angelschnur und ein paar Nadeln.«

»Nadeln?« Daniel verzog ungläubig das Gesicht. »Wozu brauchen wir denn Nadeln?«

»Was für eine Frage!«, kommentierte Poppy O'Casey spitz. »Du Junkie solltest das doch am besten wissen!«

Wutschnaubend fuhr Daniel auf dem Absatz herum und wollte auf sie losgehen. Doch Master Bob kam ihm zuvor. »Ruhe, verdammt noch mal!«, herrschte er die beiden an. »Oder sind wir hier vielleicht im Kindergarten?«

»Nein, nein, schon gut«, brummte Daniel unwirsch und hatte sich augenblicklich wieder im Griff. Die wütenden Blicke aber, die er Poppy zuwarf, ließen nichts Gutes ahnen.

»In der großen Kiste hinter den Säcken befindet sich euer Lebensmittelvorrat«, fuhr der Showrunner fort. »Brot, Mehl, etwas Hefe, Haferflocken, Eier, Speck, Salz, Zucker, Kaffee und Tee. Dazu mehrere Messer, Töpfe, Pfannen und Kannen. Die Vorräte dürften für rund fünf Tage reichen, alles Weitere müsst ihr euch selbst besorgen. Wie ihr mit den Lebensmitteln umgeht und wie ihr sie verteilt, müsst ihr ebenfalls selbst regeln.«

»Na super!«, murrte Sophie. »Da ist der Stress ja schon programmiert!«

»Das liegt ganz alleine an euch!« Das spöttische Lächeln auf Bobs schmalem Mund war trotz seines Fusselbarts deutlich zu erkennen. »Auf Battle Island gibt es jede Menge essbarer Früchte: Bananen, Ananas, Kartoffeln und Ähnliches mehr. Im See und in den Bächen schwimmen massenweise Fische, zudem leben hier Tausende von Kaninchen und sogar einige verwilderte Ziegen, sodass ihr nicht verhungern müsst. Vorausgesetzt natürlich, ihr schafft es, sie zu sammeln, zu fangen oder zu erlegen. Wie ihr das anstellt, ist ganz alleine eure Sache.«

»Wenn wir uns abstimmen und die Aufgaben verteilen«, schlug Josh ganz spontan vor, »dann sollte das kein Problem sein.«

»Wie auch immer.« Sophie winkte wenig begeistert ab. »Was mich viel mehr interessiert: Wie verhält es sich mit dem Schatz und den Hinweisen auf das Versteck, die es bei den *Battles of the Day* zu gewinnen gibt?«

»Warum habe ich bloß mit dieser Frage gerechnet?«, antwortete Master Bob mit vielsagendem Grinsen und strich sich vergnügt durch seinen Zauselbart. »Dann kommt mal alle mit.« Er drehte sich um und marschierte zum Rand der Wiese. Dort stand eine große Tafel mit einer Karte von Battle Island, die die wichtigsten geografischen Gegebenheiten und Gebäude maßstabsgetreu wiedergab. »Einiges davon habt ihr ja bereits gesehen«, erklärte der Showrunner. »Aber jetzt werde ich euch zeigen, was euch wahrscheinlich am meisten interessiert.« Er griff nach einer durchsichtigen Plastikfolie, die über den oberen Tafelrand nach hinten geschlagen war und klappte sie vor die Inselkarte. Jetzt konnten die Kandidaten erkennen, dass die Folie mit einem Gittermuster bedruckt war, das Battle Island in eine schier unübersehbare Fülle von Quadraten unterteilte. Alle waren mit jeweils unterschiedlichen Buchstabenkombinationen gekennzeichnet. Außerdem gab es darauf noch mittelgroße und ganz große Buchstaben. »Wie ihr seht, gibt es zunächst vier große Quadrate, die wir Distrikte genannt haben. Diese Distrikte unterteilen Battle Island in vier etwa gleich große Bereiche, die mit den großen Buchstaben A, B, C und D gekennzeichnet sind.« Während Master Bob mit der Hand auf die entsprechenden Großbuchstaben deutete, drehte er sich zu den Teilnehmern um. »Könnt ihr das sehen?«

»Natürlich«, bemerkte Sophie spitz. »Wir sind ja nicht blind.«

Der Showrunner tat, als habe er ihren Kommentar nicht mitbekommen. »Jeder dieser Distrikte«, fuhr er fort, »ist in vier kleinere Sektoren unterteilt, die mit den mittelgroßen Buchstaben markiert sind. Und diese Sektoren wiederum bestehen aus je fünf mal fünf kleinen Arealen, die unterschiedliche Kombinationen dieser vier Buchstaben tragen.«

»Äh.« Daniel starrte ihn an wie ein glupschäugiges Kaninchen. »Und wer soll das verstehen?«

»Keine Angst«, versuchte Master Bob ihn zu beruhigen. »Das alles mag etwas verwirrend klingen. Aber im Grunde genommen ist es so einfach, dass ihr das innerhalb kürzester Zeit kapiert.«

»Das will isch doch schwer 'offen«, erklärte Jean-Luc mit einem lauten Seufzer. »Anderenfalls werden wir den Schatz wohl nie finden.«

»Damit könntest du durchaus recht haben.« Master Bob lächelte spöttisch. »Mit ein bisschen Grips und Kombinationsgabe dagegen ist das durchaus zu schaffen.« Bei den ersten acht *Battles of the Day,* so erklärte er weiter, würde der Sieger ein kleines Kärtchen mit einem einzigen Buchstaben erhalten – a, b, c oder d. Vier dieser Karten ermöglichten es, die Buchstabenkombination des Areals herauszufinden, auf dem der Schatz versteckt war: Ihre Ränder waren nämlich jeweils unterschiedlich gezackt und konnten deshalb nur in der korrekten Reihenfolge zusammengefügt werden. »Deshalb reicht es auch nicht aus, euch nur die Buchstaben zu merken. Ihr müsst die Kärtchen schon bis zum Schluss aufbewahren, damit ihr sie richtig aneinandersetzen könnt. Sonst findet ihr die gesuchte Kombination nämlich nie heraus.«

»Klingt logisch«, raunte Elena Lou ins Ohr. »Und mit ein bisschen Glück müsste man bereits mit drei Kärtchen auf die richtige Kombination kommen, habe ich nicht recht?«

Und ob Elena recht hatte!

»So weit habe ich das ja verstanden«, ergriff Nicolo de Rossi das Wort. »Aber wie geht es weiter? Wenn ich mir die Karte so ansehe, gibt es darauf eine Unmenge von Arealen mit exakt der gleichen Buchstabenkombination.«

»Wie schön, wenn in einem hübschen Kopf auch ein kluger Geist wohnt!«, erwiderte der Showrunner im gewohnt spöttischen Ton. »Aus den vier Buchstaben kann man vierundzwanzig verschiedene Kombinationen bilden, sodass jede Kombination in jedem Sektor ein einziges Mal vorkommt. Das fünfundzwanzigste Areal haben wir nämlich unbeschriftet gelassen. Da es sechzehn Sektoren gibt, kommt jede Kombination also genau sechzehn Mal vor. Das neunte *Battle* liefert euch den Hinweis darauf, welchen Buchstaben der Sektor trägt, in dem sich der Schatz befindet. Was bedeutet, dass jetzt nur noch vier der ursprünglich sechzehn Areale infrage kommen. Und das zehnte und letzte *Battle* schließlich verrät, in welchem Distrikt der Schatz vergraben ist. Damit reduziert sich das Suchgebiet am *Judgement Day* auf ein einziges Flurstück von lediglich zweihundertfünfzig mal zweihundertfünfzig Metern.«

»Das ist trotzdem noch eine ganz schön große Fläche!« Ruud

van Dyke schaute etwas gequält aus der Wäsche. »Wie soll man die denn in der kurzen Zeit gründlich durchsuchen?«

»Was heißt hier kurze Zeit?« Master Bob blickte fast vorwurfsvoll in die Runde. »Ihr verbringt immerhin zehn ganze Tage auf der Insel. Das sollte doch ausreichen, um Battle Island ausführlich unter die Lupe zu nehmen und nach möglichen Verstecken abzusuchen. Die *Battles* dauern doch kaum länger als eine Stunde. Und mit der Nahrungssuche seid ihr auch nicht den ganzen Tag lang beschäftigt. Besonders dann nicht, wenn ihr diese Aufgabe unter euch aufteilt.«

»Dann sollten wir bei der Schatzsuche vielleicht auch zusammenarbeiten«, schlug Lou vor. »Damit erhöhen sich unsere Chancen doch ganz beträchtlich.«

»Das stimmt natürlich.« Das hinterhältige Grinsen auf Master Bobs Lippen ließ bei Lou allerdings alle Alarmsirenen schrillen. »Aber leider reduziert sich dadurch auch die Gewinnsumme«, fügte der Showrunner da auch prompt noch hinzu. »Und zwar ebenfalls ganz beträchtlich!«

Die zehn Kandidaten wechselten überraschte Blicke und zuckten mit den Achseln. Keiner von ihnen verstand, was Master Bob meinte.

Mike Mannings dagegen schien bestens informiert. Er lächelte nicht nur genauso wie der Showrunner, sondern nickte ihm auch auffordernd zu: *Jetzt spuck es schon aus!*

»Zu eurer Info«, hob der daraufhin an. »Die volle Gewinnsumme von einer Million Euro wird nur dann fällig, wenn jemand den Schatz ganz alleine aufspürt. Ohne fremde Hilfe oder Begleitung.«

»Was?«, rief Lou empört. »Das … das ist mir ganz neu. Davon hat noch niemand etwas gesagt!«

»Das stimmt nicht«, widersprach Master Bob. »Die Spielregeln sehen das schon immer so vor. Ihr habt bloß noch nicht danach gefragt!«

Im ersten Moment wusste Lou überhaupt nicht, was sie antworten sollte. Master Bob hatte völlig recht: Sie hatte sich tatsächlich noch nie nach den Spielregeln erkundigt. Und die anderen vermutlich auch nicht, wie ihre betretenen Mienen verrieten. Weil sie wohl alle nur dem einen einzigen Gedanken nachgehangen hatten, möglichst schnell eine Million Euro in Gold zu gewinnen – und weiter nichts!

»Äh ... mag sein«, sagte Lou deshalb nach einer Schrecksekunde. »Nur damit ich das richtig verstehe: Wenn zwei den Schatz entdecken, dann bekommt jeder natürlich nur eine halbe Million. Aber die Gesamtsumme bleibt doch gleich und reduziert sich nicht, oder?«

»Doch, genau das tut sie«, beharrte der Showrunner. »Die Regeln besagen nämlich, dass der Gesamtgewinn halbiert wird, falls der Schatz von zwei Teilnehmern entdeckt wird. Er beträgt dann nur noch eine halbe Million Euro anstatt einer ganzen.«

»Und wenn fünf Leute den Goldschatz entdecken?«, hakte Elena nach. »Was passiert dann?«

»Dann werden nur noch zweihunderttausend Euro ausgeschüttet und jeder erhält vierzigtausend. Was im Vergleich zu einer Million dann doch etwas mickrig ist, findet ihr nicht auch?«

»Was für eine Frage!«, entgegnete Sophie aufgebracht. »Das ist doch nicht mehr als ein besseres Taschengeld. Und mit einem Taschengeld gebe ich mich bestimmt nicht zufrieden!«

»Was du nicht sagst!« Master Bob zwinkerte ihr zu. »Aber für die meisten anderen dürfte das wohl genauso gelten.« Er blickte auffordernd in die Runde. »Nicht wahr?«

Keiner der Angesprochenen antwortete. Doch ihre Gesichter verrieten, was in ihren Köpfen vorging, nämlich dass jeder von ihnen den Schatz auf eigene Faust und alleine entdecken wollte. Nur Lou und Elena schienen noch zu keiner endgültigen Entscheidung gekommen zu sein, wie ihre unentschlossenen Mienen andeuteten.

»Okay.« Master Bob räusperte sich. »Zum Schluss nur noch zwei wichtige Hinweise: Jeder von euch muss sich in der Zeit zwischen Sonnenuntergang und Sonnenaufgang im Camp aufhalten und darf es nur mit unserer ausdrücklichen Genehmigung verlassen. Und da hier überall Kameras postiert sind, können wir jederzeit überprüfen, ob ihr euch daran haltet oder nicht. Jeder Verstoß hat einen Punkteabzug beim nächsten *Battle of the Day* zur Folge und kann im Wiederholungsfall mit dem sofortigen Ausschluss aus der Show geahndet werden.«

Poppy blickte ihn mit weinerlicher Miene an. »Und was ist, wenn ich zur Toilette muss?«

Master Bob verdrehte die Augen. »Die steht zwar hier hinten im Dickicht…« Er deutete auf das Waldstück in seinem Rücken. »…gehört aber selbstverständlich mit zum Camp. Du hast also nichts zu befürchten, wenn du mitten in der Nacht mal musst.«

»Und der zweite Hinweis?«, hakte Lou nach.

»Versteht sich eigentlich von selbst«, erwiderte der Showrunner. »Er ist nämlich ausdrücklich in euren Mitwirkungsverträgen festgehalten. Danach ist euch der Besitz jeder Art von elektronischen Kommunikationsmitteln strikt verboten. Egal ob Handy, Tablet, Data-Watch oder was sonst auch immer: Wer mit einem solchen Gerät erwischt wird, fliegt auf der Stelle raus, verstanden?«

Während die Mehrzahl widerspruchslos nickte, verzog Jean-Luc unwirsch das Gesicht.

»Sollte einer von euch versehentlich ein solches Gerät mitgebracht haben«, fuhr Master Bob fort, »dann ist das jetzt die allerletzte Gelegenheit, es loszuwerden. Also, was ist?« Er blickte die zehn Kandidaten mit hintergründigem Lächeln an. »Keiner was dabei?«

Für einen Moment tat sich nichts. Niemand rührte sich. Die meisten starrten nur teilnahmslos vor sich hin, als ginge sie das alles gar nichts an. Dann aber gab sich Jean-Luc einen Ruck und zog mit einem unterdrückten Fluch ein Mobiltelefon aus der Gesäßtasche. »Merde!«, schimpfte er. »Und wie soll isch jetzt erfahren, wie es meiner Kleinen und unserer Tochter geht?«

»Sorry, mein Lieber«, gab Master Bob ungerührt zurück. »Aber das hättest du dir früher überlegen sollen.«

»Außerdem würde es dir überhaupt nichts nützen«, mischte sich Mike Mannings ein. »Auf Battle Island gibt es nämlich kein Netz. Unsere Verbindung zur Außenwelt erfolgt ausschließlich über die Sendeleitung und über Satellitentelefon.«

Jean-Luc blickte ihn mit großen Augen an. »Escht?«

»Echt!« Mannings nickte. »Und was deine Amal betrifft – für die paar Tage kommt sie bestimmt auch alleine mit Yamina zurecht.«

»Amal und Yamina?«, fragte Jean-Luc verwundert. »Wo'er kennen Sie die Namen meiner Freundin und meiner Tochter?«

»Woher wohl?« Ein spöttisches Lächeln umspielte Mannings' Lippen. »Jeder von euch hat bei der Anmeldung einen Fragebogen mit persönlichen Daten und so weiter ausgefüllt. Und darin hast du nicht nur den Namen deiner Lebensgefährtin angegeben, sondern auch den eurer Tochter.«

»Escht?« Jean-Luc zog eine verwunderte Grimasse und kratzte sich hinterm Ohr. »Kann isch misch gar nischt dran erinnern!«

»Kein Wunder bei all der Aufregung in den letzten Wochen!«, erwiderte der Produzent ganz ruhig. »Und wahrscheinlich hast du auch die Interviews vergessen, die du nach der Vorentscheidung der französischen Presse gegeben hast. Dabei darfst du über BATTLE ISLAND und alles, was damit zusammenhängt, laut Vertrag ausschließlich mit YOUR TV sprechen. Oder mit einem der mit uns verbundenen Medienunternehmen – und zwar sowohl vor als auch zwölf Monate nach Ende der Show!«

Ein erstauntes Gemurmel ging durch die Gruppe. Während einige verwunderte Blicke wechselten und andere ungläubig den Kopf schüttelten, neigte sich Elena zu Lou und raunte ihr ins Ohr: »Zum Glück haben sie nicht gemerkt, dass ich auch ein Interview gegeben habe – der *La Vanguardia,* der größten Zeitung Kataloniens. Meine Familie ist deshalb auch mächtig stolz auf mich. Ganz besonders mein Vater natürlich, weil sein kleines Mädchen der Familie so viel Ehre eingebracht hat!«

»Kleines Mädchen, so, so«, bemerkte Lou trocken. »Aber Schlaflieder singt er dir nicht mehr vor, oder?«

Elena kicherte und boxte ihr spielerisch in die Rippen. »Nö! Und ich darf auch schon ganz alleine über die Straße gehen!«

»Shit!«, übertönte da Jean-Luc Lous fröhliches Gelächter – er kannte also nicht nur französische Kraftausdrücke. »Wollen Sie damit sagen, dass Sie misch ’ätten rauswerfen können?«

»Das hätten wir!«, bekräftigte Mike Mannings. »Aber wir sind ja keine Unmenschen. Wir wissen schließlich, wie wichtig die Show für dich ist.«

»Escht?« Jean-Luc machte ein zerknirschtes Gesicht. »Merci bien, vielen, vielen Dank!«

»Nichts zu danken. Aber beim nächsten Verstoß bist du draußen.«

»Natürlisch«, antwortete Jean-Luc hastig. »Wird auch nischt wieder vorkommen, versprochen!«

»Das finde ich echt daneben«, ereiferte sich Daniel Michaelis. »Wenn nicht sogar Betrug!«

»Betrug?« Mannings runzelte die Stirn. »Was meinst du damit?«

»Dass er nicht sofort rausgeworfen wurde, das meine ich!« Daniel verzog trotzig das Gesicht. »Wir alle haben uns an die Regeln gehalten, nur er nicht. Dabei hatte ich auch mehrere Interviewanfragen. Wenn ich gewusst hätte, dass ich genauso ungestraft davonkomme wie Scarface, hätte ich natürlich auch Ja gesagt.«

»Ich weiß gar nicht, warum du dich aufregst«, gab Mannings ungerührt zurück. »Deine Teilnahme hat doch auch so für reichlich Schlagzeilen gesorgt. Die gesamte Societypresse hat doch darüber berichtet.«

»Schon«, gab Daniel mit grimmiger Miene zurück. »Aber nicht meinetwegen, sondern nur wegen Papa! Und wegen der zynischen Kommentare, die er mal wieder über mich abgelassen hat.«

Stimmt ja, erinnerte sich Lou da wieder. »Jeder ist seines Glückes Schmied«, hatte Professor Michaelis geantwortet, als man ihn vor Wochen nach seiner Meinung zur Teilnahme seines Sohnes an BATTLE ISLAND gefragt hatte. »Wenn Daniel sich unbedingt lächerlich machen will, dann soll er das ruhig tun!«

Schon damals hatte Lou sich gewundert, wie ein Vater seinen einzigen Sohn in der Öffentlichkeit derart bloßstellen konnte. Wenn Professor Michaelis sich gegenüber Daniel häufiger so verhielt, erklärte das dessen schräges Verhalten ein wenig. Auch wenn es dieses beileibe nicht entschuldigte.

»Wie auch immer«, kommentierte Mannings Daniels Einwand lapidar. »Wie wir die Regeln auslegen, ist ganz alleine unsere Sache. Wenn es der Show dient, können wir jederzeit Ausnahmen machen.«

»Wenn es den Einschaltquoten dient, wollten Sie wohl sagen?«, wandte Josh mit spöttischem Lächeln ein.

Mannings ließ sich nicht provozieren. »Nenne es, wie du willst, im Ergebnis bleibt es das Gleiche.« Er blickte Master Bob fragend an. »Das war's dann wohl? Oder hast du noch was hinzuzufügen?«

»Nicht das Geringste!«

»Schön.« Mannings lächelte zufrieden und nickte den zehn Kandidaten aufmunternd zu. »Dann überlassen wir euch mal eurem Schicksal. Morgen früh und an allen folgenden Tagen werdet ihr um halb acht durch ein Sirenensignal geweckt. Punkt neun Uhr startet dann der jeweilige *Battle of the Day*. Viel Glück euch allen und eine gute Nacht!«

Battle Island, Azoren. Camp am Lagoa Azul.
Tag eins: Freitag, 05. August 2022, 07:15 Uhr.

Lou wurde schon vor dem Wecksignal wach: die Aufregung wahrscheinlich oder die ungewohnte Umgebung. Obwohl sie noch nie zuvor im Freien geschlafen hatte, war sie während der ganzen traumlosen Nacht nicht ein einziges Mal aufgewacht. Die mühselige Anreise hatte sie so sehr geschafft, dass sie gerade noch ihr Lager unter einer mächtigen Girlandenblume herrichten konnte. Dann war sie auf der Stelle wie erschlagen auf die Schlafmatte gesunken und sofort eingeschlafen.

Die letzten Reste der Morgendämmerung lagen noch über dem Camp und kämpften einen aussichtslosen Kampf gegen das zunehmende Licht der Sonne, die weit im Osten langsam am tiefblauen Himmel emporkroch. Nebelschwaden drifteten dicht über der Oberfläche des Sees dahin und formten bizarre Schlieren in der morgendlichen Brise. Der sanfte Hauch entlockte dem Blattwerk der Büsche und Sträucher auf der Uferwiese ein leises Rascheln und Wispern – als hätten sich darin Elfen und Feen zu einem fröhlichen Morgenkonzert versammelt.

Zu Lous großer Überraschung verlief das gemeinsame Frühstück in völliger Harmonie. Sophie Hansen erklärte sich sogar freiwillig zum Wasserholen bereit. Dabei war die Schöpfstelle, auf die Master Bob sie am Vorabend noch hingewiesen hatte, gut hundert Meter von der Uferwiese entfernt. In einer versteckten Bucht ergoss sich ein kleiner, von einem Wildbach gespeister Wasserfall in den Lagoa Azul. Sein Wasser war kristallklar und weit schmackhafter als das Wasser in der Bucht unmittelbar vor dem Camp.

Daniel, Nicolo und Ruud machten sich auf die Suche nach Holz, während Josh und Jean-Luc die wenigen im Camp vorrätigen Äste und Scheite geschickt aufeinanderschichteten und innerhalb kürzester Zeit ein prächtiges Feuer entfachten.

Lou und die anderen Mädchen rührten Haferflockenbrei an, rösteten Brot, brieten Eier und Speck und kochten nach Sophies

Rückkehr Kaffee und Tee. Schon wenig später versammelten sich die zehn Konkurrenten rund um das Feuer und frühstückten wie eine verschworene Freundesclique auf einem vergnüglichen Wildnistrip einträchtig miteinander. Noch weit mehr aber überraschte es Lou, dass ihr Vorschlag, einen festen Arbeitsplan für die während der kommenden Tage im Camp anfallenden Aufgaben aufzustellen, von allen ohne jeden Widerspruch akzeptiert wurde.

Ganz im Gegenteil: »Gute Idee«, lobte Sophie sogar. »Dann weiß jeder im Voraus, wann er mit welcher Arbeit dran ist, und kann seine Tage entsprechend einteilen und planen.«

So viel Einsicht hätte Lou von Sophie gar nicht erwartet!

Die allgemeine Harmonie währte allerdings nicht lange – exakt bis zum Beginn des ersten *Battles of the Day*, das ihnen Master Bob und Kimberly Cohen um Punkt neun Uhr präsentierten. Der Wettkampf wurde etwas abseits vom Camp direkt am Seeufer ausgetragen, wo das Ausstatterteam offensichtlich während der Nacht die nötigen Vorbereitungen getroffen hatte. Für jeden Teilnehmer war ein rund zwei Meter hohes Holzpodest aufgebaut worden, zu dem eine Leiter hinaufführte. Davor waren zwei Hantelständer postiert, die eine mit mehreren Gewichtsscheiben bestückte Langhantel hielten.

Lou schwante Böses bei ihrem Anblick. Sie war zwar schnell und ausdauernd, aber wahrlich nicht die Stärkste. Obwohl sie zur Vorbereitung auf die Show auch im Fitnessstudio trainiert hatte, konnte sie in Sachen Kraft bestimmt nicht mit Jean-Luc und Josh mithalten. Auch Sophies ebenso freudiger wie wild entschlossener Gesichtsausdruck ließ vermuten, dass ihr im Gegensatz zu Lou ein reines Kräftemessen sehr gelegen käme. Aber hatte Mike Mannings nicht versprochen, dass bei BATTLE ISLAND nicht alleine die körperlichen Fähigkeiten der Kandidaten gefragt wären, sondern auch ihre Intelligenz und Cleverness? Doch wie sollten sie diese mit Hanteln und Gewichten unter Beweis stellen?

Master Bob ließ sie nicht lange auf eine Erklärung warten. »Okay, Leute«, sagte er und deutete auf die Bauten. »Wenn ich mit meiner Einführung zu Ende bin, begibt sich jeder zu dem Podest, das mit seinem Namen gekennzeichnet ist.«

»Wieso das denn?«, muffelte Daniel im gewohnt motzigen Ton. Im Gegensatz zu den anderen Mitspielern, die alle einen recht munteren Eindruck machten, wirkte er ziemlich müde und fahrig.

Ob er schon erste Entzugserscheinungen hat?, überlegte Lou.

»Die Podeste sind doch alle gleich!«, meckerte Daniel bereits weiter.

»Die Podeste schon«, erwiderte Master Bob ungehalten. »Aber alles andere nicht. Die erste Aufgabe ist nämlich individuell auf jeden von euch abgestimmt. Oder genauer gesagt: auf euer jeweiliges Gewicht.«

Deshalb also hatte Mannings jeden von ihnen am Vorabend im Kommandeurshaus nicht nur aufwendig vermessen lassen – Körpergröße, Arm- und Beinlänge und einiges mehr –, sondern sie auch auf die Waage geschickt! Dabei hatte Lou schon vermutet, es handele sich nur um einen schrägen Tick von ihm.

»Die Hantel und die Scheiben sind nämlich exakt doppelt so schwer wie ihr selbst«, fuhr der Showrunner fort. »Eure Aufgabe besteht darin, sie mitsamt den Ständern nach oben auf das Podest zu schaffen und sie dort wieder genauso aufzubauen wie auf dem Boden. Wie ihr das anstellt, ist euch selbst überlassen. Ihr könnt natürlich versuchen, die komplette Hantel hochzuschleppen.

Allerdings dürfte damit jeder von euch mehr als überfordert sein. Deshalb nehmt ihr sie am besten auseinander und setzt sie oben wieder zusammen.«

»Ich dachte, das ist eine Fernsehshow«, raunte Elena Lou zu. »Aber das hier sieht mir eher nach einem Bodybuilderworkshop aus!«

»Sobald ihr das vorschriftsmäßig erledigt habt«, fuhr Master Bob fort, »macht ihr euch an den zweiten Teil des heutigen *Battles*. Auf jedem Podest liegt ein Rucksack mit einem Bleigewicht bereit, das genau zehn Prozent eures Körpergewichts entspricht. Mit diesem Rucksack auf dem Rücken schwimmt ihr durch den See – am besten schnurgerade auf den roten Pfahl zu, den wir dort drüben aufgestellt haben.« Er streckte die Hand aus und deutete auf die entsprechende Stelle am gegenüberliegenden Ufer. »Die Strecke dürfte rund achthundert Meter betragen. Unter dem Pfahl steht ein Korb mit zehn Cherimoyas. Das sind große herzförmige Früchte, die auch Zuckeräpfel genannt werden und auf denen wir Schilder mit euren Namen angebracht haben. Dort angekommen, schnappt ihr euch eure Cherimoya und lauft damit – und natürlich auch mit dem Rucksack! – auf der Ostseite des Sees wieder hierher zurück, was knapp eineinhalb Kilometern entsprechen sollte. Wer als Erster mit seinem Zuckerapfel an seinem Podest ankommt, ist Sieger des *Battles* und erhält das erste Hinweiskärtchen auf das Schatzversteck.« Er blickte die Jugendlichen der Reihe nach an. »Habt ihr das verstanden? Oder hat noch jemand eine Frage?«

»Ja, ich«, meldete sich Sophie. »Müssen wir in unseren Kleidern schwimmen? Oder können wir sie ausziehen?«

»Ich hätte da absolut nichts dagegen«, antwortete Master Bob breit lächelnd, schüttelte dann aber doch den Kopf. »Allerdings wird die Show bestimmt auch von jüngeren Zuschauern gesehen und deshalb kommt das nicht infrage. Zudem würde das die Aufgabe um einiges leichter machen – und deshalb behaltet ihr eure Klamotten gefälligst an!«

»Ein Glück!« Poppy atmete erleichtert auf. »Wir haben schließlich keine Badeanzüge drunter.«

»Die hatte Robinson Crusoe auch nicht«, bemerkte der Showrunner spöttisch. »Außerdem sind wir hier ja quasi unter uns und würden uns an deiner paradiesischen Schönheit bestimmt nicht stören!« Daniel und Jean-Luc stimmten sofort in sein hämisches Gelächter mit ein, während Lou und Elena pikierte Blicke wechselten.

Master Bob ließ sich davon nicht stören. »Seid ihr bereit?«, fragte er in die Runde.

Allgemeines Kopfnicken war die Antwort.

»Dann also los: Geht zu eurem Podest und wartet auf Kimberlys Startsignal. Eine Info noch: Ein Fehlstart wird mit sechzig Sekunden Strafzeit belegt. Ihr solltet das also tunlichst vermeiden.«

Lou überlegte fieberhaft, wie sie die Aufgabe am geschicktesten angehen sollte. Die Waage am Vorabend hatte fast exakt sechzig Kilo angezeigt. Was bedeutete, dass sie hundertundzwanzig Kilo plus die beiden Ständer aufs Podest wuchten und anschließend mit sechs Kilo Zusatzgewicht durch den See schwimmen musste. Aber hundertundzwanzig Kilo würde sie niemals auf einmal tragen können. Selbst fünfzig Kilo wären schon viel zu viel!

Sie beschloss deshalb, auf Nummer sicher zu gehen und sich jeweils maximal zwanzig Kilo Gewicht aufzuladen. Dazu kamen dann noch die beiden Hantelständer, die vermutlich ähnlich schwer waren.

Kimberly hatte kaum das Startsignal gegeben – sie blies dazu in das leere Gehäuse einer großen Meerschnecke, worauf ein schriller, trompetenartiger Ton über das Seeufer hallte –, da stürmten alle zehn Kandidaten auf die vor ihnen stehenden Metallständer zu und machten sich an den Hanteln zu schaffen.

Während Lou die beiden Federklemmen löste, um die Gewichtsscheiben von der Stange nehmen zu können, ging die rechts von ihr postierte Sophie die Aufgabe auf eine völlig andere und ziemlich rabiate Weise an: Sie stieß die Hantel mitsamt den Ständern kurzerhand um, packte die Ständer und kletterte damit die Leiter hoch. Sie hatte sie kaum auf dem Podest aufgestellt, als sie auch schon mit einem mächtigen Satz wieder heruntersprang, um sich an der Hantel zu schaffen zu machen. Obwohl ungefähr gleich groß und gleich schwer wie Lou, war Sophie offensichtlich um einiges stärker. Sie bepackte sich nämlich gleich mit drei Zehnkiloscheiben und flog damit so flink die steile Leiter hoch, als handelte es sich um die leichteste Übung der Welt. Lou hatte ihre Aufgabe noch nicht mal zur Hälfte bewältigt, da schob Sophie oben auf dem Podest schon die letzte Gewichtsscheibe auf die Stange und arretierte sie mit der Federklemme.

Fertig!

Lou verdrehte ungläubig die Augen. Entweder war Sophie ganz besonders schnell oder sie selbst war über die Maßen lahm.

Die Wahrheit lag wohl eher in der Mitte. Tatsächlich bewältigte Sophie den ersten Teil des *Battles* als Erste – und zwar mit einigem Vorsprung vor Lou.

Aber auch Jean-Luc und Josh waren nicht viel langsamer als

Sophie. Fast gleichzeitig beendeten sie die erste Aufgabe, schlüpften blitzschnell in die Tragriemen der Rucksäcke und folgten Sophie in den See. Die war zwar bereits ein gutes Stück vom Ufer entfernt – und dennoch war das *Battle* noch längst nicht entschieden. Beim Schwimmen und Laufen konnte sich die Reihenfolge noch gewaltig verschieben. Lou konnte nicht im Geringsten abschätzen, wer den Wettkampf als Sieger beenden würde – Jean-Luc, Josh oder vielleicht sogar Sophie. Eines aber wusste sie schon jetzt genau: Sie selbst besaß keinerlei Chance mehr auf einen Sieg, dazu war der Vorsprung der drei Konkurrenten bereits viel zu groß – es sei denn, sie würden untergehen oder beim Laufen schlappmachen. Aber danach sah keiner von ihnen aus.

Enttäuschung und Resignation machten sich in ihr breit, und kurzfristig spielte sie mit dem Gedanken, einfach abzubrechen und ihre Kräfte für das nächste *Battle* zu sparen. Gerade noch rechtzeitig fiel ihr die Mahnung ein, die Master Bob ihnen allen mit auf den Weg gegeben hatte: »Wer ohne triftigen Grund, zum Beispiel einer Verletzung, aufgibt und ein *Battle* nicht beendet, wird beim nächsten Wettkampf mit Strafzeiten belegt!« Und so riss sich Lou zusammen und machte unverdrossen weiter.

Sie war allerdings nicht die Einzige, der die Gewichteschlepperei Probleme bereitete. Nicolo de Rossi, der sich am Podest links von ihr abmühte, erging es sogar noch schlechter als ihr. Er hievte die Hantel und die Scheiben zwar etwas schneller aufs Podest als Lou. Die beiden Ständer aber wurden ihm zum Verhängnis: Er wollte sie gerade die Leiter hochbugsieren, als er auf einer Sprosse ausglitt und mitsamt seiner Last zu Boden stürzte. Dabei traf ihn einer der schweren Metallständer so unglücklich an der Stirn, dass augenblicklich die Haut aufplatzte. Zum Glück war die Wunde nicht besonders tief. Dennoch färbte sie sein weißes T-Shirt im Nu blutig rot.

Lou wollte ihm zu Hilfe eilen, doch Nicolo wehrte ab: »Nicht! Du verlierst nur unnötig Zeit! Außerdem ist das nicht halb so schlimm, wie es aussieht, und hört bestimmt gleich wieder auf zu bluten.« Er zog ein Taschentuch hervor und presste es auf die Stirn. »Jetzt mach schon«, wiederholte er. »Ich komme schon alleine zurecht.«

Und das tat er dann auch. Als Lou nämlich endlich den ersten Teil der Aufgabe erledigt hatte und sich mit dem Gewichtssack auf dem Rücken ins Wasser stürzte, war Nicolo ebenso an ihrer Seite wie nahezu alle anderen Mitspieler auch. Lediglich Daniel war ihnen ein kurzes Stück voraus. Er hatte beim Schwimmen allerdings sichtlich Schwierigkeiten und würde wahrscheinlich recht schnell eingeholt werden.

Doch dann kam alles ganz anders: Schon beim ersten Schwimmzug erlebte Lou nämlich eine böse Überraschung. Ihr T-Shirt und ihre Jeans saugten sich sofort voll und umhüllten sie wie schwere Schleier aus nassem Tuch. Das ungewohnte Zusatzgewicht auf ihrem Rücken drückte sie unerbittlich unter die Oberfläche, sodass sie Wasser schluckte und laut keuchend und hustend nach Luft rang. Das alles kam so überraschend, dass sie von Panik befallen wurde und hektisch mit den Armen herumruderte, anstatt ruhig und besonnen weiterzuschwimmen. Wie aus dem Nichts stiegen die Bilder des schrecklichen Unfalls und ihrer immer wiederkehrenden Albträume in ihr auf.

Das Dunkel der Tiefe.

Das leuchtende Tor.

Das krakenförmige Ungeheuer.

Die Tentakel, die nach ihr griffen.

Und der Schnabel, der sie zu verschlingen drohte.

Zudem dröhnte eine schrille Stimme wie durch einen Nebel durch ihr Bewusstsein: »Es ist alles deine Schuld! Deine Schuld! Deine Schuld!«

Elena, die dicht neben ihr schwamm, brachte sie zum Glück rasch wieder zur Besinnung. »Ruhig, Lou, ganz ruhig!«, forderte sie sie energisch auf. »Dann kann dir absolut nichts passieren!«

Lou schnappte noch einmal nach Luft und zwang sich zu regelmäßigen Armbewegungen – und schon glitt sie fast mühelos, wenn auch etwas tiefer als sonst, durchs Wasser und hielt mit steten Schwimmzügen Seite an Seite mit Elena auf den Pfahl am gegenüberliegenden Ufer zu.

Nicolo hatte inzwischen schon einen kleinen Vorsprung gewonnen. Ebenso wie Poppy, die sich als überraschend gute Schwimmerin erwies und mühelos mit dem schwarz gelockten Neapolitaner mithielt. Als die beiden den bereits laut prustenden Daniel einholten, warf der ihnen wütende Blicke zu.

»Hey! Ihr kreuzt meine Bahn«, blaffte er sie an. »Verpisst euch gefälligst!« Um seiner Forderung Nachdruck zu verleihen, trat er nach Nicolo aus – und traf ihn so heftig an der Stirn, dass dessen Wunde wieder aufplatzte und Blut daraus hervorsprudelte.

»Das glaube ich jetzt nicht!«, rief Lou empört aus. »Der hat sie wohl nicht mehr alle!«

Selbst der Übeltäter schien nicht mit den dramatischen Folgen seiner gemeinen Aktion gerechnet zu haben. Während Nicolo sich mit einem Schmerzenslaut an den Kopf fasste, riss Daniel erschrocken die Augen auf, starrte ihn entsetzt an – und versank nur einen Moment später lautlos im See!

Geistesgegenwärtig tauchte Nicolo ihm nach und bekam ihn offensichtlich auch umgehend zu fassen. Jedenfalls zerrte er den Ohnmächtigen schon kurz darauf wieder an die Oberfläche. Er hatte allerdings erhebliche Mühe, den wie ein plumper Mehlsack in seinem Arm hängenden Jungen über Wasser zu halten, sodass auch Poppy sich zum Eingreifen gezwungen sah. Doch selbst ihre gemeinsamen Anstrengungen reichten nicht aus, um Daniel heil ans Ufer zu bringen. Das gelang ihnen nämlich erst mit Lous und Elenas tatkräftiger Unterstützung.

Master Bob und Kimberly Cohen erwarteten sie dort bereits. Während der Showrunner ihnen mit einem Kopfnicken signalisierte, dass er mit ihrem Ausstieg aus dem *Battle* einverstanden war, verschwendete die Moderatorin nur einen kurzen Blick an sie. Als sie erkannte, dass Daniel offensichtlich nichts Ernsthaftes fehlte, wandte sie sich wieder ab und spähte zum jenseitigen Seeufer.

Dort stieg Sophie gerade aus dem Wasser und hastete auf den Korb mit den Früchten zu. Josh war dicht hinter ihr, wie Lou mit kurzem Seitenblick erkannte, bevor sie sich wieder dem regungslos auf der Uferwiese liegenden Daniel zuwandte.

Nicolo kniete neben ihm nieder und versuchte, ihn mit sanften Backpfeifen wieder zu Bewusstsein zu bringen. Nur Sekunden später schlug Daniel die Augen auf, blickte sich für einen Moment verwirrt um – und sprang gleich darauf wie ein entfesselter Schachtelteufel wieder auf die Füße.

»Na also, geht doch«, murmelte Lou erleichtert, während Nicolo ihm die Hand auf die Schulter legte und sich besorgt nach seinem Befinden erkundigte: »Alles okay mit dir? Oder kann ich noch etwas für dich tun?«

Anstatt sich, wie von allen erwartet, für die großherzige Hilfe zu bedanken, stieß Daniel ihn rüde von sich und fuhr ihn aufgebracht an: »Nimm deine verdammten Finger von mir! Und hört auf, mich so bescheuert anzuglotzen!«, fügte er mit Blick auf die Mädchen noch hinzu. »Was fällt euch Idioten ein, mich einfach aus dem See zu ziehen? Ich wäre schon alleine zurechtgekommen und hätte eure Hilfe bestimmt nicht benötigt!«

Nicolo und Poppy schienen von seinem Ausbruch so überrascht, dass sie im ersten Moment absolut sprachlos waren. Sie sahen sich nur fassungslos an. Was war denn in den gefahren?

Elena dagegen wollte die unberechtigten Vorwürfe offenbar nicht auf sich beruhen lassen. »Entschuldige mal, du Junkie!«, empörte sie sich. »Du bist plötzlich ohnmächtig geworden und wärst mit Sicherheit ertrunken, wenn Nicolo und Poppy nicht so rasch eingegriffen hätten.«

»Quatsch!«, spie Daniel ihr förmlich ins Gesicht. »Das haben die beiden doch nur getan, um sich bei den Zuschauern einzuschleimen. Damit die sie zum *Darling of the Day* wählen!« Er trat dicht vor Poppy hin und schrie ihr mit wutverzerrter Miene ins Gesicht: »Gib's doch zu, Feuermuschi! Und du auch, du scheinheiliger Romeo!«, schickte er, an Nicolo gewandt, noch geifernd hinterher.

Während Poppy augenblicklich in Tränen ausbrach, blieb Nicolo überraschend ruhig. »Ich glaube, du verwechselst da etwas«, erwiderte er kühl. »Romeo hat in Padua gewohnt. Aber ich komme aus Neapel, falls dir das entfallen sein sollte.«

»Und wenn schon«, wütete Daniel weiter. »Aber er war ein genauso beschissenes Arschloch wie du – und am Ende war er tot. Wenn du so weitermachst, wird es dir genauso ergehen, das garantiere ich dir!«

Das war wohl selbst dem so überaus besonnenen Neapolitaner zu viel. »Wie du meinst, Mischel Sauerkraut«, erwiderte er nämlich mit düsterer Miene. »Beim nächsten Mal lassen wir dich eben einfach absaufen! Und bis dahin kannst du dich meinetwegen zum Teufel scheren.« Damit drehte er sich um und stapfte an dem amüsiert vor sich hin grinsenden Master Bob vorbei in Richtung Camp.

Als er Kimberly Cohen passierte, würdigte diese ihn nicht mit einem Blick. Das Einzige, was sie zu interessieren schien, war ganz offensichtlich der Ausgang des ersten *Battles*. Jedenfalls starrte sie wie gebannt auf die dicht belaubte Strauchgruppe nahe beim Ufer, hinter der schon bald der erste Wettkämpfer hervorkommen musste.

Sophie oder Josh?

Oder vielleicht sogar Jean-Luc?

Es war Sophie, wie Lou gleich darauf zu ihrer großen Enttäuschung erkannte. Josh lag zwar nicht allzu weit hinter ihr. Aber Sophie war dem Ziel schon so nahe, dass er sie unmöglich einholen konnte.

Und tatsächlich erreichte Sophie ihr Podest ein paar Sekunden früher als Josh. Als der sich erschöpft vornüberbeugte und die Hände laut keuchend auf seine Oberschenkel stützte, bemerkte Lou zu ihrer Verwunderung, dass er mehrere blutende Kratzwunden im Gesicht und auf den nackten Armen trug. Hatte Sophie, die mit einem lauten Jubelruf die Hand mit der Cherimoya in die Höhe stieß und vor Freude wie ein Flummi auf und ab hüpfte, ihn etwa attackiert?

Master Bob dagegen hatte Joshs Verletzungen offensichtlich noch gar nicht registriert. Mit leuchtenden Augen eilte er auf

Sophie zu und umarmte sie. »Herzlichen Glückwunsch«, sagte er. »Noch drei Siege – und du kennst die Areale, die als Schatzversteck infrage kommen.« Dann fasste er in die Gesäßtasche seiner Röhrenjeans und holte den Umschlag mit dem Hinweiskärtchen hervor.

Er kam allerdings nicht dazu, ihn Sophie zu überreichen. Josh trat nämlich vor ihn, richtete einen Finger anklagend auf die vermeintliche Siegerin und ließ seiner Empörung freien Lauf: »Das lasse ich mir nicht gefallen!«, ereiferte er sich. »Sophie ist nur deshalb als Erste ins Ziel gekommen, weil sie zu einem gemeinen Trick gegriffen und ziemlich übel gegen die Regeln verstoßen hat!«

Während Sophie den empörten Jamaikaner nur höhnisch angrinste, zog der Showrunner ein mürrisches Gesicht. »Was soll das heißen: gegen die Regeln verstoßen? Hat sie dich vielleicht angegriffen?«

»Das nicht«, erwiderte Josh erregt. »Aber …«

»Na also«, schnitt Master Bob ihm das Wort ab. »Worüber beschwerst du dich dann?«

»Dass Sophie, nachdem sie sich ihren Zuckerapfel geschnappt hatte, den Korb mitsamt den restlichen Früchten in ein nahes Dornengestrüpp geschleudert hat – darüber beschwere ich mich!«

»Na und?«, mischte sich Sophie ungefragt ein. »Hat vielleicht jemand erwähnt, dass der Korb und die Früchte nicht vom Fleck bewegt werden dürfen? Ich kann mich jedenfalls nicht daran erinnern! Und was nicht verboten ist, verstößt auch nicht gegen die Regeln.«

»Tickst du noch richtig?« Eine Mischung aus Empörung und Wut verzerrte das Gesicht unter den dunklen Rastalocken. »So was versteht sich doch von selbst und muss nicht ausdrücklich erwähnt werden. Aber so musste ich meinen Zuckerapfel erst mühsam im Gestrüpp suchen und ihn dort rausklauben. Dabei habe ich mich nicht nur verletzt, sondern auch wertvolle Zeit verloren!«

»Kinderkacke!« Master Bob winkte genervt ab. »An den paar Kratzern wirst du schon nicht sterben. Und wie Sophie ganz richtig gesagt hat: Einen Regelverstoß kann ich beim besten Willen nicht erkennen!«

Lou wollte ihren Ohren nicht trauen. War das denn zu glauben?

»Das ist doch nicht Ihr Ernst?«, mischte sie sich zutiefst empört ein. »Das hat doch mit einem fairen Wettkampf nichts mehr zu tun! Ich verlange, dass Mike Mannings darüber informiert wird – und zwar auf der Stelle!«

»Völlig unnötig«, blaffte Master Bob sie mit finsterer Miene an. »Mike verfolgt doch jede eurer Aktionen über die Monitore im Kontrollbunker und ist deshalb bestens über alles informiert. Außerdem wird er nach Ende des *Battles* ohnehin hier auftauchen, um den Kandidaten für den heutigen *Home-Call* bekannt zu geben.«

»Gott sei Dank«, sagte Elena erleichtert. »Mr Mannings wird einen solchen Beschiss bestimmt nicht zulassen!«

Womit sie allerdings genauso falschlag wie Lou. Ruud van Dyke war kaum als Letzter im Ziel angelangt – weit hinter Leonie, die zu aller Überraschung dicht hinter Jean-Luc ins Ziel gekommen war –, als der Produzent auch schon am Seeufer auftauchte. Noch bevor Josh seine Beschwerde vortragen konnte, hob er beschwichtigend die Hände. »Ich weiß, ich weiß«, sagte er mit verkniffener Miene. »Ich habe alles mit eigenen Augen beobachtet. Und trotzdem ...« Er machte eine kleine Pause und blickte in die Runde. »Ich kann Sophie nur recht geben. Da euch nicht ausdrücklich verboten war, den Korb zu versetzen, hat sie sich in der Tat keines Regelverstoßes schuldig gemacht. Deshalb ist sie auch die rechtmäßige Siegerin des heutigen *Battles!*« Während Sophie mit triumphierender Miene die Faust ballte und ein lautes »Yes!« ausstieß, wandte Mannings sich an den Showrunner. »Aber dich würde ich bitten, die Aufgaben in Zukunft präziser und eindeutiger zu formulieren. Damit solche Irritationen wie heute gar nicht erst aufkommen können, verstanden?«

»Natürlich«, erwiderte Master Bob kleinlaut. »Kein Problem!«

»Schön«, antwortete der Produzent mit kaltem Lächeln. Das eisige Funkeln in seinen Augen ließ jedoch erkennen, dass er es mit Sicherheit nicht dabei bewenden lassen würde. Fürs Erste allerdings wandte er sich an den semmelblonden Holländer. »Das Los hat dich für den heutigen *Home-Call* bestimmt. Wir erwarten dich deshalb um Punkt achtzehn Uhr im Kontrollbunker. Damit wir dein Gespräch mit deiner Mutter eventuell noch in den Tageszusammenschnitt hineinpacken können.«

»Wieso denn so früh? Ich dachte, die Sendung beginnt immer erst um einundzwanzig Uhr?«

»Ganz recht, du Schlaumeier«, erwiderte Mannings mit genervtem Augenaufschlag. »Aber du vergisst, dass Battle Island in einer anderen Zeitzone liegt als Mitteleuropa und wir unserem Sendegebiet volle zwei Stunden hinterherhinken. Deshalb bleiben uns nach deinem *Home-Call* nur noch knapp fünfundvierzig Minuten, um interessante Szenen für den Zusammenschnitt auszuwählen. Allerdings: Wenn deine Performance dabei genauso lahm und uninspiriert ausfällt wie beim heutigen *Battle*, werden wir darauf wohl verzichten müssen!«

Als die drei Senderleute sich verabschiedet hatten und in Richtung *Battle Village* verschwanden, blickte Josh ihnen wütend hinterher. »Dass sie Sophie diese Gemeinheit haben durchgehen lassen, ist absolut fies und völlig ungerecht«, beschwerte er sich lautstark. »Und es beweist außerdem, dass wir der Willkür dieser Typen völlig hilflos ausgeliefert sind. Sie stecken alle unter einer Decke – und Master Bob und Sophie sowieso!«

Worauf die wie eine Rakete in die Luft ging. »Du leidest an Verfolgungswahn«, giftete sie Josh an. »Oder hast du nur zu viel Gras geraucht, wie alle Rastas? Jedenfalls höre ich mir einen solchen Unsinn nicht länger an. Ich habe schließlich Besseres zu tun!« Mit triumphierendem Grinsen hob Sophie den Umschlag mit dem Hinweiskärtchen in die Höhe und wedelte damit provokativ dicht vor Joshs Gesicht herum. Dann drehte sie sich um und marschierte in Richtung Camp davon – wie eine stolze Kriegerin nach gewonnener Schlacht!

»Auch wenn sie es tausendmal abstreitet«, erklärte Josh, während er ihr mit düsterer Miene nachsah. »Sie steckt mit Sicherheit mit diesem selbstgefälligen Hipster unter einer Decke! Wahrscheinlich hat er ihr die heutige Aufgabe schon lange vorher gesteckt. Damit sie genügend Zeit hatte, sich darauf vorzubereiten und sich diesen fiesen Trick einfallen zu lassen.«

Lou schnaufte tief durch und verzog dann gequält das Gesicht. »Wenn du tatsächlich recht hast …«

»Das habe ich«, fiel Josh ihr vehement ins Wort. »Ganz bestimmt sogar!«

»… dann sehe ich ziemlich schwarz für uns. Wenn Sophie die

kommenden Aufgaben kennt und sie entsprechend trainiert hat, haben wir nicht die geringste Chance und können genauso gut gleich aufgeben.«

»Aber nicht doch, Lou!« Elena lächelte sie an und verpasste ihr einen aufmunternden Klaps. »Erinnerst du dich nicht mehr, was du in London zu mir gesagt hast? Als ich beim Treppenhauswettlauf schon aufgeben wollte, weil ich dicke Blasen an beiden Füßen hatte?« Sie wartete Lous Antwort gar nicht erst ab: »›Du musst es nur versuchen‹, hast du gesagt, ›dann schaffst du es auch!‹« Sie zwinkerte ihr zu. »Habe ich recht oder habe ich recht?«

Natürlich hatte Elena recht!

Und Tim natürlich auch, von dem Lou diesen Wahlspruch übernommen hatte.

Aber leider hatte Josh ebenfalls recht. Schon der erste Tag auf Battle Island hatte eindrucksvoll bewiesen, dass sie der Willkür von YOUR TV auf Gedeih und Verderb ausgeliefert waren.

Was ihre Aufgabe nur noch schwerer machte.

Wenn nicht sogar unmöglich.

Battle Island, Azoren. Kommandeurshaus. Wohnzimmer.
Tag eins: Freitag, 05. August 2022, 13:05 Uhr

»Bist du denn von allen guten Geistern verlassen?« Mike Mannings packte Master Bob am Kragen und starrte ihn mit eisigem Blick an. »Wie konntest du nur so bescheuert sein, dich auf so etwas einzulassen?«

»Was… äh… was soll das?« Der Showrunner tat völlig

ahnungslos. »Ich weiß überhaupt nicht, was du meinst.« Er hob zwei Finger der rechten Hand wie zum Schwur. »Ehrenwort!«

Mannings blickte ihn für einen Augenblick überrascht an, ließ ihn aber rasch wieder los und schüttelte mit gequältem Lachen den Kopf. »Nicht zu fassen, einfach nicht zu fassen!« Dann wurde er wieder ernst. »Weißt du eigentlich, wie Meineid bestraft wird? Nicht unter einigen Monaten Gefängnis. Aber das interessiert dich wahrscheinlich nicht, oder?«

»Äh.« Mit einer fahrigen Handbewegung schob Master Bob seine Wollmütze zurecht und schaute sich wie ein verwirrter Junge in dem kleinen Wohnzimmer im Kommandeurshaus um, in das Mike Mannings ihn zur Aussprache bestellt hatte. »Äh ... natürlich nicht.« Sein hilfloser Blick irrte von seinem Produzenten über die verblassten Tapeten an den Wänden bis hin zu Helen Haller, die in der offenen Tür lehnte und die Auseinandersetzung der beiden Männer mit amüsiertem Grinsen verfolgte. »Aber ... deshalb regst du dich doch bestimmt nicht so auf?«

»Nein, du Hellseher. Deshalb ganz bestimmt nicht!«

»Aber ...« Wie zum Zeichen seiner Unschuld hob Bob beide Hände. »Wieso denn dann?«

»Weil dieser Junge, Josh, völlig recht hat mit seinen Anschuldigungen: Natürlich unterstützt du dieses blonde Biest – gib es doch endlich zu!«

»Ich bitte dich, Mike.« Die Augen hinter Bobs Brillengläser wurden groß wie Untertassen. »Das ist doch Unsinn, und das weißt du auch! Warum sollte ich so etwas tun? Dafür habe ich doch nicht den geringsten Grund!«

»Ach ja? Dann will ich deinem Gedächtnis mal ein wenig auf die Sprünge helfen.« Mit energischen Schritten ging Mannings zum offenen Fenster und öffnete den Videoordner seines Tablets, das er auf die Fensterbank gelegt hatte. Er klickte eine mit »BobbyGate« betitelte Datei an und wandte sich an den Showrunner. »Hier, schau dir das mal ganz genau an.«

Bob beugte sich näher über das Display, über das die ersten Bilder eines kleinen Films liefen. Nur einen Herzschlag später wich alle Farbe aus seinem Gesicht und ein leises »O shit!« kam aus seinem zerzausten Bartgestrüpp. Offensichtlich hatte er auf Anhieb erkannt, woher die Aufnahmen stammten – nämlich von einer Überwachungskamera in einem Flur des Londoner »Royal Palace«-Hotels. Dem Insert nach waren die Aufnahmen am 18. Juni 2022 gegen 01:20 Uhr gemacht worden – in der Nacht nach der großen Party also.

Zunächst war nur eine geschlossene Zimmertür zu sehen, bis die nur Momente später geöffnet wurde und ein Mann mit Hornbrille und Vollbart daraus hervorkam – ohne jeden Zweifel Bob Masterson! Zunächst sah es so aus, als wollte er sich rasch davonstehlen. Doch dann drehte er sich noch einmal um und verabschiedete sich mit einem heißen Kuss von der jungen Frau, die ihm bis zur Tür gefolgt war. Obwohl er sie weitgehend verdeckte, war deutlich zu erkennen, dass sie splitternackt war, auffällige Tattoos trug und die blonden Haare zu kleinen Cornrows geflochten hatte: Sophie Hansen!

Mike Mannings stoppte den Film und musterte den Showrunner wie ein unerbittlicher Inquisitor. »Willst du immer noch behaup…«

»Nein, nein«, unterbrach Master Bob ihn hastig. »Es ist genauso, wie du gesagt hast. Tut mir leid«, fügte er kleinlaut hinzu und senkte zerknirscht den Blick.

Für einen Augenblick sah der Produzent ihn nur mit undurchdringlicher Miene an. »Wie kann man nur so bescheuert sein«, sagte er schließlich kopfschüttelnd. »Du weißt doch ganz genau, dass heutzutage so gut wie nichts mehr verborgen bleibt. Trotz allergrößter Vorsichtsmaßnahmen kommt über kurz oder lang doch nahezu alles zutage, was sich jemand zuschulden kommen lässt!« Er ließ seine Hand vorschnellen und stieß Bob mit dem ausgestreckten Mittelfinger gegen die Brust. »Dass jemand wie du, der für unseren Sender arbeitet und deshalb bestens über unser Geschäftsmodell informiert sein müsste, das nicht bedenkt, will mir einfach nicht in den Kopf!«

Der Showrunner schnaufte gequält. »Ich weiß, aber …«

»Zu deiner Beruhigung.« Mannings deutete auf den Monitor, auf dem noch immer das Standbild des nächtlichen Kusses zu sehen war. »Ich habe dafür gesorgt, dass diese Bilder nicht an die Öffentlichkeit gelangen können. Nicht auszudenken, wenn Millionen unserer Zuschauer diese Szene auf YouTube, Facebook oder wo sonst auch immer zu sehen bekämen. Um von der Presse ganz zu schweigen! Dann könnten wir gleich einpacken, das weißt du doch!«

»Ja schon, aber …« Master Bob blickte den Produzenten fragend an. »Warum hast du nicht gleich gesagt, dass du Bescheid weißt?«

»Ganz einfach: weil ich erst einen eindeutigen Beweis haben wollte, dass du die Show tatsächlich zugunsten deines Betthäschens zu manipulieren versuchst, deshalb!« Er legte die Hand auf Bobs Schulter und sah ihm beschwörend in die Augen. »Damit wir uns nicht falsch verstehen: Rein persönlich ist es mir schnurzegal, ob du es mit dieser Pussycat treibst oder nicht. Auch wenn die sich damit um keinen Deut besser verhält als eine ganz gewöhnliche Hure.«

Master Bob schnaufte schwer und schlug erneut die Augen nieder.

»Aber als verantwortlicher Produzent werde ich unter keinen Umständen zulassen, dass unsere Show darunter leidet!«, fuhr Mannings mit schneidender Stimme fort. »Schon der geringste Manipulationsverdacht reicht doch aus, um BATTLE ISLAND in ein schiefes Licht zu rücken. Was unsere Erfolgsaussichten ganz erheblich schmälern würde.«

Keiner der beiden Männer bekam mit, dass Helens Augen bei diesen Worten vergnügt aufleuchteten und ein zufriedenes Grinsen über ihr Gesicht huschte.

»Deshalb wirst du sicher verstehen, dass ich entsprechende Vorkehrungen getroffen habe.«

»W-w-was meinst du damit?« Die Gesichtszüge von Master Bob entgleisten. »Welche Vorkehrungen denn?«

»Ganz einfach: Als kurz nach der Endausscheidung in London die ersten Gerüchte auftauchten und von den Bildern der Überwachungskamera auch prompt bestätigt wurden, habe ich vorsichtshalber und ohne dein Wissen andere *Battles* ausarbeiten lassen. Solche, die deine kleine Gespielin mit Sicherheit nicht kennt!« Mannings drehte sich zu Helen um und nickte ihr auffordernd zu. »Würdest du bitte?«

»Aber gerne doch«, erwiderte das kräftige Mädchen lächelnd. »Mit dem größten Vergnügen.« Mit trippelnden Schritten stakste sie zu dem altertümlichen Schreibtisch an der Wand, zog eine Schublade auf und holte einen versiegelten Umschlag daraus hervor, den sie Master Bob überreichte. »Bitte schön«, sagte sie kichernd und knickste wie ein kleines Mädchen.

Völlig entgeistert starrte der Showrunner auf den Umschlag in seiner Hand. »W-w-was ist das?«

»Die Aufgabe für das morgige *Battle*«, erklärte Mannings lächelnd. »Du wirst das Siegel erst dann brechen, wenn du vor unseren Kandidaten stehst, um sie mit der Aufgabe vertraut zu machen.«

»Aber … wie stellst du dir das denn vor? Die haben wir doch gar nicht geprobt beim Pilotdurchlauf in der letzten Woche. Außerdem muss alles entsprechend vorberei…«

»Dafür ist längst gesorgt«, fiel der Produzent ihm ins Wort. »Unsere Ausstatter wissen über alles Bescheid und haben die entsprechenden Vorbereitungen getroffen.« Wieder stach sein spitzer Mittelfinger in die schmale Brust des Showrunners. »Und wehe, du verrätst diesem blonden Flittchen auch nur ein Sterbenswort! Dann wirst du sofort gefeuert, und ich wette, niemand wird dich vermissen. Kimberly kann den Teilnehmern die Aufgaben genauso gut vorlesen wie du.« Mannings sah ihn mit einem so durchdringenden Blick an, als wollte er sich in seinen Schädel bohren. »Haben wir uns verstanden, mein Lieber?«

»N-n-natürlich, Mike«, antwortete Bob hastig. »Selbstverständlich!«

»Na also, geht doch.« Mike Mannings lächelte zufrieden und tätschelte dem Showrunner gönnerhaft die Schulter. »Und falls dieses berechnende Luder deswegen böse auf dich sein sollte und nicht mehr mit dir in die Kiste springt – mach dir nichts draus! Du findest mit Leichtigkeit tausend andere, die sich für die Aussicht auf ein kleines bisschen Ruhm nur allzu gerne verkaufen!«

Battle Island, Azoren. Kommandeurshaus. Mikes Zimmer.
Tag zwei: Samstag, 06. August 2022, 06:08 Uhr

Mike Mannings war schon vor sechs Uhr wach. Er konnte es nämlich kaum erwarten, dass sich Rupert Gleason per Videotelefonat bei ihm meldete. Immer wieder starrte er auf sein auf dem Nachttisch liegendes Tablet, das er über sein Satellitentelefon mit dem Internet verbunden hatte, und wartete auf das entsprechende Signal. Als der Senderboss endlich auf dem Display erschien, schnappte der Produzent sich hastig das Gerät und fragte mit angehaltenem Atem und ohne Gruß in die Webcam: »Und? Wie sieht es aus, Rupert?«

Gleason grinste ihn fröhlich an. »Ich wünsche dir ebenfalls einen guten Morgen, mein lieber Mikey.« Dann verzog er besorgt das Gesicht. »Du siehst müde aus. Hast du schlecht geschlafen? Oder machst du dir Sorgen?«

»Weder noch«, erwiderte Mannings ungehalten. »Und jetzt spann mich bitte nicht länger auf die Folter: Wie waren unsere Quoten? Haben wir die Vorgaben erfüllt und genügend Marktanteile erzielt?« Er beugte sich nach vorne, als könnte er die Nachricht gar nicht erwarten. »Jetzt sag schon, Rupert!«

»Nun …« Gleason brach ab und lächelte. Es machte ihm offensichtlich Spaß, Mannings noch etwas länger hinzuhalten. »Wie soll ich sagen?« Wieder machte er eine Kunstpause und zupfte fahrig an seinem Ziegenbart herum. »Wir lagen …«

»Ja?«, drängte Mannings mit ungeduldigem Augenaufschlag. »Jetzt sag endlich!«

»Nun gut: Wir lagen, wie erwartet, ein gutes Stück über dem

Senderschnitt und waren eindeutig Marktführer in unserer Zielgruppe …«

»Yes!«, stieß Mannings triumphierend aus und ballte die Faust.

»Wir haben allerdings durchaus noch Luft nach oben«, fuhr Gleason fort. »Zumindest wenn ich die Quoten zum Maßstab nehme, von denen du mir vorgeschwärmt hast.«

»Keine Angst, Rupert«, erwiderte Mannings hastig. »Das wird schon noch. Wie jede neue Show muss BATTLE ISLAND sich doch erst mal etablieren und sich eine solide Fanbase erarbeiten. Wie waren die Zahlen denn im Einzelnen?«

»Ich schick sie dir gleich auf dein Tablet. Dann kannst du dir alles im Detail ansehen, okay?«

»Okay.« Mannings nickte. »Und wen haben die Zuschauer zum *Darling of the Day* gewählt?«

»Poppy O'Casey und Nicolo de Rossi«, erklärte Rupert. »Beide haben gleich viel Stimmen erhalten. War ja nicht anders zu erwarten, nicht wahr?«

»Stimmt. Hilfsbereitschaft macht sich eben bezahlt.« Der Produzent grinste. »Zumindest im Fernsehen!«

»Natürlich. Und das ist auch gut so!«

»Andererseits …« Mannings verzog das Gesicht und knetete das unrasierte Kinn. »Schon morgen, wenn nicht sogar schon heute, haben die Zuschauer das bereits wieder vergessen und verlieren kein Wort mehr darüber. So was hat einfach viel zu wenig Erregungspotenzial!«

»Erregungspotenzial?« Gleason kniff die Augen hinter der randlosen Brille zu schmalen Schlitzen. »Worauf willst du hinaus, Mikey?«

»Wenn die Wahl der Zuschauer für Aufregung sorgen und

heftige und kontroverse Diskussionen hervorrufen würde, wäre das mit Sicherheit besser für uns. Weil BATTLE ISLAND damit zum Gesprächsthema Nummer eins hochgejazzt würde.«

»Wahrscheinlich hast du recht.« Gleason nickte nachdenklich. »Aber das ist leider nicht der Fall!«

»Hm«, brummte Mannings und knetete erneut sein Kinn, bevor er den Senderboss aus schmalen Augen anblickte. »Habt ihr das Ergebnis eigentlich schon veröffentlicht?«

»Wie sollten wir?«, erwiderte Gleason überrascht. »Die Zuschauer konnten ihre Stimme doch bis Mitternacht abgeben. Was sie auch in erfreulich großem Maße getan haben. Aber da war die Sendung natürlich schon längst vorbei. Außerdem ist es Kimberlys Job, die glücklichen Gewinner des Zuschauervotings zu verkünden und ihre Wünsche entgegenzunehmen.«

»Natürlich, klar.« Mannings starrte für einen Moment wie geistesabwesend vor sich hin. »Hör mir jetzt bitte mal gut zu«, fuhr er dann fort. »Aber vorher musst du mir versprechen, dass du meinen Vorschlag nicht sofort ablehnst, sondern in aller Ruhe darüber nachdenkst, einverstanden?«

»Einverstanden«, antwortete Gleason kopfschüttelnd. »Auch wenn ich keinen blassen Schimmer habe, worauf du hinauswillst.«

»Das wirst du gleich verstehen.« Mannings beugte sich nach vorne und senkte die Stimme, als fürchtete er, ein heimlicher Lauscher würde ihr Gespräch mithören. »Was hältst du denn von folgender Idee?«

Und Rupert Gleason hielt Wort, zumindest teilweise: Er hörte Mike Mannings gut zu und lehnte seinen Vorschlag auch nicht auf Anhieb ab. Nur das In-aller-Ruhe-Nachdenken ersparte er sich: Er stimmte vielmehr sofort zu.

Mit einem Ausdruck größter Zufriedenheit wollte Mannings das Tablet nach Ende des Gesprächs zur Seite legen, als er sich doch anders besann. Er öffnete eine Bilddatei, die mit »Privat« betitelt war, und lud das Foto auf das Display, das er in den letzten Monaten schon so häufig betrachtet hatte. Auch heute wieder befiel ihn große Wehmut, als er seinen Blick darübergleiten ließ. Ein feuchter Glanz trat in seine Augen, und ohne es zu wollen, schüttelte er den Kopf.

Diese Ähnlichkeit war einfach unglaublich. Als ob die beiden Zwillinge wären!

Natürlich war ihm das schon bei der allerersten Begegnung aufgefallen. Und genauso schnell hatte er erkannt, dass das ein Zeichen war. Ein Zeichen und gleichzeitig eine Chance, sein unentschuldbares Versäumnis wiedergutzumachen. Und sei es auch nur ein kleines bisschen!

Battle Island, Azoren. Lagoa Azul. Battleground.
Tag zwei: Samstag, 06. August 2022, 09:10 Uhr.

Als Master Bob die Aufgaben des *Battles of the Day* vortrug, stieß Elena Lou verstohlen an. »Interessant, nicht wahr?«, raunte sie ihr zu.

Lou hatte keine Ahnung, worauf sie anspielte. »Was meinst du?«, fragte sie verwundert.

»Ihre Reaktion«, erklärte die Spanierin und deutete mit dem Kopf auf Sophie.

Und jetzt bemerkte Lou es auch: Die junge Dänin stand wie erstarrt am *Battleground* – wie Master Bob die Uferstelle nannte, zu der er Kimberly Cohen und die Kandidaten geführt hatte – und blickte den Showrunner mit immer länger werdendem Gesicht an. Es schien, als könnte sie gar nicht glauben, was der gerade von dem Zettel ablas, den er vor wenigen Minuten einem versiegelten Umschlag entnommen hatte. Immer wieder suchte sie den Blick des bärtigen Hipsters. Doch der vermied es tunlichst, sie anzuschauen, und tat so, als wäre sie gar nicht vorhanden. Wahrscheinlich war das auch der Grund, weshalb das Erstaunen auf Sophies Gesicht mehr und mehr einem Ausdruck von zunehmendem Zorn Platz machte.

»Das ist in der Tat interessant«, flüsterte Lou zurück. »Und beweist eindeutig, dass meine Vermutung richtig war: Sophie scheint die Aufgaben tatsächlich gekannt zu haben. Aber aus irgendeinem Grunde wurden sie über Nacht geändert. Sonst würde sie jetzt doch nicht so entsetzt und wütend reagieren.«

»Das sehe ich auch so«, pflichtete Elena ihr bei. »Fragt sich nur, wer das veranlasst hat. Und aus welchem Grund?«

»Das kann nur Mike Mannings gewesen sein«, überlegte Lou laut. »Als verantwortlicher Produzent hat er hier doch das Sagen. Und das ist auch gut so! Dann sind heute vielleicht endlich mal ein bisschen Nachdenken und Köpfchen gefragt und nicht nur Muckis und Ausdauer wie gestern. Deshalb bin ich auf den Ausgang des *Battles* auch schon irre gespannt.«

»Brauchst du nicht«, gab Elena breit grinsend zurück. »Ist doch klar, wer gewinnt: ich natürlich!«

»Und wovon träumst du nachts?«, hielt Lou dagegen, bevor sich die beiden mit fröhlichem Lachen abklatschten.

Auch diesmal bestand die Prüfung aus zwei Teilen. Sie verlangte allerdings nicht nur Köpfchen, sondern erforderte auch große Gewandtheit und einen gut ausgeprägten Gleichgewichtssinn. Das *Battle* wurde an dem schmalen Wasserarm ausgetragen, der den weit ausladenden Lagoa Azul mit seinem viel kleineren südlichen Ausläufer verband. Über eine Länge von rund vierzig Metern war der flussähnliche Wasserlauf kaum breiter als ein Bach und damit wie geschaffen für den zweiten Teil des *BtD*.

»Wie ihr unschwer erahnen könnt…« Master Bob deutete auf die zehn Baumstämme, die quer über dem schmalen Gewässer lagen und das Ostufer auf der Seite des Camps mit dem westlichen, in der Nähe des Sumpfes gelegenen Ufer verbanden. »…geht es heute darum, möglichst schnell über diese Stämme von einem Ufer zum anderen zu balancieren und auf beiden Seiten folgende Aufgabe zu erfüllen: Ihr sollt nämlich exakt vier Liter Wasser aus dem See schöpfen. Dafür stehen euch die zwei Eimer zur Verfügung, die ihr dort drüben am anderen Ufer seht.«

Während sich die Blicke aller Kandidaten wie an einer Schnur gezogen auf die beiden unterschiedlich großen Behälter richteten, fuhr der Showrunner fort: »Ein Eimer fasst drei Liter und der zweite fünf. Was ihr unbedingt beachten müsst: Das Wasser darf nur auf unserer Seite, also am Ostufer, aus dem See geholt und wieder zurückgekippt und nur am westlichen Ufer von einem in den anderen Eimer umgefüllt werden. Wer als Erster exakt vier Liter aus dem See geschöpft hat, ist Sieger des heutigen *Battles*.« Er blickte die Teilnehmer der Reihe nach an. »Noch Fragen?«

Daniel hob den Arm. »Ja, ich.«

Master Bob nickte ihm zu.

»Besitzen die Eimer denn irgendwelche Messskalen, an denen ich den Inhalt ablesen kann?«

Master Bob verdrehte die Augen. »Natürlich nicht! Dann wäre das ja keine Aufgabe, sondern ein Kinderspiel.«

»Aber…« Daniel blies empört die Backen auf. »Wie soll das denn gehen?«

»Genau das Problem sollst du ja lösen, du Superhirn«, erwiderte der Zauselbart grinsend und schaute erneut in die Runde. »Noch jemand eine Frage?«, erkundigte er sich und nickte dann Sophie zu, die sich gemeldet hatte.

»Keine Frage, sondern nur eine Feststellung«, antwortete sie, bevor sie einen vernichtenden Blick auf den Showrunner abfeuerte und mit den Lippen ein stummes, aber deutlich erkennbares »Fuck you!« formte.

»Immer wieder gerne«, erwiderte der ungerührt und sah Kimberly Cohen auffordernd an. »Wenn du bitte das Startsignal geben würdest?«

Der quengelnde Trompetenton war kaum aus dem Muschelhorn gedröhnt, als sich die zehn Kandidaten auch schon an den ersten Teil der Aufgabe machten. Vor jedem von ihnen standen neun Becher, die eine jeweils unterschiedliche Anzahl von jungen Sicheltannenzapfen enthielten – nur einen der erste, zwei der zweite und so weiter und so fort, sodass sich im neunten Becher neun Zapfen befanden. »Stellt diese Becher so zu drei Gruppen zusammen«, hatte Master Bob ihnen aufgetragen, »dass sich in jeder Gruppe gleich viele Becher und gleich viele Früchte befinden.«

Das hörte sich zwar kompliziert an, stellte Lou allerdings vor keine allzu großen Probleme: Dass zu jeder Gruppe natürlich drei Becher gehörten, würde selbst ein Grundschüler ohne größere Probleme herausfinden. Und die insgesamt fünfundvierzig

Zapfen gleichmäßig aufzuteilen, erforderte auch nicht gerade die Intelligenz eines Nobelpreisträgers.

Daniel starrte allerdings noch immer ratlos auf seine Becher, und Sophie gab zum wiederholten Mal laute Flüche in Form ihrer heiß geliebten Four-Letter-Words zum Besten, da hatte Lou den ersten Teil des *Battles* bereits gelöst und hastete über den Baumstamm auf das gegenüberliegende Ufer zu.

Elena war ihr jedoch dicht auf den Fersen und schien zudem auch ganz genau zu wissen, wie sie die Aufgabe anzupacken hatte: Sie griff sich den Fünflitereimer, rannte damit zurück ans Ostufer und füllte ihn mit Wasser. Dann lief sie zur anderen Seite und kippte so viel Wasser in den Dreilitereimer, bis der vollständig gefüllt war. Danach packte sie ihn, sprintete damit zurück ans campseitige Ufer, leerte ihn dort aus und balancierte über den Stamm wieder zurück, wo sie die im großen Eimer verbliebenen zwei Liter in den leeren Dreiliterbehälter schüttete.

Da Lou es ihr exakt gleichtat und die beiden auch annähernd gleich schnell waren, absolvierten sie die Aufgabe nahezu synchron. Genau wie Elena packte Lou nun den leeren Fünflitereimer und eilte damit ans andere Ufer zurück, um ihn dort hastig zu füllen. Möglicherweise wären beide zur genau gleichen Zeit wieder am Westufer angekommen, wenn Elena der Eimer beim Wasserschöpfen nicht unglücklicherweise aus den Händen gerutscht und in den See gestürzt wäre, sodass sie ihn ein zweites Mal füllen musste. So aber erreichte Lou ihren Dreilitereimer mit einem kleinen Vorsprung und füllte ihn bis zum Rand. Da sich zwei Liter darin befunden hatten, konnte er nur noch einen einzigen Liter aufnehmen – womit im Fünflitereimer exakt vier Liter Wasser verblieben.

Aufgabe erfüllt!

Während Elena noch mit dem Umfüllen beschäftigt war, riss Lou schon jubelnd die Arme hoch – und bemerkte zu ihrer Verwunderung, dass die junge Spanierin sich nun den vollen Dreilitereimer schnappte und mit ihm zum jenseitigen Ufer zurückhetzte. Noch im gleichen Augenblick fiel Lou ein, welchen Fehler sie begangen hatte: Die Aufgabe lautete doch, exakt vier Liter Wasser aus dem See zu schöpfen! Aber dazu war es unbedingt erforderlich, den Inhalt des kleineren Eimers wieder zurückzukippen. Obwohl Lou das Versäumnis sofort wettzumachen versuchte, war es dazu natürlich längst zu spät. Sie hatte ihren Eimer noch gar nicht in der Hand, da befand sich Elena bereits auf dem Rückweg. Sie beendete das zweite *Battle of the Day* damit als klare und eindeutige Siegerin und erhielt somit den Umschlag mit einem Hinweiskärtchen.

Der dumme Fehler ärgerte Lou natürlich über die Maßen. Trotzdem gratulierte sie Elena aus vollem Herzen zum verdienten Sieg. Genau wie Josh und Poppy auch. Die anderen dagegen sahen die Spanierin nur neidisch an. Oder warfen ihr sogar giftige Blicke zu. Wie Sophie zum Beispiel, die diesmal nur einen der hinteren Plätze belegt hatte, damit aber immer noch besser war als Jean-Luc, der schon für die erste Aufgabe fast endlos gebraucht hatte. Was Sophie aber nur wenig tröstete, wie ihr unverhohlener Ärger über Elenas Sieg bewies.

Ihre Stimmung hellte sich allerdings schon sehr bald gewaltig auf: als Kimberly Cohen nämlich bekannt gab, wen die Zuschauer am Vorabend zum *DD,* zum *Darling of the Day,* gewählt hatten.

Bei der Nennung des Namens verschlug es Lou beinahe die Sprache: Es war nämlich – Sophie Hansen! »D-d-das glaube ich jetzt nicht!«, stammelte sie fassungslos. »Sind die Zuschauer denn so blind, dass sie Sophies Gemeinheit gar nicht bemerkt haben? Oder schon so abgestumpft, dass sie ihr rücksichtsloses Verhalten nicht nur tolerieren, sondern sogar gutheißen?«

»Mir ist das genauso unverständlich wie dir«, pflichtete Elena ihr kopfschüttelnd bei. »Wenn das so weitergeht, werden wir noch so manche Überraschung erleben.«

»Das glaube ich allerdings auch«, mischte sich da Sophie ein, die unbemerkt herangetreten war und Elena hintergründig musterte. »Ganz bestimmt sogar!« Ohne eine Antwort abzuwarten, drehte sie sich um und marschierte davon.

Lou blickte ihr nach. »Die findet sich wohl richtig toll, was?«, überlegte sie laut. »Und wenn die Zuschauer ihren Egoismus auch weiterhin belohnen, können wir uns noch auf so einiges gefasst machen!«

Als sie sich wieder an Elena wandte, wirkte die ziemlich verstört und war ganz blass um die Nase. »Was ist denn los?«, erkundigte sie sich verwundert.

»Ach, nichts.« Elena winkte hastig ab. »Mir ist nur etwas flau im Magen. Der fette Speck zum Frühstück war wohl doch zu viel.«

»Stimmt.« Lou nickte und verzog das Gesicht zu einem breiten Grinsen. »Das kommt davon, wenn man das Fleischfressen nicht lassen kann. Als Vegetarierin wäre dir das nicht passiert.«

»Sehr witzig«, muffelte Elena zurück, entspannte sich aber gleich wieder. »Aber da wir schon davon sprechen: Wollen wir nicht nach etwas Essbarem suchen und dabei gleichzeitig nach einem möglichen Schatzversteck Ausschau halten?«

»Gute Idee! Zumal du ja heute schon einen ersten Hinweis darauf bekommen hast«, antwortete Lou mit fröhlichem Grinsen. »Und ich weiß auch schon ganz genau, welcher Buchstabe auf dem Kärtchen steht: ein a, b, c oder d – habe ich recht?«

»Und wie, du Hellseherin, und wie!«

Battle Island, Azoren. Distrikt A. Sektor A.
Tag zwei: Samstag, 06. August 2022, 12:33 Uhr.

Lou und Elena waren natürlich nicht die Einzigen, die nach dem *BtD* zu einem Erkundungstrip aufbrachen. Alle anderen Mitspieler machten sich ebenfalls auf den Weg und gingen in den unterschiedlichsten Richtungen davon. Einige allein und auf eigene Faust, wie zum Beispiel Josh und Sophie. Andere schlossen sich, genau wie Elena und Lou, zusammen: Leonie und Poppy sowie Nicolo und Ruud. Dass Jean-Luc und Daniel ebenfalls ein Team bildeten, verwunderte Lou allerdings. Aber vielleicht hatten die beiden Hitzköpfe in der Zwischenzeit schon etwas Vernunft angenommen und eingesehen, dass ihre offen ausgetragene gegenseitige Abneigung sie bei der Schatzsuche bestimmt nicht weiterbringen würde.

Lou und Elena waren recht sommerlich gekleidet, die wärmeren Klamotten hatten sie im Camp zurückgelassen. Dennoch gerieten sie schon bald mächtig ins Schwitzen. Die Sonne brannte vom wolkenlosen Himmel, sodass trotz des kühlenden Westwinds Temperaturen von nahezu dreißig Grad herrschten. Die vom Meer heranwehende salzige Luft mischte sich mit dem harzigen Geruch der Sicheltannen und dem betörenden Duft von Hortensien und anderen Blüten.

Obwohl Lou und Elena ständig die Augen offen hielten und sich aufmerksam nach allen Seiten umschauten, war ihre Suche lange Zeit erfolglos. Sie entdeckten weder essbare Früchte und Pflanzen noch einen Platz, der für ein Schatzversteck infrage gekommen wäre.

Letzteres enttäuschte Lou allerdings nicht im Geringsten. Sie hatte nichts anderes erwartet: Wenn die Kiste mit dem Gold so einfach zu finden wäre, dann hätte sich YOUR TV den ganzen Aufwand mit der Show und den Battles auch sparen und den Gewinner einfach per Los ermitteln können. Schließlich steht BATTLE ISLAND doch für volle zehn Tage auf dem Programm, überlegte Lou. Sie haben deshalb mit Sicherheit dafür gesorgt, dass das Gold nicht früher entdeckt wird! Und außerdem … Mit einem Mal blieb sie stehen und blickte Elena fast entgeistert an. »Weißt du, worüber sich bislang noch keiner von uns Gedanken gemacht hat?«

Die runzelte die Stirn. »Worüber denn?«

»Was passiert eigentlich, wenn niemand die Schatzkiste entdeckt? Behält YOUR TV dann die Million? Oder was geschieht damit?«

»Keine Ahnung.« Elena zog ein langes Gesicht. »Aber darüber mache ich mir nun wirklich keinen Kopf. Wir haben doch noch fast neun Tage Zeit und sollten uns deshalb durch nichts ablenken lassen.« Sie grinste Lou an und verpasste ihr einen aufmunternden Klaps. »Schon gar nicht durch solche unnützen und völlig überflüssigen Überlegungen.«

Sie hat ja recht, dachte Lou. »War ja nur so ein Gedanke«, sagte sie beschwichtigend. »Wahrscheinlich hat die Suche nach dem Versteck erst dann Sinn, wenn wir noch weitere Hinweise besitzen.«

»Bestimmt«, pflichtete Elena ihr bei. »Und trotzdem ist es sinnvoll, die Insel zu erkunden. Essen müssen wir nämlich auf alle Fälle, ob mit oder ohne Schatz. Deshalb sehen wir uns am besten mal am alten Kloster um.«

Der Vorschlag verwunderte Lou. »Wieso meinst du?«

»Ganz einfach: Mönche haben sich schon immer selbst versorgt. Haben Gärten angelegt und Felder bestellt. Und alle möglichen Tiere gehalten, Hühner, Schafe und so weiter. Die Klosterbrüder hier haben das bestimmt genauso gemacht!«

»Aber das ist doch schon ewig her!« Lou verstand immer noch nicht so recht, worauf Elena eigentlich hinauswollte. »Du glaubst doch nicht im Ernst, dass wir hier noch Hühner oder Schafe finden?«

»Natürlich nicht! Aber wenn sie einen Gemüsegarten angelegt haben – und das haben sie mit Sicherheit –, bestehen große Chancen, dass dort immer noch was Essbares wächst. Weil Pflanzen im Gegensatz zu Haustieren nicht unbedingt auf uns Menschen angewiesen sind, um in der Natur zu überleben.«

Das überzeugte Lou voll und ganz. Außerdem hatte sie ihr bisheriger Weg am Ostufer des Sees entlang bereits zur Nordseite geführt, sodass die Klosterruine schon in Sichtweite lag.

Die Sonne schien durch das Laubdach der umstehenden Bäume und ihre Schatten warfen rasch wechselnde Muster auf die alten Mauern. Es sah fast aus, als ob die Ruine mit einem riesigen Tarnnetz bedeckt wäre. Die offenen Fenster und die Lücken, die die Zeit in die steinernen Wände geschlagen hatte, gähnten die beiden Mädchen an wie dunkle Wunden, die vergeblich auf Heilung hofften. Während Lou an Elenas Seite auf das alte Gemäuer zuschritt, musste sie plötzlich wieder an die

Besichtigungstour gleich nach ihrer Ankunft denken. »Vorgestern, als Mike uns die Ruine gezeigt und die merkwürdige Geschichte von den Mönchen erzählt hat …«

»Ja?«

»Ist dir da vielleicht was Ungewöhnliches aufgefallen?«

»Etwas Ungewöhnliches?« Elena blieb stehen und musterte sie verwundert. »Was meinst du?«

»Nun …« Lou wusste nicht so recht, wie sie es ausdrücken sollte, ohne sich gleich lächerlich zu machen. »Ich … äh … also mir kam es so vor, als hätte ich jemand an einem der Fenster gesehen.«

»Du meinst einen Geist oder so?«

Genau diese Reaktion hatte Lou befürchtet. »Natürlich nicht!«, erwiderte sie leicht eingeschnappt. »Einen Menschen, was denn sonst?«

»Ja und?« Elena wirkte wenig beeindruckt. »Vielleicht war es ein Techniker. Oder jemand vom Ausstatterteam.«

»Das habe ich anfangs auch gedacht, aber inzwischen ist mir klar geworden, dass das Blödsinn ist. YOUR TV hat hier doch erst vor Kurzem einen kompletten Pilotdurchlauf abgehalten, um eventuelle Probleme entdecken und beheben zu können. Das weiß ich von Rowan. Der hat dabei doch mitgemacht. Bei unserer Ankunft war deshalb mit Sicherheit schon alles fix und fertig. Der Sender hatte also gar keinen Grund mehr, einen Mitarbeiter in die Ruine zu schicken.«

»Und wenn schon.« Elena zuckte gleichgültig mit den Schultern. »Dann hast du dich eben getäuscht! Oder du hast doch einen Geist gesehen.« Sie verzog das Gesicht zu einer wilden Grimasse, verdrehte die schwarzen Samtaugen und reckte die Arme mit weit gespreizten Fingern in die Höhe. »Uuuuh! Uuuuh!«, heulte sie wie ein schauriges Gespenst und rief mit tiefer, hallender Stimme: »Ich bin ein Geist, hol mich hier raus! Uuuuh! Uuuuh!«

Augenblicklich war es um Lou geschehen. Sie musste so heftig über Elenas irrwitzige Faxen lachen, dass sie sich schon bald nicht mehr auf den Beinen halten konnte. Als sie vornübersank, packte sie die Spanierin an den Hüften und riss sie mit sich zu Boden. Wie zwei kleine Mädchen kugelten sie übereinander und wälzten sich ausgelassen im sattgrünen Gras herum, bis sie schließlich unter einer großen, in voller Blüte stehenden Azalee zum Liegen kamen. »Ich kann nicht mehr«, japste Lou atemlos. »Ich kann wirklich nicht mehr!« Genau in dem Moment sah sie das Kaugummipapier. Keinen Meter von ihr entfernt lag es halb versteckt zwischen den Grashalmen. Schlagartig richtete sie sich auf und starrte den silbrigen Fetzen ungläubig an. »Merkwürdig«, hauchte sie.

Auch Elena hatte sich aufgesetzt. »Was soll an einem Kaugummipapier denn merkwürdig sein?«, wunderte sie sich.

»Ganz einfach: dass es aussieht, als sei es erst gestern weggeworfen worden. Die Army hat Battle Island doch schon vor Jahren verlassen.« Lou beugte sich nach vorne, nahm das Papier auf und schnupperte daran. »*Fruity Vitamines Gums,* ohne jeden Zweifel! Der Lieblingskaugummi von Rowan.«

»Ja und? Der war während der Probe doch mit auf der Insel. Hast du doch eben erst erzählt!«

»Ja schon. Aber…« Lou hielt das Papier dicht unter die Nase und schnupperte erneut daran. »Das riecht noch ziemlich frisch!«

Elena verdrehte die Augen und stöhnte gequält auf. »Alles, was recht ist, aber jetzt geht deine Fantasie mit dir durch! Du willst doch nicht allen Ernstes behaupten, dass du durch Riechen herausfinden kannst, wie lange das Papier hier schon auf der Wiese liegt?«

Lou zog die Nase kraus. »Natürlich nicht. Aber …«

»Außerdem«, fiel Elena ihr ins Wort, »macht Rowan gerade Inselhopping in der Karibik. Wenn das Papier tatsächlich von ihm stammt, dann muss er es letzte Woche verloren haben und nicht erst kürzlich, wie du mithilfe deiner Supernase herausgefunden zu haben glaubst.« Sie sprang auf und wischte sich Grashalme von den Shorts. »Jetzt komm endlich. Wir wollten uns den ehemaligen Klostergarten ansehen, schon vergessen?«

Aber vorher wollte Elena noch unbedingt einen Abstecher auf den alten Friedhof machen. »Ich liebe Friedhöfe«, erklärte sie und ließ sich zu Lous Leidwesen, die am liebsten einen großen Bogen um ihn gemacht hätte, absolut nicht umstimmen.

Die Friedhofshalbinsel maß höchstens fünfzig Meter im Durchmesser und war durch einen annähernd ebenso langen Damm mit dem Festland verbunden. Dieser war gerade mal breit genug, dass man einen Katafalk mit einem Sarg darüberschieben konnte. Die Bäume am Eingang reckten die dicht belaubten Zweige wie bizarre Holztentakel in die Luft und verdeckten die Sicht auf die nahe beim jenseitigen Seeufer gelegene Ruine fast vollständig. Zwischen den Gräbern wucherten verwilderte Blumen, Kräuter und Sträucher. Die Grabstätten selbst – wie in südlichen Ländern üblich, handelte es sich um mit schweren Platten verschlossene Kammern aus festem Stein – waren längst verwittert und die Inschriften auf den Grabsteinen nur noch mit Mühe zu lesen. Die noch entzifferbaren Namen, ausschließlich Männer, stammten aus aller Herren Länder und bewiesen, dass sich die Mönche an das den Piraten gegebene Versprechen gehalten und diese auf ihrem Friedhof beigesetzt hatten: Da hatte zum Beispiel ein Ben seine letzte Ruhe neben einem Arturo gefunden, ein Hans neben einem Ismael, ein Keanu neben einem Vladimir und ein Newd neben einem Gilles.

Eine der Grabstätten zog Elena ganz besonders an. »Schau mal!« Sie deutete auf den mit einem großen Kreuz geschmückten Grabstein. »Der hieß genauso wie mein verstorbener Großvater: Francesco.« Sie trat ganz dicht an den Stein heran und strich mit der Hand so behutsam über den verwitterten Namen, als wollte sie den Toten liebkosen. Die zärtliche Geste galt allerdings ihrem Opa, wie Lou gleich darauf bemerkte. »Er war der beste Großvater, den ich mir wünschen konnte«, erzählte Elena nämlich mit versonnener Miene und feucht schimmernden Augen. »Er war immer für mich da und hatte stets ein offenes Ohr für mich. Ich konnte ihm alles erzählen, was mich bewegte, und ihm jedes Geheimnis anvertrauen. Ich wusste nämlich: Bei Abuelo Francesco ist es gut aufgehoben, denn er schweigt wie ein Grab.« Noch einmal strich sie mit der Hand über die verwitterten Buchstaben. »Wenn du auch nur ein bisschen von meinem Opa gehabt hast, dann warst du ein guter Mensch.«

Lou musste vor Rührung schlucken und konnte die sofort aufsteigende Erinnerung an ihren Vater nur mit allergrößter Mühe verdrängen. Später, Papa, später, versprach sie ihm im Stillen. Aber du warst auch immer gut zu mir!

Die beiden Mädchen wollten den Friedhof schon verlassen, als Lou es doch noch auffiel: Sie blieb ruckartig stehen, drehte sich um und deutete auf den gemauerten Brunnenschacht, der fast exakt in der Mitte der Friedhofsinsel aufragte. »Merkwürdig«, sagte sie.

Elena zog die Brauen hoch. »Was ist an einem Brunnen denn merkwürdig?«

»Eigentlich nichts«, antwortete Lou. »Und andererseits alles, wenn er sich mitten in einem See befindet.« Sie deutete auf den Lagoa Azul, dessen tiefblaue Fluten ringsum an die Friedhofsinsel schwappten. »Der ist doch völlig überflüssig! Wasser gibt es hier schließlich mehr als genug. Wozu dann einen Brunnen graben?«

»Du hast recht«, pflichtete Elena ihr bei. »Das ist wahrscheinlich gar kein Brunnen, sondern irgendetwas anderes. Der Zugang zu einem Tunnel vielleicht?«

Als die Mädchen die brüchige Holzabdeckung zur Seite schoben und mit den Taschenlampen in den Schacht leuchteten, sahen sie, dass Elena richtig vermutet hatte: In die Wand eingelassene Eisensprossen führten in die Tiefe zu einem Stollen, der sich in nördlicher Richtung in der Dunkelheit verlor.

Lou richtete sich wieder auf und spähte zum Finger des Todes, der sich hoch über ihnen am entfernten Horizont abzeichnete. »Der Gang führt vermutlich zur ehemaligen Piratenfestung. Auch wenn mir der Sinn dahinter etwas schleierhaft ist.«

»Dann lass uns doch einfach nach unten steigen«, schlug Elena vor. »Vielleicht kommt dir dann trotz der dort herrschenden Dunkelheit die Erleuchtung!«

»Haha, sehr witzig.« Trotz ihres leicht genervten Kommentars schloss Lou sich Elenas Vorschlag an. Ein solcher Geheimgang war schließlich ein ganz hervorragendes Schatzversteck!

Mit der Erleuchtung wurde es allerdings trotzdem nichts. Nach rund dreißig Metern wurde der schräg in die Tiefe führende Stollen nämlich von eingedrungenem Seewasser blockiert. Der schwarze Wasserspiegel starrte sie so feindselig und abweisend an, dass Lou schauderte. Als sie darin auch noch den monströsen Kraken ihrer Albträume zu sehen glaubte, lief ihr ein eisiger Schauer über den Rücken. Sie machte deshalb augenblicklich kehrt und eilte zum Ausstieg zurück. Und den Schatz fanden sie in dem Stollen natürlich genauso wenig wie irgendeine Form von Erleuchtung.

Dafür aber erwies sich der andere Vorschlag Elenas als Volltreffer: Im Klostergarten wurden sie nämlich tatsächlich fündig. Obwohl er völlig verwildert war und die Natur schon längst wieder die Herrschaft übernommen hatte, gab es dort nicht nur Kartoffeln, sondern auch Äpfel und Birnen und sogar einige wenige, wenn auch recht mickrige grüne Bohnen.

Als sie ihre Ausbeute im Camp ablieferten, wurden sie von allen Seiten mit Lob bedacht. Selbst Sophie ließ sich zu anerkennenden Worten hinreißen: »Das ist zwar nicht gerade eine Bereicherung unseres Speiseplans, hilft uns aber mit Sicherheit etwas länger über die Runden.« Doch nur einen Moment später war sie schon wieder ganz die Alte. »Aber bildet euch bloß nicht ein«, zischte sie den beiden nämlich ins Gesicht, »dass ihr deshalb etwas gut bei mir habt und Rücksicht erwarten könnt. Im Gegenteil: Ab jetzt geht es richtig zur Sache, merkt euch das gefälligst!« Und der herausfordernde Blick ihrer grünen Augen unterstrich eindringlich, dass sie das tatsächlich ernst meinte.

Battle Island, Azoren. Distrikt C. Sektor A.
Tag drei: Sonntag, 07. August 2022, 09:15 Uhr.

Das Signal des Muschelhorns war noch nicht verklungen, da stürmte Sophie auch schon los, als wären tausend Teufel hinter ihr her. Oder die Geister der Toten, die auf Battle Island angeblich noch immer ihr Unwesen trieben. Aber vermutlich war es eher die Wut über die gestrige Niederlage, die sie antrieb. Die große Packung Lakritzschnecken, die Kimberly Cohen ihr vor dem *Battle* überreicht hatte, schien sie zusätzlich zu motivieren. Als handelte es sich um die größte Kostbarkeit der Welt, hatte Sophie die schwarzklebrigen Kringel freudestrahlend entgegengenommen und sofort einige im Mund verschwinden lassen.

Lou dagegen ging den Lauf ganz bewusst verhalten an, sodass Sophie und Jean-Luc, der sich dicht an die Fersen der Dänin geheftet hatte, schon nach zehn Minuten ein gutes Stück vor ihr lagen.

Sollten sie doch!

Das heutige *Battle* hatte es nämlich gewaltig in sich: Es erforderte nicht nur ein Mindestmaß an logischem Verständnis und mathematischen Kenntnissen – die allerdings kaum über Hauptschulniveau lagen –, sondern stellte auch beachtliche Anforderungen an das Laufvermögen und die Kondition der Kandidaten. Sie mussten rund zehn Kilometer um die Wette laufen. Die Strecke führte durch reichlich unebenes und teilweise sogar hügeliges Gelände und verlief zudem noch weitgehend abseits befestigter Wege, sodass die Route unter einer Stunde unmöglich zu schaffen war. Da die unterwegs zu absolvierenden Zusatzaufgaben auch einiges an Zeit kosten würden, wurde das *Battle* bestimmt nicht auf den ersten Kilometern entschieden, wie sich Lou immer wieder ins Gedächtnis rief, wenn ihr Bauch die Oberhand über ihren Kopf zu gewinnen drohte und wider besseres Wissen auf eine Tempoverschärfung drängte. Sowenig sie Helen auch leiden konnte – in dieser Hinsicht traf der flapsige Spruch, den sie ihr nach der Landung entgegengeschleudert hatte, durchaus zu: *Am Ende wird die Ente fett!*

Sollten Jean-Luc und Sophie sich doch verausgaben – entscheidend war, wer als Erster im Ziel eintraf und unterwegs zudem die richtige Anzahl von Münzen gesammelt hatte. Denn genau darum ging es bei dem *Battle,* das Master Bob ihnen, begleitet von der Moderatorin, wie immer um Punkt neun Uhr vorgestellt hatte – dieses Mal allerdings mitten im Camp. Kurz zuvor hatten die Ausstatter einen Tisch gebracht, auf dem zehn Sparschweine mit den Namen aller Teilnehmer standen.

»Hört bitte gut zu! Ich sage es nämlich nur einmal«, forderte der Showrunner die ihn in einem engen Kreis umringenden Jugendlichen auf. Kimberly Cohen hielt sich wie üblich im Hintergrund und wartete eher gelangweilt darauf, das Startsignal mit dem Muschelhorn zu geben. »Ihr habt heute nicht viel mehr zu tun, als zum alten Turm auf der Nordklippe und zur Krankenhausruine im Südwesten der Insel zu rennen und aus jedem Gebäude eine ganz bestimmte Anzahl von Münzen herauszuholen. Welchen Weg ihr dabei einschlagt, ob ihr also zuerst zum Turm oder zuerst zur Ruine lauft, ob ihr einfach querfeldein über Stock und Stein stürmt oder lieber die asphaltierten Fahrwege benutzt, ist euch selbst überlassen.«

»So ein Bullshit!« Daniels Gesicht war rot vor Zorn. »Was soll denn dieses blöde Gerenne? Wir sind doch keine Gazellen!«

»Nö«, bemerkte Poppy trocken. »Wenn ich dich so ansehe, würde ich eher auf ein Nilpferd tippen. Oder vielleicht auch auf ein Trampeltier!« Mit dieser Bemerkung hatte sie natürlich die Lacher auf ihrer Seite. Selbst Jean-Luc, der noch am Vortag zusammen mit Daniel unterwegs gewesen war, stimmte in das allgemeine Gelächter mit ein.

Nur Daniel war nicht zum Lachen zumute. Während Poppy aus Freude über den gelungenen Spruch noch übers ganze Gesicht strahlte, drohte er ihr mit geballter Faust und zischte sie wütend und für alle laut vernehmlich an: »Warte nur, Feuermuschi. Das kriegst du noch zurück!«

»Ruhe, verdammt noch mal!«, wies Master Bob ihn scharf zurecht. »Wie oft muss ich dir denn noch sagen, dass du nicht dauernd ungefragt dazwischenquatschen sollst?«

»Aber ...« Daniel riss empört die Augen auf und deutete auf die rothaarige Irin. »Sie hat doch genauso gequa ...«

»Jetzt reicht's mir aber!«, brüllte der Showrunner mit wutverzerrter Miene. »Damit du endlich lernst, deinen vorlauten Mund zu halten, bekommst du eine Strafzeit von zwei Minuten!«

Daniel wollte schon protestieren, kam aber gar nicht zu Wort. »Überlege es dir gut!«, warnte Master Bob ihn nämlich. »Wenn dir was nicht passt, musst du es nur sagen. Dann sitzt du noch heute im Hubschrauber nach Ponta Delgada und kannst von dort aus nach München zurückfliegen.«

»Gute Idee!«, kommentierte Sophie kühl und schmatzte ungeniert auf ihrem Lakritz herum. »Damit hätten wir schon einen Konkurrenten weniger. Oder besser gesagt ...« Sie verzog die Lippen zu einem höhnischen Lächeln. »Ein Konkurrentchen!«

Angesichts der strafenden Blicke, die der Showmaster ihr zuwarf, unterdrückten die anderen allerdings lieber ihr Lachen oder kicherten nur verstohlen vor sich hin.

»Können wir jetzt endlich weitermachen?« Die Schweinsäuglein hinter Master Bobs nerdiger Brille funkelten ungeduldig. »Sowohl im alten Turm als auch in der Ruine des Hospitals haben wir Münzen deponiert – keine echten natürlich, sondern nur gefakte. Im Turm befinden sich silberne Münzen und im Hospital goldene. Damit ihr nicht lange suchen müsst, verrate ich sogar, wo ihr sie findet: im ehemaligen Lampenhaus an der Spitze des Leuchtturms. Und in der Leichenhalle im Keller des früheren Krankenhauses.«

»Oh my goodness«, stöhnte Poppy unterdrückt auf und bekreuzigte sich mit totenbleicher Miene. »Ausgerechnet in der Leichenhalle!«

»Wer weiß«, flüsterte Daniel, der sich dicht an sie herangedrängt hatte, ihr gehässig ins Ohr. »Vielleicht wirst du ja auch bald dort landen, Feuermuschi?«

Noch ehe Poppy reagieren konnte, schnappte Lou ihn am Kragen und riss ihn zurück. »Ich warne dich!«, zischte sie ihn an. »Noch so ein dämlicher Spruch, und du bekommst es mit mir zu tun!«

»Und mit mir auch!«, bekräftigte Elena, die an ihre Seite getreten war und ihn drohend ansah.

Daniel öffnete zwar kurz den Mund, zeigte ihnen dann aber nur den Stinkefinger und stellte sich dann demonstrativ neben Jean-Luc, der den Showrunner gerade ansprach: »Entschuldigung, aber wie viele Münzen sollen wir denn aus dem Turm und dem 'ospital 'olen?«

»Genau das wollte ich euch eben verraten«, erwiderte Master Bob grimmig. »Ihr müsst dazu nur zwei läppische Aufgaben lösen. Also: Findet heraus, wie viele Menschen weiblichen Geschlechts aus drei verschiedenen Generationen sich mindestens in einem Raum aufhalten müssen, damit unter ihnen zwei Mütter und zwei Töchter sein können – und schon wisst ihr, wie viele Münzen ihr aus dem Turm zu holen habt.«

»Was?« Ruud van Dyke starrte ihn an wie ein Wesen von einem anderen Stern. »Könnten … äh … könnten Sie das noch mal wiederholen? Ich war für einen Augenblick abgelenkt.«

»Das könnte ich natürlich«, antwortete der Showrunner mit abweisender Miene. »Aber ich tue es nicht. Ich habe euch nicht nur vorhin, sondern auch schon am allerersten Tag ausdrücklich dazu aufgefordert, immer gut zuzuhören. Weil ich nicht im Traum daran denke, mich zu wiederholen, verstanden?«

»Natürlich«, murmelte Ruud kleinlaut. »Ist ja schon gut.«

»Das Ergebnis der zweiten Aufgabe«, fuhr Master Bob fort, »verrät euch die Anzahl der Münzen, die ihr aus der Leichenhalle mitbringen sollt: Wie schwer ist ein Fisch, der ein Kilo mehr wiegt als die Hälfte seines Gewichts?« Als er die ratlosen Mienen der Kandidaten sah, huschte ein schadenfrohes Lächeln über sein bärtiges Gesicht. »Aber, aber!«, spottete er. »Das ist doch gar nicht so schwierig … vorausgesetzt natürlich, man verfügt über ein wenig Grips!« Er ließ den Blick lauernd in die Runde schweifen. »Und das tut ihr doch, nicht wahr? Sonst hättet ihr es doch gar nicht in die Show geschafft!«

Obwohl Lou schon ein bissiger Kommentar auf der Zunge

lag – »*Und wie ist Ihnen das gelungen?*« –, schluckte sie ihn doch lieber hinunter und wartete auf weitere Anweisungen.

»Damit solche Missverständnisse wie am ersten Tag nicht wieder vorkommen …« Master Bob blickte Sophie vielsagend an, die ihm allerdings, ohne mit der Wimper zu zucken, standhielt. »… weise ich ausdrücklich darauf hin, dass jeder nur so viele Münzen an sich nehmen darf, wie die jeweilige Aufgabe erfordert. Vom Rest aber habt ihr die Finger zu lassen, verstanden?«

Als keine Antwort kam, hakte er nach, scharf und entschieden lauter als zuvor: »Ob ihr das verstanden habt, wollte ich wissen!«

Das fast gebrüllte »Ja« schien ihn zufriedenzustellen: »Na also, warum denn nicht gleich so? Und damit es selbst der Dusseligste kapiert: Sieger des heutigen *Battles* ist nicht der, der als Erster hier ankommt und die gesammelten Münzen in sein Schweinchen steckt. Sondern der, der es als Schnellster mit der korrekten Anzahl von Münzen beendet.« Mit gewichtiger Miene deutete auf die Sparschweine auf dem Tisch. »Also achtet bitte darauf, dass ihr alle eure Münzen so schnell wie möglich in eurem Schwein versenkt. Erst dann ist das *Battle* zu Ende. Und eine nachträgliche Korrektur ist nicht mehr möglich.« Er blickte in die Runde. »Ist das jetzt jedem klar?«

Diesmal musste er die Frage nicht wiederholen. Die Kandidaten bejahten wie aus der Pistole geschossen, und nachdem sie sich in einer Reihe neben dem Tisch aufgestellt hatten, gab Kimberly Cohen endlich das Signal zum Start.

Während Elena, Leonie und Poppy ebenso wie Nicolo, Josh und Ruud in Richtung Turm liefen, entschieden sich die restlichen vier, zuerst das ehemalige Hospital anzusteuern. Der Grund für Lous Taktik war einfach: Der Weg vom Leuchtturm zum Camp verlief überwiegend bergab und war deshalb bestimmt nicht so anstrengend zu laufen wie die Strecke vom Hospital zum Lager, wo es sich genau umgekehrt verhielt. Auch wenn die Höhenunterschiede in der Südhälfte der Insel bei Weitem nicht so ausgeprägt waren wie im nördlichen Teil, war es vermutlich klüger, sich das leichtere Wegstück für die Schlussphase des Rennens aufzusparen.

Bereits jetzt, am frühen Vormittag, war es drückend heiß. Was Lou nicht nur den Schweiß aus allen Poren trieb, sondern sie auch in ihrer Entscheidung bestärkte. Die Temperaturen würden bestimmt noch ansteigen – umso wichtiger war es, sich nicht vorzeitig zu verausgaben!

Sophie und Jean-Luc schienen derartige Überlegungen allerdings fremd zu sein. Ihr Vorsprung vergrößerte sich jedenfalls zusehends. Sophie verschärfte sogar einige Mal das Tempo, doch Scarface ließ sich einfach nicht abschütteln. Lou fragte sich noch, warum der kahlköpfige Franzose der Dänin so hartnäckig auf den Fersen blieb, als ihr plötzlich die Erleuchtung kam.

Natürlich! Jean-Luc hatte doch bereits am Vortag bewiesen, dass er alles andere als ein Rechengenie war. Auch die heutigen Aufgaben stellten ihn deshalb wahrscheinlich vor große, wenn nicht sogar unlösbare Probleme. Blieb er allerdings dicht an Sophie dran und ließ sie nicht aus den Augen, bekam er immer mit, wie viele Münzen sie einsammelte, und brauchte nur ihrem Beispiel zu folgen. Auf diese Weise behielt er trotz seiner offensichtlichen Rechenschwäche eine realistische Siegchance.

Genau so musste es sein!

Sophie und Jean-Luc erreichten die Ruine des ehemaligen Seuchenhospitals mit weitem Abstand vor Lou. Sie konnte deshalb auch nicht überprüfen, ob ihre Vermutung zutraf. Und als Sophie und Jean-Luc das dem Verfall preisgegebene Gemäuer wieder verließen, war sie immer noch viel zu weit von ihnen entfernt, um irgendwelche Rückschlüsse aus ihren Mienen ziehen zu können.

Egal: Spätestens nach dem Zieleinlauf würde sich herausstellen, ob sie richtiglag oder nicht.

Die Leichenhalle im Keller fand Lou ohne Probleme. Obwohl nur in schummeriges Zwielicht getaucht – der bis zur Decke mit bizarr zersprungenen Kacheln geflieste Raum lag zum großen Teil unter der Erde, sodass das Tageslicht nur durch schmale Oberfenster eindringen konnte –, war es darin bei Weitem nicht so schaurig, wie Poppy ganz offensichtlich befürchtet hatte. Lou erkannte schon auf den ersten Blick, dass die alten Särge, die wohl für Gruselatmosphäre sorgen sollten, das Werk des Ausstatterteams sein mussten: Sie waren zwar mit einer dicken Staubschicht und jeder Menge Spinnweben überzogen, wirkten darunter aber völlig unversehrt. Sie konnten deshalb unmöglich über Jahrzehnte in dem muffigen und nach Schimmel riechenden Kellerraum vor sich hin gegammelt haben. Selbst dass aus einem von ihnen eine bleiche Hand mit blutigen Fingernägeln ragte – eine Kunststoffattrappe vermutlich –, konnte Lou nicht im Geringsten schrecken, sondern entlockte ihr nur ein amüsiertes Lächeln.

Dicht vor der Rückwand mit den Fenstern stand ein alter Sektionstisch, auf dem altertümliches Obduktionsbesteck ausgebreitet war. Diese Utensilien erinnerten allerdings eher an mittelalterliche Folterwerkzeuge denn an medizinische Gerätschaften. Zudem waren sie mit reichlich Kunstblut beschmiert, sodass Lou bei ihrem Anblick doch noch ein kalter Schauer über den Rücken lief.

In der Mitte des verrosteten Tisches stand ein Leuchter mit einer munter vor sich hin tropfenden Kerze. Daneben türmte sich ein Berg aus goldglänzenden Münzen. Lou steckte rasch die von ihr errechnete Anzahl in die Tasche ihrer Jeans und machte sich schleunigst auf den Rückweg.

Als sie durch das Ausgangsportal hinaussprang und die Treppe hinunterhetzte, schnaufte Daniel Michaelis gerade laut keuchend heran. Obwohl die Stufen ausreichend Platz für mindestens fünf nebeneinandergehende Menschen boten, hielt er direkt auf Lou zu und machte keinerlei Anstalten, auch nur einen Millimeter auszuweichen. Das hinterhältige Grinsen in seinem schweißüberströmten Gesicht verriet ihr gerade noch rechtzeitig, dass er sie ohne Rücksicht über den Haufen rennen wollte! Erst im letzten Moment konnte Lou noch zur Seite springen. Dabei kam sie aber so unglücklich mit dem rechten Fuß auf, dass sie umknickte und stürzte. Ein stechender Schmerz durchzuckte ihren Knöchel, und ihr Knie schien zu explodieren, als es auf den harten Boden knallte.

Während Daniel sich nicht einmal umdrehte und mit hämischem Lachen in der Ruine verschwand, rappelte Lou sich mühsam wieder auf – zum Glück war nichts gebrochen! Trotz der höllischen Schmerzen versuchte sie aufzutreten und das Bein zu bewegen, was ihr zu ihrer Erleichterung auch leidlich gelang. Der mächtige Riss, der in Kniehöhe in ihrer Jeans klaffte, war eher eine Lappalie. Und die darunter zu sehende Schürfwunde ebenfalls. Auch wenn reichlich Blut daraus hervorsuppte, war das mit Sicherheit kein Grund aufzugeben. Und so biss Lou die Zähne zusammen und hinkte, erst langsam und dann immer schneller, weiter.

Nur fünf Minuten später musste sie allerdings einsehen, dass es absolut sinnlos war, weiterzumachen. Nicht weil sie keinerlei Siegchancen mehr besaß, sondern weil ihr bereits zu einem dicken Knubbel angewachsener Knöchel immer stärker anschwoll. Eine Bänderdehnung vermutlich, wenn nicht sogar ein Riss! Wenn ihr Fuß nicht schnellstens gekühlt wurde, würde sich die Verletzung nur noch verschlimmern. Mehr noch: Sie würde sie bei den kommenden *Battles* so sehr behindern, dass sie keinerlei Siegchancen mehr besaß und die Million in den Wind schreiben konnte. Aber das käme einem Todesurteil für ihre Mutter gleich!

Der schreckliche Gedanke trieb Lou die Tränen in die Augen. Stöhnend vor Schmerzen blieb sie stehen und blickte sich um.

Sie befand sich auf Höhe des am Rande des Sumpfes gelegenen Bruchwalds. Ganz in ihrer Nähe schlängelte sich ein schmaler, von dichtem Buschwerk und hoch aufragenden Bäumen gesäumter Bachlauf daraus hervor. Lou wollte gerade darauf zuhumpeln, als Daniel in einiger Entfernung herankeuchte und sie schon von Weitem mit hämischen Blicken bedachte.

»Wie kann man nur so ungeschickt sein!«, rief er ihr übers ganze Gesicht grinsend zu. »Ich dachte, du wärst alt genug, um auf eigenen Beinen zu stehen. Aber offensichtlich habe ich mich getäuscht!«

Er machte natürlich keinerlei Anstalten, ihr zu helfen. »Du kommst doch bestimmt alleine zurecht, nicht wahr?«, spottete er stattdessen und lief unter schadenfrohem Gelächter einfach weiter.

»Wie war das?«, sprach Lou sich leisen Trost zu. »Wer zuletzt lacht, lacht am längsten, nicht wahr?«

Am Bachufer angekommen, zog sie gerade den Schuh aus, als

mit einem Mal ein dünnes und dennoch herzzerreißendes Piepsen an ihr Ohr drang. Verwundert blickte sie auf und sah einen kleinen Vogel – einen jungen Priolo, wie seine gedrungene Gestalt und der lange Federschwanz bewiesen. Hektisch und ziemlich planlos hüpfte das Vögelchen im Schatten eines nahen Busches herum und schlug verzweifelt mit den kurzen Flügeln. Doch trotz aller Anstrengungen gelang es ihm nicht, sich in die Lüfte zu erheben.

War er vielleicht ein Leidensgenosse und hatte sich ebenfalls verletzt?

Nur einen Augenblick später erkannte Lou, was den flügellahmen Piepmatz so sehr in Angst und Schrecken versetzt hatte: Auf einem nahen Baum hockte ein großer Vogel mit gekrümmtem Schnabel, der den Kleinen mit starrem Blick beäugte. Ein Azor, wie die Entdecker der Azoren die dort heimischen Bussarde fälschlicherweise genannt und der Inselgruppe damit zu ihrem Namen verholfen hatten. Der Raubvogel breitete gerade die mächtigen Schwingen aus und hob von seinem Ast ab, um sich, die scharfen Krallen nach vorne gereckt, auf seine Beute zu stürzen. Ohne langes Nachdenken sprang Lou auf und humpelte ihm ungeachtet der stechenden Schmerzen entgegen. »Verschwinde!«, schrie sie den Räuber wütend an. »Lass ihn gefälligst in Ruhe!«

Vermutlich hatte der Azor in seinem ganzen Vogelleben so etwas noch nicht erlebt. Er stieß nämlich einen ebenso überraschten wie wütenden Schrei aus und flog eine scharfe Kehre. Dann schraubte er sich mit hastigen Flügelschlägen in die Höhe und war schon wenig später Lous Blicken entschwunden.

Der kleine Priolo aber kauerte noch immer, zitternd und sichtlich verstört unter dem Gebüsch. Sein linker Flügel hing kraftlos herunter. Deshalb also konnte er nicht fliegen!

Als Lou niederkniete und vorsichtig die Hand nach dem Vögelchen austreckte, blieb es wie erstarrt sitzen und bewegte sich nicht einen Millimeter. »Schon gut, mein Kleiner«, raunte sie ihm mit sanfter Stimme zu. »Hab keine Angst, ich tu dir nichts.«

Als hätte der Priolo sie verstanden, ließ er es einfach geschehen, dass sie ihn in die Hand nahm und mit der anderen ganz sacht über sein Gefieder strich – sie konnte deutlich das aufgeregte Klopfen des kleinen Herzens in seiner Brust spüren. Zudem gab er ein dünnes Fiepen von sich, als würde er die Berührung genießen!

Ein sanftes Lächeln huschte über Lous Gesicht. »So ist es recht, mein kleiner Fiepsi«, lobte sie ihn und merkte gar nicht, dass sie aus Freude und Erstaunen über die unverhoffte Zutraulichkeit des kleinen Vogels ihre Gedanken wie ein Kind laut aussprach. »So ist es recht. Aber …« Sie zog die Stirn kraus und blickte ihn nachdenklich an. »Was mache ich bloß mit dir? Wenn ich dich deinem Schicksal überlasse, holt dich bestimmt der böse Azor. Oder du wirst verhungern, weil du mit deinem lahmen Flügel nicht genug zu fressen findest.« Es blieb ihr also gar nichts anderes übrig, als ihn mit ins Camp zu nehmen und sich um ihn zu kümmern.

Als Lou nach einer gefühlten Ewigkeit humpelnd dort ankam, wartete Master Bob bereits mit höchster Spannung auf die Ankunft der ersten Wettkämpfer. Zu Lous Überraschung zeigte er dennoch so etwas wie Besorgnis.

Jedenfalls deutete die Miene, mit der er sie empfing, in diese Richtung. »Was ist passiert?«, wollte er wissen. »Hast du dich verletzt?« Ohne ihre Antwort abzuwarten, kniete er nieder und tastete ihren dick geschwollenen Knöchel vorsichtig ab. »Scheint eine Bänderdehnung zu sein«, kam er zur gleichen Diagnose wie sie selbst. »Am besten, du gehst rüber zum Kontrollbunker, damit Amanda eine schmerzstillende Salbe auftragen und den Knöchel tapen kann.« Da erst bemerkte er den kleinen Vogel, der sich ängstlich und noch immer am ganzen schmächtigen Leib zitternd in ihre Hand schmiegte. »Was willst du denn mit diesem Vieh?«

»Was wohl?«, gab Lou, verärgert über die unverhohlene Abscheu in seinem Blick, giftig zurück. »Essen bestimmt nicht!« Sie drehte sich abrupt um und hinkte zu ihrem Schlaflager, wo sie den Priolo unter die Girlandenblume setzte. »Ich hole rasch etwas Brot«, versuchte sie den kleinen Kerl zu beruhigen. »Und sobald Amanda mich verarztet hat, schaue ich mal, was ich sonst noch für dich finden kann – Wildsamen oder etwas in der Art.« Erneut strich sie ihm übers Gefieder. »Nur keine Angst, das wird schon wieder.«

Fiepsi schien schon längere Zeit nichts mehr zu fressen bekommen zu haben. Er stürzte sich nämlich wie ausgehungert auf die Brotkrumen, die Lou vor ihn hinstreute, und verschlang sie im Nu. Lou wollte gerade Nachschub holen, da sprang Master Bob mit einem Mal auf und schaute mit erregter Miene erst nach Süden und dann in die entgegengesetzte Richtung. Als Lou seinen Blicken folgte, erkannte sie, dass aus beiden Richtungen Läufer auf das Camp zustürmten: Sophie und der ihr immer noch dicht an den Fersen hängende Jean-Luc kamen vom Leuchtturm – und Elena vom alten Krankenhaus.

»Ja!«, entfuhr es Lou spontan. »Lauf, Elena, lauf!« Doch dann musste sie erkennen, dass Sophie und Jean-Luc dem Tisch mit den Sparschweinen bereits deutlich näher waren als die Spanierin. Da Sophie und ihr Verfolger im Tempo nicht nachließen, änderte sich zu Lous großer Enttäuschung an dieser Reihenfolge auch bis zum Schluss nichts mehr. Jean-Luc mobilisierte zwar die letzten Kräfte und versuchte Sophie mit einem mächtigen Schlusssprint noch auf den letzten Metern zu überholen, doch die wollte sich einfach nicht geschlagen geben. Das Gesicht vor Anstrengung verzerrt, behielt sie die Nase vorn und versenkte ihre Münzen als Erste in ihrem Sparschwein. Jean-Luc brauchte rund zehn Sekunden länger und lag damit noch weit vor Elena.

Sophie strahlte übers ganze Gesicht und hüpfte wie schon bei ihrem ersten Sieg ausgelassen herum. Jean-Luc dagegen ließ sich völlig ausgepumpt zu Boden sinken und japste wie ein verendender Karpfen nach Luft.

Auch Elena brauchte einige Zeit, bis sie sich von der Anstrengung erholt hatte. Obwohl sie nur den dritten Platz belegt hatte, wirkte sie keineswegs unzufrieden. »Ich habe alles aus mir rausgeholt, was möglich war«, erklärte sie Lou. »Und mehr kann man einfach nicht verlangen.«

Eine gesunde Einstellung, an der sich Daniel, der als Letzter an den Tisch herantrottete, vielleicht ein Beispiel hätte nehmen sollen. Er war nämlich nicht nur völlig platt und konnte sich kaum noch auf den Beinen halten, sondern rastete, wahrscheinlich vor Erschöpfung und Enttäuschung, auch komplett aus. »Das ist Betrug, nichts als eiskalter Betrug!«, spie er Master Bob außer sich vor Wut ins Gesicht. »Du hast dir diese beschissene Aufgabe doch nur ausgedacht, damit deine Pussycat das verfluchte Gold einsacken kann. Gib es doch endlich zu!«

Der so übel Beschimpfte reagierte erstaunlich gelassen. »Ich weiß gar nicht, warum du dich so aufregst«, sagte er mit nachsichtigem Lächeln. »Es steht doch noch gar nicht fest, wer das heutige *Battle* gewonnen hat. Bislang kennen wir nur die Reihenfolge, in der ihr ins Ziel gekommen seid. Aber jetzt muss sich erst noch herausstellen, ob ihr auch die richtige Anzahl von Münzen gesammelt habt.« Er grinste in die Runde der mehr oder weniger erschöpften Kandidaten. »Damit kann sich doch alles noch ändern! Schauen wir also einfach mal nach.«

Um es ganz besonders spannend zu machen, nahm er sich das Sparschwein des Letzten zuerst und das der Ersten zuletzt vor. In aller Seelenruhe öffnete er jeweils den großen Gummideckel am Boden des Schweinchens und sagte die Anzahl der darin befindlichen Münzen laut an: »Daniel: vier Gold, vier Silber. Ruud: drei Gold, drei Silber.« Auf diese Weise fuhr er fort, bis er schließlich zu den ersten drei gelangte. »Elena«, verkündete Master Bob laut. »Zwei Gold, drei Silber. Jean-Luc: zwei Gold, vier Silber. Und Sophie: ebenfalls zwei Gold, vier Silber.«

Habe ich's mir doch gedacht, freute sich Lou. Er hat Sophie tatsächlich alles nachgemacht!

»Und damit steht die Siegerin des heutigen *Battles* fest«, rief Master Bob laut aus und machte breit lächelnd eine kleine Pause, um die Kandidaten noch ein wenig länger auf die Folter zu spannen. Was Sophie allerdings nicht davon abhielt, die geballten Fäuste in Vorfreude in die Luft zu recken.

»The winner is … Elenaaaa!«, trompetete der Showrunner wie ein Ansager beim Profiboxen.

Während das lang gezogene »aaaaa« noch laut und deutlich über das Camp hallte, entgleiste Sophies siegesgewisse Miene und machte einem Ausdruck lähmenden Entsetzens Platz. Ihr Blick weitete sich, der Unterkiefer klappte herunter, und sie schnappte wie eine Ertrinkende nach Luft. »N-n-nein«, stammelte sie kaum vernehmbar. »D-d-das kann nicht sein.« Um dann lauter zu wiederholen: »D-d-das kann nicht sein.« Schließlich brüllte sie Master Bob mit sich überschlagender Stimme an: »Das gibt es nicht! Das ist falsch! Falsch! Und noch mal falsch!«

Master Bob zeigte nicht die geringste Regung, sondern hob nur leicht die Brauen. »Falsch? Was meinst du damit, meine Liebe?«, fragte er süffisant.

»Was wohl?« Sophies Augen sprühten pures Gift. »Dass du dich verrechnet haben musst, das meine ich damit. Wenn in einem Raum zwei Mütter und zwei Töchter sein sollen, müssen sich mindestens vier Menschen darin aufhalten, das ist doch logisch! Deshalb mussten wir auch vier Silbermünzen aus dem Turm holen.«

»Ach, tatsächlich?«, gab sich der Showrunner erstaunt. Das höhnische Lächeln auf seinen Lippen bewies allerdings, dass er innerlich triumphierte. »Aber dass eine Frau gleichzeitig Mutter und Tochter sein kann, schließt du wohl völlig aus, was? Wenn sich zum Beispiel deine Großmutter, deine Mutter und du in einem Raum befinden, mit wie vielen Müttern und Töchtern haben wir es dann wohl zu tun? Mit jeweils zweien von ihnen, auch wenn es sich lediglich um drei Personen handelt. Deine Mutter ist schließlich gleichzeitig die Tochter deiner Großmutter. Deshalb waren auch nicht vier Silbermünzen zu sammeln, sondern nur drei. Womit Elena eindeutig die Siegerin des heutigen *Battles* ist.«

Ohne Sophie noch eines weiteren Blickes zu würdigen – was die nur noch mehr auf die Palme brachte –, wandte sich Master

Bob ab und ging auf Elena zu. Das Lächeln, mit dem er ihr den Umschlag mit dem Hinweiskärtchen überreichte, wirkte erstaunlich ehrlich. »Meinen Glückwunsch! Jetzt besitzt du schon zwei Hinweise auf das Versteck. Wenn du so weitermachst, haben die anderen nicht die geringste Chance gegen dich.«

»Vielen Dank.« Elena strahlte übers ganze Gesicht. »Aber Sie sollten nicht übertreiben. Es ist noch lange nichts entschieden und alle haben noch ihre Chancen.«

Nachdem Kimberly die *Darlings of the Day* verkündet hatte – diesmal gab es nämlich gleich zwei, denn unerklärlicherweise hatten die Zuschauer gleich stark für Poppy und Nicolo gevotet, die sich beide eine Angel wünschten –, wandte sie sich an Sophie: »Du bist heute Abend mit dem *Home-Call* dran. Sei also bitte pünktlich im Kontrollbunker.«

Trotz des ihr immer noch deutlich anzusehenden Ärgers über den Ausgang des *Battles* entlockte die Nachricht Sophie doch ein kleines Lächeln. »Keine Angst, das werde ich«, versicherte sie der Moderatorin.

Nachdem Kimberly und Master Bob in Richtung *Battle Village* verschwunden waren, wandte Sophie sich an die glücklich und zufrieden strahlende Elena. »Dir wird dein verdammtes Grinsen schon noch vergehen«, zischte sie sie an. »Das garantiere ich dir, du … du … du Filmstar!«

Während sich Sophie abrupt abwandte und hüftschwingend davonstapfte, wurde Elena kreidebleich. Ihre Augen weiteten sich und ihre Hände begannen zu zittern.

»Was ist denn los?«, erkundigte sich Lou besorgt. »Was hast du denn plötzlich?«

Aber da hatte sich Elena auch schon wieder gefangen. »Ach,

nichts«, wiegelte sie mit einer wegwerfenden Handbewegung ab. »Ich ärgere mich nur, dass Sophie sich so unfair verhält und nicht anerkennen will, dass ich heute einfach besser war als sie.«

Battle Island, Azoren. Kontrollbunker. Home-Call-Studio.
Tag drei: Sonntag, 07. August 2022, 18:00 Uhr

Das Studio für die *Home-Calls* war kaum größer als eine Umkleidekabine und maß höchstens zwei mal zwei Meter. Die Möblierung war so spärlich, dass sie diese Bezeichnung kaum verdiente. Sie bestand lediglich aus einem Holzstuhl und einem Flachbildfernseher an der gegenüberliegenden Wand, auf dem eine Webcam angebracht war.

Sophie Hansen war überpünktlich und nahm schon einige Minuten vor achtzehn Uhr auf dem Stuhl Platz. Ohne die auf sie gerichtete Minikamera dicht unter der Decke auch nur im Geringsten zu beachten, starrte sie mit missmutiger Miene auf den Bildschirm und wartete mit nervös zuckenden Beinen, dass ihr Gesprächspartner endlich darauf erschien.

Es war ein Mann mit kurzen blonden Haaren und gepiercten Nasenflügeln. Er war vielleicht Ende zwanzig, trug einen Kinnbart und sein Hals war bis zum Ansatz tätowiert. Er grinste sie freudig an und nickte ihr zur Begrüßung zu. »Hallo, Darling, alles okay?« Doch schon im nächsten Augenblick runzelte er besorgt die Stirn. »Was ist denn los, Darling? Was ziehst du für ein Gesicht?«

»Ach, fuck!« Sophie winkte verärgert ab und schüttelte den Kopf. »Die wollen mich hier fertigmachen, das ist los! Sie betrügen von hinten bis vorne und behaupten dann auch noch, sie hätten recht! Das ist völlig strange, Frederik, komplett daneben!«

»Nicht doch, Darling.« Sein Lächeln sollte sie wohl besänftigen. »Komm wieder runter und beruhige dich. Es gibt nämlich coole Neuigkeiten.«

Schlagartig erhellte sich Sophies Miene. »Echt?«

»Ja, echt!«

»Lass hören!« Die Aufforderung klang wie ein Befehl.

»Erstens: Ich habe gestern mit Nils gesprochen.« Etwas verunsichert blickte Frederik sie an. »Du weißt, welchen Nils ich meine, Darling? Von *Thunder Record*…«

»Ja klar, natürlich!«, fiel Sophie ihm ungehalten ins Wort. »Was hat er gesagt?«

»Dass sie die Show aufmerksam verfolgen und deine Performance echt super finden! Wenn du noch einen Zahn zulegst und richtig krass Power machst, dann können sie sich durchaus vorstellen…«

»Echt?« Sophie zuckte zusammen und beugte sich aufgeregt nach vorne. »Hat er das wirklich gesagt?« Als Frederik zustimmend nickte, ballte sie die Faust und ließ ein triumphierendes »Cool!« hören. »Weißt du, was das heißt?«, schob sie etwas leiser nach.

»Natürlich! Das heißt, dass ich vielleicht schon in Kürze einen Rockstar mit einem Megaplattendeal in der Tasche manage«, erwiderte Frederik mit breitem Grinsen. »Aber es kommt noch viel besser: Du hattest tatsächlich recht mit deiner Vermutung. Ich hab den Streifen nämlich entdeckt.«

»Nein!«, stöhnte Sophie wie vom Schlag getroffen auf. Doch schon im nächsten Moment ging ein Strahlen über ihr herbes Kriegerinnengesicht, als hätte sie den Jackpot gewonnen. »Das ist super, Frederik, echt super!« Dann kniff sie die Augen zu schmalen Schlitzen und blickte ihn eindringlich an. »Aber jetzt sorge auch dafür, dass jeder den Film zu sehen bekommt. Am besten in ganz Europa und so schnell wie möglich!«

»Aber natürlich, Darling«, antwortete Frederik. »Ist längst in Arbeit. Spätestens morgen früh ist das heiße Teil überall abrufbar. Auf Facebook, YouTube, Google – you name it! Und natürlich auch auf YOUR JOURNAL. Und ich kann mir nicht vorstellen, dass sie den Streifen löschen. Eine bessere Publicity für BATTLE ISLAND können die sich doch gar nicht wünschen!«

»Absolut!« Sophie strahlte übers ganze Gesicht und rieb sich die Hände. »Auch wenn unser Filmstar das mit Sicherheit ganz anders sehen wird!«

- -

Battle Island, Azoren. Camp am Lagoa Azul.
Tag vier: Montag, 08. August 2022, 07:16 Uhr.

- -

Ein gellender Schrei riss Lou noch vor dem Ertönen des Wecksignals aus dem Schlaf. Fiepsi war ebenfalls wach geworden und drückte sich mit ängstlichem Piepsen tiefer ins dichte Zweiggewirr der Hortensie. Als Lou sich noch trunken vor Müdigkeit aufrichtete, sah sie, dass Poppy, nur mit T-Shirt und Slip bekleidet, neben ihrem Lager stand. Sie hatte die Hände an den Kopf gelegt und schrie sich die Seele aus dem Leib. Das Gesicht vor Panik verzerrt starrte sie mit weit aufgerissenen Augen auf die weiche Schlafmatte zu ihren Füßen und wollte sich gar nicht mehr beruhigen.

»Was hat sie denn?« Elena, die Poppys Gebrüll ebenfalls geweckt hatte, blickte Lou von ihrem nahe gelegenen Schlafplatz aus verwundert an.

»Keine Ahnung. Schauen wir einfach mal nach.«

Als sie bei Poppy ankamen, schien die sie gar nicht zu bemerken. Wie hypnotisiert starrte sie noch immer auf ihr Lager. Als Lou und Elena ihren Blicken folgten, erkannten sie endlich, was die rothaarige Irin in blankes Entsetzen versetzt hatte: Am Fußende ihrer Matte lag nämlich ein halbes Dutzend Mäuse, nackt und winzig klein wie unmittelbar nach der Geburt – und allesamt tot!

»O nein!« Lou stöhnte entsetzt auf. »Welcher Fiesling hat Poppy das denn angetan?«

Elena trat vor die junge Irin hin und blickte ihr in die schreckgeweiteten Augen. »Poppy! Bitte beruhige dich wieder, Poppy!« Als die keine Reaktion zeigte, packte Elena sie an den Schultern und schüttelte sie. »Bitte, Poppy! Komm zu dir und hör auf zu schreien!« Doch erneut ohne jeden Erfolg.

»Lass mich mal!«, meldete sich da Josh zu Wort, der, wie alle anderen auch, inzwischen ebenfalls aufgesprungen und zu Poppys Lagerplatz geeilt war. Er schob Elena sanft zur Seite, baute sich vor dem Rotschopf auf – und verpasste ihr eine schallende Ohrfeige!

Hatte der sie noch alle? Lou und Elena sahen sich entsetzt an.

Doch die Ohrfeige wirkte tatsächlich Wunder: Die durch Mark und Bein gehenden Schreie brachen schlagartig ab, und Poppy starrte den vor ihr stehenden Jamaikaner an, als sei sie aus tiefer Trance erwacht.

»Okay, Poppy, so ist es gut«, sprach Josh beruhigend auf sie ein. »Und jetzt erzählst du uns in aller Ruhe, was passiert ist. Hast du gesehen, wer das getan hat?«

»N-n-nein«, antwortete sie stockend und starrte wie ein verängstigtes Rehkitz vor sich hin. »Habe ich nicht. Ich … äh … ich bin aufgewacht, weil … weil ich zur Toilette musste. Und als ich die Decke zur Seite schlug … da … da … lagen sie da, genau zwischen meinen nackten Beinen.« Ihre Miene verzerrte sich und Tränen schossen in ihre Augen. »O Gott, nein!«, schluchzte sie und krümmte sich vornüber. »Das ist ein … ein Zeichen! Ein Zeichen, dass ich gesündigt habe und unrein bin!« Mit einem Mal wurde sie leichenfahl und ihr Gesicht verkrampfte sich. Die Augen weit aufgerissen, presste sie die Hände auf den Mund, stürzte unter lautem Würgen zwei, drei Schritte zur Seite und übergab sich in ein Gebüsch.

Danach drehte sie sich um und blickte ihre Mitspieler, die sie mit besorgten Mienen beobachteten, wie abwesend an. Einen fiebrigen Glanz in den Augen, machte Poppy ein paar wackelige Schritte auf sie zu und sank plötzlich wie vom Blitz gefällt auf die Knie, reckte wie in höchster Todesnot die gefalteten Hände zum Himmel und fing an zu beten: »Ich bekenne Gott, dem Allmächtigen, und allen Brüdern und Schwestern, dass ich Gutes unterlassen und Böses getan habe. Ich habe gesündigt in Gedanken, Worten und Werken durch meine Schuld, durch meine Schuld, durch meine übergroße Schuld.« Bei diesen Worten schlug sie sich mit der zur Faust geballten rechten Hand an die Brust. »Darum bitte ich die selige Jungfrau Maria, alle Engel und Heiligen und euch, Brüder und Schwestern, für mich zu beten bei Gott, unserem Herrn.« Erneut schlug sie das Kreuzzeichen und wandte ihr von Tränen überströmtes Gesicht zum Himmel. »O Herr, vergib mir armen Sünderin! Verschone mich vor der ewigen Verdammnis, ich bitte dich, o Herr!«

Während Lou, Elena und Josh ratlose Blicke wechselten und auch die anderen sich verwundert ansahen, senkte Poppy den Kopf und fing an, das Vaterunser zu beten. Zuerst langsam und dann immer schneller werdend, bis die Worte förmlich aus ihrem Mund heraussprudelten und sie nichts mehr von dem wahrzunehmen schien, was rund um sie vorging: »Vater unser im Himmel, geheiligt werde dein Name …«

Mike Mannings und Master Bob waren inzwischen ebenfalls im Camp erschienen. Das TV-Team bekam über die Kontrollmonitore ja nahezu alles mit, was im Lager vorging. Da der Produzent angeordnet hatte, ihn und den Showrunner sofort zu informieren, wenn sich etwas Außergewöhnliches ereignete, hatte man die beiden natürlich umgehend geweckt. Obwohl Mannings beharrlich auf die junge Irin einredete, vermochte auch er sie nicht zu beruhigen. Als hätte sie alles um sich herum vergessen, kauerte sie mit gefalteten Händen auf dem Boden und ratterte das Gebet in irrwitziger Geschwindigkeit und in einem monotonen Singsang herunter – gerade so, als hätte sie eine defekte Schallplatte verschluckt, die, kaum am Ende angekommen, wieder von sich aus zum Anfang zurücksprang.

»Nichts zu machen«, stellte der Produzent schließlich resigniert fest. »Vermutlich ein Nervenzusammenbruch. Am besten, wir nehmen sie mit zu uns in den Kontrollbunker oder ins Kommandeurshaus und behalten sie dort, bis sie sich wieder beruhigt hat.«

Während Master Bob sich neben Poppy niederkniete und ihr sanft den Rücken tätschelte, womit er bei Lou gewaltige Pluspunkte machte, nahm Mannings die anderen ein Stück mit zur Seite und blickte sie fragend an. »Habt ihr eine Ahnung, wer das war?« Er zeigte mit dem Kopf auf die toten Mäuse.

»Nein«, antwortete Lou. »Nur eine Vermutung!« Damit blickte sie Daniel, der sich ebenfalls in den Kreis der Neugierigen gemischt hatte, anklagend an.

Doch der spielte ganz den Unschuldigen. Trotz des spöttischen Lächelns auf seinen Lippen hob er abwehrend die Hände. »Aber, aber! Ich weiß gar nicht, warum du mich so vorwurfsvoll anstarrst«, sagte er und verhackstückte einen Spruch aus der Bibel: »Ich halte mein Herz rein und wasche meine Hände in Unschuld.«

So ein unverfrorener Lügner!

Dummerweise konnte Lou das nicht beweisen, und so blieb ihr nichts anderes übrig, als die Sache auf sich beruhen zu lassen. Als Daniel sie aber auch noch mit einem hämischen Grinsen provozierte, war sie kurz davor, die Nerven zu verlieren und ihm eine zu verpassen.

Zum Glück ging Elena dazwischen und bewahrte sie vor der Dummheit. »Willst du wegen diesem Idioten vielleicht gefeuert werden und alle Chancen verlieren?«, redete sie ihr ins Gewissen. »Das ist der Typ doch gar nicht wert!«

Elena hatte vollkommen recht. Außerdem würde sich schon noch eine Gelegenheit ergeben, es Daniel heimzuzahlen. Ganz bestimmt sogar!

Mannings und Master Bob hakten Poppy unter und führten sie aus dem Camp. Als sei sie eine willenlose Marionette, setzte die Irin apathisch einen Schritt vor den anderen. Die anderen gingen wieder zu ihren Schlafplätzen oder machten sich an die zugeteilte Arbeit. Während Elena zum Wasserholen in die etwas abseits gelegene Bucht aufbrach, humpelte Lou in der Begleitung von Leonie, die in der Aufregung sogar ihre geliebte Puppe mit zu Poppy geschleppt hatte, zu ihrem Lager. Der verletzte Knöchel – Amanda hatte ihn am Vorabend fachgerecht versorgt und mit einem Stützverband versehen – schmerzte noch immer und behinderte sie beim Gehen. Dennoch hoffte Lou, dass die Schwellung schon bald abklingen und kein allzu großes Handicap beim *Battle of the Day* mehr sein würde. Während sie Ausschau nach Futter für den verletzten Priolo hielt – Wildsamen, Beeren und Ähnliches mehr –, sprach sie ihre Gedanken laut aus: »Ich kann mir nicht helfen, aber irgendwie kommt mir das merkwürdig vor.«

Die kleine Schweizerin blickte sie aus ihren großen Mangaaugen verwundert an. »Was meinst du?«

»Ich weiß natürlich, dass Poppy schreckliche Angst vor Mäusen hat«, erklärte Lou. »Und wenn ich auf meiner Matte ein ganzes Nest mit toten Mäusebabys gefunden hätte, wäre ich vermutlich auch ausgerastet. Andererseits …« Große Zweifel waren in ihr Gesicht geschrieben. »Ist das wirklich ein Grund, so voll und ganz die Nerven zu verlieren? Hat Poppy vielleicht einen religiösen Tick oder so was in der Art?«

Anstelle einer Antwort zuckte Leonie nur mit den Schultern.

»Du warst doch vorgestern mit ihr unterwegs«, hakte Lou nach. »Hat Poppy da vielleicht irgendetwas erwähnt oder eine Andeutung gemacht? Irgendetwas, was ihre seltsame Reaktion erklären würde? Oder warum sie sich andauernd mit Daniel anlegt?«

»Vielleicht, vielleicht aber auch nicht«, antwortete Leonie unsicher und wiegte so heftig den Kopf, dass ihre Rattenschwänzchen auf und ab wippten. »Sie hat nur erzählt, dass Daniel sie an einen deutschen Austauschschüler erinnert, den sie in Dublin kennengelernt hat.«

Lou blieb überrascht stehen. »Das ist ja interessant!«

»Er ist in dieselbe Klasse wie Poppy gegangen. Auf diese Weise sind sie sich nähergekommen und sie hat sich schließlich unsterblich in ihn verliebt.«

»Wie süß!«

Leonie nickte. »Anfangs hat der Typ auch so getan, als würde er ihre Gefühle erwidern. Aber dann, vor etwa zwei Monaten, hat er ihr ganz übel mitgespielt.«

»Wie das?«

»Das hat Poppy nicht gesagt«, erwiderte Leonie mit bekümmerter Miene. »Dabei sah es schon ganz so aus, als wollte sie es mir erzählen. Aber dann hat sie sich doch nicht überwinden können und nur vor sich hin gestarrt, als würde sie sich schreckliche Sorgen machen. Oder als wäre sie furchtbar traurig.« Sie hob ihre Heidi hoch und blickte sie mit großen Augen an. »Das ginge mir doch genauso, wenn ich dich verlieren würde«, sagte sie verlegen lächelnd, als würde sie es nicht ganz ernst meinen. Dabei war Lou sich sicher, dass sie genau das tat. »Du bist doch das Liebste, was ich habe auf der Welt.«

Battle Island, Azoren. Lagoa Azul. Battleground.
Tag vier: Montag, 08. August 2022, 08:56 Uhr.

Als Lou kurz vor neun Uhr am *Battleground* auftauchte, waren dort zehn Scheibenständer im Kreis aufgestellt. Dass Poppy nicht am *BtD* teilnehmen würde, hatten die Ausstatter ja nicht ahnen können. An jedem hing eine Zielscheibe aus Schaumstoff und von rund einem Meter Durchmesser, die in acht gleichmäßige

Segmente unterteilt war. Jedes dieser Tortenstücke trug eine andere Zahl. Lous Vorfreude auf ein Bogenschießen ähnlich wie beim Vorcasting in Berlin währte allerdings nur wenige Sekunden: In jeder Scheibe steckten nämlich drei Darts.

So was Blödes!, ärgerte sie sich. Andererseits: Sie war im Dart zwar nicht ganz so gut wie im Bogenschießen, aber auch nicht gerade schlecht. Sonst hätte sie damals im »Cave« ja wohl kaum Rowan und Tim geschlagen, wenn auch nur hauchdünn und noch dazu mit einer ordentlichen Portion Glück.

Über den Scheiben waren Schilder mit den Namen der Teilnehmer angebracht. Knapp darunter ein schmales und rund ein Meter langes Brett, das von einem Tuch verhüllt war. Noch bevor sich Lou Gedanken darüber machen konnte, was das wohl zu bedeuten hatte, tauchte Master Bob auch schon am *Battleground* auf. Er war wie immer in Begleitung von Kimberly Cohen, die Nicolo zwei Angeln überreichte – eine für ihn und eine für Poppy. »Heb sie bitte für sie auf, bis sie wieder da ist«, fügte sie noch hinzu.

»Ich hoffe sehr, dass der kleine Zwischenfall vorhin euch nicht allzu sehr mitgenommen hat«, knüpfte der Showrunner daran an. »Und damit ihr euch nicht allzu große Sorgen macht: Poppy hat sich inzwischen schon wieder etwas beruhigt und kann aller Voraussicht nach bereits morgen wieder in die Show einsteigen.«

»Schade aber auch«, konnte sich Daniel einen höhnischen Kommentar nicht verkneifen. »Ich würde unsere Feuermuschi bestimmt nicht vermissen.«

»Und ich dich schon gar nicht!«, zischte Lou ihn wütend an. »Und den meisten anderen geht es mit Sicherheit genauso!«

Daniel setzte schon zu einer Antwort an, doch der warnende

Blick des Showmasters hielt ihn davon ab. Seine Miene jedoch zeigte überdeutlich, welchen Hass er für Lou empfand.

»Nun aber zur heutigen Aufgabe.« Ein spöttisches Lächeln huschte über das bärtige Gesicht von Master Bob. »Damit es nicht wieder Beschwerden gibt, haben wir uns diesmal eine ganz besondere Prüfung ausgedacht. Sie erfordert so gut wie keine körperliche Anstrengung, sondern lediglich ein bisschen Geschick. Und natürlich auch wieder ein helles Köpfchen, über das ihr ja alle in so überreichem Maße verfügt, nicht wahr?«

Während Daniel ihn finster anstarrte und ein kalter Glanz in Sophies Smaragdaugen trat, spuckte Jean-Luc hinter dem Rücken des hoch aufgeschossenen Josh unbemerkt aus.

»Komm endlisch zur Sache, du Freak!«, zischte er leise.

»Wie ihr unschwer erkennt …« Der Showrunner deutete auf die Zielscheiben. »… dürft ihr heute ein bisschen Dart spielen, allerdings nach unseren ganz besonderen Regeln. Der Durchmesser der Scheibe ist rund dreimal so groß wie der einer gewöhnlichen Dartscheibe. Es gibt auch nur acht unterschiedliche Treffersegmente, die noch dazu völlig andere Zahlen tragen als beim normalen Dart. Nämlich …« Er drehte sich um und zeigte auf das Feld rechts oben und dann in Uhrzeigerrichtung auf die anderen Zielfelder. »… 87, 96, 08, 69, 36, 60, 09 und 86. Auch die Wurflinie liegt ein ganzes Stück weiter entfernt – nämlich bei exakt fünf Metern. Nur die Pfeile sind genau die gleichen, wie ihr sie wahrscheinlich alle kennt. Sieger des heutigen *Battles* ist, wer mit seinen Darts in der kürzesten Zeit das richtige Segment am häufigsten trifft.«

»Und welches ist das richtige Segment?«, wollte Josh wissen.

»Das verrät euch die Aufgabe, die auf dem verhüllten Brett

steht. Wenn ihr nach dem Startsignal das Tuch wegnehmt, seht ihr darauf eine Reihe aus vier Zahlen und einem Fragezeichen. Findet heraus, welche Zahl an die Stelle des Fragezeichens gehört – und schon kennt ihr das Feld, das ihr treffen müsst.« Er blickte in die Runde. »Noch Fragen?«

Ruud hob den Finger. »Ja, ich.«

Master Bob nickte ihm auffordernd zu.

»Das heißt also, dass eine der acht Zahlen auf der Zielscheibe an die Stelle des Fragezeichens gehört, oder?«

»Wie schlau du doch bist!« Der Showrunner gab sich keinerlei Mühe, sein höhnisches Grinsen zu unterdrücken. »Besser hätte ich es auch nicht erklären können.«

»Und warum sind die Scheiben im Kreis aufgestellt?«, hakte Nicolo nach.

»Ganz einfach«, erklärte Master Bob mit eindringlichem Blick auf Jean-Luc Reno. »Damit die Rechengenies unter euch nicht bei allen abkupfern können, sondern höchstens bei ihren unmittelbaren Nachbarn.«

Lou konnte dem Franzosen ansehen, dass er innerlich kochte. Laut knirschend biss er die Zähne zusammen und ballte die Fäuste. Nur mit größter Mühe bewahrte er die Fassung und rastete nicht aus.

Genau das hatte Master Bob ganz offensichtlich provozieren wollen.

Der Showrunner ließ sich nicht im Geringsten anmerken, ob der Fehlschlag ihn enttäuschte oder nicht. »Stellt euch jetzt an die Wurflinie eurer Scheibe«, fuhr er ganz ruhig fort. »Sobald das Startsignal ertönt, rennt ihr nach vorne, nehmt das Tuch ab und schnappt euch die Darts. Dann kommt ihr zurück und versucht, die Aufgabe zu lösen und das richtige Feld zu treffen. Wer seine drei Würfe absolviert hat, ruft laut ›Fertig‹ und seinen Namen, damit wir die Reihenfolge notieren können. Sollte es darüber Streitigkeiten geben, können wir natürlich jederzeit die Aufnahmen zurate ziehen. Und zum Schluss noch mal für alle zum Mitschreiben: Sieger des *Battles* ist derjenige, der am schnellsten die meisten richtigen Treffer erzielt.«

Als Lou an ihrer Scheibe ankam, konnte sie endlich sehen, wer ihre Nachbarn waren: Ruud van Dyke war direkt links neben ihr postiert. Leonie zwei Scheiben weiter – und auf ihrer rechten Seite stand Jean-Luc.

O nein! Ausgerechnet der!

Jean-Luc war nämlich nicht nur ein sehr guter Dartspieler, sondern sogar ein ganz hervorragender. Das nämlich hatte er auf der kleinen Siegesparty in London bewiesen, zu der Mike Mannings die zehn Qualifizierten ganz spontan in einen Pub eingeladen hatte. Passend zur Umgebung hatte er im Laufe des Abends natürlich auch alle zu einem Dartwettbewerb animiert. Mannings war darin nämlich fast so gut wie ein Profi und verlor nur in den seltensten Fällen, wie Lou von Rowan wusste. Doch gegen Jean-Luc hatte er nicht die geringste Chance gehabt. Der Kahlkopf war nicht nur ungemein treffsicher, sondern auch außergewöhnlich schnell – und so wurde er mit großem Abstand Sieger vor Mannings und Lou. Alle anderen dagegen hatten nur wenig Talent offenbart und deutlich schlechter abgeschnitten.

»Ärgert eusch nischt«, hatte Jean-Luc seine abgeschlagenen Konkurrenten danach mit seinem typischen Grinsen zu trösten versucht. »Meinen copains in Paris ergeht es auch nischt besser als eusch. Sie ’aben mir des’alb schon einen anderen Namen gegeben: Dart, James Dart!« Und selbst Sophie hatte über seinen Scherz gelacht.

Aber nach Lachen war Lou nun wirklich nicht zumute. Gegen Jean-Luc hatte sie nicht die geringste Chance! Er brauchte ja nicht einmal die Aufgabe zu lösen, sondern musste einfach nur abwarten, welches Segment sie beim ersten Versuch traf. Und noch vor ihrem zweiten Wurf würde er aufgrund seiner phänomenalen Schnelligkeit schon drei Treffer erzielt haben und als Sieger des *Battles* feststehen.

So ein verdammtes Pech aber auch!

Als Lou den Kopf zur Seite drehte und ihm einen Blick zuwarf, grinste Jean-Luc sie voller Siegesgewissheit an. Klar, der Kahlkopf mochte zwar nicht gerade ein Einstein sein, war aber dennoch alles andere als blöd. Deshalb war er mit Sicherheit auf genau die gleichen Gedanken gekommen wie sie selbst und wusste längst, dass er den Sieg praktisch schon in der Tasche hatte.

Wie sollte sie das nur verhindern?

»Seid ihr alle bereit?«, riss Master Bob sie aus ihren Überlegungen. Nach einem zehnfachen »Ja« nickte er Kimberly Cohen zu: »Das Startsignal bitte!«

Das Muschelhorn dröhnte schriller und schräger als je zuvor. Oder kam es Lou aufgrund ihrer gedrückten Stimmung nur so vor? So schnell es ging, humpelte sie zur Scheibe, griff sich die drei Darts und zog das Tuch zur Seite. Die Zahlenreihe, die darunter zum Vorschein kam, wirkte auf den ersten Blick nicht besonders spektakulär:

06 – 68 – 88 – ? – 98

Noch während Lou zur Wurflinie zurückhinkte, überlegte sie, welche wie auch immer geartete Systematik ihr zugrunde liegen könnte, allerdings ohne jeden Erfolg.

Aber es konnte ja nicht alles auf Anhieb klappen, oder?

Dann also ein neuer Versuch: Es handelte sich ausschließlich um gerade Zahlen, was vielleicht darauf hindeutete, dass es sich bei der gesuchten Zahl genauso …? Ach, Quatsch, nein – so kam sie auch nicht weiter. Und dass vier Achten, zwei Sechsen, aber nur jeweils eine Null und eine Neun darin vorkamen, ließ auch keine Rückschlüsse auf die große Unbekannte zu. Aber was, wenn die Differenzen der verschiedenen Zahlen einer bestimmten Regel folgten? Doch auch diese Überlegung erwies sich schnell als Sackgasse. Es war wie verhext: Sosehr Lou auch grübelte und sich das Gehirn zermarterte – es wollte ihr einfach kein plausibles Ergebnis einfallen.

Zum Glück schien sie nicht die Einzige zu sein, der die Aufgabe Probleme bereitete. Schließlich hatte sie noch kein einziges Mal das signifikante dumpfe *Plopp* gehört, mit dem ein Dartpfeil für gewöhnlich die Scheibe trifft! Als Lou in die Runde blickte – soweit ihr das möglich war –, sah sie nichts als ratlose Mienen, gequälte Blicke und zerfurchte Stirne.

Nur Jean-Luc war die Ruhe selbst. Lässig und völlig entspannt stand er an seiner Wurflinie und wartete darauf, dass Lou ihren ersten Dart schleuderte. Und genau wie vorhergesehen, dachte er wohl auch nicht im Traum daran, sich mit der verflixten Aufgabe zu beschäftigen.

Weshalb sollte er auch?

Er hatte ja jemanden, der sie für ihn löste, während Lou ganz alleine auf sich selbst angewiesen war. Es blieb ihr also nichts anderes übrig, als weiterzumachen.

Sie betrachtete die Reihe der Zahlen von vorne und von hinten, von oben nach unten, versuchte, weitere mathematische und andere logische Beziehungen zwischen ihnen herzustellen – doch es half alles nichts, es wollte ihr einfach keine passende Lösung einfallen!

So ein Mist!, schimpfte sie im Stillen. Ich kann diese blöde Aufgabe nicht knacken, selbst wenn ich mich auf den Kopf ste... und genau in diesem Moment kam ihr die Erleuchtung: natürlich! Dass ich nicht gleich darauf gekommen bin! Dabei ist das doch mehr als offensichtlich!

Jean-Luc merkte sofort, was Sache war. Als Lou den rechten Fuß leicht nach vorne stellte, den Arm hob und tief durchatmend zielte, machte er sich ebenfalls wurffertig und belauerte sie wie ein sprungbereiter Tiger. Er ließ sie nicht mehr aus den Augen, bis sich ihr Pfeil ins Trefferfeld bohrte – und dann passierte genau das, was Lou in Gedanken bereits durchgespielt hatte: Sie hatte die Hand kaum erhoben, um ein weiteres Mal zu werfen, da hatte Jean-Luc bereits alle drei Darts mit blitzschnellen Bewegungen auf die Scheibe geschleudert und exakt das Feld mit der 36 getroffen, in dem auch der Pfeil auf Lous Scheibe steckte.

»Fertig, Jean-Luc!«, rief er laut aus und verschränkte wie ein zufriedener Buddha die Arme vor der Brust, um Lou mit breitem Grinsen bei den weiteren Würfen zuzusehen. Die Narbe auf seiner linken Wange zuckte dabei so heftig, als wollte sie einen Freudentanz aufführen.

Auch Lou hatte es plötzlich ganz eilig: Zügig, wenn auch bei Weitem nicht so schnell wie Jean-Luc, feuerte sie die restlichen Darts ab, die zu ihrer großen Erleichterung auch beide das anvisierte Segment trafen. »Fertig – Louisa!«, rief sie Master Bob zu...

... und in diesem Moment entgleisten Jean-Lucs Gesichtszüge. Seine Narbe schien plötzlich Trauer zu tragen, als er erkannte, dass die beiden Pfeile von Lou in dem Feld mit der 87 steckten und nicht im 36er-Segment, wie alle drei Darts auf seiner Scheibe! »W-w-was soll das?«, stammelte er und blickte sie fassungslos an. »W-w-warum wirfst du plötzlisch auf die Siebenundachtzisch und nischt mehr auf die Sechsunddreißisch wie beim ersten Mal?«

»Warum wohl? Weil die Siebenundachtzig an die Stelle des Fragezeichens gehört«, erklärte Lou und bemühte sich um ein möglichst unverfängliches Lächeln. Er brauchte ja nicht auf Anhieb zu merken, dass sie ihn hereingelegt hatte!

»Äh.« Jean-Luc riss die Augen weit auf und kratzte sich am kahlen Schädel. »Und warum?«

Während jetzt reihum weitere »Fertig«-Rufe ertönten, klärte Lou ihn auf: »Es ist eigentlich ganz einfach: Um auf die richtige Lösung zu kommen, musst du das Brett nur um einhundertundachtzig Grad drehen – im Geiste natürlich! – und es sozusagen auf den Kopf stellen. Damit sieht die Reihe mit einem Mal ganz anders aus:

86 – ? – 88 – 89 – 90

Dann siehst du auch, dass an die Stelle des Fragezeichens nur eine einzige Zahl passt – nämlich die 87! Ist doch logisch, oder?«

»Äh ... wenn du meinst.« Mit unverhohlenem Misstrauen im Blick runzelte Jean-Luc die Stirn. »Und warum 'ast du beim ersten Wurf auf die Sechsunddreißisch gezielt? Weil du misch in die Irre führen wolltest, nischt wahr?«

»Wie kommst du denn darauf?«, erwiderte Lou höchst diplomatisch. »Ich war nur irritiert, weil du mich fortwährend angestarrt hast, und deswegen ist der Wurf leider danebengegangen. Ist dir das noch nicht passiert?«

»Ja, schon.« Sein Gesicht war so finster, als wäre ein Sturmtief darauf aufgezogen. »Und trotzdem glaube isch dir nischt!«

»Dein Problem«, antwortete Lou leichthin. »Warum hast du denn nicht selbst versucht, die richtige Lösung herauszufinden?«

»Genau!«, mischte sich da Leonie ein, die ihre Würfe in der Zwischenzeit ebenfalls absolviert und sich zu Lou gesellt hatte. »Erst denken und dann werfen oder reden – merk dir das gefälligst, Scarface!«

Während sich Lou trotz größter Mühe ein Grinsen nicht verkneifen konnte, machte Jean-Luc noch nicht einmal den Versuch, seinen Ärger über die kleine Schweizerin zu verbergen. »Isch warne disch, 'eidi! Noch so ein Ding – und du wirst es bereuen, das garantiere isch dir!«

Doch Leonie zeigte sich nicht im Geringsten beeindruckt. »Schon klar«, erwiderte sie vielmehr seelenruhig. »›Hunde, die bellen, beißen nicht!‹, sagt mein Großvater immer. Und warum sollte das in Frankreich anders sein als bei uns in der Schweiz?«

Das laute Tröten des Muschelhorns setzte ihrer Auseinandersetzung ein Ende. Master Bob rief die Kandidaten zu sich, um den Ausgang des *BtD* zu verkünden: »Die Siegerin des heutigen *Battles* ist … Louisa mit zwei Treffern. Gefolgt von Leonie und Nicolo, die ebenfalls zweimal getroffen haben, aber ein ganzes Stück langsamer waren. Da die Reihenfolge ja ohnehin keine Rolle spielt, breite ich über die restlichen Platzierungen lieber den

Mantel des Schweigens.« Dann gratulierte er Lou zum Sieg und überreichte ihr den Umschlag mit dem Hinweiskärtchen.

Anschließend trat Kimberly Cohen auf sie zu. »Das scheint heute dein Glückstag zu sein, Lou. Du hast nicht nur das *Battle* gewonnen, sondern die Zuschauer der gestern ausgestrahlten Show haben dich auch noch zum *Darling of the Day* gewählt!«

»Bestimmt nur wegen diesem beschissenen Vogel!«, kommentierte die Lakritz schmatzende Sophie giftig aus dem Hintergrund.

Lou war vor Überraschung nahezu sprachlos. »Das … das … das …«

»… ist großartig«, half Kimberly ihr auf die Sprünge. »Das wolltest du doch sicherlich sagen, nicht wahr?« Ohne eine Antwort abzuwarten, fuhr sie fort: »Deshalb darfst du dir auch etwas wünschen, wie alle *DDs* vor und natürlich auch nach dir.«

»Äh.« Auf die Schnelle wollte Lou allerdings nichts Rechtes einfallen. »Was … was steht denn zur Auswahl?«

»Das Gleiche wie bei den anderen auch«, erklärte die Moderatorin. »Vielleicht etwas, was dir das Leben hier leichter macht: eine Angel, ein Kescher, eine Schlinge oder Pfeil und Bogen? Oder auch eine Machete, ein Beil oder ein Spaten. Und dann gäbe es natürlich auch noch das Extra, das ihr auf eurem Fragebogen angeben solltet. Wenn ich mich recht entsinne, dann war das bei dir ein Buch – *Die Schatzinsel,* oder? – und leider nicht etwas derart Lebenswichtiges wie …« Ein spöttisches Lächeln huschte über ihr kaffeebraunes Gesicht. »… die Lakritzschnecken, die Sophie intelligenterweise gewählt hat.« Die wütenden Blicke, die die Dänin ihr daraufhin zuwarf, schienen Kimberly nicht im Geringsten zu stören.

»Stimmt ja«, erinnerte sich Lou plötzlich wieder. »Das war für den Fall gedacht, dass mir langweilig würde! Aber da habe ich mir wohl umsonst Sorgen gemacht. Deshalb nehme ich lieber Pfeil und Bogen.«

»Gute Wahl!« Kimberly nickte zufrieden. »Bringe ich dir gleich morgen früh mit.« Dann wandte sie sich an Jean-Luc. »Das Los hat dich für den heutigen *Home-Call* bestimmt. Und rechtzeitig den Weg zum Kontrollbunker zu finden, sollte doch auch für dich eine lösbare Aufgabe darstellen.« Ihre großen Augen funkelten vor Spott. »Oder soll ich jemanden vorbeischicken, der dich an die Hand nimmt und zu uns führt?«

»Nischt nötisch, Chérie«, antwortete der Kahlkopf mit heftig zuckender Narbe. »Den Weg zu dir finde isch blind. Und ganz besonders dann, wenn du nischt mit mir reschnest!«

- -

Battle Island, Azoren. Camp am Lagoa Azul.
Tag vier: Montag, 09. August 2022, 13:45 Uhr.

- -

Im Gegensatz zu Frühstück und Abendessen, das die Kandidaten gemäß Spielregeln gemeinsam einnehmen mussten, gab es für das Essen am Mittag keine besonderen Vorschriften. Es kam deshalb nur selten vor, dass sich dazu gleich mehrere Mitspieler am Seeufer einfanden. Die meisten nutzten die Zeit zwischen dem Ende der täglichen *Battles* und dem Sonnenuntergang, um die Insel zu durchstreifen – meistens alleine, aber gelegentlich auch zu zweit – und Ausschau nach dem versteckten Schatz zu halten. Die wenigsten nahmen Proviant mit auf den Weg, die meisten aßen vor dem Aufbruch noch eine Kleinigkeit. Unterwegs aufkommenden

Hunger stillten sie dann mit den reichlich zu findenden Früchten und Beeren und hielten es auf diese Weise locker bis zum gemeinsamen Abendbrot aus. Und da Wasser auf Battle Island im überreichen Maße vorhanden war, musste auch niemand Durst leiden. Der Lebensmittelvorrat war zwar nicht besonders üppig und schon gar nicht abwechslungsreich. Dennoch würde selbst dann keiner von ihnen verhungern, wenn sie das Nahrungssammeln vernachlässigten und so gut wie nichts Essbares mit zurück ins Camp brachten. Zumal gesunde Menschen völlig problemlos selbst mehrere Tage ohne Essen überstehen konnten. Dass YOUR TV die Show als eine Mixtur aus einem Überlebenskampf auf einer einsamen Robinsoninsel und einer Schatzsuche verkaufte, war nichts weiter als ein geschickt kalkulierter PR-Gag. Er gaukelte den Zuschauern eine Dramatik vor, die jeder realen Grundlage entbehrte. Absurderweise hatte der Sender mit diesem Trick auch noch Erfolg!

Eines jedoch wurde von den meisten Teilnehmern schon sehnlichst vermisst, nämlich Fleisch. Der Speck war innerhalb kürzester Zeit aufgefuttert worden, und da es noch keiner geschafft hatte, einen Fisch zu fangen, geschweige denn ein Tier zu erlegen, gab es seitdem für alle nur noch pflanzliche Kost. Sehr zur Freude von Lou und Nicolo, die schon seit jeher auf Fleisch verzichteten, und zum großen Verdruss von allen anderen. Auch Elena bildete da keine Ausnahme.

»Was hältst du denn davon, wenn du ein Kaninchen für uns schießt?«, schlug sie Lou deshalb vor, als sie, nebeneinander am Seeufer sitzend, einen reichlich faden Haferbrei löffelten. »Die gibt es hier doch massenweise und mit deinem Bogen solltest du das doch schaffen.«

»Keine Ahnung«, antwortete Lou achselzuckend. »So was habe ich noch nie gemacht!«

»Ein Kaninchen geschossen?«

»Genau! Oder ein anderes Tier. Bislang habe ich immer nur auf Scheiben gezielt.«

»Dann wird es aber höchste Zeit!« Elena blickte Lou herausfordernd an. »Warum sonst hast du dir einen Bogen gewünscht?«

»Das ist eine gute Frage.« Lou wiegte nachdenklich den Kopf. »Um ehrlich zu sein: Ich weiß es selber nicht so genau. Vielleicht weil ich das Bogenschießen einigermaßen beherrsche und es mir auch ziemlichen Spaß macht. Oder …« Sie brach ab und blickte mit zusammengekniffenen Augen hinaus auf den See, der im Licht der Mittagssonne wie ein goldener Spiegel glänzte.

»Ja?«, blieb Elena hartnäckig. »Oder?«

»Weil der Bogen mich, genau wie der Anhänger …« Sie deutete auf das Broken Heart an ihrer Halskette. »… an Tim erinnert. Er hat mir das Bogenschießen doch erst beigebracht. Vielleicht habe ich ihn mir deshalb gewünscht.«

»Hm«, brummte Elena vieldeutig und musterte sie mit versonnenem Blick. »Du vermisst ihn wohl sehr?«

»Und wie!« Lou nickte heftig und wusste gar nicht, wie sie ihre Sehnsucht in Worte fassen sollte. »Es ist zwar erst ein paar Tage her, dass ich Timmi zuletzt gesehen habe – und trotzdem kommt es mir so vor, als wäre seitdem eine halbe Ewigkeit vergangen!«

Sie hob das Broken Heart an ihre Lippen und küsste es so hingebungsvoll, als wäre es Tim höchstpersönlich. Dann ließ sie es mit einem gequälten Seufzer wieder sinken. »Ich weiß gar nicht, wie ich die Show ohne ihn überstehen soll – so sehr fehlt er mir!«

»Tja, wenn das nicht wahre Liebe ist, was dann?« Elena grinste sie breit an und verpasste ihr einen aufmunternden Klaps. »Aber da musst du jetzt durch, komme, was da wolle.« Doch sogleich wurde sie wieder ernst. »Das mit dem Kaninchen würde ich an deiner Stelle trotzdem versuchen! Und nicht nur, um uns Fleischfresser glücklich zu machen.«

Lou verstand nicht so recht, was sie damit sagen wollte. »Sondern?«

»Damit die anderen sehen, dass du mit Pfeil und Bogen umgehen kannst, deshalb!«

»Und … äh …?« Lou schüttelte verwirrt den Kopf. »Wozu soll das gut sein?«

»Ganz einfach.« Elena blickte sich verstohlen um, als befürchtete sie, belauscht oder beobachtet zu werden. Dabei war weit und breit niemand zugegen, der ihr Gespräch mitbekommen konnte – abgesehen von den Kameras natürlich! Aber an die hatten sie sich, wie alle anderen Kandidaten auch, seltsamerweise schon so sehr gewöhnt, dass sie kaum noch an sie dachten. Außerdem waren diese so klein und in der Regel auch so geschickt angebracht, dass sie niemandem auffielen. Dennoch senkte Elena ihre Stimme, als sie fortfuhr: »Ich beobachte Sophie jetzt schon seit ein paar Tagen. Sie ist so versessen darauf, BATTLE ISLAND zu gewinnen, dass sie mit Sicherheit alles dafür tun wird und vor nichts zurückschreckt.«

»Ich bitte dich.« Lou verzog zweifelnd das Gesicht. »Du übertreibst!«

»Tue ich nicht.« Elena schüttelte vehement den Kopf, und ihre Miene bewies, dass sie es völlig ernst meinte. »Hast du ihre Augen gesehen? ›Die Augen sind der Spiegel der Seele‹, hat Opa Francesco immer zu mir gesagt. ›An ihnen erkennst du den wahren Charakter eines Menschen.‹ Und Sophie hat so eisige Augen, dass sie selbst das Höllenfeuer zum Einfrieren bringen würden.« Sie beugte sich ganz nah an Lou heran und sah sie fast beschwörend an. »Ich traue Sophie alles zu. Sie geht sogar über Leichen, wenn es sein muss! Du tust deshalb gut daran, ihr rechtzeitig zu zeigen, dass du nicht wehrlos bist, verstanden?«

»Ja klar«, erwiderte Lou rasch. »Danke für den Tipp!«

»Immer gerne.« Elena lächelte zufrieden. »Und da wir schon dabei sind.« Sie deutete auf den Umschlag mit dem Hinweiskärtchen, der in Lous Hosentasche steckte. »Du solltest damit nicht so nachlässig umgehen und das Kärtchen gut verstecken. Aber bloß nicht hier im Camp! Ich bin mir nämlich absolut sicher, dass gestern, als wir auf der Insel unterwegs waren, jemand meine Sachen durchwühlt hat. Und dreimal darfst du raten, was er oder sie wohl gesucht hat!« Damit erhob sie sich und kniete am Seeufer nieder, um ihre leere Schüssel auszuwaschen. »Was meinst du?«, sprach sie Lou über die Schulter an. »Wollen wir uns heute mal den alten Turm näher ansehen? Ich finde, der gäbe ein prima Versteck ab! Weil die meisten mit Sicherheit vor dem anstrengenden Anstieg zurückschrecken, sowohl über die Treppe draußen als auch im Innern des Turms, und deshalb wahrscheinlich dort gar nicht erst nachsehen.«

»Und deshalb, glaubst du, hat Master Bob die Schatzkiste im Finger des Todes versteckt?«, gab Lou zurück, während sie ebenfalls am Wasser niederkniete und ihr Geschirr reinigte.

»Wieso denn nicht? Ich an seiner Stelle hätte das zumindest getan. Und deshalb sollten wir …«

»Tut mir leid, Elena«, fiel Lou ihr ins Wort. »Aber heute musst du alleine losziehen. Ich muss nämlich dringend Futter für Fiepsi suchen. Sonst verhungert dieser kleine Vielfraß mir am Ende noch. Und dann hätte ich ihn ja gar nicht erst vor dem Azor zu retten brauchen.«

Battle Island, Azoren. Kontrollbunker. Home-Call-Studio. Tag vier: Montag, 08. August 2022, 18:00 Uhr

Jean-Lucs Lebensgefährtin war noch ziemlich jung und wirkte überaus zerbrechlich. Aber vielleicht lag das auch an dem dunklen Kopftuch, das das schmale Gesicht der Nordafrikanerin eng einschnürte und ihr Haar komplett verdeckte. Als ihr Bild auf dem Flachbildschirm erschien, zuckte Jean-Luc erschrocken zusammen und schlug die Hände vor den Mund: »Um 'immels willen, Chérie?«, stöhnte er auf. »Was ist denn passiert?«

Amal sah ihn aus großen Mädchenaugen an. »Nicht doch, Schatz, beruhige dich bitte! Es ist alles nur halb so wild und tut schon gar nicht mehr weh!«

Dabei war ihr deutlich anzusehen, dass das nicht stimmte: Ihr rechtes Auge war nicht nur blutunterlaufen, sondern auch von einem mächtigen rot und blau blühenden Veilchen umrahmt.

»Rede keinen Unsinn, Amal!«, widersprach Jean-Luc denn auch heftig. »Du siehst schre…«

»Bitte nicht!«, unterbrach sie ihn. »Ich flehe dich an! Wenn du Ärger machst oder irgendwelche Andeutungen, dann … dann …« Sie brach ab und öffnete mehrmals den Mund wie ein nach Luft schnappender Fisch, fand aber offensichtlich nicht die richtigen Worte. »Du weißt schon, was ich meine«, sagte sie nur.

Jean-Luc schluckte und nickte kaum merklich. Dann deutete er auf sein rechtes Auge. »Und das ’ier?«

»Ist nur eine kleine … Gedankenstütze, hat er gesagt. Damit du eure Abmachung nicht vergisst!«

Jean-Luc schrak zusammen und erblasste unter der braunen Haut. Die Narbe auf seiner linken Wange zuckte nervös und die Lider mit den dichten schwarzen Wimpern flatterten. »Dann hat mein … äh … Freund dich also wieder besucht?«, fragte er heiser.

Amal nickte. »Vorgestern, als ich Yamina gerade ins Bett bringen wollte.«

Jean-Luc schloss kurz die Augen und holte tief Luft. »Und was … was ’at er noch gesagt?«

»Dass die sechs Monate bald um sind und dass er sich die Show jeden Tag ansieht und ein bisschen enttäuscht von dir ist. Weil du noch nichts zustande gebracht hast und dich sogar von diesen Musch …« Amal schlug hastig die Hand vor den Mund und korrigierte sich: »… von diesen Mädchen nassmachen lässt. Dabei hättest du ihm fest versprochen, dass du euer kleines geschäftliches Problem nach der Show aus der Welt schaffst – und zwar zu seiner vollsten Zufriedenheit! Und dass er sich langsam Sorgen macht, wie das wohl gehen soll, wenn du so weitermachst wie bisher – das hat er gesagt!« Amal beugte sich nach vorne und blickte ihn an. In ihren Augen hatte sich nackte Angst eingenistet. »Versteh mich bitte nicht falsch, Schatz, aber langsam frage ich mich das auch.«

»Nischt doch, Chérie, das musst du nischt, keine Angst!« Jean-Luc streckte den Arm aus und strich mit einer fahrigen Handbewegung über den Bildschirm, als wollte er sie liebkosen.

»Glaub mir, isch weiß schon, was isch tue, und 'ab mir alles ganz genau überlegt.«

Ein kleiner Hoffnungsfunke leuchtete in Amals dunklen Augen auf. »Sicher?«

»Ganz sischer sogar!« Jean-Luc nickte ihr zu. »Du kannst disch auf misch verlassen, Chérie!« Doch sein Lächeln geriet viel zu bemüht, um ihre Ängste ausräumen zu können.

Tränen traten in Amals Augen, und sie schlug sie rasch nieder, damit er das nicht mitbekam. »Schön«, murmelte sie mit erstickter Stimme. »Das tue ich.«

Für einen Moment sagte Jean-Luc nichts, sondern musterte sie nur stumm. Dann hob er den Kopf und starrte direkt in die Kamera – als würde deren Anwesenheit ihm erst jetzt bewusst. Er zögerte für einen Moment, als schreckte er vor dem nächsten Schritt zurück. Doch dann nickte er sich selbst Mut zu und blickte seine Freundin wieder an. »Was auch immer geschieht, Amal!«, beschwor er sie. »Isch liebe disch – 'örst du? Und Yamina auch!«

Amal lächelte ihm mit feucht schimmernden Augen zu und nickte. »Ich dich auch, mein Schatz, ich dich auch.« Doch plötzlich zuckte sie zusammen und legte erschrocken die Hand vor den Mund. »Oh! Fast hätte ich es vergessen.«

Jean-Luc hob überrascht die Brauen. »Was denn?«

»Ich soll dich an dein … Souvenir erinnern.« Mit einem kaum wahrnehmbaren Fingerzeig deutete sie auf ihre linke Wange. »Er hat davon noch jede Menge auf Lager und ist damit auch überaus großzügig, soll ich dir bestellen.«

»Und wenn schon.« Jean-Luc winkte mit einem verächtlichen Grunzen ab. »Damit macht er mir keine Angst!«

»Er hat nicht von dir gesprochen, Schatz«, erwiderte Amal mit vor Angst verzerrter Miene. »Sondern von mir und Yamina!«

Battle Island, Azoren. Camp am Lagoa Azul.
Tag fünf: Dienstag, 09. August 2022, 08:03 Uhr.

Jean-Luc wirkte merkwürdig verschlossen an diesem Morgen, wie Lou bald auffiel. Während er sonst immer für einen lockeren Spruch gut war und gerne mal einen Scherz auf Kosten anderer machte, saß er schon seit geraumer Zeit völlig in sich gekehrt in der Nähe des Feuers und starrte wie abwesend vor sich hin.

Seltsam.

Ärgerte er sich vielleicht immer noch darüber, dass er sich beim *Battle* am Vortag so leicht hatte hinters Licht führen lassen? Andererseits war Lou seinen entsprechenden Vorhaltungen bis zuletzt ausgewichen und hatte sie schon gar nicht bestätigt, sodass er sich in dieser Hinsicht keineswegs sicher sein konnte. Aber dass er sich auf einen bloßen Verdacht hin so total hängen ließ, konnte sie sich angesichts seines eher raubeinigen Wesens und wenig mitfühlenden Verhaltens kaum vorstellen.

Doch was hatte ihm dann die Laune verdorben?

Während Lou kochendes Wasser auf das Kaffeepulver in der großen Blechkanne goss, grübelte sie noch über diese Frage nach, als sie aus den Augenwinkeln eine vertraute Gestalt wahrnahm, die sich dem Camp aus Richtung *Battle Village* näherte: Es war Poppy, die, genau wie von Master Bob vorhergesagt, wieder zu ihnen zurückkehrte.

Die junge Irin machte einen ziemlich munteren Eindruck –

zumindest äußerlich – und versicherte auf Nachfrage auch lautstark, dass es ihr richtig gut ginge. »Glaubt mir: Ich bin wieder ganz die Alte. Nachher beim *Battle* werdet ihr das schon merken!«

»Uuuuh!«, tat Elena erschrocken. »Ich zittere jetzt schon!« Was natürlich für zusätzliche Heiterkeit sorgte.

Nur Sophie stimmte nicht in das allgemeine Gelächter mit ein. »Genau, du Filmstar!«, bemerkte sie mit undurchdringlicher Miene und einem Blick, der Lou durch Mark und Bein ging. »Genau das solltest du auch tun!«

Elena reagierte nicht darauf, sondern goss sich nur stumm einen Becher Tee ein und setzte sich damit abseits ins Gras. Als Lou sie fragend anblickte, schüttelte sie nur stumm den Kopf.

Lou griff sich ihren Kaffeebecher und einen Kanten Brot und ließ sich neben Poppy nieder. »Willst du nicht frühstücken?«

»Habe ich schon. Im Kommandeurshaus.« Ihre Augen leuchteten begeistert auf. »Dort ist die Auswahl nämlich viel, viel besser!«

»Kann ich mir vorstellen«, erwiderte Lou lächelnd und wurde wieder ernst. »Dann haben sie dich also gut behandelt?«

»Sehr gut sogar! Amanda hat mir ein paar Beruhigungspillen gegeben, und nachdem ich ein paar Stunden wie ein Murmeltier geschlafen hatte, sah die Welt schon wieder ganz anders aus.«

»Das freut mich für dich, wirklich.« Lou nickte ihr zu und strich ihr aufmunternd über den Rücken. »Und sonst? Hast du dort vielleicht irgendwas erfahren, was interessant für uns sein könnte? Über die Show und so weiter?«

»O ja.« Poppys Gesicht leuchtete erneut auf. »Das habe ich: Die Quoten sind offensichtlich nicht ganz so gut, wie die Typen von YOUR TV es erwartet haben.«

»Echt? Wie kommst du darauf?«

Mike Mannings, so berichtete Poppy, sei während des Frühstücks ziemlich übel drauf gewesen. Offensichtlich hatte er kurz zuvor mit Rupert Gleason telefoniert, der ihn ordentlich zusammengefaltet hatte. Das jedenfalls hatte Helen Haller behauptet, die bestens über die Vorgänge im Kommandeurshaus informiert zu sein schien.

»Und dann hat sie mir noch was zugeflüstert«, fuhr Poppy fort. »Wenn die Quoten nicht besser werden, hat sie gesagt, hat Mike nichts zu lachen. Dann wird er nämlich gefeuert, wie ein gewisser Samuel Hicks …«

»Samuel Ricks«, verbesserte Lou. »Der Mann heißt Ricks und nicht Hicks!«

»Na, meinetwegen«, entgegnete Poppy leichthin. »Jedenfalls soll dieser Hicks das angeordnet haben! Kein Wunder, dass Mannings nicht gerade begeistert war.«

»Klar. Wer verliert schon gerne seinen Job?« Lou kniff nachdenklich die Augen zusammen. »Sonst noch was? Oder war das schon alles?«

»Nein, nein, es gibt noch was Interessantes«, antwortete Poppy eifrig. »Nämlich dass unsere Vermutung völlig richtig war: Master Bob und Sophie Hansen wollten tatsächlich zusammenarbeiten!«

»Wusste ich's doch!«, freute sich Lou.

»Aber zum Glück ist Mike noch rechtzeitig dahintergekommen und hat ihnen einen Strich durch die Rechnung gemacht. Allerdings hätten sie auch so keine Chance gehabt, an den Schatz zu kommen, hat Helen behauptet.«

»Wie, keine Chance?« Lou sah sie verwundert an. »Wie meint sie das? Und überhaupt: Woher will Helen das wissen?«

»Keine Ahnung!« Poppy zog die Schultern so hoch, dass ihr

Kopf beinahe zwischen ihnen verschwand. »Aber sie behauptet steif und fest, ganz genau zu wissen, wer am *Judgement Day* mit dem Gold nach Hause geht – nämlich jemand, mit dem niemand von uns rechnet!«

Battle Island, Azoren. Lagoa Azul. Battleground.
Tag fünf: Dienstag, 09. August 2022, 09:12 Uhr

Lou starrte ratlos auf das Loch zu ihren Füßen: Es maß gut dreißig Zentimeter im Durchmesser und war rund eineinhalb Meter tief. Das zumindest hatte Master Bob behauptet, als er ihnen das diesmalige *BtD* präsentiert hatte. Austragungsort war einmal mehr der *Battleground* am schmalen Wasserlauf, der den Lagoa Azul mit seinem kleinen Ausläufer verband.

Als die zehn Kandidaten dort eintrafen, war bereits alles für den Wettbewerb vorbereitet: Genau wie am zweiten Tag waren beide Ufer wieder durch zehn quer liegende Baumstämme verbunden. Auf der Sumpfseite steckten zehn rund eineinhalb Meter lange Metallstäbe im Boden, an deren Spitzen Ringe von vielleicht zwanzig Zentimetern Durchmesser angebracht waren. Auf der anderen Uferseite lag ein kleiner, in der Sonne glänzender Taschenspiegel auf dem dicken Ende jedes Stammes. Rund fünf Schritte davor klafften zehn Löcher im Boden, neben denen die schon aus dem zweiten *Battle* bekannten Fünflitereimer standen. Dieses Mal jedoch waren sie mit den Namen der Kandidaten beschriftet und dünne, vielleicht fünfzig Zentimeter lange Holzstäbe ragten aus ihnen hervor.

Sehr zur Freude von Master Bob, lösten die seltsamen Requisiten nur ratlose Gesichter oder verstörtes Schulterzucken bei den Teilnehmern aus. Nicht einer von ihnen schien sich einen rechten Reim darauf machen zu können.

Auch Lou bildete keine Ausnahme. Was zum Henker soll das denn?, fragte sie sich im Stillen. Gut: Dass sie die Stämme überqueren mussten, war wohl offensichtlich. Aber was sollten sie bloß mit den anderen Sachen anfangen? Mit dem Spiegel, dem Eimer, dem Holzstab und so weiter?

Zum Glück spannte Master Bob sie nicht allzu lange auf die Folter. »Auch wenn die Mathegenies unter euch mit Sicherheit enttäuscht sein werden, sind beim heutigen *Battle* ausnahmsweise mal keine Rechenkünste gefragt«, hob er nämlich an. »Zudem sind zur Lösung der Aufgabe weder Kraft noch Ausdauer nötig, sondern nur ein wenig Geschick und Cleverness. Die Namen auf den Eimern verraten jedem, wo er hingehört. Wenn ihr jetzt bitte an das entsprechende Loch treten und hineinsehen würdet – was seht ihr da?«

Während die Jugendlichen seinen Anweisungen folgten, fuhr der Showrunner mit der Erklärung fort: »Auf dem Boden der Löcher liegen Luftballons, wie ihr unschwer erkennen werdet. Der Durchmesser der Ballons ist nur geringfügig kleiner als der der Löcher. Damit sie unten auf dem Boden bleiben, haben wir die Ballons mit einem kleinen Gewicht beschwert. Die Löcher sind auf die Länge eurer Arme abgestimmt und deshalb unterschiedlich tief: Wenn ihr euch hinlegt und in das Loch fasst, sollten sich eure Fingerspitzen rund zwanzig Zentimeter über dem Ballon befinden. Ihr könnt ihn also weder berühren und schon gar nicht greifen!« Er blickte in die Runde. »Ich hoffe, das ist so weit klar?«

Zustimmendes Gemurmel und Kopfnicken waren die Antwort.

»Eure Intelligenz versetzt mich immer wieder in Staunen«, ließ Master Bob seinem Spott freien Lauf. »Deshalb dürfte die heutige Aufgabe geradezu ein Kinderspiel für euch sein!«

»Ich bring diesen Poser um, das schwöre ich«, zischte Daniel mit unterdrückter Stimme. »Ich bringe ihn um!«

»Von mir aus gerne!«, raunte Sophie ihm mit grimmiger Miene zu. »Aber erst dann, wenn ich mir das Gold gekrallt habe! Sonst bekommst du es mit mir zu tun.«

Master Bob hatte das offensichtlich nicht mitbekommen, denn er fuhr in aller Ruhe fort: »Und damit zur heutigen Aufgabe – zuerst holt ihr den Ballon aus dem Loch, sei es mithilfe des Stocks oder was euch sonst dazu einfallen mag. Aber Vorsicht: Die Hülle der Ballons ist extrem dünn, und diejenigen, deren Ballons platzen, sind sofort aus dem Spiel!« Dass diese Regelung nicht gerade mit übermäßiger Begeisterung aufgenommen wurde, war wohl ganz nach seinem Geschmack, wie sein süffisantes Lächeln verriet. »Anschließend begebt ihr euch mit eurem Ballon zum jeweiligen Baumstamm, greift euch den Spiegel und stellt euch mit dem Rücken zum Wasser vor den Stamm.«

»Wie ›mit dem Rücken zum Wasser‹?«, wunderte sich Sophie. »Sollen wir den Stamm denn nicht überqueren?«

»Natürlich sollt ihr das!« Master Bobs Lächeln wurde breiter. »Allerdings rückwärts und ohne euch umzudrehen, sondern nur mithilfe des Spiegels! Wer auch nur den Versuch macht, heimlich über die Schulter zu blicken, wird sofort disqualifiziert und ist damit ebenfalls draußen!«

»O no!«, raunte Elena Lou zu. »Das kann ja heiter werden!«

»Wer ins Wasser fällt, geht ans Ufer zurück und fängt von vorne wieder an. Sobald ihr auf der anderen Seite angekommen seid, führt ihr den Ballon durch den Metallring, lauft auf die geschilderte Weise wieder über den Stamm zurück und legt ihn in eurem Eimer ab. Dessen Durchmesser entspricht fast auf den Millimeter genau dem des Ballons. Deshalb gilt die Aufgabe nur dann als korrekt gelöst, wenn der Luftballon den Eimer in der vollen Breite ausfüllt.«

»Aber …« Ruud van Dyke starrte Master Bob ungläubig an, und fast hatte es den Anschein, als hätten sich seine semmelblonden Haare vor Verwunderung aufgerichtet. »Wie soll das denn gehen? Diese Aufgabe ist doch überhaupt nicht lösbar! Selbst wenn wir die Ballons heil aus dem Loch herausbekommen und den Stamm vorschriftsmäßig überqueren sollten, passen sie doch nie und nimmer durch die Ringe dort drüben. Die sind doch viel zu eng!«

»Genau!«, schloss sich Daniel ihm an. »Ruud hat völlig recht! Die Aufgabe ist einfach nicht zu lösen.«

»Wie ihr meint, ihr Superchecker«, erwiderte der Showrunner spöttisch. »Wenn ihr deswegen lieber gleich aufgeben möchtet – bitte sehr! In diesem Fall würde ich euch ausnahmsweise die obligatorische Strafzeit für das nächste *Battle* erlassen. Alle anderen aber, die sich trotz ihrer offenkundigen Unlösbarkeit an der Aufgabe versuchen wollen, darf ich bitten, sich startbereit zu machen und auf das Signal des Muschelhorns zu warten.«

Natürlich gingen auch Ruud und Daniel mit an den Start. Allerdings war das *Battle* für sie schon gleich darauf wieder zu Ende: Beide stocherten mit dem Holzstab nämlich so hektisch in den Löchern herum, dass ihre Ballons schon nach wenigen Sekunden mit lautem Knall zerplatzten. Auf diese Weise hatten sie nicht nur ihre Siegchancen vertan, sondern auch ihre Mitspieler gewarnt.

Auch Lou ging nun natürlich um einiges vorsichtiger zu Werke. Aber das war nicht der Grund, warum sie nicht so recht vorankam. Es war einfach wie verhext: Hin und wieder gelang es ihr zwar, den Ballon einige Zentimeter in die Höhe zu bugsieren. Doch jedes Mal, wenn sie mit dem Stock nachfassen und ihn noch weiter nach oben befördern wollte, sank der bescheuerte Luftballon ein ganzes Stück nach unten oder landete sogar gänzlich auf dem Boden. Womit all ihre Anstrengungen zunichtegemacht waren und sie wieder von vorne anfangen musste. Doch so viele Versuche sie auch unternahm, sie endeten ausnahmslos mit einem Misserfolg!

Irgendwie musste dieser blöde Ballon doch aus dem Loch zu bekommen sein!

Reichlich frustriert legte Lou den Stock zur Seite und schaute sich verstohlen um. Die noch verbliebenen Mitspieler schienen jedoch die gleichen Probleme zu haben: Sie mühten sich nämlich noch alle mit dem ersten Teil der Aufgabe ab und hatten damit offensichtlich genauso wenig Erfolg wie sie. Was einerseits zwar ziemlich tröstlich war, ihr andererseits aber auch nicht weiterhalf.

Erneut ertönte ein lauter Knall – diesmal hatte es Jean-Luc erwischt. Er schleuderte seinen Stock denn auch mit einem wütenden »Merde!« zur Seite und bedachte den sich offenbar köstlich amüsierenden Showrunner mit so giftigen Blicken, als würde er ihm Pest und Cholera gleichzeitig an den Hals wünschen.

Plötzlich bemerkte Lou eine Bewegung aus den Augenwinkeln. Als sie sich überrascht umdrehte, hetzte Leonie gerade mit dem Eimer in der Hand auf das Seeufer zu. Dort tauchte sie ihn rasch ins Wasser und füllte ihn bis zum Rand – und da endlich begriff Lou, was die kleine Schweizerin als Erste erkannt hatte: Wenn das Loch mit Wasser gefüllt wurde, schwamm der Luftballon ganz von selbst in die Höhe und war dann mühelos mit der Hand zu greifen!

Natürlich folgten alle Leonies Beispiel – zuerst Lou und mit einiger Verzögerung dann auch die restlichen fünf. Doch Leonie war an diesem Tag einfach nicht zu schlagen. Nicht nur weil sie als Erste auf den Trick mit dem Wasser gekommen war, sondern weil sie auch die anderen Prüfungen nahezu mühelos absolvierte. Lou und Elena hingegen verloren beim Rückwärtslaufen über den Baumstamm das Gleichgewicht und konnten trotz hektischen Armruderns den Sturz ins Wasser nicht verhindern. Womit es ihnen allerdings noch weit besser erging als den anderen, die dem See entweder gleich mehrere unfreiwillige Besuche abstatteten oder es so vorsichtig angehen ließen, dass sie eine halbe Ewigkeit dafür brauchten. Währenddessen überquerte Leonie den Stamm selbst rückwärts so geschickt, als hätte sie zeit ihres Lebens nichts anderes gemacht. Und am anderen Ufer strafte sie Ruud und Daniel dann Lügen: Bereits nach kurzem Nachdenken fand sie heraus, wie der große Ballon durch den weit kleineren Metallring zu bekommen war – indem sie einfach den Verschlussknoten löste und so viel Luft entweichen ließ, bis er durch den Ring passte! Zurück am anderen Ufer, pustete sie den Ballon wieder so weit auf, dass er den Fünflitereimer exakt ausfüllte, und knotete ihn wieder zu. Womit sie das *Battle* als überlegene Siegerin beendete!

Selbst Master Bob, der für gewöhnlich nichts als Hohn und Spott von sich gab, zeigte sich von der beeindruckenden Performance der kleinen Schweizerin restlos begeistert. »Bravo, Leonie, bravo!«, lobte er sie für seine Verhältnisse geradezu überschwänglich. »Vor einer solchen Leistung kann ich nur den Hut ziehen.« Bei diesen Worten nahm er seine Hipstermütze ab, verbeugte sich tief vor Leonie und applaudierte ihr mit lautem Händeklatschen.

Die Mitspieler schlossen sich ihm ohne jede Ausnahme an – und selbst Sophie schien Leonie den Sieg neidlos zu gönnen. Jedenfalls glaubte Lou das ihrer Miene zu entnehmen. Als die Moderatorin Elena allerdings mitteilte, dass das Los ihr den heutigen *Home-Call* beschert hatte, legte sich ein Ausdruck klammheimlicher Freude auf Sophies Gesicht – und trotz intensiven Nachdenkens kam Lou nicht darauf, was der Grund für ihre Schadenfreude war. In tiefe Gedanken versunken griff sie zu dem Bogen und dem Köcher mit den Pfeilen, die Kimberly ihr vor dem *Battle* überreicht hatte, und wollte zu ihrem Lager zurückgehen, als Master Bob sich noch einmal an die Kandidaten wandte.

»Noch was«, sagte er. »Mike bittet darum, dass ihr gegen halb sechs alle hier im Lager seid. Er möchte kurz was mit euch besprechen, bevor er dann Elena zu ihrem *Home-Call* in den Kontrollbunker begleitet. Bitte nicht vergessen!«

- -

Battle Island, Azoren. Camp am Lagoa Azul.
Tag fünf: Dienstag, 09. August 2022, 17:36 Uhr.

- -

»Wo bleibt der Kerl nur?« Lou wurde langsam ungeduldig – da hatte Mike Mannings sie um ein Treffen gebeten, und nun ließ ausgerechnet er auf sich warten. Na, super!

Die Kandidaten hatten sich schon längst am Essplatz versammelt. Mit Ausnahme von Leonie, die sich nun aber ebenfalls der Gruppe näherte und mit verstörter Miene direkt auf Lou zusteuerte.

»Lou?« Ihre Stimme klang weinerlich und ihre Augen schimmerten feucht. »Hast du vielleicht Heidi gesehen?«

»Deine Puppe?«

Leonie nickte.

»Nein. Warum fragst du?«

»Weil Heidi verschwunden ist und ich sie nirgends finden kann, deshalb!«

»Merkwürdig«, brummte Lou. »Wann hast du sie denn zuletzt gesehen?«

»Gestern Abend natürlich! Ich bin genau wie immer mit ihr im Arm unter die Decke gekrochen. Ich kann doch gar nicht einschlafen, wenn ich mich nicht an Heidi kuscheln kann!«

»Aber heute hattest du sie noch nicht in der Hand?«

»Doch, doch! Beim Aufwachen natürlich und direkt nach dem *Battle!* Aber als ich eben ein bisschen mit ihr knuddeln wollte, war sie plötzlich verschwunden!«

»Hm.« Lou verzog verwundert das Gesicht. »Hast du auch überall nachgesehen?«

»Ja klar! Ich hab alles durchwühlt und meinen ganzen Schlafplatz auf den Kopf gestellt. Aber ich konnte nirgendwo eine Spur von Heidi entdecken.«

»Das gibt's doch nicht!« Lou schüttelte den Kopf. »Das würde ja bedeuten …«

»… dass jemand sie mir weggenommen hat«, nahm Leonie den Gedanken auf. »Du hast recht, Lou. Eine andere Erklärung gibt es einfach nicht!«

»Aber …« Lou hob ungläubig die Hände. »Wer sollte denn so was tun?«

Doch darauf hatte Leonie auch keine Antwort. Und die anderen natürlich auch nicht. Als Lou ihre Mitspieler nämlich darauf ansprach, stritten alle vehement ab, etwas mit dem Verschwinden der Puppe zu tun zu haben.

»Und was ist mit dir?«, fragte sie Jean-Luc, der noch immer völlig in sich gekehrt wirkte und als Einziger nicht auf ihre Frage reagiert hatte.

»Äh … meinst du misch?« Er deutete mit dem Zeigefinger auf seine Brust und blickte sie verstört an – als hätte er ihre Worte gar nicht mitbekommen.

»Natürlich meine ich dich. Wen denn sonst?«, gab sie leicht verstimmt zurück. »Hast du vielleicht Leonies Puppe genommen?«

»Isch?« Jean-Luc starrte sie an, als hätte er eine Geisteskranke vor sich. »Wieso sollte isch so etwas tun? 'ältst du misch vielleischt für einen durschgeknallten Freak, der sisch an den Spielsachen von Kindern vergreift?«

»Darüber müsste ich erst noch nachdenken«, antwortete Lou kühl. »Aber du hast Leonie gestern gedroht, nach dem *Battle*. Und deshalb …«

»Stimmt«, unterbrach er sie vehement. »Aber nischt, weil isch sauer auf Leonie war, sondern sauer auf disch! Weil du misch für so bescheuert 'ältst, dass isch nischt einmal bemerke, wenn du misch ganz übel linkst, des'alb!«

»Äh …«, wollte Lou zu ihrer Verteidigung ansetzen, doch Jean-Luc ließ sie gar nicht erst zu Wort kommen. »Aber deine Über'eblischkeit wird dir schon noch verge'en, das garantiere isch dir! Und was deine Puppe betrifft.« Er blickte Leonie mitleidig an und hob die Hand wie zum Schwur. »Tut mir leid, kleine 'eidi, aber isch 'abe sie nischt genommen, ehrlisch nischt! Was soll isch denn damit? Meine Yamina ist noch viel zu klein für …« Aber da brach plötzlich seine Stimme, und Tränen schossen in seine Augen, sodass er sich hastig wegdrehte, um sie vor den anderen zu verbergen.

Lou starrte betreten vor sich hin. Hatte sie sich so sehr in Jean-Luc getäuscht? War er doch viel empfindsamer, als sie vermutet hatte?

Inzwischen wandte sich Elena an Leonie. »Weißt du, was? Vielleicht hast du deine Heidi ja auch verloren und hast es nur nicht bemerkt. Wenn du möchtest, können wir ja nach meinem *Home-Call* nach ihr suchen, einverstanden?«

»Einverstanden.« Leonies Gesicht hellte sich auf. »Vielleicht hast du ja recht und es gibt tatsächlich so was wie Alzheimer für Kids.«

Die flapsige Bemerkung heiterte die allgemeine Stimmung schlagartig auf. Und als kurz darauf Mannings endlich auftauchte, war die verschwundene Puppe völlig vergessen.

»Warum ich euch um dieses Treffen gebeten habe«, begann er ohne Umschweife. »Kann es sein, dass sich jemand von euch heimlich im *Battle Village* herumgetrieben hat, obwohl das strengstens verboten ist?«

Alle schüttelten vehement den Kopf.

»Wieso sollten wir das tun?«, fragte Elena verwundert.

»Keine Ahnung.« Mannings verzog das Gesicht. »Aus Neugierde vielleicht? Oder aus welchen Gründen auch immer? Jedenfalls behauptet Helen steif und fest, heute Nacht merkwürdige

Geräusche gehört zu haben. Und am Morgen haben wir dann auch noch Fußspuren entdeckt. Ziemlich undeutliche zwar, aber immerhin.«

»Und gestern waren die noch nicht da?«, erkundigte sich Lou.

»Das weiß ich nicht. Gestern haben wir da doch überhaupt nicht nachgesehen!«, musste Mannings zugeben.

»Dann könnten diese Spuren also theoretisch auch schon älter sein, nicht wahr?«

»Äh … ja. Theoretisch schon!«

»Na also!« Lou nickte zufrieden. »Außerdem – wenn es jemand von uns gewesen wäre, dann hätten die Kameras das doch aufgezeichnet.«

»Das ist nicht gesagt«, widersprach Mannings mit betretener Miene. »Im *Battle Village* gibt es nämlich keine Kameras. Und auf dem Weg von eurer Toilette bis dahin ebenfalls nicht. Von dort aus könnte also jemand durchaus ungesehen ins *Village* gelangen. Deshalb frage ich noch einmal.« Mit strenger Miene ließ er den Blick über die Runde schweifen. »War jemand von euch heimlich im *Battle Village* – ja oder nein?«

Nachdem ihm ein zehnfaches kräftiges »Nein!« entgegengeschallt war, gab er sich geschlagen. »Na schön, dann muss ich das wohl glauben. Aber ich warne euch: Wer auch immer dort erwischt wird, fliegt auf der Stelle raus!« Dann nickte er Elena zu. »Komm. Dein *Home-Call* wartet.«

Battle Island, Azoren. Kontrollbunker. Home-Call-Studio.
Tag fünf: Dienstag, 09. August 2022, 18:00 Uhr.

Elena stöhnte entsetzt auf, als ihr Bruder auf dem Monitor erschien – sie erkannte ihn nämlich kaum wieder! Obwohl nur zwei Jahre älter als sie, sah er aus, als wäre er um Jahrzehnte gealtert. Seltsam ausdruckslos und mit leichenfahlem Gesicht starrte er sie an. Die sonst so lebhaften Augen lagen stumpf in tiefen Höhlen und seine hohlen Wangen waren mit kratzigen Bartstoppeln übersät.

»Um Himmels willen, Enrico!«, rief sie fast zu Tode erschrocken. »Was ist denn passiert?«

Enrico öffnete den Mund, brachte aber keinen Ton über die Lippen. Sie begannen unkontrolliert zu zittern und seine Lider flatterten wie von inneren Dämonen bewegt. Dann senkte er den Kopf, als hätte er etwas zu verbergen. Als er ihn wieder hob, erkannte Elena, dass sich seine Augen mit Tränen gefüllt hatten. »P-P-Papa«, hauchte er mit kratziger, kaum verständlicher Stimme. »Er ist heute Nacht…« Die weiteren Worte erstarben auf seinen Lippen und wieder senkte er den Kopf.

»Was denn?«, fragte Elena von banger Vorahnung erfüllt. »Was ist mit Papa? Jetzt sag schon – bitte, Enrico!«

»Er ist…« Der Bruder nahm einen neuen Anlauf. »Heute Nacht… gestorben.«

»O nein!« Elena war, als würde eine eisige Hand nach ihr greifen, und ihr Herz drohte stehen zu bleiben. »Bitte nicht!«

Doch Enrico schien ihr gar nicht zuzuhören. »Es war alles zu viel für ihn«, fuhr er wie in Trance fort. »Das haben selbst die

Ärzte gesagt. Sein Herz war viel zu schwach, um den Schock zu verkraften.«

Im ersten Moment verstand Elena überhaupt nicht, was ihr Bruder meinte. »Den Schock?«, fragte sie verwundert. »Wovon sprichst du, Enrico? Welchen Schock denn?«

Ihr Bruder antwortete nicht, sondern starrte sie nur wortlos an. Wieder schloss er die Augen und atmete tief durch, als wüsste er nicht so recht, was er antworten sollte. Als er Elena wieder anblickte, war sein Blick nicht mehr alleine von Trauer und Schmerz gezeichnet. Auch Ekel und Verachtung hatten sich darin eingenistet.

»Dann hast du es also schon vergessen?«, fragte er mit einem Unheil verheißenden Unterton. »Oder aus deinem Gedächtnis gestrichen?«

Elena stöhnte unwillkürlich auf und die dunkle Ahnung drohte ihr die Luft zu nehmen. Dennoch fragte sie nach – weil sie es einfach musste!

»Was … was meinst du?« Ihre eigenen Worte klangen mit einem Mal seltsam fremd in ihren Ohren, und sie fühlte sich plötzlich ganz verloren – als würde sie gar nicht mehr auf dem Stuhl sitzen, sondern sich nur dabei zusehen. »Was … soll ich vergessen haben?«

Enricos Miene wurde hart. Er starrte sie aus eng zusammengekniffenen Augen an und spie ihr die Worte förmlich ins Gesicht – wie ein apokalyptischer Richter, der mit donnernder Stimme die finale Anklage verkündet: »Das hier, das hast du vergessen, du Hure!« Damit streckte er den Arm aus und hielt eine Zeitung so dicht vor die Kamera, dass sie fast den gesamten Bildschirm füllte. Es war die Barcelona-Ausgabe der *20 minutos* vom Vortag.

Das grellbunte Foto, das von der Titelseite prangte, war mehr als drastisch: Es zeigte Elena mit aufgestecktem Haar zusammen mit einem unbekannten Mann auf einem Bett. Ihre Blößen waren natürlich abgedeckt, dennoch war deutlich zu erkennen, dass sie beide splitternackt waren. Und was sie miteinander trieben, war so offenkundig, dass keinerlei Zweifel möglich waren. Die reißerische Schlagzeile war deshalb eigentlich überflüssig: *Das Pornogeheimnis unseres BATTLE-ISLAND-Stars!*, schrien die großen Buchstaben in alle Welt hinaus.

Die Worte des Bruders trafen Elena wie Pistolenschüsse: »Was bist du nur für ein Mensch? Wie konntest du uns das antun, du Hure?«

»Ich … äh … ich wollte doch nur …«, stammelte sie hilflos, während eine Welle der Scham über sie hinwegspülte.

Doch Enrico war unerbittlich. »Was wolltest du?«, herrschte er sie an. »Jetzt sag schon, auch wenn das nichts entschuldigen kann.«

»Wir … wir brauchten doch dringend Geld!« Die Worte kamen nur stockend über ihre Lippen, und ihre Stimme zitterte so heftig, dass sie kaum zu verstehen waren. »Papa … er hatte doch keine Arbeit … und hat trotzdem meine Ausbildung bezahlt … und da dachte ich … ich mache es ein kleines bisschen wieder gut.«

»So, dachtest du?«

»Ja, Enrico, das musst du mir glauben«, flehte sie ihn mit gefalteten Händen an. »Ich habe doch nichts für mich behalten, keinen Cent, sondern alles Papa gegeben! Außerdem haben sie mir fest versprochen, dass der Film nur in Dänemark gezeigt wird. Und da habe ich gedacht …«

»Tatsächlich, hast du das?«, unterbrach Enrico rüde, und seine Worte klangen immer hasserfüllter. »Aber an deine Familie, an die hast du nicht gedacht! An Papa, Mama und an mich! Wie viel Schande du über uns bringst und dass du uns alle mit in den Dreck ziehst. Das war dir wohl völlig egal!«

»Nein, Enrico, natürlich nicht! Ich wollte doch nur helfen, damit es uns ein kleines bisschen besser geht. So glaub mir doch!«

»Ach so? Du wolltest nur helfen?« Ein hysterisches Lachen kam über die Lippen ihres Bruders. »Aber stattdessen hast du Papa umgebracht! Du hast ihm das Herz gebrochen, weil er die Schande nicht ertragen konnte, und hast uns in Leid und Tränen gestürzt. Und das nennst du helfen?«

Das Gesicht zu einer Fratze purer Abscheu verzerrt, spuckte Enrico in die Kamera. »Ich hasse dich, Elena, ich hasse dich! Du bist für mich gestorben – und für den Rest unserer Familie auch. Lass dich nie wieder bei uns blicken, hörst du – nie wieder!« Erneut spuckte er aus, sprang dann auf und stürmte aus dem Bild.

Zu keiner Regung mehr fähig, starrte Elena wie gelähmt auf den erloschenen Bildschirm, der sie wie der offene Schlund eines gefräßigen Ungeheuers angähnte. Alles um sie herum verschwamm. Pechschwarze Dunkelheit senkte sich über sie und saugte sie mit unbändiger Kraft in ein finsteres Nichts. Elena stürzte in ein schwarzes Loch aus namenloser Verzweiflung und unermesslicher Scham, aus dessen Mitte mit einem Mal ein Gedanke aufstieg, der sie wie ein tröstender Schleier umhüllte und ihr Vergebung und Erlösung versprach.

Dass Mike Mannings nach schier endlosen Minuten in das kleine Studio trat und sie leise ansprach, bekam sie zunächst gar nicht mit: »Elena? Hörst du mich, Elena?«

Als er ganz sachte an ihre Schultern fasste, um sie behutsam zu rütteln, schrak sie jäh zusammen. Sie riss die Augen weit auf und starrte ihn so entsetzt an, als wäre sie aus einem fürchterlichen Albtraum erwacht.

»Tut mir leid«, sagte der Produzent hastig. »Ich … äh … ich wollte dich nicht erschrecken.« Er beugte sich näher zu ihr und blickte sie besorgt an. »Alles … in Ordnung mit dir?«

Ein Ausdruck grenzenloser Bestürzung legte sich auf Elenas Gesicht, aus dem sämtliche Farbe gewichen war. »Ob alles in Ordnung ist, wollen Sie wissen?«, fragte sie ungläubig. »Haben Sie denn nicht mitbekommen, was mein Bruder gerade eben …?« Sie brach ab und deutete auf den Bildschirm.

»Ja, ja natürlich«, versicherte Mannings hastig. »Es … es tut mir wirklich leid, Elena. Die Sache mit deinem Vater, meine ich. Das … äh … das konnte ja niemand voraussehen.«

»Vielleicht«, antwortete Elena und starrte mit ausdrucksloser Miene in eine unbestimmte Ferne. »Vielleicht aber doch.« Sie hob den Kopf und blickte den Produzenten mit einem kleinen Anflug von Hoffnung an. »Das … das werden Sie doch nicht senden, nicht wahr?«

Mannings verzog das Gesicht zu einer gequälten Grimasse. »Ich fürchte, es wird uns nichts anderes übrig bleiben. Die Sache …« Er zog die Brauen hoch. »Du weißt schon, was ich meine?«

»Natürlich.« Elena nickte kaum merklich und senkte den Kopf.

»Schön.« Mannings klang erleichtert. »Diese … äh … Geschichte ist doch wie ein Lauffeuer durch ganz Europa gegangen. Und natürlich auch, was mit deinem Vater passiert … äh …« Er brach ab und blickte sie um Verständnis heischend an. »Wenn wir darauf nicht eingehen, macht das doch alles nur noch schlimmer. Weil die Öffentlichkeit dann bestimmt glaubt, wir hätten etwas zu verbergen, und deshalb erst recht nachbohrt. Das verstehst du doch, Elena, oder?«

»Natürlich.« Sie klang so teilnahmslos, als sei sie längst woanders. »Natürlich verstehe ich das.«

»Schön«, sagte Mannings und klopfte ihr auf die Schulter wie einem Pferd, das man für seinen Gehorsam lobt. »Ich wusste doch, dass du das einsiehst. Wenn ich noch etwas für dich tun kann?«

»Ja, Mike, das können Sie!« Elena erhob sich und sah ihn mit großen Augen an. »Brechen Sie die Sendung ab, so schnell wie möglich! Es reicht, dass diese verdammte Show mein Leben ruiniert hat. Machen Sie Schluss, bevor BATTLE ISLAND noch weitere Opfer fordert – das können Sie für mich tun, Mike!«

Battle Island, Azoren. Camp am Lagoa Azul.
Tag fünf: Dienstag, 09. August 2022, 21:16 Uhr.

Der rot glühende Ball der Sonne ging gerade hinter dem Sumpfwald unter, als Leonie neben Lous Schlaflager erschien. Sie hatte Matte und Zudecke in der Hand und sah sie mit weinerlicher Miene an. »Darf ich mich zu dir legen? Bitte, Lou – ohne Heidi kann ich einfach nicht einschlafen. Und Elena hat ganz vergessen, dass wir zusammen nach ihr suchen wollten.«

»Äh … ja natürlich. Komm schon und mach es dir bequem«, antwortete Lou rasch und rutschte ein Stück zur Seite, damit Leonie noch Platz unter dem Regenschutz fand.

Dabei war sie mit ihren Gedanken ganz woanders gewesen: Sie machte sich nämlich Sorgen um Elena. *Große Sorgen sogar!* Weil die ihr bei ihrer Rückkehr vom *Home-Call* so seltsam verändert vorgekommen war. Als wäre sie gar nicht mehr sie selbst!

Ihre samtschwarzen Augen, die sonst immer so fröhlich und neugierig strahlten – einfach so und ohne besonderen Anlass –, wirkten merkwürdig matt, und das Lebensfeuer in ihnen schien erloschen zu sein. Auch das sanfte Lächeln, mit dem Elena die Welt für gewöhnlich betrachtete, war aus ihrem Gesicht gewichen und hatte einer merkwürdigen Verschlossenheit Platz gemacht, als hätte sie sich vollständig in sich selbst zurückgezogen!

Was war während des *Home-Calls* bloß passiert? Oder gab es einen anderen Grund für diese seltsame Wandlung?

Als Lou sie darauf ansprechen wollte, hatte Elena nur abgewinkt. »Nicht jetzt, bitte«, hatte sie gesagt. »Vielleicht morgen früh, wenn du vom Wasserholen zurückkommst.« Und dann hatte sie zu Lous Verwunderung noch hinzugefügt: »Du bist doch für morgen zum Wasserholen eingeteilt, nicht wahr?«

Als ob das wichtig gewesen wäre!

Elena hatte sich schon halb abgewandt, um sich zu ihrem Schlafplatz zu begeben, als sie sich noch einmal zu Lou umdrehte und sie mit großen Augen ansah. »Danke«, sagte sie und strich ihr mit dem Handrücken sanft über die Wange.

»Wofür?«, wunderte sich Lou.

»Für alles – und dafür, dass ich dich kennenlernen durfte«, hatte Elena mit einem letzten traurigen Lächeln geantwortet, bevor sie sich zurückgezogen hatte.

Seltsam, sehr seltsam. So etwas hat sie doch noch nie gemacht! Warum ausgerechnet heute?

»Lou?«, stahl sich Leonies Stimme in ihre Gedanken. »Darf ich dich was fragen?«

»Ja klar. Nur zu!«

»Glaubst du … an das Schicksal?«

»An das Schicksal?« Lou richtete sich auf und blickte die Schweizerin verwundert an. »Wieso fragst du?«

»Ganz einfach«, antwortete Leonie ernst. »Weil meine Mama gesagt hat, diese Show sei ein Wink des Schicksals und könnte mein Leben komplett verändern. Deswegen dürfte ich mir diese Chance auch nicht entgehen lassen.«

»Ach so.« Lou nickte. »Du meinst … die Chance auf eine Million in Gold?«

»Nein!«, erwiderte Leonie fast entrüstet. »Das doch nicht! Außerdem würde die Million doch sowieso meine Mutter einstreichen. Ich bin doch noch gar nicht volljährig!«

»Stimmt ja.« Lou musterte sie nachdenklich. »Aber welche Chance meinst du dann?«

»Dass ich endlich wieder nach Hause darf, das meine ich! Das hat Mama mir nämlich versprochen. ›Leonie‹, hat sie gesagt, ›wenn du durchhältst und dich ordentlich schlägst, dann hole ich dich wieder aus dem Heim.‹ Nur deswegen habe ich mich für BATTLE ISLAND beworben und nicht wegen der Million! Weil ich endlich aus diesem verdammten Heim rauswill, wo sich niemand richtig um mich kümmert und keiner mich lieb hat.«

Lou blickte sie ungläubig an. »Echt?«

»Ja, echt. Das kannst du mir glauben!«

»Aber warum … hat deine Mama dich denn in das Heim gegeben? Warum lebst du nicht bei ihr zu Hause?«

»Weil sie als Salesmanagerin für eine große Pharmafirma arbeitet und dauernd unterwegs ist. Deshalb kann sie sich nicht um mich kümmern«, erwiderte Leonie, und die tiefe Traurigkeit endloser einsamer Stunden schimmerte Lou aus ihren großen Augen entgegen. »Aber wenn ich erst mal berühmt bin, weil die Leute mich aus dem Fernsehen kennen, dann wird alles ganz anders. Weil ich dann viel Geld verdiene und Mama mich managen kann.« Und weder in ihrer Miene noch in ihrer Stimme war auch nur die geringste Spur von Zweifel zu erkennen. »Aber wie soll ich BATTLE ISLAND denn durchstehen ohne meine Heidi?« Leonie richtete sich ebenfalls auf und sah Lou mit feucht glänzenden Augen an. »Glaubst du, dass ich sie wiederfinde?«

»Äh …« Im ersten Moment wusste Lou nicht so recht, was sie sagen sollte. Doch dann wurde ihr klar, dass es nur eine einzige Antwort gab: »Aber natürlich, Leonie«, sagte sie. »Natürlich findest du deine Heidi wieder!«

Battle Island, Azoren. Camp am Lagoa Azul.
Tag sechs: Mittwoch, 10. August 2022, 07:35 Uhr.

Leonie rüttelte Lou aus unruhigem und traumlosem Schlaf. »Komm schon, wach endlich auf!«, sagte sie drängend. »Hast du das Wecksignal denn nicht gehört? Daniel und Jean-Luc haben bereits Feuer gemacht und bereiten schon das Frühstück vor! Du bist heute doch mit Wasserholen dran – oder hast du das vergessen? Also beeil dich gefälligst!«

»O Mist, stimmt ja!«, entfuhr es Lou erschrocken. Während sie hastig aufsprang und in Jeans und Sneakers schlüpfte, bat sie Leonie, sich um Fiepsi zu kümmern. »In der Tüte in meinem Seesack findest du Wildsamen und Körner. Streu ihm eine Handvoll hin und hol dann ein Schälchen Wasser aus dem See!«

»Ja, Mama«, antwortete die kleine Schweizerin mit frechem Grinsen. »Wird gemacht!«

Ehe Lou davoneilte, schnitt sie ihr eine Grimasse und schnipste an eines ihrer Rattenschwänzchen. Auf dem Weg zur Feuerstelle konnte sie erkennen, dass alle Mitspieler schon längst erwacht oder gerade dabei waren, sich aus den Decken zu schälen.

Jean-Luc, der dicke Scheiben von einem eher flachen Brotlaib säbelte – Josh hatte am Vortag einen Teig aus Mehl, Wasser und Hefe geknetet und sich im Backen versucht –, begrüßte sie mit seinem typischen Grinsen: Seine Stimmung hatte sich also wieder gebessert. »Isch wollte schon beim Lieferservice anrufen und misch beschweren«, witzelte er. »Aber vielleischt wird das ja doch noch was mit dem Wasser.«

»Sorry!«, antwortete Lou hastig und schnappte sich die beiden Eimer. »Ich fliege!«

»Gut so!«, krächzte Daniel ihr hinterher. »Aber pass auf, dass du nicht abstürzt und dir die Flügel brichst!«

Der Weg zur Schöpfstelle war nicht allzu weit. Schon nach kurzer Zeit konnte Lou das Rauschen des Wasserfalls hören, der seine kühlen Fluten in die abgelegene und auf zwei Seiten von dichtem Schilf umsäumte Bucht ergoss. Die Vögel hatten es schwer, das unablässige Brausen mit ihrem fröhlichen Gezwitscher zu übertönen. Die Sonne stand noch tief im Osten, und ihre schrägen Strahlen bohrten sich wie dünne Speere in das zarte Gespinst des Morgennebels, der wie ein silbergrauer Schleier über den See driftete und Verstecken mit einer Handvoll Enten spielte.

Lou hatte dafür jedoch keinen Blick. Sie hastete zum Ufer und stieg auf die beiden im See liegenden flachen Steine, die das Wasserschöpfen erleichtern sollten. Kaum gefüllt, wollte sie mit den

Eimern schon zurückeilen, als sie den Zettel unter einem nahen Weidenbusch entdeckte. Er war mit einem Kieselstein beschwert, damit der Wind ihn nicht davontragen konnte.

Wer mochte ihn wohl dort hingelegt haben?

Von einer bangen Vorahnung erfüllt, stellte Lou die Eimer ab, ging darauf zu und hob das Papier auf. Als sie es genauer anschaute, drohte ihr Herz stehen zu bleiben: Es war eindeutig Elenas Handschrift! Während sie die wenigen Zeilen las, füllten sich ihre Augen mehr und mehr mit Tränen:

Liebste Lou (zumindest hoffe ich, dass Du es bist,
die mein Schreiben findet!),
bitte verzeih mir, aber mir blieb einfach keine andere Wahl. Was ich getan und damit angerichtet habe, ist nicht wieder rückgängig zu machen, und so habe ich den einzigen Weg gewählt, der mir noch offenstand – möge der Himmel mir vergeben und mir gnädig sein! Trotz der wenigen Tage, die wir gemeinsam verbringen durften, habe ich Dich tief in mein Herz geschlossen. Du warst wie eine Schwester zu mir, die ich nie hatte, und wie eine Freundin, wie ich mir keine bessere wünschen konnte. Was ich für Dich tun konnte, habe ich getan – und Du weißt, wo Du danach suchen musst! Leb wohl und pass gut auf Dich auf, damit wir uns dereinst vielleicht wiedersehen – in einer anderen und besseren Welt, in der es gerechter und menschlicher zugeht als in dieser. Ich hab Dich lieb auf ewig Deine Elena

P.S.
Bitte vernichte dieses Schreiben, sobald Du es gelesen hast.
Es geht nur Dich und mich etwas an.

Im ersten Moment war Lou zu keinem klaren Gedanken fähig, und es dauerte einige Momente, bis ihr die Bedeutung dieser Zeilen mit der Wucht eines Vorschlaghammers bewusst wurde. Sie zitterte am ganzen Körper und war unfähig, sich von der Stelle zu rühren. Eine eisige Hand krallte sich um ihr Herz und presste es so fest zusammen, dass sie ihren Schmerz laut hinausschrie. Heißkalte Schauer überströmten sie von Kopf bis Fuß und drohten sie hinwegzuschwemmen. Der Druck auf ihrer Brust wurde so groß, dass sie kaum noch Luft bekam.

»Elena!«, stöhnte sie in ihrem grenzenlosen Leid. Tränen flossen über ihre Wangen. »Warum, Elena, warum?«

Dann drehte Lou sich um, langsam, ganz langsam, um den schrecklichen Anblick so lange wie möglich hinauszuzögern.

Dabei sah alles so friedlich aus: Als würde sie völlig entspannt und schwerelos wie ein Engel auf den Wellen schweben, trieb Elena reglos und mit weit ausgebreiteten Armen und Beinen auf dem Wasser – mit dem Rücken nach oben und das Gesicht dem Seegrund zugewandt. Alles Leben war aus ihr gewichen – genau so, wie sie es gewollt hatte.

Battle Island, Azoren. Camp am Lagoa Azul.
Tag sechs: Mittwoch, 10. August 2022, 07:52 Uhr.

Als Lou sich dem Camp näherte, verstummten ihre am Essplatz versammelten Mitspieler schlagartig. Ihre ungezwungenen Gespräche und ihr fröhliches Lachen rissen jäh ab. Alle sprangen auf und starrten ihr mit ebenso entsetzten wie fassungslosen Gesichtern entgegen.

Als wäre sie ein kostbarer Schatz, hatte Lou die tote Elena quer über ihre Arme gelegt und trug sie mit gemessenen, fast feierlichen Schritten am Ufer entlang. Ihre Miene war wie erstarrt und ließ nicht die geringste Regung erkennen. Nur die feuchten Tränenspuren auf ihren Wangen zeigten, dass sie in tiefe Trauer versunken war.

In der Mitte des Lagers angekommen, legte Lou die Tote behutsam wie ein zartes, zerbrechliches Wesen ab und bettete sie auf das weiche Moos der Uferwiese. Dann kniete sie neben Elena nieder, strich ihre feuchten Haare zurecht und richtete ihre Kleidung. Nachdem sie ihr die Arme auf der Brust verschränkt hatte, erhob sie sich wieder.

Die anderen waren inzwischen ebenfalls herangekommen und hatten sich, stumm und die Gesichter von ungläubigem Schrecken gezeichnet, um ihre tote Mitspielerin versammelt.

Doch Lou beachtete sie gar nicht. Sie drehte sich um und ging zielstrebig auf einen nahen Hortensienstrauch zu. Dort brach sie so viele der leuchtenden Blütenbälle, rot und blau und einige auch weiß, wie sie nur tragen konnte.

Noch während Lou zum Leichnam der Freundin zurückging, um ihn mit dem üppigen Flor der Hortensie zu schmücken, folgte Leonie ihrem Beispiel: Sie holte ebenfalls Blüten von einem nahen Strauch und legte sie auf und um die Tote. Nach kurzem Zögern taten auch die anderen es ihr gleich. Selbst Sophie und Daniel wollten nicht zurückstehen, auch wenn ihre Mienen verrieten, dass ihre Trauer sich in Grenzen hielt. Und so ruhte der nahe beim Ufer ausgestreckte Leichnam schon wenig später in einem Meer aus Blüten und Blumen. Fast hatte es den Anschein, als würde Elena auf einer blühenden Wolke schweben, deren Ziel nur sie alleine kannte.

Lou stellte sich mit gesenktem Kopf zu Füßen der Toten auf und gedachte ihrer stumm und ganz in sich zurückgezogen. Ihre Mitspieler reihten sich links und rechts von ihr auf, bis sie einen Kreis der Trauer um die Tote bildeten und jeder seinen Gefühlen auf eigene Weise Ausdruck verlieh: Während Poppy sich mit tränenüberströmtem Gesicht ein ums andere Mal bekreuzigte und unablässig Gebete murmelte, starrte Leonie mit großen Augen vor sich hin, als würde sie noch gar nicht so recht begreifen, was geschehen war. Ruud und Nicolo dagegen war der Schrecken über die unfassbare Tat deutlich in die erblassten Gesichter geschrieben, während Josh und Jean-Luc durchaus gefasst, aber nicht weniger betroffen wirkten. Nur Daniel und Sophie ließen erkennen, dass Elenas Tod sie nur wenig bewegte und ihnen schon gar nicht naheging.

Es dauerte nicht lange, bis Mike Mannings und Master Bob auf der Uferwiese auftauchten: In unmittelbarer Nähe der Schöpfstelle war keine Kamera postiert – ganz Battle Island damit abzudecken, hätte den Kostenrahmen der Show doch bei Weitem gesprengt! –, und so hatte der diensthabende Techniker die Tote erst entdeckt, als Lou sie ins Camp zurücktrug. »Ach, du Scheiße!«, stöhnte er auf und drückte den Rufknopf der Sprechanlage, um seinen Produzenten zu informieren. Der weckte umgehend den Showrunner und eilte zusammen mit ihm an den Schauplatz des Geschehens.

Lou wollte ihren Augen nicht trauen, als sie die beiden erblickte. Ihre Fassungslosigkeit mischte sich mit Wut und sie ließ keinen von ihnen zu Wort kommen. »Verschwinden Sie auf der Stelle – oder ich steige sofort aus der Show aus!«, herrschte sie Mike Mannings an. »Und ich garantiere Ihnen, ich bin nicht die Einzige!«

Der Produzent erkannte an den Gesichtern eines Großteils der Kandidaten, dass das keine leere Drohung war. Beschwichtigend hob er die Hände. »Okay, okay, kein Problem«, versicherte er. »Wir sind ja schon weg. Nur eine Frage noch: Weißt du, wie es passiert ist? War es ein … Unfall?«

»Kein Unfall.« Mit unbewegter Miene schüttelte Lou den Kopf. »Und auch kein Mord. Aber mehr sage ich nicht.« Ihr Blick wurde hart. »Und jetzt verschwinden Sie endlich!«

Mannings wollte schon protestieren, sah aber rasch ein, dass im Augenblick jeder Widerspruch sinnlos gewesen wäre. »Natürlich, sofort«, gab er sich deshalb geschlagen. »Und trotzdem – wir müssen reden, nicht wahr? Wie es jetzt weitergehen soll und dergleichen. Wie wäre es … in einer halben Stunde?«

»In einer Stunde und keine Minute früher!« Lous Miene war hart wie Stein. »Und jetzt hauen Sie endlich ab. Es sei denn, Sie wollen mit uns um Elena trauern?«

»D-d-danke für die Einladung«, erwiderte Mannings hastig. »Aber wir wollen unter keinen Umständen stören! Dann also in einer Stunde.« Mit einem Nicken forderte er Master Bob auf, ihm zu folgen, und entfernte sich dann mit hektischen Schritten. Allerdings nicht in Richtung *Battle Village* – vielmehr steuerte er geradewegs auf Elenas Schlafplatz zu, wo die beiden Männer eilends die Sachen der Toten zusammenrafften und sie mit sich davonschleppten, als wollten sie ihre Spuren so schnell wie möglich tilgen. Und nur wenig später sah alles so aus, als hätte Elena niemals auch nur einen Fuß auf Battle Island gesetzt.

Battle Island, Azoren. Kommandeurshaus. Wohnzimmer.
Tag sechs: Mittwoch, 10. August 2022, 08:24 Uhr

»Selbstmord?« Rupert Gleason starrte Mannings vom Display seines Tablets ungläubig an. »Du machst wohl Scherze, was?«

»Ich wüsste nicht, was ich lieber täte, Rupert.« Mannings blickte gequält in die Webcam und wand sich wie ein Aal auf seinem Stuhl. »Aber leider verhält es sich genau so, wie ich es dir eben geschildert habe.«

Für einen Moment noch blickte Gleason ihn ausdruckslos an. Dann brach es aus ihm heraus: »So ein verdammter Mist!«, wütete er und hämmerte mit der Faust auf den Tisch. »Und das ausgerechnet jetzt, wo unsere Quoten endlich anziehen. Genau wie ich es gestern früh vorausgesagt habe!«

Dazu waren allerdings keine allzu großen Wahrsagekünste nötig gewesen. Denn an diesem Morgen beherrschte nur ein Thema die Schlagzeilen der europäischen Boulevardpresse und der einschlägigen Onlinemedien: dass Elena Gonzales, die sowohl durch ihr sympathisches und offenes Wesen als auch durch ihre Gewandtheit und Cleverness die Herzen eines Großteils der BATTLE-ISLAND-Zuschauer gewonnen hatte und von vielen bereits als die sichere Siegerin gehandelt wurde, in einem Pornofilm mitgewirkt hatte.

»Dabei ist das maßlos übertrieben«, stellte Rupert richtig. »Es handelt sich nämlich um einen ziemlich harmlosen Softporno. Um einen Softsoftporno sozusagen, wie ich mich mit eigenen Augen überzeugen konnte!«

Aber das hatte die Presse natürlich verschwiegen! Kein Wunder also, dass die willkürlich zu einem Skandal aufgebauschte Neuigkeit das Interesse an BATTLE ISLAND mächtig angeheizt hatte. Als dann im Laufe des Tages auch noch die Meldung die Runde machte – und es in einigen Ländern sogar in die TV-Nachrichten schaffte! –, dass Elenas Vater aufgrund dieser Enthüllung einen tödlichen Herzanfall erlitten hatte, wurde der Hype nur noch größer und trieb die Quoten der abendlichen Sendung erst recht in die Höhe. »Sie waren gestern so gut wie nie zuvor – und zwar in allen Kategorien!«, frohlockte Gleason. »Dabei konnten die Zuschauer beim Einschalten noch gar nicht wissen, welchen dramatischen Verlauf Elenas *Home-Call* nehmen würde, nicht wahr?«

»Schon klar.« Mannings verzog das Gesicht. »Aber genauso wenig konnten wir ahnen, welche Konsequenzen sie daraus ziehen würde.«

»Genau das ist ja das Problem!«, regte sich Gleason erneut auf. »Wie konnte diese dumme Gans bloß so bescheuert sein?« Er schüttelte ungläubig den Kopf und starrte schwer atmend und gedankenverloren vor sich hin. »Dabei hätte alles so schön sein können!«, fuhr er schließlich fort. »Der Schlagabtausch zwischen Elena und ihrem Bruder beherrscht doch auch heute wieder die Schlagzeilen! Ein paar Beispiele gefällig?« Wahllos griff Gleason sich einige der Zeitungen, die auf seinem Schreibtisch lagen, und las vor: »Hier: *Schock für BATTLE-ISLAND-Pornoqueen!* Oder hier: *BATTLE-ISLAND-Pornostar bricht Vater das Herz!* Und vielleicht noch eine letzte: *Todesbotschaft live im TV.*« Er beugte sich vor und sah Mike Mannings eindringlich an. »Kannst du dir vorstellen, welche sensationellen Quoten wir heute Abend einfahren werden?« Er beantwortete die Frage gleich selber: »Natürlich kannst du dir das vorstellen, du bist ja nicht blöd!« Dann lehnte er sich wieder zurück und seufzte resigniert. »Aber das können wir natürlich alles vergessen, wenn Elenas Suizid bekannt wird. Dann fordert diese gierige Meute nämlich nicht nur den sofortigen Abbruch der Show – und wenn wir nicht als völlig empathielose Rohlinge dastehen wollen, müssen wir uns dieser Forderung natürlich beugen! –, sondern macht uns auch noch für ihren Tod verantwortlich. Oder zumindest dich. Schließlich ist BATTLE ISLAND ja auf deinem Mist gewachsen!«

»In dem du aber ziemlich eifrig und mit großem Vergnügen mit herumgewühlt hast, nicht wahr, Rupert?«, setzte Mannings zu seiner Verteidigung an, winkte aber gleich wieder ab. »Lassen wir das besser«, sagte er. »Das bringt uns nämlich nicht einen Schritt weiter. Überlegen wir lieber, wie wir den Karren aus dem Dreck ziehen können. Oder noch besser …« Er beugte sich nach vorne und sah Gleason mit einer zu allem entschlossenen Miene an. »Was wir anstellen können, damit er erst gar nicht darin landet!«

Gleason kniff die Augen hinter der randlosen Brille zu schmalen Schlitzen, zauste nervös an seinem Ziegenbärtchen herum und musterte Mannings nachdenklich. »Nüchtern betrachtet«, sagte er schließlich, »haben wir nur eine Möglichkeit: Niemand darf von Elenas Selbstmord erfahren, bevor die Show zu Ende ist. BATTLE ISLAND muss genauso weitergehen wie bisher. Als wäre absolut nichts geschehen!«

»Hm!« Mannings ließ ein bitteres Lachen hören. »Das sagt sich so leicht. Aber verrätst du mir vielleicht auch, wie das gehen soll? Du hast deine Rechnung nämlich ohne unsere Kandidaten gemacht. So aufgewühlt und bestürzt, wie sie im Augenblick sind, können wir das heutige *Battle* schon mal vergessen. Und ob sie in der Mehrheit gewillt sind, die Show fortzusetzen, wage ich sehr zu bezweifeln.«

»Dann musst du sie eben dazu bringen, verdammt noch mal! Du bist doch auch sonst nicht um gute Einfälle verlegen. Die Idee, eine angebliche Aktionsgruppe zu initiieren, die zum Protest gegen uns aufruft, war nicht nur genial, sondern auch so überzeugend, dass sich ihr selbst echte YOUR-TV-Gegner angeschlossen haben!«

Mannings antwortete nicht. Doch seine Miene verriet, dass er sich überaus geschmeichelt fühlte.

»Und die Nummer, die du in London mit NO-TV durchgezogen hast, war schlichtweg der Hammer und hat uns weltweit in die Schlagzeilen gebracht!« Gleason blickte Mannings neugierig an. »Lässt sich so was nicht wiederholen?«

»Schon in Arbeit, mein Lieber!«, erklärte der Produzent mit hintergründigem Lächeln. »Schon in Arbeit!«

»Na also, geht doch!«, sagte Gleason zufrieden. »Und dann machst du dir Sorgen wegen einer Handvoll verstörter Jungs und Mädels? Die kriegst du schon wieder in die Spur, da bin ich mir ganz sicher. Ob du ihnen gut zuredest, sie zu überzeugen versuchst, ihnen drohst, sie beschimpfst, sie anflehst oder ihnen das Blaue vom Himmel herunter versprichst – das ist mir völlig egal!« Ein gefährliches Funkeln in den Augen, beugte der Senderboss sich nach vorne. »Und wenn es sein muss, dann pumpst du sie eben mit Drogen voll, die sie gefügig machen! Wie Sam Ricks mir verraten hat, laufen in seinen Laboren bereits entsprechende Experimente. Streng im Geheimen natürlich und ohne Wissen der Behörden.«

»Ich bitte dich, Rupert!« Mannings blickte ihn entrüstet an. »Das ist doch nicht dein Ernst?«

»Wieso denn nicht?« Eher teilnahmslos zuckte Gleason mit den Schultern. »Außerdem solltest du nicht vergessen, was für dich auf dem Spiel steht, Mikey! Nicht nur dein Jahresbonus, sondern auch ein fettes Aktienpaket. Und es kommt noch was hinzu – und damit verrate ich dir jetzt ein großes Geheimnis, das ich eigentlich für mich behalten wollte.« Gleason krümmte den Zeigefinger, als wollte er Mannings näher zu sich heranlocken. »Sam wird es dir niemals verzeihen, wenn du BATTLE ISLAND an die Wand fährst! Er scheint nämlich geradezu einen Narren an der Show gefressen zu haben. Weil darin genau das passiert, wovon er schon als kleiner Junge immer geträumt hat, nämlich auf einer einsamen Insel zu stranden und unter größter Lebensgefahr einen riesigen Piratenschatz zu entdecken. Und durch BATTLE ISLAND, das hat er mir jedenfalls gestern Nacht am Telefon versichert, sei dieser Traum für ihn nun quasi wahr geworden.«

»Wie schön für ihn!« Mannings ließ ein ironisches Grunzen hören. »Und welch überwältigendes Zeugnis seiner Einfalt!«

»An deiner Stelle würde ich das nicht auf die leichte Schulter nehmen«, warnte Gleason eindringlich. »Ricks ist schließlich bekannt dafür, schrecklich nachtragend zu sein. Er hat schon so manchen in den Ruin getrieben. Ohne besonderen Grund! Oder weil der ihm, ohne Absicht und ohne es überhaupt zu merken, krumm gekommen ist oder ihn durch eine unbedachte Bemerkung verärgert hat. Und je älter er wird, umso schlimmer wird er angeblich. So naiv sein Lebenstraum auch sein mag – wenn du ihn kaputt machst, kann das erhebliche Konsequenzen für dich haben!«

»Ist ja schon gut!«, entgegnete Mannings genervt. »Ich versuche ja mein Möglichstes.«

»Schön, sehr schön.« Gleason lächelte zufrieden. »Genau das wollte ich von dir hören. Falls das heutige *Battle* tatsächlich ausfallen sollte«, fuhr er mit einer abfälligen Handbewegung fort, »sehe ich darin kein Problem. Ihr habt bestimmt genügend Bildmaterial auf Lager, um ein einigermaßen ansprechendes Ersatzprogramm daraus zusammenzubasteln. Das senden wir heute Abend und behaupten einfach, dass wir aufgrund wetterbedingter Leitungsstörungen keine aktuellen Aufnahmen bringen können.«

»Gute Idee!«, lobte Mannings. »Und gar nicht so weit hergeholt. Für das Wochenende ist nämlich schlechtes Wetter für unsere Region vorhergesagt. Vor der amerikanischen Ostküste braut sich gerade ein mächtiges Tiefdruckgebiet zusammen, das in den nächsten Tagen in Richtung Azoren weiterziehen soll!«

»Umso besser«, freute sich Gleason. »Dann werden die Zuschauer unsere Ausrede ja problemlos schlucken.« Damit wurde er wieder ernst. »Aber ab morgen, Mikey, ab morgen muss alles wieder seinen gewohnten Gang nehmen, verstanden? Und wie du deine Mädels und Jungs dazu bringst, ist ganz alleine dein Problem!«

Battle Island, Azoren. Camp am Lagoa Azul.
Tag sechs: Mittwoch, 10. August 2022, 09:45 Uhr.

»Und wenn wir noch Stunden darüber diskutieren müssen – weitermachen kommt für mich überhaupt nicht infrage!« Mit wild entschlossener Miene blickte Lou in die Runde der nahe beim Seeufer versammelten Mitspieler. »Das käme mir wie ein Verrat an Elena vor. Deshalb bleibe ich dabei: BATTLE ISLAND muss sofort abgebrochen werden!«

Ihre Meinung wurde allerdings längst nicht von allen geteilt. Eher im Gegenteil: Die zustimmenden Kommentare waren im Laufe der vehement geführten Diskussion immer weniger geworden.

»Ich bin der gleichen Meinung wie Lou«, schlug sich zumindest Josh auf ihre Seite. »Ich weiß zwar nicht, was Elena zu diesem schrecklichen Schritt bewogen hat, aber was immer es auch gewesen sein mag – für mich ist das Grund genug, die Show sofort zu stoppen.«

»Ich widerspreche dir ja ungern.« Nicolo sah ihn beinahe entschuldigend an. »Aber das sehe ich ganz anders. Es hat in den letzten Tagen hier sicherlich ein paar Reibereien gegeben. Und einige von uns haben sich auch ganz schön angegiftet. Aber ich habe absolut nichts mitbekommen, was auch nur den entferntesten Anlass zu einem Selbstmord geben könnte. Und das beweist für mich eindeutig, dass Elenas Tat nichts mit der Show zu tun hat, sondern vermutlich auf ganz andere, nämlich persönliche Gründe zurückzuführen ist.«

»Sage ich doch die ganze Zeit!«, pflichtete Sophie ihm sichtlich erregt bei. »Das war eine rein persönliche Entscheidung von Elena, für die niemand von uns verantwortlich gemacht werden kann. Und deshalb sehe ich auch nicht den geringsten Grund, BATTLE ISLAND abzubrechen!«

»Ganz genau!«, krächzte Daniel. »Wie heißt es so schön: ›Des Menschen Wille ist sein Himmelreich‹, oder so ähnlich – und seinen Willen kann man niemandem aufzwingen. Das gilt für Elena genauso wie für uns.«

»Alle Achtung, Mischel Sauerkraut!« Sophie ließ einen höhnischen Pfiff hören. »In dem Hohlraum zwischen deinen Ohren gibt es also tatsächlich noch Überreste von intelligenter Materie!«, spottete sie, bevor sie sich wieder an die anderen wandte. »Überlegt doch mal: Davon, dass wir aufhören, wird Elena auch nicht wieder lebendig. Schon deswegen hätte ein Abbruch überhaupt keinen Sinn!«

Worauf die unterschiedlichen Meinungen nur noch heftiger aufeinanderprallten.

Mike Mannings – die Ausstatter hatten Elenas Leichnam kaum von der Uferwiese abgeholt, um ihn für die Überführung in die Heimat vorzubereiten, da hatte er sich mit Master Bob und Kimberly Cohen unter die Showteilnehmer gemischt – hob beschwichtigend die Hände, um die allgemeine Erregung etwas zu dämpfen. »Okay, okay«, sagte er. »Lasst es jetzt bitte gut sein. Jeder von euch hatte ausreichend Gelegenheit, seine Meinung zu äußern. Und damit das klar ist: Ich habe für jeden das allergrößte Verständnis. Allerdings …« Er hob die Brauen und sah eindringlich in die Runde. »… scheinen einige von euch etwas Wichtiges zu vergessen.«

Lou blickte ihn erstaunt an. »Nämlich?«

»Nämlich dass ihr euch nicht im Urlaub befindet und tun und lassen könnt, was ihr wollt. Ihr seid vielmehr Teilnehmer an einer großen und aufwendigen TV-Show und eure entsprechenden Rechte und Pflichten sind in einem von euch allen unterschriebenen Vertrag ganz klar geregelt.«

»Das weiß ich doch«, begehrte Lou auf. »Trotzdem …«

»Einer dieser Vertragspunkte besagt«, fuhr der Produzent ungerührt fort, »dass euch bei einem vorzeitigen Abbruch keinerlei

Anspruch auf Honorar zusteht. Und dass die Million in Gold in diesem Fall nicht ausgeschüttet wird, versteht sich ja von selbst.«

»Seht ihr?«, warf Sophie aufgebracht in die Runde. »Genau das habe ich ja schon vorhin gesagt!«

»Es kommt allerdings noch schlimmer.« Mannings' Blick hatte etwas von einer Hyäne an sich, die seelenruhig abwartet, bis ihre Beute die letzten Zuckungen macht. »Laut Vertrag seid ihr für den Fall, dass ihr die von euch zugesicherte Leistung verweigert, dem Sender gegenüber für dadurch entstehende Schäden haftbar!«

»Escht?« Jean-Luc verzog irritiert das Gesicht. »Und was 'eißt das konkret?«

»Das heißt konkret, dass YOUR TV euch auf Schadensersatz verklagen kann, falls BATTLE ISLAND durch euer Verschulden vorzeitig abgebrochen werden muss und der Sender deshalb nicht in der Lage ist, seine immensen Kosten wieder einzuspielen! In einem solchen Fall dürfte auf jeden von euch eine Forderung im sechsstelligen Bereich zukommen, möglicherweise sogar weit mehr.«

Ungläubiges Staunen zeichnete sich auf den Gesichtern ab und aufgeregtes Gemurmel war zu hören.

»Aber glaubt mir, für mich ist das alles eher nebensächlich. Für mich gibt es einen weit wichtigeren Grund, warum ich euch dringend bitten möchte, unter allen Umständen weiterzumachen«, erklärte Mannings mit der Miene eines Wanderpredigers, der vorgibt, ausschließlich am Seelenheil seiner Schäfchen interessiert zu sein. »Weil genau das nämlich ganz im Sinne von Elena wäre, wie sie mir gestern Abend noch ausdrücklich versichert hat!«

»Was?« Lou zuckte vor Überraschung zusammen und blickte

ihn ungläubig an. »Das … das haben Sie ja noch gar nicht erwähnt.«

»Mit Absicht, Lou«, bekräftigte Mannings mit todernster Miene. »Mit voller Absicht! Und ich würde es auch jetzt nicht tun, wenn es nicht zu diesem dramatischen … äh … Zwischenfall gekommen wäre. Ohne zu viel zu verraten: Nicolo und auch Sophie haben völlig recht. Beim gestrigen *Home-Call* hat Elena in der Tat von einem tragischen Familienereignis erfahren! Dass diese Nachricht sie über die Maßen mitgenommen hat, könnt ihr euch sicherlich vorstellen.«

»Tatsächlich?« Sichtlich betroffen schüttelte Lou den Kopf. »Und worum handelte es sich?«

»Ich bitte um Verständnis …« Wie zum Bedauern hob Mannings die Hände. »… aber mit Rücksicht auf Elena und ihre Familie möchte ich mich dazu nicht äußern. Jedenfalls habe ich ihr umgehend angeboten, die Show zu canceln. Doch das hat Elena vehement abgelehnt. ›Das dürfen Sie den anderen nicht antun‹, hat sie vielmehr gesagt. ›Die können doch nichts dafür, was passiert ist. Und deshalb wäre es äußerst unfair, sie dieser einmaligen Chance auf eine Million Euro zu berauben. Die bekommen sie doch in ihrem ganzen Leben nie wieder.‹« Fast feierlich blickte der Produzent in die Runde. »Und damit hatte Elena natürlich völlig recht! Keiner von euch ist für das verantwortlich, was heute Nacht geschehen ist. Und deshalb bitte ich euch eindringlich – auch in Elenas Namen! –, einfach weiterzumachen und die Show bis zum Ende durchzustehen, so schwer euch das auch fallen mag!«

Als Mannings dann auch noch versicherte, dass Elenas Familie nicht nur ihr volles Honorar erhalten, sondern YOUR TV auch dafür sorgen werde, dass Elenas Leichnam schnellstens in ihre Heimat überführt und dort ein angemessenes Begräbnis erhalten würde – selbstverständlich alles auf Senderkosten! –, gab selbst Lou ihren Widerstand auf.

»Na schön«, seufzte sie. »Das konnte ich ja nicht wissen. Wenn es tatsächlich Elenas Wunsch entspricht, mache ich natürlich weiter.«

»Sehr schön, Lou, das freut mich wirklich.« Mike Mannings nickte ihr freundlich zu und erhob sich. »Das heutige *Battle* fällt selbstverständlich aus, damit ihr euch von diesem Schock erholen könnt und wieder zu euch findet. Aber morgen früh um neun geht es dann wie gewohnt weiter.« Er blickte in die Runde. »Okay?«

»Okay«, schallte es ihm von allen Seiten entgegen. Mannings wendete sich bereits zum Gehen, als Kimberly ihn am Ärmel zupfte und ihm etwas ins Ohr flüsterte.

»Ach ja, das hätte ich beinahe vergessen«, sagte er danach, an die Kandidaten gewandt. »Die Zuschauer haben natürlich auch gestern einen *Darling of the Day* gewählt und sich mit überwältigender Mehrheit für Leonie entschieden.« Er trat auf die kleine Schweizerin zu und schüttelte ihr die Hand. »Herzlichen Glückwunsch. Bevor du deinen Preis mit Kimberly besprichst, habe ich noch eine Frage an euch alle: Seid ihr damit einverstanden, dass wir den heutigen *Home-Call* angesichts der tragischen Ereignisse ausnahmsweise ausfallen lassen?« Erneut wandte er sich an Leonie. »Das gilt insbesondere für dich. Das Los hat nämlich dich dafür bestimmt.«

Leonie drehte sich zu Lou um und warf ihr einen fragenden Blick zu: Offensichtlich wusste sie nicht so recht, wie sie sich entscheiden sollte.

Aber diese Wahl konnte Lou ihr natürlich auch nicht abnehmen. Und so verzog sie nur unschlüssig das Gesicht.

»Okay, einverstanden«, erklärte Leonie nach kurzer Bedenkzeit. »Es sind ja nur noch ein paar Tage, bis ich Mama wiedersehe. Und wahrscheinlich hört sie mir sowieso wieder nicht richtig zu!«

Lou strich ihr tröstend übers Haar und ging zu ihrem Schlafplatz zurück. Während sie Fiepsi fütterte und sich dann auf ihre Matte sinken ließ, war sie in Gedanken allerdings einzig und allein bei Elena.

Warum nur, warum?, fragte sie sich ein ums andere Mal, ohne eine rechte Antwort darauf zu finden. Was mochte Elena nur Schreckliches getan haben, dass sie keinen anderen Ausweg mehr gesehen hatte? Denn genau darauf deutete der Satz in ihrem Abschiedsbrief ja hin: *Was ich getan und damit angerichtet habe, ist nicht wieder rückgängig zu machen …*

Was konnte so schlimm sein, dass es sich nicht wiedergutmachen ließ, überlegte Lou gerade, als ein verstörendes Geräusch sie zusammenzucken ließ. Sie richtete sich auf und blickte sich um – und da sah sie, dass Poppy vornübergebeugt neben einem nahen Strauch stand und sich übergab.

Schon wieder! Das hatte sie doch erst gestern vor dem Frühstück getan!

Lou erhob sich und ging zu ihr hin. »Kann ich dir helfen?«, fragte sie besorgt.

Obwohl Poppy wie ein Häufchen Elend mit fast grünem Gesicht dastand und sich wie abwesend immer wieder über den Bauch strich, schüttelte sie hektisch den Kopf. »Nein, nein«, wehrte die Rothaarige mit schriller Stimme ab. »Es ist alles in

Ordnung.« Und dann fügte sie mit weit aufgerissenen Augen noch hinzu: »Wirklich, Lou – alles in Ordnung!« Dabei strich sie sich erneut über den Bauch.

Und in diesem Moment kam Lou ein Verdacht! Sie legte den Kopf schief und musterte Poppy eindringlich. »Es geht mich zwar nichts an – aber könnte es sein, dass du … schwanger bist?«

Die Bemerkung traf die junge Irin wie ein Schock. »Schwanger?«, stieß sie keuchend hervor und riss die Augen in grenzenloser Panik weit auf. »B-B-Blödsinn! W-w-wie kommst du denn auf so einen Quatsch?« Aber das nackte Entsetzen, das ihr wie mit riesigen Buchstaben ins Gesicht geschrieben stand, zeigte Lou, dass ihre Vermutung zutraf.

São Miguel, Azoren. Hafen von Porto Formoso.
Tag sechs: Mittwoch, 10. August 2022, 16:32 Uhr.

»Dort drüben, das müsste er sein!« Der junge Mann mit den tadellos frisierten blonden Haaren drehte sich zu seinen drei Begleitern um und deutete auf den Schuppen, der sich nahe beim Hafen in den Schatten zweier mächtiger Drachenbäume duckte, als suche er Schutz vor der vom wolkenlosen Himmel brennenden Sonne. »Vorausgesetzt, die Wegbeschreibung, die wir erhalten haben, ist korrekt.«

Das Gebäude sah wenig vertrauenerweckend aus. Die verwitterte Schrift auf dem Tor – CHA PORTO FORMOSO – zeigte, dass es in besseren Zeiten als Lager für die etwas oberhalb des kleinen Fischerortes gelegene Teeproduktion gedient hatte. Das Wellblechdach war von schuppigen Flechten und verdorrtem

Moos überzogen, die dunkelrote Farbe auf den Wandbrettern blätterte großflächig ab. Das Tor und das große Vorhängeschloss, mit dem es gesichert war, machten allerdings einen recht stabilen Eindruck.

Davor angekommen, zog der Blonde einen Schlüssel aus dem Umschlag, den er zusammen mit einem Satellitentelefon, einigen Karten und einem USB-Stick in einer am Counter der Airline für ihn hinterlegten Sporttasche vorgefunden hatte. Als er ihn ins Schloss steckte, ging ein Grinsen über sein Gesicht. »Cool, Mann, er passt.« Die Scharniere des Tores waren wohl erst kürzlich geölt worden. Sie gaben nicht den geringsten Ton von sich, als es geöffnet wurde. Lautlos wie Raubkatzen auf der Jagd schlüpften die vier erst vor gut zwei Stunden in Ponta Delgada gelandeten Besucher hindurch.

Als sich ihre Augen an die im Inneren herrschende Dämmerung gewöhnt hatten, streckte der Blondschopf den rechten Arm aus und deutete auf eine unscheinbare Kiste, die etwas abseits der anderen, ziemlich nachlässig gestapelten Behälter in einer dunklen Ecke stand. Dabei rutschte sein Ärmel etwas zurück und entblößte das Tattoo eines Spinnennetzes auf seinem Handrücken.

»Die dahinten, die müsste es sein«, sagte er. Gefolgt von seinen Begleitern, ging er darauf zu und suchte nach dem auf der Rückseite verborgenen Entriegelungsknopf. Dieser befand sich exakt an der Stelle, die in der auf dem Stick gespeicherten – und natürlich verschlüsselten! – Beschreibung angegeben war: eine Handbreit unterhalb der Oberkante und einen halben Meter von der rechten Kistenwand entfernt. Der Blonde drückte auf den Knopf, woraufhin ein leises Klicken zu hören war. Ebenso leise sprang der Deckel einige Millimeter auf und ließ sich widerstandslos öffnen.

Das Gesicht des Tätowierten leuchtete auf. »Da sind sie ja, unsere Babys«, sagte er erfreut und gab seinen Begleitern mit einem Nicken zu verstehen, ebenfalls einen Blick in die Kiste zu werfen. »Genau wie versprochen. Schon hilfreich, wenn man gute Beziehungen zum Militär hat, nicht wahr?«

Die Waffen waren offensichtlich schon etwas älter, schienen aber tadellos in Schuss zu sein: vier Pistolen, vier Sturmgewehre und ebenso viele Maschinenpistolen. Die Form der Läufe deutete darauf hin, dass sie allesamt schallgedämpft waren. Daneben lag jede Menge Munition, außerdem mehrere Sprengsätze.

Einer der Begleiter, er trug einen Vollbart, und sein Kopf war kahl geschoren, blickte den Blonden verwundert an. »Wieso denn nur vier, Alter?«, wunderte er sich. »Kommt …«

»Halt!«, herrschte das Mädchen mit dem hennaroten Chinesenzopf ihn an, das sich bislang im Hintergrund gehalten hatte. »Keine Namen! Oder habt ihr das schon vergessen?« Ihr strenger Blick ging durch die Runde. »Manchmal haben Wände Ohren – und deshalb kann man nie vorsichtig genug sein, verstanden? Also haltet euch gefälligst daran. Nicht nur heute, sondern erst recht in den kommenden Tagen!«

»Ja, ja, schon gut«, erwiderte der Kahlkopf mit unterwürfigem Hundeblick. »Soll nicht wieder vorkommen.«

»Das will ich doch schwer hoffen!«, beschied ihn das Hennamädchen streng und blickte mit einem zweifelnden Gesichtsausdruck in die Kiste. »Könnt ihr damit überhaupt umgehen?«

Der Kahlkopf verdrehte die Augen. »Was glaubst du denn, was man bei der Armee lernt? Zöpfe flechten vielleicht?«, fragte er mit spöttischem Grinsen und wandte sich wieder an den Blonden. »Also noch mal: Wieso nur vier von jeder Sorte?«

»Weil nur wir vier auf die Insel fahren, Mann«, antwortete der mit einem verschlagenen Grinsen. »Er ... du weißt, wen ich meine ... hat doch keine Ahnung, was wir vorhaben. Er weiß von nichts, schon gar nicht davon ...« Mit einer raschen Kopfbewegung deutete er auf die Waffen. »... und denkt noch immer, dass wir ...« Er musste den Satz gar nicht zu Ende bringen. Der Kahlkopf verstand ihn nämlich auch so.

»Cool, Alter!«, sagte er rasch und grinste. »Sein verdammter Eifer geht mir sowieso schon auf den Keks!« Er klopfte dem Blonden auf die Schulter. »Also deswegen hast du ihn nicht mit hierhergenommen, was?«

»Deswegen auch.« Der Blonde nickte. »Und damit er was Wichtiges für uns erledigt! Er muss doch das Boot klarmachen – und das kann er nun wirklich besser als wir. Da fällt mir übrigens noch was ein.« Er wandte sich an das Mädchen, das ihrem Gespräch gar nicht gefolgt war, sondern sich stattdessen den Inhalt der Kiste vorgenommen hatte. »Hast du geche...?«

»Habe ich!«, ließ sie ihn gar nicht erst ausreden und nickte. »Die Schablone für die Bordwand ist genauso drin wie die Spraydosen.« Sie lächelte zufrieden. »Ich kann es kaum erwarten, einen schäbigen Fischerkahn in ein Whale-Watching-Boot zu verwandeln.« Dann wandte sic sich an den dritten Mann. Er war vielleicht Ende zwanzig, trug einen militärisch kurzen Haarschnitt und hatte bislang eher unbeteiligt dabeigestanden. »Ich hoffe nur, du kannst das Boot auch steuern und kennst den richtigen Kurs?«

»Jetzt mach dir mal nicht ins Hemd, du Küken, und hör auf zu nerven!« Er klang angefressen und war sichtlich genervt. »Ich habe Battle Island doch schon angesteuert, da hattest du Haare höchstens auf dem Kopf!«

»Ist ja gut, Mann«, versuchte der Blonde zu beschwichtigen. »Sie hat es bestimmt nicht so gemeint.« In diesem Moment klingelte das Satellitentelefon. Er nahm das Gespräch sofort an und meldete sich.

Nachdem er eine Weile aufmerksam gelauscht hatte, nickte er beflissen. »Natürlich, es ist alles in bester Ordnung – genau wie besprochen.« Wieder lauschte er, um dann erneut zu nicken. »Selbstverständlich. Wenn alles so läuft wie geplant, dann sind wir spätestens morgen früh einsatzbe…« Er brach ab und hörte mit angespannter Miene zu, um schließlich ein weiteres Mal zu nicken. »Natürlich, selbstverständlich«, sagte er. »Wir warten ab, bis Sie uns Bescheid geben – ist doch klar.« Er nickte ein letztes Mal und beendete das Gespräch.

Der Kahlkopf beäugte ihn neugierig. »War das …?«

»Das war der Boss«, unterbrach der Blonde, bevor der andere einen Namen nennen konnte. »Am besten, wir benutzen von jetzt an nur noch diese Bezeichnung, okay?«

Nachdem alle ihre Zustimmung signalisiert hatten, fuhr er fort: »Der Boss … äh … hat gesagt, er meldet sich, wenn es so weit ist. Er gibt uns genau Bescheid, wann wir losfahren sollen. Bis dahin bleiben wir in unseren Ferienwohnungen und machen einen auf ganz normale Touris, verstanden?«

»Klar doch, Alter«, bestätigte der Kahlkopf mit breitem Grinsen. »Wir hauen uns auf den schwarzen Sand an unserem Beach und chillen ein wenig, bevor wir den Fernsehfuzzis beibringen, was ein blaues Wunder ist!«

Battle Island, Azoren. Camp am Lagoa Azul.
Tag sieben: Donnerstag, 11. August 2022, 05:22 Uhr.

Das Messer war riesengroß, und seine Spitze funkelte wie der Pupillenschlitz einer Schlange im Licht der nackten Glühbirne, während sie sich Jean-Lucs linkem Auge unaufhaltsam näherte. Nur noch ein paar Zentimeter, und sie würde sich in seinen Augapfel bohren und ihn aus seinem vom kalten Schweiß der Todesangst überströmten Schädel schälen.

»Nicht, Abdul!«, kreischte er wie von Sinnen. »Bitte nicht!«

»Dann sag mir endlich, was du mit meinem Stoff angestellt hast!«, herrschte der Mann mit dem Messer ihn an. »Jetzt mach schon dein verdammtes Maul auf, wird's bald! Du bist doch sonst nicht um einen Spruch verlegen, nicht wahr, James Dart?«

Abdul – ein schmales Bärtchen zierte seine Oberlippe und ein goldener Schneidezahn funkelte in seinem Mund – beugte sich über sein Opfer. Die beiden muskelbepackten Hünen in den dunklen Anzügen, die sich in dem kahlen Kellerraum breitbeinig hinter ihrem Chef aufgebaut hatten, ließen ein belustigtes Kichern hören. »Schnauze!«, brüllte der Goldzahn, woraufhin sie augenblicklich verstummten und mit betretenen Mienen vor sich hin starrten.

»Ich hab dich was gefragt, James Dart«, wiederholte der Mann und ließ das Messer noch ein weiteres Stück auf das Auge zuzucken. »Jetzt spuck's schon aus!«

»Aber das habe ich doch bereits gesagt, Abdul!« Jean-Lucs Stimme überschlug sich vor Panik. »Warum glaubst du mir denn nicht?«

»Weil ich mich nicht gerne verscheißern lasse, deshalb«, erwiderte Abdul. Im Licht der nackten Glühlampe funkelten seine dunklen Augen wie die eines gefährlichen Raubtiers. »Und schon gar nicht von einem großmäuligen Angeber wie dir!« Er legte die Stirn in Falten und überlegte für einen Augenblick. Dann setzte er die Messerspitze zwei Zentimeter unterhalb des Auges auf die dunkelbraune Haut und drückte etwas fester zu. Sofort bohrte sich die scharfe Klinge ins weiche Fleisch der Wange. Blut schoss aus der Wunde, rann über Jean-Lucs Gesicht und malte ein bizarres rotes Muster auf sein weißes T-Shirt.

Während er laut aufkreischte, vor Schmerzen und Entsetzen zugleich, huschte ein zufriedenes Lächeln über Abduls Gesicht. »Aber, aber«, tadelte er ihn mit sanfter Stimme. »Wer wird sich denn so anstellen? Das war doch erst der Anfang.« Dann wurde er wieder ernst. »Also – wie war das noch mal? Du hast den Stoff einfach weggeworfen? Zwei Kilo reinstes Crystal Meth im Wert von zweihundert Riesen einfach weggeworfen?«

»Was sollte ich denn tun, Abdul? Ich hatte doch keine andere Wahl!« Jean-Lucs Worte gingen in ein unkontrolliertes Schluchzen über, sodass er kaum noch zu verstehen war. »Die Bullen waren doch hinter mir her. Wenn sie mich mit dem Stoff erwischt hätten, wäre er sowieso weg gewesen. Sie hätten ihn mir doch abgenommen und ich wäre in den Kahn eingefahren. Verstehst du das denn nicht, Abdul?«

»Ich verstehe nur eins«, erwiderte der Mann mit dem Messer. Sein spöttisches Lächeln ließ seinen Goldzahn im kalten Kellerlicht aufleuchten. »Nämlich dass du mir zweihundert Riesen schuldest! Schließlich haben wir unseren Teil der Abmachung eingehalten, nicht wahr? Wir haben deine Amal sicher hierhergebracht und sie nicht im Mittelmeer ersaufen lassen! Und wir haben ihr sogar Papiere besorgt, damit ihr absolut nichts passieren kann.« Er beugte sich noch näher über sein Gesicht und starrte ihm direkt in die Augen. »Ist es nicht so, James Dart?«

»Ja«, kreischte Jean-Luc auf, als das Messer seine Wange noch weiter aufschlitzte. »Natürlich ist das so!«

»Braver Junge, so ist es recht!« Mit einem fiesen Lächeln tätschelte Abdul ihm die andere Wange. »Und das alles zu einem absoluten Freundschaftspreis. Weil ich so ein grundgütiger Mensch bin und ein gutes Herz habe. ›Leiste uns einfach ein paar Kurierdienste‹, habe ich zu dir gesagt, ›und wir sind quitt.‹ Aber was machst du Idiot? Du schaffst es gleich beim ersten Mal, dass die Bullen auf dich aufmerksam werden. Und dann wirfst du den Stoff – meinen Stoff! – einfach weg!« Wieder hatte das Messer bei der Suche nach weiterem Fleisch und Blut Erfolg. »Damit wir uns richtig verstehen: Ich bin kein Unmensch, und deshalb gebe ich dir sechs Monate Zeit, um mir alles zurückzuzahlen – und zwar mit Zins und Zinseszinsen! Sechs Monate und keinen Tag länger! Wie du das schaffst, ist ganz alleine dein Problem! Aber wenn du es nicht schaffst …« Sein Lächeln war so kalt wie der Blick einer Kobra. »… dann möchte ich nicht in deiner Haut stecken. Und in der deiner Kleinen und eures Balgs auch nicht!« Mit einer blitzschnellen Bewegung zog er das Messer im Zickzack über die gesamte Wange, vom Auge bis fast hinunter zum Kiefer.

Der Schmerz war so entsetzlich, dass Jean-Luc den Verstand zu verlieren drohte. Er schrie sein Entsetzen so laut hinaus, dass die Glühbirne über seinem Kopf um ein Haar geplatzt wäre. Er schrie und schrie – selbst als er schon längst alleine in dem kahlen Keller saß. Und er schrie immer noch, als er aus seinem Traum hochschreckte. Er war so realistisch gewesen, dass er vor Todesangst noch immer am ganzen Körper zitterte. Völlig im Bann der schrecklichen Erinnerung, nahm er das grinsende Gesicht neben sich erst mit einiger Verzögerung wahr.

»Na, so was.« Daniel kauerte neben seinem Lager und musterte ihn aus schmalen Augen. »Du redest ja im Schlaf, Scarface!«

»Tatsäschlisch?« Jean-Luc war noch gar nicht ganz wach und starrte ihn wie benommen an. »Und? Was 'abe isch gesagt?«

»Das habe ich leider nicht so ganz mitbekommen.« Daniel zuckte enttäuscht mit den Schultern. »Aber so viel habe ich zumindest verstanden: Auch wenn du immer so großspurig und selbstsicher tust – du hast auch deine Probleme, und offensichtlich ganz gewaltige! Und das ist irgendwie ein Trost für mich.«

»Ein Trost?«, wunderte sich Jean-Luc. »Wie… wie meinst du das?«

»Das geht dich nichts an«, erwiderte Daniel harsch. »Außerdem würdest du es sowieso nicht verstehen. Genau wie alle anderen auch.« Ohne weitere Erklärung wandte er sich ab, richtete sich auf und stahl sich rasch davon.

Jean-Luc blickte ihm noch für einen Moment nach, dann hatte er ihn bereits vergessen. Er hatte schließlich Wichtigeres zu tun, als sich mit dem dämlichen Gequatsche von Mischel Sauerkraut zu beschäftigen. Er musste sich etwas einfallen lassen – und zwar schnell! –, wenn er noch eine Chance auf den Goldschatz haben wollte.

Wenn er Abdul nicht fristgerecht bezahlen konnte, dann war sein Leben keinen Cent mehr wert. Und Amals und Yaminas Leben ebenso wenig.

Battle Island, Azoren. Camp am Lagoa Azul.
Tag sieben: Donnerstag, 11. August 2022, 10:54 Uhr.

Bis kurz vor Ende des siebten *Battles* war Lou felsenfest davon überzeugt, dass sie den Wettkampf als Siegerin beenden und damit endlich das zweite Hinweiskärtchen gewinnen würde. Dabei war sie zu Beginn noch mehr als skeptisch gewesen. Das diesmalige *BtD* unterschied sich nämlich gänzlich von denen der Vortage. Es handelte sich um ein reines Wettrennen ohne jede Zusatzprüfung – und so etwas hatte es noch gar nicht gegeben.

Das Wettrennen war allerdings von ganz besonderer Art: Die Teilnehmer mussten ins Innere eines großen Balls aus transparentem PVC steigen – Lou schätzte seinen Durchmesser auf ungefähr zwei Meter – und auf dem Lagoa Azul einen mit Bojen markierten Dreieckskurs von rund dreihundert Metern Länge zurücklegen. Dieser führte von der Bucht unmittelbar vor der Uferwiese zunächst hinaus bis zur Mitte des Sees. Dort bog er scharf nach rechts ab in Richtung Ostufer und machte in Höhe der Schöpfbucht eine weitere Kehre nach Süden. Von hier aus ging es dann fast unmittelbar am Ufer entlang wieder zurück zum Startpunkt. Nach dem Einstieg würde der Ballon mithilfe eines Gebläses prall aufgepustet und durch einen Spezialreißverschluss auch wasser- und luftdicht verschlossen. Ansonsten wäre der Wettkampf nämlich gar nicht durchführbar, wie Master Bob erläuterte: Durch eindringendes Wasser würde der riesige Laufball nicht nur zu schwer werden, um ihn auf der Oberfläche des Sees fortzubewegen, sondern auch immer tiefer in den See einsinken und somit auf ständig zunehmenden Widerstand stoßen.

Sollte die Hülle andererseits durch entweichende Luft erschlaffen, würde das zu einem ähnlichen Ergebnis führen, wenn auch aus anderen Gründen. »Das ist allerdings so gut wie ausgeschlossen«, führte der Showrunner noch aus. »Sollte es unerwarteterweise dennoch dazu kommen, dann ist das schlichtweg höhere Gewalt und berechtigt nicht zur Wiederholung des jeweiligen Laufs!«

Lou hatte solche Laufbälle zwar schon häufiger gesehen – auf dem Berliner Buga-Gelände zum Beispiel, wo sie im Sommer zur Kinderbelustigung dienten –, war aber selbst noch nie zuvor in eine solche mit Luft gefüllte Plastikkugel geschlüpft. Geschweige denn, dass sie damit um die Wette gelaufen wäre!

»Sieger ist natürlich derjenige, der den markierten Dreieckskurs in der schnellsten Zeit zurücklegt!«, erklärte Master Bob abschließend. Dann losten Kimberly und er die Startreihenfolge aus: Da nur ein Laufball zur Verfügung stand, mussten die Kandidaten den Parcours nämlich einzeln und nacheinander absolvieren.

Dabei hatte Lou einen unverschämten Dusel: Während sich Jean-Luc laut fluchend darüber ärgerte, dass er als Erster antreten musste, bescherte ihr ein glückliches Los den überaus dankbaren letzten Startplatz – unmittelbar hinter Sophie. Das war natürlich ein riesiger Vorteil. Auf diese Weise konnte sie nämlich alle Konkurrenten beobachten und ihre Schlüsse aus deren Fehlern oder Problemen ziehen. Und da die Zeit eines jeden auch noch durch eine große und weithin sichtbare Zieluhr angezeigt wurde, würde Lou zudem auf die Zehntelsekunde genau wissen, wie gut oder schlecht sie im Rennen lag, und konnte sich ihre Kräfte entsprechend einteilen.

»So ein Schwein wie du möchte ich auch mal haben«, giftete Sophie sie unmittelbar nach der Auslosung denn auch sichtlich angesäuert an. »Aber glaube bloß nicht, dass ich mich deshalb schon geschlagen gebe!«

Als ob Lou das erwartet hätte!

Jean-Luc war kaum gestartet, da zeigte sich auch schon, dass der Umgang mit dem Laufball weit schwieriger war als vermutet. Der junge Franzose kam mit dem ungewohnten Sportgerät jedenfalls überhaupt nicht zurecht. Zudem ging er das Rennen viel zu hektisch an und machte viel zu große Schritte. Schon nach wenigen Metern drehte sich der glatte Ball deshalb so schnell auf dem Wasser, dass der Kahlkopf zur unverhohlenen Schadenfreude seiner Konkurrenten das Gleichgewicht verlor. Wie ein hilfloser Maikäfer fiel er vornüber und kugelte sich mehrmals um die eigene Achse. Nur unter größten Mühen fand er wieder in den aufrechten Stand zurück. Aber da war er bereits ein gutes Stück von der direkten Linie zur ersten Wendemarke abgewichen und musste deshalb eine weit größere Strecke als eigentlich nötig zurücklegen. Da sich dieses Missgeschick mehrmals wiederholte, war Jean-Luc nach der Ankunft im Ziel restlos bedient. Völlig entnervt und obszöne Flüche ausstoßend stieg er aus dem Laufball und trottete laut schnaufend zu einem gut zwanzig Meter entfernten und direkt am Ufer stehenden Gebüsch. Ohne auch nur einen Blick auf die von ihm erzielte Zeit zu werfen, ließ er sich enttäuscht in dessen Schatten sinken. Offensichtlich hatte er bereits mit dem *Battle* abgeschlossen und rechnete sich keinerlei Siegchance mehr aus.

Völlig zu Recht, wie sich gleich darauf bei Leonie zeigte, die unmittelbar nach ihm an der Reihe war. Lag es womöglich daran, dass sie schon häufiger mit einem Laufball zu tun gehabt hatte? Oder vielleicht auch an ihrem geringen Gewicht? Jedenfalls stellte Leonie sich so geschickt an, dass sie sich weder mit dem Ballon überschlug noch ein größeres Stück vom direkten Kurs abwich. Daher gelangte sie natürlich weit schneller ins Ziel als Jean-Luc.

Wie gut ihre Zeit wirklich gewesen war, stellte sich jedoch erst im weiteren Verlauf des *Battles* heraus. Weder Josh, der direkt nach ihr startete, noch Nicolo, der nach ihm an der Reihe war, vermochten sie nämlich zu unterbieten. Und dass Daniel und Poppy neue Bestzeiten aufstellen würden, hatte ohnehin niemand erwartet! Als dann auch noch Ruud über Leonies Zeit blieb – und zwar ganz erheblich! –, waren nur noch zwei übrig, die sie schlagen konnten, nämlich Sophie und Lou.

Als Sophie in den Laufball stieg, zeigte ihr hoch konzentrierter Gesichtsausdruck, dass sie alles daransetzen würde, das Rennen für sich zu entscheiden. Ganz in sich versunken, schien sie nichts von dem wahrzunehmen, was um sie herum vorging. Der erste Ton des Muschelhorns war kaum verklungen, da stürmte sie auch schon los. Mit gleichmäßigen und nicht zu großen Schritten, dafür aber in einem ungemein schnellen Laufrhythmus trieb sie den Ball so rasch über das Wasser, dass er wie ein silberner Kugelblitz über den im hellen Sonnenlicht glänzenden Lagoa Azul zu fliegen schien.

Lou hatte sich Leonies Zwischenzeiten nicht gemerkt. Dennoch war sie sich sicher, dass Sophie schon an der ersten Wendemarke einige Sekunden vor der kleinen Schweizerin lag. Auf dem Weg zum Ostufer legte sie sogar noch an Geschwindigkeit zu. Doch genau das drohte ihr zum Verhängnis zu werden: Aufgrund ihres hohen Tempos schoss sie nämlich ein gutes Stück über die

Boje vor der Schöpfbucht hinaus, wodurch sich ihr Weg zurück zum Ausgangspunkt beträchtlich vergrößerte. Als sie dann trotz dieses Missgeschicks mit neuer Bestzeit durchs Ziel ging, explodierte sie förmlich vor Freude. Mit einem triumphierenden Aufschrei stieß sie die Hände nach oben und ließ sich zu Boden sinken, sodass sie, angetrieben von dem sich weiterdrehenden Ball, völlig freiwillig mehrere Purzelbäume schlug.

Beim Ausstieg aus dem Ballon blickte Sophie die bereitstehende Lou herausfordernd an. »Versuch mich doch zu schlagen, wenn du kannst!«

»Das werde ich, verlass dich drauf!«, gab Lou mit ebenso unerschrockener Miene zurück. »Und nicht nur heute, sondern morgen und übermorgen auch!«

»Und wovon träumst du sonst?«, giftete Sophie, bevor sie auf die Uferwiese stolzierte und sich mit Daniel abklatschte.

Nachdem Master Bob den Reißverschluss geschlossen und den Laufball zur Startlinie geschoben hatte – Lou kam sich vor, als würde sie über das Wasser schweben! –, warf er ihr einen fragenden Blick zu.

Lou nickte zum Zeichen, dass sie bereit war. Dann schloss sie die Augen, um sich auf das Startsignal zu konzentrieren. Genau wie Sophie stürmte sie schon beim ersten Klang des Muschelhorns los. Und genau wie diese machte sie weder zu hektische noch zu lange Schritte, sondern bemühte sich um ein gleichmäßiges und dennoch zügiges Tempo. Und natürlich hatte sie aus Sophies Fehlern gelernt! Anders als sie ließ Lou es kurz vor den beiden Wendebojen nämlich etwas langsamer angehen. Deshalb wurde sie auch nicht abgetrieben, sondern blieb fast exakt auf direktem Kurs. Als sie schließlich am Ostufer entlang auf das Ziel zusteuerte, konnte sie endlich auf die große Uhr sehen – und obwohl die Atemluft in dem hermetisch geschlossenen Ball immer dünner und ihr Keuchen immer heftiger wurde, war sie sich mit einem Mal ganz sicher, dass sie Sophies Zeit unterbieten würde.

Ganz bestimmt sogar!

Zumal das dichte Gebüsch am nahen Ufer bewies, dass das Ziel bereits in greifbarer Nähe lag!

Eine Stimme in ihrem Inneren bejubelte bereits ihren Sieg – *super, Lou, echt super!* –, als völlig überraschend ein irritierendes Geräusch an ihre Ohren drang: kaum wahrnehmbar und dennoch nicht zu verwechseln – das signifikante *Plopp,* mit dem ein Dartpfeil ins Ziel findet!

Während Lou sich noch verwirrt umblickte, hörte sie das Geräusch ein weiteres Mal. Fast noch im gleichen Moment vermeinte sie aus den Augenwinkeln die metallene Spitze eines Darts zu erkennen, die sich in die dünne Plastikhaut des Laufballons bohrte. Nur einen winzigen Herzschlag später aber war sie wie ein silberner Blitz bereits wieder verschwunden!

Hatte sie sich das nur eingebildet? Oder hatte sie den Dartpfeil tatsächlich gesehen?

Das leise Zischen, mit dem die Luft aus dem Ballon entwich – ganz langsam und kaum merklich –, wischte ihre Zweifel allerdings rasch zur Seite. Genau wie der wachsende Widerstand, den das Seewasser der schlaffer werdenden Ballonhülle entgegensetzte. Obwohl Lou nur noch ein kurzes Stück zurücklegen musste und die letzten Reserven mobilisierte – dieses kleine Handicap reichte aus, um ihren Traum von der neuen Bestzeit zum Platzen zu bringen. Es fehlten ihr zwar nur zwei lausige Sekunden zum Sieg, aber dicht daneben ist bekanntlich auch vorbei.

Sophie hielt mit der Freude über ihren Triumph natürlich nicht hinter dem Berg. »Wolltest du mich nicht schlagen?«, fragte sie voller Spott. »Aber was du heute nicht geschafft hast, das schaffst du morgen erst recht nicht, das garantier ich dir!«

Enttäuscht und wütend zugleich dachte Lou für einen kurzen Moment daran, Protest gegen die Wertung einzulegen und den Showrunner über die Attacke mit den Darts zu informieren. Doch fast ebenso rasch ging ihr auf, dass das absolut sinnlos wäre: Die beiden kleinen Löcher in der Ballonhülle waren zwar mit Sicherheit zu finden. Aber wie sollte sie beweisen, dass sie sich nicht schon von Anfang an dort befunden hatten, sondern erst während ihres Rennens zugefügt worden waren? Das war völlig unmöglich!

Dabei war das unverschämte Grinsen, mit dem Jean-Luc sie anblickte, ein sicheres Indiz dafür, dass niemand anderer als er hinter der fiesen Attacke steckte. Allerdings … was bezweckte er bloß damit? Was hatte er davon, dass Sophie und nicht sie einen weiteren Hinweis auf das Schatzversteck erhielt?

Diese Frage stieg wie aus dem Nichts in Lou auf, und so verzichtete sie auf einen Protest und ließ sich auch durch Sophies großmäulige Ankündigung – »Die weiteren Hinweise hole ich mir auch noch. Damit ist mir der Schatz schon so gut wie sicher!« – nicht provozieren. Sie hatte nämlich noch einen Trumpf in der Hinterhand, von dem bestimmt niemand ahnte.

Und schon gar nicht Sophie!

Battle Island, Azoren. Nordküste. Finger des Todes.
Tag sieben: Donnerstag, 12. August 2022, 15:13 Uhr.

»Verdammt noch mal, das gibt's doch nicht!« Lou war der Verzweiflung nahe. Sie suchte nun schon seit Stunden im alten Leuchtturm herum, hatte ihn mehrere Male von oben bis unten durchstöbert und war in allen noch so kleinen Ecken und Winkeln herumgekrochen. Trotzdem hatte sie noch immer nicht die geringste Spur von Elenas Hinweiskärtchen entdeckt. Dass sie dabei eher zufällig – und nur dank Tims Geschenk – einen Geheimgang aufgespürt hatte, war weder ein Trost noch half es ihr weiter. Dabei war sie felsenfest davon überzeugt gewesen, dass die Kärtchen im Finger des Todes versteckt sein mussten. Schließlich erinnerte sie sich noch ganz genau daran, was Elena vor drei Tagen, am Montag, zu ihr gesagt hatte.

»Ich finde, der gäbe ein prima Versteck ab! Weil die meisten mit Sicherheit vor dem anstrengenden Anstieg zurückschrecken, sowohl über die Treppe draußen als auch im Innern des Turms, und deshalb wahrscheinlich dort gar nicht erst nachsehen.« Und dann war sie zum alten Turm aufgebrochen. Alleine, weil Lou zurückgeblieben war, um Futter für Fiepsi zu suchen. Konnte es für Elena eine bessere Gelegenheit gegeben haben, die Kärtchen unbemerkt zu verstecken? Aber es war wie verhext – was immer Lou auch anstellte, sie konnte nicht die geringste Spur von ihnen entdecken!

Dabei hatte Elena sie mit absoluter Sicherheit zurückgelassen. Sonst hätte sie das in ihrem Abschiedsbrief doch nicht angedeutet: *»Was ich für Dich tun konnte, habe ich getan – und Du weißt, wo Du danach suchen musst!«* Etwas anderes konnte sie mit dieser

Formulierung doch nicht gemeint haben! Zumal sich Elena gar nicht deutlicher hätte ausdrücken können. Sie konnte schließlich nicht sicher sein, dass ihr letztes Schreiben auch tatsächlich von Lou gefunden werden würde und nicht von jemand anderem. Deshalb hatte sie aus reiner Vorsicht weder die Kärtchen erwähnt noch ihr genaues Versteck genannt. Weil sie darauf vertraut hatte, dass Lou, im Gegensatz zu allen anderen, ihren Hinweis auch so verstehen würde – und so hatte sie sich mit einem kleinen Wink begnügt: »*Du weißt, wo Du danach suchen musst.*« Aber wie zum Hohn half ihr das absolut nicht weiter. Hatte sie Elena doch nicht so gut gekannt, wie sie geglaubt hatte?

Lou nahm den gesamten Turm noch ein weiteres Mal unter die Lupe. Aber das Ergebnis war das gleiche wie all die Male zuvor – nämlich null – und so gab sie sich schließlich geschlagen.

Ich bin wohl völlig vernagelt, haderte sie mit ihrer Unfähigkeit. Aber was, wenn jemand anderer ihr zuvorgekommen war und die Kärtchen schon längst entdeckt hatte?, durchzuckte es sie so plötzlich, dass sie mit jähem Erschrecken den Atem anhielt. Sophie zum Beispiel, die damit bereits die vier benötigten Hinweise auf das Schatzversteck besäße? Doch schon im nächsten Augenblick entspannte sich Lou wieder. Wenig wahrscheinlich, denn sonst wäre Sophie nach dem Ende des *Battles* mit Sicherheit nicht so gelassen und völlig gechillt im Camp zurückgeblieben, sondern hätte sich längst auf die Suche nach dem Gold gemacht.

Etwas beruhigt und dennoch enttäuscht über das eigene Versagen, trat Lou hinaus auf die Aussichtsplattform, stützte sich mit einem tiefen Seufzer auf das Geländer und ließ den Blick eher beiläufig über die Insel schweifen.

Battle Island lag friedlich unter der Mittagssonne. Die dichten Laubdächer der dschungelartigen Wälder auf der Nordhälfte und die mit buschigen Gräsern, Flechten und Moosen bewachsenen Wiesen und Marschen im Süden glänzten im hellen Licht in einem fast unwirklichen Grün, aus dem ihr das Blau des Sees wie ein riesiges Auge entgegenblickte.

Wenn sich die Kärtchen nicht hier oben im Turm befinden, überlegte Lou, dann muss Elena sie irgendwo dort unten versteckt haben. Die Frage ist nur, wo?

Ohne den geringsten Anhaltspunkt nach ihnen zu suchen, hatte allerdings keinen Sinn. Das wäre schließlich noch weit aussichtsloser als die berühmte Suche nach der Nadel im Heuhaufen!

Der Wind trug das sanfte Rauschen der Blätter zu ihr herauf. Es vermischte sich mit dem Gezwitscher der Vögel und dem Summen und Brummen der Insekten zu einer einschmeichelnden Mittagsmelodie, die durch die schrillen Schreie der Cagarras, Seeschwalben und Wellenläufer jedoch empfindlich gestört wurde.

Die Klosterruine am Nordufer des Lagoa Azul erschien Lou wie eine schwärende Wunde aus Ziegeln, Lehm und Stein, die weithin sichtbar in der grünen Haut der Insel klaffte. Das Dach war zum größten Teil in sich zusammengestürzt, genau wie die Seitenflügel des Gebäudes. Einige Abschnitte des Haupttrakts dagegen verfügten offensichtlich noch über ein paar halbwegs intakte Räume. Nur der frühere Glockenturm hatte dem allgemeinen Verfall tapfer die Stirn geboten und reckte sich, wenn auch mit zahlreichen Löchern und klaffenden Lücken in den Mauern, stolz zum Himmel empor. Dennoch war längst nicht mehr zu erkennen, welchen Zwecken die seit Jahrhunderten vor sich hin rottende Anlage in früheren Zeiten gedient hatte.

Ganz anders dagegen der Friedhof auf der nahe gelegenen Halbinsel. Aus der Nähe sahen die Grabsteine zwar reichlich verwittert aus und die wild dazwischen wuchernden Pflanzen ließen jede Pflege vermissen. Aber von ferne betrachtet, verbreitete die geweihte Ruhestätte eine geradezu feierliche und friedliche Stille und erfüllte ihre Aufgabe noch immer wie eh und je. Sie war den Toten eine sichere Heimstatt und wahrte ihr Andenken, damit die Überlebenden sich an sie erinnerten und niemals vergaßen, wie sie in ihrem früheren Leben gewesen waren – all die Arturos, Ismaels, Keanus, Vladimirs und …

Da plötzlich zuckte Lou zusammen, als wäre ein Blitz aus dem strahlend blauen Azorenhimmel in sie gefahren.

Ja natürlich! Wie konnte ich nur so bescheuert sein?

Lou hatte noch nicht zu Ende gedacht, da hatte sie sich schon wieder Bogen und Köcher geschnappt, die sie vor der Suche abgelegt hatte. Bereits im Laufen, schwang sie sie sich über die Schulter und stürmte so hastig die Wendeltreppe hinunter, als wäre eine Horde lebender Toter hinter ihr her.

Battle Island, Azoren. Camp am Lagoa Azul.
Tag sieben: Donnerstag, 12. August 2022, 16:27 Uhr.

Sophie drehte sich auf den Rücken und rekelte sich wohlig im warmen Flachwasser des Seeufers. Sie hatte absolut keine Eile. Wozu auch? Sie hatte bereits zwei *Battles* gewonnen, und nachdem ihre schärfste Konkurrentin sich selbst aus dem Spiel genommen hatte – bei diesem Gedanken musste Sophie unwillkürlich grinsen –, würde es mit Sicherheit nicht dabei bleiben! Auch wenn dieses Herzchen Lou bestimmt nicht zu unterschätzen war, würde sie sich die Butter nicht mehr vom Brot nehmen lassen. Komme, was da wolle!

Und selbst für den unwahrscheinlichen Fall – *den äußerst unwahrscheinlichen Fall!* –, dass sie am Ende doch nicht mit dem Gold nach Hause gehen würde, hatte sie ihr eigentliches Ziel wahrscheinlich schon erreicht: Dank BATTLE ISLAND hatte sie inzwischen Hunderttausende von Fans in ganz Europa, sodass Nils – *der Nils* von Thunder Records natürlich! – völlig bescheuert sein müsste, um ihr nicht endlich den langersehnten Plattendeal zu geben. Und was immer man sich auch über Nils erzählte – bescheuert war er ganz bestimmt nicht.

Yes!

Schließlich war sie nicht nur bekannt, sondern auch über die Maßen beliebt! Sonst hätten die Zuschauer sie am Vorabend wohl kaum zum zweiten Mal zum *Darling of the Day* gewählt! Obwohl: Bei dem Gedanken an die dumme Bemerkung, mit der Kimberly die Wahl kommentiert hatte, kam ihr erneut die Galle hoch.

Diese Bitch!

»Bilde dir bloß nichts darauf ein!«, hatte Kimberly ihr zugeraunt und natürlich darauf geachtet, dass sie weit genug vom nächsten Mikro entfernt war. »Die Wahl hast du nur Mike zu verdanken. Weil er die fehlenden Bilder des *Battles* dadurch wettzumachen hoffte, indem er möglichst viele Bodyshots von dir in den Zusammenschnitt gepackt hat!«

»Na und?«, hatte Sophie zurückgegiftet. »Weil Mike eben Geschmack hat, deshalb!«

»Unsinn! Weil Mike ein Mann ist und nur in den seltensten

Fällen mit dem Kopf denkt!«, hatte die Moderatorin dagegengehalten. »Aber sein Kalkül ist trotzdem nicht aufgegangen. Die meisten Zuschauer waren davon wohl nur gelangweilt und sind deshalb abgesprungen. Nur die Spanner und Klemmis sind am Bildschirm kleben geblieben – und ihnen hast du es auch zu verdanken, dass du zum *DD* gewählt worden bist.« Kimberly sah sie herausfordernd an. »Tja, manche Frauen vertrauen eben auf ihr Können – und andere lieber auf ihre …« Mit anzüglichem Grinsen hatte sie auf ihre Brüste gestarrt. »… auf ihre Mogelpackungen!«

Diese blöde Tussi, die blöde!

Die Erinnerung bereitete Sophie so schlechte Laune, dass ihr die Lust aufs Baden schlagartig verging. Sie rappelte sich hoch, hüftwackelte ihren halb nackten Köper hastig aus dem Wasser und stakste auf das Handtuch zu, das sie auf der Uferwiese ausgebreitet hatte. Sie hatte sich kaum darauf ausgestreckt, als ein Schatten auf sie fiel: Jean-Luc! Und gleich darauf noch einer: Daniel mit dem üblichen leicht debilen Grinsen im Gesicht. Sein Schlabbershirt war ausgebeult, als würde er etwas darunter verbergen.

»Geht mir aus der Sonne, ihr Loser!« Sophies kaltgrüne Augen sprühten pures Gift. »Ihr stört!«

»Was du nischt sagst!« Während Jean-Luc sich neben ihr niederließ, zuckte die Narbe auf seiner Wange, als würde sie sie angrinsen. »Es geht doch nischts über eine nette Gesellschaft – nischt wahr, Mischel Sauerkraut?«

»Genau«, krächzte Daniel zurück und setzte sich ebenfalls. »Zu dritt plaudert es sich einfach viel besser als zu zweit!«

Sophie verzog das Gesicht, als wäre sie in eine Güllegrube

gefallen. »Ihr könnt mich mal!«, knurrte sie, zeigte ihnen den Mittelfinger und machte Anstalten, sich zu erheben.

»Non, non, Chérie! An deiner Stelle würde isch das nischt tun!« Jean-Luc packte sie am Arm und hielt sie eisern fest. Und das Funkeln in seinen Augen bewies, dass er es ernst meinte. »'öre dir besser erst an, was wir dir zu sagen 'aben.«

»Genau!«, pflichtete Daniel ihm bei. »Jean-Luc und mir ist nämlich gerade eben aufgefallen, dass wir etwas gemeinsam haben: Wir sind beide im Besitz brisanter Geheimnisse! Und die würden wir nur allzu gerne mit dir teilen.«

»Und dir gleischzeitisch einen Vorschlag machen«, fuhr Jean-Luc nahtlos fort. »Weil wir uns nämlisch ganz schrecklisch um dein Wohlbefinden sorgen, Chérie.«

»Ach ja?« Trotz des Unbehagens, das sich in ihr breitmachte, konnte sich Sophie ihren Spott nicht verkneifen. »Da bin ich aber mal gespannt!«

»Das kannst du auch, wie die spärlichen Überreste intelligenter Materie zwischen meinen Ohren mir verraten haben!« Daniel nickte Jean-Luc zu. »Jetzt spuck's schon aus!«

»Okay.« Er beugte sich dicht zu Sophie hin und blickte sie eindringlich an. »Wir möschten dir vorschlagen, ab sofort mit uns zusammenzuarbeiten. Was 'ältst du davon, Chérie?«

»Was?« Sophie glaubte ihren Ohren nicht zu trauen. »Ich soll mit euch beiden Vollhonks zusammenarbeiten? Obwohl ihr bis jetzt null Komma nichts auf die Reihe bekommen habt? Warum sollte ich das tun?«

»Ganz einfach!« Jean-Luc lächelte, als würde sich das völlig von selbst verstehen. »Weil wir sonst dafür sorgen, dass du umge'end gefeuert wirst! Wenn das kein guter Grund ist, was dann?«

»Genau!«, gab auch Daniel seinen Senf dazu. »Einen besseren Grund kann ich mir gar nicht vorstellen!«

Sophie ließ ein ungläubiges Lachen hören. »Und wie wollt ihr das anstellen, ihr Träumer?«

Jean-Luc fasste in die Tasche seiner Jeans und holte vorsichtig ein Tuch daraus hervor, in das er etwas eingewickelt hatte: zwei Dartpfeile, an denen dünne Angelschnüre befestigt waren. Mit seinem Körper schirmte er sie so geschickt vor der nahen Kamera ab, dass nur Sophie sie zu sehen bekam. »Niemand 'at bemerkt, dass isch neulisch meine Darts nischt zurückgegeben 'abe. Kann man zur Not als Waffe benutzen, 'abe isch mir gedacht.«

Sophie verstand nicht, was er damit andeuten wollte. »Ja und?«

»Aber 'eute beim *Battle* ist mir plötzlisch eingefallen, dass sie auch noch zu etwas anderem taugen: Sie 'aben dafür gesorgt, dass du gewonnen 'ast und nischt Lou!« Jean-Luc deutete auf die nadeldünnen Spitzen der Darts. »Zack, zack – zwei kleine Löscher im Ballon! Und ruckzuck an der Schnur gezogen – und schon waren sie wieder verschwunden.« Mit einem zufriedenen Grinsen fügte er noch hinzu: »Aber die arme Lou wurde immer langsamer und langsamer, sonst 'ätte sie mit Sischer'eit gewonnen!«

»Und wenn schon?« Sophie schüttelte ungehalten den Kopf. »Was habe ich damit zu tun?«

»Ganz einfach.« Jean-Luc lächelte sie an wie ein unschuldiger Chorknabe. »Wenn du nischt mit uns kooperieren möschtest, ge'e isch auf der Stelle zu Mr Mannings und geste'e mein Verge'en. Und be'aupte gleischzeitisch, dass du misch dazu angestiftet 'ast!«

»Du hast sie wohl nicht mehr …!«, brauste Sophie auf, wurde aber sofort von Daniel unterbrochen.

»Und ich zeige ihm das hier!«, sagte er mit ungewohnt schneidender Stimme und holte eine Puppe unter seinem Shirt hervor: Leonies Heidi, deren Kopf nur noch an einem dünnen Faden am Hals baumelte. »Und zu meinem großen Bedauern sehe ich mich natürlich auch gezwungen, ihm von meiner Beobachtung am gestrigen Nachmittag zu berichten, nämlich dass du Leonies Sachen durchwühlt und ihre Puppe an dich genommen hast. Wahrscheinlich hast du geglaubt, dass sie ihr Hinweiskärtchen dadrin versteckt hat!«

Für einen Moment starrte Sophie die beiden Jungs völlig entgeistert an und klappte stumm den Mund auf und zu, als bräuchte sie dringend frische Luft.

»Ihr Schweine!«, spie sie ihnen schließlich ins Gesicht und spuckte aus.

»Danke, gleischfalls«, erwiderte Jean-Luc ganz ruhig. »Also, Chérie – was 'ältst du von unserem Vorschlag?«

Sophies Blick wanderte von Jean-Luc zu Daniel und dann wieder zurück. Schließlich senkte sie den Kopf, atmete tief durch und nickte. »Okay. Und wie … habt ihr euch das vorgestellt?«

»Ganz einfach.« Jean-Luc beugte sich dicht zu ihr und blickte sie verschwörerisch an. »Wir 'elfen dir, den Schatz zu finden, 'eimlisch natürlisch und ohne dass es jemand mitbekommt. Und dafür teilst du am Ende die Kohle mit uns – einverstanden?«

»Einverstanden«, sagte Sophie nach kurzem Nachdenken. Willige Helfer zu haben, konnte bestimmt nicht schaden. Außerdem war es leicht, etwas zu versprechen. Man musste sich ja nicht unbedingt daran halten.

Battle Island, Azoren. Distrikt A. Sektor A.
Tag sieben: Donnerstag, 12. August 2022, 16:31 Uhr.

»Na also! Wusste ich es doch!« Lous Gesicht leuchtete auf, als sie das eng zusammengefaltete Papier entdeckte, das in dem schmalen Loch in der Mörtelfuge auf der Rückseite von Francescos Grabmal verborgen war. Die Fuge verband das Grabkreuz mit dem Grab und war vom Zahn der Zeit völlig zernagt. Elena hatte absolut kein Problem gehabt, eine Vertiefung hineinzukratzen und den Umschlag mit ihren Hinweiskärtchen darin zu verstecken. In Lous Freude über die Entdeckung mischte sich allerdings auch Unmut – Unmut über sich selbst.

Dass ich nicht gleich darauf gekommen bin!, ärgerte sie sich. Aber dummerweise hatte sie sich nicht auf Anhieb an Elenas Worte bei ihrem damaligen Besuch auf dem Friedhof erinnert: *»Francesco war der beste Großvater, den ich mir wünschen konnte«,* hatte sie zu ihr gesagt. *»Ich konnte ihm alles erzählen und ihm jedes Geheimnis anvertrauen. Ich wusste nämlich: Bei Abuelo Francesco ist es gut aufgehoben, denn er schweigt wie ein Grab.«* Und deshalb hatte sie ihm auch ihr letztes Geheimnis anvertraut und sich in ihrem Abschiedsbrief mit einem dünnen Hinweis begnügt: *»Du weißt, wo Du danach suchen musst!«*

Lou wollte den Umschlag gerade aus der Fuge ziehen, als sie mit einem Mal das sichere Gefühl hatte, dass sie beobachtet wurde. Sie konnte die Blicke förmlich in ihrem Nacken spüren!

Ganz langsam drehte sie sich um und spähte hinüber zu der Klosterruine. Obwohl der Blick durch das Laubwerk der am Friedhofseingang stehenden Bäume weitgehend verdeckt wurde, meinte sie eine dunkle Gestalt in einer der leeren Fensterhöhlen zu sehen. Nur für die Dauer eines Wimpernschlags vielleicht, dann huschte der Schatten auch schon zur Seite und verschwand in der Düsternis, die sich in dem verfallenen Gemäuer eingenistet hatte.

Genauso war es damals gewesen, als sie auf der Inselrundfahrt oberhalb der Ruine Station gemacht hatten! Damals hatte sie allerdings an sich gezweifelt und vermutet, einem Hirngespinst aufgesessen zu sein. Aber jetzt war Lou absolut sicher, dass sie sich nicht getäuscht hatte: Da war jemand in der Ruine – so viel stand fest! Und er hatte etwas zu verbergen, sonst hätte er sich doch längst gezeigt. Höchste Zeit also, dem Spuk auf den Grund zu gehen. Zumal Elenas Kärtchen bei Francescos Grab gut und sicher aufgehoben waren.

Tief geduckt überquerte Lou den zur Halbinsel führenden Damm. Im Schutz der wenigen Bäume und Büsche huschte sie auf den Eingang des Klostergebäudes zu, der sie wie der zahnlose Mund eines hungrigen Riesen angähnte. Dicht an die Mauer gepresst, schlich sie die drei zum Portal führenden Stufen empor und spähte, den Kopf Zentimeter um Zentimeter aus der Deckung reckend, ins Zwielicht der Eingangshalle: Niemand war zu sehen.

Als Lou in den Raum trat, schlug ihr ein Geruch von Moder und Verfall entgegen. Staub hing in der Luft und wurde von den Lichtspeeren der durch die Fenster und Mauerlöcher scheinenden Sonne durchbohrt. Der Putz an den Wänden war längst abgebröckelt und hatte die darunterliegenden nackten Wände aus grobem Stein zum Vorschein gebracht. Die ausgetretenen Bodenplatten waren von Gesteins- und Mauerbrocken übersät. In der dichten Staubschicht, die sich darübergelegt hatte, zeichnete sich ein unübersichtliches Gewirr von Spuren ab: von Tieren verschiedenster Art und – ohne jeden Zweifel! – auch von Menschen. Natürlich ließen die Abdrücke nicht erkennen, wann sie hinterlassen worden waren. Dennoch war Lou völlig sicher, dass sich jemand in dem Gebäude aufhielt.

Ganz bestimmt sogar!

Lou nahm den Bogen vom Rücken, zog einen Pfeil aus dem Köcher und legte ihn an die Sehne. Die Waffe schussbereit in den Händen und sorgfältig darauf bedacht, keinerlei Lärm zu machen, schlich sie an der ins Obergeschoss führenden Steintreppe vorbei und passierte eine mannshohe Wandplatte, die mit dem verwitterten Relief eines Geistlichen – eines Bischofs vielleicht? – geschmückt war. Vorsichtig trat sie in den schmalen Flur, der sich fast durch das gesamte Gebäude zog. Abweisende Düsternis starrte ihr daraus entgegen und ließ sie für einen Moment innehalten. Lou legte den Kopf schief und lauschte ins schummerige Zwielicht – nichts! Sie wollte schon weitergehen, als sich plötzlich eine schwarze Wolke aus der dunklen Tiefe löste und lautlos auf sie zuschoss! Fast zu Tode erschrocken ging Lou in die Knie und schlang den Arm schützend um den tief gesenkten Kopf. Aber noch im gleichen Moment, in dem der unheimliche Schwarm ohne jeden Laut über sie hinwegflog, erkannte sie, worum es sich handelte: um harmlose Fledermäuse, die sie offensichtlich aus dem Tagesschlaf geschreckt hatte.

Lou atmete erleichtert auf und wagte sich tiefer in das Zwielicht, das nur durch ein gutes Dutzend Lichtflecken erhellt wurde, die in regelmäßigen Abständen links und rechts durch die offenen Türen fielen. Was mochte wohl einst dahinter gewesen sein? Die kargen Zellen der damaligen Klosterbrüder vielleicht?

Oder die früheren Wirtschaftsräume, die Küche und das Refektorium, der Speisesaal der Brüder?

Es waren sicherlich die Mönchszellen gewesen, vermutete Lou aufgrund der geringen Größe der Räume. Sie waren allesamt leer. Von der ehemaligen Einrichtung, so karg sie auch gewesen sein mochte, war nichts mehr übrig geblieben. Gestohlen vielleicht? Oder als Brennholz verfeuert?

Obwohl Lou jeden Raum sorgfältig absuchte, konnte sie niemanden entdecken. Der Staub, der sich überall ausgebreitet hatte, war zwar voller Spuren. Aber die behielten das Geheimnis ihrer Herkunft streng für sich selbst und gaben nicht das Geringste preis.

Lou war schon kurz davor, erneut an sich zu zweifeln, da hörte sie plötzlich leise Trippelschritte über sich. Als sie den Blick zur Decke richtete, rieselte feiner Staub davon herab. Ganz klar: Dort oben, in dem Raum über ihr, da war jemand!

So rasch wie möglich huschte Lou den Gang wieder zurück, durchquerte die Halle und stieg leise die Treppe nach oben. Dort gelangte sie in einen schmalen Gang, ähnlich dem im Erdgeschoss, an dessen Ende sich jedoch ein großer Raum ausbreitete. Helles Sonnenlicht schien ihr daraus entgegen: Offensichtlich fehlten einige der Wände und vielleicht auch die Decke oder zumindest Teile davon. Während Lou noch überlegte, was es mit dem Raum wohl auf sich haben mochte, hörte sie es wieder, ganz leise, aber deutlich:

Trippeltrappel.

Und gleich darauf noch einmal:

Trippeltrappel.

Das seltsame Geräusch kam direkt aus dem Raum am Ende des Flurs!

Lous Hand schloss sich fester um den Bogen. Dann spannte sie die Sehne noch ein Stück weiter, um den Pfeil blitzschnell abfeuern zu können, und ging langsam, ganz langsam darauf zu. Ein strenger, stechender Geruch stieg in ihre Nase, den sie nicht so recht einordnen konnte: Es roch irgendwie nach ... nach Bauernhof vielleicht? Oder doch eher nach ... Zoo? Oder war es vielleicht der Moderhauch eines ... ins Leben zurückgekehrten Toten? Der Gedanke schickte kalte Schauer über Lous Rücken und ließ sie frösteln. Während sie leise und mit angehaltenem Atem weiterging, wurde der seltsame Geruch immer stärker.

Was war das, verdammt?

Am Ende des Flurs verharrte Lou für einen Moment, schloss die Augen und atmete tief durch.

Ruhig, ganz ruhig, sprach sie sich Mut zu. Nur keine Panik! Nachdem sie die Augen wieder geöffnet hatte, spannte sie den Bogen bis zum Anschlag, holte tief Luft und trat mit einem schnellen Schritt in den Raum. Oder vielmehr in das, was davon noch übrig geblieben war: Eine Seitenwand und die Rückwand fehlten fast vollständig und die Decke war zum größten Teil eingestürzt. Die Trümmer bedeckten den Boden, der schon seit Jahrhunderten der Witterung ebenso ungeschützt ausgesetzt war wie dem Samen- und Pollenflug. Schon längst wucherten Gräser und Kräuter aus den Mauerresten. Selbst Büsche und Sträucher hatten sich in dem früheren Speisesaal breitgemacht. Und vor einem dieser Sträucher stand das Wesen, das Lou so sehr in Atem gehalten hatte, und ließ sich das zarte Blattwerk schmecken: eine zottelige Wildziege, die bei Lous Auftauchen ein protestierendes Meckern hören ließ. Dann brachte sie sich mit einem kühnen Sprung hinunter in den Klosterhof in Sicherheit und suchte hastig das Weite. Obwohl Lou den Bogen schussbereit in den Händen hielt, dachte sie, ebenso überrascht wie erleichtert, nicht im Traum daran, auf die Ziege zu schießen. Zumal sie das ohnehin nicht übers Herz gebracht hätte. Vielmehr blickte sie dem flüchtenden Tier mit ungläubigem Lächeln hinterher und schüttelte ein ums andere Mal den Kopf. Wie hatte sie nur so dämlich sein können, sich wegen einer harmlosen Ziege vor Angst fast in die Hosen zu machen?

Vor lauter Verwunderung über sich selbst kam Lou nicht einmal auf die Idee, ihren Blick nach oben zu richten, wo ein Junge in dem schmalen Mauerdurchbruch knapp unter der Decke kauerte und ängstlich darauf bedacht war, nicht den geringsten Laut von sich zu geben. Stattdessen schaute Lou nach Westen, wo die Sonne bereits dem Horizont zustrebte – und da fiel ihr siedend heiß ein, dass sie ja dringend erwartet wurde.

Battle Island, Azoren. Kontrollbunker. Home-Call-Studio.
Tag sieben: Donnerstag, 12. August 2022, 18:03 Uhr.

Als Lou außer Atem in das kleine Studio stürmte, war ihre Mutter bereits auf dem Bildschirm zu sehen.

»Wo bleibst du denn?«, empfing Eva sie ebenso vorwurfsvoll wie besorgt. »Ich habe schon befürchtet, dir ist was passiert!«

»Nein, nein, mach dir keine Sorgen um mich«, beschwichtigte Lou sie rasch. »Ich hatte eben nur ein Erlebnis der … tierischen Art«, erklärte sie mit amüsiertem Lächeln. »Aber wie geht es euch denn? Jonas und dir?«

»Gut. Wir können jedenfalls nicht klagen«, antwortete Eva eine Spur zu rasch. »Jonas vermisst dich zwar ganz schrecklich. Aber ansonsten ist alles in bester Ordnung.«

»Ehrlich?« Lou beugte sich nach vorne, um ihre Mutter eingehend zu mustern. Sie konnte allerdings keine Veränderung an ihr erkennen. Zumindest keine, die auf eine Verschlechterung ihres Gesundheitszustandes hingedeutet hätte – soweit man das via Bildschirm überhaupt feststellen konnte! »Du würdest mir doch sagen, wenn es dir nicht gut ...«

»Aber natürlich, Louisa!«, schnitt die Mutter ihr ungehalten das Wort ab. »Natürlich würde ich das. Es ist alles in bester Ordnung, so glaube mir doch!«

»Okay!« Mit einem gezwungenen Lächeln nickte Lou ihr zu. »Wenn du es sagst!« Sie holte tief Luft. »Hat ... äh ... hat Tim sich mal bei dir gemeldet?«

»Nein.« Eva machte ein überraschtes Gesicht. »Hätte er das tun sollen?«

»Nein, nein«, antwortete Lou rasch. »Ich habe nur gedacht, dass er vielleicht mal ...?«

»Nein, hat er nicht«, entgegnete die Mutter. »Aber dafür hat sein Vater mich heute angerufen. Er hat gefragt, ob ich wüsste, wo Tim steckt. Der hat nämlich seit Tagen nichts von sich hören lassen.«

»Echt?« Lou legte die Stirn in Falten. »Er wollte doch nach Portugal zu seinen Verwandten und dort Urlaub machen.«

»Ich weiß! Aber dort ist er zum vereinbarten Termin nicht aufgetaucht. Stattdessen hat er seinen Onkel angerufen und ihm erklärt, dass er erst zwei Wochen später kommt.«

»Aber wieso das denn?«, fragte Lou, aus deren Magen eine

plötzliche Sorge wie eine giftige Spinne hervorzukriechen schien. »Und seinem Vater hat er nichts davon erzählt?«

»Sieht so aus«, bekräftigte Eva. »Sonst hätte der mich wohl kaum angerufen und sich nach ihm erkundigt.«

»Merkwürdig.« Lou merkte, wie sich ihr Herzschlag beschleunigte, und ihre Brust schien immer enger zu werden.

Tim nicht in Portugal und auch nicht zu Hause? Was hatte das zu bedeuten?

»Jetzt aber zu dir, Lou.« Die Worte ihrer Mutter hatten es schwer, zu ihr durchzudringen. »Wie geht's dir denn? Die Sache mit Elena muss doch eine böse Überraschung für dich gewesen sein? Zumal ihr beide euch offensichtlich ziemlich gut verstanden habt, nicht wahr?«

»Das stimmt, Mama, das haben wir wirklich. Deswegen mache ich mir ja auch solche Vorwürfe! Dass ich nicht eher bemerkt habe, was mit Elena los ist, und sie nicht von diesem furchtbaren Schritt abgehalten habe.«

»Also ich weiß nicht, Lou«, erwiderte Eva mit leichtem Tadel in der Stimme. »Vorwürfe musst du dir nun wirklich nicht machen! Natürlich ist es bedauerlich, dass Elena Schluss gemacht hat. Und ich verstehe auch, dass du ihr sehr nachtrauerst. Aber ist es wirklich so schlimm, wenn jemand auf eigenen Wunsch aus einer Fernsehsh…« Mitten im Wort verzerrten sich Bild und Ton, sodass Eva nicht mehr deutlich zu sehen und schon gar nicht mehr zu hören war. Dann wurde der Monitor plötzlich schwarz und gab nur noch ein leises Brummen von sich.

»Sorry, Lou«, meldete sich da auch schon Mike Mannings über die Sprechanlage. »Es gibt technische Probleme: Die Satellitenverbindung ist offensichtlich zusammengebrochen, und wir haben im Moment noch keine Idee, woran das liegen könnte.«

»Ach ja?« Lou zog ein langes Gesicht. »Und was heißt das?«

»Das heißt, dass wir nicht absehen können, ob du das Gespräch fortsetzen kannst. Zumal dir ohnehin nur noch fünf Minuten zustehen.«

»So was Blödes!«, ärgerte sich Lou.

»Ich kann deinen Frust absolut verstehen«, versuchte Mannings sie zu trösten. »Aber gegen technische Pannen sind wir nun mal machtlos.«

Ja klar, natürlich.

Andererseits: War es nicht seltsam, dass die Leitung ausgerechnet in dem Moment zusammengebrochen war, als Eva sich zu Elenas Selbstmord äußern wollte? Was hatte sie wohl sagen wollen? »Ist es wirklich so schlimm, wenn jemand auf eigenen Wunsch aus einer Fernsehsh...«, so hatte sie den Satz begonnen. Aber wie hätte sie ihn wohl fortgesetzt? So vielleicht: »... wenn jemand auf eigenen Wunsch aus einer Fernsehshow aussteigt?« Oder vielleicht auch so: »... aus einer Fernsehshow ausscheidet?«

Aber hätte ihre Mutter einen Selbstmord denn so gefühllos kommentiert? Zumal der Lou ganz schrecklich nahegegangen war, wie sie wissen musste?

Niemals!

Schon alleine die Eingangsfrage – »Ist es wirklich so schlimm ...« – wäre ihrer Mutter in diesem Fall doch nie im Leben über die Lippen gekommen. Natürlich war es schlimm, wenn jemand durch Selbstmord aus einer Fernsehshow ausstieg!

Sehr schlimm sogar!

Und Lou war sich absolut sicher, dass ihre Mutter das genauso sah wie sie selbst! Aber warum hatte sie dann diese merkwürdige Formulierung gebraucht? Das sah ihr doch gar nicht ähnlich!

Mit einem Mal stieg ein furchtbarer Verdacht in ihr hoch: Hatte YOUR TV Elenas Suizid der Öffentlichkeit etwa schlichtweg verschwiegen und ihre Abwesenheit einfach damit erklärt, dass sie auf eigenen Wunsch aus der Show ausgestiegen war? Dann würde der Kommentar ihrer Mutter plötzlich einen Sinn ergeben: Natürlich war es nicht weiter schlimm, wenn jemand freiwillig aus einer TV-Sendung ausstieg.

Das war doch gar keine Frage!

Lou hielt es nicht länger auf ihrem Stuhl. Sie stürmte aus dem Studio, und obwohl Kimberly sie daran zu hindern versuchte, riss sie die Tür zum Schneide- und Regieraum auf und stürzte hinein.

Mike Mannings und Master Bob saßen zusammen mit zwei Technikern vor einem riesigen Kontroll- und Mischpult und einer ebensolchen Monitorwand. Bei Lous Erscheinen fuhren sie überrascht auf ihren Drehstühlen herum und blickten sie wie zwei ertappte Sünder an.

»Aber, Lou!«, rief Mannings ihr vorwurfsvoll entgegen. »Du weißt schon, dass du damit gegen die Regeln verstößt und auf der Stelle gefeuert werden kannst?«

»Ja klar.« Lou nickte. »Aber ich habe nur eine einzige Frage an Sie.«

Mannings zog überrascht die Brauen hoch und wechselte einen raschen Blick mit Master Bob. »Bitte«, forderte er sie schließlich auf.

»Haben Sie die Fernsehzuschauer darüber informiert, auf welche Weise Elena aus der Show ausgeschieden ist?«

»Ich verstehe die Frage nicht, Lou!« Mike Mannings schüttelte verwundert den Kopf. »Wie kommst du denn darauf?«

»Weil ich mit meiner Mutter geredet habe, deshalb!«

»Und die hat das behauptet?« Erneut wandte sich der Produzent an den neben ihm sitzenden Showrunner. »Du hast den *Home-Call* doch auch verfolgt. Kannst du dich an eine derartige Aussage von Frau Harder erinnern?«

Master Bob verzog abweisend das bärtige Gesicht. »Nein, kann ich nicht.«

»Nein, nein«, warf Lou hastig ein. »Das hat Mama auch nicht gesagt, jedenfalls nicht direkt.«

»Und wie kommst du dann auf eine solche abstruse Idee?«, hakte Mannings nach.

»Weil … äh …«

»Ja?«, drängte er.

»Wegen der Art und Weise, wie sie Elenas Suizid kommentiert hat. Oder zumindest kommentiert hätte, wenn die Verbindung nicht zusammengebrochen wäre«, erklärte Lou. »Und deshalb habe ich gedacht …«

»Verstehe.« Der Produzent nickte mit ausdrucksloser Miene. »Aber ich fürchte, du hast da was in den falschen Hals bekommen.« Dann blickte er auf die beiden Uhren an der Wand, die sowohl die Ortszeit – 18:18 Uhr – als auch die mitteleuropäische Zeit – 20:18 Uhr – anzeigten. »Tut mir leid, Lou. Aber es ist nur noch eine knappe halbe Stunde bis zum Beginn der Show, und wir haben noch jede Menge zu tun, um das Sendeband fertigzustellen. Ich muss dich jetzt deshalb dringend bitten zu gehen.«

Battle Island, Azoren. Kommandeurshaus. Mikes Zimmer.
Tag acht: Donnerstag, 12. August 2022, 06:37 Uhr.

Rupert Gleason holte Mike Mannings an diesem Morgen fast noch zu nachtschlafender Zeit aus dem Bett. Als er per Satellitentelefon die Videoverbindung herstellte, war es erst kurz nach halb sechs.

Mannings erkannte schon auf den ersten Blick, dass der Senderboss stinksauer war. Mehr noch: Er schien geradezu außer sich zu sein! Ohne es zu merken, zuckte der Produzent zusammen: O Mann, was ist bloß passiert?

Gleason legte ohne Gruß los. »Kannst du mir einen Gefallen tun?«, sagte er. Es klang allerdings weniger wie eine Frage, sondern mehr wie ein Befehl.

»Ja klar, natürlich«, versicherte Mannings denn auch rasch. »Was hast du auf dem Herzen?«

»Auf dem Herzen habe ich gar nichts!«, blaffte Gleason humorlos zurück. »Es liegt mir vielmehr im Magen. Und zwar ganz gewaltig!« Er beugte sich nach vorne, als könnte er seinem Anliegen dadurch besondere Dringlichkeit verleihen. »Kannst du diesen Idioten bitte auf der Stelle feuern?«

»Äh.« Für einen Moment stand Mannings völlig auf dem Schlauch. »Wen … äh … wen meinst du denn?«

»Wen wohl?« Gleasons Miene wurde so düster, als würde ein Gewittersturm darüber hinwegfegen. »Master Bob natürlich, diese Witzfigur von Showrunner. Wer sich derart bescheuerte *Battles* einfallen lässt, hat seinen Rauswurf doch mehr als verdient! Findest du nicht auch?«

Der Produzent duckte sich fast unwillkürlich. Also daher wehte der Wind! Jetzt hieß es, verdammt vorsichtig zu sein. Schließlich hatte er niemandem verraten, dass mit Ausnahme des ersten *Battles* alle weiteren auf seinen Ideen beruhten! Mit dieser Info wollte er nämlich erst später herausrücken, um seinen Anteil am triumphalen Erfolg von BATTLE ISLAND in einem noch strahlenderen Licht erscheinen zu lassen!

»Findest du?«, fragte er möglichst unverfänglich und tat völlig naiv. Dabei ahnte er längst, was Gleason so fürchterlich die Stimmung verhagelt hatte: die Quoten am Vorabend! Sie mussten noch weit schlechter gewesen sein als am Tag zuvor.

»Das finde ich nicht nur«, lieferte Rupert prompt die Bestätigung. »Das habe ich sogar schwarz auf weiß: Die gestrigen Ratings waren die miesesten der gesamten Show – und zwar in jeder Beziehung!«

»Komisch«, gab Mannings sich überrascht. »Das ist mir ein absolutes Rätsel.«

»Ein Rätsel, sagst du?« Gleason schnappte nach Luft. Es hatte fast den Anschein, als würde er dem Produzenten aus seinem Londoner Büro am liebsten direkt ins Gesicht springen. »Ein Rätsel? Das gestrige *Battle* war kein Rätsel, sondern schlichtweg ein Armutszeugnis!«, wütete er. »So etwas Langweiliges hat es seit der Erfindung der Schlaftablette doch gar nicht mehr gegeben! Gegen dieses lahme Ballgekullere ist jedes Schneckenrennen doch ein echter Actionknaller!«

»Bitte, Rupert«, versuchte Mannings ihn zu beschwichtigen. »Jetzt übertreibst du aber doch ein bisschen!«

»Nein, tue ich nicht!« Der Versuch hatte nicht das Geringste gefruchtet. »Ganz im Gegenteil! Das war gar nichts, gestern Abend, rein gar nichts! Keine Aufregung, keine Action, kein Kampf, keine Dramatik, kein Zoff! Dafür aber so langweilig, dass die Zuschauer genauso gut auch Gras beim Wachsen hätten zusehen können. Kein Wunder, dass sie uns scharenweise davongelaufen sind!«

»Und wenn schon.« Der Produzent wand sich auf seinem Stuhl, als hätte er fürchterliche Bauchschmerzen. »Klar ist das alles andere als schön. Aber im Grunde genommen nichts weiter als eine Momentaufnahme. Mal wenden sich die Zuschauer völlig unerwartet von uns ab. Und genauso schnell und unerwartet kehren sie wieder zu uns zurück. Das Entscheidende ist doch, was am Ende dabei herauskommt, nicht wahr?«

»Du sagst es, Mikey, du sagst es!« Gleasons Stimme hatte nichts von ihrer Eindringlichkeit eingebüßt. »Aber um alles zu einem guten Ende zu bringen, haben wir nur noch drei Tage Zeit.« Er hob den Zeigefinger, um seine Aussage zu unterstreichen. »Ganze drei Tage, Mikey! Wenn es uns in diesen drei Tagen nicht gelingt, die Zuschauer zurückzugewinnen – und zwar in hohem Maße! –, dann landen wir einen so dramatischen Flop, dass er YOUR TV in seinen Grundfesten erschüttern wird. Und was das für mich und dich bedeutet, muss ich ja nicht zum tausendsten Mal wiederholen, nicht wahr?«

»Ich weiß, Rupert«, murmelte Mannings ziemlich kleinlaut. »Ich weiß.«

»Wenn wir das Ruder jetzt noch herumreißen wollen«, setzte der Senderboss seinen Appell fort, »dann muss alles anders werden. Du weißt es doch viel besser als ich: Langeweile kennen unsere Zuschauer doch zur Genüge! Sei es in ihrem Job, in der Familie oder überhaupt im Leben. Für die meisten ist doch jeder Tag genauso öde wie der andere – nur deswegen schalten sie die Glotze ein. Um all das zu erleben, was ihr eigener erbärmlicher Alltag ihnen nicht bietet: Action und Leidenschaft; Spannung und Nervenkitzel; Kandidaten, die alles riskieren und sich bis aufs Blut bekämpfen, weil ihnen eine Belohnung winkt, von der alle nur träumen können – nämlich eine Million in purem Gold!« Wieder beugte sich Gleason nach vorne, sodass sein Kopf fast das gesamte Display ausfüllte. Die kleinen Äuglein hinter seiner randlosen Brille glühten wie im Fieber. »Genau das haben wir unseren Zuschauern doch vor Beginn von BATTLE ISLAND versprochen.« Sein Zeigefinger schnellte nach vorne. »Oder besser: Du hast es versprochen, Mikey! Und zwar nicht nur den Zuschauern, sondern auch uns: Samuel Ricks und mir. Und jetzt sieh gefälligst zu, dass du dieses Versprechen auch einhältst! Sonst sind wir geschiedene Leute, merk dir das!« Ohne ein Wort des Abschieds beendete Rupert Gleason das Gespräch.

In tiefe Gedanken versunken, blieb Mike Mannings noch eine geraume Weile vor dem Tablet sitzen, fast regungslos und ohne eine Miene zu verziehen. Schließlich nickte er versonnen. »Also gut«, murmelte er, und es klang fast wie eine Entschuldigung. »Ihr habt es nicht anders gewollt.« Damit griff er zum Telefon und wählte eine eingespeicherte Nummer.

Battle Island, Azoren. Camp am Lagoa Azul.
Tag acht: Donnerstag, 12. August 2022, 09:00 Uhr.

Die Schneide der Machete glänzte im hellen Licht des Morgens, als Kimberly Cohen sie Sophie Hansen vor Beginn des *Battles* überreichte. »Ich hoffe, du weißt was Richtiges damit anzufangen …« Sie schaute die hoch aufgeschossene Dänin mit den blonden Cornrows mahnend an. »… und machst damit keinen Blödsinn!«

»Keine Sorge!« Sophie hielt ihrem Blick stand und ihre Mundwinkel zuckten spöttisch. »Ich habe mir die Machete doch nur gewünscht, damit ich mich schneller und leichter durchs Unterholz schlagen kann! Was haben Sie denn gedacht?«

»Das weißt du ganz genau!«, gab die Moderatorin mit vielsagender Miene zurück, bevor sie Master Bob das Feld überließ. »Und ich denke es immer noch.«

Zur allgemeinen Überraschung mussten die Kandidaten beim diesmaligen *Battle of the Day* nicht einzeln, sondern im Team gegeneinander antreten. »Wer es nicht schafft, die eigenen Interessen hinter denen der Gemeinschaft zurückzustellen, verringert seine Überlebenschancen in Notsituationen ganz enorm«, erklärte der Showrunner auf Sophies erstaunte Frage. »Jedenfalls in der überwiegenden Mehrzahl der Fälle. Deshalb wollen wir eine solche Situation heute einmal nachstellen. Ungeachtet eurer unterschiedlichen Ausgangsposition – manche von euch besitzen schon einen oder gar mehrere Hinweise, andere wiederum noch keinen einzigen –, müsst ihr gut zusammenarbeiten, wenn ihr das *Battle* gewinnen wollt. Andererseits profitiert ihr von dem Sieg nicht nur selber, sondern gleichzeitig auch die anderen.« Ein schadenfrohes Grinsen legte sich auf sein bärtiges Gesicht. »Schon beim bloßen Gedanken daran dürfte bei einigen von euch der Magen hochkommen. Ich bin deshalb schon irre gespannt, wie ihr euch dabei anstellt.«

Damit deutete er auf die aus früheren *Battles* bekannten Baumstämme, die am Seeufer bereitlagen. Diesmal waren es allerdings annährend doppelt so viele, die zudem auf zwei Haufen verteilt waren. »Die heutige Aufgabe besteht wieder mal aus zwei Teilen: Zuerst baut ihr ein Floß aus den Stämmen und den danebenliegenden Seilen. Und sobald ihr damit fertig seid, fahrt ihr hinaus auf den See, wofür wir euch großzügigerweise zwei Paddel zur Verfügung gestellt haben, und versucht, so viele Fische wie möglich zu fangen. Für beides zusammen habt ihr exakt eine Stunde Zeit. Sieger des *Battles* ist das Team, das nach Ablauf der sechzig Minuten die meisten Fische gefangen hat. Und selbstverständlich erhält jedes Teammitglied ein Hinweiskärtchen – jeder das gleiche natürlich.« Er blickte fragend in die Runde. »Ist das so weit klar?«

»Schon«, meldete sich Nicolo zu Wort. »Nur – darf ich zum Fischen auch die Angel benutzen, die ich für die Wahl zum *DD* bekommen habe?«

»Aber natürlich! Ihr dürft alles einsetzen, was euch hilfreich erscheint. Eure gewonnenen Preise – egal ob Angel, Kescher, Bogen oder Machete – oder irgendwelche anderen Hilfsmittel, die ihr auf die Schnelle zusammenbasteln könnt. Eurer Fantasie sind keinerlei Grenzen gesetzt! Aber wofür ihr euch auch entscheidet: Ihr dürft es nur zum Fischefangen benutzen!« Er drehte den Kopf und blickte Sophie mahnend an. »Wer diese Hilfsmittel jedoch gegen andere Teilnehmer einsetzt, wird umgehend disqualifiziert! Und sein gesamtes Team natürlich auch.«

»Das weiß ich doch!«, gab Sophie mit zornroten Wangen zurück. »Du hast deshalb nicht den geringsten Grund, mich wie eine Schwerkriminelle anzustarren.«

»Umso besser«, erwiderte Master Bob gelassen. »Ich wollte nur sichergehen, dass wir uns auch richtig verstehen.«

»Was passiert denn, wenn jedes Team gleich viel Fische fängt?«, löste Leonie die fast greifbar in der Luft liegende Spannung.

»Ganz einfach: Dann hat das *Battle* keinen Gewinner und niemand bekommt einen Hinweis auf das Schatzversteck«, erklärte der Showrunner. Dann gab er die durch Los zustande gekommene Besetzung der beiden Teams bekannt: Zu Team A gehörten Lou, Josh, Ruud, Nicolo und Poppy, zu Team B Sophie, Jean-Luc, Daniel und Leonie.

Sophie legte prompt Protest ein. »Das ist unfair!«, ereiferte sie sich. »Wir sind nicht nur einer weniger, sondern haben mit Leonie auch noch die körperlich Schwächste in unseren Reihen.«

»Sagt wer?« Master Bob blickte sie mit unbewegter Miene an.

»Ich sage das!«, giftete Sophie zurück.

»Selbst wenn es so wäre: Los ist Los – und daran kann ich leider nichts mehr ändern.«

Sophie gab sich allerdings immer noch nicht geschlagen. »Es ist trotzdem unfair!«, beharrte sie und stampfte wie ein wütendes Rumpelstilzchen mit dem Fuß auf. »Unfair! Unfair! Unfair!«

Lou verdrehte die Augen: Wie kann man nur so kindisch sein?, dachte sie und versuchte, die ätzende Diskussion zu beenden. »Von mir aus können wir gerne tauschen«, schlug sie vor. »Leonie kommt in unser Team und dafür wechselt Poppy zu euch. Bist du dann zufrieden?«

»Nicht ganz.« Obwohl Sophie heimlich triumphierend in sich hineingrinste, machte sie auf generös. »Aber ich könnte damit leben.« Sie wandte sich an Master Bob. »Einverstanden?«

Der überlegte für einen Moment und winkte dann genervt ab. »Wenn wir dann endlich anfangen können«, seufzte er und bat die beiden Teams, sich zu formieren. »Ihr habt eine Minute Zeit, um euch zu besprechen und eure Taktik abzustimmen. Danach gibt Kimberly das Startsignal und das *Battle* beginnt.«

Die fünf Baumstämme zu einem Floß zusammenzuschnüren – oder vielmehr zu einem Gefährt, das eine entfernte Ähnlichkeit damit aufwies –, erforderte nicht allzu viel Geschick. Dass Lous Team damit weit schneller zurande kam als ihre Konkurrenten, lag allerdings nicht an ihrem größeren handwerklichen Können. Sophie und Poppy mussten sich nämlich anfangs alleine mit der Aufgabe abmühen, weil Jean-Luc und Daniel zuerst zwei kräftige Äste von einer nahen Sicheltanne schnitten und sie von Zweigen und Rinde befreiten. Als sie diese an einem Ende anspitzten, begriff Lou endlich, was sie damit vorhatten: Offensichtlich wollten sie die improvisierten Speere zusätzlich zu Poppys Angel zur Fischjagd einsetzen und hofften, ihre Siegchancen dadurch zu erhöhen.

»Los, beeilen wir uns!«, feuerte sie ihr Team deshalb an, während sie in gemeinsamer Anstrengung das fertige Floß ins Wasser schoben. »Bis die anderen startklar sind, haben wir mit Sicherheit schon jede Menge Fische gefangen.«

Doch da täuschte sie sich gründlich: Während Josh und Ruud das wackelige Gefährt langsam über den See ruderten, warf Nicolo am Bug die Angel aus, derweil sich Leonie mit ihrem Kescher am Heck auf die Lauer legte. Ohne zählbaren Erfolg allerdings: Es ging weder ein Fisch an Nicolos Haken noch in Leonies Netz.

Auch Lous Versuch, mit Pfeil und Bogen Beute zu machen, erwies sich als totaler Fehlschlag. Entweder waren die Fische viel zu flink und ihren Blicken bereits wieder entschwunden, noch bevor sie richtig zielen konnte. Oder sie schoss daneben, weil das anvisierte Ziel durch einen flinken Flossenschlag die Position noch im allerletzten Moment wechselte. Aber vielleicht schoss sie auch daneben – dieser Verdacht kam ihr leider viel zu spät –, weil sie die Lichtbrechung durch das Wasser nicht bedachte und deshalb schlichtweg vorbeizielte? Zum Glück hatte Lou die Angelschnur aus dem Survival-Kit an den Pfeil geknüpft, sodass sie ihn nach jedem Fehlschuss wieder aus dem Wasser ziehen konnte. Sonst hätte sie gleich in doppelter Hinsicht das Nachsehen gehabt, nämlich nicht nur keine Beute gemacht, sondern auch noch wertvolle Pfeile verloren!

Ihren Konkurrenten erging es allerdings nicht einen Deut besser als ihnen. Während Sophie und Poppy die Ruder bedienten und gleichzeitig die Angel im Blick behielten, versuchten Jean-Luc und Daniel ihr Glück mit den selbst gefertigten Speeren – und hatten damit genauso wenig Erfolg wie Lou mit Pfeil und Bogen. Obwohl die beiden Flöße unablässig über den See kreuzten und die Jäger einen Versuch nach dem anderen starteten, drohte das *Battle* zu einem einzigen Reinfall zu werden.

Lou musste deshalb auch zum ersten Mal seit Tagen an die Fernsehzuschauer denken: Die Ärmsten!, ging es ihr plötzlich durch den Kopf. Die müssen sich ja zu Tode langweilen, so ungeschickt, wie wir uns alle anstellen. Und lustig anzusehen ist das mit Sicherheit schon gar nicht!

Minute um Minute verging, ohne dass das Geringste passierte. Noch kein Team hatte auch nur einen einzigen Fisch gefangen, als Master Bob endlich Anstalten machte, sie von ihrer Pein zu erlösen. Er winkte ihnen vom Ufer aus zu und reckte drei Finger in die Höhe: *Kommt zurück!*, sollte das wohl bedeuten. *Die Zeit ist in drei Minuten um!*

»Na, endlich!«, stöhnte Lou erleichtert auf und wies Josh und Ruud an, das Ufer anzusteuern. »Das war alles andere als ein Hit, den wir hier gelandet haben. Aber immerhin bleibt uns der Trost, dass die anderen auch nicht besser waren als wir.«

Ihr Floß war nur noch fünfzig Meter vom Ufer entfernt, als Leonie mit einem Mal den Kescher fallen ließ und sich mit einem Kopfsprung ins Wasser stürzte. Während Lou sich noch über ihr seltsames Verhalten wunderte, tauchte die kleine Schweizerin bereits wieder aus den Fluten auf und reckte triumphierend die Hände in die Höhe. Und darin zappelte tatsächlich … ein Fisch, den sie umgehend aufs Floß warf!

»Danke, Großvater!«, rief sie, das Gesicht und die Hände zum Himmel gerichtet. »Danke, dass du mir beigebracht hast, wie man Forellen mit den Händen fängt!«

Nachdem Master Bob den glücklichen Gewinnern die Hinweiskärtchen überreicht hatte, bat er noch kurz um Aufmerksamkeit. »Wie ihr wisst, geht BATTLE ISLAND jetzt in die entscheidende Phase. Heute war die letzte Gelegenheit, einen Hinweis auf das Areal zu gewinnen, in dem der Goldschatz versteckt ist. Das morgige Kärtchen verrät den entsprechenden Sektor, und am *Judgement Day* erfährt der Sieger des *BtD,* in welchem Distrikt die Schatzkiste verborgen ist. Allerdings …« Der Showrunner hob die Brauen und blickte die neun übrig gebliebenen Teilnehmer eindringlich an. »Selbst wenn einer von euch gleich beide noch ausstehenden *Battles* gewinnen sollte, wird ihm das kaum etwas nützen, wenn er die Buchstabenkombination des gesuchten Areals nicht kennt. Aber wenn ich mir den aktuellen Zwischenstand betrachte, sehe ich in dieser Hinsicht ziemlich schwarz – und zwar für jeden von euch. Um das richtige Areal zu finden, sind nämlich mindestens drei Hinweiskärtchen nötig. Aber Sophie, Leonie und Lou besitzen jeweils nur zwei. Und Josh, Nicolo und Ruud je eins. Wie es aussieht, müsst ihr alle auf einen *Lucky Punch* hoffen.«

»Und was ist mit den beiden Kärtchen, die Elena gewonnen hat?«, wollte Poppy wissen.

»Die haben wir zusammen mit ihren sterblichen Überresten und ihren Sachen zu ihrer Familie in Spanien überführt«, antwortete der Showrunner mit bekümmertem Nicken. »Jammerschade! Elena hätte bestimmt gute Chancen auf den Sieg gehabt. Aber …« Er seufzte tief und hob bedauernd die Hände. »Wie das Leben nun mal so spielt!« Master Bob nickte zum Abschied in die Runde und entfernte sich mit Kimberly Cohen in Richtung *Battle Village.* Die erfolglosen Wettkämpfer dagegen machten sich auf den Weg zu ihren Lagern, um sich ein wenig auszuruhen oder ihre Enttäuschung zu verarbeiten. Oder um Pläne für den weiteren Tag zu schmieden.

Nur Sophie gab Jean-Luc und Daniel mit einem verstohlenen Wink zu verstehen, noch für einen Augenblick am Ufer zurückzubleiben. »Er lügt«, raunte sie ihnen mit Blick auf Master Bob zu, der gerade im nahen Wäldchen verschwand. »Ich habe Elenas Sachen kurz nach ihrem Selbstmord durchsucht, und zwar gründlich. Wenn die Kärtchen darin versteckt gewesen wären, hätte ich sie mit Sicherheit entdeckt!«

Jean-Luc zuckte wie elektrisiert zusammen und die Narbe auf seiner Wange schwoll sichtbar an. »Du glaubst also, sie ’at die ’inweise irgendwo anders aufbewahrt?«

»Ganz bestimmt sogar!«

»Und weißt du auch, wo?«

»Nein«, gab Sophie zu und grinste dennoch übers ganze Gesicht. »Aber ich weiß, wer das weiß.«

»Hä?« Daniel blickte sie ratlos an. »Was soll das denn werden? Tante Sophies Rätselstunde?«

»Warum überrascht mich diese dämliche Frage bloß nicht?« Sophie strafte ihn mit einem verächtlichen Blick. »Wenn du dein kümmerliches Resthirn nur ein bisschen anstrengen würdest, Mischel Sauerkraut, dann würdest du bestimmt von alleine darauf kommen.« Mit einer verstohlenen Handbewegung deutete sie auf Lou, die gemächlich zu ihrem Lager zurückschlenderte und dabei nach Futter für den kleinen Priolo suchte. »Denk doch mal nach: Warum wohl hat außer Lou niemand sonst Elenas Abschiedsbrief zu Gesicht bekommen? Ganz einfach: weil sie darin bestimmt verraten hat, wo ihre beiden Kärtchen zu finden sind! Ist doch total logisch, oder?!«

Jean-Luc kniff die Augen zu nachdenklichen Schlitzen. »Klingt einleuschtend«, sagte er. »Nur 'ilft uns das leider auch nischt weiter.«

»O doch, das tut es!«, widersprach Sophie so vehement, dass die Totenkopfanhänger an ihren Ohren tanzten. »Entweder hat Lou die Kärtchen bereits an sich genommen und kennt damit die sechzehn Arcale, die als Schatzversteck infrage kommen.«

»Oder?«, stellte Daniel seine Begriffsstutzigkeit erneut unter Beweis.

»Oder sie muss sie erst noch aus ihrem Versteck holen. Aber wie auch immer…« Mit einem versonnenen Blick schaute Sophie in die Ferne und lächelte, als wäre sie ihrem großen Ziel schon greifbar nahe gekommen. »Wenn wir uns an Lous Fersen heften und sie nicht mehr aus den Augen lassen, führt sie uns entweder zu Elenas Versteck und danach zu einem der Areale. Oder sie führt uns direkt dorthin! Womit wir schon bald genauso schlau sein werden wie sie selbst.«

»Und wenn Lou mitbekommt, dass wir sie verfolgen?«, gab Daniel zu bedenken. »Dann wartet sie doch bestimmt bis zum *Judgement Day*, anstatt sich die Areale schon jetzt anzusehen.«

»Dann müssen wir uns die Kärtchen eben früher besorgen. Am besten so schnell wie möglich. Und wenn es sein muss, mit Gewalt!«

»Vergiss es!« Daniel winkte unter heftigem Kopfschütteln ab. »Wenn wir Lou angreifen, fliegen wir doch sofort raus! Weil wir entweder dabei gefilmt werden oder Lou uns bei Mannings verpfeift. Aber beides läuft aufs Gleiche hinaus: Wir werden gefeuert und gehen völlig leer aus.«

»Diese beschissenen Kameras sind in der Tat ein Problem.« Sophie zog einen nachdenklichen Flunsch. »Ich sehe nur eine Lösung: Wir müssen uns Lou eben dort schnappen, wo es keine Kameras gibt. Oder zumindest nur ganz wenige! Aber wegen dieser Muschi musst du dir wirklich nicht ins Hemd machen, Mischel Sauerkraut. Zum einen steht ihr Wort gegen unseres – und wir sind immerhin zu dritt! Und wenn es gar nicht anders geht, dann sorgen wir eben dafür, dass sie nicht mehr reden kann. Lou wäre schließlich nicht das erste Opfer, das BATTLE ISLAND fordert.«

»O merde, Pussycat!« Jean-Luc starrte sie ungläubig an. »Du gehst wohl selbst über Leischen, was?«

»Wenn es sein muss!«, erwiderte Sophie mit einer Miene, die keinerlei Zweifel offenließ. »Oder glaubst du vielleicht, ich lasse mir meinen großen Traum kaputt machen?« Sie stieß den rechten

Arm nach vorne und bohrte dem Franzosen den ausgestreckten Zeigefinger in die Brust. »Und du, du brauchst die Kohle doch noch dringender als ich, nicht wahr?«

Jean-Luc blickte sie bekümmert an und nickte. »Damit 'ast du allerdings rescht.«

»Na also! Dann stell dich nicht so an. Das Leben ist nun mal kein Ponyhof! Erzähl mir bloß nicht, dass du das nicht weißt!«

»Und ob, Pussycat, und ob isch das weiß! Sogar viel besser, als du dir vorstellen kannst.«

»Dann wären wir uns ja einig«, erwiderte Sophie kühl. Sie wollte den beiden gerade den Plan erläutern, den sie sich zurechtgelegt hatte, als völlig überraschend Mike Mannings im Camp auftauchte und die Kandidaten zusammenrief.

»Schön, dass ich euch alle noch hier antreffe«, sagte er nach der Begrüßung. »Sollte jemand von euch vorgehabt haben, die Zuschauer heute auf besondere Weise zu beeindrucken, damit sie ihn zum *Darling of the Day* wählen ...« Mit spöttischem Lächeln blickte er in die Runde. »Diese Mühe könnt ihr euch sparen. Wie mir unsere Techniker nämlich gerade eben mitgeteilt haben, gibt es gravierende Probleme mit den Kameras. Ein Systemfehler vermutlich, denn sie sind durch die Bank ausgefallen. Wir können im Kontrollbunker also keinerlei Bilder mehr empfangen und natürlich auch nicht aufzeichnen.«

Sophie wäre bei seinen Worten beinahe in lauten Jubel ausgebrochen. Sie biss sich gerade noch rechtzeitig auf die Lippen und wendete sich rasch ab, damit niemand die klammheimliche Freude bemerkte, die ihr Gesicht wie ein Smiley strahlen ließ.

Lou war Sophies Reaktion dennoch nicht entgangen. Seit Ende des *Battles* hatte sie die Konkurrentin nämlich nicht mehr aus den Augen gelassen, weil sie fest damit rechnete, dass diese das Gleiche tun würde! Mit lediglich zwei Hinweiskärtchen konnte die Dänin nämlich unmöglich herausfinden, welches Areal das richtige war. Sie musste deshalb darauf hoffen, dass Lou sie völlig unbedacht in das entsprechende Gebiet führte.

Aber Pustekuchen! Den Gefallen würde sie ihr bestimmt nicht tun! Und solange die Kameras nicht funktionierten, würde sie Sophie natürlich auch so weit wie möglich aus dem Weg gehen. Zur Sicherheit und damit sie nicht auf dumme Gedanken kam!

»Wie lange wird es denn dauern, bis das Problem wieder behoben ist?«, erkundigte sie sich deshalb bei Mannings.

»Schwer zu sagen.« Der Produzent wiegte unschlüssig den Kopf. »Zwei, drei Stunden vielleicht, möglicherweise aber auch länger. Wir geben euch natürlich rechtzeitig Bescheid. Sobald ihr das Wecksignal hört, ist alles wieder in Ordnung, verstanden?«

Nachdem alle genickt oder eine leise Bestätigung gemurmelt hatten, verabschiedete sich Mannings auch schon wieder. »Ich wünsche euch noch einen schönen Nachmittag. Aber bitte nicht vergessen«, fügte er mit mahnend erhobenem Zeigefinger noch hinzu. »Unsere Spielregeln gelten natürlich auch ohne Kameras! Also vertragt euch gefälligst und schlagt euch nicht die Köpfe ein. Es sei denn, ihr wollt kurz vor Schluss noch gefeuert werden und damit alle Chancen verspielen.«

Während der Produzent davonging, wandte Lou sich an Leonie. »Hilfst du mir, Futter für Fiepsi zu suchen? Oder hast du was anderes vor?«

»Nein, nein, das mache ich doch gerne«, antwortete das Mädchen mit den Rattenschwänzchen lächelnd. »Trotzdem hoffe ich, dass dieser Vielfraß endlich wieder fliegen und sich selber versorgen kann. Der hält uns ja ganz schön auf Trab.«

»Und ob!«, bestätigte Lou mit einem leisen Seufzer. »Aber es dauert bestimmt nicht mehr lange, bis er wieder fit ist. Vielleicht noch ein oder zwei Tage, und Fiepsi fliegt wieder schneller als der schnellste Azor!«

»Ich kann's kaum erwarten!« Leonies Mandelaugen leuchteten auf. »Dann kann er mir nämlich helfen, meine Heidi zu finden. Beim Fliegen hat er doch einen viel besseren Überblick als wir von hier unten, nicht wahr?«

»Natürlich«, musste Lou zugeben. »Und irgendwo muss deine Puppe ja sein. Sie kann sich schließlich nicht in Luft aufgelöst haben.«

Obwohl die beiden Mädchen bereits auf dem Weg zu Lous Schlafplatz waren, hatte Daniel die letzte Bemerkung gerade noch so mitbekommen. Mit schadenfrohem Grinsen schaute er ihnen nach, als er plötzlich bemerkte, dass Sophie ihn zu sich heranwinkte.

»Machst du dir immer noch Sorgen wegen der Kameras?«, fragte sie spöttisch.

»Natürlich nicht.« Daniel verzog unwirsch das Gesicht. »Aber ich konnte ja nicht wis…«

»Schon gut, schon gut«, fiel Sophie ihm besänftigend ins Wort. »Jetzt nimm doch nicht alles so total ernst!« Dann deutete sie hinüber zu der großen Girlandenblume, vor der Lou und Leonie sich niedergekniet hatten, um sich mit dem flügellahmen Vogel zu beschäftigen. »Sobald Lou sich davonmacht, schleichen wir ihr nach. Aber passt gefälligst auf, dass sie das nicht mitbekommt, verstanden?«

»Mann!« Jean-Luc verdrehte die Augen. »Du ’ältst uns wohl für total bescheuert, was?«

»Von total war keine Rede!«, gab Sophie breit grinsend zurück und verpasste den beiden Jungs einen aufmunternden Rippenstoß. »Kommt! Stürzen wir uns ins Wasser!«

»Ins Wasser?« Daniel starrte sie fassungslos an. »Tickst du noch richtig oder was? Ich dachte, wir wollen Lou verfolgen?«

»Wollen wir ja auch«, erklärte Sophie mit verschlagenem Lächeln. »Aber solange sie sich von uns beobachtet glaubt, wird sie den Teufel tun und sich auf den Weg zum Versteck machen! Wir müssen deshalb den Eindruck erwecken, als würden wir uns nicht die Bohne für sie interessieren. Damit sie sich in Sicherheit wiegt und jedes Misstrauen verliert.«

- -

Battle Island, Azoren. Distrikt A. Sektor A.
Tag acht: Freitag, 12. August 2022, 16:31 Uhr.

- -

Wie man sich doch täuschen kann!, ging es Lou durch den Kopf, während sie auf das Grabmal des Unbekannten zueilte, der den gleichen Namen getragen hatte wie Elenas Großvater: Francesco. Sie hatte doch fest damit gerechnet, dass Sophie sie nicht mehr aus den Augen lassen würde. Aber die tollte nur ausgelassen mit Jean-Luc und Daniel im Lagoa Azul herum und vertrieb sich die Zeit mit geradezu kindischen Plansch- und Wasserspielchen. Hatte sie denn nicht mitbekommen, was mit den Kameras los war? Oder hatte sie nur nicht begriffen, welch einmalige Gelegenheit sich ihr dadurch bot? Sie konnte Lou angreifen und ihr die Hinweiskärtchen mit Gewalt entwenden, ohne die geringsten

Konsequenzen befürchten zu müssen! So viel Naivität sah dieser durchtriebenen Streetfighterin eigentlich nicht ähnlich. Und doch hatte sie nicht bemerkt, dass Lou sich ihren Bogen und den Köcher geschnappt und sich heimlich davongestohlen hatte, während sich Leonie weiterhin mit Fiepsi beschäftigte und so den Eindruck erweckte, als würde Lou jeden Moment wieder zurückkommen. Aber darauf konnte sie lange warten!

Bevor Lou den Umschlag aus der Mörtelfuge holte, blickte sie sich sorgfältig nach allen Seiten um: Weit und breit war niemand zu sehen. Am Seeufer genauso wenig wie an der Klosterruine. Dort hatte sie nämlich nachgesehen, bevor sie über den Damm zum Friedhof gehastet war.

Der Wind hatte merklich aufgefrischt. Die großen Bäume am Eingang beugten die mächtigen Kronen, als würden sie sich vor seiner Kraft verneigen. Sie ließen ein unterwürfiges Rauschen hören, das gelegentlich etwas heftiger anschwoll, um dann gleich wieder fast zu verstummen, als hielten sie vor Angst den Atem an. Auch die Gräser, Kräuter und Sträucher zwischen den verwitterten Grabstätten fügten sich der Macht der frischen Brise und wiegten sich gehorsam in ihrem kühlenden Hauch.

Noch einmal blickte Lou zum entfernten Ostufer – auch dort war niemand zu sehen. Dann fingerte sie hastig den Umschlag aus der Fuge, kauerte sich im Schatten des Grabkreuzes nieder und riss ihn mit angehaltenem Atem auf. Die beiden Kärtchen darin trugen die Buchstaben b und c. Lou legte sie im Windschutz von Grabplatte und Gedenkkreuz nieder, zog rasch den Schuh vom Fuß und holte ihre Kärtchen unter der Einlegesohle hervor. Sie waren mit einem a und einem d gekennzeichnet. Auch ohne besondere Puzzleerfahrungen hatte sie nicht die geringste Mühe, die vier Teilstücke in der richtigen Reihenfolge zusammenzufügen: Die Bezeichnung des Areals, in dem die Schatzkiste versteckt war, lautete bdac.

Klar – es gab ganze sechzehn Gebiete mit dieser Bezeichnung auf Battle Island und ihre Gesamtfläche betrug immerhin eine Million Quadratmeter. Sie alle gründlich zu durchsuchen, war völlig illusorisch. Falls Lou in den nächsten Tagen jedoch auch noch den richtigen Sektor und vielleicht sogar den entsprechenden Distrikt herausfand, würden ihre Chancen auf das Gold ganz beträchtlich steigen. Und wenn sie sich bis dahin das eine oder andere Areal näher ansah, konnte das bestimmt nicht schaden. Sie hatte schließlich noch fast zweieinhalb Tage Zeit!

Um herauszufinden, an welchen Stellen von Battle Island die bdac-Abschnitte gelegen waren, musste sie jedoch schnellstens ins Camp zurück. Denn natürlich hatte sie sich die dort aufgestellte Karte nicht im Detail eingeprägt. Und schon gar nicht die Lage jedes einzelnen Areals! Bei einer Anzahl von vierhundert hätte das wahrscheinlich selbst so manchen Gedächtniskünstler überfordert.

Lou raffte die vier Kärtchen rasch wieder zusammen und packte sie zurück unter die Einlegesohle. Nur zur Sicherheit und für den Fall, dass sie die Kombination vergessen würde. Man konnte schließlich nie wissen!

Vielleicht wurde sie von einer plötzlichen Amnesie befallen? Oder litt von einer Sekunde auf die andere an einem ebenso unerklärlichen wie totalen Blackout! Wie im Frühjahr zum Beispiel, als ihr die ebenfalls nur vierstellige PIN ihrer Bankcard partout nicht einfallen wollte und sie deshalb die zufällig entdeckten megagünstigen Jeans in den Wind schreiben musste.

Die Erinnerung daran malte Lou ein sanftes Lächeln ins Gesicht. Sie war damals nämlich stinksauer auf Tim gewesen. Er hatte ihren Ärger nicht nur absolut nicht nachvollziehen können, sondern ihr auch noch prophezeit, dass sie schon am nächsten Tag froh über ihr vermeintliches Pech sein würde. Aber so lange hatte das gar nicht gedauert: Als Lou am Abend nämlich ihren Kleiderschrank geöffnet und das darin hängende halbe Dutzend supertoller Jeans erblickt hatte, war ihr schlagartig klar geworden, dass selbst eine megagünstige Jeans eine Jeans zu viel gewesen wäre.

Womit Tim wieder einmal recht behalten hatte!

Wohlige Wärme kribbelte Lou durch Kopf und Bauch. Mit einem verträumten Lächeln griff sie zu der Kette an ihrem Hals und steckte den Anhänger zwischen die Lippen. Das Broken Heart schmeckte salzig und süß zugleich – wie Tims Abschiedskuss auf dem Berliner Flughafen. Die zärtliche Erinnerung auskostend, ging sie zum Friedhofsausgang und schickte sich gerade an, den Damm zum Festland zu überqueren, als sie mit einem Mal zu Tode erschrocken zusammenzuckte und wie erstarrt auf der Stelle verharrte: Am Ende des schmalen Verbindungsweges standen nämlich zwei Gestalten.

Jean-Luc und Daniel!

Die am Vormittag gefertigten Speere in den Händen, grinsten sie ihr hämisch entgegen. »Damit hast du wohl nicht gerechnet, was?«, schienen ihre Mienen zu sagen.

Lous Unterkiefer klappte herunter, das Broken Heart fiel aus ihrem Mund – und noch im gleichen Augenblick wurde ihr klar, dass sie keine Chance hatte, an den beiden vorbeizukommen.

Niemals!

Zum Glück war der erste lähmende Schock nicht von langer Dauer. Lou wirbelte auf dem Absatz herum und hastete auf den Friedhof zurück. Vielleicht konnte sie zum Ostufer schwimmen und ihnen auf diese Weise entkommen? Zumal die beiden es gar nicht eilig zu haben schienen. Offensichtlich glaubten sie Lou in der Falle und folgten ihr mit bedächtigen Schritten, als hätten sie alle Zeit der Welt. Lou dagegen stürmte wie von Furien gehetzt davon und flog förmlich auf das entgegengesetzte Ende der Friedhofsinsel zu.

Doch dort erwartete sie nur ein weiterer Schock: Am gegenüberliegenden Ufer stand nämlich – Sophie! Das mit Kampfrunen bemalte Gesicht zu einem wilden Grinsen verzogen, reckte sie die Machete mit beiden Händen weithin sichtbar über den Kopf.

Lou dachte fieberhaft nach. Wie sollte sie den drei Verrückten bloß entkommen? Was die von ihr wollten, war schließlich mehr als offensichtlich: die Hinweise auf den Schatz – was denn sonst? Und was geschehen würde, wenn sie die nicht freiwillig herausrückte, machte Sophies Zeichen mehr als deutlich.

Lou stand noch wie erstarrt am Ufer, als es ihr plötzlich einfiel: der Brunnenschacht – natürlich! Der Brunnenschacht, in dem sich der Zugang zu dem geheimen Tunnel verbarg!

Augenblicklich machte sie kehrt und stürmte zurück zur Friedhofsmitte. Dort riss sie mit einem einzigen Ruck die Schachtabdeckung zur Seite und sprang ohne langes Nachdenken in die Tiefe. Als sie auf dem harten Grund aufschlug, wurde ihr gesamter Körper wie ein Mehlsack zusammengestaucht. Ein höllischer Schmerz zuckte durch ihren angeschlagenen Knöchel, und ihr rechter Ellenbogen schien zu zersplittern, als er auf den steinharten Schachtboden knallte. Zu ihrer eigenen Verwunderung war sie trotz der heftigen Schmerzen völlig heil geblieben und konnte alle Gliedmaßen bewegen.

Lou rappelte sich hastig auf und zog die Taschenlampe aus ihrer Jeans. Ihrem irrlichternden Strahl folgend, hetzte sie tiefer in den Gang hinein. Nur Sekunden später stand sie vor dem schwarzen Wasser, das den Tunnel geflutet hatte und jedes weitere Vorankommen unmöglich machte.

Als Lou die Lampe darauf richtete, glaubte sie im Lichtkegel ein kaltes Auge zu sehen – der Krake aus ihren Albträumen! Und noch im gleichen Moment vermeinte sie Tentakel zu erkennen, die nach ihr griffen! Nichts als Einbildung natürlich – und dennoch jagten kalte Schauer über ihren Rücken.

Wie lang das überflutete Tunnelstück wohl sein mochte?

Zehn Meter?

Zwanzig Meter?

Oder vielleicht sogar – dreißig?

Zehn Meter weit konnte sie mit Leichtigkeit tauchen. Das hatte sie schließlich schon häufiger getan. Und zwanzig Meter schaffte sie vielleicht auch.

Aber dreißig Meter hatte sie noch nicht einmal versucht!

Und was, wenn es unterwegs ein unvermutetes Hindernis gab?

Oder wenn der Tunnel sogar gänzlich blockiert war?

Sollte sie es trotzdem wagen?

Lou stand noch unschlüssig da, als plötzlich eine dumpfe Stimme an ihr Ohr hallte: »Wir müssen ’ier runter, Mischel Sauerkraut, schnell! Die Schlampe ’at sisch in den Schacht geflüschtet!«

Jean-Luc, kein Zweifel!

Und dann ließ sich auch schon Daniel vernehmen: »Aber … da unten ist es doch schweinedunkel! Da sehen wir doch ni …«

»Du vielleischt«, unterbrach Jean-Luc ihn rüde. »Aber isch schon. Warum, glaubst du, war wohl eine Taschenlampe in unserem Survival-Kit?«

Lou zuckte zusammen: Nur noch Sekunden, und die beiden würden sie entdecken. Und dann war sie verloren!

Es half alles nichts: Sie musste es einfach wagen!

Während Lou mehrmals tief durchatmete, überprüfte sie den festen Sitz von Bogen und Köcher. Dann füllte sie mit einem letzten mächtigen Atemzug die Lungen – und stürzte sich kopfüber in die unbekannten Fluten.

Als sie ins Wasser eintauchte, traf sie fast ein Schock: Es war nämlich weit kälter als erwartet! Eisige Kühle umhüllte ihren Körper wie ein lähmendes Korsett und drohte, alle Kraft aus ihr herauszupressen. Schwimmen, du musst schwimmen!, rief sie sich ins Gedächtnis und zwang sich zum ersten Armzug. Der Tunnel war höchstens eineinhalb Meter breit und so musste Lou die gewohnten weit ausladenden Armzüge durch eher abgehackte und hektische Paddelstöße ersetzen. Obwohl sie sich stetig vorwärtskämpfte – mit fest geschlossenen Augen, denn in der pechschwarzen Wasserfinsternis hätte sie ohnehin nichts gesehen –, kam sie viel langsamer voran als gedacht. Sofort meldete sich eine innere Stimme zu Wort – *so wirst du das niemals schaffen!* – und mit jedem weiteren Meter stiegen mehr und mehr Zweifel in ihr auf – wie ein unbekanntes Gift, das sich unbemerkt im Körper ausbreitet, um ihn schließlich zu lähmen.

Aber noch hatte sie genügend Luft in den Lungen. Noch verlangten ihre Muskeln nicht nach weiterem Sauerstoff. Allerdings befand sie sich auch erst seit höchstens fünfzehn Sekunden unter Wasser. Oder waren es bereits mehr? Egal – eine Minute würde sie mit Sicherheit aushalten!

Aber würde das auch reichen, um das überflutete Tunnelstück zu durchqueren?

Schwimm weiter, immer weiter!, wiederholte Lou innerlich immer wieder wie ein Mantra und versuchte, jeden Gedanken an ein Scheitern gar nicht erst aufkommen zu lassen. Das würde sie nur ablenken und langsamer machen!

Lou merkte, wie der Druck in ihrer Brust allmählich größer wurde und ihre Kehle sich bereits verengte. Aber inzwischen glitt sie auch bestimmt schon mehr als dreißig Sekunden durch die nasse Finsternis und es war längst zu spät zum Umkehren. Und deshalb: *Schwimm weiter, immer weiter!*

Nicht mehr lange, und der Sauerstoff in ihren Lungen würde merklich weniger werden, immer weniger, bis er schließlich ganz zur Neige ging. Und dann …

Schwimm weiter, Lou, immer weiter!

Der Druck in ihrer Brust war nun so groß, als würde sich eine Riesenfaust um ihre Lungen pressen. Ihre Muskeln gierten wie Verhungernde nach frischer Luft, als Lou mit einem jähen Ruck gestoppt wurde und trotz heftigen Paddelns und Strampelns nicht mehr weiterkam.

Sie steckte fest!

Ihr Bogen musste sich verkeilt haben, in einer Vertiefung in der Tunnelwand vielleicht oder an einer hervorstehenden Felsnase. Sie versuchte, ihn vom Rücken zu streifen, aber das war in der drückenden Enge völlig unmöglich. Was immer Lou auch anstellte und sosehr sie sich auch anstrengte – sie konnte ihn einfach nicht freibekommen. Unerbittlich hielt der Bogen sie in der nachtdunklen Wassertiefe fest!

Lous Lungen schrien so verzweifelt nach frischer Luft, dass ihr schwindelte. In ihrer Kehle brannte ein wildes Feuer, das sie zu verzehren drohte. Rote Schlieren tanzten durch ihr schwindendes Bewusstsein – und mit einem Mal waren die Bilder wieder da: die krachende Explosion in ihrem Kopf und die Sterne vor ihren Augen. Der Sturz ins Wasser. Die unbändige Macht der Wogen. Das leuchtende Tor in der Tiefe. Die Tentakel, die sie packten – und die grotesken Fratzen des Kraken und des Mannes, die sie laut anschrien: »Es ist alles deine Schuld! Deine Schuld! Deine Schuld!«

Und dann drohte alles um sie herum zu verschwimmen.

- -

Battle Island, Azoren. Distrikt C. Sektor C.
Tag neun: Samstag, 13. August 2022, 06:43 Uhr.

- -

Verrückt, völlig verrückt!, dachte Lou.

Die beiden Typen in den Kampfanzügen, die Köpfe von schwarzen Sturmhauben verdeckt und Maschinenpistolen in den Händen, kamen immer näher auf die Hortensie am Rand des sumpfigen Tümpels zu, in dem sie sich versteckt hatte. Dass ich ausgerechnet jetzt daran denken muss!

Aber vielleicht war das gar nicht so verrückt? Schließlich war sie in dem überfluteten Tunnel gestern dem Tod genauso nahe gewesen wie auch jetzt wieder. Sie hatte eigentlich schon mit ihrem Leben abgeschlossen gehabt, als sie den eingeklemmten Bogen mit einem letzten verzweifelten Ruck doch noch hatte losreißen können. Mehr in Trance denn bei vollem Bewusstsein war sie mit den letzten spärlichen Resten an Sauerstoff weitergeschwommen und hatte sich so doch noch gerettet. Als Lou mit berstenden Lungen aus dem Wasser auftauchte und die frische Luft mit gierigem Röcheln in sich saugte, kam sie sich wie ein Phönix aus der Asche vor: Vor einer Sekunde noch den fast sicheren Tod vor Augen, fühlte sie sich nun wie neugeboren und wurde bereits wieder von unbändiger Energie durchströmt. Ohne jedes Nachdenken schrie sie ihre grenzenlose Erleichterung laut hinaus – als wäre sie ein Säugling, der das Licht einer neuen Welt erblickt.

Nur wenige Meter hinter dem überfluteten Teilstück war der Tunnel allerdings schon wieder zu Ende. Obwohl der Ausgang im dichten Unterholz des Dschungels verborgen war, blieb Lou nicht lange unentdeckt: Der Vogelschwarm, der bei ihrem plötzlichen Auftauchen aus der erdigen Tiefe erschreckt aufflog und mit schrillen Protestlauten davonflatterte, verriet ihren Verfolgern nämlich umgehend ihre Position.

Jean-Luc und Daniel – und wenig später auch Sophie – hefteten sich umgehend an ihre Fersen und versuchten alles, um sie in ihre Finger zu bekommen. In ihrer Not wollte Lou sich in den Finger des Todes flüchten und geriet dadurch erst recht in Lebensgefahr. Nur mit Glück und einigem Geschick konnte sie sich retten. Und durch das wundersame Eingreifen eines Helfers, der sich unverständlicherweise allerdings nicht zu erkennen gab. Dabei verdankte sie ihm – oder vielleicht auch ihr – das Leben! Ob ihr jedoch auch nun wieder so viel Glück beschieden sein würde, erschien Lou mehr als zweifelhaft.

Während sie den beiden Bewaffneten mit wild klopfendem

Herzen entgegenblickte, kamen diese unaufhaltsam näher. Nur noch ein paar Schritte – und sie würden die Hortensienzweige mit den Läufen ihrer Waffen zur Seite biegen und sie entdecken. Und dann …

Vorsichtig schöpfte sich Lou einen Schwall der braunen Moderbrühe ins Gesicht und rieb es sorgfältig damit ein. Dann bewegte sie sich lautlos vom Tümpelrand weg und schob sich ein gutes Stück auf dessen Mitte zu. Dort beugte sie sich so weit nach hinten, bis nur noch die Augen und ihre schmutzverkrustete Nase aus dem Moorwasser ragten – wie bei einem Alligator, der in einem Mangrovensumpf auf Beute lauert.

Die Stimme, die dumpf an ihre unter Wasser liegenden Ohren hallte, war kaum verständlich: »Was ist? Kannst du was sehen, Spider?«

Spider?

Sie hatte also doch richtig vermutet!

Der Typ mit den Spinnennetztattoos war also tatsächlich der Freund von Helen Haller. Aber was hatten er und seine Kumpane auf Battle Island verloren? Und wieso waren sie bewaffnet?

»Keine Namen, Mann! Wie oft muss ich das denn noch sagen?«, hörte sie Spider gerade sagen, als mit einem Mal die Welt zu explodieren schien: Obwohl durch das Wasser gedämpft, war der Detonationsknall so laut, dass Lous Trommelfelle vibrierten. Eine Druckwelle fegte wie ein Orkan durch den Sumpfwald und riss ihre Verfolger beinahe von den Füßen. Im gleichen Augenblick schoss, ein gutes Stück entfernt, aber dennoch deutlich zu sehen, eine mächtige Flammenzunge in die Höhe und schleuderte eine riesige Menge Trümmer in den Himmel, die jedoch gleich darauf wieder auf die Erde zurückregneten.

Was, um alles in der Welt, war passiert?

Während Lou noch wie betäubt auf die nun aufsteigende schwarze Rauchwolke starrte, stürzten die beiden Bewaffneten in wilder Hast davon.

Natürlich: Der Explosionsknall war eindeutig aus Richtung Hafen gekommen, wo ihre beiden Kumpane die Securitymänner gefangen hielten. Hatten diese vielleicht zu einem Gegenschlag ausgeholt? Oder waren die neben dem Hafengebäude lagernden Treibstofftanks explodiert, aus welchem Grund auch immer?

Egal – Hauptsache, sie war ihre Verfolger los und konnte sich in Sicherheit bringen. Und dann schnellstens ihre Mitspieler und das Team warnen, falls Amanda Clark das nicht schon getan hatte!

Lou richtete sich auf und wollte den Tümpel verlassen, als sie zu ihrem Schrecken bemerkte, dass sie sich nicht von der Stelle bewegen konnte. Sie machte einen weiteren Versuch und spürte plötzlich keinen Widerstand mehr unter den Füßen – als hätte der Modertümpel, in dem sie Zuflucht gesucht hatte, gar keinen festen Grund! Aber das konnte doch nicht sein, oder? Und wenn schon – dann musste sie eben zum Rand schwimmen. Aber auch dieser Versuch schlug fehl: Sosehr sich Lou auch anstrengte – sie kam keinen Millimeter voran. Mit jeder Bewegung tauchte sie nur noch tiefer in die Brühe, bis schließlich nur noch ihr Kopf daraus hervorragte. Und da erst erinnerte sie sich wieder an die Worte von Mike Mannings und ihr Herz drohte stehen zu bleiben: »Manche Moorlöcher erscheinen auf den ersten Blick völlig harmlos«, hatte er während der Inselrundfahrt gewarnt. »Aber wer dort hineingerät, merkt meistens viel zu spät, dass er feststeckt. Er kann sich ohne fremde Hilfe nicht mehr befreien und ist rettungslos verloren.«

Offensichtlich war sie nun in einem solchen Moorloch gefangen. Weil sie sich darin Rettung versprochen hatte, aber stattdessen in eine tödliche Falle geraten war. Als Lou eine weitere Bewegung wagte, sank sie nur noch tiefer ein. Die modrige Brühe stand ihr bereits bis zum Kinn, und es war nur noch eine Frage der Zeit, bis sie vollständig darin versinken würde.

Battle Island, Azoren. Kommandeurshaus. Wohnzimmer.
Tag neun: Samstag, 13. August 2022, 06:58 Uhr.

Als Mike Mannings den Knall der Explosion hörte, befand er sich mitten im Gespräch mit Rupert Gleason. Der Senderboss hatte ihn wieder einmal weit vor dem Wecken aus dem Schlaf gerissen. Sein Anliegen war offensichtlich so dringend, dass er sich nicht bis zum Beginn der täglichen Videokonferenz gedulden wollte. Dass Gleason sich zu einem derart frühen Zeitpunkt meldete, ließ Mannings schon das Schlimmste befürchten. Doch als er dessen breites Grinsen sah und seine zufrieden strahlenden Schweinsäuglein, atmete er erleichtert auf.

Ein Glück! Sein Plan war wohl doch aufgegangen!

»Na also, geht doch!«, lobte Rupert ihn wie zur Bestätigung. »Warum denn nicht gleich so?« Noch bevor Mannings antworten konnte, zeigte Gleason ihm den Daumen und nickte anerkennend. »Alles, was recht ist, aber das waren Superbilder, die du uns gestern geliefert hast! Und hochdramatische noch dazu! Die Zuschauer müssen wie gebannt vor dem Fernseher gesessen haben. Im Verlauf der Show wurden es jedenfalls immer mehr! Und natürlich beherrschen wir auch heute wieder mal die Schlagzeilen der europäischen Presse. Ein paar Beispiele gefällig?« Er nahm eine der vielen Zeitungen von seinem Schreibtisch und hielt sie in die Kamera. »Hier, siehst du: *Dramatische Hetzjagd auf Battle Island!* Oder ein anderes Beispiel: *Todeshatz live im Fernsehen!* Und ein letztes: *Gefangen in der Todesklippe!* Und sämtliche Artikel sind mit großen Screenshots illustriert, die allesamt das YOUR-TV-Logo zeigen.« Er strahlte übers ganze Gesicht und ließ sein meckerndes Ziegenlachen hören. »Eine bessere Werbung für BI können wir uns doch gar nicht wünschen!« Erneut zeigte er Mannings den Daumen. »Das war ein Superjob, Mikey, ganz großes Kino! Und dass du auf das strunzlangweilige Floßfahrt-*Battle* fast vollständig verzichtet hast, ist den Zuschauern wahrscheinlich überhaupt nicht aufgefallen. Dafür waren die Verfolgungsjagd und die anschließenden Geschehnisse im Camp doch viel zu aufregend und dramatisch.« Er beugte sich vor und grinste verschwörerisch in die Kamera. »Aber weißt du, was das Beste ist? Einige Anrufer haben sich besorgt danach erkundigt, ob Lou sich bei ihrem Ausflug in die Steilklippe tatsächlich in Lebensgefahr befunden hätte. Aber das haben wir natürlich sofort dementiert und behauptet, sie wäre zu jeder Zeit so gut gesichert gewesen, dass ihr absolut nichts hätte passieren können. Und ob du es glaubst oder nicht: Die haben uns das sogar abgenommen! Und die Presse ebenfalls. Es gibt nur noch eine einzige Frage, die alle beschäftigt – nämlich wie wir es geschafft haben, derart aufregende Szenen zustande zu bringen.« Gleason kniff die Augen zusammen und sah Mike eindringlich an. »Und unter uns, mein Lieber: Das frage ich mich natürlich auch. Wie hast du die Kandidaten bloß dazu gebracht, sich wie blutrünstige Gladiatoren quer über die Insel zu jagen oder sich in Lebensgefahr zu begeben? Und die Nummer mit dem Apfel auf dem Kopf hätte glatt aus einem Hollywoodfilm stammen können! Wie hast du das nur hinbekommen, Mikey? Verrate es mir bitte!«

»Ach, das war gar nicht so schwer«, antwortete Mannings mit zufriedenem Schmunzeln. »Ich musste nur behaupten, dass die Kameras ausgefallen wären und sie deshalb für einige Zeit unbeobachtet sein würden – und schon haben einige die wilde Bestie von der Leine gelassen, die in den meisten Menschen schlummert! Alles Weitere hat sich dann ganz von selbst ergeben.«

»Clever, sehr clever.« Gleason verzog anerkennend das Gesicht. »Und dass die Ausstatter Lou dann auch noch das rettende Tau zugeworfen haben, war erst recht ein cleverer Schachzug. Das hat unsere Behauptung, sie wäre jederzeit gesichert gewesen, doch untermauert und ihr zusätzliche Glaubwürdigkeit verliehen.«

»Mag sein«, erwiderte Mannings lächelnd. »Aber das waren nicht die Ausstatter. Diesen Eindruck haben wir nur durch ein paar geschickte Schnitte hervorgerufen.«

»Tatsächlich?« Die Überraschung war Gleason deutlich anzusehen. »Wer war es dann?«

»Keine Ahnung.« Mannings zuckte mit den Schultern. »Wahrscheinlich eine oder einer von Lous Mitspielern.«

»Und warum hat die- oder derjenige sich nicht zu erkennen gegeben?«

»Wahrscheinlich aus dem gleichen Grund, aus dem die drei Durchgeknallten die Verfolgungsjagd abgebrochen haben: weil sie vor Einbruch der Dunkelheit im Camp zurück sein wollten.«

Rupert Gleason sah ihn für einen Moment nachdenklich an, dann schüttelte er mit ungläubigem Grinsen den Kopf. »Wie auch immer: Du bist ein durchtriebener Hund, Mikey! Äußerst raffiniert und mit allen Wassern gewaschen! Und ohne jede Skrupel!« Seine Mundwinkel zuckten spöttisch, bevor er mit erwartungsvoller Miene hinzufügte: »Hast du in der Hinsicht vielleicht noch mehr auf Lager?«

»Natürlich!«

»Und was, wenn ich fragen darf?«

»Du darfst«, antwortete Mannings mit geheimnisvollem Lächeln. »Ich sage nur … London!«

Ausgerechnet in diesem Moment wurde Battle Island von der schweren Explosion im Bereich des Hafens erschüttert. Die Detonation war so gewaltig, dass sie im gut zwei Kilometer entfernten *Battle Village* noch laut und deutlich zu hören war und die Fensterscheiben im Kommandeurshaus zum Klirren brachte. Mike Mannings fuhr überrascht auf seinem Stuhl herum und starrte verwundert in die Richtung, aus der der Knall gekommen war. Selbst Rupert Gleason im Tausende Kilometer entfernten London schien die Explosion vernommen zu haben. »Was war das?«, fragte er besorgt. »Jetzt sag schon, Mikey!«

Der Produzent setzte gerade zur Antwort an, als die Tür aufgerissen wurde und Amanda Clark hereinstürzte. »Du wirst es nicht glauben, Mike«, rief sie völlig aufgelöst. »Aber sie haben auf mich geschossen!«

»Geschossen?« Mannings blickte sie verständnislos an. »Von wem sprichst du, Amanda?«

»Von wem wohl?« Fast verärgert verzog die Sicherheitschefin das Gesicht. »Von unserem … äh … Sonderaktionskommando natürlich! Ich sollte sie doch in Empfang nehmen und alles noch mal mit ihnen durchgehen.«

»Und sie haben auf dich geschossen?« Mannings schien das immer noch nicht glauben zu können. »Mit scharfer Munition?«

»Womit denn sonst?« Ihre Augen sprühten Zorn. »Glaubst du vielleicht mit Wattebällchen?«

»Aber … äh … das … das war doch überhaupt nicht vereinbart!«

Battle Island, Azoren. Distrikt C. Sektor C.
Tag neun: Samstag, 13. August 2022, 07:13 Uhr.

Lou wusste, dass sie nicht mehr lange zu leben hatte. Um ihrem Körper mehr Auftrieb zu verleihen, hatte sie die Beine gespreizt und die Arme weit ausgebreitet – und dennoch sank sie immer tiefer in den modrigen Tümpel. Aber was das Schlimmste daran war: Es geschah so quälend langsam, dass es einer Folter gleichkam! Anstatt sie in einem einzigen barmherzigen Rutsch zu verschlingen, zog die zähe Brühe sie nur Millimeter um Millimeter in die Tiefe – wie ein hinterlistiges Raubtier, das sich an ihrer Todesangst weidete und sich einen Spaß daraus machte, ihre Seelenqualen so lange wie möglich auszudehnen.

Als Lou noch ein Stück weiter nach unten sank, stand das Moorwasser bereits an ihrer Unterlippe. Noch drei, vier Millimeter vielleicht, und es würde ungehindert in ihren Mund fließen, ihre Kehle hinunterrinnen und zuerst Magen und Speiseröhre füllen, um dann …

Der Gedanke, der Lou in diesem Moment durchzuckte, war so schrecklich, dass sie ihre Pein laut hinausschrie: »O nein! Nein, bitte nicht!« Vielleicht noch eine halbe Minute – und sie würde in dem Tümpel versinken, ohne die geringste Spur zu hinterlassen. Niemand würde je erfahren, was mit ihr geschehen war. Weder ihre Mutter noch ihr kleiner Bruder – und auch nicht Tim. Ihr heiß geliebter Tim! Noch einmal löste sich ein Schrei aus ihrer Kehle, der ihre Verzweiflung weit über die Wipfel des Sumpfwaldes hinwegtrug: *»Neeeein!«* Tränen füllten ihre Augen und verschleierten ihre Sicht, sodass sie unwillkürlich die Lider senkte. Als sie sie wieder aufschlug, hatte sie eine Halluzination. Eine Wahnvorstellung, mit der ihr schwindendes Bewusstsein ihr wohl über die schrecklichen Momente des Sterbens hinwegzuhelfen versuchte: Das Ende eines kräftigen Astes schwebte auf sie zu und verharrte direkt vor ihrer Nase. An seinem anderen Ende stand ein Schatten, der ständig seine Form veränderte, sich im heftigen Wind hin und her bewegte und sie in einer fremden Sprache verspottete: »Weiß wu, Wou, well! Wetzt wach won!« Wer sollte das denn verstehen? Aber egal, es war ohnehin nicht mehr wichtig.

Nichts war mehr wichtig!

Erst mit einiger Verzögerung wurde Lou die wahre Bedeutung der Worte bewusst: »Greif zu, Lou, schnell! Jetzt mach schon!« Überrascht riss sie die Augen weit auf und ihr Blick klärte sich ein wenig: Der Schatten war gar kein Schatten, sondern offensichtlich ein Junge, dessen Schreie immer hektischer und verzweifelter wurden: »Schnell, Lou, mach schon! Greif zu!«

Da endlich begriff Lou, was sie zu tun hatte. Sie streckte die Arme nach dem Ast aus – und sank zu ihrem Entsetzen jäh in die Tiefe. So weit, dass die schmatzende Brühe über ihrem Kopf zusammenschwappte! Sie bekam keine Luft mehr und alles um sie herum wurde schwarz … als sie mit einer letzten, verzweifelten

Anstrengung den Ast mit der rechten Hand doch noch zu fassen bekam und sich daran festklammerte. Nachdem auch ihre andere Hand daran Halt gefunden hatte, verspürte sie einen leichten Ruck – und dann wurde sie langsam, aber stetig aus der tödlichen Umklammerung der Moorlache befreit und ans rettende Ufer gezogen.

Während Lou noch wie benommen und ohne jede Regung dalag, strich eine Hand sanft über ihr Gesicht und befreite es von der dicken Schlickschicht. Eine Jungenstimme flehte sie eindringlich an: »Atmen, Lou! Du musst atmen, bitte!« Da erst öffnete sie den Mund und ließ frische Luft in ihre Lungen strömen. Der Sauerstoff belebte sofort ihren Geist und Körper. Nachdem Lou ihre Kehle durch mehrmaliges Räuspern und Husten gereinigt hatte, richtete sie sich auf, öffnete die Augen – und schreckte beim Anblick des vor ihr knienden Jungen so entsetzt zurück, als hätte sie ein Gespenst gesehen. Oder vielleicht noch etwas weitaus Schlimmeres. »Rowan!«, stöhnte sie fassungslos. »Wie kommst du denn hierher?«

Rowan Mannings verzog das sommersprossige Gesicht zu einem verlegenen Lächeln. »Das ist eine lange Geschichte, Lou, die ich dir auch gerne erzählen will. Aber im Moment haben wir wirklich Wichtigeres zu tun.«

Da plötzlich erinnerte sich Lou wieder daran, was in der letzten halben Stunde geschehen war. »Stimmt!«, rief sie und sprang erregt auf. »Wir müssen dringend ins Camp und die anderen warnen. Und das Team natürlich auch! Schnell, Rowan, jetzt beeil dich doch!« Sie wollte schon losrennen, doch Rowan hielt sie zurück.

»Nicht nötig!« Er deutete auf das kleine Fernglas, das an einer Lederschnur an seinem Hals baumelte. »Die Schüsse auf dich waren zwar nicht allzu laut – schallgedämpfte Waffen, vermute ich –, aber sie haben mich trotzdem geweckt. Du wirst schon bald verstehen, warum«, schob er noch erklärend nach. »Ich wollte natürlich sofort wissen, was los ist, und bin deshalb auf meinen Ausguck geklettert. Von dort aus habe ich nicht nur beobachtet, wie die beiden Typen dich verfolgt haben, sondern auch gesehen, dass Amanda Clark zum *Battle Village* zurückgefahren ist. Sie hat das Team also mit Sicherheit schon längst gewarnt!«

»Dann ist's ja gut.« Lou seufzte erleichtert. »Ein Glück, dass sie entkommen konnte.« Dann runzelte sie die Stirn. »Und wie ... ich meine, wie kommt es, dass du mich gerettet ...?«

»Wann meinst du denn?«, fragte Rowan mit geheimnisvollem Lächeln. »Gestern oder heute?«

»Gestern?« Lou blickte ihn verwirrt an. »Wieso denn gestern?«

»Wer, glaubst du denn, hat das Tau zu dir heruntergelassen?«

»Das warst du?«, hauchte Lou mit vor Verwunderung weit aufgerissenen Augen.

Rowan nickte. »Ich habe vom Glockenturm aus beobachtet, wie diese drei Verrückten dir zum alten Turm gefolgt sind. Als sie dann ohne dich zurückkamen, war mir gleich klar, dass du in der Klemme steckst!«

»Aber ...« Lou konnte es noch gar nicht so recht fassen. »Warum hast du dich dann vor mir versteckt?«

»Nicht vor dir, sondern vor der Drohne«, erklärte Rowan. »Ich kenne zwar die Standpunkte der fest installierten Kameras und kann ihnen deshalb gut ausweichen. Aber gegen die fliegende Kamera bin ich machtlos und habe mich deshalb schnellstmöglich verdrückt, als ich den Quadrocopter näher kommen hörte.«

»Und heute hast du mich auch wieder beobachtet?«

»Nicht dich, Lou«, korrigierte Rowan. »Ich habe nur die Lage gecheckt, wie an allen anderen Tagen auch. Nur deshalb habe ich mitbekommen, dass diese beiden Vermummten Jagd auf dich gemacht haben.« Er grinste verlegen. »Und klug wie ich bin, habe ich mir gleich gedacht, dass du bestimmt ein wenig Hilfe brauchen könntest. Aber ohne die plötzliche Explosion hätten sie dich mit Sicherheit erwischt, lange bevor ich hätte eingreifen können.«

»Das fürchte ich auch.« Lou nickte gedankenschwer und blickte Rowan dann fragend an. »Und jetzt?«

»Versuchen wir erst einmal, dich schlammtriefendes Sumpfungeheuer wieder in einen halbwegs ansehnlichen Menschen zu verwandeln«, erwiderte er lächelnd. »Sonst ergreifen diese Typen noch freiwillig die Flucht!« Dann wurde er wieder ernst. »Danach müssen wir schnellstens herausfinden, was hier eigentlich vor sich geht. Irgendjemand treibt hier ein verdammt falsches Spiel. Und ein höchst gefährliches noch dazu! Aber solange wir nicht wissen, worum es sich handelt und wer dahintersteckt, sind wir vor niemandem sicher. Also komm mit!«

Lou blickte ihn verwundert an. »Wohin denn?«

»Nach unten zum Hafen natürlich! Oder willst du nicht wissen, was dort in die Luft gegangen ist?«

- -

Battle Island, Azoren. Kommandeurshaus. Wohnzimmer.
Tag neun: Samstag, 13. August 2022, 07:18 Uhr.

- -

Mike Mannings hatte die Videokonferenz natürlich schnellstens abgebrochen. Jetzt wanderte er wie ein neurotischer Zootiger und immer wieder fassungslos den Kopf schüttelnd unruhig im Zimmer hin und her. »Ich versteh das nicht, Amanda«, sagte er schließlich und blieb vor der Frau mit dem blonden Kurzhaarschnitt stehen, die mit vor der Brust verschränkten Armen an der Wand lehnte. »Sind diese Typen denn verrückt geworden? Wir haben doch schon vor Wochen ganz genau abgesprochen, was sie tun sollen. Oder hast du das nicht an sie weitergegeben?«

»Natürlich habe ich das, Mike«, entgegnete die Sicherheitschefin entrüstet. »Und zwar Wort für Wort! Ich habe ihnen gesagt, dass sie zu Beginn des heutigen *Battles* im Camp auftauchen und ihre Botschaft vortragen sollen – dass sie auf die Insel gekommen sind, um ihrem Protest gegen BATTLE ISLAND größeren Nachdruck zu verleihen. Und danach sollten sie das Ultimatum wiederholen, das sie uns schon in London gestellt haben: Falls wir die Show nicht umgehend abbrechen, würden sie Mittel und Wege finden, um uns dazu zu zwingen. Genau so hast du es doch gewollt, nicht wahr?«

»Stimmt«, bekräftigte Mannings. »Und anschließend sollten sie vor unserer Security flüchten. Ohne jede Gegenwehr natürlich und ohne zu den Waffen zu greifen. Die waren doch nur dazu gedacht, ihren Auftritt ein bisschen bedrohlicher erscheinen zu lassen und BATTLE ISLAND zu noch größerer Aufmerksamkeit zu verhelfen! Damit auch die letzten TV-Muffel so angefixt werden, dass sie die Show doch noch einschalten. Aber dass sie schießen und andere in Gefahr bringen, das habe ich doch nie und nimmer gewollt! Das weißt du doch, Amanda!

»Ja, schon«, bestätigte die Sicherheitschefin. »Keine Ahnung, was plötzlich in sie gefahren ist. Ich kann nur Vermutungen anstellen.« Sie zog die Nase kraus und sah Mannings nachdenklich an. »Vielleicht ...«

Als wäre er ein beutehungriger Geier, schnellte sein Kopf ruckartig nach vorne. »Ja?«

»Vielleicht waren sie überrascht, dass Lou plötzlich aufgetaucht ist und mich mit lauten Schreien vor ihnen gewarnt hat? Das Mädchen konnte ja nicht wissen, dass das alles ...«

»Natürlich nicht!«, fiel Mannings ihr ins Wort und ging wieder ein paar Schritte auf und ab, bevor er erneut vor ihr verharrte. »Und du glaubst, dass unsere ... äh ... Freunde dadurch nervös geworden sind und deshalb hinter euch hergeballert haben?«, fragte er mit zusammengekniffenen Augen.

»Könnte doch sein, oder?«

»Und deshalb haben sie auch den Generator gesprengt? Der Strom ist nämlich ausgefallen, falls dir das noch nicht aufgefallen sein sollte!«

»Ja doch, aber ... äh ...« Amanda brach ab und hob resigniert die Hände.

»Das ergibt doch alles keinen Sinn«, erklärte Mannings mit Nachdruck und schob ihr das Satellitentelefon hin. »Ruf sie an und klär das mit ihnen. Und mach ihnen vor allem eines klar: Wenn sie sich ab sofort nicht strikt an unsere Abmachung halten, streiche ich ihnen das vereinbarte Honorar, verstanden?«

»Natürlich!«, antwortete die Sicherheitschefin und verschwand mitsamt dem Telefon im angrenzenden Zimmer.

Mannings dagegen wandte sich an Master Bob und Kimberly. Genau wie Helen und das restliche Team waren sie ebenfalls durch die Explosion wach geworden und reichlich verstört ins Wohnzimmer geeilt. »Und ihr beide marschiert schleunigst rüber ins Camp und beruhigt unsere Kandidaten. Die wissen doch gar nicht, was los ist, und laufen bestimmt schon wie aufgescheuchte

Hühner durcheinander. Behauptet einfach, dass ein Treibstofftank unten am Hafen explodiert wäre und es nicht den geringsten Anlass zur Sorge gäbe, verstanden?«

»Alles klar«, erwiderte Master Bob ungehalten. »Ganz bescheuert sind wir ja auch nicht.«

»Mann!« Mannings verdrehte die Augen. »Warum seid ihr denn alle bloß so empfindlich? Nur weil mal etwas nicht genauso läuft, wie es in der Dispo steht?« Fast beschwörend blickte er in die Runde. »Amanda wird das schon klären und bis dahin bewahrt einfach die Ruhe.« An Kimberly und Master Bob gewandt, fügte er hinzu: »Los jetzt und sorgt dafür, dass unsere Jungs und Mädels nicht in Panik geraten. Sonst drehen sie doch komplett durch, wenn die Truppe nachher beim *Battle* auftaucht. Nach den Aufregungen der letzten Tage sind einige von ihnen ohnehin schon fertig mit den Nerven und womöglich nicht mehr so ganz zurechnungsfähig.«

»Dann solltest du deine ›Freunde‹ …« Master Bob sprach das Wort so aus, dass es wie eine Beleidigung klang. »… vielleicht besser zurückpfeifen. Sonst läuft uns die Sache am Ende noch aus dem Ruder und die Show fliegt uns komplett um die Ohren.«

Während Kimberly und die knappe Handvoll der übrigen Mitarbeiter seine Skepsis zu teilen schienen, war Helen ganz offensichtlich anderer Meinung. »Ach, Unsinn!«, widersprach sie nämlich so vehement, dass ihr Busen bebte. »Was soll schon groß passieren? Und außerdem: Vielleicht beruht diese Explosion ja auf einem Unglück und wurde nicht mit Absicht ausgelöst. Das können wir doch noch gar nicht wissen!«

»Helen hat recht«, versuchte auch Mannings die Zweifler zu beschwichtigen. »Keine Sorge: Amanda bringt unsere Überraschungsgäste schon wieder in die richtige Spur. Und Kimberly und Master Bob versuchen das Gleiche mit unseren Kandidaten.« Wie ein Fußballtrainer, der das Letzte aus seinem Team herauszukitzeln versucht, blickte Mannings seine Mitarbeiter fast beschwörend an. »Lasst uns die Sache einfach konsequent bis zum Ende durchziehen. Ihr werdet sehen – heute und morgen gehen unsere Quoten wie eine Rakete durch die Decke und machen BATTLE ISLAND zu einem derart sensationellen Erfolg, dass er in die Fernsehgeschichte eingeht! Und das wird sich nicht nur für den Sender auszahlen, sondern natürlich auch für euch. Das wisst ihr doch!«

»Ja klar«, murmelte Master Bob ganz leise vor sich hin. »Aber am allermeisten natürlich für dich!«

- -

Battle Island, Azoren. Distrikt C. Sektor C.
Tag neun: Samstag, 13. August 2022, 07:39 Uhr.

- -

»Verdammt! Was haben sie denn jetzt schon wieder vor?« Rowan ließ das Fernglas sinken und reichte es an Lou weiter. Sie hatten sich hinter den Bäumen am Rande der früheren Müllkippe versteckt, um das unterhalb von ihnen gelegene Hafengelände zu beobachten.

Lou trug noch immer die schlammverkrustete Kleidung und hatte lediglich ihr Gesicht notdürftig an einem kleinen Wildbach gesäubert. Als sie das Glas an die Augen setzte, erblickte sie die drei schwarz vermummten Gestalten. Sie stiegen vor dem Hafengebäude gerade in ein E-Kart und fuhren in Richtung *Battle Village* davon. Der Typ am Steuer war wahrscheinlich Spider, der Freund von Helen Haller, der noch vor Kurzem Jagd auf sie gemacht und sie in den Sumpfwald getrieben hatte. Als sie an der Schärfeeinstellung drehte, sah sie ihre Vermutung bestätigt: Die Spinnennetztattoos auf seinen Handrücken waren klar und deutlich zu sehen. Der Kerl neben ihm hatte ihn ganz offensichtlich bei der Jagd begleitet. Zumindest deutete seine Statur darauf hin. Aber erst jetzt fiel Lou auf, dass die Fransen eines dunklen Vollbarts unter seiner Sturmhaube hervorragten. Klar – auf der hektischen Flucht hatte sie Wichtigeres zu tun gehabt, als sich das Aussehen ihrer Verfolger im Detail einzuprägen!

Aber wer war wohl der Dritte in ihrem Bunde?

Oder besser vielleicht: *die* Dritte, wie Lou plötzlich vermutete. Die dritte Gestalt war nämlich deutlich zierlicher als die beiden Männer und auch einen halben Kopf kleiner – und als Lou den hennaroten Zopf erblickte, der sich im Nacken unter der schwarzen Sturmhaube hervorkringelte, hatte sie Gewissheit: Es war tatsächlich ein Mädchen. Dasselbe Mädchen, das im »Cave« damals Helen und Spider begleitet und einige Tage zuvor zusammen mit Tim und anderen NO-TV-Aktivisten gegen den Sender und BATTLE ISLAND protestiert hatte!

Handelte es sich bei den Eindringlingen also doch um Mitglieder der Protestgruppe? Aber warum hatten sie dann keine Transparente dabei? Und waren zudem so schwer bewaffnet? Außerdem bestand die Gruppe aus lediglich vier Leuten – ihr Kumpan war wohl zur Bewachung der gefangenen Securitymänner am Kontorgebäude zurückgeblieben –, womit eine Protestaktion schon rein zahlenmäßig nicht gerade überzeugend, sondern eher lächerlich wirken würde!

Rowan teilte ihre Bedenken. »Du hast recht: Nach einer Demo sieht das nun wirklich nicht aus!«

»Sag ich doch. Aber was können sie sonst vorhaben?«

»Keine Ahnung!«, erwiderte er mit langem Gesicht. »Aber um das herauszufinden, sind wir ja hier.« Während das E-Kart ihren Blicken entschwand, nahm er das Fernglas wieder an sich und richtete es auf den Hafen.

Lou konnte den Küstenabschnitt auch ohne Feldstecher leidlich gut überblicken. Die YOUR-TV-Flagge am Fahnenmast neben dem Kontorgebäude flatterte so heftig im böigen Wind, als wollte sie sich jeden Moment losreißen. Schwere Wolken hingen tief über dem aufgewühlten Meer. Die Wogen brandeten mit solcher Wucht gegen die Küste, dass sich selbst im Inneren der geschützten Bucht mächtige Wellen bildeten und in regelmäßigen Abständen wild schäumend über die kurze Kaimauer schwappten. Von dem Whale-Watching-Boot allerdings, das die vier Vermummten im Morgengrauen nach Battle Island gebracht hatte, waren nur noch Trümmer zu sehen. Sie schaukelten auf den Wogen wild auf und ab und trieben kreuz und quer durch das Hafenbecken.

Es war nämlich das Boot, das der mächtigen Explosion zum Opfer gefallen war, wie Rowan und Lou schon gleich beim Näherkommen verblüfft bemerkt hatten. Warum das Boot zerstört worden war, blieb ihnen allerdings ein Rätsel. Lou hatte zunächst vermutet, dass das Rowans Werk gewesen wäre. Doch der hatte das entrüstet von sich gewiesen: »Erstens war ich zum Zeitpunkt der Explosion auf dem Weg zu dir in den Sumpf. Und zweitens: Warum hätte ich das tun sollen?« Daraufhin hatte sie ihn nur ratlos angeblickt. »Aber wer zum Teufel hat das Boot denn dann in die Luft gejagt? Diese merkwürdigen Stormtrooper waren es mit Sicherheit nicht! Und die Securityleute hatten dazu doch gar keine Gelegenheit. Sie werden schließlich streng bewacht«, hatte sie mit Blick auf den Vermummten am Kai noch hinzugefügt. »Also wer war es dann?«

»Gute Frage«, hatte Rowan geantwortet, aber bis jetzt hatten weder er noch sie eine einleuchtende Antwort darauf gefunden – und das ließ Lou einfach keine Ruhe. »Ich verstehe das nicht«, sagte sie unter ratlosem Kopfschütteln. »Und dass der Generator nicht mehr läuft, kapiere ich genauso wenig! Das alles ergibt doch überhaupt keinen Sinn!«

»Doch, das tut es«, widersprach Rowan zu ihrer großen Überraschung. Während Lou ihn noch ungläubig anstarrte, fuhr er fort: »Dann nämlich, wenn hier tatsächlich jemand ein falsches Spiel abzieht, wie ich vorhin schon vermutet habe.« Er kniff die Augen zu schmalen Schlitzen und seine Miene wurde hart. »Und es würde mich nicht im Geringsten wundern, wenn das mein Vater wäre!«

»Dein Vater?« Lous Unterkiefer klappte vor Verblüffung herunter. »Das … das ist doch nicht dein Ernst? Ich habe ja ziemlich viel Fantasie. Aber das kann ich mir beim besten Willen nicht vorstellen.«

»Weil du ihn nicht kennst und nicht weißt, wozu er fähig ist!«, widersprach Rowan, und eine seltsame Mischung aus Enttäuschung und Wut lag in seinem Blick. »Ich wollte das lange Zeit auch nicht wahrhaben. Aber die zwei Wochen, die ich beim Pilotdurchlauf auf Battle Island verbringen durfte, haben mir die Augen geöffnet. Sonst wäre ich doch gar nicht hiergeblieben und hätte mich die ganze Zeit versteckt!«

Lou verstand nun überhaupt nichts mehr. »Du sprichst in Rätseln«, sagte sie deshalb. »Geht es vielleicht auch etwas deutlicher?«

»Nicht so ungeduldig«, wehrte Rowan ab. »Ich habe doch gesagt, dass das eine lange Geschichte ist! Aber zuerst müssen wir nachsehen, was oben im Camp los ist. Vielleicht sind diese vermummten Typen ja auch dorthin unterwegs und nicht zum *Battle Village!*«

Battle Island, Azoren. Kommandeurshaus. Wohnzimmer.
Tag neun: Samstag, 13. August 2022, 07:26 Uhr.

Master Bob und Kimberly hatten das Kommandeurshaus kaum verlassen, als Amanda ins Wohnzimmer zurückkam.

»Und?« Mike Mannings blickte sie erwartungsvoll an. »Was haben sie gesagt?«

»Es war tatsächlich so, wie ich vermutet habe«, antwortete sie mit einem erleichterten Lächeln. »Als Lou plötzlich aufgetaucht ist und mir eine Warnung zugebrüllt hat, haben sie für einen Moment vermutet, dass du es dir anders überlegt hättest. Deshalb haben sie einfach die Nerven verloren.«

»Wie kann man nur so bescheuert sein!«, brauste Mannings auf. »Und was ist mit der Explosion?«

»Damit haben sie nichts zu tun, haben sie gesagt.«

»Was? Und das hast du ihnen geglaubt?«

»Natürlich! Warum sollten sie ihr eigenes Boot in die Luft sprengen?«

»Ihr eigenes Boot?« Mannings fuhr überrascht zusammen und riss die Augen weit auf. »Das … äh … das ist in der Tat eigenartig.« Er kratzte sich am unrasierten Kinn und blickte Amanda nachdenklich an. »Dann war es vielleicht doch ein Unfall, wie Helen schon vermutet hat.« Mit einer raschen Kopfbewegung deutete er auf das stämmige Mädchen mit der eigenwilligen blauen Frisur. Helen lehnte dicht neben dem Ölofen, mit dem das Zimmer in der kälteren Jahreszeit beheizt wurde, an der Wand und verfolgte die Unterhaltung mit unbeteiligter Miene.

»Sieht so aus.« Amanda warf die Oberlippe auf und nickte. »Genau diesen Verdacht haben sie auch.«

»Tatsächlich? Aber ...« Mannings sah sie ungläubig an. »Das würde ja bedeuten, dass sie Sprengstoff an Bord hatten! Wozu das denn, Amanda? Davon war doch überhaupt keine Rede.«

»Was fragst du mich? Ich weiß das doch genauso wenig wie du!«

Bei diesen Worten wandte sich Helen Haller verstohlen ab, damit keiner das stille Lächeln auf ihren Lippen bemerkte.

Das wäre allerdings gar nicht nötig gewesen. »Eigenartig, höchst eigenartig«, hing Mannings nämlich seinen eigenen Gedanken nach. »Und ziemlich besorgniserregend noch dazu!«

»Aber wieso denn?«, warf Amanda ein. »Wenn etwas nicht in Ordnung wäre, dann hätte mir das die Security doch umgehend gemeldet!«

»Und wie, wenn ich fragen darf?« Mannings sah sie so vorwurfsvoll an, als wäre sie schuld an der misslichen Situation. »Wir haben nicht nur keinen Strom mehr, sondern auch die Telefonleitung zum Hafen ist gestört! Der Generator steht ja unmittelbar am Kai und wurde durch die Explosion offenbar so stark beschädigt, dass er ausgefallen ist.«

»Und wir können nicht mehr nach draußen senden«, machte der Techniker, der in diesem Moment aufgelöst ins Zimmer stürmte, die Katastrophenmeldungen komplett. »Mit Ausnahme des Satellitentelefons ist die gesamte Sendetechnik zusammengebrochen! Offensichtlich wurde der Sendemast ebenfalls in Mitleidenschaft gezogen.«

»So ein Mist, so ein verdammter Mist!« Mike Mannings schlug mit der Faust auf den Tisch und sein Gesicht verfärbte sich tiefrot. »Dann können wir also keinerlei Bilder überspielen?«

Der Mann zog den Kopf ein wie ein eingeschüchtertes Mäuschen bei einem Gewitter. »N-n-nur, w-w-wenn wir das wieder reparieren und in Ordnung bringen können. V-v-vorher nicht!«

»Und wie lange wird das dauern?«

»K-k-keine Ahnung!«, erwiderte der Techniker mit bedauernder Miene. »Dazu müssen wir erst mal herausfinden, wo das Problem überhaupt liegt und wie gravierend es ist.«

»Worauf wartet ihr dann noch, verdammt noch mal?«, brüllte der Produzent ihn an. »Setzt gefälligst eure lahmen Ärsche in Bewegung und bringt das wieder in Ordnung, aber schnell!«

»J-j-ja natürlich«, antwortete der Mann rasch und wollte schon davoneilen, als Helen Haller ihn aufhielt. »Einen Moment noch: Wie soll ich denn jetzt Kaffee oder Tee kochen? Und Bacon und Eier braten? Es hat doch noch keiner gefrühstückt!«

Der Techniker blickte Mannings verunsichert an. Erst als dieser zustimmend nickte, wandte er sich an Helen. »Dann gehen am besten alle rüber in den Bunker. Der ist für solche Situationen doch gedacht! Es gibt eine kleine Küche und sogar einen bescheidenen Vorrat an Lebensmitteln. Und wenn wir etwas zusammenrücken, dann ist dort auch Platz für uns alle.« Mit einem gequälten Lächeln blickte er in die Runde. »Es ist zwar längst nicht so komfortabel wie hier. Aber dafür funktioniert das Notstromaggregat absolut reibungslos.«

Battle Island, Azoren. Camp am Lagoa Azul.
Tag neun: Samstag, 13. August 2022, 07:37 Uhr.

»Der Treibstofftank, sagen Sie?« Josh blickte Master Bob und Kimberly Cohen mit skeptischer Miene an. »Aber ein Treibstofftank explodiert doch nicht einfach so. Da muss es doch einen Grund für geben!«

»Den gibt es mit Sicherheit auch«, pflichtete Kimberly ihm mit beruhigendem Lächeln bei. »Nur kennen wir den im Augenblick leider noch nicht. Die Securityleute sind gerade erst dabei, das herauszufinden. Aber falls dich das tatsächlich interessieren sollte…« Sie zwinkerte ihm kumpelhaft zu. »… du bist der Erste, der das erfährt.«

»Bullshit!«, kam Jean-Luc Josh mit einer Antwort zuvor. »Seit wann sind Sischer'eitsmänner denn Experten für Unfallursachen? Das ist bestimmt nur ein fieser Trick, um uns zu verunsischern und durscheinanderzubringen. Damit keiner von uns das Gold entdeckt und Sie sisch die Million sparen können.«

»Genau das glaube ich auch«, sprang Sophie ihm zur Seite und blickte den Showmaster und die Moderatorin herausfordernd an. »Was habt ihr Freaks euch denn sonst noch so alles einfallen lassen, um uns in die Irre zu führen? Habt ihr vielleicht ein paar Schauspieler engagiert, die auf Piraten machen und uns Angst einjagen sollen? Oder werden wir heute Nacht von ins Leben zurückgekehrten Toten heimgesucht, die uns vor dem Fluch des Goldes warnen und uns mit ewiger Verdammnis in den Tiefen der Hölle drohen?«

»Hör auf!«, schrie Poppy sie mit angstverzerrter Miene an. »Mit der Hölle darf man nicht spaßen. Wer den Teufel beschwört, fordert ihn damit doch erst recht heraus. Und wer sich der Sünde anheimgibt, macht sich zu seiner Beute.« Sie bekreuzigte sich, fiel auf die Knie und murmelte hastig ein Gebet.

»O nein, Feuermuschi!«, stöhnte Daniel auf und verdrehte die Augen. »Geht das denn schon wieder los? Was ist bloß mit dir passiert, dass du so völlig neben der Spur bist?«

»Du hast es gerade nötig!« Leonie sah ihn mit finsterer Miene an. »So, wie du dich in den letzten Tagen aufgeführt hast, gehörst du auf die Couch, aber bestimmt nicht in eine Fernsehshow!«

Daniel lief tiefrot an und hob schon wütend die Hand, aber da ging Master Bob rigoros dazwischen. »Jetzt beruhigt euch wieder, verdammt noch mal! Es sind doch nur noch zwei Tage – und die werdet ihr auch noch überstehen. Danach könnt ihr euch meinetwegen die Köpfe einschlagen. Aber bis dahin vertragt ihr euch gefälligst. Sonst schmeiß ich euch beide auf der Stelle raus!« Er blickte sie strafend an. »Habt ihr das verstanden?«

»Ja, ist ja schon gut«, murmelte Daniel und wandte sich ab, während Leonie dem bohrenden Blick des Showmasters standhielt. »Ist doch auch wahr! Was zieht er auch dauernd über Poppy her? Die hat ihm doch gar nichts getan. Und wenn sie beten will, dann soll sie halt beten. Das tut doch niemandem weh, oder?«

»Wo du recht hast, hast du recht«, erwiderte Master Bob lächelnd und wandte sich wieder an die Runde. »Wenn ich euch einen Rat geben darf, völlig unverbindlich und absolut kostenlos natürlich, dann solltet ihr jetzt in Ruhe frühstücken und euch ordentlich stärken. Die nächsten beiden Tage haben es nämlich wirklich in sich. Sie werden euch alles abverlangen, wie ihr beim heutigen *Battle* schon bald feststellen werdet! Also bis nachher und guten Appetit!« Er nickte Kimberly Cohen zu, drehte sich um und ging mit ihr davon.

Sie hatten das Wäldchen, das das Camp vom *Battle Village* trennte, schon fast erreicht, als Master Bob aus dem Augenwinkel ein E-Kart bemerkte. Es fuhr gerade auf die Uferwiese und hielt direkt auf die Kandidaten zu. Die hatten sich in der Zwischenzeit zum Essplatz nahe der Badebucht begeben, an deren Rand noch immer die beiden Flöße vom *Battle* des vorigen Tages lagen, und bereiteten das Frühstück vor. »Einen Moment, Kimberly«, sagte er überrascht und blieb im Schatten einer Sicheltanne stehen. »Sollten die nicht erst zu Beginn des *Battles* hier auftauchen?«

»Stimmt!«, bestätigte die Moderatorin, während sie die Szene erstaunt beobachtete. »Zumindest hatte Mike das so geplant. Er hätte mich doch bestimmt informiert, wenn er es sich anders überlegt hätte.«

Das E-Kart hielt direkt neben der Feuerstelle an und die Insassen stiegen aus.

Als Sophie die drei Vermummten erblickte, starrte sie sie für einen Moment entgeistert an. »Das glaub ich jetzt nicht«, stöhnte sie fassungslos. »Die Knalltüten von NO-TV!« Und dann rastete sie aus: Ungeachtet ihrer Waffen schnellte sie wie ein Springteufel auf sie zu und schrie ihnen mit wutverzerrter Miene in die vermummten Gesichter: »Glaubt ihr vielleicht, ich lasse mir von euch Pappnasen meinen großen Traum kaputt machen? Verpisst euch, ihr Idioten, und zwar auf der Stelle. Sonst mache ich euch Beine!«

Spider und sein Kumpan wechselten einen raschen Blick. Durch die Schlitze vor ihren Mündern und Augen war gut zu erkennen, dass Sophies Ausbruch sie köstlich amüsierte. »Reg dich ab, Süße, und setz dich gefälligst auf deinen Hintern«, sagte Spider schließlich und deutete mit dem Lauf seiner Waffe auf die anderen Mitspieler. »Das gilt auch für euch: Setzt euch Rücken an Rücken ins Gras und faltet die Hände hinter dem Kopf. Los, macht schon!«

Sophie dachte allerdings gar nicht daran, seiner Aufforderung Folge zu leisten. »Du kannst mich mal!«, schrie sie ihn wütend an, griff blitzschnell zu ihrer Machete und stürmte damit auf Spider zu.

Sie kam allerdings nicht weit. Sie hatte kaum drei Schritte zurückgelegt, als der Typ mit dem Vollbart ihr den Lauf seiner MP mit voller Wucht ins Gesicht schmetterte. Der Schlag war so heftig, dass sie beinahe aus den Riemensandalen gehoben wurde. Wie vom Blitz gefällt, stürzte sie zu Boden und blieb regungslos liegen. Eine große Platzwunde klaffte auf ihrer Wange, aus der das Blut wie ein Sturzbach hervorsprudelte.

Den Vollbart schien das allerdings nicht im Geringsten zu bekümmern. Als Josh und Jean-Luc sich nämlich neben Sophie niederknien wollten, um ihre Wunde zu versorgen, richtete er drohend die Waffe auf sie. »Zurück!«, blaffte er sie an. »Habt ihr nicht gehört? Setzt euch Rücken an Rücken auf eure Ärsche und verschränkt die Hände hinter dem Kopf – wird's bald!« Als sie nicht sofort reagierten, verpasste er Josh einen heftigen Fußtritt. »Jetzt mach schon, Rastamann. Und das gilt auch für Narbengesicht!«

Nach einem kurzen Blickwechsel fügten sich Josh und Jean-Luc dem Befehl und die anderen taten es ihnen gleich.

Nur Daniel verharrte wie versteinert an Ort und Stelle und starrte die Verletzte wie in Trance an. Er zitterte am ganzen Körper und keuchte wie ein asthmatischer Blasebalg. Dicke Schweißperlen liefen über sein leichenfahles Gesicht und röchelnde Laute kamen über seine blassen Lippen. Das wütende Geschrei des Bärtigen schien er gar nicht mitzubekommen.

»Bist du taub, Alter?«, brüllte der ihn mit sich überschlagender Stimme an. »Setz dich, verdammt noch mal! Und zwar ein bisschen plötzlich!«

Doch Daniel schenkte ihm noch immer keine Beachtung und fixierte, wie ein Kaninchen im Bann einer Schlange, das aus Sophies Wange hervorströmende Blut.

Da verlor der Bärtige vollends die Fassung. »Du hältst mich wohl für bescheuert?«, schrie er außer sich vor Wut. »Wenn ich sage, du sollst dich setzen, dann setzt du dich auch, verstanden?« Und noch ehe Spider eingreifen konnte, hob er die Waffe und schoss Daniel ins Bein!

Während der mit einem lauten Schmerzensschrei zu Boden stürzte und unmittelbar darauf das Bewusstsein verlor, blickte das Mädchen mit dem roten Zopf den Schützen vorwurfsvoll an.

»War das wirklich nötig?«, fragte sie.

»Ja, war es!«, gab er barsch zurück. »Aber das kapieren Zivilisten wie du ja ohnehin nicht. Ein Befehl ist ein Befehl und muss widerspruchslos befolgt werden. Wer das nicht schnallt, muss eben die Konsequenzen in Kauf nehmen!«

Kimberly war viel zu weit entfernt, um ihn verstehen zu können – und dennoch konnte sie noch immer nicht glauben, was sie soeben mit eigenen Augen gesehen hatte.

Das konnte Mike doch nicht gewollt haben.

Nie im Leben!

»D-d-das gibt's doch nicht«, stammelte sie, den fassungslosen Blick zum Seeufer gerichtet. »Die sind wohl verrückt geworden.« Dann nickte sie Master Bob hektisch zu. »Komm mit! Wir müssen zu ihnen und sie beruhigen, bevor sie vollends durchdrehen!« Sie wollte loslaufen, doch der Showrunner hielt sie am Arm fest.

»Das halte ich für keine gute Idee«, sagte er mit ernster Miene. »Irgendetwas läuft da gerade ganz fürchterlich schief – und deshalb sollten wir uns schleunigst in Sicherheit bringen.«

»Aber unsere Kandidaten!«, widersprach Kimberly irritiert. »Wir können sie doch nicht einfach ...«

»Doch, das können wir«, fiel Master Bob ihr ins Wort. »Ohne Waffen können wir gegen diese Verrückten ohnehin nichts ausrichten. Los jetzt! Schnell rüber zum Kontrollbunker, bevor sie auch uns noch in ihre Gewalt bringen!«

Er drehte sich um und wollte losrennen, als wütende Schreie hinter ihm zu hören waren: »Halt! Hiergeblieben! Ihr kommt mal ganz schnell zu uns her. Aber dalli!«

»Und jetzt?«, raunte Kimberly, die ebenfalls wie angewurzelt stehen geblieben war, dem Showrunner zu.

»Was wohl? Rennen, so schnell es geht!«, antwortete Master Bob und stürmte los. Die Moderatorin folgte ihm. Als die ersten dumpfen Schüsse hinter ihnen herpeitschten – *tock-tock-tock-tock-tock* – und dicke Löcher in Stämme, Äste und Blätter stanzten, waren sie bereits zwischen den Bäumen. Der Showrunner duckte sich und spornte die Moderatorin erneut an: »Weiter, Kimberly! Immer weiter!« Da verspürte er mit einem Mal einen fürchterlichen Schlag in die Rippen, als hätte ein Riese mit einem Stahlhandschuh ihm einen Leberhaken verpasst. Die nächste Kugel zerfetzte seinen Oberarm und die darauf folgende streifte wie ein glühend heißer Blitz an seiner Schläfe entlang. »Weiter, immer weiter!«, rief Master Bob seiner Kollegin durch die zusammengebissenen Zähne zu. Dabei wusste er selber nicht mehr, wie er sich noch länger auf den Beinen halten sollte.

- -

Battle Island, Azoren. Lagoa Azul. Südufer.
Tag neun: Samstag, 13. August 2022, 07:42 Uhr.

- -

»O nein!« Den dumpfen Klang der vom anderen Ufer herüberhallenden schallgedämpften MP-Salven in den Ohren, ließ Lou das Fernglas mit einem Entsetzensschrei sinken und blickte Rowan mit schreckgeweiteten Augen an. »Sophie und Daniel sind verletzt! Wir müssen ihnen helfen, schnell!«

Rowan und sie waren vom Hafen zum Lagoa Azul geeilt und auf eine mächtige Eiche geklettert, die sich am Südufer erhob. Aus ihrem Wipfel konnten sie den gesamten See überblicken und natürlich auch das Camp am Ostufer. Gut getarnt durch das dichte Blattwerk, hatten sie den Auftritt der Vermummten unbemerkt verfolgen können.

»Sorry, aber das wäre der reinste Wahnsinn«, gab Rowan mit ernster Miene zurück. »Gegen ihre Waffen sind wir absolut machtlos. Wir würden uns nur selbst in Gefahr bringen. Und damit wäre niemandem geholfen, weder uns noch sonst jemandem.«

»Du hast ja recht.« Lou ließ einen tiefen Seufzer hören. »Aber was zum Teufel haben die Typen bloß vor?«

»Wenn ich das wüsste!« Tiefe Ratlosigkeit zeichnete Rowans Sommersprossengesicht. »Aber das sieht verdammt nach einer Geiselnahme aus. Da müsste ich mich schon sehr täuschen.«

»Und warum haben sie dann auf Master Bob und Kimberly geschossen?«

»Um sie ebenfalls in ihre Gewalt zu bringen, was sonst?«

»Oder sie wollten verhindern, dass die beiden in den Kontrollbunker zurückkehren und das Team alarmieren.«

»Ausgeschlossen!« Rowan schüttelte den Kopf. »Diese Typen wissen doch mit Sicherheit auch, dass das gesamte Camp mit Kameras bestückt ist und nichts von dem verborgen bleibt, was sich dort abspielt. Das ist vermutlich auch der Grund, warum sie ihre Sturmhauben nicht ablegen.«

»Stimmt, du hast recht.« Lou schlug sich mit der Hand an die Stirn. »An die Kameras habe ich schon gar nicht mehr gedacht. Unglaublich, wie schnell man sich daran gewöhnt!«, fügte sie mit gequältem Augenaufschlag noch hinzu. »Aber was wollen sie damit erreichen? Mit der Geiselnahme, meine ich?«

»Ich bitte dich, Lou!« Rowan blickte sie an, als würde er an ihrem Verstand zweifeln. »Das liegt doch auf der Hand, nicht wahr?«

»Äh …«, brummte Lou verlegen, als es ihr schlagartig einfiel: »Ja klar, natürlich! Sie sind hinter dem Schatz her! Hinter der einen Million in Gold.«

»Wie klug du doch bist«, zog Rowan sie auf, wurde aber schnell wieder ernst. »Und deshalb brauchen sie die Geiseln: um das Team zu zwingen, ihnen das Schatzversteck zu verraten.«

»Aber warum haben sie dann auf Master Bob geschossen?«, wunderte sich Lou. »Der weiß doch als Einziger, wo das Gold versteckt ist. Das hat zumindest dein Dad behauptet!«

»So, hat er das?«, fragte Rowan mit einem Unterton, den Lou nicht richtig deuten konnte. »Dann hat er vermutlich vergessen, seine Hiwis darüber zu informieren.«

»Seine Hiwis?« Lou zuckte wie vor den Kopf geschlagen zusammen. »Was... was meinst du damit?«

»Dass Papa diese Typen angeheuert hat, das meine ich«, erklärte Rowan mit vollem Ernst. »Die sind doch nur deshalb auf die Insel gekommen, weil er sie dafür engagiert und bezahlt hat. Genau wie damals in London.«

»Was?« Die Behauptung war so ungeheuerlich, dass sie Lou den Atem verschlug. Wie ein verendender Karpfen schnappte sie nach Luft. »Aber... das kann doch nicht sein!«, rief sie empört. »NO-TV ist doch ein total seriöses Aktionsbündnis mit einem wichtigen und ernsthaften Anliegen. Sonst würde Tim doch niemals bei ihnen mitmachen!«

»Das weiß ich doch, Lou«, versuchte Rowan sie zu beschwichtigen. »Und die große Mehrzahl der Mitglieder ist genauso überzeugt von der Sache wie dein Tim auch. Nur wissen sie leider nicht, wer im Hintergrund die Fäden zieht: Pa und seine engsten Mitarbeiter. Sie haben die ganze Sache nicht nur initiiert, sondern steuern alles auch so geschickt, dass ihnen noch niemand auf die Schliche gekommen ist! Und natürlich hat auch noch keiner gemerkt, welchem Zweck NO-TV in Wahrheit dient, nämlich dazu, für möglichst knallige Schlagzeilen zu sorgen und damit die Öffentlichkeit auf YOUR TV und insbesondere auf BATTLE ISLAND aufmerksam zu machen. Um die Quoten zu pushen und auf diese Weise möglichst viel Geld in die Senderkassen zu spülen!«

Lou war fassungslos. Sie hätte alles vermutet, nur so etwas nicht! »Sag, dass das nicht wahr ist, Rowan«, flüsterte sie fast tonlos und schüttelte ungläubig den Kopf. »Es kann doch nicht sein, dass wir alle so naiv waren, darauf hereinzufallen?«

»Doch, Lou, das waren wir«, bestätigte Rowan mit ernster Miene. »Weil wir gar keine Chance hatten, ihr fieses Spiel zu durchschauen. Mir ist es doch genauso ergangen, bis mir während des Probedurchlaufs hier auf Battle Island endlich die Augen geöffnet wurden!«

»Und von wem?«

»Später, Lou, später«, vertröstete Rowan sie. »Wie ich vorhin schon gesagt habe: Wir müssen schnellstens herausfinden, wer alles seine schmutzigen Finger in diesem Spiel hat. Sonst sind wir unseres Lebens nicht mehr sicher. Und deshalb müssen wir unbedingt erfahren, was im Kontrollbunker vor sich geht.«

»Im Kontrollbunker?« Lou glaubte sich verhört zu haben. »Und wovon träumst du sonst? Du glaubst doch nicht im Ernst, dass wir da ungesehen reinkommen?«

»Natürlich nicht.« Rowan grinste belustigt. »Aber das ist auch gar nicht nötig!«

Battle Island, Azoren. Klosterruine. Hideout Rowan.
Tag neun: Samstag, 13. August 2022, 08:31 Uhr.

Als Rowan zielstrebig auf den Eingang der Klosterruine zuging, blickte Lou ihn ungläubig an. »Wolltest du mir nicht dein Versteck zeigen?«

»Ja klar. Genau deshalb sind wir ja hier!«

»Soll das etwa heißen, dass …« Sie brach ab und deutete mit offenem Mund auf das alte Gemäuer. »Aber … das hätte ich doch bemerkt. Ich war doch vorgestern erst hier.«

»Ich weiß«, antwortete Rowan lächelnd. »Und um ein Haar

hättest du mich sogar entdeckt. Dabei wollte ich nur diese verfressene Ziege verscheuchen, die ihre stinkenden Kötel überall hinterlässt.«

Ohne ein weiteres Wort stieg er die Eingangsstufen empor, trat in die düstere Halle und steuerte direkt auf die Wandtafel neben der ins Obergeschoss führenden Treppe zu. Dort deutete er auf das darauf befindliche Relief. »Hast du ihn erkannt?«

Lou blickte ihn verwundert an. »Du meinst den Geistlichen auf der Tafel?«

»Exakt. Den Bischof, um genauer zu sein.«

Lou runzelte die Stirn. »Sollte ich?«

»Ich finde schon. Schließlich kennt ihn jedes Kind!«

»Tatsächlich?« Lou zog ein resigniertes Gesicht. »Dann bin ich wohl nie ein Kind gewesen.«

»Bist du wohl!«, beharrte Rowan. »Und den heiligen Nikolaus kennst du natürlich auch, nicht wahr?«

»Was?« Mit großen Augen starrte Lou auf die Wandtafel. »Das ist der heilige Nikolaus?«

»Klar«, bestätigte Rowan. »Die Mönche damals hatten ihm doch ihre Kirche geweiht. Und das aus gutem Grund: Sankt Nikolaus ist nicht nur der Schutzpatron der Kinder, sondern neben vielem anderen auch der Beschützer der Fischer, Pilger, Seefahrer und sogar der Diebe! Einen besseren Namenspatron für eine Kirche, die mit geraubtem Piratengold finanziert wurde, kann es doch gar nicht geben!«

»Stimmt auch wieder«, sagte Lou und nickte.

»Und das war auch der Grund, warum ich mir die Wandtafel etwas näher angesehen habe«, fuhr Rowan fort. »Sonst hätte ich das hier doch nie entdeckt!« Damit drückte er auf den dicken Bischofsring am Finger des heiligen Mannes und trat einen Schritt zurück. Ein dumpfes Rumpeln klang aus der Wand… und dann rollte die Tafel zur Seite und gab den Blick auf einen schmalen Durchgang frei, hinter dem eine enge Treppe in die Tiefe führte.

»A-a-aber…«, staunte Lou mit offenem Mund. »Was ist das?«

»Der geheime Zugang zur früheren Schatzkammer des Klosters«, erklärte Rowan. »Das ist zumindest meine Vermutung. Sonst hätten sie sich die Mühe mit der Geheimtür doch gar nicht machen müssen.« Er lächelte sie an. »Ein besseres Hideout hätte ich gar nicht finden können, nicht wahr?« Er zog eine Taschenlampe hervor, leuchtete in die Öffnung und stieg die Treppe hinunter.

Die frühere Schatzkammer war nicht besonders groß, vier mal vier Meter vielleicht. Sie lag komplett unter der Erde und hatte keine Fenster. Zwei Akkulampen sorgten für die Beleuchtung. Die Möblierung war ziemlich spartanisch: ein Feldbett und ein kleines Regal mit Büchern. Mehrere aufeinandergestapelte Kisten an den Wänden, in denen sich neben einigen wenigen Kleidungsstücken auch ein kleiner Lebensmittelvorrat und Getränke befanden. Und eine schmale Konsole, auf der zwei Monitore mit eingebauten Lautsprechern standen. Als Lou erkannte, was die beiden Bildschirme zeigten, wollte sie ihren Augen nicht trauen: Auf dem linken war der Regie- und Schneideraum im Kontrollbunker zu sehen und auf dem rechten das Wohnzimmer im Kommandeurshaus! Ungläubig blickte sie Rowan an. »Aber wie… wie hast du das hingekriegt? Ich meine, ohne dass das jemand bemerkt hat?«

»Kein Problem!« Rowan machte eine abwertende Geste, als

handelte es sich um das reinste Kinderspiel. »Die beiden Kameras zu installieren, war mehr als easy. Und bei der Unmenge an Kameras, die überall rumhängen, sind sie auch niemandem aufgefallen.«

»Aber die Verbindung hierher, wie hast du das denn geschafft? Von Übertragungstechnik hast du doch gar keine Ahnung, oder?«

»Stimmt.« Ein amüsiertes Grinsen legte sich auf Rowans Lippen. »Aber wozu gibt es denn Spezialisten? Du glaubst gar nicht, wie bereitwillig die ihre Tricks und Kniffe verraten, wenn man nett und zuvorkommend zu ihnen ist. In der Regel werden sie doch kaum beachtet, und ihre Arbeit fällt meistens erst dann auf, wenn etwas schiefgeht. Dabei wären Shows wie BATTLE ISLAND ohne die Sendetechniker gar nicht möglich!«

»Verstehe«, sagte Lou mit Blick auf die Bildschirme. »Und die haben dir dabei geholfen?«

»Nicht direkt«, hob Rowan an, brach aber sofort ab und deutete auf den linken Monitor. »Still jetzt! Ich glaube, im Kontrollbunker tut sich was!« Damit kauerte er sich auf das vor dem Bildschirm liegende Kissen und drehte den Ton lauter.

Battle Island, Azoren. Kontrollbunker. Regieraum.
Tag neun: Samstag, 13. August 2022, 08:42 Uhr.

»Das sind ja doch nicht solche Brutalos, wie ich schon befürchtet hatte«, sagte Mannings mit Blick auf einen der vielen Monitore an der Wand vor ihm. Er zeigte den Essplatz am Seeufer, wo sich Josh und Jean-Luc gerade über die Verletzten beugten und ihre Wunden versorgten. Ganz offensichtlich mit Billigung der

Vermummten, denn der kleinste von ihnen, der mit dem hennaroten Zopf, stand zwar mit der Waffe in der Hand daneben, ließ sie aber gewähren. Seine beiden Kumpane hatten sich ein Stück davon entfernt im Gras niedergelassen und behielten die anderen Kandidaten im Blick. Einer der beiden griff jetzt zu einem Satellitentelefon und wählte.

»Komm schnell her, Amanda!«, rief Mannings über die Schulter. »Ich glaube, sie melden sich endlich!«

Die Sicherheitschefin schüttelte den Kopf. »Sorry, Mike, aber ich kann jetzt nicht. Ich muss mich um Master Bob kümmern.«

»Das hat Zeit!«, übertönte Mannings das Klingeln des vor ihm liegenden Telefons. »Seine Verletzungen sind schließlich nicht lebensbedrohlich. Außerdem ist Kimberly ja bei ihm. Also komm her und hör zu.«

Nachdem Amanda auf dem Stuhl neben ihm Platz genommen hatte, nahm er das Gespräch an, schaltete den Lautsprecher ein und meldete sich mit einem knappen »Ja«.

»Hören Sie gut zu«, krächzte es aus dem Telefon. Obwohl die Stimme verzerrt war, klang sie reichlich jung. »Damit wir uns richtig verstehen: Wenn Sie auch nur im Traum daran denken, Hilfe anzufordern oder eine unserer Forderungen nicht zu erfüllen, dann machen wir die Geiseln kalt – und zwar eine nach der anderen. Und danach sind Sie an der Reihe! Auch wenn Sie sich in diesem beschissenen Bunker verschanzt haben, wird uns bestimmt was einfallen, um Sie daraus zu vertreiben. Kapiert, Mannings?«

»Ja klar, natürlich«, antwortete der Produzent ungeduldig. »Aber jetzt lass mich endlich wissen, was ihr von uns wollt!«

»Klar doch, Mann, kein Problem.« Ein leises, zufriedenes Lachen war zu hören, dann fuhr der junge Mann fort: »Erstens:

Sie verraten uns, wo die Kiste mit dem Gold versteckt ist. Und zweitens: Sie besorgen uns einen Heli, der uns von hier wegbringt. Und dafür gebe ich Ihnen exakt zwei Stunden Zeit. Keine Minute mehr!«

»Zwei Stunden?«, rief Mannings empört. »Das ist unmöglich zu schaffen!«

»Wieso?«, gab der junge Mann seelenruhig zurück. »Von São Miguel bis hierher braucht der Heli doch nicht länger als eine Stunde!«

»Ja, schon. Aber bevor der hierherfliegen kann, müssen wir erst einen auftreiben. Und das kann dauern.«

»Das ist ganz alleine Ihr Problem«, kam es ungerührt aus dem Lautsprecher. »Und bei Ihren guten Connections, mit denen Sie immer angeben, kann das ja nicht allzu schwer sein.«

»Na gut, ich tu mein Bestes.« Mannings seufzte resigniert. »Aber es gibt noch ein viel größeres Problem.«

»Nämlich?«

»Der Einzige, der das Schatzversteck kennt, ist unser Showrunner.«

»Ja und? Ist uns doch egal, wer uns zu dem Gold führt!«

»Aber genau das ist ja das Problem«, rief Mannings ins Telefon. »Master Bob ist nicht bei Bewusstsein. Weil ihr auf ihn geschossen und ihn verletzt habt, deshalb!«

»Jetzt red keinen Scheiß, Mann! Sie wollen doch nur Zeit gewinnen!«

»Aber nicht doch! Das ist die reine Wahrheit, so glaub mir doch.«

»Hm. Ist das so?« Der Anrufer schien nun doch etwas nachdenklich geworden zu sein. »Kann das jemand bestätigen?«

Mannings drehte den Kopf und blickte Amanda Clark fragend an.

Nach kurzem Überlegen nickte die Sicherheitschefin und übernahm das Telefon. »Hier ist Amanda Clark. Ich bin die Sicherheitschefin von YOUR…«

»Was Sie nicht sagen!«, schnitt der Anrufer ihr das Wort ab, und das Grinsen in seiner Stimme war nicht zu überhören.

Amanda schreckte zusammen und holte tief Luft. »Es stimmt, was Mr Mannings sagt«, fuhr sie dann fort. »Master Bob hat tatsächlich das Bewusstsein verloren. Wahrscheinlich mehr der Schock als die Verletzungen selber.«

»Na dann«, kommentierte der Anrufer kühl. »Und ich hatte schon befürchtet, er hat sich in seine Hipsterhosen gemacht.« Hämisches Gelächter kam aus dem Hörer, bevor er fortfuhr: »Wie lang wird es denn dauern, bis diese Pussy wieder zu sich kommt?«

Amanda zog eine genervte Grimasse. »Das kann ich nicht sagen. Aber in der Regel hält eine schockbedingte Ohnmacht nicht allzu lange an. Wir müssen es einfach abwarten.«

»Fuck!«, tönte es aus dem Lautsprecher, dann folgte eine Pause. Eine endlos lange Pause, wie es schien. Der Grund dafür war auf dem Monitor zu erkennen: Die beiden Vermummten steckten nämlich die Köpfe zusammen und beratschlagten sich offensichtlich. »Okay«, meldete sich der Anrufer schließlich wieder. »Dann also eine kleine Planänderung: Sollte diese Pussy von Showrunner nicht bis heute Abend wieder zu sich kommen, dann steht morgen früh Punkt neun Uhr ein Heli hier für uns bereit. Mit einer Million in bar an Bord und mit genügend Sprit im Tank, dass er uns zu einem Ziel unserer Wahl fliegen kann. Haben Sie das kapiert, Mannings?«

»Natürlich«, gab dieser zurück. »Aber das kann ich unmöglich alleine entscheiden. Dazu muss ich erst Kontakt mit dem Sender aufnehm…«

»Worauf warten Sie dann noch, Mann?«, fiel der Anrufer ihm harsch ins Wort. »Und machen Sie Ihrem Boss klar, dass wir keinen Millimeter von unseren Forderungen abweichen: Entweder führt Master Bob uns direkt zu der Schatzkiste.«

»Oder?«

»Oder der Hubschrauber bringt uns morgen die entsprechende Summe in kleinen und nicht durchgängig nummerierten Scheinen. Sonst knallen wir die Geiseln eine nach der anderen ab. Und Sie und Ihr gesamtes Team auch!« Damit unterbrach der Anrufer die Verbindung.

»O Gott«, stöhnte Mannings entsetzt auf. »Ogottogottogottogott!« Dann holte er tief Luft, griff sich Telefon und Tablet und nickte Amanda auffordernd zu. »Okay, du kümmerst dich um Master Bob und sorgst dafür, dass er so schnell wie möglich wieder auf die Beine kommt.«

»Das wollen wir doch schwer hoffen«, erwiderte sie mit einem hoffnungsvollen Seufzer. »Nicht dass diese Typen am Ende noch durchdrehen!« Dann blickte sie ihren Chef fragend an. »Und was machst du?«

»Ich muss dringend Rupert anrufen und mich mit ihm besprechen. Wenn er nicht mitspielt, sehe ich ziemlich schwarz für uns.«

Battle Island, Azoren. Klosterruine. Hideout Rowan.
Tag neun: Samstag, 13. August 2022, 08:51 Uhr.

Nachdem Mannings und Amanda den Regieraum verlassen hatten, drehte Rowan den Ton leiser und wandte sich an Lou. »Jetzt wissen wir endlich, was Sache ist«, sagte er. »Deshalb haben sie die Securitymänner gefangen genommen: damit sie ihnen bei der Geiselnahme nicht in die Quere kommen konnten.« Er nickte versonnen. »Da hat Papa sich ja ein schönes Ei ins eigene Nest gelegt! Er hat vermutlich nicht im Traum damit gerechnet, dass die von ihm angeheuerten Typen ihn zum Dank auch noch aufs Kreuz legen!« Mit einem ungläubigen Seufzer schüttelte er den Kopf. »Wenn die Sache nicht so schrecklich ernst wäre, könnte man glatt darüber lachen. Wie heißt es gleich noch: ›Herr, die Not ist groß! Die ich rief, die Geister, werd ich nun nicht los‹ – oder so ähnlich. Ist aus einem Gedicht, glaube ich. Ich weiß nur nicht, aus welchem.«

»Mama wüsste das bestimmt«, sagte Lou nachdenklich und stützte das Kinn auf die Knie, die sie dicht an den Körper gezogen hatte. »Was ich nicht so ganz verstehe: Die wissen doch, dass hier überall Kameras rumhängen. Und trotzdem geben sie sich nicht die geringste Mühe, sich vor ihnen zu verstecken. Selbst wenn YOUR TV auf ihre Forderungen eingeht und sie mit dem Hubschrauber flüchten können, kann man sie anhand der Aufzeichnungen später doch trotz ihrer Sturmhauben mit Sicherheit identifizieren.«

»Wahrscheinlich hast du recht.« Rowan brummte nachdenklich. »Das kann nur bedeuten, dass sie sämtliche Verbindungen nach außen unterbrochen haben und deshalb keine Aufnahmen überspielt werden können. Der Sendemast steht schließlich direkt unten am Hafen!«

»Aber die Bilder werden doch aufgezeichnet und können deshalb auch später noch ausgewertet werden.«

»Hm.« Rowan kniff die Augen zusammen und dachte angestrengt nach. »Und was ist, wenn sie diese Aufzeichnungen vernichten, bevor sie von Battle Island flüchten? Indem sie zum Beispiel den Kontrollbunker in die Luft sprengen und ihn komplett zerstören?«

»Was?« Lou starrte ihn ungläubig an. »Glaubst du wirklich, dass sie zu so etwas fähig sind?«

»Warum denn nicht? Alles, was diese Typen bislang hier abgezogen haben, zeigt doch eindeutig, dass sie es ernst meinen. Und zwar todernst, wenn du mich fragst!«

»O Mann!« Lou schnappte nach Luft. »Und was machen wir jetzt?«

»Nichts.« Rowan zuckte bedauernd mit den Schultern. »Leider. Im Moment können wir nur abwarten und darauf hoffen, dass die Sache einigermaßen glimpflich ausgeht.« Er nickte ihr aufmunternd zu. »Und deshalb sollten wir jetzt endlich frühstücken. Du hast heute doch bestimmt auch noch nichts gegessen, oder?«

»Nein, nicht einen Bissen.«

»Dann wird es aber höchste Zeit! Und dabei kann ich dir endlich erzählen, weshalb ich hiergeblieben bin.«

Battle Island, Azoren. Kontrollbunker. Sanitätsraum.
Tag neun: Samstag, 13. August 2022, 08:55 Uhr.

Als Amanda Clark in den kleinen Sanitätsraum trat, war Master Bob noch immer ohne Bewusstsein. Allerdings hatte Kimberly seine Wunden bereits versorgt. »Er hat einiges Blut verloren und dennoch verdammt viel Glück gehabt«, sagte die Moderatorin. »Der Streifschuss an der Schläfe sieht auf den ersten Blick weit schlimmer aus, als er in Wirklichkeit ist. Und bei dem Treffer im Oberarm handelt es sich um einen glatten Durchschuss, der den Knochen nicht verletzt hat. Nur mit der Wunde an seiner Seite komme ich nicht ganz klar. Sieht so aus, als wären eine oder mehrere Rippen gebrochen. Aber ob das auch stimmt …« Sie zuckte mit den Schultern. »Keine Ahnung.«

»Okay, dann lass mich mal ran«, sagte Amanda kurz angebunden und schob sie zur Seite.

»Schon gut, schon gut, Frau Oberstabsarzt!« Wie zum Zeichen der Aufgabe hob Kimberly beide Hände und blickte die Sicherheitschefin spöttisch an. »Was man in der Armee nicht alles lernt!«

»Stimmt!«, antwortete Amanda völlig humorlos. »Die Erste-Hilfe-Kenntnisse, die ich mir dort angeeignet habe, konnte ich jedenfalls schon häufiger einsetzen – wie du auch jetzt wieder sehen kannst.«

»Was du nicht sagst, du Engel der Verwundeten und Verletzten.« Kimberlys Stimme triefte vor Hohn. »Nur schade, dass du dort nicht den Umgang mit Waffen gelernt hast, Amanda-Mäuschen!«

»Was soll der Quatsch?« Amandas Augen sprühten pures Gift. »Natürlich habe ich das!«

»Und warum verteidigst du uns dann nicht gegen diese Typen?«, schoss Kimberly zurück. »Das ist schließlich dein Job! Wozu hast du überhaupt eine Waffe, wenn du sie doch nicht einsetzt?«

»Weil das absolut keinen Sinn gehabt hätte, deshalb!«, antwortete Amanda mit finsterer Miene. »Ein guter Soldat bewahrt immer kühles Blut und greift erst dann ein, wenn die Lage auch Erfolg verspricht, merk dir das!« Mit einer raschen Kopfbewegung deutete sie auf die Tür. »Und jetzt bewege deinen Hintern endlich hier raus, aber ein bisschen plötzlich!«

»Wie Frau Oberstabsarzt befehlen«, spottete die Moderatorin und war schon im Gehen begriffen, als Amanda Clark zu einer Spritze griff. »Moment mal«, sagte Kimberly. »Was soll das denn werden?«

Amanda verdrehte die Augen. »Auch wenn es dich nichts angeht: Ich spritze Bob ein leichtes Sedativum. Das unterdrückt die Schmerzen und lässt ihn für ein paar Stunden ruhig schlafen.«

Kimberly winkte ab. »Nicht nötig. Ich habe ihm bereits zwei von den Valiumtabletten aus deinem Medikamentenkoffer gegeben.«

»Was?« Amanda Clark riss die Augen weit auf. Alle Farbe wich aus ihrem Gesicht, während sie Kimberly fassungslos anstarrte. »Gleich zwei?«

»Ja klar«, antwortete die leichthin. »Doppelt genäht hält besser, habe ich mir gedacht.«

»Wie kann man nur so bescheuert sein?« Amanda verdrehte die Augen. »Die sind doch so stark dosiert, dass sie glatt ein Pferd umhauen! Damit schläft er doch nicht nur ein paar Stunden, sondern glatt bis morgen früh!«

»Na und?«, fragte Kimberly arglos. »Je länger er schläft, umso schneller kommt er wieder zu Kräften. Hat meine Mom jedenfalls immer gesagt!«

»Dann wird es ja stimmen«, giftete Amanda sie an, und wenn Blicke töten könnten, wäre Kimberly auf der Stelle tot umgefallen. »Nur schade, dass sie dir nicht auch gesagt hat, dass man die Finger von den Männern anderer Frauen lassen soll!«

»Ach, daher weht der Wind!« Kimberly verzog spöttisch das Gesicht. »Du hast es gerade nötig! Du hast es doch genauso gemacht.«

»Das kann man doch nicht vergleichen«, widersprach Amanda mit heftigem Kopfschütteln. »Das war doch eine ganze andere Situation damals!«

Der Einwand beeindruckte Kimberly nicht im Geringsten. »Das ist deine Sicht der Dinge«, erwiderte sie ganz ruhig. »Aber Cathy hat das mit Sicherheit ganz anders gesehen. Wie auch immer: Du hattest jedenfalls auch deinen Spaß – und zwar viel länger als ich.«

»Stimmt!« Amanda nickte und ihre Augen glänzten spöttisch. »Und du wirst es nicht glauben: Schon bald werde ich noch mehr Spaß haben. Noch sehr viel mehr Spaß sogar!«

»Und warum regst du dich dann so auf? Dann hat doch jede von uns, was sie will, nicht wahr?«

»Abwarten, Baby, abwarten«, erwiderte Amanda mit einem kaum deutbaren Lächeln. »Wie sagt man so schön: Manchmal kommt es anders, als man denkt!«

Battle Island, Azoren. Klosterruine. Hideout Rowan.
Tag neun: Samstag, 13. August 2022, 08:56 Uhr.

»Tut mir leid.« Mit einem entschuldigenden Blick deutete Rowan auf die äußerst karge Auswahl an Lebensmitteln, die er auf der als Esstisch dienenden Kiste ausgebreitet hatte. »Aber außer Tee und Trockenbrot kann ich dir leider nichts anbieten. Auf vegetarischen Besuch war ich ja nicht eingestellt.«

»Kein Problem!«, antwortete Lou. »Aber mit dem bisschen Schinken und Wurst kommst du ja auch nicht weit, oder?«

»Nicht so schlimm.« Rowan winkte ab. »Was allerdings viel schlimmer ist ...«

»Ja?«, unterbrach Lou ihn erstaunt. »Was meinst du denn?«

»Dass meine *Fruity Vitamines Gums* schon seit zwei Tagen ausgegangen sind, das meine ich. Und deshalb werde ich auch schnellstens wieder Nachschub besorgen.«

»Ist klar.« Lou verzog keine Miene. »Per Internetbestellung oder per Telefonlieferservice?«

»Weder noch«, erwiderte Rowan lächelnd, »sondern im Kommandeurshaus. Aber im Moment ist das wahrscheinlich zu gefährlich. Dabei ist es schon ein paar Tage her, dass ich zuletzt dort war – in der Nacht zum Dienstag, glaube ich. Der Kühlraum im Keller ist nämlich bestens bestückt!«

»Verstehe.« Lous Gesicht leuchtete auf. »Dann hatte Helen also doch recht? Mit den seltsamen Geräuschen, die sie zu hören glaubte?«

»Natürlich. Das Haus ist ziemlich hellhörig, aber zum Glück hat mich niemand entdeckt«, erklärte Rowan. »Ich hatte schließlich fast drei Wochen Zeit, mir alles ganz genau einzuprägen: die verschiedenen Gebäude und Räumlichkeiten, die Standorte der Kameras und ganz besonders die Stellen natürlich, an denen es keine gibt. Deshalb hat auch niemand bemerkt, dass ich nach Ende des Probedurchlaufs wieder nach Battle Island zurückgekommen bin. Ich bin zwar mit einem der Versorgungsschiffe nach São Miguel gefahren und habe von dort aus auch eine SMS an Papa in London geschickt: dass ich gleich in die Karibik fliegen würde und so weiter. Stattdessen habe ich mich heimlich an Bord des nächsten Schiffes geschlichen und bin hierher zurückgekehrt. Seitdem halte ich mich hier versteckt. Mein Hideout hier im Kloster...« Mit einer Kopfbewegung deutete er in die Runde. »... hatte ich natürlich schon vorher angelegt.«

»Und warum das alles?« Lou blickte ihn mit einer Mischung aus Bewunderung und Skepsis an. »Ich meine, das muss doch einen Grund haben!«

»Natürlich.« Rowans Miene verhärtete sich und sein Blick wurde ernst. »Ich hab ja schon erwähnt, dass mir hier auf Battle Island die Augen geöffnet wurden. Manches habe ich bereits geahnt, anderes dagegen war völlig neu für mich. Jedenfalls habe ich Dad plötzlich in einem ganz anderen Licht gesehen. Und das hat mich so schockiert, dass ich spontan beschlossen habe, es ihm heimzuzahlen – all das, was er mir und vor allem meiner Mutter angetan hat.« Rowan brach ab und starrte für einen Moment gedankenverloren vor sich hin. Ein feuchter Glanz trat in seine Augen, und seine Mundwinkel zuckten, bevor er Lou wieder anblickte. »Dass er sie in den letzten Wochen ihres Lebens so gut wie nie in der Klinik besucht hat, habe ich zwar nicht verstanden. Aber aufgrund seines zeitraubenden Jobs konnte ich es zumindest einigermaßen nachvollziehen. Aber dass er Ma in der Stunde ihres Todes alleine gelassen und sich stattdessen mit seiner Geliebten vergnügt hat, werde ich ihm nie, nie, niemals verzeihen!«

Eine dringende Geschäftsreise hatte Mike Mannings damals angeblich nach Dubai geführt. Doch das war nur ein Vorwand gewesen. In Wahrheit war er nach einem einzigen geschäftlichen Termin von dort aus auf die Malediven weitergeflogen. Und während seine krebskranke Frau Cathy in London mit dem Tode kämpfte und den Kampf schließlich verlor, hatte er dort einen einwöchigen Strandurlaub mit seiner Geliebten verbracht.

»Und das war beileibe nicht das einzige Mal, dass sich Pa so schäbig verhalten hat«, fuhr Rowan mit feucht glänzenden Augen fort. »Auf diese Tour ist er nämlich ständig geritten. Erst neulich wieder, als er unseren lange geplanten Karibiktrip wegen einer dringenden Tokioreise abgesagt hat.«

Lous Fassungslosigkeit steigerte sich ins Unermessliche. »Das war ebenfalls ein Vorwand?«

»Natürlich«, antwortete Rowan mit resigniertem Blick. »Er hatte zwar tatsächlich ein geschäftliches Meeting, aber der Hauptgrund seiner Reise war ähnlich wie damals: Er wollte Urlaub mit seiner Geliebten machen. Nicht auf den Malediven, sondern diesmal wie zum Hohn ausgerechnet in der Karibik, wohin er ursprünglich mit mir reisen wollte!«

»Wie gemein!«, ereiferte sich Lou und fühlte sich mit einem Mal so wütend, als wäre sie selbst betroffen. »Wie schrecklich gemein! Aber …« Sie beugte sich nach vorne und blickte Rowan eindringlich an. »Woher weißt du das denn alles?«

»Von Amanda. Sie hat mir alles erzählt.«

»Und woher weiß die so gut darüber Bescheid?«

»Woher wohl?« Rowan verzog das Gesicht. »Weil sie die Geliebte war, mit der sich Papa damals im heißen Sand der Malediven gewälzt hat, deshalb!«

Wie vom Schlag getroffen, stöhnte Lou auf. »Nein! Das glaube ich einfach nicht.« Mit eng zusammengekniffenen Augen schob sie nach: »Und warum …?«

»Warum sie mir das alles erzählt hat, willst du wissen?«

Lou nickte.

»Ganz einfach: weil Papa sie vor Kurzem eiskalt abserviert und durch eine Jüngere und Attraktive ersetzt hat – durch Kimberly Cohen nämlich, mit der er auch in der Karibik war!«

»Ich fasse es nicht.« Lou schüttelte den Kopf. »Ich fasse es einfach nicht. Amanda war deshalb natürlich stinksauer und hat dir alles erzählt?«

»Verständlich, oder? Wir haben ja zehn Tage zusammen hier verbracht und hatten deshalb jede Menge Zeit zum Reden.«

»Die sie dazu genutzt hat, um es deinem Vater gründlich heimzuzahlen?«

Rowan nickte. »Zutiefst verletzte und gekränkte Frauen sollen in ihrem Zorn ja zu allem fähig sein, nicht wahr?« Obwohl ihm bestimmt nicht zum Scherzen zumute war, huschte ein kleines Lächeln über seine Lippen. »Außerdem befürchtet sie ganz offensichtlich, ihren Job zu verlieren. Den hat Papa ihr doch besorgt!«

»Verstehe. Als Gegenleistung, sozusagen.«

»Wenn du es so ausdrücken willst.« Rowan verzog das Gesicht, als wäre ihm das selbst peinlich. »Deshalb hat Amanda mir auch noch weitere Interna gesteckt. Über YOUR TV und insbesondere über BATTLE ISLAND!«

Battle Island, Azoren. Kontrollbunker. Home-Call-Studio.
Tag neun: Samstag, 13. August 2022, 09:03 Uhr.

»Einen Hubschrauber und eine Million in bar?« Rupert Gleason starrte Mike Mannings vom Display des Tablets aus ungläubig an. »Die sind wohl verrückt geworden!«

»Wie auch immer«, warf Mannings eher emotionslos ein. »So lautet zumindest ihre Forderung. Und ich fürchte, sie meinen es ernst.«

»Aber wie konnte das passieren, Mikey?« Der Senderboss sah ihn vorwurfsvoll an. »Du hast doch immer davon geschwärmt, wie toll unsere Sicherheitschefin wäre! Dass sie alles im Griff hat und ihr keiner das Wasser reichen kann! Deshalb hast du Amanda doch angestellt – nicht wahr, Mikey?«

Mannings verzog gequält das Gesicht. »Ja, schon.«

»Und jetzt schaffen es ein paar Hanseln …« Gleason brach ab und beugte sich nach vorne. »Wie viele sind es, hast du gesagt?«

»Vier. Zumindest so weit wir das anhand der Kamerabilder beurteilen können. Einer ist unten am Hafen postiert und bewacht offensichtlich die gefangen gesetzten Securitymänner. Und drei haben unsere Kandidaten hier oben im Camp in ihrer Gewalt.«

»Vier Männchen – ich fasse es nicht!« Gleason lehnte sich wieder zurück und schüttelte so heftig den Kopf, dass seine Hippiemähne wehte. »Vier Männchen, die zum Teil noch gar nicht richtig trocken hinter den Ohren sind, fordern einen ganzen Sender heraus und glauben auch noch, dass sie damit durchkommen!« Für einen Moment starrte er verkniffen vor sich hin – und hämmerte mit einem Mal so heftig mit der Faust auf den Schreibtisch, dass selbst Mannings erschrocken zusammenfuhr. »Aber nicht mit mir!«, schrie Gleason die Webcam so wütend an, als hätte sie höchstpersönlich das Ultimatum gestellt. »Nicht mit mir! Ich bin schon mit ganz anderen Herausforderungen fertiggeworden in meinem Leben und werde mit Sicherheit nicht vor vier Möchtegernrambos in die Knie gehen – niemals!« Was er mit einem weiteren Fausthieb lautstark unterstrich. Nach einigen heftigen Schnaufern beruhigte er sich allerdings rasch wieder. »Oder bist du etwa anderer Meinung, Mikey?«, fragte er überraschend entspannt.

»Nein, natürlich nicht«, antwortete Mannings rasch. »Zumal wir nicht wissen, ob sie auch tatsächlich Wort halten und uns unbehelligt lassen, wenn wir ihre Forderungen erfüllt haben.«

»Du sagst es, Mikey, du sagst es!« Gleason beugte sich wieder nach vorne und sah Mannings lauernd an. »Glaubst du, dass du sie bis morgen früh hinhalten kannst?«

»Ich denke schon. Das war schließlich ihr eigener Vorschlag. Und dass Master Bob vorher wieder auf die Beine kommt, bezweifele ich sehr.«

»Umso besser!« Ein verschlagenes Lächeln huschte über das Gesicht des Senderchefs. »Bist du allein, Mikey? Oder hört uns jemand zu?«

»Nein, niemand. Wir sind ganz unter uns.«

»Gut.« Gleason beugte sich wieder weit nach vorne, als könnte er damit eine größere Vertraulichkeit herstellen. »Dann hör mal gut zu: Wie du sicherlich weißt, gibt es jede Menge privater Sicherheitsunternehmen, die sich auf heikle Einsätze spezialisiert haben. Ich sage nur Blackwater oder Academi oder weitere in der Art. Und rein zufällig befindet sich eines dieser Unternehmen im Besitz von Samuel Ricks, unserem Hauptaktionär und leidenschaftlichen Fan von BATTLE ISLAND.«

Mannings zuckte wie elektrisiert zusammen. »Und weiter?«

»Ich nehme umgehend Verbindung mit ihnen auf und informiere sie über unser Problem. Und morgen früh um neun Uhr wird dann tatsächlich ein Hubschrauber auf Battle Island landen. Allerdings nicht mit einer Million in bar an Bord, sondern mit einem schwer bewaffneten Spezialkommando, das diese Jüngelchen im Handumdrehen erledigen wird.« Er lächelte Mannings erwartungsvoll an. »Was hältst du von meinem Vorschlag, Mikey?«

»Super, Rupert, einfach super!« Mannings verzog anerkennend das Gesicht und zeigte ihm den Daumen. »Aber sollen wir nicht lieber Amanda einwei...«

»Nichts da!«, widersprach Gleason ungewohnt heftig. »Das bleibt absolut unter uns! Je weniger Leute darüber Bescheid wissen, desto weniger können sich verplappern! Und sorge dafür, dass die Kameras nicht laufen und es keinerlei Zeugen gibt, verstanden?!«

Battle Island, Azoren. Klosterruine. Hideout Rowan.
Tag neun: Samstag, 13. August 2022, 09:07 Uhr.

»Was?« Lou starrte Rowan so fassungslos an, als hätte er behauptet, die Erde wäre eine Scheibe. »Willst du damit sagen, dass die Castings zu BATTLE ISLAND total manipuliert waren?«

»Von total war nicht die Rede und von manipuliert auch nicht«, entgegnete Rowan mit amüsiertem Lächeln. »Ich habe lediglich erwähnt, dass YOUR TV höchst geschickt dafür gesorgt hat, dass es die von ihnen gewünschten Teilnehmer am Ende auch tatsächlich in die Show geschafft haben!«

»Aber wo ist der Unterschied?«, empörte sich Lou. »Das läuft doch aufs Gleiche hinaus!«

»Nicht ganz«, beharrte Rowan. »Manipulieren würde bedeuten, dass der Sender die Ergebnisse verfälscht hat – und das war zumindest bei den Vorcastings nicht der Fall.«

»Aber?«

»Ich will es mal so ausdrücken: Dad und seine Mitarbeiter haben die Prüfungen so gestrickt, dass sich genau die Teilnehmer durchgesetzt haben, die sie im Auge hatten«, erklärte Rowan. »Und das ist ebenso verständlich wie legitim. Eine TV-Show ist nun mal keine Leichtathletik-WM, bei der die gewinnen, die am schnellsten laufen, am höchsten springen oder am weitesten werfen. Eine Show muss vielmehr eine größtmögliche Menge von Zuschauern bestmöglich unterhalten! Aber das funktioniert nur, wenn auf dem Bildschirm so richtig die Post abgeht. Wenn die Kandidaten nicht nur Superleistungen vollbringen, sondern sich auch richtig fetzen und sich bis aufs Blut bekämpfen. Gleichzeitig muss es Akteure geben, mit denen sich die Zuschauer voll und ganz identifizieren können, und solche, die sie am liebsten auf den Mond schießen würden. Das ist doch nachvollziehbar, oder nicht?«

Lou verzog das Gesicht. »Ja, schon, aber …«

»Das Wichtigste bei einem Format wie BATTLE ISLAND ist deshalb«, fuhr Rowan, ohne auf ihren Einwand einzugehen, fort, »dass die Mischung der Kandidaten auf den Punkt genau stimmt. Ideal sind völlig konträre Typen, deren Interessen und Ansichten so unterschiedlich und gegensätzlich sind, dass sie sich im normalen Leben wahrscheinlich nicht einmal mit dem Hintern ansehen würden. Und da die Show in ganz Europa ausgestrahlt wird, müssen auch möglichst viele Nationen vertreten sein. Das alles unter einen Hut zu bringen, ist gar nicht so einfach.«

»Verstehe.« Lou nickte. »Und deshalb hat YOUR TV ein wenig nachgeholfen?«

»Ganz genau.«

»Aber das würde ja bedeuten, dass der Sender alle Bewerber genauestens unter die Lupe genommen und sogar ihre persönlichsten Geheimnisse gekannt hat?«

»Aber, Lou!« Der Vorwurf in Rowans Stimme war nicht zu überhören. »Genau das habe ich dir doch bereits in London bestätigt! Natürlich hat der Sender sich die Bewerber ganz genau angesehen. Sonst hätte er die Castings doch gar nicht in seinem Sinne beeinflussen können!«

Lou antwortete nicht, sondern begnügte sich mit einem resignierten Seufzen.

»Warum, glaubst du wohl«, fuhr Rowan fort, »hat jemand wie Daniel Michaelis es in die Show geschafft?«

»Keine Ahnung.« Lou rümpfte die Nase. »Diese Frage habe ich mir auch schon gestellt.«

»Dabei ist es doch ganz einfach: Daniels Vater ist ein europaweit bekannter Schönheitschirurg, der in den besten Kreisen der Gesellschaft verkehrt. Dass sein Sohn an einer höchst umstrittenen TV-Show teilnimmt, musste zwangsläufig für Schlagzeilen sorgen. Das zumindest war das Kalkül von YOUR TV. Und das ist auch prompt aufgegangen, erst recht, als Michaelis senior in aller Öffentlichkeit über seinen Junior abgelästert hat.«

»Aber das konnte doch niemand voraussehen, oder?«

»Sorry, Lou.« Rowan sah sie fast bedauernd an. »Aber manchmal tust du so naiv, dass es fast schon wehtut! Natürlich hat Pa damit gerechnet. Weil er wusste, dass dieser Halbgott von Vater seinen Sohn für einen absoluten Versager hält. Dabei kann Daniel gar nichts dafür.«

Lou legte die Stirn in Falten. »Nein?«

»Nein.« Rowan schüttelte den Kopf. »Daniel leidet nämlich an einer extremen Form von Blutphobie. Der bloße Anblick von Blut führt bei ihm zu einer Art Schockstarre und in der Regel auch zu Ohnmachtsanfällen. Welche Folgen das haben kann, hast du ja selbst miterlebt. Aber was noch viel schlimmer ist – er kann deshalb unmöglich die Nachfolge seines Vaters antreten. Und das empfindet der Alte anscheinend als persönliche Beleidigung. Was er Daniel natürlich auch bei jeder Gelegenheit spüren lässt. Kein Wunder, dass er so ist, wie er ist, nicht wahr?«

»Stimmt«, sagte Lou mit einem gequälten Seufzer. »Dann muss ich Daniel ja schnellstens um Entschuldigung bitten.« Sie griff zu ihrem Becher und trank einen Schluck Tee. »Aber warum hat er sich dann für BATTLE ISLAND beworben?«

»Warum wohl? Um seinem Vater zu beweisen, dass er doch nicht der Versager ist, für den der ihn hält! Dass er dadurch alles nur noch schlimmer macht, hat er natürlich nicht bedacht.«

»Hm.« In tiefe Gedanken versunken, starrte Lou für einen Moment vor sich hin. Dann blickte sie wieder zu Rowan. »Und bei den anderen Teilnehmern verhält es sich so ähnlich?«

»Mehr oder weniger«, bestätigte Rowan. »Jean-Luc zum Beispiel wurde Anfang des Jahres verhaftet, weil er im Verdacht stand, als Drogenkurier gearbeitet zu haben. Da ihm das allerdings nicht nachgewiesen werden konnte, wurde er wieder auf freien Fuß gesetzt. Nur drei Tage später jedoch wurde er mit schweren Schnittverletzungen im Gesicht in ein Pariser Krankenhaus eingeliefert. Er hätte sich beim Rasieren geschnitten, hat der Idiot behauptet! Aber natürlich hat sich die Polizei ebenso ihren Teil dabei gedacht wie YOUR TV! Einen Halbkriminellen aus dem Drogenmilieu, der zu Gewalttätigkeiten neigt, erleben die Fernsehzuschauer doch nicht jeden Tag live und in Farbe!«

»O Mann, mir wird gleich schlecht!« Lou winkte ab. »Und Poppy wurde wahrscheinlich ausgewählt, weil sie schwanger ist?«

»Schwanger?« Rowan sah sie verwundert an. »Wie kommst du denn darauf?«

»Weil alles darauf hindeutet: ihr heiß geliebter Austauschschüler, der sie so schrecklich gelinkt hat, und ihre morgendliche Übelkeit. Und dass der Gedanke an eine Sünde sie fast hysterisch werden lässt. Passt doch alles zusammen, nicht wahr?«

»Kann sein.« Die Zweifel in Rowans Stimme waren jedoch nicht zu überhören. »Allerdings war das nicht der Grund, warum sich Pa für sie entschieden hat.«

»Sondern?«

»Weil Poppy zum einen aus Irland und zum anderen aus einem strenggläubigen Elternhaus stammt, das ganz unter dem Diktat ihrer Mutter steht. Aber noch weit mehr unter dem ihres Onkels, des allseits verehrten Father O'Connor, der alle Familienmitglieder ständig daran erinnert, dass ihnen die ewige Verdammnis sicher ist, wenn sie kein gottgefälliges Leben führen. Ein solches geradezu weltfremdes Mädchen mit einem absolut rücksichtslosen und selbstsüchtigen Charakter wie Sophie Hansen zu konfrontieren, der nichts und niemand heilig ist und die keinerlei

Skrupel kennt, um ihre Ziele zu erreichen, erschien Papa nicht nur äußerst interessant, sondern auch höchst konfliktträchtig!«

»Hör auf, Rowan, es reicht!«, wehrte Lou mit angewiderter Miene ab. »Ich will nichts mehr hören. Obwohl …« Sie brach ab und blickte ihn mit großen Augen an. »Was … was war es denn bei mir? Was hat deinen Vater dazu bewogen, sich für mich starkzumachen?«

»Sehr gut, Lou.« Rowan nickte ihr mit ernster Miene zu. »Das habe ich mich natürlich auch gefragt. Schon damals in Berlin, als er dich so vehement dazu gedrängt hat, dich für BATTLE ISLAND zu bewerben.«

»Und?«

»Lange Zeit habe ich keine Antwort darauf gefunden, bis ich neulich das hier entdeckt habe.« Er griff zu einem Buch – *Die Schatzinsel* –, schlug es auf und holte einen vergilbten Zeitungsausschnitt daraus hervor. »Hier, lies selber.«

- -

Battle Island, Azoren. Camp am Lagoa Azul.
Tag neun: Samstag, 13. August 2022, 09:15 Uhr.

- -

Als das Satellitentelefon klingelte, nahm Spider das Gespräch augenblicklich an: »Was gibt's, Mann?« Dann nickte er seinem Kumpan mit dem Vollbart aufgeregt zu und schaltete auf laut. »Okay, Mannings – haben Sie mit dem Sender gesprochen?«

»Natürlich«, kam die Stimme des Produzenten aus dem Apparat. »Das habe ich.«

Die beiden Vermummten blickten sich gespannt an. »Und? Was hat Ihr Boss gesagt?«

»Er ist einverstanden«, antwortete Mannings, »und hat schon alles Nötige veranlasst. Morgen früh um neun Uhr wird euer Hubschrauber hier landen.«

»Und was ist mit der Kohle?«

»Die befindet sich selbstverständlich mit an Bord: eine Million in kleinen und nicht durchgängig nummerierten Scheinen – genau, wie ihr gefordert habt.«

»Na, wer sagt's denn!«, erwiderte Spider spöttisch. »Das haben Sie gut gemacht, Mann, sehr gut sogar. Es macht total Spaß, mit Ihnen zusammenzuarbeiten! Echt schade, dass wir das nicht fortsetzen können.«

»Du Wi…«, setzte Mannings zu einer üblen Beschimpfung an, hatte sich aber gleich wieder im Griff. »Und was passiert mit uns? Ich meine, ihr werdet uns doch nichts antun?«

»Das kommt ganz auf euch selbst an«, erwiderte Spider. »Wenn alles so läuft wie abgesprochen, wird keinem was passieren. Aber wenn ihr versucht, uns zu linken, dann …« Er machte eine kurze Pause und warf dem anderen einen schnellen Blick zu. »Sie wissen, was dann passiert – nicht wahr, Mannings?«

»Ja, ja natürlich!«, antwortete der Produzent hastig. »Macht euch keine Sorgen.«

»Machen wir uns auch nicht.« Spider klang völlig gelassen. »Der Einzige, der sich Sorgen machen sollte, sind Sie!« Er wollte das Gespräch schon beenden, als ihm noch etwas einfiel. »Ach ja: Was ist eigentlich mit dieser Pussy? Mit Ihrem Showrunner, meine ich? Ist er noch immer bewusstlos?«

»Leider. Und wie es aussieht, wird das heute auch nichts mehr werden. Deshalb haben wir ja schon alles für Plan B vorbereitet.«

»Cool!« Spiders breites Grinsen war durch die Mundöffnung

seiner Sturmhaube deutlich zu erkennen. »Einen schönen Tag noch, Mr Mannings!« Ohne eine Antwort abzuwarten, beendete er das Gespräch und legte das Telefon weg.

»Bist du sicher, dass das auch stimmt?«, wollte der Vollbart wissen. »Dass dieser Typ noch immer außer Gefecht gesetzt ist?«

»Ja klar, Mann. Wieso sollte Mannings uns anlügen?«

»Um Zeit zu gewinnen, weshalb denn sonst?«

»Und was würde ihm das nützen? Zum einen würde der Boss uns doch sofort Bescheid geben, wenn irgendetwas nicht stimmt.« Spider beugte sich nach vorne und sah seinen Kumpan durch den Sehschlitz an. »Zum anderen kommt es für diese Senderfuzzis doch aufs Gleiche raus: Ob sie uns in Gold oder in bar bezahlen – eine Million bleibt eine Million! Und mit den Scheinen sind wir vermutlich sogar noch besser bedient. Einen solchen Haufen Gold auf einen Schlag loszuwerden, ist bestimmt nicht so einfach.« Damit erhob er sich und ging auf die Geiseln zu, die Rücken an Rücken und mit hinter dem Kopf verschränkten Armen am Seeufer ausharrten.

Daniel hatte das Bewusstsein wiedererlangt und auch Sophie war wieder einigermaßen auf dem Damm. Ihre Verletzungen waren allerdings nur notdürftig versorgt worden und bereiteten ihnen, ihren gequälten Mienen nach zu urteilen, offensichtlich große Schmerzen.

»Los, alle aufstehen!«, forderte Spider sie auf und richtete seine Waffe auf sie. »Und ein bisschen plötzlich, wenn ich bitten darf!«

Sein Kumpan, der sich ebenfalls erhoben hatte, musterte ihn verwundert. »Was … äh … was hast du vor, Alter?«

»Wir sperren sie in den Schuppen am anderen Ende von *Battle Village!* Der ist recht stabil, sodass sie wohl kaum entkommen können. Außerdem muss dort nur einer auf sie aufpassen und die anderen können sich derweil auf der Insel umsehen.« Dann wandte er sich wieder an die Geiseln. »Los jetzt, Abmarsch! Und denkt nicht mal im Traum daran, einfach abzuhauen! Unsere Waffen sind geladen, und wir machen sofort davon Gebrauch, wie ihr schon bemerkt haben solltet.«

Keiner der Gefangenen sprach ein Wort. Leonie hatte Tränen in den Augen, und Poppy murmelte unablässig vor sich hin, während sie sich mühsam hochrappelten. Nachdem Josh und Jean-Luc den verletzten Daniel zwischen sich genommen hatten und ihn stützten, zogen sie mit bedrückten Mienen und von den drei Vermummten bewacht davon – wie ein trauriger Trupp Verdammter, der einem ungewissen Schicksal entgegenmarschiert.

Battle Island, Azoren. Klosterruine. Hideout Rowan.
Tag neun: Samstag, 13. August 2022, 09:21 Uhr.

Tragischer Segelunfall stürzt Familie in tiefe Trauer!, lautete die Überschrift des jahrzehntealten Artikels. Und dann war zu lesen:

Beim Segeln vor der Küste Brightons wurde das Geschwisterpaar Michael (19) und Lorna (15) Mannings am gestrigen Nachmittag von einem plötzlich aufziehenden Sturm überrascht. Als ihr Boot infolge des heftigen Seegangs kenterte, wurden beide über Bord geschleudert. Lorna verfing sich in der Takelage und wurde unter Wasser gedrückt. Obwohl der Bruder verzweifelt versuchte, sie zu befreien, konnte sie nicht mehr gerettet werden. Aller Tragik zum Trotz wird sich der

Überlebende die Frage gefallen lassen müssen, warum weder er noch die seiner Obhut anvertraute jüngere Schwester eine Rettungsweste trugen.

Was Lou allerdings noch weit mehr erschütterte als der Artikel selbst, war das Foto, das den Beitrag illustrierte: Lorna Mannings sah ihr so ähnlich, als wäre sie ihre Zwillingsschwester!

Lou ließ den vergilbten Ausschnitt sinken und blickte Rowan verwundert an. »Wo hast du den her?«

»Ich habe ihn in Dads Schreibtisch gefunden. Als ich in unserer Londoner Wohnung nach meinem Reisepass gesucht habe.«

»Und du hast davon nichts gewusst?«

»Nein.« Rowan schüttelte den Kopf. »Pa hat nie ein Wort darüber verloren. Seine Schuldgefühle waren vermutlich so groß, dass er sie nie überwunden hat.«

Lou zog die Brauen hoch. »Und du meinst, dass er mich deshalb …?«

»Natürlich!«, bestätigte Rowan. »Am Anfang war es wahrscheinlich nur deine verblüffende Ähnlichkeit mit Lorna. Als ich ihm später auch noch von deinem Unfall erzählt habe, muss ihm das wie eine schicksalhafte Fügung vorgekommen sein. Und deshalb hat er dich wohl unterstützt – um sein damaliges Versäumnis wenigstens ein bisschen wiedergutzumachen.« Doch schon im nächsten Moment hob er abwehrend die Hand. »Das ist natürlich nur eine Vermutung, für die ich keinerlei Beweise habe.«

»Klingt aber durchaus plausibel«, sagte Lou nachdenklich. »Deshalb also hat er den Umschlag mit den Aufgaben des Berliner Castings damals neben meinem Computer liegen lassen!«

»Das ist gar nicht mal gesagt«, widersprach Rowan zu ihrer Überraschung.

»Du weißt davon?«

»Klar«, antwortete Rowan lächelnd. »Helen Haller hat es mir nämlich verraten. Sie hat das zufällig beobachtet und mit ihrem Handy gefilmt – und damit Papa unter Druck gesetzt und ihn gezwungen, sie mit nach Battle Island zu nehmen.«

»Nein!« Lou war fassungslos. »Das also war der Grund!«

»Genau. Dabei wäre das vermutlich gar nicht nötig gewesen. Pa hätte sie wahrscheinlich auch so mitgenommen.«

»Was?« Lou begriff nun überhaupt nichts mehr. »Wieso das denn?«

»Ganz einfach: weil Helen Haller die Verbindung zu einer Gruppe Berliner Jugendlicher hergestellt hat, die er als angebliche NO-TV-Aktivisten anheuerte und natürlich auch bezahlte. Und das Gleiche hat Amanda Clark in London für ihn gemacht! Dass diese Scheinorganisationen dann riesigen Zulauf bekamen und sogar von ernsthaften YOUR-TV-Gegnern, darüber hat er sich vermutlich halb scheckiggelacht.«

Lou war schlichtweg sprachlos. Das Ganze war so ungeheuerlich, dass sie es gar nicht in Worte fassen konnte. Umso mehr jedoch konnte sie Rowans Empörung verstehen. »Deshalb also hast du beschlossen, es deinem Vater heimzuzahlen, nicht wahr?«, hakte sie nach, obwohl es völlig überflüssig war.

»Ganz genau!«

»Und wie, wenn ich fragen darf?«

»Fragen darfst du natürlich, aber ich werde nicht antworten«, erwiderte Rowan mit ernster Miene. »Es soll schließlich eine Überraschung werden. Nur so viel: Was ich mir ausgedacht habe, wird Pa an seiner empfindlichsten Stelle treffen und das kaputt machen, was für ihn das Wichtigste überhaupt ist. Wichtiger als seine Familie, wichtiger als Mom und natürlich auch viel wichtiger als ich! Wenn am *Judgement Day* das Versteck der Schatzkiste enthüllt werden soll, wird für Pa eine Welt zusammenbrechen. Und von dieser Schmach wird er sich nie wieder erholen! Um das alles persönlich miterleben zu können, habe ich diesen ganzen Aufwand doch überhaupt auf mich genommen!«

Lou wollte schon nachhaken, als der Monitor anzeigte, dass sich im Kommandeurshaus etwas tat: Zwei Vermummte betraten nämlich gerade das Wohnzimmer! Sie schienen sich offenbar völlig sicher zu fühlen, denn beide zogen die Sturmhauben vom Kopf.

»Es ist tatsächlich Spider«, sagte sie mit Blick auf den Bildschirm. »Aber wer der andere ist, habe ich absolut keine Ahnung.«

»Ich auch nicht«, pflichtete Rowan ihr zwar bei, winkte aber gleich darauf ab. »Ist ja auch nicht so wichtig.« Dann verzog er verärgert das Gesicht. »Wenn ich nur wüsste, wo sich der blöde Schlüssel für den Waffenschrank im Keller des Kommandeurshauses befindet!«

»Der Schlüssel?« Lou blickte ihn ratlos an. »Wozu …«

»Verstehst du denn nicht?«, unterbrach Rowan sie und deutete auf den Monitor. »Dass die beiden Typen hier sitzen, bedeutet doch gleichzeitig, dass die Geiseln nur noch von dem Zopfmädchen bewacht werden. Wahrscheinlich haben sie ihre Gefangenen irgendwo eingesperrt. Wenn wir eine günstige Gelegenheit abpassen, könnten wir das Mädchen vielleicht überwältigen und die Gefangenen befreien. Aber dazu brauchen wir unbedingt eine Waffe.«

Da endlich fiel bei Lou der Groschen. »Und was, wenn wir

uns meinen Bogen besorgen? Der müsste noch immer im Camp liegen.«

»Dein Bogen? Gute Idee!«

»Na, dann los!«, drängte Lou. »Worauf warten wir denn noch?«

»Zu gefährlich!«, wehrte Rowan ab. »Zumindest bei Tag. Spider und sein Kumpan sitzen doch bestimmt nicht ewig im Haus rum und könnten uns deshalb jederzeit entdecken.«

Wie zur Bestätigung klangen in diesem Moment Spiders Worte aus dem Lautsprecher: »Okay, Mann. Wir essen noch schnell einen Happen und dann schauen wir uns die Insel mal näher an. Irgendetwas scheint hier nicht zu stimmen.«

»Wie jetzt?«, wunderte sich sein Kumpan. »Was meinst du denn, Alter?«

»Ganz einfach.« Spider verzog das Gesicht. »Wir haben acht von diesen Kandidatenkaspern in unserer Gewalt, okay?«

Der Kahlkopf nickte. »Ja, und?«

»Aber wenn man diese Spanierin mal abzieht, dann müssten es doch neun sein, oder?«

»Jetzt, wo du es sagst! Dann sollten wir dringend mal checken, ob uns da wer durch die Lappen gegangen ist! Solange es noch hell genug ist, um was zu sehen.«

»Siehst du!« Rowan wandte sich vom Monitor ab und sah Lou mit gewichtiger Miene an. »Lass uns also lieber warten, bis es dunkel ist.«

»Ich weiß nicht, ob das so clever wäre.« Lou klang nicht so recht überzeugt. »Dann können wir doch genauso wenig erkennen wie sie!«

»Wenn du dich da mal nicht täuschst!« Ein leichtes Lächeln auf den Lippen, griff Rowan unter das Feldbett, holte einen auf den ersten Blick reichlich unförmigen Gegenstand darunter hervor und hielt ihn ihr entgegen: ein Nachtsichtgerät – und da begriff Lou endlich, wer der heimliche Beobachter gewesen war, den sie in der vergangenen Nacht im Wäldchen entdeckt hatte.

Battle Island, Azoren. Camp am Lagoa Azul.
Tag neun: Samstag, 13. August 2022, 23:12 Uhr.

Battle Island war in pechschwarze Nachtfinsternis gehüllt. Schwere Wolken hingen tief am Himmel und ließen dem Mondlicht nicht die geringste Chance, die Insel zu erhellen. Der Wind hatte stark aufgefrischt und sich zu einem regelrechten Sturm ausgewachsen. Wie ein wildes Tier strich er laut heulend über den See und fuhr mit unbändiger Macht in die Bäume und Sträucher am Ufer, als wollte er sie einfach hinwegfegen. Während sie sich seiner Gewalt beugten, rauschte ihr Blattwerk so heftig, dass es nahezu alle weiteren Geräusche übertönte. Obwohl Lou sich ganz dicht hinter Rowan hielt, hörte sie nicht einen seiner Schritte. Der dicke Zopf, zu dem sie ihre Haare geflochten hatte, war der Gewalt des Windes schutzlos ausgeliefert. Er peitschte vor und zurück und schlug ihr immer wieder ins Gesicht.

Tiefe Dunkelheit hatte sich über die Uferwiese gesenkt. Der riesige Lichtballon, der das Camp in den vergangenen Nächten wie ein künstlicher Mond beleuchtet hatte, war erloschen. Lou konnte nichts als Schemen erkennen. Die Sträucher und Büsche ragten wie unförmige Nachtgespenster aus dem Boden auf. Sie gaben keinerlei Details preis, sodass Lou nur erahnen konnte, wo sich ihr Schlaflager befand. Sie machte einen schnellen Schritt nach vorne und tippte Rowan auf die Schulter.

Der blieb sofort stehen und drehte sich zu ihr um. Das unförmige Nachtsichtgerät vor seinen Augen verlieh ihm das Aussehen eines unheimlichen Rüsselmonsters. »Was gibt's?«, rief er ihr gegen den Wind zu.

»Mein Lager befindet sich unter einer Girlandenblume«, erklärte sie ihm und deutete auf die Sehhilfe vor seinem Gesicht. »Falls du das dadurch überhaupt erkennen kannst, meine ich.«

»Sehr gut sogar!«, gab Rowan zurück, und trotz der Dunkelheit glaubte sie ein Lächeln auf seinen Lippen zu sehen. Dann streckte er den Arm aus und deutete auf einen der Schemen, der sich für Lou in nichts von den anderen unterschied. »Es ist der Strauch da drüben!«

Durch einen raschen Rundumblick vergewisserte sich Rowan, dass niemand sie beobachtete. Dann gab er Lou ein Zeichen, ihm zu folgen, und schlich tief geduckt auf die Girlandenblume zu. Dort angekommen, blieb er stehen und wandte sich zu ihr um. »Wo hast du den Bogen denn hingetan?«

»Er hängt an einem der Äste. Und der Köcher mit den Pfeilen gleich daneben.«

Rowan drehte sich um und scannte den Strauch. Gleich mehrmals, wie es schien. »Sorry, aber ich kann nichts entdecken«, sagte er schließlich. »Weder einen Bogen noch einen Köcher.«

»Aber das gibt's doch nicht!«, rief Lou verwundert aus und beugte sich so dicht zum Gebüsch, dass nun auch ihre Augen das Nachtdunkel durchdrangen. Und tatsächlich: Obwohl sie kaum mehr als Schemen ausmachen konnte, sah sie, dass Rowan recht hatte: Der Bogen war mitsamt den Pfeilen verschwunden.

»So ein verdammter Mist! Wahrscheinlich haben diese Typen ihn entdeckt und mitgenommen.«

»Das fürchte ich auch«, pflichtete Rowan ihr mit enttäuschtem Nicken bei. »Dann müssen wir wohl doch unser Glück im Kommandeurshaus versuchen. Vielleicht bekommen wir den Waffenschrank ja auch ohne Schlüssel irgendwie auf.«

»Na, hoffentlich.« Lous Stimme allerdings war anzuhören, dass sie sich nicht allzu große Hoffnungen machte. »Dann also los. Gehen wir zum Haus!«

»Noch nicht«, wehrte Rowan ab. »Du hast doch gesehen, dass unsere Angreifer sich wieder dorthin zurückgezogen haben. Wenn sie nicht ganz bescheuert sind, schlafen sie nicht gleichzeitig, sondern halten abwechselnd Wache. Und hellhörig wie das Gebäude ist, werden sie mit Sicherheit bemerken, wenn wir uns im Keller zu schaffen machen.« Er machte eine kleine Pause und schien nachzudenken. »Wann soll der Hubschrauber mit dem Geld noch mal hier eintreffen?«

»Um Punkt neun Uhr, haben sie gefordert!«

»Gut.« Rowan nickte. »Dann gehen sie bestimmt schon einige Zeit vorher zum Landeplatz. Bei dieser Riesenmenge Geld fiebern sie der Ankunft des Helis doch bestimmt so sehr entgegen, dass sie nichts mehr im Haus hält.«

»Denke ich auch.« Lou nickte. »Zumindest würde das mir so ergehen.«

»Eben! Dann schleichen wir uns also kurz vor neun in den Keller und versuchen, den Waffenschrank aufzubekommen. Und wenn uns das tatsächlich gelingt, können wir möglicherweise doch noch verhindern, dass sie mit dem Geld entkommen.«

»Oder wenigstens dafür sorgen, dass den Geiseln nichts passiert«, fügte Lou noch hinzu. »Was für mich viel wichtiger wäre als das blöde Geld.«

»Klar doch, natürlich!«, bestätigte Rowan und wandte sich zum Gehen. Lou wollte ihm schon folgen, als sie plötzlich ein flehendes Piepsen hörte.

»Fiepsi«, rief sie, überrascht und höchst erfreut zugleich. »Wo bist du denn, mein Kleiner?«

Sie kauerte sich dicht vor der Girlandenblume nieder – und da endlich sah sie den kleinen Priolo. Er hockte am gewohnten Schlafplatz zwischen den Zweigen und schien sie tatsächlich zu erkennen. Jedenfalls flatterte er bei ihrem Anblick aufgeregt mit den Flügeln.

Zumindest bildete sich Lou das ein!

Sie nahm ihn in die Hand und strich zärtlich über sein weiches Gefieder. »Na, mein Kleiner, hast du mich vermisst?«, raunte sie ihm zu und nahm sein dünnes Fiepen schlichtweg als Zustimmung. Aber vermutlich war es nichts weiter als ein Hungerlaut, wie ihr fast noch im selben Augenblick aufging. Rasch setzte sie den Priolo wieder ab, holte die Tüte mit dem Futter aus ihrem Seesack und streute zwei große Handvoll unter den Strauch. »Lass es dir schmecken, mein Kleiner«, forderte sie ihn auf. »Friss ordentlich, damit du schnell wieder zu Kräften kommst.« Noch einmal strich sie ihm zärtlich übers Gefieder. »Es tut mir leid, aber ich kann dich nicht mitnehmen. Deshalb warte nicht auf mich, und flieg einfach davon, sobald dein Flügel wieder in Ordnung ist. Flieg zu deiner Mama, die macht sich bestimmt schon Sorgen um dich!«

Das leise Piepsen des Vögelchens hörte sich fast so an, als würde es Lou zustimmen.

Battle Island, Azoren. Kontrollbunker. Home-Call-Studio.
Judgement Day: Sonntag, 14. August 2022, 07:45 Uhr.

Mike Mannings kam sich völlig zerschlagen vor. Die Nacht war der reinste Horror gewesen. In dem engen Schlafraum, den er sich mit dem Team teilen musste, hatte er sich wie eingesperrt gefühlt und kaum Luft bekommen. Das Feldbett hätte nicht einmal ein Fakir bequem gefunden, und das Schnarchen der anderen hatte ihn so sehr gestört und genervt, dass er kaum ein Auge zubekommen hatte. Aber was das Schlimmste gewesen war: Er hatte ständig an den kommenden Tag denken müssen, an den *Judgement Day*. Der würde nämlich nicht nur über das Schicksal seiner geliebten Show entscheiden, sondern auch über sein eigenes. Über seine Zukunft und wahrscheinlich über sein gesamtes weiteres Leben!

Wenn BATTLE ISLAND den von ihm erhofften Ausgang nahm und sich als riesiger TV-Erfolg erwies, dann hatte er für immer ausgesorgt. Fernsehsender in aller Welt würden sich um die Show reißen und die Rechte für horrende Lizenzsummen erwerben. Und die hatte er Master Bob schon vor Wochen abgekauft! Gegen eine geradezu lächerlich geringe Summe. Da der notorisch klamme Showrunner dringend auf das Geld angewiesen war, hatte er zwar mit den Zähnen geknirscht, den Knebelvertrag aber trotzdem unterschrieben. Er würde deshalb mit niemandem teilen müssen und ganz alleine einen Riesenprofit einstreichen! Und mit Sicherheit würde YOUR TV ihm neben dem bereits zugesagten Aktienpaket auch noch einen um Längen besser dotierten Vertrag anbieten, nur damit er weiterhin für den Sender tätig sein würde. Ging die Sache jedoch schief, war er für Rupert Gleason und Samuel Ricks gestorben. Und zwar ein für alle Mal! Sie würden ihn gnadenlos vor die Tür setzen und er würde nie mehr ein Fuß in dieselbe bekommen, weder bei YOUR TV noch bei einem anderen Sender rund um den Erdball. Aber dann konnte er sich gleich einen Strick besorgen! Und alles hing davon ab, wie der *Judgement Day* verlaufen würde.

Schlimm genug, dass sie am Vorabend erneut ein Ersatzprogramm hatten senden müssen. *Die fünfundzwanzig spannendsten Momente aus BATTLE ISLAND,* hatte er Rupert vorgeschlagen. Genügend Material für einen derartigen Zusammenschnitt war in der Londoner Zentrale ja vorhanden. Die Quoten dürften zwar nicht gerade berauschend gewesen sein. Doch wenn es gelang, den zehnten und entscheidenden Tag wie geplant über die Bühne zu bringen und die Spannung bis zur finalen Entdeckung der Schatzkiste ins Unermessliche zu steigern, dann konnte alles noch ein glückliches Ende nehmen. Aber dazu mussten sie diese durchgeknallten Erpresser schnellstens und ohne weiteres Aufsehen loswerden, auf welche Weise auch immer. Ging das allerdings in die Hose, dann wäre das die reinste Katastrophe. Für YOUR TV und ganz besonders für ihn persönlich. Vor allem dann, wenn sich auch noch herausstellen würde, dass er selbst diese Typen über Amanda Clark und Helen Haller angeheuert hatte, um dann von ihnen eiskalt aufs Kreuz gelegt und übelst gelinkt zu werden! Kein Wunder also, dass Mike Mannings vor Aufregung nicht schlafen konnte und mit zum Zerreißen angespannten Nerven darauf wartete, dass Rupert Gleason sich endlich meldete und ihn über den Stand der Dinge unterrichtete!

Als es so weit war, sah Mannings schon auf den ersten Blick, dass etwas schiefgegangen war.

O Gott, nein!

»Waren die Quoten denn soooo schlecht?«, fragte er, und sein Herz klopfte so heftig, als wäre es kurz vorm Zerspringen.

»Die Quoten sind nicht das Problem, Mikey«, antwortete Gleason mit undurchdringlicher Miene. »Für eine solche Resteverwertung waren sie sogar erstaunlich gut.«

»Aber was ist es dann? Der Heli? Oder das Sondereinsatzkommando?«

»Weder noch!«, antwortete Gleason. »Die Männer stehen längst in Ponta Delgada bereit und sind bis zu den Zähnen bewaffnet. Und einen Hubschrauber haben wir selbstverständlich auch zur Verfügung.«

»Aber was ist es dann?«

»Das Wetter, Mikey, das verfluchte Wetter!«, ereiferte sich Gleason und beugte sich nach vorne. »Über São Miguel tobt ein Sturm von Orkanstärke, und niemand kann verbindlich vorhersagen, wann er wieder abflaut. Den meteorologischen Daten zufolge kann das noch Stunden dauern! Aber solange es so tierisch bläst, kann kein Hubschrauber der Welt hier starten oder landen.« Mit einem Seufzer ließ er sich wieder in seinen Schreibtischsessel zurückfallen. »Tut mir leid, Mikey, aber ich kann daran nicht das Geringste ändern.«

»O Gott!«, stöhnte Mannings auf, schlug die Hände vors Gesicht und rieb sich die vom Schlafmangel gezeichneten Augen. »Was machen wir denn jetzt?«

»Keine Ahnung«, gab Gleason niedergeschlagen zurück. »Wenn du mich fragst, gibt es nur eine Lösung.«

»Nämlich?«

»Du musst diesen Typen reinen Wein einschenken und ihnen

die Lage genauso schildern, wie sie ist. Und wenn sie nicht völlig bescheuert sind, werden sie schon einsehen, dass wir das Wetter beim besten Willen nicht ändern können.«

»Darüber muss ich erst mal in aller Ruhe nachdenken«, gab Mike Mannings mit leichenfahler Miene zurück. »Wenn sie nicht ganz bescheuert wären, dann hätten sie sich auf dieses wahnwitzige Unterfangen doch gar nicht erst eingelassen!«

Battle Island, Azoren. Battle Village.
Judgement Day: Sonntag, 14. August 2022, 08:45 Uhr.

Der Wind war noch stärker geworden. Die Planen an den Häuserattrappen knatterten wie Segel im Sturm. Das Gebälk knirschte so herzzerreißend laut, als würden die wackeligen Holzkonstruktionen in jedem Moment in sich zusammenstürzen. Lou und Rowan waren hinter einem riesigen Stapel Feuerholz in Deckung gegangen und spähten aufmerksam zum Kommandeurshaus hinüber, das ihnen seine fensterlose Rückseite darbot.

Rowan streckte den Arm aus und deutete auf die Steintreppe, die hinunter zur Tür des halb in den Boden eingelassenen Kellers führte. »Der Waffenschrank steht in einem Raum auf der gegenüberliegenden Seite, gleich neben dem Kühlkeller. Er hat allerdings keine Abtrennung zur Treppe und ist deshalb von dort aus leicht einzusehen. Wie gesagt: Das Haus ist extrem hellhörig. Wir müssen also peinlichst leise sein und dürfen nicht den geringsten Lärm machen. Nur für den Fall natürlich, dass sie doch noch nicht zum Hubschrauberlandeplatz gegangen sind.«

Als sie vor einer guten halben Stunde von Rowans Versteck

aufgebrochen waren, hatte ihnen der Monitor gezeigt, dass Spider und sein Kumpan gerade beim Frühstück saßen. Das Zopfmädchen dagegen hatte erneut gefehlt. Möglicherweise war sie alleine für die Bewachung der Geiseln zuständig und von ihren Komplizen bereits mit Essen versorgt worden. Aber genauso gut konnte sie im Laufe der Nacht auch von einem der Männer abgelöst worden sein und hatte inzwischen erneut den Wachdienst übernommen. Nach ihrer Rückkehr aus dem Camp hatten Rowan und Lou die Monitore nämlich nicht weiter beobachtet, sondern sich lieber sofort aufs Ohr gelegt, um für ihr morgendliches Unternehmen ausgeruht zu sein.

»Vielleicht sollten wir versuchen, durch die Fenster zu sehen«, schlug Lou vor. »Um sicherzugehen, dass sie auch wirklich weg sind.«

»Sorry, aber das bringt nichts«, widersprach Rowan sofort. »Das habe ich schon vor Tagen probiert. Die Vorhänge sind so dicht, dass man absolut nichts erkennen kann. Außerdem besteht dann immer die Gefahr, dass wir selbst entdeckt werden.«

»Wenn du es sagst«, gab Lou sich geschlagen. »Und wie kommen wir in den Keller?«

»Womit wohl? Damit natürlich!«, antwortete Rowan mit breitem Grinsen und zog einen Schlüssel aus der Hosentasche. »Habe ich neulich vorsorglich mitgehen lassen. Und das war auch sehr gut so!« Er reckte den Kopf ein wenig nach vorne und spähte nach allen Seiten. Die Luft war rein!

»Okay.« Er nickte Lou auffordernd zu. »Dann mal los!«

Als sie ihre Deckung verließen, wurde Lou von einer so heftigen Bö erfasst, dass es sie um ein Haar von den Beinen gerissen hätte. Auch Rowan musste mächtig gegen den Wind ankämpfen.

Erst als sie im Windschatten des Hauses waren, wurde es etwas besser. Vorsichtig schlichen sie die Treppe zum Keller hinunter. Unten angekommen steckte Rowan den Schlüssel ins Schloss der schweren Holztür und drehte ihn herum. Die Tür schwang ohne einen Laut auf und Rowan und Lou huschten geräuschlos in das Haus – wie zwei Raubkatzen auf der Jagd nach Beute.

Battle Island, Azoren. Kommandeurshaus. Wohnzimmmer.
Judgement Day: Sonntag, 14. August 2022, 08:50 Uhr.

Als das Satellitentelefon klingelte, stürzte Spider wie ein Geier darauf zu und nahm das Gespräch an. »Ist es endlich so weit, Mann?«, schrie er mit erregter Miene ins Mikro. »Wann landet unser Hubschrauber?«

Der Vollbart mit dem Glatzkopf war ebenfalls aufgesprungen und beobachtete ihn gespannt. Als er sah, dass Spider mehr und mehr erblasste, schüttelte er verwundert den Kopf und stieß seinen Kumpel an. »Was ist los, Alter?«, fragte er erstaunt. »Stimmt was nicht?«

»Einen Moment«, sagte Spider und schaltete den Lautsprecher ein. »Würden Sie das bitte noch mal wiederholen, Mannings?«

»Wenn es unbedingt sein muss.« Der Produzent klang genervt. »Also: Auf São Miguel tobt ein so heftiger Sturm, dass im Moment kein Hubschrauber starten oder landen kann. Tut mir wirklich leid, aber gegen das Wetter ist selbst der liebe Gott machtlos.«

»Der … der tickt doch nicht mehr richtig!« Die Gesichtszüge des Vollbarts entgleisten. Er sah Spider an wie ein kleiner Junge, dem der Weihnachtsmann den sehnlichsten Wunsch versagt hat. »Der... der will uns doch nur verarschen. Ganz genau: Verarschen will er uns und weiter nichts!«

»Hören Sie!«, flehte Mannings durchs Telefon. »Ich weiß zwar nicht, wer Sie sind. Aber was ich eben gesagt habe, ist die reine Wahrheit. Darauf gebe ich Ihnen mein Ehrenwort!«

»Ach ja, tatsächlich?« Der Glatzkopf verzog das Gesicht zu einer höhnischen Fratze und ließ ein hysterisches Lachen hören. »Weißt du, wie viel das wert ist, dein beschissenes Ehrenwort? Nichts, rein gar nichts! Oder erinnerst du dich nicht mehr, wie du deine Zuschauer eiskalt belogen hast? Als du in aller Öffentlichkeit über NO-TV hergezogen bist und dich über diese angeblichen Spinner und Krakeeler lustig gemacht hast? Dabei hast du diesen ganzen Zirkus doch selbst inszeniert und uns dafür bezahlt, dass wir möglichst viel Stunk und Randale gegen euren Sender und diese gottverfluchte Show machen. Nur damit sie in die Schlagzeilen kommt und möglichst viele Leute auf BATTLE ISLAND aufmerksam werden! Und dass du auch die Kandidaten brutalst gelinkt hast, weißt du doch selbst viel besser als ich. Erwartest du da im Ernst, dass wir einem professionellen Lügner wie dir auch nur noch ein einziges Wort abnehmen?«

»Sie... äh... Sie haben ja recht, aber... äh... das mit dem Sturm, das stimmt wirklich! Das müssen Sie mir glauben, bitte!«

»Und wovon träumst du nachts, Alter? Du lügst doch, wenn du nur den Mund aufmachst! Aber bitte, beschwer dich bloß nicht. Du hast es nicht anders gewollt.« Damit riss er Spider das Telefon aus der Hand und unterbrach die Verbindung. »So!«, sagte er, und sein Gesicht wurde so kantig, als wäre es aus Stein gemeißelt. »Meine Geduld ist jetzt endgültig zu Ende. Ich lass mich nicht länger verarschen. Wenn sie uns das Geld nicht bringen wollen, dann schnappen wir uns eben diese Showrunner-Pussy. Und wenn er uns nicht freiwillig zu dieser verdammten Schatzkiste führt, dann zeige ich ihm, welche … äh …« Ein böses Grinsen verzerrte sein bärtiges Gesicht. »… Spezialkenntnisse man bei der US-Armee so lernt.«

»Aber … was … äh?« Spider sah ihn verwirrt an. Der Wutausbruch hatte ihn wohl auf dem falschen Fuß erwischt. »Was willst du denn tun, Mann? Die haben sich doch im Bunker verbarrikadiert und da kommen wir niemals rein. Willst du vielleicht die Geiseln erschießen, damit sie uns öffnen und Master Bob rausschicken?«

»Die Geiseln?« Der Vollbart sah ihn höhnisch an. »Die Geiseln sind diesem verlogenen Fernsehfuzzi doch völlig egal! Der öffnet den Bunker wahrscheinlich selbst dann nicht, wenn wir sie alle kaltmachen.«

»Na also«, erwiderte Spider mit ratlosem Schulterzucken. »Was willst du sonst tun?«

»Was wohl?« Ein irres Feuer loderte in den Augen des Kahlkopfs auf. »Wir räuchern sie aus wie tollwütige Hunde! Wir stecken einfach die Häuserattrappen hier in Brand. Die bestehen doch nur aus Balken, Sperrholz und Zeltplanen und brennen bestimmt wie Zunder. Wenn genügend Rauch und Qualm durch die Lüftungsklappen in den Bunker eingedrungen sind, dann kommen sie schon freiwillig raus. Oder glaubst du vielleicht, sie wollen ersticken?« Mit irrlichterndem Blick schaute er sich um und deutete schließlich auf den Ofen. »Na bitte: Hier wird doch mit Öl geheizt. Dann gibt es vermutlich auch einen Tank im Keller!« Er schlug Spider so heftig auf die Schulter, dass der vor

Schmerz zusammenzuckte und das Gesicht verzog. »Komm schon, Alter! Einen besseren Brandbeschleuniger als Heizöl werden wir hier bestimmt nicht finden!« Damit drehte er sich um und stürmte mit weit ausladenden Schritten auf die Kellertreppe zu.

- -

Battle Island, Azoren. Kommandeurshaus. Keller.
Judgement Day: Sonntag, 14. August 2022, 08:59 Uhr.

- -

»Verdammt noch mal: Dieser bescheuerte Schrank muss doch irgendwie aufzukriegen sein!« Rowan stieß einen unterdrückten Fluch aus und schlug frustriert gegen die Tür des Waffenschrankes, der sich im Lichtkegel seiner Taschenlampe breitmachte. Der Türrahmen bestand aus massivem Holz. Die Glasfüllung war durch ein Drahtgeflecht verstärkt und damit vor dem Einschlagen geschützt. Aber was viel schlimmer war: Durch das Glasfenster schimmerten ihnen zwei Sturmgewehre entgegen, die die Armee bei ihrem Abzug offensichtlich vergessen hatte.

In ihrer Anspannung kam es Lou fast so vor, als würden die Waffen sie höhnisch angrinsen. Als wüssten sie genau, dass sie greifbar nahe und doch unerreichbar für sie waren und völlig nutzlos in ihrem Schrankgefängnis vor sich hin staubten. Aber das brachte sie auf eine Idee. »Können wir die Tür an den Fugen nicht irgendwie aufhebeln? Mit einem Schraubenzieher vielleicht? Oder noch besser: mit einem Brecheisen!«

»Ach ja? Sehe ich so aus, als könnte ich zaubern?«, erwiderte Rowan gereizt. »Wo sollen wir das denn herbekommen?«

»Was für eine Frage!« Auch Lous Nerven lagen allmählich blank. »Wir sind hier schließlich in einem Keller. Und darin liegt für gewöhnlich immer irgendwo Werkzeug rum. Zumindest ist das bei uns zu Hause so – und hier wird es wahrscheinlich auch nicht anders sein.« Sie zog ihre Taschenlampe hervor, schaltete sie ein und ließ den Lichtkegel langsam durch den Raum wandern. Als der Strahl auf die große Ölkanne neben dem Heizöltank fiel, schimmerte ein länglicher Gegenstand darauf auf: ein Meißel oder zumindest etwas Ähnliches. »Na bitte!«, rief sie erfreut aus. »Wer sagt's denn!«

Lou ging bereits auf das Werkzeug zu, als oben im Erdgeschoss plötzlich die Kellertüre aufgerissen wurde. Nur einen Moment später flammte auch schon die Deckenlampe auf.

»Licht aus!«, raunte Rowan ihr hastig zu. »Und schnell ab in den Kühlraum!«

Während schwere Schritte die Treppe hinunterpolterten, huschten sie geschwind auf die nahe Tür zu und konnten sich gerade noch in letzter Sekunde in der gekachelten Vorratskammer in Sicherheit bringen. Dort kauerten sie sich nieder, pressten sich dicht an die Tür und lauschten mit angehaltenem Atem nach nebenan.

»Hab ich's dir nicht gesagt, Alter?«, klang die dumpfe Stimme des Kahlkopfs an ihre Ohren. »Hier ist tatsächlich ein Öltank! Du nimmst die Kanne und ich krall mir den Eimer dort hinten. Dann können sich diese Fernsehfuzzis auf ein heißes Tänzchen gefasst machen.«

Lou blickte Rowan verwundert an. »Was haben die vor?«, raunte sie ihm zu. Ihr Atem bildete kleine Kältewölkchen.

Rowan verzog ratlos das Gesicht. »Keine Ahnung. Aber wie ich die Typen kenne, ist es bestimmt nichts Gutes!«

Hektische Pumpgeräusche waren von nebenan zu hören, die

mit fortschreitender Zeit von immer angestrengterem Keuchen begleitet wurden. Nach mehrmaligem blechernem Scheppern und Scheuern ließ sich schließlich wieder der Glatzkopf vernehmen: »Genug jetzt, das dürfte reichen. Du nimmst dir die Nordseite vor und ich die Südseite. Sieh zu, dass du das Öl möglichst gleichmäßig verteilst. Und bloß nicht sparen, Alter, verstanden?«

»Klar, Mann. Ich bin doch nicht blöd.«

»Dann ist's ja gut«, antwortete der andere kühl. »Wenn wir hinten beim Lagerschuppen angekommen sind, kann unsere Show beginnen: FIRE ISLAND oder so ähnlich!«

»Haha!« Spider war offensichtlich nicht zum Scherzen zumute. »Aber pass bloß auf, dass es den Schuppen nicht erwischt! Damit den Gefangenen …«

»Keine Angst«, fiel der Glatzkopf ihm ins Wort. »Der Wind kommt direkt aus Osten. Da kann überhaupt nichts passieren.«

»Gut so!«, sagte Spider und klang irgendwie erleichtert. »Lass uns den Hinterausgang nehmen. Das geht schneller und wir müssen nicht durchs Haus.« Ihre Schritte entfernten sich und dann herrschte Stille.

»O Mann!«, stöhnte Lou erleichtert auf. »Das war knapp!«

»Äußerst knapp sogar!«, pflichtete Rowan ihr bei. »Aber wenigstens sind wir die beiden jetzt los. Zumindest vorerst.« Er erhob sich und gab ihr einen Wink. »Los, komm. Versuchen wir es einfach noch mal!« Als er die Tür öffnete und nach draußen trat, fiel ein breiter Lichtstrahl in den dunklen Vorratsraum: Die beiden Gangster hatten wohl vergessen, die Deckenlampe auszuschalten.

Lou wollte Rowan schon folgen, als sie aus den Augenwinkeln ein weißes Etwas in der hintersten Ecke des Kühlraums erblickte, das das einfallende Licht reflektierte: ein mannsgroßer Sack aus hellem Plastik. Neben ein paar Kisten mit Obst und Gemüse und unter einer Leiste mit Fleischerhaken, von denen Würste und Schinken baumelten, lag er auf dem gefliesten Boden.

Eigenartig, überlegte sie. Was mag das wohl sein?

Und dieses silbrig glitzernde Band, das sich längs über seine Oberseite zog, war das nicht ein … Reißverschluss? Ähnlich wie bei den Bodybags, die sie in unzähligen Kriminalfilmen gesehen hatte?

»Bitte warte mal, Rowan«, hauchte sie und schaltete das Licht ein. Kein Zweifel: Es war tatsächlich ein Leichensack! Von einer bangen Vorahnung erfüllt, ging Lou mit angehaltenem Atem darauf zu. In der Ecke angekommen, blieb sie stehen und ließ ihren Blick über die im unschuldigen Weiß schimmernde Plastikhülle schweifen, ganz langsam, um die unvermeidliche Aufgabe, vor der sie sich allzu gerne gedrückt hätte, so lange wie möglich hinauszuzögern. Dabei wusste sie längst, dass sie nicht darum herumkäme.

Lou atmete tief durch und ging vorsichtig in die Knie. Der Knoten in ihrem Bauch schnürte sich immer fester zu, während sie den Zipp des Reißverschlusses fasste und ihn ganz langsam Millimeter für Millimeter aufzog. Als sie die Haare erblickte, die ihr seidig schwarz entgegenschimmerten, hatte sie das Gefühl, als würde sich der Boden unter ihren Füßen öffnen. Obwohl die Welt über ihr zusammenzustürzen drohte, bewegte sich ihre Hand wie von selbst und öffnete die Plastikhülle immer weiter, bis sie schließlich das Gesicht der toten Elena preisgab. Die Augen fest geschlossen und die Haut fast durchsichtig und blass, lag sie still und friedlich in ihrem künstlichen Kokon, fest in sich ruhend und in der sicheren Gewissheit, alle Schrecken dieser Welt hinter sich gelassen zu haben. Ihre bleiche Schönheit erinnerte Lou an das Schneewittchen aus dem Märchen – nur dass Elena den vergifteten Apfel der Bosheit und Niedertracht nicht wieder ausspucken und zum Leben erwachen würde.

Niemals wieder!

Und da konnte sich Lou nicht länger auf den Beinen halten. Ihre Knie zitterten und gaben nach. Kraftlos sank sie neben der Toten auf den Boden und fing an, haltlos zu schluchzen.

»Diese Schweine«, kam es bebend und stockend über ihre Lippen. »Diese elenden Schweine. Selbst vor den Toten haben sie keinen Respekt!«

Anstatt Elena, wie versprochen, in die Heimat zu überführen und dort für ein würdiges Begräbnis zu sorgen, hatten Mannings und seine Mitarbeiter ihren Tod verschwiegen und hielten ihren Leichnam versteckt – vor ihrer Familie und vor der ganzen Welt. Und alles nur, damit kein dunkler Schatten auf BATTLE ISLAND fiel und den Erfolg der Show gefährdete!

»Diese Schweine!«, schluchzte Lou erneut auf, »diese elenden Schweine!«

Sie merkte gar nicht, dass Rowan sich neben sie setzte und tröstend einen Arm um sie legte.

Battle Island, Azoren. Battle Village.
Judgement Day: Sonntag, 14. August 2022, 09:15 Uhr.

Ein Sturmgewehr in den Händen, beobachtete das Mädchen mit dem hennaroten Zopf die beiden Komplizen, die die Häuserattrappen voller Eifer mit einer Flüssigkeit bespritzten – Heizöl, wie der Geruch verriet. Als sie nahe bei ihr angekommen waren, blickte sie sie verwundert an. »Seid ihr jetzt total durchgedreht? Warum tragt ihr keine Sturmhauben mehr? Und was soll das überhaupt werden, wenn es fertig ist?«

»Was wohl?«, antwortete der Glatzkopf mit irrem Grinsen, während er das restliche Öl aus seinem Eimer fast genüsslich über eine im Wind flatternde Plane rinnen ließ. »Heute ist unser großer Tag! Das muss doch gefeiert werden – mit einem richtig fetten Freudenfeuer!« Er warf den Eimer zur Seite und holte ein Zippo aus seinem Kampfanzug. Als nach einer ratschenden Bewegung eine Flamme darauf emporzüngelte, ließ er das Feuerzeug in die Öllache fallen, die sich neben dem letzten Geisterhaus gebildet hatte. Die entzündete sich augenblicklich und nur einen Moment später leckten feurige Zungen gierig an der Wand hoch. Angefacht durch den heftigen Wind, breitete sich das Feuer rasend schnell aus. Mit wildem Fauchen sprangen die Flammen von einer Gebäudeattrappe zur anderen, fraßen sich an den ausgedorrten Planen und durch das knochentrockene Gebälk empor. Nur eine halbe Minute später brannte ganz *Battle Village* bereits lichterloh! Mächtige Feuerzungen schossen mit lautem Geknister und Geknacke zum wolkenverhangenen Himmel empor und der Wind trieb dicke Rauch- und Qualmwolken mit stürmischer Macht auf das Kommandeurshaus und den Kontrollbunker zu.

»Ja! Ja!«, schrie der Glatzkopf wie im Rausch. Die brüllende Hitze, die das Feuer ausstrahlte, schien ihn nicht im Geringsten zu stören. Mit zuckenden Bewegungen warf er die Arme in die Höhe und tanzte wie ein ekstatisches Rumpelstilzchen im Kreis herum – als wäre er ein in Trance versetzter Schamane, der die Feuergeister beschwört. »Ja, ja, brenne, brenne, immer weiter, immer weiter!«

Der irre Anblick ließ das Mädchen erschrocken zusammenzucken. Sie wich vor der Hitze zurück und wandte sich an Spider, der den Kumpan mit nachsichtigem Lächeln beobachtete. »Aber die Geiseln«, sagte sie mit ängstlichem Blick auf den Schuppen hinter ihnen. »Wenn das Lager hier ebenfalls Feuer fängt, dann …«

»Keine Angst«, fiel Spider ihr ins Wort. »Das wird schon nicht passieren. Der Wind kommt aus Osten, also mach dir keine Sorgen!«

Sie wollte schon antworten, aber da drehte der Glatzkopf sich zu ihnen um und winkte Spider hektisch zu. »Komm schon, komm! Lass uns zum Bunker gehen und zusehen, wie diese elenden Ratten aus ihren Löchern kommen!«

Als Spider losrannte, wollte sich das Mädchen ihm anschließen. Doch der Glatzkopf hielt sie zurück.

»Nichts da!«, blaffte er sie an. »Du bleibst hier und bewachst die Gefangenen. Und wehe, du lässt einen von ihnen entkommen!« Um seine Drohung zu unterstreichen, zog er eine Pistole aus dem Hosenbund und reckte sie demonstrativ in die Höhe. Dann drehte er sich um und stürmte Richtung Bunker davon, gefolgt von Spider, der den gequälten Blick des Zopfmädchens nur mit einem ratlosen Schulterzucken beantwortete.

- -

Battle Island, Azoren. Kommandeurshaus. Keller.
Judgement Day: Sonntag, 14. August 2022, 08:59 Uhr.

- -

Lou wirkte wie weggetreten. Völlig apathisch lehnte sie an der Wand des Kühlraums und starrte mit ausdrucksloser Miene vor sich hin. Ihr leerer Blick ging in eine unbestimmte Ferne und ihr Mund stand halb offen – als könnte sie noch immer nicht begreifen, was sie mit eigenen Augen gesehen hatte.

Rowan ließ sie einfach gewähren und hielt sie nur fest im Arm. Er wusste, dass jedes Wort überflüssig gewesen wäre. Lou brauchte Zeit, einfach Zeit, um den Schock zu verdauen, der sie beim Anblick der toten Elena befallen hatte. Ohne es zu merken, schüttelte er den Kopf. Unfassbar, dass sein Vater zu einer solchen Gemeinheit fähig war! Aber das passte genau ins Bild. Deshalb hatte Mike die Strafe, die er sich für ihn ausgedacht hatte, auch voll und ganz verdient!

Mit einem Mal schreckte Rowan zusammen und schnupperte. Roch es nicht nach … Rauch? Nach Rauch, Qualm und Feuer? Er richtete sich auf, spähte durch die offene Kühlraumtür zum Hinterausgang des Kellers – und da endlich sah er den zuckenden Feuerschein, der sich an den Wänden widerspiegelte.

»Komm zu dir!«, schrie er Lou an. »Das *Battle Village* brennt! Wir müssen hier raus, schnell!«

Blitzartig sprang Rowan auf die Beine. Doch Lou zeigte nicht die geringste Reaktion. Sie sah immer noch so aus, als wäre sie ganz weit weg.

Rowan beugte sich zu ihr, packte sie an den Schultern und schüttelte sie so heftig, dass ihr Kopf vor- und zurückbaumelte, als hätte er keinen festen Halt auf ihrem Körper. »Komm zu dir, Lou!«, schrie er sie an. »Wir müssen hier raus, schnell, bevor es zu spät ist!«

Wieder keine Reaktion.

In seiner aufsteigenden Panik wusste sich Rowan nicht anders zu helfen und versetzte ihr kurzerhand eine schallende Ohrfeige! Und damit hatte er endlich Erfolg: Lou zuckte zusammen, als würde sie aus einem tiefen Traum erwachen, riss die Augen weit auf und blickte ihn erstaunt an. »W-w-was … was ist denn los?«, stammelte sie verwundert. »Was habe ich denn …?«

»Nichts!«, schrie er sie an. »Du hast nichts getan! Wir müssen nur hier raus, das ist los!« Rowan packte ihre Hand und riss sie vom Boden hoch – und da endlich begriff Lou, was um sie herum vorging. »Aber … es brennt ja!«, staunte sie ihn mit großen Augen an. »Wieso das denn?«

»Egal!« Seine Stimme überschlug sich fast, während er sie mit aller Gewalt aus dem Kühlraum zog. »Wir müssen nur hier raus. Also lauf endlich, lauf! Lauf, so schnell du kannst!«

Hand in Hand stürmten sie auf den Hinterausgang zu und hetzten über die Treppe nach draußen. Eine riesige Feuerwand brüllte sie an, und die Hitze, die ihnen entgegenschlug, war so heftig, dass sie entsetzt einige Schritte zurückwichen. Die Gesichter notdürftig durch die vorgehaltenen Arme geschützt, stürmten sie dann dicht an der Rückwand des Hauses entlang und hielten auf das nördlich daran angrenzende Wäldchen zu. Der hölzerne

Ausguckturm am Rand von *Battle Village* brannte ebenso lichterloh wie der große Stapel Feuerholz, hinter dem sie noch vor Kurzem Deckung gesucht hatten. Immer wieder explodierte einer der knochentrockenen Scheite und stieg mit lautem Knall hoch in die Luft – wie ein Feuerwerkskörper, der ein besonderes Ereignis illuminiert.

Lou duckte sich und blieb in plötzlicher Faszination stehen. Noch während sie das schaurige Schauspiel wie gebannt beobachtete, gellte ein Warnschrei an ihre Ohren: »Lou! Vorsicht, Lou!« Überrascht blickte sie auf und sah, dass die Holzkonstruktion des hohen Turms gerade in sich zusammenbrach. Wie feurige Mikadostäbe stürzten die brennenden Balken direkt auf sie zu! Der Anblick war von so schrecklicher Schönheit, dass Lou zu keiner Bewegung mehr fähig war. Den Blick wie erstarrt auf den näher kommenden Feuerregen gerichtet, verharrte sie regungslos auf der Stelle. Schon sah es so aus, als würden die lodernden Trümmer sie unter sich begraben, als Rowan mit einem Schrei der Verzweiflung auf sie zuhechtete und sie zur Seite riss. Keine Sekunde zu spät – denn nur um Haaresbreite entgingen sie dem tödlichen Flammenhagel. Während Lou noch keuchend über den staubigen Boden rollte, rappelte sich Rowan schon wieder auf. »Weiter, schnell weiter!«, schrie er sie im Losrennen an. »Los, mach schon!«

Nur mit erheblicher Mühe kam Lou wieder auf die Beine. Umhüllt von einem glühenden Funkenregen stürmte sie davon und setzte Rowan nach, der bereits einen kleinen Vorsprung gewonnen hatte.

»Wohin?«, schrie sie hinter ihm her. »Wohin willst du?«

»Ins Versteck natürlich!«, antwortete er, ohne sich umzudrehen.

»Dort sind wir in Sicherheit! Jetzt mach schon, Lou! Lauf schneller, viel schneller!«

Sie hatten den Schutz des Wäldchens fast schon erreicht, als Lou ein dumpfes *Tock-Tock-Tock-Tock-Tock* hinter sich hörte. Im gleichen Moment zischte ein Geschoss dicht an ihrem Kopf vorbei. Unwillkürlich duckte sie sich und lief tief gebückt weiter, immer hinter Rowan her, der einen hektischen Zickzackkurs eingeschlagen hatte, um den Kugeln kein sicheres Ziel zu bieten. Erneut fraß sich das *Tock-Tock-Tock-Tock-Tock* in ihre Ohren – wie der dumpfe Jagdruf eines hungrigen Raubtiers, das sich unerbittlich an die Fersen seiner Beute geheftet hat. Und wieder flogen ihr Geschosse um Kopf und Körper, rissen Äste und Zweige von den Bäumen, zerfetzten das Laubwerk – und gingen zum Glück allesamt fehl! Lou machte sich bereits auf eine weitere Salve gefasst, als ein gutes Stück hinter ihr ein lauter Schrei erklang: »Komm zurück, Mann, schnell!« Das war Spider, ohne Zweifel! »Die Typen kommen gerade aus dem Bunker!«

Was für ein Glück!

Lou wollte schon erleichtert innehalten, doch Rowan trieb sie unbarmherzig an. »Weiter, Lou, immer weiter! Wir sind erst in Sicherheit, wenn wir das Kloster erreicht haben!« Ohne auf sie zu warten, stürmte er davon, und Lou hetzte blindlings hinter ihm her.

Die Klosterruine war schon greifbar nahe, als Rowan endlich langsamer wurde. Dabei hätte er gar keinen Anlass zu dieser hektischen Eile gehabt. Zum Glück war ihnen keiner der Angreifer gefolgt und so hätten sie es durchaus langsamer angehen lassen können. Aber Rowan hatte weder angehalten noch auf Lou gewartet. Er war stets einige Schritte vorausgelaufen und hatte stur auf das Kloster zugehalten. Nun aber schien er ebenfalls mit seinen Kräften am Ende zu sein. Er verlangsamte jedenfalls den Schritt, stützte die rechte Hand in die Hüfte und beugte sich laut keuchend vornüber.

Lou schloss rasch zu ihm auf. »Na endlich«, sagte sie erleichtert. »Wird ja auch langsam Zei…« Mitten im Wort brach sie ab und erbleichte. »O nein!«, stöhnte sie auf und schlug vor Entsetzen die Hände vor den Mund.

Battle Island, Azoren. Am Kontrollbunker.
Judgement Day: Sonntag, 14. August 2022, 09:14 Uhr

Mit einem irren Grinsen im Gesicht beobachtete der Kahlköpfige die Bunkerinsassen, die einer nach dem anderen laut keuchend und hustend durch die geöffnete Stahltür ins Freie taumelten: zunächst die Handvoll Mitarbeiter von Ausstattung, Technik und Regie, dann Helen Haller, dicht gefolgt von Kimberly Cohen und Master Bob. Amanda Clark und Mike Mannings bildeten den Schluss.

»Hab ich's dir nicht gesagt, Alter?« Der Glatzkopf stieß Spider mit dem Lauf seiner Pistole an. »Wir räuchern sie aus wie räudige Hunde!« Dann machte er ein paar Schritte auf die YOUR-TVler zu, die ihm jedoch noch immer keinen Blick schenkten. Vornübergebeugt und die Arme auf die Oberschenkel gestützt, rangen sie mühsam und würgend nach Luft oder rieben sich die vom beißenden Rauch geröteten Augen.

»Da haben wir ja unsere zehn kleinen Negerlein«, begrüßte er sie höhnisch und blinzelte seinem Komplizen zu. »Wie ging das Gedicht noch mal? ›Zehn kleine Negerlein, die wollten sich schon freu'n, dann hat es plötzlich *bum* gemacht, da waren's nur noch neun‹.« Als hätte er den größten Joke der Welt gerissen, brach er in ein irres Gelächter aus und klatschte sich mit der linken Hand auf den Oberschenkel.

»Lass den Quatsch, Mann!«, wies Spider ihn zurecht. »Wir haben schließlich Wichtigeres zu tun. Viel Wichtigeres sogar!« Die Pistole drohend auf die Gruppe gerichtet, schritt er zielsicher auf Master Bob zu. »Los, mitkommen!«, herrschte er ihn an. »Jetzt mach schon!«

Der Showrunner – er war noch reichlich blass im Gesicht, ob vom Rauch oder von seiner Schussverletzung, war allerdings nicht zu erkennen – sah ihn jedoch nur verwundert an. »Meinst du mich?«, fragte er.

»Jetzt stell dich nicht blöder, als du bist, du Pussy!«, erwiderte Spider verärgert. »Wen denn sonst?« Mit grimmigem Blick setzte er ihm seine Pistole auf die Brust. »Los geht's!«

Doch Master Bob schien die Ruhe selbst zu sein. »Und wohin?«, tat er völlig unwissend.

»Wohin wohl? Zu dieser verfluchten Kiste voller Gold natürlich«, zischte Spider ihn wütend an. »Und wenn du mich reinlegen willst oder irgendwelche Spielchen versuchst, dann wirst du mich kennenlernen! Und deine Freunde hier …« Er deutete mit dem Lauf der Pistole in die Runde. »… natürlich auch!«

»Meine Freunde?« Die Stimme des Showrunners triefte vor Ironie. »Wen meinst du damit?«

»Mann!« Spider verdrehte die Augen. »Hör auf zu labern und komm endlich!« Dann wandte er sich an den Glatzkopf. »Wenn wir nicht spätestens in einer halben Stunde wieder zurück sind –

mit dem Gold natürlich! –, dann knallst du einen nach dem anderen ab, verstanden?«

»Natürlich, Alter!«, erwiderte der grinsend. »Mit dem allergrößten Vergnügen.«

»Sorry«, meldete sich da Master Bob wieder zu Wort. »Aber ich fürchte, das wird nicht gehen.«

»Was?« Spider war so überrascht, dass seine Gesichtszüge für einen Moment entgleisten. Doch dann hatte er sich wieder im Griff. »Und ob das gehen wird!«, sagte er drohend. »Denn sonst …« Ein schmales Lächeln auf den Lippen, entsicherte er die Pistole. »… verleihe ich dir Flügel! Ich hoffe, wir verstehen uns, oder?«, fügte er mit Nachdruck hinzu.

»Und trotzdem«, beharrte Master Bob. »Eine halbe Stunde wird nicht reichen. Um an den Schatz zu kommen, müssen wir nämlich über den See. Und hin und zurück ist in einer halben Stunde unmöglich zu schaffen.«

»Sag das doch gleich!« Spider klang regelrecht erleichtert. »Dann also in einer Stunde!«, beschied er seinen Komplizen. »Und so lange passt du auf die Typen hier auf. Wenn jemand Zicken machen sollte – du weißt, was du zu tun hast, ja?«

»Klar weiß ich das!«, antwortete der Glatzkopf grinsend. »Verlass dich drauf!«

»Genau das tue ich, Mann!« Spider nickte ihm mit ernster Miene zu und wandte sich wieder an den Showmaster. »Jetzt komm endlich. Wir haben schon genug Zeit vertrödelt!« Als Master Bob sich dann zwar widerstrebend, aber letztendlich doch gefügig in Bewegung setzte, warf Spider Helen Haller einen auffordernden Blick zu. »Und du kommst mit! Damit du uns tragen helfen kannst!«

»Wenn du meinst«, erwiderte HH scheinbar gleichgültig und konnte sich dennoch ein schmales Lächeln nicht verkneifen.

Während die drei in Richtung See davongingen, wandte der Glatzkopf sich an die Zurückgebliebenen. »Los! Ihr verzieht euch wieder in den Bunker, aber schnell!«

»Was?« Das blanke Entsetzen im Gesicht, starrte Kimberly ihn an. »Das … das können Sie doch nicht machen! Dadrin ist doch noch alles voller Rauch und Qualm. Wir werden ersticken, wenn wir zurückgehen.«

»Werdet ihr nicht!«, herrschte der Glatzkopf sie an. »Ich lasse die Tür offen, dann kriegt ihr schon genügend Luft. Und jetzt setz deinen hübschen Hintern endlich in Bewegung.« Er deutete mit dem Lauf seiner Pistole auf die offene Tür. »Mach schon! Und für die anderen gilt das natürlich auch!«

Mike Mannings hatte sich möglichst unauffällig im Hintergrund gehalten und das ganze Geschehen beinahe wie unbeteiligt beobachtet. Während der Glatzkopf seine Mitarbeiter mit vorgehaltener Pistole zurück in den Bunker zwang, warf er einen raschen Blick über die Schulter: Spider war mit seinen beiden Begleitern inzwischen im Dickicht des Wäldchens verschwunden. Vermutlich waren sie bereits am Seeufer angekommen.

Und der Glatzkopf konzentrierte sich einzig und alleine auf die Techniker und Kimberly, die ihm eher widerstrebend Folge leisteten.

Das war doch die Gelegenheit!

Rasch beugte Mannings sich näher zu der neben ihm stehenden Sicherheitschefin und raunte ihr hastig ins Ohr: »Worauf wartest du denn noch, Amanda? Zieh endlich deine Waffe und mach deinen Job!«

»Äh.« Amanda zuckte kurz zusammen. »Du hast recht, Mike«, sagte sie schließlich. Dann zog sie die Pistole, die auf dem Rücken verborgen im Bund ihrer Hose steckte, zielte kurz und drückte ab.

Battle Island, Azoren. Distrikt A. Sektor A.
Judgement Day: Sonntag, 14. August 2022, 09:25 Uhr.

Rowan war leichenblass im Gesicht. Dicke Schweißtropfen liefen über Stirn und Wangen und seine Lider flatterten. Die fahlen und unkontrolliert zitternden Lippen halb geöffnet, rang er mühsam nach Luft. Das rechte Hosenbein seiner Jeans triefte vor Blut und die Vorderseite seines roten Shirts war ebenfalls damit getränkt – und da endlich begriff Lou, was geschehen war: Rowan war von einer Kugel getroffen worden und nur deshalb wie ein Irrer immer weitergerannt, damit sie das nicht mitbekam! Welch ein Wunder, dass er trotz seiner Verletzung noch so hatte laufen können.

In diesem Moment geriet Rowan ins Taumeln, und nur durch ein schnelles und beherztes Zugreifen konnte Lou verhindern, dass er zu Boden stürzte. »Bring… mich… in mein Versteck«, kam es kaum hörbar über seine Lippen. »Damit ich… mich… ausruhen kann.«

Obwohl fast starr vor Angst und Sorge, legte Lou ihm den Arm um die Hüfte. Als ihre Hand die Schusswunde kurz berührte, schrie Rowan laut auf und krümmte sich vor Schmerzen. Nachdem er sich wieder aufgerichtet hatte, klammerte er sich an ihrer Schulter fest – und dann schleppten sie sich unter größten

Mühen und mehr humpelnd als gehend in Rowans Versteck im Keller der Ruine.

Dort bettete Lou ihn behutsam auf das Feldbett, wischte ihm den Schweiß aus dem Gesicht und reichte ihm einen Becher Wasser zum Trinken. Unter heftigem Stöhnen richtete Rowan sich auf und setzte den Becher zitternd an die Lippen. Selbst der kleinste Schluck schien ihn so viel Kraft zu kosten, dass er sich schließlich wieder völlig erschöpft auf sein Lager zurücksinken ließ. »Danke, Lou«, hauchte er. »Vielen Dank!«

Sie deutete auf seine Hüfte. »Soll ich mir die Wunde mal …«

»Nein!«, unterbrach er sie keuchend und bewegte mühsam den Kopf auf dem Kissen hin und her. »Sie hat … aufgehört … zu bluten. Und ohne Verbandszeug … kannst du ohnehin nichts … für mich tun.« Die letzten Worte waren kaum noch vernehmbar. Mit dem gekrümmten Zeigefinger gab Rowan ihr zu verstehen, sich weiter zu ihm herunterzubeugen. Als Lou seiner Aufforderung folgte, sah er sie mit flehenden Augen an. »Hol dir … das Gold, Lou«, hauchte er ihr zu. »Bevor sie es … entdecken.«

Sie wollte empört protestieren – »Ich kann dich doch nicht alleine …« –, doch Rowan ließ sie gar nicht ausreden.

»Bitte, Lou«, unterbrach er sie. »Tu … tu es mir zuliebe … ich bitte dich! Der Friedhof … Denk an die Schatzins …« Mitten im Wort brach er ab, schloss die Augen und sein Kopf rollte kraftlos zur Seite.

O nein!

Lou zuckte in maßlosem Schrecken zusammen.

Bitte nicht!

Als sie nach seinem Handgelenk griff und seinen Puls fühlte, überflutete sie eine Welle der Erleichterung: Sein Herzschlag war zwar schwach, aber deutlich zu spüren. Rowan lebte und hatte lediglich das Bewusstsein verloren!

Was sollte sie bloß machen? Durfte sie ihn hier einfach alleine zurücklassen?

Andererseits: Was konnte sie schon groß ausrichten? Ohne Verbandszeug und ohne medizinische Kenntnisse? Nur tatenlos herumsitzen und Däumchen drehen!

Oder sollte sie Rowan nicht lieber diesen Wunsch erfüllen, der ihm offensichtlich so sehr am Herzen lag?

Noch einmal wischte Lou ihm den Schweiß aus dem Gesicht und deckte ihn gut zu. Dann strich sie ihm tröstend über die Wange, erhob sich und machte sich auf den Weg zum Friedhof.

Der Wind hatte nachgelassen, aber die alten Bäume am Eingang rauschten noch immer so mächtig, dass sie alle anderen Geräusche übertönten. Während Lou mit bedächtigen Schritten an den Grabreihen entlangging, dachte sie fieberhaft nach. »Denk an die Schatzinsel«, hatte Rowan ihr zugeflüstert. Was konnte er bloß damit gemeint haben? Soweit sie sich erinnerte, spielte ein Friedhof in der Geschichte doch überhaupt keine Rolle! Und Gräber schon gar nicht! Oder war ihr Gedächtnis in dieser Hinsicht vielleicht genauso lückenhaft wie bei dem schrecklichen Segelunfall, bei dem ihr Vater ums Leben gekommen war? Schließlich hatte Rowan das Buch doch bestimmt nicht ohne Grund erwähnt! Vielleicht hatte er sie auf die Piraten hinweisen wollen, die auf der Friedhofsinsel bestattet worden waren? Aber woher hätte er wissen sollen, welcher der Toten ein Pirat und welcher ein Mönch gewesen war? Die Namen alleine gaben darüber doch keine Auskunft. Es erschien zwar naheliegend, dass es sich bei den Männern mit einem eher fremdländischen – oder besser: mit einem nicht portugiesischen – Namen um Freibeuter gehandelt hatte. Aber ein sicherer Beweis war das auf keinen Fall! Schließlich hatte so manches Mönchskloster durchaus auch Brüder aus fremden Ländern in seinen Mauern! Warum also der Hinweis auf die Schatzinsel?

Tief ins Grübeln versunken, schritt Lou die Reihen der Gräber erneut ab, als plötzlich ein höhnisches Lachen hinter ihr erklang. Erschrocken fuhr sie herum – und erkannte, dass sie nicht mehr alleine auf dem Friedhof war: Von ihr völlig unbemerkt, hatte ein Floß an der kleinen Insel angelegt. Seine Passagiere waren lautlos näher gekommen und nur noch wenige Schritte von ihr entfernt: Master Bob, Spider, der eine Pistole auf den Showrunner gerichtet hatte, und Helen Haller, die dicht neben ihrem Freund stand und sie mit breitem Grinsen anblickte. Da endlich begriff Lou, wie alles zusammenhing.

»Du hast es gewusst, nicht wahr?«, rief sie Helen voller Abscheu entgegen. »Du hast von Anfang an gewusst, wie das alles enden würde, nicht wahr?«

»Natürlich!« Als wollte sie ihrem Spitznamen alle Ehre machen, ließ Helen ein hysterisches Lachen hören. »Natürlich weiß ich das schon lange!« Mit einer raschen Kopfbewegung deutete sie auf ihren Freund. »Auch wenn es nicht unsere Idee gewesen ist, sondern …«

»Stopp!«, ging Spider dazwischen. »Keine Namen! Die darf niemand erfahren. Und schon gar nicht den vom Boss!«

»Ja, ja, schon gut, Schatzi«, gab Helen sofort klein bei. »Ich bin ja schon still!«

Spider kniff die Lippen zusammen und richtete seine Pistole auf Lou. »Los, komm her«, knurrte er sie an. »Und keine falsche Bewegung, sonst knall ich euch beide ab – diese Fernsehpussy und dich.«

Nachdem Lou Spiders Befehl gefolgt war, setzte er dem Showrunner die Pistole an die Schläfe. »Und jetzt wieder zu dir. Der Goldschatz ist also in einem der Gräber versteckt.«

Natürlich!, kam es Lou trotz ihrer lebensbedrohlichen Lage spontan in den Sinn. Der Friedhof liegt ja im richtigen Areal: bdac!

»Die Frage ist nur: in welchem?«, fuhr Spider fort. »Spuck's endlich aus, Mann! Sonst kommst du hier nicht mehr lebend weg!«

»Dann erschieß mich doch!«, gab Master Bob mit völlig entspannter Miene zurück. »Dann nehme ich mein Geheimnis eben mit ins Grab, wie man so schön sagt!«

Für einen Moment war Spider über seine Antwort genauso überrascht wie Lou. Er fasste sich allerdings rasch wieder und blickte den Showrunner mit amüsiertem Grinsen an. »Sieh an, sieh an: Die Pussy ist doch nicht so eine Pussy, wie ich gedacht habe.«

»Denken ist Glückssache«, erwiderte der Showrunner kühl. »Und manche Typen haben eben nie Glück!«

Spider lief tiefrot an wie eine überreife Tomate und schlug ihm mit dem Handrücken brutal ins Gesicht. »Noch so ein Ding – und ich garantiere für nichts, Mann!«, ereiferte er sich. Nachdem er sich wieder beruhigt hatte, musterte er Bob aus schmalen Augen, bis ein böses Lächeln sein Gesicht erhellte. »Wenn das so ist«, sagte er höhnisch, »versuchen wir es eben auf andere Weise.« Dann ging alles blitzschnell: Er packte Lou am Arm, zog sie dicht an sich heran und setzte ihr die Pistole an die Schläfe. »Jetzt rede endlich!«, herrschte er den Showrunner an. »Sonst jage ich ihr eine Kugel in den Kopf!«

Lou schnappte entsetzt nach Luft und warf Master Bob einen flehenden Blick zu.

Doch der dachte gar nicht daran, sein Geheimnis preiszugeben, sondern grinste Spider nur genüsslich an. »Bitte, wie du möchtest! Tu dir bloß keinen Zwang an!«

Der Druck der Waffe wurde stärker. »Ich zähle jetzt bis drei«, fauchte Spider wütend. »Wenn du bis dahin nicht geredet hast, knall ich euch beide ab.«

»Wie langweilig!« Der Showmaster verdrehte die Augen. »Und wie schrecklich banal! Aber damit du endlich Ruhe gibst, gebe ich euch einen kleinen, aber durchaus feinen Hinweis: Ihr seid schon ziemlich dicht dran an dem Gold. Wenn ihr euch nun auch noch genauer anschaut, wer alles hier gleich in der Nähe begraben liegt, dann kommt ihr bestimmt auch alleine darauf, in welchem Grab der Schatz versteckt ist! Also strengt eure Hohlbirnen ruhig mal an.«

Spider und Helen ließen ihre Blicke hektisch über die umstehenden Grabsteine schweifen.

Auch Lou schaute sich um und nahm die Namen der Verstorbenen genauer unter die Lupe. Welches Grab kam wohl als Schatzversteck infrage? Das von Francesco Martinez? Oder das von Gilles Rasteau? Das von Newd Orado vielleicht? Oder nicht eher das von Hans Neumann? Oder möglicherweise sogar das von Vladimir Borrisow?

»Sorry!«, gab Helen Haller da auch schon auf. »Aber ich komm nicht drauf. Du vielleicht?«

»Nö.« Auch Spider schüttelte den Kopf und wandte sich wieder an Master Bob. »Schluss jetzt mit dieser beschissenen Rätselei. Wir sind doch hier nicht in einer Quizshow! Also pass gut auf, Mann … eins!« Damit presste er den Lauf seiner Pistole so heftig an Lous Schläfe, dass sie vor Schmerzen aufstöhnte.

Den Showrunner schien das überhaupt nicht zu berühren. Ohne die geringste Spur von Mitleid hielt er die Lippen fest verschlossen und grinste Spider nur belustigt an.

»Zwei!«, schallte dessen Stimme über den Friedhof.

Doch das Ergebnis war das gleiche.

»Dann also dr…«, setzte Spider schon an, als Lou es plötzlich begriff.

»Halt! Halt!«, schrie sie wie von Sinnen. »Ich weiß, welches Grab es ist!«

»Echt jetzt?« Spider musterte sie überrascht. »Und welches?«

Lou streckte den Arm aus und deutete auf das Grabmal. »Das da muss es sein«, sagte sie.

Spider musterte sie skeptisch. »Bist du sicher?«

»Ganz sicher!«, bekräftigte Lou. »Ohne jeden Zweifel!«

»Na endlich!«, seufzte da Master Bob auf und klang regelrecht erleichtert. »Hat ja lange genug gedauert!«

Helen Haller hatte offensichtlich noch immer nicht begriffen, wie Lou das Versteck herausgefunden hatte. »Warum ausgerechnet das Grab von Newd Orado?«, fragte sie verwundert. »Das sieht doch genauso aus wie alle anderen auch.«

»Stimmt, das Grab schon.« Lou war so erleichtert, dass sie beinahe gelächelt hätte. Angesichts der eben noch durchlittenen Todesangst waren ihre Lippen dazu allerdings nicht fähig. »Aber der Name ist entscheidend. Richtig geschrieben lautet er nämlich

New Dorado, was so viel wie ›der neue Goldene‹ bedeutet – und das ist der entscheidende Hinweis auf das Gold!«

»Na also!«, rief der Showrunner aus. »Warum denn nicht gleich so? War doch gar nicht so schwer, oder?«

Spider verdrehte mehr als genervt die Augen. »Halt die Luft an, Mann!«, blaffte er ihn wütend an und deutete mit der Waffe auf das Grab. »Aufmachen, aber schnell! Und hör endlich auf, dich über uns lustig zu machen, sonst lernst du mich kennen!«

»Ist ja schon gut«, erwiderte Master Bob mit erhobenen Händen. »Ich mach ja schon.«

Während er rasch auf das Grab zuging, verpasste Spider Lou einen so kräftigen Schubs, dass sie auf den Showrunner zutaumelte. »Los, hilf ihm gefälligst!«

Gemeinsam knieten sie neben der Grabstätte nieder, packten die steinerne Abdeckplatte und schoben sie laut ächzend Zentimeter um Zentimeter zur Seite. Der Spalt war noch keinen halben Meter breit, als Master Bob entsetzt aufstöhnte: »O nein! Das gibt es doch nicht!«

»Was ist los?«, schrie Spider alarmiert auf und sprang wie von einer Tarantel gestochen heran. »Was ist passiert?« Er beugte sich nach vorn – und da erkannte er es auch: Die von Steinplatten eingefasste Grube war leer und enthielt nichts weiter als – warme Luft! Und da brannten bei Spider sämtliche Sicherungen durch. Das Gesicht zu einer Fratze wilder Wut verzogen, schrie er Master Bob wie von Sinnen an: »Du glaubst wohl, du kannst mich verarschen, was? Aber da hast du dich getäuscht, Mann, und zwar gründlich!« Mit einer blitzschnellen Bewegung richtete er seine Waffe auf ihn und schoss ihm in den Kopf!

Während der Showrunner tödlich getroffen zu Boden sank, schrie Lou vor Entsetzen laut auf: »Nein!« – und erstarrte noch im gleichen Augenblick.

Spider richtete die Pistole jetzt nämlich auf sie und zischte sie kalt an: »So, und jetzt bist du an der Reihe.«

Battle Island, Azoren. Battle Village.
Judgement Day: Sonntag, 14. August 2022, 10:05 Uhr.

»Hilfe! Hilfe! Hilfe!«

Daniel Michaelis schrie sich die Seele aus dem Leib. Seine schrillen Schreie übertönten das wütende Fauchen der Flammen und das gefräßige Knistern der Tragebalken des Lagerschuppens, den die Geiselnehmer als Gefängnis ausgesucht hatten. Das Dach brannte bereits lichterloh und die dicken Balkenwände glommen und schwelten rauchend vor sich hin. Es war nur noch eine Frage der Zeit, bis auch sie Feuer fangen würden.

»So helft uns doch endlich!«, schrie Daniel mit vor Entsetzen geweiteten Augen. »Wir verbrennen!«

»Jetzt reiß dich verflucht noch mal zusammen, Mischel Sauerkraut!«, zischte Sophie ihn an. Ihre linke Gesichtshälfte war dick geschwollen und mit einem blutverkrusteten Pflaster beklebt. Getrocknete Blutspritzer sprenkelten ihr wutverzerrtes Kriegerinnengesicht. »Dein Geplärre hilft uns auch nicht weiter. Und diese vermummte Tussi vor dem Tor draußen beeindruckt es erst recht nicht. Oder geht das nicht in deine verkokste Matschbirne, du Weichei, du?«

»Sophie hat recht.« Josh trat zu Daniel und versuchte, ihn

durch kräftiges Schulterrütteln zur Besinnung zu bringen. »Wir müssen uns selber helfen. Sonst sind wir verloren.«

Wie zur Bestätigung löste sich ein brennender Balken aus dem Dach und krachte wie ein fauchendes Flammentier in die Tiefe. Als er auf dem Boden aufschlug, zersprang er in zwei Teile. Während der eine gegen eine Seitenwand donnerte und sie augenblicklich in Brand setzte, wurde das andere Ende auf die dicht zusammenstehenden Gefangenen zukatapultiert. Auch wenn der lodernde Scheit Leonies Kopf nur um Haaresbreite verfehlte, konnten ihm zum Glück alle noch rechtzeitig ausweichen. Nur Daniel war zu langsam: Behindert durch seinen Beinschuss, tauchte er viel zu spät ab, sodass das brennende Holzstück ihn mit voller Wucht im Rücken traf. Mit einem lauten Schmerzensschrei brach er wie vom Blitz gefällt zusammen. Sein Shirt fing rasend schnell Feuer. Hätte Jean-Luc nicht reagiert, wäre Daniel vermutlich verloren gewesen: Der junge Franzose beugte sich nämlich blitzschnell über den Brennenden und wälzte ihn auf dem Boden hin und her, sodass die Flammen rasch erloschen und Daniel mit dem Schrecken davonkam.

Poppy O'Casey fiel auf die Knie und faltete die Hände zum Gebet. »O mächtiger Gott, heilige Muttergottes und alle Heiligen im Himmel«, flehte sie, den fiebrigen Blick zum brennenden Dach gerichtet. »Helft uns in dieser Stunde der Bedrängnis und der größten Not und lasst uns arme Sünder nicht im Stich. Erbarmt euch unser, und erlöst uns aus der großen Pein, auch wenn wir diese Strafe wohl verdient haben.«

»Halt die Schnauze, verdammt noch mal!« Sophie war außer sich vor Zorn und verpasste ihr eine so heftige Ohrfeige, dass Poppys Kopf wie ein Punchingball zur Seite flog. »Du machst mich noch verrückt mit deinem Gelaber!« Sie wollte erneut zuschlagen, doch da packte Josh ihren Arm und hielt ihn unerbittlich fest. »Lass gut sein, Pussycat!«, sagte er eindringlich. Die brüllende Hitze hatte sein Gesicht mit glänzenden Schweißperlen überzogen. Die Kleider klebten ihm – ebenso wie seinen Gefährten – am Körper. »Das hilft uns doch auch nicht weiter!«

Für einen Moment sah es ganz so aus, als würde Sophie auf ihn losgehen wollen. Doch dann besann sie sich anders. »Du hast recht«, sagte sie leise und wischte sich mit dem Handrücken den Schweißfilm von der blutverkrusteten Stirn. Dann ließ sie den Blick über das brennende Gebälk und die mittlerweile fast vollständig in Flammen stehenden Wände schweifen. »Wenn wir nicht bald hier rauskommen, haben wir nicht die geringste Überlebenschance. Es kann nicht mehr lange dauern, bis das Dach über uns zusammenstürzt – und dann werden wir allesamt jämmerlich verbrennen.«

»Dann müssen wir eben vorher hier raus«, erwiderte Josh entschlossen und nickte Leonie zu. »Du kümmerst dich um Daniel und Poppy ...« Damit blickte er zu den anderen. »... und ihr schaut euch hier noch mal um. Vielleicht gibt es ja doch irgendwo eine Lücke, durch die wir entwischen können.«

»Okay, Rastaman«, pflichtete Jean-Luc ihm bei. »Versuchen wir unser Glück. Und was machst du?«

»Ich red noch mal mit ihr«, antwortete Josh mit Blick zum Tor. »Vielleicht hat sie doch noch ein Einsehen.«

Während die anderen nach allen Seiten ausschwärmten, eilte er zum Tor und hämmerte mit der Faust dagegen. »Hey, du!«, schrie er durch eine Ritze zwischen zwei Brettern. »Jetzt nimm doch endlich Vernunft an! Lass uns raus, verdammt noch mal! Oder willst du, dass wir verbrennen?«

»Wie oft muss ich es denn noch sagen, damit du es endlich kapierst?«, antwortete eine schrille Mädchenstimme von draußen. »Ich darf das Tor nicht aufmachen! Wenn ich auch nur einen von euch entkommen lasse, dann bringt der Typ mich um!«

»Und wenn wir dir versprechen, dass wir nicht davonlaufen?«, machte Josh einen letzten Versuch. »Das werden wir garantiert nicht tun, das verspreche ich. Mein Ehrenwort!«

»Dein Ehrenwort?« Ein bitteres Lachen war zu hören. »Vergiss es, Mann! Was so ein Ehrenwort wert ist, hat dieser Fernsehfuzzi in den letzten Tagen doch mehr als eindrucksvoll bewiesen! Also vergiss es ganz schnell wieder und verschwinde vom Tor!«

Josh wollte schon zu einer Erwiderung ansetzen, als ein lauter Pfiff ihn innehalten ließ. Er blickte sich um und sah Jean-Luc, der ihm durch den immer dichter werdenden Rauch und Qualm von der entgegengesetzten Seite des Schuppens aufgeregt zuwinkte. »Kommt 'er zu mir, schnell!«, forderte er seine Schicksalsgenossen auf.

»Seht, was isch entdeckt 'abe!«, sagte er, als sie bei ihm angekommen waren, und deutete auf einen alten vierrädrigen Karren, der, von einer Plane bedeckt, neben einem Stapel Mauersteinen und anderem vergammelten Baumaterial in der hintersten Ecke des Schuppens vor sich hin gerottet war. »Wenn wir etwas Gewischt draufpacken, können wir ihn vielleischt als Rammbock benutzen und das Tor damit sprengen. Die Bretter dort sind doch viel dünner als bei den Wänden!«

Josh nickte ihm anerkennend zu. »Gute Idee, Scarface«, sagte er. »Worauf warten wir dann noch?«

Es dauerte keine halbe Minute, dann war der Karren einsatzbereit. »Okay, Leute!«, übernahm Josh das Kommando. »Wir machen es wie beim Bobfahren. Nicolo und Sophie packen vorne links und rechts an und Jean-Luc und ich schieben von hier hinten. Und auf drei donnern wir mit dem Teil, so schnell wir können, auf das Tor zu.« Er blickte in die Runde. »Seid ihr bereit?«

Die Angesprochenen nickten mit wild entschlossenen Mienen. »Ja klar«, sagte Sophie.

»Dann wollen wir mal!«, presste Josh durch die zusammengebissenen Zähne. »Eins … zwei … drei! Looos!«

Mit einem lauten Aufschrei liefen sie los und stürmten mit lautem Gebrüll auf das Tor zu. Die Räder des Karrens quietschten wie zum Protest, während der improvisierte Rammbock immer schneller und schneller wurde und schließlich mit einem Riesenknall gegen das Tor donnerte. Die Wucht des Aufpralls war so heftig, dass Sophie und Nicolo gegen die Bretter geschleudert wurden – doch gleichzeitig sprengte er ein beträchtliches Loch ins Tor, das Jean-Luc durch heftige Fußtritte rasch vergrößerte. Schon wenige Sekunden später war es groß genug, dass er hindurchschlüpfen konnte. »Los, mir nach!«, forderte er die anderen auf und bückte sich, um sich ins Freie zu retten. Doch das ratschende Durchladegeräusch eines Sturmgewehrs ließ ihn jäh innehalten.

Das vermummte Zopfmädchen hatte sich kaum drei Meter von ihm entfernt direkt vor dem Loch aufgebaut. »Zurück!«, befahl sie mit schnarrender Stimme. »Auf der Stelle, sonst schieße ich!« Damit setzte sie das Sturmgewehr an die Schulter und legte auf ihn an.

»Merde!« Jean-Luc zuckte ein Stück zurück, sodass nun auch Josh das Mädchen durch das Loch sehen konnte. Die Augen, die ihn durch den Sehschlitz der Sturmhaube anstarrten, waren eiskalt – als wäre sie zu allem entschlossen.

»Verdammt!«, stieß Josh einen unterdrückten Fluch aus. »Und jetzt?«

Jean-Luc schaute ihn für einen Augenblick ratlos an, als ein weiterer brennender Balken aus dem Dach in die Tiefe donnerte und Funken stiebend auf dem Boden zersprang.

»O merde, was soll's?«, flüsterte Jean-Luc Josh zu. »Wenn wir auf sie 'ören, ge'en wir ebenfalls vor die 'unde. Was 'aben wir also zu verlieren?« Damit bückte er sich und wollte durch das Loch ins Freie schlüpfen.

Er kam allerdings nicht weit, denn kaum hatte er einen Fuß auf den Boden gesetzt, als das Mädchen den Lauf des Gewehrs ein wenig anhob und abdrückte. »Das war meine letzte Warnung!«, rief sie Jean-Luc zu, den die Kugel um etwa zehn Zentimeter verfehlt hatte. »Mein nächster Schuss trifft dich genau in die Stirn! Und allen anderen, die dir folgen, geht es genauso.«

Für den Bruchteil einer Sekunde war Jean-Luc wie erstarrt. Dann stieß er ein wütendes »Fuck you!« aus und machte Anstalten, sich auf seine Gegnerin zu stürzen.

Doch die lud blitzschnell durch, richtete das Sturmgewehr auf ihn… als mit einem Mal ein fast überirdisches Zischen zu hören war, dem ein dumpfer Schlag folgte – und im gleichen Moment ging ein heftiger Ruck durch das Mädchen, als wäre sie von einer unsichtbaren Faust im Rücken getroffen worden. Mit einem verwunderten Aufschrei ließ sie die Waffe fallen und sank in die Knie. Ganz langsam kippte sie vornüber – und da erst sahen Jean-Luc und Josh den Pfeil, der in ihrem Schulterblatt steckte!

Während Jean-Luc sofort auf das Sturmgewehr zueilte und es

an sich nahm, sprang Josh hinter ihm ins Freie und blickte sich verwundert um. Doch wohin er auch schaute – er konnte niemanden entdecken! »Verdammt!«, rief er Jean-Luc zu, der bereits neben der Vermummten kniete und ihren Puls fühlte. »Hast du ihn gesehen?«

»Wen meinst du?«

»Den oder vielleicht auch die Schützin natürlich!«, antwortete Josh und deutete auf den Pfeil. »Wen denn sonst?«

»Tut mir leid.« Jean-Luc zuckte mit den Schultern. »Isch 'ab niemanden gese'en.«

»Dann muss es wohl ein Geist gewesen sein.« Josh verzog irritiert das Gesicht und deutete mit dem Kinn auf das regungslos am Boden liegende Zopfmädchen. »Ist sie tot?«

Jean-Luc schüttelte den Kopf. »Wahrscheinlisch nur der Schock! Ihr Puls ist jedenfalls deutlisch zu spüren.« Damit erhob er sich. »Jetzt aber Schluss mit dem Gelaber. Wir müssen die anderen raus'olen, und zwar schnell. Sonst war doch alles umsonst.«

Battle Island, Azoren. Distrikt A. Sektor A.
Judgement Day: Sonntag, 14. August 2022, 10:06 Uhr.

Aus!, schoss es Lou mit kristallener Klarheit durch den Kopf. Aus und vorbei. Das ist das Ende. Nicht nur der Show, sondern meines Lebens!

Zu ihrem eigenen Erstaunen war sie ganz ruhig. Fast entspannt sah sie Spider entgegen, dessen Zeigefinger sich bereits um den Abzug seiner Pistole krümmte. Die Mündungsöffnung vorne am Lauf starrte ihr wie ein schwarzes Loch entgegen und wurde immer größer. Bilder leuchteten in ihr auf. Von ihrer Mutter. Ihrem Bruder. Und von Tim. Ihrem geliebten Tim, den sie nie mehr wiedersehen würde! Lou senkte gerade den Kopf, um einen letzten Blick auf das Broken Heart an ihrem Hals zu werfen, als plötzlich ein lauter Schuss über den Friedhof dröhnte. Spider riss die Augen weit auf und starrte in grenzenloser Überraschung auf den roten Fleck auf seiner Brust, der immer größer wurde. Dann ließ er die Waffe fallen, ging in die Knie und kippte mit einem letzten Seufzer vornüber.

Lou wirbelte herum und starrte in die Richtung, aus der der Schuss gekommen war – und da erblickte sie Amanda Clark. Mit erhobener Pistole stand sie am Ufer der kleinen Friedhofsinsel, dicht vor dem zweiten Floß, das sie über den See getragen und es ihr ermöglicht hatte, Lous Leben in allerletzter Sekunde zu retten.

Während Lou erleichtert aufstöhnte, stürzte sich Helen Haller wie eine Furie auf die Waffe, die ihrem Freund aus der Hand gefallen war, riss sie an sich, drehte sich um und richtete sie auf Amanda: »Du verdammte Bitch! Du hast uns ...« Aber da traf sie auch schon eine weitere Kugel aus Amandas Waffe und riss sie von den Beinen.

Lou schreckte entsetzt zusammen. Während Amanda die Waffe sicherte und gemessenen Schrittes auf sie zuging, starrte sie die tote Helen fassungslos an. Natürlich: Sie hatte die Sicherheitschefin mit der Pistole bedroht. Aber musste sie deshalb gleich sterben? Hätte es nicht eine andere Möglichkeit gegeben, um sie unschädlich zu machen?

Als Amanda bei ihr angekommen war, legte sie ihr kurz die Hand auf die Schulter. »Alles in Ordnung mit dir?«

»Ja«, antwortete Lou mit belegter Stimme. »Aber«, fügte sie mit Blick auf die tote Helen noch hinzu.

»Ich weiß, was du denkst«, sagte Amanda und nickte. »Aber ich hatte keine andere Wahl. Sie oder ich – das hat man mir in der Armee beigebracht. Und das wird man nie wieder los, das verstehst du doch, oder?«

Lou antwortete nicht gleich, sondern erwiderte nur stumm den fast flehenden Blick der Sicherheitschefin. »Ich glaube schon«, sagte sie schließlich. »Und vielen Dank, dass Sie mir das Leben gerettet haben.«

»Nicht dafür!« Amanda grinste sie verlegen an und klopfte ihr auf die Schulter. »Das ist schließlich mein Job.« Dann steckte sie die Pistole weg und deutete auf das leere Grab. »Dann ist das Gold also verschwunden, was?«

»Sieht ganz so aus«, antwortete Lou nachdenklich. »Selbst Master Bob war darüber überrascht.«

»Schade«, sagte Amanda. »Du hättest es mit Sicherheit gut brauchen können.«

Da hatte sie recht. Ganz bestimmt sogar!

Rowans Worte kamen Lou wieder in den Sinn: *Denk an die Schatzinsel!* Was um, alles in der Welt, hatte er bloß damit gemeint?

Rowan musste die Kiste aus dem von Master Bob gewählten Grab genommen haben – so viel stand fest. Wahrscheinlich war das die große Überraschung, die er seinem Vater bereiten wollte! Aber wo konnte er sie bloß versteckt haben?

Denk an die Schatzinsel!

Lou richtete sich auf und ließ den Blick erneut über die Grabsteine schweifen: Francesco Martinez. Gilles Rasteau. Hans

Neumann. Vladimir Borrisow. Arturo Sanchez. Ben Gunn. Ismael …

»Ich hab's!«, schrie Lou da plötzlich wie elektrisiert auf. »Ich weiß, wo das Gold ist!« Und damit stürzte sie auf das Grab von Ben Gunn zu.

Amanda Clark ging ihr rasch nach. »Bist du sicher, dass es dadrin ist?«, fragte sie verwundert.

»Ganz sicher sogar!« Lou strahlte über das ganze Gesicht.

»Und warum?«

»Ganz einfach: Ben Gunn ist eine Figur aus der *Schatzinsel.* Er wurde auf der Insel ausgesetzt und hat den Goldschatz, nach dem Jim Hawkins und Captain Silver gesucht haben, aus seinem ursprünglichen Versteck geholt und in seine Höhle gebracht – und genau das Gleiche ist hier auch passiert! Deshalb bin ich mir so sicher!«

»Na dann!« Amanda nickte ihr auffordernd zu. »Dann wollen wir doch mal sehen, ob du auch tatsächlich recht hast.«

Und das hatte Lou, wie sich nur zwei Minuten später herausstellte. Die – natürlich nachgemachte – Piratenkiste mit den Goldbarren stand tatsächlich in dem Grab, in dem angeblich ein Ben Gunn bestattet worden war. Vermutlich hatte Rowan die Ausstatter während des Probedurchlaufs überredet, einen solchen Grabstein anzufertigen oder einen bereits vorhandenen entsprechend zu verändern.

»Gut gemacht, Lou, sehr gut!«, lobte Amanda Clark sie und klopfte ihr erneut auf die Schulter – wahrscheinlich die in der Armee übliche Art, seine Anerkennung zu zeigen. »Dann wollen wir das Schätzchen doch mal in Sicherheit bringen, nicht wahr?«

Und ob Lou das wollte!

Battle Island, Azoren. Lagoa Azul.
Judgement Day: Sonntag, 14. August 2022, 10:41 Uhr.

Lou und Amanda hievten die Kiste gemeinsam aus dem Grab – Lou schätzte, dass sie mitsamt ihrem goldenen Inhalt rund fünfzig Kilo wog – und verfrachteten sie auf das Floß, mit dem Amanda zur Insel gekommen war. Dann schoben sie das wackelige Gefährt ins Wasser, griffen sich jede ein Ruder und sprangen an Bord. Amanda stellte sich nach vorne an den Bug und Lou ans Heck und gemeinsam steuerten und stakten sie es quer über den Lagoa Azul und hielten auf das Camp zu.

Der Wind hatte sich fast vollständig gelegt. Die Wolken am Himmel waren deutlich heller geworden und auch der Rauch über dem in Flammen aufgegangenen *Battle Village* hatte sich gelichtet.

Mit einem Mal brach die Sonne durch einen schmalen Spalt zwischen den Wolken. Die direkt vor Lou stehende Kiste mit dem Gold leuchtete hell auf – wie ein erfülltes Versprechen. Ich habe es geschafft, schoss es ihr durch den Kopf. Ich habe es tatsächlich geschafft! Die Mühen und Anstrengungen der letzten Tage haben sich voll und ganz gelohnt. Ganz egal, wie schrecklich manches auch gewesen sein mag! Ich kann jetzt nämlich Mamas Therapie bezahlen, wie viel auch immer sie kosten wird. Und mit ein bisschen Glück können die Ärzte in Amerika ihr vielleicht das Leben retten. Ich drücke ihr jedenfalls fest die Daumen.

Ganz, ganz fest sogar!

Sie hatten das Ufer am Camp fast schon erreicht, als Lou noch etwas einfiel. »Was ist eigentlich mit den beiden anderen passiert?

Mit dem Glatzkopf und dem Hennamädchen?«, wollte sie wissen.

»Was mit dem Mädchen ist, weiß ich nicht. Aber der Glatzkopf ist tot«, erklärte Amanda recht nüchtern. »Als der Rauch uns aus dem Bunker getrieben hat, haben alle nur auf Master Bob geachtet. Und nachdem Spider und Helen mit ihm losgezogen waren, hat er sich wohl ziemlich sicher gefühlt. Ich konnte unbemerkt meine Waffe ziehen und ihn erschießen.«

Genau wie Helen und Spider, überlegte Lou. Dabei hatte Helen doch überhaupt keine Erfahrung im Umgang mit Waffen.

Und trotzdem musste sie sterben!

Aber woher wusste Amanda eigentlich, dass der Spinnennetztyp Spider hieß? Die Geiselnehmer hatten sich doch nie gegenseitig beim Namen genannt!

Und was hatte Helen Amanda noch mal entgegengeschrien, bevor die abgedrückt und sie getötet hatte? »Du verdammte Bitch! Du hast uns do…«

»Uns doch dazu überredet« vielleicht? Oder: »Uns doch dazu angestiftet«?

Ja klar: Deshalb kannte Amanda Spiders Namen – weil sie der große unbekannte Boss im Hintergrund war! Nur deshalb hatten alle sterben müssen: Damit niemand dieses Geheimnis erfuhr!

Lou fühlte eine unbändige Wut in sich aufsteigen. Sie drohte zu platzen und konnte einfach nicht mehr an sich halten. »Sie Mörderin!«, schrie sie Amanda entgegen. »Sie eiskalte Mörderin!«

Amanda drehte sich zu ihr um und schaute sie überrascht an. »Was sagst du? Was soll dieser Blödsinn?«

»Das ist kein Blödsinn, sondern nichts als die Wahrheit!«, schrie Lou ihr ins Gesicht. »Sie wussten doch, dass die Truppe nach Battle Island kommen würde. Wahrscheinlich haben Sie das für Mannings sogar organisiert. Und da kam Ihnen die Idee, aus dem getürkten Überfall einen echten zu machen! Weil Sie es Mannings heimzahlen wollten vermutlich. Weil Sie es nicht verkraftet haben, dass er Sie verlassen hat und stattdessen Kimberly …« In diesem Moment traf Amandas Ruder sie mit unbändiger Wucht in die Seite. In ihrer Empörung hatte Lou für einen Moment nicht aufgepasst und viel zu spät reagiert, als die Sicherheitschefin plötzlich ausgeholt und auf sie eingeschlagen hatte. Lou wurde vom Floß geschleudert und stürzte in den See.

Als sie wieder auftauchte und unter heftigem Würgen das Wasser aushustete, das sie bei ihrem überraschenden Sturz in den See geschluckt hatte, beugte sich Amanda mit hassverzerrtem Gesicht zu ihr hinunter und schrie sie an: »Du hast ja recht! Du hast verdammt noch mal recht! Dabei habe ich ihn gewarnt! Sei vorsichtig, habe ich noch zu ihm gesagt. Du wirst es bitter bereuen, wenn du mich verlässt! Aber er hat mir ja nicht glauben wollen!« Sie richtete sich wieder auf, hob das Ruder hoch über ihren Kopf und schlug erneut zu.

Doch diesmal war Lou darauf gefasst und konnte im letzten Moment ausweichen. Während das Ruder dicht an ihrem Kopf vorbeisauste und sie erneut unter Wasser tauchte, kam mit einem Schlag ihre verschüttete Erinnerung zurück, und Lou wusste plötzlich wieder, was damals geschehen war. Damals, an jenem schicksalhaften Nachmittag auf der Ostsee …

Erst als das heftige Schaukeln der Jolle Lou aus dem Schlaf gerissen hatte, war ihr aufgefallen, dass ein Sturm aufgezogen war. Aber was weitaus schlimmer war: Ihr Vater saß regungslos am Ruder und rührte sich nicht mehr. Ein Herzanfall vermutlich oder etwas Ähnliches! Lou sprang entsetzt auf und wollte zu ihm eilen, als eine mächtige Welle gegen das Segelboot donnerte und es in eine extreme Schräglage brachte. Während sie sich gerade noch an einem Tau festklammern konnte, wurde der Vater über Bord geschleudert. Um den hilflos auf den Wogen Treibenden vor dem sicheren Tod zu retten, war sie in die erstbeste Rettungsweste geschlüpft und in die See gesprungen. Sie hatte ihren Vater fast schon erreicht, als die Jolle kenterte und der Mastbaum sie mit solcher Wucht am Kopf traf, dass sie das Bewusstsein verlor und erst wieder zu sich kam, als der Seenotrettungskreuzer neben ihr auftauchte.

Sie trug gar keine Schuld am Tod ihres Vaters!

Im Gegenteil: Sie hatte alles versucht, um ihm das Leben zu retten!

Als Lou wieder auftauchte, sah sie in den Lauf von Amandas Pistole. »Du lässt mir keine andere Wahl!«, herrschte die sie mit kühlem Blick an. »Du würdest es niemals fertigbringen, diese Sache für dich zu behalten. Aber Zeugen kann ich nun einmal ni…« Da war plötzlich ein dumpfer Schlag zu hören und Amanda stöhnte jäh auf. Das Gesicht zu einer starren Maske des blanken Entsetzens verzogen, wurden ihre Augen riesengroß. Dann fiel ihr die Pistole aus der Hand und sie schlug der Länge nach hin – und da erst konnte Lou den Pfeil sehen, der aus ihrem Rücken ragte!

Als sie in maßloser Verwunderung zum Ufer blickte, stand dort ein hoch aufgeschossener und trotz seines schlanken Körpers ungemein muskulöser Junge mit schwarzen Wuschelhaaren. Er hatte ihren Bogen in der Hand und blickte zu ihr herüber:

Es war Tim, ihr heiß geliebter Tim! Während sie ihm mit lauten Jubelschreien entgegenschwamm, sprang er ins Wasser und kam ihr entgegen. Und dann fielen sie sich in die Arme und hielten sich so fest, als würden sie sich nie wieder loslassen wollen. Als sie sich endlich wieder voneinander lösten, blickte Lou Tim kopfschüttelnd an. »Ich weiß gar nicht, wie ich dir danken soll«, sagte sie mit tränenfeuchten Augen. »Wenn du nicht rechtzeitig gekommen wär…«

»Ach, Quatsch«, fiel er ihr ins Wort. »Mir blieb doch gar nichts anderes übrig!«

»Nichts anderes übrig?« Lou blickte ihn verdattert an. »Ich verstehe nicht… äh…?«

»Ganz einfach«, erklärte Tim lächelnd und deutete auf das Broken Heart an seiner Halskette. »Ich hab dir doch gesagt, dass unsere Herzen zusammengehören. Wie hätte ich da mit einem halben weiterleben können?«

Kimberly bestätigte Amandas Erzählung. Nur hatte sie Lou nicht die ganze Wahrheit gesagt: Sie hatte nicht nur den Glatzkopf erschossen, sondern auch Mike Mannings. Danach hatte sie die Moderatorin und das restliche Team im Bunker eingeschlossen. Zum Glück hatte sich der Rauch inzwischen so weit verflüchtigt, dass sie es unbeschadet darin aushielten, bis Tim sie befreite.

Tim war nämlich schon in London aufgefallen, dass es bei NO-TV nicht mit rechten Dingen zuging. Da er dafür jedoch keine stichhaltigen Beweise hatte, machte er einfach weiter mit. Als er von Spider dann aufgrund seiner Portugiesischkenntnisse dazu eingeladen wurde, ihn nach São Miguel zu begleiten, hatte er sogleich vermutet, welches Ziel die Gruppe hatte, nämlich Battle Island.

Allerdings durfte er dorthin nicht mitfahren – und so hatte er sich in der Nacht vor der Abfahrt heimlich an Bord des zu einem Whale-Watching-Boot umgestalteten Fischkutters geschlichen.

»Erst da habe ich entdeckt, welche Unmengen an Waffen und Sprengstoff sie gebunkert hatten«, hatte Tim Lou erklärt, nachdem er sich vergewissert hatte, dass die Geiseln sich tatsächlich aus dem Lagerschuppen im *Battle Village* hatten befreien können und alle mit heiler – oder nahezu heiler – Haut davongekommen waren. »Und was nach der Landung des Schiffes hier passiert ist, hast du ja selber miterlebt, nicht wahr?«

»Klar! Dann warst du es wohl auch, der das Boot in die Luft gesprengt hat?«

»Natürlich! Ich habe doch gesehen, dass die beiden Typen Jagd auf dich gemacht und dich in den Wald getrieben haben. Und das schien mir die einzige Möglichkeit, sie von dir abzulenken. Was dann ja auch geklappt hat. Außerdem sind ihre Pläne damit gründlich durcheinandergeraten. Wer weiß, wie die ganze Sache sonst ausgegangen wäre.«

»Daran mag ich gar nicht denken«, hatte Lou gestöhnt und hinzugefügt: »Und gestern Nacht hast du dann meinen Bogen aus dem Camp geholt?«

»Genau! Gegen die drei Bewaffneten habe ich mir keine Chance ausgerechnet. Aber gegen ihren Kollegen, den sie zur Bewachung der Securitymänner unten am Hafen zurückgelassen hatten. Den konnte ich heute früh tatsächlich überrumpeln und gefangen nehmen. Und dann bin ich wie ein Wilder zum *Battle Village* und zum Camp gerannt – und zum Glück für deine Mitspieler und dich bin ich in beiden Fällen gerade noch rechtzeitig gekommen!«

Die Securitymänner hatten den abgeschalteten Dieselgenerator innerhalb kürzester Zeit wieder in Gang gesetzt und Verbindung mit São Miguel aufnehmen können. Inzwischen war bereits ein Rettungshubschrauber eingetroffen, dessen Besatzung sich nicht nur um das an der Schulter verletzte Zopfmädchen, sondern auch um den schwer verwundeten Rowan gekümmert hatte. Leider hatte er das Bewusstsein noch immer nicht wiedererlangt, sodass Lou sich weder bei ihm bedanken noch sich von ihm verabschieden konnte. Zu ihrer großen Erleichterung aber hatte der Notarzt ihr versichert, dass seine Lage zwar ernst sei, er aber mit Sicherheit überleben würde. »Und dann kannst du deinen Freund immer noch besuchen, nicht wahr?«

Und ob Lou das tun würde! Und Tim natürlich auch.

Inzwischen war ein weiterer Hubschrauber unterwegs, um die erschöpften Jugendlichen abzuholen, die BATTLE ISLAND zusammengeführt hatte. Sie befanden sich mittlerweile allesamt im Camp, um dort ihre wenigen persönlichen Habseligkeiten zusammenzupacken.

Poppy war damit offensichtlich bereits fertig, denn sie schleppte ihren Seesack schon in Richtung Hubschrauberlandeplatz davon. Als sie an der Girlandenblume vorbeikam, sprach Lou sie an: »Poppy!«

»Ja?«

»Du solltest es ihnen sagen.«

»Was denn?«

»Dass du schwanger bist, natürlich.«

»Äh.« Die rothaarige Irin sah Lou für einen Moment überrascht an, dann nickte sie. »Vielleicht hast du ja recht.«

»Ganz bestimmt sogar.« Lou lächelte ihr aufmunternd zu. »Deine Mutter wird dir schon nicht den Kopf abreißen.«

»Doch, das wird sie«, erwiderte Poppy mit großem Ernst. »Aber schlimmer als hier kann das ja auch nicht werden, oder? Und in der Hölle auch nicht, mit der Father O'Connor mir immer droht!«

Und wo sie recht hatte, hatte sie nun mal recht!

Nachdem Leonie ihr auch noch freudestrahlend berichtet hatte, dass ihre geliebte Heidi wieder aufgetaucht war – »Stell dir vor: Daniel hat sie rein zufällig gefunden! Und den Kopf kann man ja leicht wieder annähen!« –, griff sich Lou ihren Seesack und machte sich Hand in Hand mit Tim auf den Weg zum Landeplatz.

Mit einem Mal blieb Tim wie angewurzelt stehen und schlug sich mit der flachen Hand gegen die Stirn. »So was Blödes!«, rief er aus. »Jetzt haben wir es tatsächlich beide vergessen!«

»Vergessen?« Lou verzog verwundert das Gesicht. »Was denn?«

Tim legte seine Arme um ihren Hals und blickte sie aus großen blauen Augen an. »Happy birthday, Lou! Und alles, alles Gute«, sagte er und zog dann eine Grimasse. »Tut mir leid, dass ich kein Geschenk für dich habe, aber …«

»Aber das hast du doch, du Dummie«, unterbrach sie ihn lächelnd. »Du hast mir das Leben gerettet – und ein größeres Geschenk konntest du mir gar nicht machen.« Lou zog ihn an sich und wollte sich gerade mit einem Kuss bei ihm bedanken, als sie mit einem Mal ein fröhliches Fiepen hinter sich hörte. Überrascht drehte sie sich um und erblickte einen kleinen Priolo, der im Geäst eines nahen Gebüsches saß. »Fiepsi!«, rief sie erfreut. »Du bist ja doch noch nicht weg!«

Lou streckte die geöffnete Hand nach ihm aus, worauf er tatsächlich auf sie zuflog und sich darauf niederließ. »So ist es recht, mein Kleiner«, raunte sie ihm zu und strich ganz sanft über sein flaumweiches Gefieder. »Und jetzt leb wohl, Fiepsi, und pass gut auf dich auf!« Der Priolo ließ ein aufgeregtes Piepsen hören, breitete die Flügel aus und flog davon.

Eng umschlungen sahen Lou und Tim dem kleinen Vogel nach, der mit hastigen Schwingenschlägen immer höher in den aufklarenden Himmel stieg.

»Mach's gut, Fiepsi«, rief Lou ihm nach. »Flieg zu deiner Mama. Sie freut sich bestimmt schon darauf, dich wiederzusehen!«

»Das glaube ich auch«, pflichtete Tim ihr bei und sah ihr mit sanftem Lächeln in die Augen. »Und deshalb machen wir das jetzt genauso wie er.«

»Wie klug du doch bist«, entgegnete Lou mit breitem Grinsen. »Was würde ich bloß machen ohne dich?« Noch bevor Tim antworten konnte, zog sie ihn ganz dicht an sich heran und verschloss seine Lippen mit einem heißen und innigen Kuss.

- -

Berlin. Airport. Abflughalle.
Wochen später: Samstag, 08. Oktober 2022, 12:23 Uhr.

- -

Während Lou mit ihrem Bruder auf den Aufruf des New-York-Fluges ihrer Mutter wartete, musste sie wieder an BATTLE ISLAND denken.

Natürlich!, ging es ihr durch den Kopf. Ohne diese verdammte Show säßen wir drei jetzt doch nicht hier!

Obwohl sie unmittelbar danach kurzzeitig befürchtet hatte, dass YOUR TV ihr die Siegesprämie von einer Million Euro verweigern würde – die Show war schließlich nicht regulär zu Ende gegangen –, erwiesen sich ihre Bedenken zum Glück als unbegründet. Rupert Gleason lud sie sogar nach London in die Senderzentrale ein, um ihr den entsprechenden Scheck höchstpersönlich zu überreichen. Er machte ihr allerdings unmissverständlich klar, welche Gegenleistung er dafür erwartete – nämlich absolute Verschwiegenheit über die Vorgänge auf Battle Island. »Das entspricht zum einen den Vertragsbedingungen, die du mit deiner Unterschrift akzeptiert hast«, sagte er mit Nachdruck, während er mit dem Scheck in der Hand vor ihrer Nase herumwedelte. »Und zum anderen haben wir uns das durch unsere Großzügigkeit ja voll und ganz verdient, nicht wahr? Du besitzt schließlich keinerlei Rechtsanspruch auf den Preis, wie du mit Sicherheit selber weißt. Wir könnten ihn also jederzeit zurückverlangen. Was wir auch tun würden, wenn du irgendwelche bösartigen Gerüchte in die Welt setzen solltest.« Sein Blick war eisig kalt. »Haben wir uns verstanden?«

Für einen Moment war Lou versucht, sich diesen Maulkorb nicht verpassen zu lassen. Doch dann überlegte sie es sich doch anders. Weil sonst alles keinen Sinn gehabt hätte. Weil es weder um sie selbst noch um Rupert Gleason und schon gar nicht um YOUR TV ging, sondern einzig und allein um das Leben ihrer Mutter. Und deshalb nickte sie nur. »Natürlich haben wir uns verstanden«, fügte sie völlig überflüssigerweise noch hinzu, bevor sie dem Senderboss den Scheck aus der Hand nahm. Dann drehte sie sich um und verließ grußlos sein feudales Büro.

Noch am gleichen Tag wandte sich Rupert Gleason mit einer Erklärung an die Öffentlichkeit und entschuldigte sich mit pathetischen Worten für die »unglücklichen Vorkommnisse während der Show«, wie er es ausdrückte. »Ich kann Ihnen versichern«, fügte er dann noch hinzu, »dass wir von der Senderleitung keinerlei Kenntnis davon hatten und alle entsprechenden Entscheidungen einzig und alleine vom verantwortlichen Produzenten getroffen wurden. Auch wenn es für sein Verhalten keine Entschuldigung gibt, bitte ich Sie, zu bedenken, dass er offensichtlich psychisch und emotional sehr stark angeschlagen war und noch immer unter dem tragischen und viel zu frühen Krebstod seiner Ehefrau litt, den er wahrscheinlich noch immer nicht verwunden hatte. Wir werden Mr Mannings deshalb in ehrenvoller Erinnerung behalten.«

Diese Presseerklärung war allerdings die letzte Amtshandlung von Rupert Gleason. Schon am nächsten Tag trat er als Boss von YOUR TV zurück. Aus persönlichen Gründen, wie er selbst erklärte. Weil ein wutentbrannter Samuel Ricks ihn dazu gezwungen hatte, wie Gerüchte besagten. Als Ricks dann wenige Tage später auch noch sein riesiges Paket von YOUR-TV-Aktien abstieß, ging der Kurs derart in den Keller, dass Finanzexperten die weitere Existenz des Senders als extrem gefährdet einschätzten. Und obwohl YOUR TV immer noch auf Sendung war, war dieser Verdacht nach wie vor nicht ausgeräumt.

Rowan Mannings erholte sich überraschend schnell von den auf Battle Island erlittenen Verletzungen. Obwohl sein Vater ihm und seiner Mutter mehr als übel mitgespielt hatte, machte sein Tod ihm dennoch schwer zu schaffen. »Er war immerhin mein Dad«, sagte er zu Lou, als sie ihn zusammen mit Tim in einem Londoner Hospital besuchte. »Und wer verliert schon gerne seinen Vater, nicht wahr?«, fügte er mit gequältem Lächeln hinzu.

»Ich weiß«, antwortete Lou und nickte. »Ich weiß, Rowan.«

Kurz nach seiner Entlassung begann er sein Journalistikstudium in London – und seitdem hielten Lou und er regelmäßig Kontakt. Per Telefon. Per Internet. Und natürlich auch durch gegenseitige Besuche.

Von Jean-Luc, Daniel, Nicolo und Ruud hatte sie seit dem Rückflug von Ponta Delgada nie wieder etwas gehört. Dass Josh sich ebenfalls nicht meldete, enttäuschte sie allerdings doch ein wenig. Von Sophie dagegen hatte sie nichts anderes erwartet. Bevor sie in den Flieger gestiegen war, hatte die Dänin sich zwar bei Tim noch einmal ausdrücklich für die Rettung aus dem brennenden Lagerschuppen bedankt: »Wenn du diese Zopftussi nicht rechtzeitig ausgeschaltet hättest, wären wir alle jämmerlich verbrannt!« Lou jedoch hatte sie nicht mit einem einzigen Blick gewürdigt.

Und wenn schon!

Sie würde Sophie Hansen eh niemals wiedersehen. Und deshalb konnte sie ihr auch gestohlen bleiben!

Poppy und Leonie dagegen meldeten sich immer noch bei ihr. Nur sporadisch und in unregelmäßigen Abständen, aber immerhin. Poppy hatte richtig vermutet: Als sie ihrer Mutter die Schwangerschaft beichtete, schmiss diese sie hochkant raus. Mit ausdrücklicher Billigung von Father O'Connor natürlich! Seitdem lebte sie in einem Heim und freute sich – zu Lous großer Überraschung – bereits auf ihr Kind.

Leonies größter Wunsch dagegen war in Erfüllung gegangen. Ganz offensichtlich unter dem Eindruck der schrecklichen Ereignisse auf Battle Island hatte ihre Mutter sich einen anderen Job gesucht, der kein ständiges Reisen erforderte. Leonie konnte das verhasste Heim deshalb verlassen und lebte seitdem bei ihrer

Mutter. »Und Heidi ist auch wieder heil!«, hatte sie beim letzten Telefonat noch verkündet.

Auch für Tim war der Ausflug nach Battle Island nicht ohne Folgen geblieben. Er hatte zwar keine andere Wahl gehabt – aber dass er das Zopfmädchen verletzt und Amanda Clark sogar getötet hatte, machte ihm schwer zu schaffen. »Was hättest du denn tun sollen?«, versuchte Lou ihm ein ums andere Mal klarzumachen. »Wenn du nicht im letzten Moment eingegriffen hättest, wären wir jetzt alle tot! Poppy, Leonie und all die anderen. Und ich natürlich auch!«

»Ich weiß«, antwortete er jedes Mal mit gequältem Nicken. »Und trotzdem: Auch wenn das Mädchen wieder völlig gesund ist, fühle ich mich irgendwie schuldig!« Er hatte deshalb eine Therapie begonnen und machte zum Glück recht schnell Fortschritte. Vielleicht auch deshalb, weil nur durch sein beherztes Eingreifen Lous größter Wunsch in Erfüllung gehen konnte: durch den Gewinn von BATTLE ISLAND ihrer Mutter die vielleicht lebensrettende Therapie in den USA zu ermöglichen!

Das entsprechende Klinikum hatte sich tatsächlich bereit erklärt, sie aufzunehmen und zu behandeln. Die Summe, die es dafür verlangte, war zwar schwindelerregend. Aber dank BATTLE ISLAND trotzdem leistbar.

Und genau deshalb saßen Eva, Jonas und Lou jetzt am Berliner Airport. Die Herbstferien standen unmittelbar bevor, sodass Lou sich während der Abwesenheit der Mutter um ihren kleinen Bruder kümmern konnte. Und wenn die Therapie länger dauern sollte – auch kein Problem. Mit Tims Hilfe würde sie das schon schaffen. Zudem gab es ja auch noch einen Opa und gleich zwei Omas.

Endlich wurde der Flug aufgerufen. Jonas und Lou begleiteten ihre Mutter bis zum Eingang des Gates. Dort verabschiedeten sie sich voneinander und umarmten sich ganz fest.

Eva wollte schon zur Ticketkontrolle gehen, als Lou sie noch einmal zurückhielt. »Einen Moment noch«, sagte sie, griff in ihre Tasche und holte ein kleines Plüschtier daraus hervor: einen Priolo, den sie auf dem Flughafen von Ponta Delgada gekauft hatte. »Hier«, sagte sie und drückte ihn ihrer Mutter in die Hand. »Er soll dir Glück bringen!«

»Ja klar«, setzte Jonas spontan hinzu. »Fiepsi ist ja auch wieder gesund geworden!«

»Na dann«, sagte Eva Harder mit einem wehmütigen Lächeln und drückte ihre Kinder mit tränenfeuchten Augen fest an sich. »Was soll da noch schiefgehen, nicht wahr?«